LES
FLEURS DU MAL

恶之花三版汇刊（附残骸集）

[法]夏尔·波德莱尔 著

上海三联书店

图书在版编目(CIP)数据

恶之花三版汇刊（附残骸集）：法文、中文/(法)
夏尔·波德莱尔著.—增订本.–上海：上海三联书
店，2021.7

(寰宇文献)

ISBN 978-7-5426-7470-8

Ⅰ.①恶… Ⅱ.①夏… Ⅲ.①诗集–法国–近代–法、
汉 Ⅳ.①I565.24

中国版本图书馆CIP数据核字(2021)第127853号

恶之花三版汇刊（附残骸集）

著　　者：[法]夏尔·波德莱尔　钟锦 中译
责任编辑：吴　慧
装帧设计：崔　明
监　　制：姚　军
责任校对：张大伟
出版发行：上海三联书店
　　　　　(200030)上海市漕溪北路331号A座6楼
邮购电话：021-22895540
印　　刷：上海世纪嘉晋数字信息技术有限公司
开　　本：700×1000毫米　16开
印　　张：71
字　　数：910千字
版　　次：2021年7月第1版
印　　次：2021年7月第1次印刷
书　　号：ISBN 978-7-5426-7470-8/I·1709
定　　价：1200.00元（全二册）

敬告读者，如发现本书有印装质量问题，请与印刷厂联系021-69214195

波德莱尔诞辰二百年纪念

总　目

《恶之花》旧版汇刊前言

夏尔·波德莱尔,1821年4月9日,出生在法国巴黎。

父亲约瑟夫-弗朗索瓦·波德莱尔,出身于马恩省的农民家庭,在巴黎学习过哲学和神学。当过教士、家庭教师。法国大革命过后,在卢森堡宫中供职。所以,波德莱尔说父亲"先着教服,后戴红帽"。波旁王朝复辟,他辞职闲居。1819年,年纪六旬时,续娶了26岁的卡罗琳·杜费斯,就是波德莱尔的母亲。

父亲倾向的启蒙思想、艺术爱好,以及习染而来的贵族派头,母亲在伦敦受过的教育,都可能给幼年的波德莱尔以影响。但他6岁就失去了父亲,7岁母亲改嫁了欧比克少校,这也不可能不影响他。其实继父很喜欢他的早慧,想把他培养成循规蹈矩的官场职员——继父自己就是这样的人,但他却与之格格不入。

中学毕业后,波德莱尔不顾父母的反对,要当作家。他在一所法律学校注册,却并未去上课,他读着颓废的晚期古罗马经典,优美的浪漫主义诗歌,格律严谨的七星诗社作品。他喜欢巴尔扎克,一直得意曾结交了这位大师。他也交往不羁的青年,沉溺在巴黎生活的不检点之中。

母亲和继父决定让他离开巴黎,换换环境,期望使他能够有所改变。1841年6月9日,他在波尔多上了南海号货轮,前往加尔各答。但只到了毛里求斯岛和波旁岛,他就不耐烦地返回,第二年2月15日回到波尔多。不知何故,经过旅行,当他再次看到巴黎时,以往的美幻化成为恶,而这恶仍然令他着迷。

因为职业选择的问题,波德莱尔和家庭决裂,靠着父亲留下的大约10万法郎的遗产,1843年6月,租住进皮莫丹旅馆,开始了一生中最开心的浪荡生活。《恶之花》正是在这个时期开始创作的。

1844 年 9 月 21 日,因为他挥霍太甚,母亲和继父委托公证人替他管理财产,他每月只能拿到 200 法郎。他搬出皮莫丹旅馆,最终住在拉丁区,穷文人的生涯开始了。

1848 年 2 月 22 日晚上,巴黎爆发起义,波德莱尔参与了,并和友人一起合办《公安报》。他虽然没有明确的政治信念,但这段经历对《恶之花》的写作至关重要。1852 年,波德莱尔的创作已臻成熟,作品也大量发表。1855 年,《两世界评论》上发表了一组诗,题名就是《恶之花》。1857 年 6 月 25 日,《恶之花》单行本面世,共收 100 首诗,另外还有《致辞》1 首。

波德莱尔在收获声望的同时,也收获了敌意。第二帝国向来对文学不够友好,不久才因为《包法利夫人》审讯了福楼拜,这一次轮到了波德莱尔。8 月 20 日,法庭以"败坏风俗"的名义,禁了《首饰》《忘川》《给一个太快活的女郎》《累斯博斯》《被诅咒的女人》《吸血鬼的化身》等 6 首诗,并罚款 300 法郎。

1861 年,《恶之花》第二版印行。那 6 首禁诗被删除了,另增补 32 首。这使他获得很大的声誉,被视为一个诗派的领袖。他在 12 月 11 日申请法兰西学院候选人,并没有成功,说明时代还不曾完全接受他。波德莱尔有生之日,6 首禁诗都没能再次在法国印行。1866 年,波德莱尔在阿姆斯特丹出版《残骸集》,共收 23 首,6 首禁诗被编入其中的《禁毁章》。此外,只有《献给我的弗朗西斯卡的赞歌》1 首在《恶之花》里,另外 16 首都是《残骸集》独有的。

1867 年 8 月 31 日,波德莱尔病逝,年仅 46 岁。参加他葬礼的,只有母亲(继父已在 1857 年去世)和一些老友,没有官方人士。但,人们看到一个年轻人,他是保尔·魏尔伦。

1868 年,阿塞力诺和邦维尔印行《恶之华》第三版,戈蒂耶作序,又增入 25 首,共 151 首,及致辞 1 首。但 6 首禁诗仍付阙如,而且不知何故,《残骸集》中也有 5 首未被收入。我们还发现另外 5 首早年的作品。在波德莱尔名下的诗歌,一共就是 168 首。

他生前还以《巴黎的忧郁》为总题,发表了一系列小散文诗,在身后才结集出版。对后世的影响,几乎不亚于《恶之花》。他的评论文字,也渐渐受到关注,成为现代派美学的重要思想资料。

波德莱尔的诗歌已经成为现代派的经典之作,自然,相关的研究、论述也早已汗牛充栋,其中不乏出自像本雅明那样大家之手的作品。在中国,波德莱尔的译介略迟,大约在 20 世纪 20 年代才开始。1947 年戴望舒译出《恶之花掇英》时,他认为令人满意的译作只有梁宗岱、卞之琳、沈宝基、陈敬容的十余首,而他也只译了 24 首。80 年代以来,钱春绮、郭宏安、张秋红等名家纷纷出了全译本,研究也逐渐成为热门。因此,在这里全面评述波德莱尔的诗歌就显得饶舌了。

不过,我很想谈一点自己的想法。瓦雷里指出:"法国的诗人总是很少为国外所认识,所欣赏。"他认为,波德莱尔是个例外,因此,"到了光荣的顶点"。(戴望舒译《波德莱尔的位置》)我想,大概法国诗和中国旧诗一样,因自身极强的格律和规范,很早形成封闭的程式。这种程式构成的古典风格,是拒斥世俗、时髦和异国格调的。与其说很少被认识、欣赏,不如说不屑被廉价地认识、欣赏。但波德莱尔的确进行了了不起的开创,他以如此严酷的文体,去描写原本不入诗的东西——不要说不够古雅,甚至卑污——想取得两者之间的和谐,大约遭遇着诗歌史上不曾有过的挑战。然而,波德莱尔成功了,他似乎以卑污消解了外在的程式之美,让诗最本质的东西得以敞开。他能够得到外国的认识和欣赏,就不是什么难于理解的事了。不过消解者与被消解者之间的张力仍然在,也因此显示着现代性的艰难突围。

中国的白话在面对波德莱尔诗歌的时候,有其先天的不足,就是缺乏严酷的程式,从而丧失了那种张力。而文言则展示了这方面的优长。我不知道在用白话诗翻译显得迟滞时,偏偏出了一个旧体诗译本——王力的译本,是否并非偶然。我正是读了王力先生的译本,若有所悟,又若有所失,才决定再译一本。只是,能否跟上波德莱尔的步伐,我一直且疑且惧。

感谢黄曙辉先生辛苦地找到最初发表《恶之花》的《两世界评论》,以及原始的三个版本,还有原刊《残骸集》。把它们汇集在一起影印出版,是前所未有的。感谢他和黄韬先生的支持、鼓励,把我的旧体诗译本附在后面,给读者思考、批判的材料。也许,我不合时宜的翻译,就不至于唐捐其功了。

钟锦　2020 年 10 月 3 日

LES

FLEURS DU MAL [1]

On dit qu'il faut couler les exécrables choses
Dans le puits de l'oubli et au sépulchre encloses,
Et que par les escrits le mal ressuscité
Infestera les mœurs de la postérité;
Mais le vice n'a point pour mère la science,
Et la vertu n'est pas fille de l'ignorance.
(Théodore Agrippa d'Aubigné.)

I.

AU LECTEUR.

La sottise, l'erreur, le péché, la lésine
Occupent nos esprits et travaillent nos corps,
Et nous alimentons nos aimables remords,
Comme les mendians nourrissent leur vermine.

Nos péchés sont têtus, nos repentirs sont lâches;
Nous nous faisons payer grassement nos aveux,
Et nous rentrons gaîment dans le chemin bourbeux,
Croyant par de vils pleurs laver toutes nos taches.

(1) En publiant les vers qu'on va lire, nous croyons montrer une fois de plus combien l'esprit qui nous anime est favorable aux essais, aux tentatives dans les sens les
plus divers. Ce qui nous paraît ici mériter l'intérêt, c'est l'expression vive et curieuse
même dans sa violence de quelques défaillances, de quelques douleurs morales que,
sans les partager ni les discuter, on doit tenir à connaître comme un des signes de notre
temps. Il nous semble d'ailleurs qu'il est des cas où la publicité n'est pas seulement un
encouragement, où elle peut avoir l'influence d'un conseil utile, et appeler le vrai talent
à se dégager, à se fortifier, en élargissant ses voies, en étendant son horizon.

Sur l'oreiller du mal c'est Satan Trismégiste
Qui berce longuement notre esprit enchanté,
Et le riche métal de notre volonté
Est tout vaporisé par ce savant chimiste.

C'est le Diable qui tient les fils qui nous remuent;
Aux objets répugnans nous trouvons des appas;
Chaque jour vers l'Enfer nous descendons d'un pas,
Sans horreur, à travers des ténèbres qui puent.

. . . .

Dans nos cerveaux malsains, comme un million d'helminthes,
Grouille, chante et ripaille un peuple de démons,
Et quand nous respirons, la mort dans nos poumons
S'engouffre, comme un fleuve, avec de sourdes plaintes.

Si le viol, le poison, le poignard, l'incendie
N'ont pas encor brodé de leurs plaisans dessins
Le canevas banal de nos piteux destins,
C'est que notre âme, hélas! n'est pas assez hardie.

Mais parmi les chacals, les panthères, les lyces,
Les singes, les scorpions, les vautours, les serpens,
Les monstres glapissans, hurlans, grognans, rampans
Dans la ménagerie infâme de nos vices,

Il en est un plus laid, plus méchant, plus immonde.
Quoiqu'il ne fasse ni grands gestes ni grands cris,
Il ferait volontiers de la terre un débris,
Et dans un bâillement avalerait le monde;

C'est l'Ennui! — l'œil chargé d'un pleur involontaire,
Il rêve d'échafauds en fumant son houka.
Tu le connais, lecteur, ce monstre délicat,
— Hypocrite lecteur, — mon semblable, — mon frère!

II.

RÉVERSIBILITÉ.

Ange plein de gaîté, connaissez-vous l'angoisse,
La honte, les remords, les sanglots, les ennuis,
Et les vagues terreurs de ces affreuses nuits
Qui compriment le cœur comme un papier qu'on froisse?
Ange plein de gaîté, connaissez-vous l'angoisse?

Ange plein de bonté, connaissez-vous la haine,
Les poings crispés dans l'ombre, et les larmes de fiel,
Quand la Vengeance bat son infernal rappel,
Et de nos facultés se fait le capitaine?
Ange plein de bonté, connaissez-vous la haine?

Ange plein de santé, connaissez-vous les Fièvres,
Qui, le long des grands murs de l'hospice blafard,
Comme des exilés, s'en vont d'un pied traînard,
Cherchant le soleil rare, et remuant les lèvres?
Ange plein de santé, connaissez-vous les Fièvres?

Ange plein de beauté, connaissez-vous les rides,
Et la peur de vieillir, et ce hideux tourment
De lire la secrète horreur du dévouement
Dans des yeux où longtemps burent nos yeux avides?
Ange plein de beauté, connaissez-vous les rides?

Ange plein de bonheur, de joie et de lumières,
David mourant aurait demandé la santé
Aux émanations de ton corps enchanté!
— Mais de toi je n'implore, ange, que tes prières,
Ange plein de bonheur, de joie et de lumières!

III.

LE TONNEAU DE LA HAINE.

La Haine est le tonneau des pâles Danaïdes;
La Vengeance éperdue aux bras rouges et forts
A beau précipiter dans ses ténèbres vides
De grands seaux pleins du sang et des larmes des morts,

Le Démon fait des trous secrets à ces abîmes,
Par où fuiraient mille ans de sueurs et d'efforts,
Quand même elle saurait allonger ses victimes,
Et pour les ressaigner galvaniser leurs corps.

La Haine est un ivrogne au fond d'une taverne,
Qui sent toujours la soif naître de la liqueur,
Et se multiplier comme l'hydre de Lerne.

Mais les buveurs heureux connaissent leur vainqueur,
Et la Haine est vouée à ce sort lamentable
De ne pouvoir jamais s'endormir sous la table.

IV.

LA CONFESSION.

Une fois, — une seule, — aimable et bonne femme,
    A mon bras votre bras poli
S'appuya; — sur le fond ténébreux de mon âme
    Ce souvenir n'est point pâli.

Il était tard; — ainsi qu'une médaille neuve,
    La pleine lune s'étalait,
Et la solennité de la nuit, comme un fleuve,
    Sur Paris dormant ruisselait;

Et le long des maisons, sous les portes cochères,
    Des chats passaient furtivement,
L'oreille au guet, — ou bien, comme des ombres chères,
    Nous accompagnaient lentement.

Tout à coup, au milieu de l'intimité libre
    Éclose à la pâle clarté,
De vous, — riche et sonore instrument où ne vibre
    Que la radieuse gaîté,

De vous, claire et joyeuse ainsi qu'une fanfare
    Dans le matin étincelant,
— Une note plaintive, une note bizarre
    S'échappa, — tout en chancelant

Comme une enfant chétive, horrible, sombre, immonde,
    Dont sa famille rougirait,
Et qu'elle aurait longtemps, pour la cacher au monde,
    Dans un caveau mise au secret.

Pauvre ange, elle chantait, votre note criarde,
    « Que rien ici-bas n'est certain,
Et que toujours, avec quelque soin qu'il se farde,
    Se trahit l'égoïsme humain;

« Que c'est un dur métier que d'être belle femme,
    — Qu'il ressemble au travail banal
De la danseuse folle et froide qui se pâme
    Dans un sourire machinal;

« Que bâtir sur les cœurs est une chose sotte,
    — Que tout craque, amour et beauté,

Jusqu'à ce que l'Oubli les jette dans sa hotte
Pour les rendre à l'Éternité! »

J'ai souvent invoqué cette lune enchantée,
Ce silence et cette langueur,
Et cette confidence horrible chuchotée
Au confessionnal du cœur.

V.

L'AUBE SPIRITUELLE.

Quand chez les débauchés l'aube blanche et vermeille
Entre en société de l'Idéal rongeur,
Par l'opération d'un mystère vengeur
Dans la brute assoupie un ange se réveille.

Des cieux spirituels l'inaccessible azur,
Pour l'homme terrassé qui rêve encore et souffre,
S'ouvre, et s'enfonce avec l'attirance du gouffre.
Ainsi, chère déesse, être lucide et pur,

Sur les débris fumeux des stupides orgies,
Ton souvenir plus clair, plus rose, plus charmant,
A mes yeux agrandis voltige incessamment.

— Le soleil a noirci la flamme des bougies;
— Ainsi, toujours vainqueur, ton fantôme est pareil,
Ame resplendissante, à l'immortel soleil!

VI.

LA VOLUPTÉ.

Sans cesse à mes côtés s'agite le Démon;
Il nage autour de moi comme un air impalpable.
Je l'avale et le sens qui brûle mon poumon,
Et l'emplit d'un désir éternel et coupable.

Parfois il prend, sachant mon grand amour de l'Art,
La forme de la plus séduisante des femmes,
Et, sous de spécieux prétextes de cafard,
Accoutume ma lèvre à des philtres infâmes.

Il me conduit ainsi loin du regard de Dieu,
Haletant et brisé de fatigue, au milieu
Des steppes de l'Ennui, profondes et désertes,

Et jette dans mes yeux pleins de confusion
Des vêtemens souillés, des blessures ouvertes,
Et l'appareil sanglant de la Destruction.

VII.

VOYAGE A CYTHÈRE.

Mon cœur se balançait comme un ange joyeux,
Et planait librement à l'entour des cordages;
Le navire roulait sous un ciel sans nuages,
Comme un ange enivré d'un soleil radieux.

Quelle est cette île triste et noire? — C'est Cythère,
Nous dit-on, — un pays fameux dans les chansons,
Eldorado banal de tous les vieux garçons.
— Regardez, après tout, c'est une pauvre terre.

— Ile des doux secrets et des fêtes du cœur!
De l'antique Vénus le superbe fantôme
Au-dessus de tes mers plane comme un arôme,
Et charge les esprits d'amour et de langueur!

Belle île aux myrtes verts, pleine de fleurs écloses,
Vénérée à jamais par toute nation,
Où tous les cœurs mortels en adoration
Font l'effet de l'encens sur un jardin de roses

Ou du roucoulement éternel d'un ramier!
— Cythère n'était plus qu'un terrain des plus maigres,
Un désert rocailleux troublé par des cris aigres.
— J'entrevoyais pourtant un objet singulier;

Ce n'était pas un temple aux ombres bocagères,
Où la jeune prêtresse errant parmi les fleurs
Allait, le corps brûlé de secrètes chaleurs,
Entre-bâillant sa robe à des brises légères.

Mais voilà qu'en rasant la côte d'assez près
Pour troubler les oiseaux avec nos voiles blanches,

Nous vîmes que c'était un gibet à trois branches,
Du ciel se détachant en noir, comme un cyprès.

De féroces oiseaux perchés sur leur pâture
Détruisaient avec rage un pendu déjà mûr,
Chacun plantant, comme un outil, son bec impur
Dans tous les coins saignans de cette pourriture.

. . . .

Sous les pieds, un troupeau de jaloux quadrupèdes,
Le museau relevé, tournoyait et rôdait;
Une plus grande bête au milieu s'agitait,
Comme un exécuteur entouré de ses aides.

Habitant de Cythère, enfant d'un ciel si beau,
Silencieusement tu souffrais ces insultes
En expiation de tes infâmes cultes
Et des péchés qui t'ont interdit le tombeau.

Pauvre pendu muet, tes douleurs sont les miennes!
Je sentis à l'aspect de tes membres flottans,
Comme un vomissement, remonter vers mes dents
Le long fleuve de fiel de mes douleurs anciennes.

Devant toi, pauvre diable au souvenir si cher,
J'ai senti tous les becs et toutes les mâchoires
Des corbeaux lancinans et des panthères noires
Qui jadis aimaient tant à triturer ma chair.

Le ciel était charmant, la mer était unie;
— Pour moi tout était noir et sanglant désormais,
Hélas! — et j'avais, comme en un suaire épais,
Le cœur enseveli dans cette allégorie.

Dans ton île, ô Vénus, je n'ai trouvé debout
Qu'un gibet symbolique où pendait mon image.
— Ah! Seigneur! donnez-moi la force et le courage
De contempler mon cœur et mon corps sans dégoût!

VIII.

A LA BELLE AUX CHEVEUX D'OR.

Pouvons-nous étouffer le vieux, le long Remords,
    Qui vit, s'agite et se tortille,

Et se nourrit de nous comme le ver des morts,
    Comme du chêne la chenille?
Pouvons-nous étouffer l'impeccable Remords?

Dans quel philtre, dans quel vin, dans quelle tisane
    Noîrons-nous ce vieil ennemi,
Destructeur et gourmand comme la courtisane,
    Patient comme la fourmi?
Dans quel philtre? — Dans quel vin? — Dans quelle tisane?

Dis-le, belle sorcière, oh! dis, si tu le sais,
    A cet esprit comblé d'angoisse
Et pareil au mourant qu'écrasent les blessés,
    Que le sabot du cheval froisse,
— Dis-le, belle sorcière, oh! dis, si tu le sais,

A cet agonisant que déjà le loup flaire
    Et que surveille le corbeau,
— A ce soldat brisé, — s'il faut qu'il désespère
    D'avoir sa croix et son tombeau;
Ce pauvre agonisant que déjà le loup flaire!

Peut-on illuminer un ciel bourbeux et noir?
    Peut-on déchirer des ténèbres
Plus denses que la poix, sans matin et sans soir,
    Sans astres, sans éclairs funèbres?
Peut-on illuminer un ciel bourbeux et noir?

L'Espérance qui brille aux carreaux de l'Auberge
    Est soufflée, est morte à jamais!
Sans lune et sans rayons trouver où l'on héberge
    Les martyrs d'un chemin mauvais!
Le diable a tout éteint aux carreaux de l'Auberge.

Adorable sorcière, aimes-tu les damnés?
    Dis, connais-tu l'irrémissible?
Connais-tu le remords, aux traits empoisonnés,
    A qui notre cœur sert de cible?
Adorable sorcière, aimes-tu les damnés?

L'Irréparable ronge avec sa dent maudite
    Notre âme, — honteux monument, —
Et souvent il attaque, ainsi que le termite,
    Par la base le bâtiment.
L'Irréparable ronge avec sa dent maudite!

J'ai vu parfois, au fond d'un théâtre banal
    Qu'enflammait l'orchestre sonore,
Une fée allumer dans un ciel infernal
    Une miraculeuse aurore;
J'ai vu parfois, au fond d'un théâtre banal,

Un être qui n'était que lumière, or et gaze,
    Terrasser l'énorme Satan;
Mais mon cœur, que jamais ne visite l'extase,
    Est un théâtre où l'on attend
Toujours, — toujours en vain, — l'Être aux ailes de gaze !

IX.

L'INVITATION AU VOYAGE.

    Mon enfant, ma sœur,
    Songe à la douceur
D'aller là-bas vivre ensemble;
    — Aimer à loisir,
    Aimer et mourir
Au pays qui te ressemble!
    Les soleils mouillés
    De ces ciels brouillés
Pour mon esprit ont les charmes
    Si mystérieux
    De tes traîtres yeux
Brillant à travers leurs larmes.

    Là, tout n'est qu'ordre et beauté,
Luxe, calme et volupté.

    Des meubles luisans
    Polis par les ans
Décoreraient notre chambre;
    Les plus rares fleurs
    Mêlant leurs odeurs
Aux vagues senteurs de l'ambre,
    Les riches plafonds,
    Les miroirs profonds,
La splendeur orientale,
    Tout y parlerait
    A l'âme en secret
Sa douce langue natale.

Là, tout n'est qu'ordre et beauté,
Luxe, calme et volupté.

Vois sur ces canaux
Dormir ces vaisseaux
Dont l'humeur est vagabonde;
C'est pour assouvir
Ton moindre désir
Qu'ils viennent du bout du monde.
— Les soleils couchans
Revêtent les champs,
Les canaux, la ville entière,
D'hyacinthe et d'or;
— Le monde s'endort
Dans une chaude lumière.

Là, tout n'est qu'ordre et beauté,
Luxe, calme et volupté.

X.

MŒSTA ET ERRABUNDA.

Dis-moi, ton cœur parfois s'envole-t-il, Agathe,
Loin du noir océan de l'immonde cité,
Vers un autre océan où la splendeur éclate,
Bleu, clair, profond, ainsi que la virginité?
Dis-moi, ton cœur parfois s'envole-t-il, Agathe?

La mer, la vaste mer console nos labeurs.
Quel démon a doté la mer, — rude chanteuse
Qu'accompagne l'immense orgue des vents grondeurs, —
De cette fonction sublime de berceuse?
La mer, la vaste mer console nos labeurs.

Emporte-moi, wagon! enlève-moi, frégate!
Loin! — loin! — ici la boue est faite de nos pleurs!
— Est-il vrai que parfois le triste cœur d'Agathe
Dise : Loin des remords, des crimes, des douleurs,
Emporte-moi, wagon, enlève-moi, frégate?

Comme vous êtes loin, paradis parfumé,
Où sous un clair azur tout n'est qu'amour et joie,
Où tout ce que l'on aime est digne d'être aimé,

Où dans la volupté pure le cœur se noie!
Comme vous êtes loin, paradis parfumé!

Mais le vert paradis des amours enfantines,
Les courses, les chansons, les baisers, les bouquets,
Les violons mourans derrière les collines
Avec les pots de vin, le soir, dans les bosquets,
— Mais le vert paradis des amours enfantines,

L'innocent paradis, plein de plaisirs furtifs,
Est-il déjà plus loin que l'Inde et que la Chine?
— Peut-on le rappeler avec des cris plaintifs,
Et l'animer encor d'une voix argentine,
L'innocent paradis plein de plaisirs furtifs?

XI.

LA CLOCHE.

Il est amer et doux, pendant les nuits d'hiver,
D'écouter près du feu qui palpite et qui fume
Les souvenirs lointains lentement s'élever
Au bruit des carillons qui chantent dans la brume.

Bienheureuse la cloche au gosier vigoureux
Qui, malgré sa vieillesse, alerte et bien portante,
Jette fidèlement son cri religieux,
Ainsi qu'un vieux soldat qui veille sous la tente!

Moi, mon âme est fêlée, et lorsqu'en ses ennuis
Elle veut de ses chants peupler l'air froid des nuits,
Il arrive souvent que sa voix affaiblie

Ressemble aux râlemens d'un blessé qu'on oublie,
Auprès d'un lac de sang, sous un grand tas de morts,
Et qui meurt, sans bouger, dans d'immenses efforts.

XII.

L'ENNEMI.

Ma jeunesse ne fut qu'un ténébreux orage,
Traversé çà et là par de brillans soleils;
Le tonnerre et la pluie ont fait un tel ravage,
Qu'il reste en mon jardin bien peu de fruits vermeils.

Voilà que j'ai touché l'automne des idées,
Et qu'il faut employer la pelle et les râteaux
Pour rassembler à neuf les terres inondées,
Où l'eau creuse des trous grands comme des tombeaux.

Et qui sait si les fleurs nouvelles que je rêve
Trouveront dans ce sol lavé comme une grève
Le mystique aliment qui ferait leur vigueur?

O douleur! ô douleur! le Temps mange la vie,
Et l'obscur Ennemi qui nous ronge le cœur
Du sang que nous perdons croît et se fortifie!

XIII.

LA VIE ANTÉRIEURE.

J'ai longtemps habité sous de vastes portiques
Que les soleils marins teignaient de mille feux,
Et que leurs grands piliers droits et majestueux
Rendaient pareils le soir aux grottes basaltiques.

Les houles, en roulant les images des cieux,
Mêlaient d'une façon solennelle et mystique
Les tout-puissans accords de leur riche musique
Aux couleurs du couchant reflété par mes yeux.

C'est là que j'ai vécu dans les voluptés calmes,
Au milieu de l'azur, des flots et des splendeurs,
Et des esclaves nus tout imprégnés d'odeurs,

Qui me rafraîchissaient le front avec des palmes,
Et dont l'unique soin était d'approfondir
Le secret douloureux qui me faisait languir.

XIV.

LE SPLEEN.

J'implore ta pitié, toi, l'unique que j'aime,
Du fond du gouffre obscur où mon cœur est tombé.
C'est un univers morne à l'horizon plombé,
Où nagent dans la nuit l'horreur et le blasphème.

Un soleil sans chaleur plane au-dessus six mois,
Et les six autres mois la nuit couvre la terre;
C'est un pays plus nu que la terre polaire;
— Ni bêtes, ni ruisseaux, ni verdure, ni bois.

Or il n'est pas d'horreur au monde qui surpasse
La froide cruauté de ce soleil de glace,
Et cette immense nuit semblable au vieux chaos.

Je jalouse le sort des plus vils animaux
Qui peuvent se plonger dans un sommeil stupide,
Tant l'écheveau du temps lentement se dévide!

XV.

REMORDS POSTHUME.

Lorsque tu dormiras, ma belle ténébreuse,
Au fond d'un monument construit en marbre noir,
Et lorsque tu n'auras pour alcôve et manoir
Qu'un caveau pluvieux et qu'une fosse creuse,

Quand la pierre, opprimant ta poitrine peureuse
Et tes flancs qu'assouplit un vivant nonchaloir,
Empêchera ton cœur de battre et de vouloir,
Et tes pieds de courir leur course aventureuse,

Le tombeau, confident de mon rêve infini,
— Car le tombeau toujours comprendra le poëte, —
Durant ces grandes nuits d'où le somme est banni,

Te dira : « Que vous sert, courtisane imparfaite,
De n'avoir pas connu ce que pleurent les morts? »
— Et le ver rongera ta peau comme un remords.

XVI.

LE GUIGNON.

Pour soulever un poids si lourd,
Sisyphe, il faudrait ton courage;
Bien qu'on ait du cœur à l'ouvrage,
L'art est long et le temps est court.

Loin des sépultures célèbres,
Vers un cimetière isolé,
Mon cœur, comme un tambour voilé,
Va battant des marches funèbres.

Maint joyau dort enseveli
Dans les ténèbres et l'oubli,
Bien loin des pioches et des sondes;

Mainte fleur épanche à regret
Son parfum doux comme un secret
Dans des solitudes profondes.

XVII.

LA BEATRICE.

Toi qui, comme un coup de couteau,
Dans mon cœur plaintif es entrée,
Toi qui, comme un hideux troupeau
De démons, vins, folle et parée,

De mon esprit humilié
Faire ton lit et ton domaine,
— Infâme à qui je suis lié
Comme le forçat à la chaîne,

Comme au jeu le joueur têtu,
Comme à la bouteille l'ivrogne,
Comme aux vermines la charogne,
— Maudite, maudite sois-tu !

J'ai prié le glaive rapide
De conquérir ma liberté,
Et j'ai dit au poison perfide
De secourir ma lâcheté.

Hélas ! le poison et le glaive
M'ont pris en dédain, et m'ont dit :
« Tu n'es pas digne qu'on t'enlève
A ton esclavage maudit,

Imbécile ! — De son empire
Si nos efforts te délivraient,

Tes baisers ressusciteraient
Le cadavre de ton vampire! »

XVIII.

L'AMOUR ET LE CRANE.

(D'APRÈS UNE VIEILLE GRAVURE.)

L'Amour est assis sur le crâne
    De l'Humanité,
Et sur ce trône, le profane,
    Au rire effronté,

Souffle gaîment des bulles rondes
    Qui montent dans l'air,
Comme pour rejoindre les mondes
    Au fond de l'éther.

Le globe miroitant et frêle
    Prend un grand essor,
Crève et crache son âme grêle
    Comme un songe d'or.

J'entends le crâne à chaque bulle
    Prier et gémir :
« Ce jeu féroce et ridicule,
    Quand doit-il finir?

Car ce que ta bouche cruelle
    Éparpille en l'air,
Monstre assassin, c'est ma cervelle,
    Mon sang et ma chair ! »

CHARLES BAUDELAIRE.

LES

FLEURS DU MAL

Les Éditeurs de cet Ouvrage se réservent le droit de le faire traduire dans toutes les langues. Ils poursuivront, en vertu des Lois, Décrets et Traités internationaux , toutes contrefaçons et toutes traductions faites au mépris de leurs droits.

Toutes les formalités prescrites par les traités ont été remplies dans les divers Etats avec lesquels la France a conclu des conventions littéraires.

ALENÇON — Imprimerie de POULET-MALASSIS ET DE BROISE.

LES
FLEURS DU MAL

PAR

CHARLES BAUDELAIRE

On dit qu'il faut couler les execrables choses
Dans le puits de l'oubli et au sepulchre encloses,
Et que par les escrits le mal resuscité
Infectera les mœurs de la postérité ;
Mais le vice n'a point pour mère la science,
Et la vertu n'est pas fille de l'ignorance.

(THÉODORE AGRIPPA D'AUBIGNÉ, *Les Tragiques*, liv. II.)

PARIS

POULET-MALASSIS ET DE BROISE

LIBRAIRES-ÉDITEURS

4, rue de Buci.

—

1857

AU POÈTE IMPECCABLE

AU PARFAIT MAGICIEN ÈS LANGUE FRANÇAISE

A MON TRÈS-CHER ET TRÈS-VÉNÉRÉ

MAITRE ET AMI

THÉOPHILE GAUTIER

AVEC LES SENTIMENTS

DE LA PLUS PROFONDE HUMILITÉ

JE DÉDIE

CES FLEURS MALADIVES

C. B.

FLEURS DU MAL

FLEURS DE MAL

AU LECTEUR

—

La sottise, l'erreur, le péché, la lésine
Occupent nos esprits et travaillent nos corps,
Et nous alimentons nos aimables remords,
Comme les mendiants nourrissent leur vermine.

Nos péchés sont têtus, nos repentirs sont lâches ;
Nous nous faisons payer grassement nos aveux,
Et nous rentrons gaîment dans le chemin bourbeux,
Croyant par de vils pleurs laver toutes nos taches.

Sur l'oreiller du mal c'est Satan Trismégiste
Qui berce longuement notre esprit enchanté,
Et le riche métal de notre volonté
Est tout vaporisé par ce savant chimiste.

C'est le Diable qui tient les fils qui nous remuent !
Aux objets répugnants nous trouvons des appas ;
Chaque jour vers l'Enfer nous descendons d'un pas,
Sans horreur, à travers des ténèbres qui puent.

Ainsi qu'un débauché pauvre qui baise et mange
Le sein martyrisé d'une antique catin,
Nous volons au passage un plaisir clandestin
Que nous pressons bien fort comme une vieille orange.

Dans nos cerveaux malsains, comme un million d'helminthes,
Grouille, chante et ripaille un peuple de Démons,
Et, quand nous respirons, la Mort dans nos poumons
S'engouffre, comme un fleuve, avec de sourdes plaintes.

Si le viol, le poison, le poignard, l'incendie
N'ont pas encor brodé de leurs plaisants dessins
Le canevas banal de nos piteux destins,
C'est que notre âme, hélas ! n'est pas assez hardie.

Mais parmi les chacals, les panthères, les lyces,
Les singes, les scorpions, les vautours, les serpents,
Les monstres glapissants, hurlants, grognants, rampants,
Dans la ménagerie infâme de nos vices

Il en est un plus laid, plus méchant, plus immonde !
Quoiqu'il ne fasse ni grands gestes ni grands cris,
Il ferait volontiers de la terre un débris
Et dans un bâillement avalerait le monde ;

C'est l'Ennui ! — l'œil chargé d'un pleur involontaire,
Il rêve d'échafauds en fumant son houka.
Tu le connais, lecteur, ce monstre délicat,
— Hypocrite lecteur, — mon semblable, — mon frère !

SPLEEN ET IDÉAL

I

BÉNÉDICTION

—

Lorsque, par un décret des puissances suprêmes,
Le Poète apparaît en ce monde ennuyé,
Sa mère épouvantée et pleine de blasphèmes
Crispe ses poings vers Dieu qui la prend en pitié :

— « Ah ! que n'ai-je mis bas tout un nœud de vipères,
Plutôt que de nourrir cette dérision !
Maudite soit la nuit aux plaisirs éphémères
Où mon ventre a conçu mon expiation !

Puisque tu m'as choisie entre toutes les femmes
Pour être le dégoût de mon triste mari,
Et que je ne puis pas rejeter dans les flammes,
Comme un billet d'amour, ce monstre rabougri.

Je ferai rejaillir ta haine qui m'accable
Sur l'instrument maudit de tes méchancetés,
Et je tordrai si bien cet arbre misérable
Qu'il ne pourra pousser ses boutons empestés ! »

Elle ravale ainsi l'écume de sa haine,
Et, ne comprenant pas les desseins éternels,
Elle-même prépare au fond de la Géhenne
Les bûchers consacrés aux crimes maternels.

Pourtant, sous la tutelle invisible d'un Ange,
L'Enfant déshérité s'enivre de soleil,
Et dans tout ce qu'il boit et dans tout ce qu'il mange
Retrouve l'ambroisie et le nectar vermeil.

Il joue avec le vent, cause avec le nuage,
Et s'enivre en chantant du chemin de la croix,
Et l'Esprit qui le suit dans son pélerinage
Pleure de le voir gai comme un oiseau des bois.

Tous ceux qu'il veut aimer l'observent avec crainte,
Ou bien, s'enhardissent de sa tranquillité,
Cherchent à qui saura lui tirer une plainte,
Et font sur lui l'essai de leur férocité.

Dans le pain et le vin destinés à sa bouche
Ils mêlent de la cendre avec d'impurs crachats ;
Avec hypocrisie ils jettent ce qu'il touche,
Et s'accusent d'avoir mis leurs pieds dans ses pas.

Sa femme va criant sur les places publiques :
« Puisqu'il me trouve belle et qu'il veut m'adorer,
Je ferai le métier des idoles antiques,
Que souvent il fallait repeindre et redorer ;

Et je veux me soûler de nard, d'encens, de myrrhe,
De génuflexions, de viandes et de vins,
Pour savoir si je puis dans un cœur qui m'admire
Usurper en riant les hommages divins !

Et quand je m'ennuierai de ces farces impies,
Je poserai sur lui ma frêle et forte main ;
Et mes ongles, pareils aux ongles des harpies,
Sauront jusqu'à son cœur se frayer un chemin.

Comme un tout jeune oiseau qui tremble et qui palpite,
J'arracherai ce cœur tout rouge de son sein,
Et, pour rassasier ma bête favorite,
Je le lui jeterai par terre avec dédain ! »

Vers le Ciel, où son œil voit un trône splendide,
Le Poète serein lève ses bras pieux,
Et les vastes éclairs de son esprit lucide
Lui dérobent l'aspect des peuples furieux :

— « Soyez béni, mon Dieu, qui donnez la souffrance
Comme un divin remède à nos impuretés,
Et comme la meilleure et la plus pure essence
Qui prépare les forts aux saintes voluptés !

Je sais que vous gardez une place au Poète
Dans les rangs bienheureux des saintes Légions,
Et que vous l'invitez à l'éternelle fête
Des Trônes, des Vertus, des Dominations.

Je sais que la douleur est la noblesse unique
Où ne mordront jamais la terre et les enfers,
Et qu'il faut pour tresser ma couronne mystique
Imposer tous les temps et tous les univers.

Mais les bijoux perdus de l'antique Palmyre,
Les métaux inconnus, les perles de la mer,
Montés par votre main, ne pourraient pas suffire
A ce beau diadème éblouissant et clair ;

Car il ne sera fait que de pure lumière,
Puisée au foyer saint des rayons primitifs,
Et dont les yeux mortels, dans leur splendeur entière,
Ne sont que des miroirs obscurcis et plaintifs ! »

II

LE SOLEIL

—

Le long du vieux faubourg, où pendent aux masures
Les persiennes, abri des secrètes luxures,
Quand le soleil cruel frappe à traits redoublés
Sur la ville et les champs, sur les toits et les blés,
Je vais m'exercer seul à ma fantasque escrime,
Flairant dans tous les coins les hasards de la rime,
Trébuchant sur les mots comme sur les pavés,
Heurtant parfois des vers depuis long-temps rêvés.

Ce père nourricier, ennemi des chloroses,
Éveille dans les champs les vers comme les roses ;
Il fait s'évaporer les soucis vers le ciel,
Et remplit les cerveaux et les ruches de miel.
C'est lui qui rajeunit les porteurs de béquilles
Et les rend gais et doux comme des jeunes filles,
Et commande aux moissons de croître et de mûrir
Dans le cœur immortel qui toujours veut fleurir !

Quand, ainsi qu'un poète, il descend dans les villes,
Il ennoblit le sort des choses les plus viles,
Et s'introduit en roi, sans bruit et sans valets,
Dans tous les hôpitaux et dans tous les palais.

III

ÉLÉVATION

—

Au-dessus des étangs, au-dessus des vallées,
Des montagnes, des bois, des nuages, des mers,
Par-delà le soleil, par-delà les éthers,
Par-delà les confins des sphères étoilées,

Mon esprit, tu te meus avec agilité,
Et, comme un bon nageur qui se pâme dans l'onde,
Tu sillonnes gaîment l'immensité profonde
Avec une indicible et mâle volupté.

Envole-toi bien loin de ces miasmes morbides ;
Va te purifier dans l'air supérieur,
Et bois, comme une pure et divine liqueur,
Le feu clair qui remplit les espaces limpides.

Derrière les ennuis et les sombres chagrins
Qui chargent de leur poids l'existence brumeuse,
Heureux celui qui peut d'une aile vigoureuse
S'élancer vers les champs lumineux et sereins ;

Celui dont les pensers, comme des alouettes,
Vers les cieux le matin prennent un libre essor,
— Qui plane sur la vie, et comprend sans effort
Le langage des fleurs et des choses muettes !

IV

CORRESPONDANCES

—

La Nature est un temple où de vivants piliers
Laissent parfois sortir de confuses paroles ;
L'homme y passe à travers des forêts de symboles
Qui l'observent avec des regards familiers.

Comme de longs échos qui de loin se confondent,
Dans une ténébreuse et profonde unité,
Vaste comme la nuit et comme la clarté,
Les parfums, les couleurs et les sons se répondent.

Il est des parfums frais comme des chairs d'enfants,
Doux comme les hautbois, verts comme les prairies,
— Et d'autres, corrompus, riches et triomphants,

Ayant l'expansion des choses infinies,
Comme l'ambre, le musc, le benjoin et l'encens,
Qui chantent les transports de l'esprit et des sens.

—

V

J'aime le souvenir de ces époques nues,
Dont le soleil se plaît à dorer les statues.
Alors l'homme et la femme en leur agilité
Jouissaient sans mensonge et sans anxiété,
Et, le ciel amoureux leur caressant l'échine,
Exerçaient la santé de leur noble machine.
Cybèle alors, fertile en produits généreux,
Ne trouvait point ses fils un poids trop onéreux,
Mais, louve au cœur gonflé de tendresses communes,
Abreuvait l'univers à ses tétines brunes.
L'homme élégant, robuste et fort, avait le droit
D'être fier des beautés dont il était le roi,
Fruits purs de tout outrage et vierges de gerçures,
Dont la chair lisse et ferme appelait les morsures!

Le poète aujourd'hui, quand il veut concevoir
Ces natives grandeurs, aux lieux où se font voir
La nudité de l'homme et celle de la femme,
Sent un froid ténébreux envelopper son âme
A l'aspect du tableau plein d'épouvantement
Des monstruosités que voile un vêtement;
Des visages manqués et plus laids que des masques;
De tous ces pauvres corps, maigres, ventrus ou flasques,
Que le Dieu de l'utile, implacable et serein,
Enfants, emmaillotta dans ses langes d'airain;
De ces femmes, hélas! pâles comme des cierges,
Que ronge et que nourrit la honte, et de ces vierges
Du vice maternel traînant l'hérédité
Et toutes les hideurs de la fécondité !

Nous avons, il est vrai, nations corrompues,
Aux peuples anciens des beautés inconnues :
Des visages rongés par les chancres du cœur,
Et comme qui dirait des beautés de langueur;
Mais ces inventions de nos muses tardives
N'empêcheront jamais les races maladives
De rendre à la jeunesse un hommage profond,
— A la sainte jeunesse, à l'air simple, au doux front,
A l'œil limpide et clair ainsi qu'une eau courante,
Et qui va répandant sur tout, insouciante
Comme l'azur du ciel, les oiseaux et les fleurs,
Ses parfums, ses chansons et ses douces chaleurs !

VI

LES PHARES

—

Rubens, fleuve d'oubli, jardin de la paresse,
Oreiller de chair fraîche où l'on ne peut aimer,
Mais où la vie afflue et s'agite sans cesse,
Comme l'air dans le ciel et la mer dans la mer;

Léonard de Vinci, — miroir profond et sombre,
Où des anges charmants, avec un doux souris
Tout chargé de mystère, apparaissent à l'ombre
Des glaciers et des pins qui ferment leur pays;

Rembrandt, — triste hôpital tout rempli de murmures,
Et d'un grand crucifix décoré seulement,
Où la prière en pleurs s'exhale des ordures,
Et d'un rayon d'hiver traversé brusquement;

Michel-Ange, — lieu vague où l'on voit des Hercules
Se mêler à des Christs, et se lever tout droits
Des fantômes puissants, qui dans les crépuscules
Déchirent leur suaire en étirant leurs doigts;

Colères de boxeur, impudences de faune,
Toi qui sus ramasser la beauté des goujats,
Grand cœur gonflé d'orgueil, homme débile et jaune,
Puget, mélancolique empereur des forçats;

Watteau, — ce carnaval, où bien des cœurs illustres,
Comme des papillons, errent en flamboyant,
Décors frais et légers éclairés par des lustres
Qui versent la folie à ce bal tournoyant:

Goya, — cauchemar plein de choses inconnues,
De fœtus qu'on fait cuire au milieu des sabbats,
De vieilles au miroir et d'enfants toutes nues
Pour tenter les Démons ajustant bien leurs bas;

Delacroix, — lac de sang hanté des mauvais anges,
Ombragé par un bois de sapins toujours vert,
Où, sous un ciel chagrin, des fanfares étranges
Passent, comme un soupir étouffé de Weber;

Ces malédictions, ces blasphêmes, ces plaintes,
Ces extases, ces cris, ces pleurs, ces *Te Deum*,
Sont un écho redit par mille labyrinthes ;
C'est pour les cœurs mortels un divin opium.

C'est un cri répété par mille sentinelles,
Un ordre renvoyé par mille porte-voix ;
C'est un phare allumé sur mille citadelles,
Un appel de chasseurs perdus dans les grands bois !

Car c'est vraiment, Seigneur, le meilleur témoignage
Que nous puissions donner de notre dignité
Que ce long hurlement qui roule d'âge en âge,
Et vient mourir au bord de votre éternité !

VII

LA MUSE MALADE

—

Ma pauvre muse, hélas! qu'as-tu donc ce matin?
Tes yeux creux sont peuplés de visions nocturnes,
Et je vois tour à tour réfléchis sur ton teint
La folie et l'horreur, froides et taciturnes.

Le succube verdâtre et le rose lutin
T'ont-ils versé la peur et l'amour de leurs urnes?
Le cauchemar, d'un poing despotique et mutin,
T'a-t-il noyée au fond d'un fabuleux Minturnes?

Je voudrais qu'exhalant l'odeur de la santé
Ton sein de pensers forts fût toujours fréquenté,
Et que ton sang chrétien coulât à flots rythmiques.

Comme les sons nombreux des syllabes antiques,
Où règnent tour à tour le père des chansons,
Phœbus, et le grand Pan, le seigneur des moissons.

—

VIII

LA MUSE VÉNALE

—

O muse de mon cœur, amante des palais,
Auras-tu quand Janvier lâchera ses Borées,
Durant les noirs ennuis des neigeuses soirées,
Un tison pour chauffer tes deux pieds violets?

Ranimeras-tu donc tes épaules marbrées
Aux nocturnes rayons qui percent les volets?
Sentant ta bourse à sec autant que ton palais,
Récolteras-tu l'or des voûtes azurées?

Il te faut, pour gagner ton pain de chaque soir,
Comme un enfant de chœur, jouer de l'encensoir,
Chanter des *Te Deum* auxquels tu ne crois guères,

Ou, saltimbanque à jeun, étaler tes appas
Et ton rire trempé de pleurs qu'on ne voit pas,
Pour faire épanouir la rate du vulgaire.

—

LE MAUVAIS MOINE

—

Les cloîtres anciens sur leurs grandes murailles
Étalaient en tableaux la sainte Vérité,
Dont l'effet réchauffant les pieuses entrailles
Tempérait la froideur de leur austérité.

En ces temps où du Christ florissaient les semailles,
Plus d'un illustre moine, aujourd'hui peu cité,
Prenant pour atelier le champ des funérailles,
Glorifiait la Mort avec simplicité.

— Mon âme est un tombeau que, mauvais cénobite,
Depuis l'éternité je parcours et j'habite ;
Rien n'embellit les murs de ce cloître odieux.

O moine fainéant ! quand saurai-je donc faire
Du spectacle vivant de ma triste misère
Le travail de mes mains et l'amour de mes yeux !

—

X

L'ENNEMI

—

Ma jeunesse ne fut qu'un ténébreux orage,
Traversé çà et là par de brillants soleils ;
Le tonnerre et la pluie ont fait un tel ravage
Qu'il reste en mon jardin bien peu de fruits vermeils.

Voilà que j'ai touché l'automne des idées,
Et qu'il faut employer la pelle et les râteaux
Pour rassembler à neuf les terres inondées,
Où l'eau creuse des trous grands comme des tombeaux.

Et qui sait si les fleurs nouvelles que je rêve
Trouveront dans ce sol lavé comme une grève
Le mystique aliment qui ferait leur vigueur?

—O douleur! ô douleur! Le Temps mange la vie,
Et l'obscur Ennemi qui nous ronge le cœur
Du sang que nous perdons croît et se fortifie!

—

XI

LE GUIGNON

—

Pour soulever un poids si lourd,
Sisyphe, il faudrait ton courage !
Bien qu'on ait du cœur à l'ouvrage,
L'Art est long et le Temps est court.

Loin des sépultures célèbres,
Vers un cimetière isolé,
Mon cœur, comme un tambour voilé,
Va battant des marches funèbres.

— Maint joyau dort enseveli
Dans les ténèbres et l'oubli,
Bien loin des pioches et des sondes;

Mainte fleur épanche à regret
Son parfum doux comme un secret
Dans les solitudes profondes.

—

LA VIE ANTÉRIEURE

—

J'ai long-temps habité sous de vastes portiques
Que les soleils marins teignaient de mille feux,
Et que leurs grands piliers, droits et majestueux,
Rendaient pareils, le soir, aux grottes basaltiques.

Les houles, en roulant les images des cieux,
Mêlaient d'une façon solennelle et mystique
Les tout puissants accords de leur riche musique
Aux couleurs du couchant reflété par mes yeux.

C'est là que j'ai vécu dans les voluptés calmes,
Au milieu de l'azur, des flots et des splendeurs,
Et des esclaves nus, tout imprégnés d'odeurs,

Qui me rafraîchissaient le front avec des palmes,
Et dont l'unique soin était d'approfondir
Le secret douloureux qui me faisait languir.

—

XIII

BOHÉMIENS EN VOYAGE

—

La tribu prophétique aux prunelles ardentes
Hier s'est mise en route, emportant ses petits
Sur son dos, ou livrant à leurs fiers appétits
Le trésor toujours prêt des mamelles pendantes.

Les hommes vont à pied sous leurs armes luisantes
Le long des chariots où les leurs sont blottis,
Promenant sur le ciel des yeux appesantis
Par le morne regret des chimères absentes.

Du fond de son réduit sablonneux, le grillon,
Les regardant passer, redouble sa chanson ;
Cybèle, qui les aime, augmente ses verdures,

Fait couler le rocher et fleurir le désert
Devant ces voyageurs, pour lesquels est ouvert
L'empire familier des ténèbres futures.

L'HOMME ET LA MER

—

Homme libre, toujours tu chériras la mer !
La mer est ton miroir ; tu contemples ton âme
Dans le déroulement infini de sa lame,
Et ton esprit n'est pas un gouffre moins amer.

Tu te plais à plonger au sein de ton image ;
Tu l'embrasses des yeux et des bras, et ton cœur
Se distrait quelquefois de sa propre rumeur
Au bruit de cette plainte indomptable et sauvage.

Vous êtes tous les deux ténébreux et discrets :
Homme, nul ne connaît le fond de tes abîmes ;
O mer, nul ne connaît tes richesses intimes,
Tant vous êtes jaloux de garder vos secrets !

Et cependant voilà des siècles innombrables
Que vous vous combattez sans pitié ni remord,
Tellement vous aimez le carnage et la mort,
O lutteurs éternels, ô frères implacables !

—

XV

DON JUAN AUX ENFERS

—

Quand Don Juan descendit vers l'onde souterraine,
Et lorsqu'il eut donné son obole à Charon,
Un sombre mendiant, l'œil fier comme Antisthène,
D'un bras vengeur et fort saisit chaque aviron.

Montrant leurs seins pendants et leurs robes ouvertes,
Des femmes se tordaient sous le noir firmament,
Et, comme un grand troupeau de victimes offertes,
Derrière lui traînaient un long mugissement.

Sganarelle en riant lui réclamait ses gages,
Tandis que Don Luis avec un doigt tremblant
Montrait à tous les morts errants sur le rivage
Le fils audacieux qui railla son front blanc.

Frissonnant sous son deuil, la chaste et maigre Elvire,
Près de l'époux perfide et qui fut son amant,
Semblait lui réclamer un suprême sourire
Où brillât la douceur de son premier serment.

Tout droit dans son armure, un grand homme de pierre
Se tenait à la barre et coupait le flot noir;
Mais le calme héros courbé sur sa rapière
Regardait le sillage et ne daignait rien voir.

XVI

CHATIMENT DE L'ORGUEIL

En ces temps merveilleux où la Théologie
Fleurit avec le plus de sève et d'énergie,
On raconte qu'un jour un docteur des plus grands,
— Après avoir forcé les cœurs indifférents,
Les avoir remués dans leurs profondeurs noires,
Après avoir franchi vers les célestes gloires
Des chemins singuliers à lui-même inconnus,
Où les purs Esprits seuls peut-être étaient venus,
—Comme un homme monté trop haut, pris de panique,
S'écria, transporté d'un orgueil satanique :

« Jésus, petit Jésus! je t'ai porté bien haut!
Mais si j'avais voulu t'attaquer au défaut
De l'armure, ta honte égalerait ta gloire,
Et tu ne serais plus qu'un fœtus dérisoire! »

Immédiatement sa raison s'en alla.
L'éclat de ce soleil d'un crêpe se voila ;
Tout le chaos roula dans cette intelligence,
Temple autrefois vivant, plein d'ordre et d'opulence,
Sous les plafonds duquel tant de pompe avait lui.
Le silence et la nuit s'installèrent en lui,
Comme dans un caveau dont la clef est perdue.
Dès lors il fut semblable aux bêtes de la rue,
Et quand il s'en allait sans rien voir, à travers
Les champs, sans distinguer les étés des hivers,
Sale, inutile et laid comme une chose usée,
Il faisait des enfants la joie et la risée.

XVII

LA BEAUTÉ

—

Je suis belle, ô mortels, comme un rêve de pierre,
Et mon sein, où chacun s'est meurtri tour à tour,
Est fait pour inspirer au poète un amour
Éternel et muet ainsi que la matière.

Je trône dans l'azur comme un sphinx incompris;
J'unis un cœur de neige à la blancheur des cygnes;
Je hais le mouvement qui déplace les lignes,
Et jamais je ne pleure et jamais je ne ris.

Les poëtes devant mes grandes attitudes,
Qu'on dirait que j'emprunte aux plus fiers monuments,
Consumeront leurs jours en d'austères études ;

Car j'ai pour fasciner ces dociles amants
De purs miroirs qui font les étoiles plus belles :
Mes yeux, mes larges yeux aux clartés éternelles !

XVIII

L'IDÉAL

—

Ce ne seront jamais ces beautés de vignettes.
Produits avariés, nés d'un siècle vaurien,
Ces pieds à brodequins, ces doigts à castagnettes,
Qui sauront satisfaire un cœur comme le mien.

Je laisse à Gavarni, poète des chloroses,
Son troupeau gazouillant de beautés d'hôpital;
Car je ne puis trouver parmi ces pâles roses
Une fleur qui ressemble à mon rouge idéal.

Ce qu'il faut à ce cœur profond comme un abîme,
C'est vous, Lady Macbeth, âme puissante au crime,
Rêve d'Eschyle éclos au climat des autans;

Ou bien toi, grande Nuit, fille de Michel-Ange,
Qui tors paisiblement dans une pose étrange
Tes appas façonnés aux bouches des Titans !

—

LA GÉANTE

—

Du temps que la Nature en sa verve puissante
Concevait chaque jour des enfants monstrueux,
J'eusse aimé vivre auprès d'une jeune géante,
Comme aux pieds d'une reine un chat voluptueux.

J'eusse aimé voir son corps fleurir avec son âme
Et grandir librement dans ses terribles jeux,
Deviner si son cœur couve une sombre flamme
Aux humides brouillards qui nagent dans ses yeux,

Parcourir à loisir ses magnifiques formes,
Ramper sur le versant de ses genoux énormes,
Et parfois en été, quand les soleils malsains,

Lasse, la font s'étendre à travers la campagne,
Dormir nonchalamment à l'ombre de ses seins,
Comme un hameau paisible au pied d'une montagne.

—

LES BIJOUX

—

La très-chère était nue, et, connaissant mon cœur,
Elle n'avait gardé que ses bijoux sonores,
Dont le riche attirail lui donnait l'air vainqueur
Qu'ont dans leurs jours heureux les esclaves des Maures.

Quand il jette en dansant son bruit vif et moqueur,
Ce monde rayonnant de métal et de pierre
Me ravit en extase, et j'aime avec fureur
Les choses où le son se mêle à la lumière.

Elle était donc couchée, et se laissait aimer,
Et du haut du divan elle souriait d'aise
A mon amour profond et doux comme la mer
Qui vers elle montait comme vers sa falaise.

Les yeux fixés sur moi, comme un tigre dompté,
D'un air vague et rêveur elle essayait des poses,
Et la candeur unie à la lubricité
Donnait un charme neuf à ses métamorphoses.

Et son bras et sa jambe, et sa cuisse et ses reins,
Polis comme de l'huile, onduleux comme un cygne,
Passaient devant mes yeux clairvoyants et sereins ;
Et son ventre et ses seins, ces grappes de ma vigne,

S'avançaient plus câlins que les anges du mal,
Pour troubler le repos où mon âme était mise,
Et pour la déranger du rocher de cristal,
Où calme et solitaire elle s'était assise.

Je croyais voir unis par un nouveau dessin
Les hanches de l'Antiope au buste d'un imberbe,
Tant sa taille faisait ressortir son bassin.
Sur ce teint fauve et brun le fard était superbe !

— Et la lampe s'étant résignée à mourir,
Comme le foyer seul illuminait la chambre,
Chaque fois qu'il poussait un flamboyant soupir,
Il inondait de sang cette peau couleur d'ambre !

PARFUM EXOTIQUE

—

Quand, les deux yeux fermés, en un soir chaud d'automne,
Je respire l'odeur de ton sein chaleureux,
Je vois se dérouler des rivages heureux
Qu'éblouissent les feux d'un soleil monotone :

Une île paresseuse où la nature donne
Des arbres singuliers et des fruits savoureux ;
Des hommes dont le corps est mince et vigoureux,
Et des femmes dont l'œil par sa franchise étonne.

Guidé par ton odeur vers de charmants climats,
Je vois un port rempli de voiles et de mâts
Encor tout fatigués par la vague marine,

Pendant que le parfum des verts tamariniers,
Qui circule dans l'air et m'enfle la narine,
Se mêle dans mon âme au chant des mariniers.

XXII

Je t'adore à l'égal de la voûte nocturne,
O vase de tristesse, ô grande taciturne,
Et t'aime d'autant plus, belle, que tu me fuis,
Et que tu me parais, ornement de mes nuits,
Plus ironiquement accumuler les lieues
Qui séparent mes bras des immensités bleues.

Je m'avance à l'attaque, et je grimpe aux assauts,
Comme après un cadavre un chœur de vermisseaux,
Et je chéris, ô bête implacable et cruelle,
Jusqu'à cette froideur par où tu m'es plus belle!

XXIII

Tu mettrais l'univers entier dans ta ruelle,
Femme impure ! L'ennui rend ton âme cruelle.
Pour exercer tes dents à ce jeu singulier,
Il te faut chaque jour un cœur au ratelier.
Tes yeux illuminés ainsi que des boutiques
Et des ifs flamboyants dans les fêtes publiques
Usent insolemment d'un pouvoir emprunté,
Sans connaître jamais la loi de leur beauté.

Machine aveugle et sourde en cruautés féconde !
Salutaire instrument buveur du sang du monde,
Comment n'as-tu pas honte, et comment n'as-tu pas
Devant tous les miroirs vu pâlir tes appas ?

La grandeur de ce mal où tu te crois savante
Ne t'a donc jamais fait reculer d'épouvante,
Quand la nature, grande en ses desseins cachés,
De toi se sert, ô femme, ô reine des péchés,
— De toi, vil animal, — pour pétrir un génie?

O fangeuse grandeur, sublime ignominie !

SED NON SATIATA

—

Bizarre déité, brune comme les nuits,
Au parfum mélangé de musc et de havane,
Œuvre de quelque obi, le Faust de la savane,
Sorcière au flanc d'ébène, enfant des noirs minuits,

Je préfère au constance, à l'opium, au nuits,
L'élixir de ta bouche où l'amour se pavane ;
Quand vers toi mes désirs partent en caravane,
Tes yeux sont la citerne où boivent mes ennuis.

Par ces deux grands yeux noirs, soupiraux de ton âme,
O démon sans pitié, verse moi moins de flamme ;
Je ne suis pas le Styx pour t'embrasser neuf fois,

Hélas ! et je ne puis, Mégère libertine,
Pour briser ton courage et te mettre aux abois,
Dans l'enfer de ton lit devenir Proserpine !

—

XXV

Avec ses vêtements ondoyants et nacrés,
Même quand elle marche, on croirait qu'elle danse,
Comme ces longs serpents que les jongleurs sacrés
Au bout de leurs bâtons agitent en cadence.

Comme le sable morne et l'azur des déserts,
Insensibles tous deux à l'humaine souffrance,
Comme les longs réseaux de la houle des mers.
Elle se développe avec indifférence.

Ses yeux polis sont faits de minéraux charmants,
Et dans cette nature étrange et symbolique
Où l'ange inviolé se mêle au sphinx antique,

Où tout n'est qu'or, acier, lumière et diamants,
Resplendit à jamais, comme un astre inutile,
La froide majesté de la femme stérile.

—

LE SERPENT QUI DANSE

—

Que j'aime voir, chère indolente,
  De ton corps si beau,
Comme une étoffe vacillante,
  Miroiter la peau!

Sur ta chevelure profonde
  Aux âcres parfums,
Mer odorante et vagabonde
  Aux flots bleus et bruns,

Comme un navire qui s'éveille
    Au vent du matin,
Mon âme rêveuse appareille
    Pour un ciel lointain.

Tes yeux, où rien ne se révèle
    De doux ni d'amer,
Sont deux bijoux froids où se mêle
    L'or avec le fer.

A te voir marcher en cadence,
    Belle d'abandon,
On dirait un serpent qui danse
    Au bout d'un bâton ,

Sous le fardeau de ta paresse
    Ta tête d'enfant
Se balance avec la mollesse
    D'un jeune éléphant,

Et ton corps se penche et s'allonge
    Comme un fin vaisseau
Qui roule bord sur bord, et plonge
    Ses vergues dans l'eau.

Comme un flot grossi par la fonte
    Des glaciers grondants,
Quand ta salive exquise monte
    Au bord de tes dents,

Je crois boire un vin de Bohême,
  Amer et vainqueur,
Un ciel liquide qui parsème
  D'étoiles mon cœur !

—

XXVII

UNE CHAROGNE

—

Rappelez-vous l'objet que nous vîmes, mon âme,
　　Ce beau matin d'été si doux :
Au détour d'un sentier une charogne infâme
　　Sur un lit semé de cailloux,

Les jambes en l'air, comme une femme lubrique,
　　Brûlante et suant les poisons,
Ouvrait d'une façon nonchalante et cynique
　　Son ventre plein d'exhalaisons.

Le soleil rayonnait sur cette pourriture,
 Comme afin de la cuire à point,
Et de rendre au centuple à la grande Nature
 Tout ce qu'ensemble elle avait joint.

Et le ciel regardait la carcasse superbe
 Comme une fleur s'épanouir ;
— La puanteur était si forte que sur l'herbe
 Vous crûtes vous évanouir ; —

Les mouches bourdonnaient sur ce ventre putride,
 D'où sortaient de noirs bataillons
De larves qui coulaient comme un épais liquide
 Le long de ces vivants haillons.

Tout cela descendait, montait comme une vague,
 Où s'élançait en pétillant ;
On eut dit que le corps, enflé d'un souffle vague,
 Vivait en se multipliant.

Et ce monde rendait une étrange musique
 Comme l'eau courante et le vent,
Ou le grain qu'un vanneur d'un mouvement rythmique
 Agite et tourne dans son van.

Les formes s'effaçaient et n'étaient plus qu'un rêve,
 Une ébauche lente à venir,
Sur la toile oubliée, et que l'artiste achève
 Seulement par le souvenir.

Derrière les rochers une chienne inquiète
    Nous regardait d'un œil fâché,
Épiant le moment de reprendre au squelette
    Le morceau qu'elle avait lâché.

— Et pourtant vous serez semblable à cette ordure,
    A cette horrible infection,
Étoile de mes yeux, soleil de ma nature,
    Vous, mon ange et ma passion !

Oui, telle vous serez, ô la reine des grâces,
    Après les derniers sacrements,
Quand vous irez sous l'herbe et les floraisons grasses
    Moisir parmi les ossements.

Alors, ô ma beauté, dites à la vermine
    Qui vous mangera de baisers
Que j'ai gardé la forme et l'essence divine
    De mes amours décomposés !

—

XXVIII

DE PROFUNDIS CLAMAVI

—

J'implore ta pitie, Toi, l'unique que j'aime,
Du fond du gouffre obscur où mon cœur est tombé.
C'est un univers morne à l'horizon plombé,
Où nagent dans la nuit l'horreur et le blasphême :

Un soleil sans chaleur plane au-dessus six mois,
Et les six autres mois la nuit couvre la terre ;
C'est un pays plus nu que la terre polaire ;
— Ni bêtes, ni ruisseaux, ni verdure, ni bois !

Or il n'est pas d'horreur au monde qui surpasse
La froide cruauté de ce soleil de glace,
Et cette immense nuit semblable au vieux Chaos ;

Je jalouse le sort des plus vils animaux
Qui peuvent se plonger dans un sommeil stupide,
Tant l'écheveau du temps lentement se dévide !

—

XXIX

LE VAMPIRE

—

Toi qui, comme un coup de couteau,
Dans mon cœur plaintif es entrée,
Toi qui, comme un hideux troupeau
De démons, vins, folle et parée,

De mon esprit humilié
Faire ton lit et ton domaine,
— Infâme à qui je suis lié
Comme le forçat à la chaîne,

Comme au jeu le joueur têtu,
Comme à la bouteille l'ivrogne,
Comme aux vermines la charogne,
— Maudite, maudite sois-tu !

J'ai prié le glaive rapide
De conquérir ma liberté,
Et j'ai dit au poison perfide
De secourir ma lâcheté.

Hélas ! le poison et le glaive
M'ont pris en dédain et m'ont dit :
« Tu n'es pas digne qu'on t'enlève
A ton esclavage maudit,

Imbécile ! — de son empire
Si nos efforts te délivraient,
Tes baisers ressusciteraient
Le cadavre de ton vampire ! »

XXX

LE LÉTHÉ

—

Viens sur mon cœur, âme cruelle et sourde,
Tigre adoré, monstre aux airs indolents ;
Je veux longtemps plonger mes doigts tremblants
Dans l'épaisseur de ta crinière lourde ;

Dans tes jupons remplis de ton parfum
Ensevelir ma tête endolorie,
Et respirer, comme une fleur flétrie,
Le doux relent de mon amour défunt.

Je veux dormir ! dormir plutôt que vivre !
Dans un sommeil, douteux comme la mort,
J'étalerai mes baisers sans remord
Sur ton beau corps poli comme le cuivre.

Pour engloutir mes sanglots apaisés
Rien ne me vaut l'abîme de ta couche ;
L'oubli puissant habite sur ta bouche,
Et le Léthé coule dans tes baisers.

A mon destin, désormais mon délice,
J'obéirai comme un prédestiné ,
Martyr docile, innocent condamné,
Dont la ferveur attise le supplice,

Je sucerai, pour noyer ma rancœur,
Le népenthès et la bonne ciguë
Aux bouts charmants de cette gorge aiguë
Qui n'a jamais emprisonné de cœur.

XXXI

Une nuit que j'étais près d'une affreuse juive,
Comme au long d'un cadavre un cadavre étendu,
Je me pris à songer près de ce corps vendu
A la triste beauté dont mon désir se prive.

Je me représentai sa majesté native,
Son regard de vigueur et de grâces armé,
Ses cheveux qui lui font un casque parfumé,
Et dont le souvenir pour l'amour me ravive.

Car j'eusse avec ferveur baisé ton noble corps,
Et depuis tes pieds frais jusqu'à tes noires tresses
Déroulé le trésor des profondes caresses,

Si, quelque soir, d'un pleur obtenu sans effort
Tu pouvais seulement, ò reine des cruelles,
Obscurcir la splendeur de tes froides prunelles.

REMORDS POSTHUME

—

Lorsque tu dormiras, ma belle ténébreuse,
Au fond d'un monument construit en marbre noir,
Et lorsque tu n'auras pour alcôve et manoir
Qu'un caveau pluvieux et qu'une fosse creuse ;

Quand la pierre, opprimant ta poitrine peureuse
Et tes flancs qu'assouplit un charmant nonchaloir,
Empêchera ton cœur de battre et de vouloir,
Et tes pieds de courir leur course aventureuse.

Le tombeau, confident de mon rêve infini,
— Car le tombeau toujours comprendra le poëte, —
Durant ces grandes nuits d'où le somme est banni,

Te dira : « Que vous sert, courtisane imparfaite,
De n'avoir pas connu ce que pleurent les morts? »
— Et le ver rongera ta peau comme un remords.

—

XXXIII

LE CHAT

—

Viens, mon beau chat, sur mon cœur amoureux ;
　　Retiens les griffes de ta patte,
Et laisse-moi plonger dans tes beaux yeux
　　Mêlés de métal et d'agate.

Lorsque mes doigts caressent à loisir
　　Ta tête et ton dos élastique,
Et que ma main s'enivre du plaisir
　　De palper ton corps électrique,

Je vois ma femme en esprit; son regard,
Comme le tien, aimable bête,
Profond et froid, coupe et fend comme un dard.

Et des pieds jusques à la tête,
Un air subtil, un dangereux parfum
Nagent autour de son corps brun.

—

XXXIV

LE BALCON

—

Mère des souvenirs, maîtresse des maîtresses,
— O toi, tous mes plaisirs, ô toi, tous mes devoirs ! —
Tu te rappelleras la beauté des caresses,
La douceur du foyer et le charme des soirs,
Mère des souvenirs, maîtresse des maîtresses !

Les soirs illuminés par l'ardeur du charbon,
Et les soirs au balcon, voilés de vapeurs roses ;
Que ton sein m'était doux ! que ton cœur m'était bon !
Nous avons dit souvent d'impérissables choses
Les soirs illuminés par l'ardeur du charbon.

Que les soleils sont beaux dans les chaudes soirées !
Que l'espace est profond ! que le cœur est puissant !
En me penchant vèrs toi, reine des adorées,
Je croyais respirer le parfum de ton sang.
Que les soleils sont beaux dans les chaudes soirées !

La nuit s'épaississait ainsi qu'une cloison,
Et mes yeux dans le noir devinaient tes prunelles,
Et je buvais ton souffle, ô douceur, ô poison !
Et tes pieds s'endormaient dans mes mains fraternelles ;
La nuit s'épaississait ainsi qu'une cloison.

Je sais l'art d'évoquer les minutes heureuses,
Et revis mon passé blotti dans tes genoux.
Car à quoi bon chercher tes beautés langoureuses
Ailleurs qu'en ton cher corps et qu'en ton cœur si doux ?
Je sais l'art d'évoquer les minutes heureuses !

Ces serments, ces parfums, ces baisers infinis,
Renaîtront-ils d'un gouffre interdit à nos sondes,
Comme montent au ciel les soleils rajeunis
Après s'être lavés au fond des mers profondes ?
— O serments ! ô parfums ! ô baisers infinis !

XXXV

Je te donne ces vers afin que, si mon nom
Aborde heureusement aux époques lointaines,
Et, navire poussé par un grand aquilon,
Fait travailler un soir les cervelles humaines.

Ta mémoire, pareille aux fables incertaines,
Fatigue le lecteur ainsi qu'un tympanon,
Et par un fraternel et mystique chaînon
Reste comme pendue à mes rimes hautaines ;

Être maudit à qui de l'abîme profond,
Jusqu'au plus haut du ciel rien, hors moi, ne répond;
— O toi qui, comme une ombre à la trace éphémère,

Foules d'un pied léger et d'un regard serein
Les stupides mortels qui t'ont jugée amère,
Statue aux yeux de jais, grand ange au front d'airain !

—

XXXVI

TOUT ENTIÈRE

—

Le Démon, dans ma chambre haute.
Ce matin est venu me voir,
Et, tâchant de me prendre en faute,
M'a dit : « Je voudrais bien savoir,

Parmi toutes les belles choses
Dont est fait son enchantement,
Parmi les objets noirs ou roses
Qui composent son corps charmant,

Quel est le plus doux. » — O mon âme,
Tu répondis à l'Abhorré :
Puisqu'en Elle tout est dictame,
Rien ne peut être préféré.

Lorsque tout me ravit, j'ignore
Si quelque chose me séduit.
Elle éblouit comme l'Aurore
Et console comme la Nuit ;

Et l'harmonie est trop exquise,
Qui gouverne tout son beau corps,
Pour que l'impuissante analyse
En note les nombreux accords.

O métamorphose mystique
De tous mes sens fondus en un !
Son haleine fait la musique,
Comme sa voix fait le parfum.

—

XXXVII

Que diras-tu ce soir, pauvre âme solitaire,
Que diras-tu, mon cœur, cœur autrefois flétri,
A la très-belle, à la très-bonne, à la très-chère,
Dont le regard divin t'a soudain refleuri ?

— Nous mettrons notre orgueil à chanter ses louanges :
Rien ne vaut la douceur de son autorité ;
Sa chair spirituelle a le parfum des Anges,
Et son œil nous revêt d'un habit de clarté.

Que ce soit dans la nuit et dans la solitude,
Que ce soit dans la rue et dans la multitude,
Son fantôme dans l'air danse comme un flambeau

Parfois il parle et dit : « Je suis belle, et j'ordonne
Que pour l'amour de moi vous n'aimiez que le Beau.
Je suis l'Ange Gardien, la Muse et la Madone. »

—

XXXVIII

LE FLAMBEAU VIVANT

—

Ils marchent devant moi, ces yeux pleins de lumières,
Qu'un Ange très-savant a sans doute aimantés ;
Ils marchent, ces divins frères qui sont mes frères,
Suspendant mon regard à leurs feux diamantés.

Me sauvant de tout piège et de tout péché grave.
Ils conduisent mes pas dans la route du Beau :
Ils sont mes serviteurs et je suis leur esclave :
Tout mon être obéit à ce vivant flambeau.

Charmants Yeux, vous brillez de la clarté mystique
Qu'ont les cierges brûlant en plein jour ; le soleil
Rougit, mais n'éteint pas leur flamme fantastique ;

Ils célèbrent la Mort, vous chantez le Réveil ;
Vous marchez en chantant le réveil de mon âme,
Astres dont le soleil ne peut flétrir la flamme !

—

XXXIX

A CELLE QUI EST TROP GAIE

—

Ta tête, ton geste, ton air
Sont beaux comme un beau paysage,
Le rire joue en ton visage
Comme un vent frais dans un ciel clair.

Le passant chagrin que tu frôles
Est ébloui par la santé
Qui jaillit comme une clarté
De tes bras et de tes épaules.

Les retentissantes couleurs
Dont tu parsèmes tes toilettes
Jettent dans l'esprit des poètes
L'image d'un ballet de fleurs.

Ces robes folles sont l'emblème
De ton esprit bariolé ;
Folle dont je suis affolé,
Je te hais autant que je t'aime !

Quelquefois dans un beau jardin,
Où je traînais mon atonie,
J'ai senti comme une ironie
Le soleil déchirer mon sein ;

Et le printemps et la verdure
Ont tant humilié mon cœur
Que j'ai puni sur une fleur
L'insolence de la nature.

Ainsi, je voudrais, une nuit,
Quand l'heure des voluptés sonne,
Vers les trésors de ta personne
Comme un lâche ramper sans bruit,

Pour châtier ta chair joyeuse,
Pour meurtrir ton sein pardonné,
Et faire à ton flanc étonné
Une blessure large et creuse,

Et, vertigineuse douceur !
A travers ces lèvres nouvelles,
Plus éclatantes et plus belles,
T'infuser mon venin, ma sœur !

—

XL

RÉVERSIBILITÉ

—

Ange plein de gaîté, connaissez-vous l'angoisse,
La honte, les remords, les sanglots, les ennuis,
Et les vagues terreurs de ces affreuses nuits
Qui compriment le cœur comme un papier qu'on froisse?
Ange plein de gaîté, connaissez-vous l'angoisse?

Ange plein de bonté, connaissez-vous la haine,
Les poings crispés dans l'ombre et les larmes de fiel,
Quand la Vengeance bat son infernal rappel,
Et de nos facultés se fait le capitaine?
Ange plein de bonté, connaissez-vous la haine?

Ange plein de santé, connaissez-vous les Fièvres,
Qui, le long des grands murs de l'hospice blafard
Comme des exilés, s'en vont d'un pied traînard,
Cherchant le soleil rare et remuant les lèvres?
Ange plein de santé, connaissez-vous les Fièvres?

Ange plein de beauté, connaissez-vous les rides,
Et la peur de vieillir, et ce hideux tourment
De lire la secrète horreur du dévouement
Dans des yeux où longtemps burent nos yeux avides?
Ange plein de beauté, connaissez-vous les rides?

Ange plein de bonheur, de joie et de lumières,
David mourant aurait demandé la santé
Aux émanations de ton corps enchanté!
— Mais de toi je n'implore, ange, que tes prières,
Ange plein de bonheur, de joie et de lumières!

XLI

CONFESSION

—

Une fois, une seule, aimable et douce femme,
    A mon bras votre bras poli
S'appuya; — sur le fond ténébreux de mon âme
    Ce souvenir n'est point pâli.

Il était tard; ainsi qu'une médaille neuve
    La pleine lune s'étalait,
Et la solennité de la nuit, comme un fleuve,
    Sur Paris dormant ruisselait.

Et le long des maisons, sous les portes cochères,
    Des chats passaient furtivement,
L'oreille au guet, — ou bien, comme des ombres chères,
    Nous accompagnaient lentement.

Tout-à-coup, au milieu de l'intimité libre
    Éclose à la pâle clarté,
De vous, — riche et sonore instrument où ne vibre
    Que la radieuse gaîté,

De vous, claire et joyeuse ainsi qu'une fanfare
    Dans le matin étincelant,
— Une note plaintive, une note bizarre
    S'échappa, — tout en chancelant

Comme une enfant chétive, horrible, sombre, immonde,
    Dont sa famille rougirait,
Et qu'elle aurait long-temps, pour la cacher au monde,
    Dans un caveau mise au secret.

Pauvre ange, elle chantait, votre note criarde,
    « Que rien ici-bas n'est certain,
Et que toujours, avec quelque soin qu'il se farde,
    Se trahit l'égoïsme humain ;

Que c'est un dur métier que d'être belle femme,
    — Qu'il ressemble au travail banal
De la danseuse folle et froide qui se pâme
    Dans un sourire machinal ;

Que bâtir sur les cœurs est une chose sotte,
    — Que tout craque, amour et beauté,
Jusqu'à ce que l'Oubli les jette dans sa hotte
    Pour les rendre à l'Éternité! »

J'ai souvent évoqué cette lune enchantée,
    Ce silence et cette langueur,
Et cette confidence horrible chuchotée
    Au confessionnal du cœur.

L'AUBE SPIRITUELLE

—

Quand chez les débauchés l'aube blanche et vermeille
Entre en société de l'Idéal rongeur,
Par l'opération d'un mystère vengeur
Dans la brute assoupie un ange se réveille ;

— Des Cieux Spirituels l'inaccessible azur,
Pour l'homme terrassé qui rêve encore et souffre.
S'ouvre et s'enfonce avec l'attirance du gouffre.
Ainsi, chère Déesse, Être lucide et pur,

Sur les débris fumeux des stupides orgies,
Ton souvenir plus clair, plus rose, plus charmant,
À mes yeux agrandis voltige incessamment.

Le soleil a noirci les flammes des bougies ;
— Ainsi, toujours vainqueur, ton fantôme est pareil,
Ame resplendissante, à l'immortel soleil !

—

XLIII

HARMONIE DU SOIR

—

Voici venir les temps où vibrant sur sa tige
Chaque fleur s'évapore ainsi qu'un encensoir ;
Les sons et les parfums tournent dans l'air du soir,
— Valse mélancolique et langoureux vertige ! —

Chaque fleur s'évapore ainsi qu'un encensoir ;
Le violon frémit comme un cœur qu'on afflige ;
— Valse mélancolique et langoureux vertige ! —
Le ciel est triste et beau comme un grand reposoir.

Le violon frémit comme un cœur qu'on afflige,
Un cœur tendre, qui hait le néant vaste et noir !
— Le ciel est triste et beau comme un grand reposoir ;
Le soleil s'est noyé dans son sang qui se fige.

Un cœur tendre qui hait le néant vaste et noir
Du passé lumineux recueille tout vestige ;
— Le soleil s'est noyé dans son sang qui se fige ;
Ton souvenir en moi luit comme un ostensoir !

—

LE FLACON

—

Il est de forts parfums pour qui toute matière
Est poreuse ; — on dirait qu'ils pénètrent le verre.
Quelquefois en ouvrant un coffre d'Orient
Dont la serrure grince et rechigne en criant,

Ou dans une maison déserte quelque armoire,
Sentant l'odeur d'un siècle, arachnéenne et noire
On trouve un vieux flacon jauni qui se souvient,
D'où jaillit toute vive une âme qui revient.

Mille pensers dormaient, — chrysalides funèbres,
Frémissant doucement dans les lourdes ténèbres, —
Qui dégagent leur aile et prennent leur essor,
Teintés d'azur, — glacés de rose, — lamés d'or.

Voilà le souvenir enivrant qui voltige
Dans l'air troublé ; — les yeux se ferment ; le vertige
Saisit l'âme vaincue et la pousse à deux mains
Vers un gouffre où l'air est plein de parfums humains.

Il la terrasse au bord d'un gouffre séculaire,
Où, — Lazare odorant déchirant son suaire, —
Se meut dans son réveil le cadavre spectral
D'un vieil amour ranci, charmant et sépulcral.

Ainsi, quand je serai perdu dans la mémoire
Des hommes, — dans le coin d'une sinistre armoire
Quand on m'aura jeté, vieux flacon désolé,
Décrépit, poudreux, sale, abject, visqueux, fêlé,

Je serai ton cercueil, aimable pestilence !
Le témoin de ta force et de ta virulence,
Cher poison préparé par les anges ! liqueur
Qui me ronge, ô la vie et la mort de mon cœur !

XLV

LE POISON

—

Le vin sait revêtir le plus sordide bouge
    D'un luxe miraculeux,
Et fait surgir plus d'un portique fabuleux
    Dans l'or de sa vapeur rouge,
Comme un soleil couchant dans un ciel nébuleux.

L'opium agrandit ce qui n'a pas de bornes,
    Projette l'illimité,
Approfondit le temps, creuse la volupté,
    Et de plaisirs noirs et mornes
Remplit l'âme au-delà de sa capacité.

Tout cela ne vaut pas le poison qui découle
    De tes yeux, de tes yeux verts,
Lacs où mon âme tremble et se voit à l'envers ;
    — Mes songes viennent en foule
Pour se désaltérer à ces gouffres amers.

Tout cela ne vaut pas le terrible prodige
    De ta salive qui mord,
Qui plonge dans l'oubli mon âme sans remord,
    Et, charriant le vertige,
La roule défaillante aux rives de la mort !

XLVI

CIEL BROUILLÉ

—

On dirait ton regard d'une vapeur couvert ;
Ton œil mystérieux, — est-il bleu, gris ou vert ? —
Alternativement tendre, doux et cruel,
Réfléchit l'indolence et la pâleur du ciel.

Tu rappelles ces jours blancs, tièdes et voilés,
Qui font se fondre en pleurs les cœurs ensorcelés,
Quand, agités d'un mal inconnu qui les tord,
Les nerfs trop éveillés raillent l'esprit qui dort.

Tu ressembles parfois à ces beaux horizons
Qu'allument les soleils des brumeuses saisons ;
— Comme tu resplendis, paysage mouillé
Qu'enflamment les rayons tombant d'un ciel brouillé !

O femme dangereuse ! ô séduisants climats !
Adorerai-je aussi ta neige et vos frimas,
Et saurai-je tirer de l'implacable hiver
Des plaisirs plus aigus que la glace et le fer ?

XLVII

LE CHAT

—

Dans ma cervelle se promène,
Ainsi qu'en son appartement,
Un beau chat, fort, doux et charmant;
Quand il miaule, on l'entend à peine,

Tant son timbre est tendre et discret;
Mais que sa voix s'apaise ou gronde,
Elle est toujours suave et profonde.
C'est là son charme et son secret.

Cette voix, qui perle et qui filtre
Dans mon fonds le plus ténébreux,
Me remplit comme un vers nombreux
Et me pénètre comme un philtre.

Elle endort les plus cruels maux
Et contient toutes les extases ;
Pour dire les plus longues phrases,
Elle n'a pas besoin de mots.

Non , il n'est pas d'archet qui morde
Sur mon cœur, parfait instrument,
Et fasse plus royalement
Chanter sa plus vibrante corde

Que ta voix, chat mystérieux,
Chat séraphique, chat étrange,
En qui tout est, comme en un ange,
Aussi subtil qu'harmonieux.

— De sa fourrure blonde et brune
Sort au parfum si doux qu'un soir
J'en fus embaumé, pour l'avoir
Caressée une fois, rien qu'une.

C'est l'esprit familier du lieu ;
Il juge, il préside, il inspire
Toutes choses dans son empire ;
Peut-être est-il fée, est-il dieu ?

Quand mes yeux vers ce chat que j'aime,
Tirés comme par un aimant,
Se retournent docilement,
Et que je regarde en moi-même,

Je vois avec étonnement
Le feu de ses prunelles pâles,
Clairs fanaux, vivantes opales,
Qui me contemplent fixement.

LE BEAU NAVIRE

—

Je veux te raconter, ô molle enchanteresse,
Les diverses beautés qui parent ta jeunesse ;
    Je veux te peindre ta beauté,
Où l'enfance s'allie à la maturité.

Quand tu vas balayant l'air de ta jupe large,
Tu fais l'effet d'un beau vaisseau qui prend le large,
    Chargé de toile, et va roulant
Suivant un rythme doux, et paresseux, et lent.

Sur ton cou large et rond, sur tes épaules grasses,
Ta tête se pavane avec d'étranges grâces ;
    D'un air placide et triomphant
Tu passes ton chemin, majestueuse enfant.

Je veux te raconter, ô molle enchanteresse,
Les diverses beautés qui parent ta jeunesse ;
    Je veux te peindre ta beauté
Où l'enfance s'allie à la maturité.

Ta gorge qui s'avance et qui pousse la moire,
Ta gorge triomphante est une belle armoire
    Dont les panneaux bombés et clairs
Comme les boucliers accrochent des éclairs ;

Boucliers provoquants, armés de pointes roses !
Armoire à doux secrets, pleine de bonnes choses,
    De vins, de parfums, de liqueurs
Qui feraient délirer les cerveaux et les cœurs !

Quand tu vas balayant l'air de ta jupe large,
Tu fais l'effet d'un beau vaisseau qui prend le large,
    Chargé de toile, et va roulant
Suivant un rythme doux, et paresseux, et lent.

Tes nobles jambes sous les volants qu'elles chassent
Tourmentent les désirs obscurs et les agacent,
    Comme deux sorcières qui font
Tourner un philtre noir dans un vase profond.

Tes bras qui se joueraient des précoces hercules
Sont des boas luisants les solides émules,
    Faits pour serrer obstinément,
Comme pour l'imprimer dans ton cœur, ton amant.

Sur ton cou large et rond, sur tes épaules grasses;
Ta tête se pavane avec d'étranges grâces ;
    D'un air placide et triomphant
Tu passes ton chemin, majestueuse enfant.

L'INVITATION AU VOYAGE

—

Mon enfant, ma sœur,
      Songe à la douceur
D'aller là-bas vivre ensemble ;
      — Aimer à loisir,
      Aimer et mourir
Au pays qui te ressemble !
      Les soleils mouillés
      De ces ciels brouillés
Pour mon esprit ont les charmes
      Si mystérieux
      De tes traîtres yeux,
Brillant à travers leurs larmes.

Là, tout n'est qu'ordre et beauté,
Luxe, calme et volupté.

  Des meubles luisants,
  Polis par les ans,
Décoreraient notre chambre ;
  Les plus rares fleurs
  Mêlant leurs odeurs
Aux vagues senteurs de l'ambre,
  Les riches plafonds,
  Les miroirs profonds,
La splendeur orientale,
  Tout y parlerait
  A l'âme en secret
Sa douce langue natale.

Là, tout n'est qu'ordre et beauté,
Luxe, calme et volupté.

  Vois sur ces canaux
  Dormir ces vaisseaux
Dont l'humeur est vagabonde ;
  C'est pour assouvir
  Ton moindre désir
Qu'ils viennent du bout du monde.
  — Les soleils couchants
  Revêtent les champs,
Les canaux, la ville entière,
  D'hyacinthe et d'or ;

— Le monde s'endort
Dans une chaude lumière.

Là, tout n'est qu'ordre et beauté,
Luxe, calme et volupté.

L

L'IRRÉPARABLE

—

Pouvons-nous étouffer le vieux, le long Remords,
    Qui vit, s'agite et se tortille,
Et se nourrit de nous comme le ver des morts,
    Comme du chêne la chenille?
Pouvons-nous étouffer l'implacable Remords?

Dans quel philtre, dans quel vin, dans quelle tisane
    Noierons-nous ce vieil ennemi,
Destructeur et gourmand comme la courtisane,
    Patient comme la fourmi?
Dans quel philtre? — dans quel vin? — dans quelle tisane?

Dis-le, belle sorcière, oh ! dis, si tu le sais,
    A cet esprit comblé d'angoisse
Et pareil au mourant qu'écrasent les blessés,
    Que le sabot du cheval froisse,
— Dis-le, belle sorcière, oh! dis, si tu le sais.

A cet agonisant que déjà le loup flaire
    Et que surveille le corbeau,
— A ce soldat brisé, — s'il faut qu'il désespère
    D'avoir sa croix et son tombeau ;
Ce pauvre agonisant que déjà le loup flaire!

Peut-on illuminer un ciel bourbeux et noir?
    Peut-on déchirer des ténèbres
Plus denses que la poix, sans matin et sans soir,
    Sans astres, sans éclairs funèbres?
Peut-on illuminer un ciel bourbeux et noir?

L'Espérance qui brille aux carreaux de l'Auberge
    Est soufflée, est morte à jamais!
Sans lune et sans rayons trouver où l'on héberge
    Les martyrs d'un chemin mauvais!
— Le Diable a tout éteint aux carreaux de l'Auberge.

Adorable sorcière, aimes-tu les damnés?
    Dis, connais-tu l'irrémissible?
Connais-tu le Remords, aux traits empoisonnés,
    A qui notre cœur sert de cible?
Adorable sorcière, aimes-tu les damnés?

L'Irréparable ronge avec sa dent maudite
     Notre âme, — honteux monument, —
Et souvent il attaque, ainsi que le termite,
     Par la base le bâtiment.
L'Irréparable ronge avec sa dent maudite !

— J'ai vu parfois, au fond d'un théâtre banal
     Qu'enflammait l'orchestre sonore,
Une fée allumer dans un ciel infernal
     Une miraculeuse aurore;
J'ai vu parfois, au fond d'un théâtre banal,

Un être qui n'était que lumière, or et gaze,
     Terrasser l'énorme Satan;
Mais mon cœur que jamais ne visite l'extase
     Est un théâtre où l'on attend
Toujours, — toujours en vain, — l'Être aux ailes de gaze !

LI

CAUSERIE

—

Vous êtes un beau ciel d'automne, clair et rose !
Mais la tristesse en moi monte comme la mer,
Et laisse, en refluant, sur ma lèvre morose
Le souvenir cuisant de son limon amer.

— Ta main se glisse en vain sur mon sein qui se pâme ;
Ce qu'elle cherche, amie, est un lieu saccagé
Par la griffe et la dent féroce de la femme. —
Ne cherchez plus mon cœur ; des monstres l'ont mangé.

Mon cœur est un palais flétri par la cohue ;
On s'y soûle, on s'y tue, on s'y prend aux cheveux
— Un parfum nage autour de votre gorge nue ! —

O Beauté, dur fléau des âmes! tu le veux !
Avec tes yeux de feu, brillants comme des fêtes,
Calcine ces lambeaux qu'ont épargnés les bêtes !

—

LII

L'HEAUTONTIMOROUMENOS

—

Je te frapperai sans colère
Et sans haine, — comme un boucher !
Comme Moïse le rocher,
— Et je ferai de ta paupière,

Pour abreuver mon Saharah,
Jaillir les eaux de la souffrance;
Mon désir gonflé d'espérance
Sur tes pleurs salés nagera

Comme un vaisseau qui prend le large,
Et dans mon cœur qu'ils soûleront
Tes chers sanglots retentiront
Comme un tambour qui bat la charge!

Ne suis-je pas un faux accord
Dans la divine symphonie,
Grâce à la vorace Ironie
Qui me secoue et qui me mord?

Elle est dans ma voix, la criarde!
C'est tout mon sang, ce poison noir!
Je suis le sinistre miroir
Où la mégère se regarde.

Je suis la plaie et le couteau!
Je suis le soufflet et la joue!
Je suis les membres et la roue,
Et la victime et le bourreau!

Je suis de mon cœur le vampire,
— Un de ces grands abandonnés
Au rire éternel condamnés.
Et qui ne peuvent plus sourire!

LIII

FRANCISCÆ MEÆ LAUDES

VERS COMPOSÉS POUR UNE MODISTE ÉRUDITE ET DÉVOTE.

—

Ne semble-t-il pas au lecteur, comme à moi, que la langue de la dernière décadence latine, — suprême soupir d'une personne robuste déjà transformée et préparée pour la vie spirituelle, — est singulièrement propre à exprimer la passion telle que l'a comprise et sentie le monde poétique moderne? La mysticité est l'autre pôle de cet aimant dont Catulle et sa bande, poètes brutaux et purement épidermiques, n'ont connu que le pôle sensualité. Dans cette merveilleuse langue, le solécisme et le barbarisme me paraissent rendre les négligences forcées d'une passion qui s'oublie et se moque des règles. Les mots, pris dans une acception nouvelle, révèlent la maladresse charmante du barbare du nord agenouillé devant la beauté romaine. Le calembour lui-même, quand il traverse ces pédantesques bégaiements, ne joue-t-il pas la grâce sauvage et baroque de l'enfance?

Novis te cantabo chordis,
O novelletum quod ludis
In solitudine cordis.

Esto sertis implicata,
O femina delicata,
Per quam solvuntur peccata !

Sicut beneficum Lethe,
Hauriam oscula de te,
Quæ imbuta es magnete.

Quum vitiorum tempestas
Turbabat omnes semitas ,
Apparuisti, Deitas,

Velut stella salutaris
In naufragiis amaris.
— Suspendam cor tuis aris !

Piscina plena virtutis,
Fons æternæ juventutis,
Labris vocem redde mutis !

Quod erat spurcum, cremasti;
Quod rudius, exæquasti;
Quod debile, confirmasti.

In fame mea taberna,
In nocte mea lucerna,
Recte me semper guberna

Adde nunc vires viribus,
Dulce balneum suavibus
Unguentatum odoribus !

Meos circa lumbos mica,
O castitatis lorica,
Aqua tincta seraphica ;

Patera gemmis corusca,
Panis salsus, mollis esca,
Divinum vinum, Francisca !

—

LIV

A UNE DAME CRÉOLE

—

Au pays parfumé que le soleil caresse,
J'ai connu sous un dais d'arbres verts et dorés
Et de palmiers, d'où pleut sur les yeux la paresse,
Une dame créole aux charmes ignorés.

Son teint est pâle et chaud; la brune-enchanteresse
A dans le cou des airs noblement maniérés;
Grande et svelte en marchant comme une chasseresse
Son sourire est tranquille et ses yeux assurés.

Si vous alliez, Madame, au vrai pays de gloire,
Sur les bords de la Seine ou de la verte Loire,
Belle digne d'orner les antiques manoirs,

Vous feriez, à l'abri des ombreuses retraites,
Germer mille sonnets dans le cœur des poètes
Que vos grands yeux rendraient plus soumis que vos noirs.

—

MŒSTA ET ERRABUNDA

—

Dis-moi, ton cœur parfois s'envole-t-il, Agathe,
Loin du noir océan de l'immonde cité,
Vers un autre océan où la splendeur éclate,
Bleu, clair, profond, ainsi que la virginité?
Dis-moi, ton cœur parfois s'envole-t-il, Agathe?

La mer, la vaste mer console nos labeurs!
— Quel démon a doté la mer, — rauque chanteuse
Qu'accompagne l'immense orgue des vents grondeurs, —
De cette fonction sublime de berceuse?
La mer, la vaste mer console nos labeurs!

Emporte-moi, wagon! enlève-moi, frégate!
Loin! — loin ! — ici la boue est faite de nos pleurs!
— Est-il vrai que parfois le triste cœur d'Agathe
Dise : Loin des remords, des crimes, des douleurs,
Emporte-moi, wagon, enlève-moi, frégate ?

Comme vous êtes loin, paradis parfumé,
Où sous un clair azur tout n'est qu'amour et joie,
Où tout ce que l'on aime est digne d'être aimé,
Où dans la volupté pure le cœur se noie!
Comme vous êtes loin, paradis parfumé!

Mais le vert paradis des amours enfantines,
Les courses, les chansons, les baisers, les bouquets,
Les violons mourant derrière les collines,
Avec les brocs de vin, le soir, dans les bosquets,
— Mais le vert paradis des amours enfantines,

L'innocent paradis, plein de plaisirs furtifs,
Est-il déjà plus loin que l'Inde et que la Chine?
—Peut-on le rappeler avec des cris plaintifs
Et l'animer encore d'une voix argentine,
L'innocent paradis plein de plaisirs furtifs?

LVI

LES CHATS

—

Les amoureux fervents et les savants austères
Aiment également dans leur mûre saison
Les chats puissants et doux, orgueil de la maison
Qui comme eux sont frileux et comme eux sédentaires.

Amis de la science et de la volupté,
Ils cherchent le silence et l'horreur des ténèbres ;
L'Erèbe les eût pris pour ses coursiers funèbres,
S'ils pouvaient au servage incliner leur fierté.

Ils prennent en songeant les nobles attitudes
Des grands sphinx allongés au fond des solitudes,
Qui semblent s'endormir dans un rêve sans fin ;

Leurs reins féconds sont pleins d'étincelles magiques,
Et des parcelles d'or, ainsi qu'un sable fin,
Etoilent vaguement leurs prunelles mystiques.

———

LES HIBOUX

—

Sous les ifs noirs qui les abritent,
Les hiboux se tiennent rangés,
Ainsi que des dieux étrangers,
Dardant leur œil rouge. Ils méditent.

Sans remuer ils se tiendront
Jusqu'à l'heure mélancolique
Où, poussant le soleil oblique
Les ténèbres s'établiront.

Leur attitude au sage enseigne
Qu'il faut en ce monde qu'il craigne
Le tumulte et le mouvement :

L'homme ivre d'une ombre qui passe
Porte toujours le châtiment
D'avoir voulu changer de place.

—

LVIII

LA CLOCHE FÊLÉE

—

Il est amer et doux, pendant les nuits d'hiver,
D'écouter près du feu qui palpite et qui fume
Les souvenirs lointains lentement s'élever
Au bruit des carillons qui chantent dans la brume.

Bienheureuse la cloche au gosier vigoureux
Qui, malgré sa vieillesse, alerte et bien portante,
Jette fidèlement son cri religieux,
Ainsi qu'un vieux soldat qui veille sous la tente!

Moi, mon âme est fêlée, et lorsqu'en ses ennuis
Elle veut de ses chants peupler l'air froid des nuits,
Il arrive souvent que sa voix affaiblie

Semble le râle épais d'un blessé qu'on oublie
Au bord d'un lac de sang, sous un grand tas de morts,
Et qui meurt, sans bouger, dans d'immenses efforts.

LIX

SPLEEN

—

Pluviôse irrité contre la ville entière
De son urne à grand flots verse un froid ténébreux
Aux pâles habitants du voisin cimetière
Et la mortalité sur les faubourgs brumeux.

Mon chat sur le carreau cherchant une litière
Agite sans repos son corps maigre et galeux ;
L'ombre d'un vieux poète erre dans la gouttière
Avec la triste voix d'un fantôme frileux.

Le bourdon se lamente, et la bûche enfumée
Accompagne en fausset la pendule enrhumée,
Cependant qu'en un jeu plein de sales parfums,

Héritage fatal d'une vieille hydropique,
Le beau valet de cœur et la dame de pique
Causent sinistrement de leurs amours défunts.

—

LX

SPLEEN

—

J'ai plus de souvenirs que si j'avais mille ans.

Un gros meuble à tiroirs encombré de bilans,
De vers, de billets doux, de procès, de romances,
Avec de lourds cheveux roulés dans des quittances,
Cache moins de secrets que mon triste cerveau.
C'est une pyramide, un immense caveau,
Qui contient plus de morts que la fosse commune.
— Je suis un cimetière abhorré de la lune,

Où comme des remords se traînent de longs vers
Qui s'acharnent toujours sur mes morts les plus chers.
Je suis un vieux boudoir plein de roses fanées,
Où gît tout un fouillis de modes surannées,
Où les pastels plaintifs et les pâles Boucher
Hument le vieux parfum d'un flacon débouché.

Rien n'égale en longueur les boiteuses journées,
Quand sous les lourds flocons des neigeuses années
L'ennui, fruit de la morne incuriosité,
Prend les proportions de l'immortalité.
— Désormais tu n'es plus, ô matière vivante,
Qu'un granit entouré d'une vague épouvante,
Assoupi dans le fond d'un Saharah brumeux,
—Un vieux sphinx ignoré du monde insoucieux,
Oublié sur la carte, et dont l'humeur farouche
Ne chante qu'aux rayons du soleil qui se couche.

LXI

SPLEEN

———

Je suis comme le roi d'un pays pluvieux ,
Riche, mais impuissant, jeune et pourtant très-vieux,
Qui de ses précepteurs méprisant les courbettes,
S'ennuie avec ses chiens comme avec d'autres bêtes.
Rien ne peut l'égayer, ni gibier, ni faucon,
Ni son peuple mourant en face du balcon.
Du bouffon favori la grotesque ballade
Ne distrait plus le front de ce cruel malade ;
Son lit fleurdelisé se transforme en tombeau,
Et les dames d'atour, pour qui tout prince est beau,

Ne savent plus trouver d'impudique toilette
Pour tirer un souris de ce jeune squelette.
Le savant qui lui fait de l'or n'a jamais pu
De son être extirper l'élément corrompu,
Et dans ces bains de sang qui des Romains nous viennent,
Et dont sur leurs vieux jours les puissants se souviennent,
Il n'a pas réchauffé ce cadavre hébété
Où coule au lieu de sang l'eau verte du Léthé.

LXII

SPLEEN

—

Quand le ciel bas et lourd pèse comme un couvercle
Sur l'esprit gémissant en proie aux longs ennuis,
Et que de l'horizon embrassant tout le cercle
Il nous fait un jour noir plus triste que les nuits ;

Quand la terre est changée en un cachot humide,
Où l'Espérance, comme une chauve-souris,
S'en va battant les murs de son aile timide,
Et se cognant la tête à des plafonds pourris :

Quand la pluie étalant ses immenses traînées
D'une vaste prison imite les barreaux,
Et qu'un peuple muet d'horribles araignées
Vient tendre ses filets au fond de nos cerveaux,

Des cloches tout-à-coup sautent avec furie
Et lancent vers le ciel un affreux hurlement,
Ainsi que des esprits errants et sans patrie
Qui se mettent à geindre opiniâtrément.

— Et d'anciens corbillards, sans tambours ni musique,
Défilent lentement dans mon âme ; et, l'Espoir
Pleurant comme un vaincu, l'Angoisse despotique
Sur mon crâne incliné plante son drapeau noir.

LXIII

BRUMES ET PLUIES

—

O fins d'automne, hivers, printemps trempés de boue,
Endormeuses saisons! je vous aime et vous loue
D'envelopper ainsi mon cœur et mon cerveau
D'un linceul vaporeux et d'un brumeux tombeau.

Dans cette grande plaine où l'autan froid se joue,
Où par les longues nuits la girouette s'enroue,
Mon âme mieux qu'au temps du tiède renouveau
Ouvrira largement ses ailes de corbeau.

Rien n'est plus doux au cœur plein de choses funèbres,
Et sur qui dès long-temps descendent les frimas,
O blafardes saisons, reines de nos climats !

Que l'aspect permanent de vos pâles ténèbres,
— Si ce n'est par un soir sans lune, deux à deux,
D'endormir la douleur sur un lit hasardeux.

—

LXIV

L'IRREMÉDIABLE

—

Une Idée, une Forme, un Être
Parti de l'azur et tombé
Dans un Styx bourbeux et plombé
Où nul œil du Ciel ne pénètre ;

Un Ange, imprudent voyageur
Qu'a tenté l'amour du difforme,
Au fond d'un cauchemar énorme
Se débattant comme un nageur,

Et luttant, angoisses funèbres !
Contre un gigantesque remous
Qui va chantant comme les fous
Et pirouettant dans les ténèbres ;

Un malheureux ensorcelé
Dans ses tâtonnements futiles,
Pour fuir d'un lieu plein de reptiles,
Cherchant la lumière et la clé ;

Un damné descendant sans lampe,
Au bord d'un gouffre dont l'odeur
Trahit l'humide profondeur,
D'éternels escaliers sans rampe,

Où veillent des monstres visqueux
Dont les larges yeux de phosphore
Font une nuit plus noire encore
Et ne rendent visibles qu'eux ;

Un navire pris dans le pôle,
Comme en un piège de cristal,
Cherchant par quel détroit fatal
Il est tombé dans cette geôle ;

— Emblèmes nets, tableau parfait
D'une fortune irremédiable,
Qui donne à penser que le Diable
Fait toujours bien tout ce qu'il fait !

Tête-à-tête sombre et limpide
Qu'un cœur devenu son miroir !
Puits de Vérité, clair et noir,
Où tremble une étoile livide,

Un phare ironique, infernal,
Flambeau des grâces sataniques,
Soulagement et gloire uniques,
— La conscience dans le Mal !

LXV

A UNE MENDIANTE ROUSSE

—

Ma blanchette aux cheveux roux,
Dont la robe par ses trous
Laisse voir la pauvreté
    Et la beauté,

Pour moi, poète chétif,
Ton jeune corps maladif
Plein de taches de rousseur
    A sa douceur;

Tu portes plus galamment
Qu'une pipeuse d'amant
Ses brodequins de velours
　　Tes sabots lourds.

Au lieu d'un haillon trop court,
Qu'un superbe habit de cour
Traîne à plis bruyants et longs
　　Sur tes talons ;

En place de bas troués,
Que pour les yeux des roués
Sur ta jambe un poignard d'or
　　Reluise encor ;

Que des nœuds mal attachés
Dévoilent pour nos péchés
Ton sein plus blanc que du lait
　　Tout nouvelet ;

Que pour te déshabiller
Tes bras se fassent prier
Et chassent à coups mutins
　　Les doigts lutins ;

— Perles de la plus belle eau,
Sonnets de maître Belleau
Par tes galants mis aux fers
　　Sans cesse offerts,

Valetaille de rimeurs
Te dédiant leurs primeurs
Et reluquant ton soulier
   Sous l'escalier,

Maint page ami du hasard,
Maint seigneur et maint Ronsard
Épieraient pour le déduit
   Ton frais réduit.

Tu compterais dans tes lits
Plus de baisers que de lis,
Et rangerais sous tes lois
   Plus d'un Valois !

— Cependant tu vas gueusant
Quelque vieux débris gisant
Au seuil de quelque Véfour
   De carrefour ;

Tu vas lorgnant en dessous
Des bijoux de vingt-neuf sous
Dont je ne puis, oh ! pardon !
   Te faire don ;

Va donc, sans autre ornement,
Parfum, perles, diamant,
Que ta maigre nudité,
   O ma beauté !

LXVI

LE JEU

—

Dans des fauteuils fanés des courtisanes vieilles,
— Fronts poudrés, sourcils peints sur des regards d'acier, —
Qui s'en vont brimbalant à leurs maigres oreilles
Un cruel et blessant tic-tac de balancier ;

Autour des verts tapis des visages sans lèvre,
Des lèvres sans couleur, des mâchoires sans dent,
Et des doigts convulsés d'une infernale fièvre,
Fouillant la poche vide ou le sein palpitant ;

Sous de sales plafonds un rang de pâles lustres
Et d'énormes quinquets projetant leurs lueurs
Sur des fronts ténébreux de poètes illustres
Qui viennent gaspiller leurs sanglantes sueurs :

— Voilà le noir tableau qu'en un rêve nocturne
Je vis se dérouler sous mon œil clairvoyant ;
Moi-même, dans un coin de l'antre taciturne,
Je me vis accoudé, froid, muet, enviant,

Enviant de ces gens la passion tenace,
De ces vieilles putains la funèbre gaîté,
Et tous gaillardement trafiquant à ma face,
L'un de son vieil honneur, l'autre de sa beauté !

Et mon cœur s'effraya d'envier le pauvre homme
Qui court avec ferveur à l'abîme béant,
Et, soûlé de son sang, préférerait en somme
La douleur à la mort et l'enfer au néant !

LXVII

LE CRÉPUSCULE DU SOIR

—

Voici le soir charmant, ami du criminel ;
Il vient comme un complice, à pas de loup ; — le ciel
Se ferme lentement comme une grande alcôve,
Et l'homme impatient se change en bête fauve.

O soir, aimable soir, désiré par celui
Dont les bras, sans mentir, peuvent dire : Aujourd'hui
Nous avons travaillé ! — C'est le soir qui soulage
Les esprits que dévore une douleur sauvage,
Le savant obstiné dont le front s'alourdit,
Et l'ouvrier courbé qui regagne son lit.

Cependant des démons malsains dans l'atmosphère
S'éveillent lourdement, comme des gens d'affaire,
Et cognent en volant les volets et l'auvent.
A travers les lueurs que tourmente le vent
La Prostitution s'allume dans les rues ;
Comme une fourmilière elle ouvre ses issues ;
Partout elle se fraye un occulte chemin,
Ainsi que l'ennemi qui tente un coup de main ;
Elle remue au sein de la cité de fange
Comme un ver qui dérobe à l'Homme ce qu'il mange.
On entend çà et là les cuisines siffler,
Les théâtres glapir, les orchestres ronfler ;
Les tables d'hôte, dont le jeu fait les délices,
S'emplissent de catins et d'escrocs, leurs complices
Et les voleurs, qui n'ont ni trêve ni merci,
Vont bientôt commencer leur travail, eux aussi,
Et forcer doucement les portes et les caisses
Pour vivre quelques jours et vêtir leurs maîtresses.

Recueille-toi, mon âme, en ce grave moment,
Et ferme ton oreille à ce rugissement.
C'est l'heure où les douleurs des malades s'aigrissent !
La sombre Nuit les prend à la gorge ; — ils finissent
Leur destinée et vont vers le gouffre commun ;
L'hôpital se remplit de leurs soupirs. — Plus d'un
Ne viendra plus chercher la soupe parfumée,
Au coin du feu, le soir, auprès d'une âme aimée.

Encore la plupart n'ont-ils jamais connu
La douceur du foyer et n'ont jamais vécu !

LXVIII

LE CRÉPUSCULE DU MATIN

—

La diane chantait dans les cours des casernes,
Et le vent du matin soufflait sur les lanternes.

C'était l'heure où l'essaim des rêves malfaisants
Tord sur leurs oreillers les bruns adolescents ;
Où, comme un œil sanglant qui palpite et qui bouge,
La lampe sur le jour fait une tache rouge ;
Où l'âme, sous le poids du corps revêche et lourd,
Imite les combats de la lampe et du jour.

Comme un visage en pleurs que les brises essuient,
L'air est plein du frisson des choses qui s'enfuient,
Et l'homme est las d'écrire et la femme d'aimer.

Les maisons çà et là commençaient à fumer.
Les femmes de plaisir, la paupière livide,
Bouche ouverte, dormaient de leur sommeil stupide ;
Les pauvresses, traînant leurs seins maigres et froids,
Soufflaient sur leurs tisons et soufflaient sur leurs doigts.
C'était l'heure où parmi le froid et la lésine
S'aggravent les douleurs des femmes en gésine ;
Comme un sanglot coupé par un sang écumeux
Le chant du coq au loin déchirait l'air brumeux.
Une mer de brouillards baignait les édifices,
Et les agonisants dans le fond des hospices
Poussaient leur dernier râle en hoquets inégaux.
Les débauchés rentraient, brisés par leurs travaux.

L'aurore grelottante en robe rose et verte
S'avançait lentement sur la Seine déserte,
Et le sombre Paris, en se frottant les yeux,
Empoignait ses outils, — vieillard laborieux !

LXIX

La servante au grand cœur dont vous étiez jalouse
— Dort-elle son sommeil sous une humble pelouse ? —
Nous aurions déjà dû lui porter quelques fleurs.
Les morts, les pauvres morts ont de grandes douleurs,
Et quand Octobre souffle, émondeur des vieux arbres,
Son vent mélancolique à l'entour de leurs marbres,
Certe, ils doivent trouver les vivants bien ingrats,
A dormir, comme ils font, chaudement dans leurs draps,
Tandis que, dévorés de noires songeries,
Sans compagnon de lit, sans bonnes causeries,

Vieux squelettes gelés travaillés par le ver,
Ils sentent s'égoutter les neiges de l'hiver,
Et l'éternité fuir sans qu'amis ni famille
Remplacent les lambeaux qui pendent à leur grille.

Lorsque la bûche siffle et chante, si le soir,
Calme, dans le fauteuil elle venait s'asseoir,
Si par une nuit bleue et froide de décembre,
Je la trouvais tapie en un coin de ma chambre,
Grave, et venant du fond de son lit éternel
Couver l'enfant grandi de son œil maternel,
Que pourais-je répondre à cette âme pieuse
Voyant tomber des pleurs de sa paupière creuse?

—

LXX

Je n'ai pas oublié, voisine de la ville,
Notre blanche maison, petite mais tranquille,
Sa Pomone de plâtre et sa vieille Vénus
Dans un bosquet chétif cachant leurs membres nus ;
— Et le soleil, le soir, ruisselant et superbe,
Qui, derrière la vitre où se brisait sa gerbe,

Semblait, grand œil ouvert dans le ciel curieux ,
Contempler nos dîners longs et silencieux,
Et versait largement ses beaux reflets de cierge
Sur la nappe frugale et les rideaux de serge.

LXXI

LE TONNEAU DE LA HAINE

La Haine est le tonneau des pâles Danaïdes ;
La Vengeance éperdue aux bras rouges et forts
A beau précipiter dans ses ténèbres vides
De grands seaux pleins du sang et des larmes des morts,

Le Démon fait des trous secrets à ces abîmes,
Par où fuiraient mille ans de sueurs et d'efforts,
Quand même elle saurait allonger ses victimes,
Et pour les resaigner galvaniser leurs corps.

La Haine est un ivrogne au fond d'une taverne.
Qui sent toujours la soif naître de la liqueur
Et se multiplier comme l'hydre de Lerne.

— Mais les buveurs heureux connaissent leur vainqueur.
Et la Haine est vouée à ce sort lamentable
De ne pouvoir jamais s'endormir sous la table.

—

LXXII

LE REVENANT

—

Comme les anges à l'œil fauve,
Je reviendrai dans ton alcôve
Et vers toi glisserai sans bruit
Avec les ombres de la nuit ;

Et je te donnerai, ma brune,
Des baisers froids comme la lune
Et des caresses de serpent
Autour d'une fosse rampant.

Quand viendra le matin livide ,
Tu trouveras ma place vide,
Où jusqu'au soir il fera froid.

Comme d'autres par la tendresse,
Sur ta vie et sur ta jeunesse,
Moi, je veux régner par l'effroi.

—

LXXIII

LE MORT JOYEUX

—

Dans une terre grasse et pleine d'escargots
Je veux creuser moi-même une fosse profonde,
Où je puisse à loisir étaler mes vieux os
Et dormir dans l'oubli comme un requin dans l'onde.

Je hais les testaments et je hais les tombeaux ;
Plutôt que d'implorer une larme du monde,
Vivant, j'aimerais mieux inviter les corbeaux
A saigner tous les bouts de ma carcasse immonde.

—O vers ! noirs compagnons sans oreille et sans yeux,
Voyez venir à vous un mort libre et joyeux ;
Philosophes viveurs, fils de la pourriture,

A travers ma ruine allez donc sans remords,
Et dites-moi s'il est encor quelque torture
Pour ce vieux corps sans âme et mort parmi les morts?

LXXIV

SÉPULTURE

—

Si par une nuit lourde et sombre
Un bon chrétien, par charité,
Derrière quelque vieux décombre
Enterre votre corps vanté,

A l'heure où les chastes étoiles
Ferment leurs yeux appesantis,
L'araignée y fera ses toiles,
Et la vipère ses petits ;

Vous entendrez toute l'année
Sur votre tête condamnée
Les cris lamentables des loups

Et des sorcières faméliques,
Les ébats des vieillards lubriques
Et les complots des noirs filous.

TRISTESSES DE LA LUNE

—

Ce soir, la lune rêve avec plus de paresse ;
Ainsi qu'une beauté, sur de nombreux coussins,
Qui d'une main distraite et légère caresse ,
Avant de s'endormir, le contour de ses seins,

Sur le dos satiné des molles avalanches,
Mourante, elle se livre aux longues pamoisons,
Et piomène ses yeux sur les visions blanches
Qui montent dans l'azur comme des floraisons.

Quand parfois sur ce globe, en sa langueur oisive,
Elle laisse filer une larme furtive,
Un poète pieux, ennemi du sommeil,

Dans le creux de sa main prend cette larme pâle,
Aux reflets irisés comme un fragment d'opale,
Et la met dans son cœur loin des yeux du soleil.

LXXVI

LA MUSIQUE

—

La musique parfois me prend comme une mer !
    Vers ma pâle étoile,
Sous un plafond de brume ou dans un pur éther,
    Je mets à la voile ;

La poitrine en avant et gonflant mes poumons
    De toile pesante,
Je monte et je descends sur le dos des grands monts
    D'eau retentissante ;

Je sens vibrer en moi toutes les passions
    D'un vaisseau qui souffre :
Le bon vent, la tempête et ses convulsions

    Sur le sombre gouffre
Me bercent, et parfois le calme, — grand miroir
    De mon désespoir !

LA PIPE

—

Je suis la pipe d'un auteur;
On voit, à contempler ma mine
D'abyssinienne ou de cafrine,
Que mon maître est un grand fumeur.

Quand il est comblé de douleur,
Je fume comme la chaumine
Où se prépare la cuisine
Pour le retour du laboureur

J'enlace et je berce son âme
Dans le réseau mobile et bleu
Qui monte de ma bouche en feu,

Et je roule un puissant dictame
Qui charme son cœur et guérit
De ses fatigues son esprit.

FLEURS DU MAL

LXXVIII

LA DESTRUCTION

—

Sans cesse à mes côtés s'agite le Démon ;
Il nage autour de moi comme un air impalpable :
Je l'avale et le sens qui brûle mon poumon,
Et l'emplit d'un désir éternel et coupable.

Parfois il prend, sachant mon grand amour de l'Art,
La forme de la plus séduisante des femmes,
Et, sous de spécieux prétextes de cafard,
Accoutume ma lèvre à des philtres infâmes.

Il me conduit ainsi, loin du regard de Dieu,
Haletant et brisé de fatigue, au milieu
Des plaines de l'Ennui, profondes et désertes,

Et jette dans mes yeux pleins de confusion
Des vêtements souillés, des blessures ouvertes,
Et l'appareil sanglant de la Destruction !

UNE MARTYRE

DESSIN D'UN MAITRE INCONNU

—

Au milieu des flacons, des étoffes lamées
    Et des meubles voluptueux,
Des marbres, des tableaux, des robes parfumées.
    Qui traînent à plis paresseux,

Dans une chambre tiède où, comme en une serre,
    L'air est dangereux et fatal,
Où des bouquets mourants dans leurs cercueils de verre
    Exhalent leur soupir final,

Un cadavre sans tête épanche, comme un fleuve,
　　Sur l'oreiller désaltéré
Un sang rouge et vivant, dont la toile s'abreuve
　　Avec l'avidité d'un pré.

Semblable aux visions pâles qu'enfante l'ombre
　　Et qui nous enchaînent les yeux,
La tête, avec l'amas de sa crinière sombre
　　Et de ses bijoux précieux,

Sur la table de nuit, comme une renoncule,
　　Repose, et, vide de pensers,
Un regard vague et blanc comme le crépuscule
　　S'échappe des yeux révulsés.

Sur le lit, le tronc nu sans scrupules étale
　　Dans le plus complet abandon
La secrète splendeur et la beauté fatale
　　Dont la nature lui fit don ;

Un bas rosâtre, orné de coins d'or, à la jambe
　　Comme un souvenir est resté ;
La jarretière, ainsi qu'un œil vigilant, flambe
　　Et darde un regard diamanté.

Le singulier aspect de cette solitude
　　Et d'un grand portrait langoureux,
Aux yeux provocateurs comme son attitude,
　　Révèle un amour ténébreux,

Une coupable joie et des fêtes étranges
        Pleines de baisers infernaux,
Dont se réjouissait l'essaim des mauvais anges
        Nageant dans les plis des rideaux ;

Et cependant, à voir la maigreur élégante
        De l'épaule au contour heurté,
La hanche un peu pointue et la taille fringante
        Ainsi qu'un reptile irrité,

Elle est bien jeune encor ! — Son âme exaspérée
        Et ses sens par l'ennui mordus
S'étaient-ils entr'ouverts à la meute altérée
        Des désirs errants et perdus ?

L'homme vindicatif que tu n'as pu, vivante,
        Malgré tant d'amour, assouvir,
Combla-t-il sur ta chair inerte et complaisante
        L'immensité de son désir ?

Réponds, cadavre impur ! et par tes tresses roides
        Te soulevant d'un bras fièvreux,
Dis-moi, tête effrayante, a-t-il sur tes dents froides
        Collé les suprêmes adieux ?

— Loin du monde railleur, loin de la foule impure,
        Loin des magistrats curieux,
Dors en paix, dors en paix, étrange créature,
        Dans ton tombeau mystérieux ;

Ton époux court le monde, et ta forme immortelle
    Veille près de lui quand il dort ;
Autant que toi sans doute il te sera fidèle,
    Et constant jusques à la mort.

—

LXXX.

LESBOS

—

Mère des jeux latins et des voluptés grecques,
Lesbos, où les baisers languissants ou joyeux,
Chauds comme les soleils, frais comme les pastèques,
Font l'ornement des nuits et des jours glorieux,
— Mère des jeux latins et des voluptés grecques,

Lesbos, où les baisers sont comme les cascades
Qui se jettent sans peur dans les gouffres sans fonds
Et courent, sanglotant et gloussant par saccades,
— Orageux et secrets, fourmillants et profonds ;
Lesbos, où les baisers sont comme les cascades !

Lesbos où les Phrynés l'une l'autre s'attirent,
Où jamais un soupir ne resta sans écho,
A l'égal de Paphos les étoiles t'admirent,
Et Vénus à bon droit peut jalouser Sapho !
— Lesbos où les Phrynés l'une l'autre s'attirent,

Lesbos, terre des nuits chaudes et langoureuses,
Qui font qu'à leurs miroirs, stérile volupté,
Les filles aux yeux creux, de leurs corps amoureuses,
Caressent les fruits mûrs de leur nubilité,
Lesbos, terre des nuits chaudes et langoureuses,

Laisse du vieux Platon se froncer l'œil austère ;
Tu tires ton pardon de l'excès des baisers,
Reine du doux empire, aimable et noble terre,
Et des raffinements toujours inépuisés.
Laisse du vieux Platon se froncer l'œil austère.

Tu tires ton pardon de l'éternel martyre
Infligé sans relâche aux cœurs ambitieux
Qu'attire loin de nous le radieux sourire
Entrevu vaguement au bord des autres cieux ;
Tu tires ton pardon de l'éternel martyre !

Qui des Dieux osera, Lesbos, être ton juge,
Et condamner ton front pâli dans les travaux,
Si ses balances d'or n'ont pesé le déluge
De larmes qu'à la mer ont versé tes ruisseaux ?
Qui des Dieux osera, Lesbos, être ton juge ?

Que nous veulent les lois du juste et de l'injuste ?
Vierges au cœur sublime, honneur de l'archipel,
Votre religion comme une autre est auguste,
Et l'amour se rira de l'enfer et du ciel !
— Que nous veulent les lois du juste et de l'injuste ?

Car Lesbos entre tous m'a choisi sur la terre
Pour chanter le secret de ses vierges en fleur,
Et je fus dès l'enfance admis au noir mystère
Des rires effrénés mêlés au sombre pleur ;
Car Lesbos entre tous m'a choisi sur la terre,

Et depuis lors je veille au sommet de Leucate,
Comme une sentinelle, à l'œil perçant et sûr,
Qui guette nuit et jour brick, tartane ou frégate,
Dont les formes au loin frissonnent dans l'azur,
— Et depuis lors je veille au sommet de Leucate

Pour savoir si la mer est indulgente et bonne,
Et parmi les sanglots dont le roc retentit
Un soir ramènera vers Lesbos qui pardonne
Le cadavre adoré de Sapho qui partit
Pour savoir si la mer est indulgente et bonne !

De la mâle Sapho, l'amante et le poète,
Plus belle que Vénus par ses mornes pâleurs !
— L'œil d'azur est vaincu par l'œil noir que tachète
Le cercle ténébreux tracé par les douleurs
De la mâle Sapho, l'amante et le poète !

— Plus belle que Vénus se dressant sur le monde
Et versant les trésors de sa sérénité
Et le rayonnement de sa jeunesse blonde
Sur le vieil Océan de sa fille enchanté ;
Plus belle que Vénus se dressant sur le monde !

— De Sapho qui mourut le jour de son blasphême,
Quand, insultant le rite et le culte inventé,
Elle fit son beau corps la pâture suprême
D'un brutal dont l'orgueil punit l'impiété
De Sapho qui mourut le jour de son blasphême.

Et c'est depuis ce temps que Lesbos se lamente,
Et, malgré les honneurs que lui rend l'univers,
S'enivre chaque nuit du cri de la tourmente
Que poussent vers les cieux ses rivages déserts.
Et c'est depuis ce temps que Lesbos se lamente !

—

LXXXI

FEMMES DAMNÉES

—

A la pâle clarté des lampes languissantes,
Sur de profonds coussins tout imprégnés d'odeur,
Hippolyte rêvait aux caresses puissantes
Qui levaient le rideau de sa jeune candeur.

Elle cherchait d'un œil troublé par la tempête
De sa naïveté le ciel déjà lointain,
Ainsi qu'un voyageur qui retourne la tête
Vers les horizons bleus dépassés le matin.

De ses yeux amortis les paresseuses larmes,
L'air brisé, la stupeur, la morne volupté,
Ses bras vaincus, jetés comme de vaines armes,
Tout servait, tout parait sa fragile beauté.

Etendue à ses pieds, calme et pleine de joie
Delphine la couvait avec des yeux ardents,
Comme un animal fort qui surveille une proie
Après l'avoir d'abord marquée avec les dents.

Beauté forte à genoux devant la beauté frêle,
Superbe, elle humait voluptueusement
Le vin de son triomphe, et s'allongeait vers elle
Comme pour recueillir un doux remercîment.

Elle cherchait dans l'œil de sa pâle victime
Le cantique muet que chante le plaisir
Et cette gratitude infinie et sublime
Qui sort de la paupière ainsi qu'un long soupir :

— « Hippolyte, cher cœur, que dis-tu de ces choses?
Comprends-tu maintenant qu'il ne faut pas offrir
L'holocauste sacré de tes premières roses
Aux souffles violents qui pourraient les flétrir?

Mes baisers sont légers comme ces éphémères
Qui caressent le soir les grands lacs transparents,
Et ceux de ton amant creuseront leurs ornières
Comme des chariots ou des socs déchirants;

Ils passeront sur toi comme un lourd attelage
De chevaux et de bœufs aux sabots sans pitié....
Hippolyte, ô ma sœur! tourne donc ton visage,
Toi, mon âme et mon cœur, mon tout et ma moitié.

Tourne vers moi tes yeux pleins d'azur et d'étoiles
Pour un de ces regards charmants, baume divin,
Des plaisirs plus obscurs je leverai les voiles,
Et je t'endormirai dans un rêve sans fin! »

Mais Hippolyte alors, levant sa jeune tête :
— « Je ne suis point ingrate et ne me repens pas,
Ma Delphine, je souffre et je suis inquiète,
Comme après un nocturne et terrible repas.

Je sens fondre sur moi de lourdes épouvantes
Et de noirs bataillons de fantômes épars,
Qui veulent me conduire en des routes mouvantes
Qu'un horizon sanglant ferme de toutes parts.

Avons-nous donc commis une action étrange?
Explique, si tu peux, mon trouble et mon effroi :
Je frissonne de peur quand tu me dis : mon ange!
Et cependant je sens ma bouche aller vers toi.

Ne me regarde pas ainsi, toi, ma pensée,
Toi que j'aime à jamais, ma sœur d'élection,
Quand même tu serais une embûche dressée,
Et le commencement de ma perdition! »

Delphine secouant sa crinière tragique,
Et comme trépignant sur le trépied de fer,
L'œil fatal, répondit d'une voix despotique :
— « Qui donc devant l'amour ose parler d'enfer ?

Maudit soit à jamais le rêveur inutile,
Qui voulut le premier dans sa stupidité,
S'éprenant d'un problème insoluble et stérile,
Aux choses de l'amour mêler l'honnêteté !

Celui qui veut unir dans un accord mystique
L'ombre avec la chaleur, la nuit avec le jour,
Ne chauffera jamais son corps paralytique
A ce rouge soleil que l'on nomme l'amour !

Va, si tu veux, chercher un fiancé stupide ;
Cours offrir un cœur vierge à ses cruels baisers ;
Et, pleine de remords et d'horreur, et livide,
Tu me rapporteras tes seins stigmatisés ;

On ne peut ici bas contenter qu'un seul maître ! »
Mais l'enfant, épanchant une immense douleur,
Cria soudain : — « Je sens s'élargir dans mon être
Un abîme béant ; cet abîme est mon cœur,

Brûlant comme un volcan, profond comme le vide ;
Rien ne rassasiera ce monstre gémissant
Et ne rafraîchira la soif de l'Euménide,
Qui, la torche à la main, le brûle jusqu'au sang.

Que nos rideaux fermés nous séparent du monde,
Et que la lassitude amène le repos !
Je veux m'anéantir dans ta gorge profonde,
Et trouver sur ton sein la fraîcheur des tombeaux. »

Descendez, descendez, lamentables victimes,
Descendez le chemin de l'enfer éternel ;
Plongez au plus profond du gouffre où tous les crimes,
Flagellés par un vent qui ne vient pas du ciel,

Bouillonnent pêle-mêle avec un bruit d'orage ;
Ombres folles, courez au but de vos désirs ;
Jamais vous ne pourrez assouvir votre rage,
Et votre châtiment naîtra de vos plaisirs.

Jamais un rayon frais n'éclaira vos cavernes ;
Par les fentes des murs des miasmes fiévreux
Filent en s'enflammant ainsi que des lanternes
Et pénètrent vos corps de leurs parfums affreux.

L'âpre stérilité de votre jouissance
Altère votre soif et roidit votre peau,
Et le vent furibond de la concupiscence
Fait claquer votre chair ainsi qu'un vieux drapeau.

Loin des peuples vivants, errantes, condamnées,
A travers les déserts courez comme les loups ;
Faites votre destin, âmes désordonnées,
Et fuyez l'infini que vous portez en vous !

LXXXII

FEMMES DAMNÉES

—

Comme un bétail pensif sur le sable couchées,
Elles tournent leurs yeux vers l'horizon des mers,
Et leurs pieds se cherchant et leurs mains rapprochées
Ont de douces langueurs et des frissons amers :

Les unes, cœurs épris des longues confidences,
Dans le fond des bosquets où jasent les ruisseaux,
Vont épelant l'amour des craintives enfances
Et creusent le bois vert des jeunes arbrisseaux ;

D autres, comme des sœurs, marchent lentes et graves
A travers les rochers pleins d'apparitions,
Où saint Antoine a vu surgir comme des laves
Les seins nus et pourprés de ses tentations;

Il en est, aux lueurs des résines croulantes,
Qui dans le creux muet des vieux antres paiens
T'appellent au secours de leurs fièvres hurlantes,
O Bacchus, endormeur des remords anciens!

Et d'autres, dont la gorge aime les scapulaires,
Qui, recélant un fouet sous leurs longs vêtements,
Mêlent dans le bois sombre et les nuits solitaires
L'écume du plaisir aux larmes des tourments.

O vierges, ô démons, ô monstres, ô martyres,
De la réalité grands esprits contempteurs,
Chercheuses d'infini, dévotes et satyres,
Tantôt pleines de cris, tantôt pleines de pleurs,

Vous que dans votre enfer mon âme a poursuivies,
Pauvres sœurs, je vous aime autant que je vous plains,
Pour vos mornes douleurs, vos soifs inassouvies,
Et les urnes d'amours dont vos grands cœurs sont pleins!

LXXXIII

LES DEUX BONNES SŒURS

—

La Débauche et la Mort sont deux aimables filles,
Prodigues de baisers, robustes de santé,
Dont le flanc toujours vierge et drapé de guenilles
Sous l'éternel labeur n'a jamais enfanté.

Au poète sinistre, ennemi des familles,
Favori de l'enfer, courtisan mal renté,
Tombeaux et lupanars montrent sous leurs charmilles
Un lit que le remords n'a jamais fréquenté.

Et la bière et l'alcôve en blasphèmes fécondes
Nous offrent tour à tour, comme deux bonnes sœurs,
De terribles plaisirs et d'affreuses douceurs.

Quand veux-tu m'enterrer, Débauche aux bras immondes?
O Mort, quand viendras-tu, sa rivale en attraits,
Sur ses myrtes infects enter tes noirs cyprès?

LA FONTAINE DE SANG

—

Il me semble parfois que mon sang coule à flots,
Ainsi qu'une fontaine aux rhythmiques sanglots.
Je l'entends bien qui coule avec un long murmure,
Mais je me tâte en vain pour trouver la blessure.

A travers la cité, comme dans un champ clos,
Il s'en va, transformant les pavés en flots,
Désaltérant la soif de chaque créature,
Et partout colorant en rouge la nature.

J'ai demandé souvent à des vins captieux
D'endormir pour un jour la terreur qui me mine ;
Le vin rend l'œil plus clair et l'oreille plus fine !

J'ai cherché dans l'amour un sommeil oublieux,
Mais l'amour n'est pour moi qu'un matelas d'aiguilles
Fait pour donner à boire à ces cruelles filles !

—

LXXXV

ALLÉGORIE

—

C'est une femme belle et de riche encolure,
Qui laisse dans son vin traîner sa chevelure.
Les griffes de l'amour, les poisons du tripot,
Tout glisse et tout s'émousse au granit de sa peau.
Elle rit à la mort et nargue la débauche,
Ces monstres dont la main, qui toujours gratte et fauche,
Dans ses jeux destructeurs a pourtant respecté
De ce corps ferme et droit la rude majesté.
Elle marche en déesse et repose en sultane ;
Elle a dans le plaisir la foi mahométane,

Et dans ses bras ouverts, que remplissent ses seins,
Elle appelle des yeux la race des humains.
Elle croit, elle sait, cette vierge inféconde
Et pourtant nécessaire à la marche du monde,
Que la beauté du corps est un sublime don
Qui de toute infamie arrache le pardon :
Elle ignore l'enfer comme le purgatoire,
Et, quand l'heure viendra d'entrer dans la Nuit noire,
Elle regardera la face de la Mort,
Ainsi qu'un nouveau-né, — sans haine et sans remord.

LXXXVI

LA BÉATRICE

—

Dans des terrains cendreux, calcinés, sans verdure,
Comme je me plaignais un jour à la nature,
Et que de ma pensée, en vaguant au hasard,
J'aiguisais lentement sur mon cœur le poignard,
Je vis en plein midi descendre sur ma tête
Un nuage funèbre et gros d'une tempête,
Qui portait un troupeau de démons vicieux,
Semblables à des nains cruels et curieux.
A me considérer froidement ils se mirent,

Et, comme des passants sur un fou qu'ils admirent,
Je les entendis rire et chuchoter entre eux,
En échangeant maint signe et maint clignement d'yeux

— « Contemplons à loisir cette caricature
Et cette ombre d'Hamlet imitant sa posture,
Le regard indécis et les cheveux au vent.
N'est-ce pas grand pitié de voir ce bon vivant,
Ce gueux, cet histrion en vacances, ce drôle,
Parcequ'il sait jouer artistement son rôle,
Vouloir intéresser au chant de ses douleurs
Les aigles, les grillons, les ruisseaux et les fleurs,
Et même à nous, auteurs de ces vieilles rubriques,
Réciter en hurlant ses tirades publiques? »

J'aurais pu — mon orgueil aussi haut que les monts
Recevrait sans bouger le choc de cent démons! —
Détourner froidement ma tête souveraine,
Si je n'eusse pas vu parmi leur troupe obscène
— Crime qui n'a pas fait chanceler le soleil! —
La reine de mon cœur au regard nonpareil,
Qui riait avec eux de ma sombre détresse
Et leur versait parfois quelque sale caresse.

—

LXXXVII

LES MÉTAMORPHOSES DU VAMPIRE

—

La femme cependant de sa bouche de fraise,
En se tordant ainsi qu'un serpent sur la braise,
Et pétrissant ses seins sur le fer de son busc,
Laissait couler ces mots tout imprégnés de musc :
— « Moi, j'ai la lèvre humide, et je sais la science
De perdre au fond d'un lit l'antique conscience.
Je sèche tous les pleurs sur mes seins triomphants
Et fais rire les vieux du rire des enfants.
Je remplace, pour qui me voit nue et sans voiles,
La lune, le soleil, le ciel et les étoiles!

Je suis, mon cher savant, si docte aux voluptés.
Lorsque j'étouffe un homme en mes bras veloutés.
Ou lorsque j'abandonne aux morsures mon buste,
Timide et libertine, et fragile et robuste,
Que sur ces matelas qui se pâment d'émoi
Les Anges impuissants se damneraient pour moi ! »

Quand elle eut de mes os sucé toute la moelle,
Et que languissamment je me tournai vers elle
Pour lui rendre un baiser d'amour, je ne vis plus
Qu'une outre aux flancs gluants, toute pleine de pus !
Je fermai les deux yeux dans ma froide épouvante,
Et, quand je les rouvris à la clarté vivante,
A mes côtés, au lieu du mannequin puissant
Qui semblait avoir fait provision de sang,
Tremblaient confusément des débris de squelette,
Qui d'eux-mêmes rendaient le cri d'une girouette
Ou d'une enseigne, au bout d'une tringle de fer,
Que balance le vent pendant les nuits d'hiver.

LXXXVIII

UN VOYAGE A CYTHÈRE

—

Mon cœur se balançait comme un ange joyeux
Et planait librement à l'entour des cordages ;
Le navire roulait sous un ciel sans nuages,
Comme un ange enivré d'un soleil radieux.

Quelle est cette île triste et noire? — C'est Cythère.
Nous dit-on, un pays fameux dans les chansons,
Eldorado banal de tous les vieux garçons.
Regardez, après tout, c'est une pauvre terre.

— Ile des doux secrets et des fêtes du cœur !
De l'antique Vénus le superbe fantôme
Au-dessus de tes mers plane comme un arôme,
Et charge les esprits d'amour et de langueur.

Belle île aux myrtes verts, pleine de fleurs écloses,
Vénérée à jamais par toute nation,
Où les soupirs des cœurs en adoration
Roulent comme l'encens sur un jardin de roses

Ou le roucoulement éternel d'un ramier !
— Cythère n'était plus qu'un terrain des plus maigres,
Un désert rocailleux troublé par des cris aigres.
J'entrevoyais pourtant un objet singulier :

Ce n'était pas un temple aux ombres bocagères,
Où la jeune prêtresse, amoureuse des fleurs,
Allait, le corps brûlé de secrètes chaleurs,
Entre-bâillant sa robe aux brises passagères ;

Mais voilà qu'en rasant la côte d'assez près
Pour troubler les oiseaux avec nos voiles blanches
Nous vîmes que c'était un gibet à trois branches,
Du ciel se détachant en noir, comme un cyprès.

De féroces oiseaux perchés sur leur pâture
Détruisaient avec rage un pendu déjà mûr,
Chacun plantant, comme un outil, son bec impur
Dans tous les coins saignants de cette pourriture :

Les yeux étaient deux trous, et du ventre effondré
Les intestins pesants lui coulaient sur les cuisses,
Et ses bourreaux gorgés de hideuses délices
L'avaient à coups de bec absolument châtré.

Sous les pieds, un troupeau de jaloux quadrupèdes,
Le museau relevé, tournoyait et rôdait ;
Une plus grande bête au milieu s'agitait
Comme un exécuteur entouré de ses aides.

Habitant de Cythère, enfant d'un ciel si beau,
Silencieusement tu souffrais ces insultes
En expiation de tes infâmes cultes
Et des péchés qui t'ont interdit le tombeau.

Ridicule pendu, tes douleurs sont les miennes !
Je sentis à l'aspect de tes membres flottants,
Comme un vomissement, remonter vers mes dents
Le long fleuve de fiel des douleurs anciennes ;

Devant toi, pauvre diable au souvenir si cher,
J'ai senti tous les becs et toutes les mâchoires
Des corbeaux lancinants et des panthères noires
Qui jadis aimaient tant à triturer ma chair.

— Le ciel était charmant, la mer était unie ;
Pour moi tout était noir et sanglant désormais,
Hélas ! et j'avais, comme en un suaire épais,
Le cœur enseveli dans cette allégorie.

Dans ton île, ô Vénus, je n'ai trouvé debout
Qu'un gibet symbolique où pendait mon image.
— Ah ! Seigneur ! donnez-moi la force et le courage
De contempler mon cœur et mon corps sans dégoût !

LXXXIX

L'AMOUR ET LE CRANE

VIEUX CUL-DE-LAMPE

—

L'Amour est assis sur le crâne
    De l'Humanité,
Et sur ce trône le profane,
    Au rire effronté

Souffle gaîment des bulles rondes
    Qui montent dans l'air,
Comme pour rejoindre les mondes
    Au fond de l'éther.

Le globe lumineux et frêle
   Prend un grand essor,
Crève et crache son âme grêle
   Comme un songe d'or.

J'entends le crâne à chaque bulle
   Prier et gémir :
— « Ce jeu féroce et ridicule,
   Quand doit-il finir?

Car ce que ta bouche cruelle
   Eparpille en l'air,
Monstre assassin, c'est ma cervelle,
   Mon sang et ma chair ! »

—

RÉVOLTE

Parmi les morceaux suivants, le plus caractérisé a déjà paru dans un des principaux recueils littéraires de Paris, où il n'a été considéré, du moins par les gens d'esprit, que pour ce qu'il est véritablement : le pastiche des raisonnements de l'ignorance et de la fureur. Fidèle à son douloureux programme, l'auteur des *Fleurs du Mal* a dû, en parfait comédien, façonner son esprit à tous les sophismes comme à toutes les corruptions. Cette déclaration candide n'empêchera pas sans doute les critiques honnêtes de le ranger parmi les théologiens de la populace et de l'accuser d'avoir regretté pour notre Sauveur Jésus-Christ, pour la Victime éternelle et volontaire, le rôle d'un conquérant, d'un Attila égalitaire et dévastateur. Plus d'un adressera sans doute au ciel les actions de grâces habituelles du Pharisien : « Merci, mon Dieu, qui n'avez pas permis que je fusse semblable à ce poète infâme ! »

XC

LE RENIEMENT DE SAINT PIERRE

—

Qu'est-ce que Dieu fait donc de ce flot d'anathèmes
Qui monte tous les jours vers ses chers Séraphins?
Comme un tyran gorgé de viandes et de vins,
Il s'endort aux doux bruit de nos affreux blasphèmes.

Les sanglots des martyrs et des suppliciés
Sont une symphonie enivrante sans doute,
Puisque, malgré le sang que leur volupté coûte,
Les Cieux ne s'en sont point encor rassasiés.

— Ah! Jésus! souviens-toi du Jardin des Olives!
Dans ta simplicité tu priais à genoux
Celui qui dans son ciel riait au bruit des clous
Que d'ignobles bourreaux plantaient dans tes chairs vives

Lorsque tu vis cracher sur ta divinité
La crapule du corps-de-garde et des cuisines,
Et lorsque tu sentis s'enfoncer les épines
Dans ton crâne où vivait l'immense Humanité;

Quand de ton corps brisé la pesanteur horrible
Allongeait tes deux bras distendus, que ton sang
Et ta sueur coulaient de ton front pâlissant,
Quand tu fus devant tous posé comme une cible,

Rêvais-tu de ces jours si brillants et si beaux
Où tu vins pour remplir l'éternelle promesse,
Où tu foulais, monté sur une douce ânesse,
Des chemins tout jonchés de fleurs et de rameaux,

Où, le cœur tout gonflé d'espoir et de vaillance,
Tu fouettais tous ces vils marchands à tour de bras,
Où tu fus maître enfin? Le remords n'a-t-il pas
Pénétré dans ton flanc plus avant que la lance?

— Certes, je sortirai, quant à moi, satisfait
D'un monde où l'action n'est pas la sœur du rêve;
Puissé-je user du glaive et périr par le glaive!
— Saint Pierre a renié Jésus... il a bien fait!

XCI

ABEL ET CAIN

—

Race d'Abel, dors, bois et mange :
Dieu te sourit complaisamment,

Race de Caïn, dans la fange
Rampe et meurs misérablement.

Race d'Abel, ton sacrifice
Flatte le nez du Séraphin !

Race de Caïn, ton supplice
Aura-t-il jamais une fin ?

Race d'Abel, vois tes semailles
Et ton bétail venir à bien ;

Race de Caïn, tes entrailles
Hurlent la faim comme un vieux chien.

Race d'Abel, chauffe ton ventre
A ton foyer patriarcal ;

Race de Caïn, dans ton antre
Tremble de froid, pauvre chacal !

Race d'Abel, sans peur pullule :
L'argent fait aussi ses petits ;

Race de Caïn, ton cœur brûle ;
Eteins ces cruels appétits.

Race d'Abel, tu crois et broutes
Comme les punaises des bois !

Race de Caïn, sur les routes
Traîne ta famille aux abois.

— Ah ! race d'Abel, ta charogne
Engraissera le sol fumant !

Race de Caïn, ta besogne
N'est pas faite suffisamment ;

Race d'Abel, voici ta honte :
Le fer est vaincu par l'épieu !

Race de Caïn, au ciel monte,
Et sur la terre jette Dieu !

XCII

LES LITANIES DE SATAN

—

O toi, le plus savant et le plus beau des Anges,
Dieu trahi par le sort et privé de louanges,

O Satan, prends pitié de ma longue misère !

O Prince de l'exil, à qui l'on a fait tort,
Et qui, vaincu, toujours te redresses plus fort,

O Satan, prends pitié de ma longue misère !

Toi qui sais tout, grand roi des choses souterraines,
Aimable médecin des angoisses humaines,

O Satan, prends pitié de ma longue misère !

Qui même aux parias, ces animaux maudits,
Enseignes par l'amour le goût du Paradis,

O Satan, prends pitié de ma longue misère !

O toi, qui de la Mort, ta vieille et forte amante,
Engendras l'Espérance, — une folle charmante !

O Satan, prends pitié de ma longue misère !

Toi qui peux octroyer ce regard calme et haut
Qui damne tout un peuple autour d'un échafaud,

O Satan, prends pitié de ma longue misère !

Toi qui sais en quels coins des terres envieuses
Le Dieu jaloux cacha les pierres précieuses,

O Satan, prends pitié de ma longue misère !

Toi dont l'œil clair connaît les secrets arsenaux
Où dort enseveli le peuple des métaux,

O Satan, prends pitié de ma longue misère !

Toi dont la large main cache les précipices
Au somnambule errant au bord des édifices,

O Satan, prends pitié de ma longue misère !

Toi qui frottes de baume et d'huile les vieux os
De l'ivrogne attardé foulé par les chevaux,

O Satan, prends pitié de ma longue misère !

Toi qui, pour consoler l'homme frêle qui souffre,
Nous appris à mêler le salpêtre et le soufre,

O Satan, prends pitié de ma longue misère !

Toi qui mets ton paraphe, ô complice subtil,
Sur le front du banquier impitoyable et vil,

O Satan, prends pitié de ma longue misère !

Toi qui mets dans les yeux et dans le cœur des filles
Le culte de la plaie et l'amour des guenilles !

O Satan, prends pitié de ma longue misère !

Bâton des exilés, lampe des inventeurs,
Confesseur des pendus et des conspirateurs.

O Satan, prends pitié de ma longue misère !

Pere adoptif de ceux qu'en sa noire colère
Du paradis terrestre a chassés Dieu le Père,

O Satan, prends pitié de ma longue misère !

Gloire et louange à toi, Satan, dans les hauteurs
Du Ciel, où tu régnas, et dans les profondeurs
De l'Enfer où, fécond, tu couves le silence !
Fais que mon âme un jour, sous l'Arbre de Science,
Près de toi se repose, à l'heure où sur ton front
Comme un Temple nouveau ses rameaux s'épandront !

—

LE VIN

XCIII

L'AME DU VIN

—

Un soir, l'âme du vin chantait dans les bouteilles :
— « Homme, vers toi je pousse, ô cher déshérité,
Sous ma prison de verre et mes cires vermeilles,
Un chant plein de lumière et de fraternité !

Je sais combien il faut, sur la colline en flamme,
De peine, de sueur et de soleil cuisant
Pour engendrer ma vie et pour me donner l'âme :
Mais je ne serai point ingrat ni malfaisant.

Car j'éprouve une joie immense quand je tombe
Dans le gosier d'un homme usé par ses travaux,
Et sa chaude poitrine est une douce tombe
Où je me plais bien mieux que dans mes froids caveaux.

Entends-tu retentir les refrains des dimanches
Et l'espoir qui gazouille en mon sein palpitant?
Les coudes sur la table et retroussant tes manches,
Tu me glorifieras et tu seras content :

J'allumerai les yeux de ta femme ravie ;
A ton fils je rendrai sa force et ses couleurs
Et serai pour ce frêle athlète de la vie
L'huile qui raffermit les muscles des lutteurs.

En toi je tomberai, végétale ambroisie,
Grain précieux jeté par l'éternel Semeur,
Pour que de notre amour naisse la poésie
Qui jaillira vers Dieu comme une rare fleur ! »

—

LCIV

LE VIN DES CHIFFONNIERS

—

Souvent, à la clarté rouge d'un réverbère
Dont le vent bat la flamme et tourmente le verre,
Au cœur d'un vieux faubourg, labyrinthe fangeux,
Où l'humanité grouille en ferments orageux,

On voit un chiffonnier qui vient, hochant la tête,
Buttant, et se cognant aux murs comme un poëte,
Et, sans prendre souci des mouchards, ses sujets,
Epanche tout son cœur en glorieux projets.

Il prête des serments, dicte des lois sublimes,
Terrasse les méchants, relève les victimes,
Et sous le firmament, comme un dais suspendu
S'enivre des splendeurs de sa propre vertu.

Oui, ces gens harcelés de chagrins de ménage,
Moulus par le travail et tourmentés par l'âge,
Le dos martyrisé sous de hideux débris,
Trouble vomissement du fastueux Paris,

Reviennent, parfumés d'une odeur de futailles,
Suivis de compagnons blanchis dans les batailles,
Dont la moustache pend comme les vieux drapeaux
Les bannières, les fleurs et les arcs triomphaux

Se dressent devant eux, solennelle magie!
Et dans l'étourdissante et lumineuse orgie
Des clairons, du soleil, des cris et du tambour,
Ils apportent la gloire au peuple ivre d'amour!

C'est ainsi qu'à travers l'Humanité frivole
Le vin roule de l'or, éblouissant Pactole;
Par le gosier de l'homme il chante ses exploits
Et règne par ses dons ainsi que les vrais rois.

Pour noyer la rancœur et bercer l'indolence
De tous ces vieux maudits qui meurent en silence,
Dieu, saisi de remords, avait fait le sommeil;
L'Homme ajouta le Vin, fils sacré du Soleil!

LE VIN DE L'ASSASSIN

—

Ma femme est morte, je suis libre !
Je puis donc boire tout mon saoul.
Lorsque je rentrais sans un sou,
Ses pleurs me déchiraient la fibre.

Autant qu'un roi je suis heureux ;
L'air est pur, le ciel admirable.
— Nous avions un été semblable
Lorsque j'en devins amoureux !

—L'horrible soif qui me déchire
Aurait besoin pour s'assouvir
D'autant de vin qu'en peut tenir
Son tombeau ; — ce n'est pas peu dire :

Je l'ai jetée au fond d'un puits,
Et j'ai même poussé sur elle
Tous les pavés de la margelle.
— Je l'oublierai si je le puis !

Au nom des serments de tendresse,
Dont rien ne peut nous délier,
Et pour nous réconcilier
Comme au beau temps de notre ivresse,

J'implorai d'elle un rendez-vous,
Le soir, sur une route obscure,
Elle y vint ! folle créature !
— Nous sommes tous plus ou moins fous !

Elle était encore jolie,
Quoique bien fatiguée ! et moi,
Je l'aimais trop ; — voilà pourquoi
Je lui dis : sors de cette vie !

Nul ne peut me comprendre. Un seul
Parmi ces ivrognes stupides
Songea-t-il dans ses nuits turpides
A faire du vin un linceul ?

Cette crapule invulnérable
Comme les machines de fer
Jamais, ni l'été ni l'hiver,
N'a connu l'amour véritable,

Avec ses noirs enchantements,
Son cortége infernal d'alarmes,
Ses fioles de poison, ses larmes,
Ses bruits de chaîne et d'ossements !

— Me voilà libre et solitaire !
Je serai ce soir ivre-mort ;
Alors, sans peur et sans remord,
Je me coucherai sur la terre,

Et je dormirai comme un chien !
Le chariot aux lourdes roues
Chargé de pierres et de boues,
Le vagon enragé peut bien

Écraser ma tête coupable
Ou me couper par le milieu,
Je m'en moque comme de Dieu,
Du Diable ou de la Sainte Table !

LE VIN DU SOLITAIRE

—

Le regard singulier d'une femme galante
Qui se glisse vers nous comme le rayon blanc
Que la lune onduleuse envoie au lac tremblant,
Quand elle y veut baigner sa beauté nonchalante,

Le dernier sac d'écus dans les doigts d'un joueur,
Un baiser libertin de la maigre Adeline,
Les sons d'une musique énervante et câline,
Semblable au cri lointain de l'humaine douleur,

Tout cela ne vaut pas, ô bouteille profonde,
Les baumes pénétrants que ta panse féconde
Garde au cœur altéré du poète pieux ;

Tu lui verses l'espoir, la jeunesse et la vie,
— Et l'orgueil, ce trésor de toute gueuserie,
Qui nous rend triomphants et semblables aux Dieux !

—

LE VIN DES AMANTS

—

Aujourd'hui l'espace est splendide !
Sans mors, sans éperons, sans bride,
Partons à cheval sur le vin
Pour un ciel féerique et divin !

Comme deux anges que torture
Une implacable calenture,
Dans le bleu cristal du matin
Suivons le mirage lointain !

Mollement balancés sur l'aile
Du tourbillon intelligent,
Dans un délire parallèle,

Ma sœur, côte à côte nageant,
Nous fuirons sans repos ni trèves
Vers le Paradis de mes rêves !

—

LA MORT

LA MORT DES AMANTS

—

Nous aurons des lits pleins d'odeurs légères.
Des divans profonds comme des tombeaux,
Et d'étranges fleurs sur des étagères,
Ecloses pour nous sous des cieux plus beaux.

Usant à l'envi leurs chaleurs dernières,
Nos deux cœurs seront deux vastes flambeaux,
Qui réfléchiront leurs doubles lumières
Dans nos deux esprits, ces miroirs jumeaux.

Un soir plein de rose et de bleu mystique,
Nous échangerons un éclair unique,
Comme un long sanglot, tout chargé d'adieux

Et bientôt un Ange, entr'ouvrant les portes.
Viendra ranimer, fidèle et joyeux,
Les miroirs ternis et les flammes mortes.

—

LA MORT DES PAUVRES

—

C'est la Mort qui console et la Mort qui fait vivre ;
C'est le but de la vie, et c'est le seul espoir
Qui, divin élixir, nous monte et nous enivre,
Et nous donne le cœur de marcher jusqu'au soir :

A travers la tempête, et la neige et le givre,
C'est la clarté vibrante à notre horizon noir ;
C'est l'auberge fameuse inscrite sur le livre,
Où l'on pourra manger, et dormir et s'asseoir

C'est un Ange qui tient dans ses doigts magnétiques
Le sommeil et le don des rêves extatiques,
Et qui refait le lit des gens pauvres et nus ;

C'est la gloire des Dieux, c'est le grenier mystique,
C'est la bourse du pauvre et sa patrie antique,
C'est le portique ouvert sur les Cieux inconnus !

LA MORT DES ARTISTES

—

Combien faut-il de fois secouer mes grelots
Et baiser ton front bas, morne caricature ?
Pour piquer dans le but, mystique quadrature,
Combien, ô mon carquois, perdre de javelots ?

Nous userons notre âme en de subtils complots,
Et nous démolirons mainte lourde armature,
Avant de contempler la grande Créature
Dont l'infernal désir nous remplit de sanglots !

Il en est qui jamais n'ont connu leur Idole,
Et ces sculpteurs damnés et marqués d'un affront,
Qui vont se martelant la poitrine et le front,

N'ont qu'un espoir, étrange et sombre Capitole!
C'est que la Mort, planant comme un Soleil nouveau,
Fera s'épanouir les fleurs de leur cerveau!

TABLE

—

TABLE

TABLE

FLEURS DU MAL

TABLE

RÉVOLTE

LE VIN

LA MORT

En vente à Paris

A LA LIBRAIRIE POULET-MALASSIS ET DE BROISE

4, RUE DE BUCI.

LE COMTE GASTON DE RAOUSSET-BOULBON, sa vie et ses aventures (d'après ses papiers et sa correspondance), par Henry de la Madelène, in-12.................... **2 fr.**
Quelques exemplaires ont été tirés sur papier vergé au prix de........................ **6 fr.**

NOTICE SUR JEAN DE SCHELANDRE, poète Verdunois (1585-1656), par Charles Asselineau, 2e édition, suivie de Poésies réimprimées pour la première fois d'après l'édition unique de 1608, in-8o. — Tiré à 150 exemplaires numérotés, sur papier vélin ancien et sur papier vergé............... **3 fr. 50 c.**

HISTOIRE DU SONNET, pour servir à l'Histoire de la Poésie française, par Charles Asselineau, 2e édition. — Tiré à 150 exemplaires sur papier vélin ancien et sur papier vergé... **5 fr.**

ODES FUNAMBULESQUES, par Th. de Banville, avec une gravure à l'eau-forte de Bracquemond, d'après un dessin de Charles Voillemot, fleurons et initiales imprimés en rouge; in-8o. **5 fr.**
Quelques exemplaires ont été imprimés sur papier vergé et sur vélin ancien, au prix de................. **8 fr.**

LES OUBLIÉS ET LES DÉDAIGNÉS, figures littéraires de la fin du 18e siècle, par Charles Monselet; 2 vol. in-12 sur papier d'Angoulême collé.................... **5 fr.**
20 exemplaires ont été tirés sur papier vergé au prix de 12 fr.

Linguet. — Mercier. — Dorat-Cubières. — Olympe de Gouges. — Le Cousin Jacques. — Le Chevalier de la Morlière. — Le Chevalier de Mouhy. — Desforges. — Gorgy. — La Morency. — Plancher-Valcour. — Baculard d'Arnaud. — Grimod de la Reynière.

LETTRES D'UN MINEUR EN AUSTRALIE, par Antoine Fauchery, 1 vol. in-12 sur papier d'Angoulême collé............ **2 fr. 50**

LA VÉRITÉ SUR LE CAS DE M. CHAMPFLEURY, par Hippolyte Babou; in-18.......................... **50 c.**

Pour paraître en Juin 1857 :

POÉSIES COMPLÈTES (LES CARIATIDES, LES STALACTITES et NOUVELLES POÉSIES), par Théodore de Banville.

CURIOSITÉS ESTHÉTIQUES, par Charles Baudelaire; in-12 sur papier d'Angoulême collé.

ALENÇON. — Imprimerie de POULET-MALASSIS et DE BROISE

———

PARIS. — IMP. SIMON RAÇON ET COMP., RUE D'ERFURTH, 1.

———

Charles Baudelaire

Imp Delatre

LES
FLEURS DU MAL

PAR

CHARLES BAUDELAIRE

SECONDE ÉDITION

AUGMENTÉE DE TRENTE-CINQ POÈMES NOUVEAUX

ET ORNÉE D'UN PORTRAIT DE L'AUTEUR

DESSINÉ ET GRAVÉ PAR BRACQUEMOND

PARIS

POULET-MALASSIS ET DE BROISE, ÉDITEURS

97, RUE DE RICHELIEU, ET PASSAGE MIRÈS, 36

1861

Tous droits réservés.

AU POËTE IMPECCABLE

AU PARFAIT MAGICIEN ÈS LETTRES FRANÇAISES

A MON TRÈS-CHER ET TRÈS-VÉNÉRÉ

MAITRE ET AMI

THÉOPHILE GAUTIER

AVEC LES SENTIMENTS

DE LA PLUS PROFONDE HUMILITÉ

JE DÉDIE

CES FLEURS MALADIVES

C. B.

AU LECTEUR

La sottise, l'erreur, le péché, la lésine,
Occupent nos esprits et travaillent nos corps,
Et nous alimentons nos aimables remords,
Comme les mendiants nourrissent leur vermine.

Nos péchés sont têtus, nos repentirs sont lâches;
Nous nous faisons payer grassement nos aveux,
Et nous rentrons gaiement dans le chemin bourbeux,
Croyant par de vils pleurs laver toutes nos taches.

1

Sur l'oreiller du mal c'est Satan Trismégiste
Qui berce longuement notre esprit enchanté,
Et le riche métal de notre volonté
Est tout vaporisé par ce savant chimiste.

C'est le Diable qui tient les fils qui nous remuent !
Aux objets répugnants nous trouvons des appas ;
Chaque jour vers l'Enfer nous descendons d'un pas,
Sans horreur, à travers des ténèbres qui puent.

Ainsi qu'un débauché pauvre qui baise et mange
Le sein martyrisé d'une antique catin,
Nous volons au passage un plaisir clandestin
Que nous pressons bien fort comme une vieille orange.

Serré, fourmillant, comme un million d'helminthes,
Dans nos cerveaux ribote un peuple de Démons,
Et, quand nous respirons, la Mort dans nos poumons
Descend, fleuve invisible, avec de sourdes plaintes.

Si le viol, le poison, le poignard, l'incendie,
N'ont pas encor brodé de leurs plaisants dessins
Le canevas banal de nos piteux destins,
C'est que notre âme, hélas ! n'est pas assez hardie.

Mais parmi les chacals, les panthères, les lices,
Les singes, les scorpions, les vautours, les serpents,
Les monstres glapissants, hurlants, grognants, rampants,
Dans la ménagerie infâme de nos vices,

Il en est un plus laid, plus méchant, plus immonde !
Quoiqu'il ne pousse ni grands gestes ni grands cris,
Il ferait volontiers de la terre un débris
Et dans un bâillement avalerait le monde ;

C'est l'Ennui ! — l'œil chargé d'un pleur involontaire,
Il rêve d'échafauds en fumant son houka.
Tu le connais, lecteur, ce monstre délicat,
— Hypocrite lecteur, — mon semblable, — mon frère !

SPLEEN ET IDÉAL

BÉNÉDICTION

—

Lorsque, par un décret des puissances suprêmes,
Le Poëte apparaît en ce monde ennuyé,
Sa mère épouvantée et pleine de blasphèmes
Crispe ses poings vers Dieu, qui la prend en pitié :

— « Ah ! que n'ai-je mis bas tout un nœud de vipères,
Plutôt que de nourrir cette dérision !
Maudite soit la nuit aux plaisirs éphémères
Où mon ventre a conçu mon expiation !

Puisque tu m'as choisie entre toutes les femmes
Pour être le dégoût de mon triste mari,
Et que je ne puis pas rejeter dans les flammes,
Comme un billet d'amour, ce monstre rabougri,

Je ferai rejaillir ta haine qui m'accable
Sur l'instrument maudit de tes méchancetés,
Et je tordrai si bien cet arbre misérable,
Qu'il ne pourra pousser ses boutons empestés ! »

Elle ravale ainsi l'écume de sa haine,
Et, ne comprenant pas les desseins éternels,
Elle-même prépare au fond de la Géhenne
Les bûchers consacrés aux crimes maternels.

Pourtant, sous la tutelle invisible d'un Ange,
L'Enfant déshérité s'enivre de soleil,
Et dans tout ce qu'il boit et dans tout ce qu'il mange
Retrouve l'ambroisie et le nectar vermeil.

Il joue avec le vent, cause avec le nuage,
Et s'enivre en chantant du chemin de la croix;
Et l'Esprit qui le suit dans son pèlerinage
Pleure de le voir gai comme un oiseau des bois.

Tous ceux qu'il veut aimer l'observent avec crainte,
Ou bien, s'enhardissant de sa tranquillité,
Cherchent à qui saura lui tirer une plainte,
Et font sur lui l'essai de leur férocité.

Dans le pain et le vin destinés à sa bouche
Ils mêlent de la cendre avec d'impurs crachats;
Avec hypocrisie ils jettent ce qu'il touche,
Et s'accusent d'avoir mis leurs pieds dans ses pas.

Sa femme va criant sur les places publiques :
« Puisqu'il me trouve assez belle pour m'adorer,
Je ferai le métier des idoles antiques,
Et comme elles je veux me faire redorer;

Et je me soûlerai de nard, d'encens, de myrrhe,
De génuflexions, de viandes et de vins,
Pour savoir si je puis dans un cœur qui m'admire
Usurper en riant les hommages divins !

Et, quand je m'ennuierai de ces farces impies,
Je poserai sur lui ma frêle et forte main;
Et mes ongles, pareils aux ongles des harpies,
Sauront jusqu'à son cœur se frayer un chemin.

Comme un tout jeune oiseau qui tremble et qui palpite,
J'arracherai ce cœur tout rouge de son sein,
Et, pour rassasier ma bête favorite,
Je le lui jetterai par terre avec dédain ! »

Vers le Ciel, où son œil voit un trône splendide,
Le Poëte serein lève ses bras pieux,
Et les vastes éclairs de son esprit lucide
Lui dérobent l'aspect des peuples furieux :

— « Soyez béni, mon Dieu, qui donnez la souffrance
Comme un divin remède à nos impuretés
Et comme la meilleure et la plus pure essence
Qui prépare les forts aux saintes voluptés !

Je sais que vous gardez une place au Poëte
Dans les rangs bienheureux des saintes Légions,
Et que vous l'invitez à l'éternelle fête
Des Trônes, des Vertus, des Dominations.

Je sais que la douleur est la noblesse unique
Où ne mordront jamais la terre et les enfers,
Et qu'il faut pour tresser ma couronne mystique
Imposer tous les temps et tous les univers.

Mais les bijoux perdus de l'antique Palmyre,
Les métaux inconnus, les perles de la mer,
Par votre main montés, ne pourraient pas suffire
A ce beau diadème éblouissant et clair;

Car il ne sera fait que de pure lumière,
Puisée au foyer saint des rayons primitifs,
Et dont les yeux mortels, dans leur splendeur entière,
Ne sont que des miroirs obscurcis et plaintifs ! »

II

L'ALBATROS

———

Souvent, pour s'amuser, les hommes d'équipage
Prennent des albatros, vastes oiseaux des mers,
Qui suivent, indolents compagnons de voyage,
Le navire glissant sur les gouffres amers.

A peine les ont-ils déposés sur les planches,
Que ces rois de l'azur, maladroits et honteux,
Laissent piteusement leurs grandes ailes blanches
Comme des avirons traîner à côté d'eux.

Ce voyageur ailé, comme il est gauche et veule !
Lui, naguère si beau, qu'il est comique et laid !
L'un agace son bec avec un brûle-gueule,
L'autre mime, en boitant, l'infirme qui volait !

Le Poëte est semblable au prince des nuées
Qui hante la tempête et se rit de l'archer;
Exilé sur le sol au milieu des huées,
Ses ailes de géant l'empêchent de marcher.

III

ÉLÉVATION

Au-dessus des étangs, au-dessus des vallées,
Des montagnes, des bois, des nuages, des mers,
Par delà le soleil, par delà les éthers,
Par delà les confins des sphères étoilées,

Mon esprit, tu te meus avec agilité,
Et, comme un bon nageur qui se pâme dans l'onde,
Tu sillonnes gaiement l'immensité profonde
Avec une indicible et mâle volupté.

Envole-toi bien loin de ces miasmes morbides;
Va te purifier dans l'air supérieur,
Et bois, comme une pure et divine liqueur,
Le feu clair qui remplit les espaces limpides.

Derrière les ennuis et les vastes chagrins
Qui chargent de leur poids l'existence brumeuse,
Heureux celui qui peut d'une aile vigoureuse
S'élancer vers les champs lumineux et sereins;

Celui dont les pensers, comme des alouettes,
Vers les cieux le matin prennent un libre essor,
—Qui plane sur la vie, et comprend sans effort
Le langage des fleurs et des choses muettes!

IV

CORRESPONDANCES

———

La Nature est un temple où de vivants piliers
Laissent parfois sortir de confuses paroles;
L'homme y passe à travers des forêts de symboles
Qui l'observent avec des regards familiers.

Comme de longs échos qui de loin se confondent
Dans une ténébreuse et profonde unité,
Vaste comme la nuit et comme la clarté,
Les parfums, les couleurs et les sons se répondent.

Il est des parfums frais comme des chairs d'enfants,
Doux comme les hautbois, verts comme les prairies,
— Et d'autres, corrompus, riches et triomphants,

Ayant l'expansion des choses infinies,
Comme l'ambre, le musc, le benjoin et l'encens,
Qui chantent les transports de l'esprit et des sens.

V

J'aime le souvenir de ces époques nues,
Dont Phœbus se plaisait à dorer les statues.
Alors l'homme et la femme en leur agilité
Jouissaient sans mensonge et sans anxiété,
Et, le ciel amoureux leur caressant l'échine,
Exerçaient la santé de leur noble machine.
Cybèle alors, fertile en produits généreux,
Ne trouvait point ses fils un poids trop onéreux,
Mais, louve au cœur gonflé de tendresses communes,
Abreuvait l'univers à ses tetines brunes.
L'homme, élégant, robuste et fort, avait le droit
D'être fier des beautés qui le nommaient leur roi;
Fruits purs de tout outrage et vierges de gerçures,
Dont la chair lisse et ferme appelait les morsures!

2

Le Poëte aujourd'hui, quand il veut concevoir
Ces natives grandeurs, aux lieux où se font voir
La nudité de l'homme et celle de la femme,
Sent un froid ténébreux envelopper son âme
Devant ce noir tableau plein d'épouvantement.
O monstruosités pleurant leur vêtement !
O ridicules troncs ! torses dignes des masques !
O pauvres corps tordus, maigres, ventrus ou flasques,
Que le dieu de l'Utile, implacable et serein,
Enfants, emmaillota dans ses langes d'airain !
Et vous, femmes, hélas ! pâles comme des cierges,
Que ronge et que nourrit la débauche, et vous, vierges,
Du vice maternel traînant l'hérédité
Et toutes les hideurs de la fécondité !

Nous avons, il est vrai, nations corrompues,
Aux peuples anciens des beautés inconnues :
Des visages rongés par les chancres du cœur,
Et comme qui dirait des beautés de langueur ;
Mais ces inventions de nos muses tardives
N'empêcheront jamais les races maladives
De rendre à la jeunesse un hommage profond,
— A la sainte jeunesse, à l'air simple, au doux front,
A l'œil limpide et clair ainsi qu'une eau courante,
Et qui va répandant sur tout, insouciante
Comme l'azur du ciel, les oiseaux et les fleurs,
Ses parfums, ses chansons et ses douces chaleurs !

LES PHARES

Rubens, fleuve d'oubli, jardin de la paresse,
Oreiller de chair fraîche où l'on ne peut aimer,
Mais où la vie afflue et s'agite sans cesse,
Comme l'air dans le ciel et la mer dans la mer;

Léonard de Vinci, miroir profond et sombre,
Où des anges charmants, avec un doux souris
Tout chargé de mystère, apparaissent à l'ombre
Des glaciers et des pins qui ferment leur pays;

Rembrandt, triste hôpital tout rempli de murmures,
Et d'un grand crucifix décoré seulement,
Où la prière en pleurs s'exhale des ordures,
Et d'un rayon d'hiver traversé brusquement;

Michel-Ange, lieu vague où l'on voit des Hercules
Se mêler à des Christs, et se lever tout droits
Des fantômes puissants qui dans les crépuscules
Déchirent leur suaire en étirant leurs doigts;

olères de boxeur, impudences de faune,
Toi qui sus ramasser la beauté des goujats,
Grand cœur gonflé d'orgueil, homme débile et jaune,
Puget, mélancolique empereur des forçats;

Watteau, ce carnaval où bien des cœurs illustres,
Comme des papillons, errent en flamboyant,
Décors frais et légers éclairés par des lustres
Qui versent la folie à ce bal tournoyant;

Goya, cauchemar plein de choses inconnues,
De fœtus qu'on fait cuire au milieu des sabbats,
De vieilles au miroir et d'enfants toutes nues,
Pour tenter les démons ajustant bien leurs bas;

Delacroix, lac de sang hanté des mauvais anges,
Ombragé par un bois de sapins toujours vert,
Où, sous un ciel chagrin, des fanfares étranges
Passent, comme un soupir étouffé de Weber;

Ces malédictions, ces blasphèmes, ces plaintes,
Ces extases, ces cris, ces pleurs, ces *Te Deum*,
Sont un écho redit par mille labyrinthes;
C'est pour les cœurs mortels un divin opium!

C'est un cri répété par mille sentinelles,
Un ordre renvoyé par mille porte-voix;.
C'est un phare allumé sur mille citadelles,
Un appel de chasseurs perdus dans les grands bois!

Car c'est vraiment, Seigneur, le meilleur témoignage
Que nous puissions donner de notre dignité
Que cet ardent sanglot qui roule d'âge en âge
Et vient mourir au bord de votre éternité!

VII

LA MUSE MALADE

———

Ma pauvre muse, hélas! qu'as-tu donc ce matin?
Tes yeux creux sont peuplés de visions nocturnes,
Et je vois tour à tour réfléchis sur ton teint
La folie et l'horreur, froides et taciturnes.

Le succube verdâtre et le rose lutin
T'ont-ils versé la peur et l'amour de leurs urnes?
Le cauchemar, d'un poing despotique et mutin,
T'a-t-il noyée au fond d'un fabuleux Minturnes?

Je voudrais qu'exhalant l'odeur de la santé
Ton sein de pensers forts fût toujours fréquenté,
Et que ton sang chrétien coulât à flots rhythmiques,

Comme les sons nombreux des syllabes antiques,
Où règnent tour à tour le père des chansons,
Phœbus, et le grand Pan, le seigneur des moissons.

LA MUSE VÉNALE

—

O muse de mon cœur, amante des palais,
Auras-tu, quand Janvier lâchera ses Borées,
Durant les noirs ennuis des neigeuses soirées,
Un tison pour chauffer tes deux pieds violets?

Ranimeras-tu donc tes épaules marbrées
Aux nocturnes rayons qui percent les volets?
Sentant ta bourse à sec autant que ton palais,
Récolteras-tu l'or des voûtes azurées?

Il te faut, pour gagner ton pain de chaque soir,
Comme un enfant de chœur, jouer de l'encensoir,
Chanter des *Te Deum* auxquels tu ne crois guère,

Ou, saltimbanque à jeun, étaler les appas
Et ton rire trempé de pleurs qu'on ne voit pas,
Pour faire épanouir la rate du vulgaire.

LE MAUVAIS MOINE

—

Les cloîtres anciens sur leurs grandes murailles
Étalaient en tableaux la sainte Vérité,
Dont l'effet, réchauffant les pieuses entrailles,
Tempérait la froideur de leur austérité.

En ces temps où du Christ florissaient les semailles,
Plus d'un illustre moine, aujourd'hui peu cité,
Prenant pour atelier le champ des funérailles,
Glorifiait la Mort avec simplicité.

— Mon âme est un tombeau que, mauvais cénobite,
Depuis l'éternité je parcours et j'habite;
Rien n'embellit les murs de ce cloître odieux.

O moine fainéant! quand saurai-je donc faire
Du spectacle vivant de ma triste misère
Le travail de mes mains et l'amour de mes yeux?

X

L'ENNEMI

Ma jeunesse ne fut qu'un ténébreux orage,
Traversé çà et là par de brillants soleils;
Le tonnerre et la pluie ont fait un tel ravage,
Qu'il reste en mon jardin bien peu de fruits vermeils.

Voilà que j'ai touché l'automne des idées,
Et qu'il faut employer la pelle et les râteaux
Pour rassembler à neuf les terres inondées,
Où l'eau creuse des trous grands comme des tombeaux.

Et qui sait si les fleurs nouvelles que je rêve
Trouveront dans ce sol lavé comme une grève
Le mystique aliment qui ferait leur vigueur?

— O douleur! ô douleur! Le Temps mange la vie,
Et l'obscur Ennemi qui nous ronge le cœur
Du sang que nous perdons croît et se fortifie!

LE GUIGNON

———

Pour soulever un poids si lourd,
Sisyphe, il faudrait ton courage !
Bien qu'on ait du cœur à l'ouvrage,
L'Art est long et le Temps est court.

Loin des sépultures célèbres,
Vers un cimetière isolé,
Mon cœur, comme un tambour voilé,
Va battant des marches funèbres.

— Maint joyau dort enseveli
Dans les ténèbres et l'oubli,
Bien loin des pioches et des sondes;

Mainte fleur épanche à regret
Son parfum doux comme un secret
Dans les solitudes profondes.

LA VIE ANTÉRIEURE

———

J'ai longtemps habité sous de vastes portiques
Que les soleils marins teignaient de mille feux,
Et que leurs grands piliers, droits et majestueux,
Rendaient pareils, le soir, aux grottes basaltiques.

Les houles, en roulant les images des cieux,
Mêlaient d'une façon solennelle et mystique
Les tout-puissants accords de leur riche musique
Aux couleurs du couchant reflété par mes yeux.

C'est là que j'ai vécu dans les voluptés calmes,
Au milieu de l'azur, des vagues, des splendeurs
Et des esclaves nus, tout imprégnés d'odeurs,

Qui me rafraîchissaient le front avec des palmes,
Et dont l'unique soin était d'approfondir
Le secret douloureux qui me faisait languir.

BOHÉMIENS EN VOYAGE

La tribu prophétique aux prunelles ardentes
Hier s'est mise en route, emportant ses petits
Sur son dos, ou livrant à leurs fiers appétits
Le trésor toujours prêt des mamelles pendantes.

Les hommes vont à pied sous leurs armes luisantes
Le long des chariots où les leurs sont blottis,
Promenant sur le ciel des yeux appesantis
Par le morne regret des chimères absentes.

Du fond de son réduit sablonneux, le grillon,
Les regardant passer, redouble sa chanson;
Cybèle, qui les aime, augmente ses verdures,

Fait couler le rocher et fleurir le désert
Devant ces voyageurs, pour lesquels est ouvert
L'empire familier des ténèbres futures.

XIV

L'HOMME ET LA MER

———

Homme libre, toujours tu chériras la mer !
La mer est ton miroir; tu contemples ton âme
Dans le déroulement infini de sa lame,
Et ton esprit n'est pas un gouffre moins amer.

Tu te plais à plonger au sein de ton image;
Tu l'embrasses des yeux et des bras, et ton cœur
Se distrait quelquefois de sa propre rumeur
Au bruit de cette plainte indomptable et sauvage.

Vous êtes tous les deux ténébreux et discrets :
Homme, nul n'a sondé le fond de tes abimes;
O mer, nul ne connaît tes richesses intimes,
Tant vous êtes jaloux de garder vos secrets !

Et cependant voilà des siècles innombrables
Que vous vous combattez sans pitié ni remord,
Tellement vous aimez le carnage et la mort,
O lutteurs éternels, ô frères implacables !

XV

DON JUAN AUX ENFERS

———

Quand Don Juan descendit vers l'onde souterraine
Et lorsqu'il eut donné son obole à Charon,
Un sombre mendiant, l'œil fier comme Antisthène,
D'un bras vengeur et fort saisit chaque aviron.

Montrant leurs seins pendants et leurs robes ouvertes,
Des femmes se tordaient sous le noir firmament,
Et, comme un grand troupeau de victimes offertes,
Derrière lui traînaient un long mugissement.

Sganarelle en riant lui réclamait ses gages,
Tandis que Don Luis avec un doigt tremblant
Montrait à tous les morts errant sur les rivages
Le fils audacieux qui railla son front blanc.

Frissonnant sous son deuil, la chaste et maigre Elvire,
Près de l'époux perfide et qui fut son amant,
Semblait lui réclamer un suprême sourire
Où brillât la douceur de son premier serment.

Tout droit dans son armure, un grand homme de pierre
Se tenait à la barre et coupait le flot noir;
Mais le calme héros, courbé sur sa rapière,
Regardait le sillage et ne daignait rien voir.

XVI

CHATIMENT DE L'ORGUEIL

———

En ces temps merveilleux où la Théologie
Fleurit avec le plus de séve et d'énergie,
On raconte qu'un jour un docteur des plus grands,
— Après avoir forcé les cœurs indifférents;
Les avoir remués dans leurs profondeurs noires;
Après avoir franchi vers les célestes gloires
Des chemins singuliers à lui-même inconnus,
Où les purs Esprits seuls peut-être étaient venus, —
Comme un homme monté trop haut, pris de panique,
S'écria, transporté d'un orgueil satanique :

« Jésus, petit Jésus! je t'ai poussé bien haut !
Mais, si j'avais voulu t'attaquer au défaut
De l'armure, ta honte égalerait ta gloire,
Et tu ne serais plus qu'un fœtus dérisoire ! »

Immédiatement sa raison s'en alla.
L'éclat de ce soleil d'un crêpe se voila;
Tout le chaos roula dans cette intelligence,
Temple autrefois vivant, plein d'ordre et d'opulence,
Sous les plafonds duquel tant de pompe avait lui.
Le silence et la nuit s'installèrent en lui,
Comme dans un caveau dont la clef est perdue.
Dès lors il fut semblable aux bêtes de la rue,
Et, quand il s'en allait sans rien voir, à travers
Les champs, sans distinguer les étés des hivers,
Sale, inutile et laid comme une chose usée,
Il faisait des enfants la joie et la risée.

XVII

LA BEAUTÉ

————

Je suis belle, ô mortels! comme un rêve de pierre,
Et mon sein, où chacun s'est meurtri tour à tour,
Est fait pour inspirer au poëte un amour
Éternel et muet ainsi que la matière.

Je trône dans l'azur comme un sphinx incompris;
J'unis un cœur de neige à la blancheur des cygnes;
Je hais le mouvement qui déplace les lignes,
Et jamais je ne pleure et jamais je ne ris.

Les poëtes, devant mes grandes attitudes,
Que j'ai l'air d'emprunter aux plus fiers monuments,
Consumeront leurs jours en d'austères études;

Car j'ai, pour fasciner ces dociles amants,
De purs miroirs qui font toutes choses plus belles :
Mes yeux, mes larges yeux aux clartés éternelles !

XVIII

L'IDÉAL

———

Ce ne seront jamais ces beautés de vignettes,
Produits avariés, nés d'un siècle vaurien,
Ces pieds à brodequins, ces doigts à castagnettes,
Qui sauront satisfaire un cœur comme le mien.

Je laisse à Gavarni, poëte des chloroses,
Son troupeau gazouillant de beautés d'hôpital,
Car je ne puis trouver parmi ces pâles roses
Une fleur qui ressemble à mon rouge idéal.

Ce qu'il faut à ce cœur profond comme un abîme,
C'est vous, Lady Macbeth, âme puissante au crime,
Rêve d'Eschyle éclos au climat des autans;

Ou bien toi, grande Nuit, fille de Michel-Ange,
Qui tors paisiblement dans une pose étrange
Tes appas façonnés aux bouches des Titans !

LA GÉANTE

Du temps que la Nature en sa verve puissante
Concevait chaque jour des enfants monstrueux,
J'eusse aimé vivre auprès d'une jeune géante,
Comme aux pieds d'une reine un chat voluptueux.

J'eusse aimé voir son corps fleurir avec son âme
Et grandir librement dans ses terribles jeux;
Deviner si son cœur couve une sombre flamme
Aux humides brouillards qui nagent dans ses yeux;

Parcourir à loisir ses magnifiques formes;
Ramper sur le versant de ses genoux énormes,
Et parfois en été, quand les soleils malsains,

Lasse, la font s'étendre à travers la campagne,
Dormir nonchalamment à l'ombre de ses seins,
Comme un hameau paisible au pied d'une montagne.

LE MASQUE

STATUE ALLÉGORIQUE DANS LE GOUT DE LA RENAISSANCE

―――

A ERNEST CHRISTOPHE

STATUAIRE

―――

Contemplons ce trésor de grâces florentines;
Dans l'ondulation de ce corps musculeux
L'Élégance et la Force abondent, sœurs divines.
Cette femme, morceau vraiment miraculeux,
Divinement robuste, adorablement mince,

Est faite pour trôner sur des lits somptueux,
Et charmer les loisirs d'un pontife ou d'un prince.

— Aussi, vois ce souris fin et voluptueux
Où la Fatuité promène son extase;
Ce long regard sournois, langoureux et moqueur;
Ce visage mignard, tout encadré de gaze,
Dont chaque trait nous dit avec un air vainqueur :
« La Volupté m'appelle et l'amour me couronne! »
A cet être doué de tant de majesté
Vois quel charme excitant la gentillesse donne !
Approchons, et tournons autour de sa beauté.

O blasphème de l'art! ô surprise fatale!
La femme au corps divin, promettant le bonheur,
Par le haut se termine en monstre bicéphale!

— Mais non! ce n'est qu'un masque, un décor suborneur,
Ce visage éclairé d'une exquise grimace,
Et, regarde, voici, crispée atrocement,
La véritable tête, et la sincère face
Renversée à l'abri de la face qui ment.
Pauvre grande beauté! le magnifique fleuve
De tes pleurs aboutit dans mon cœur soucieux;
Ton mensonge m'enivre, et mon âme s'abreuve
Aux flots que la Douleur fait jaillir de tes yeux!

— Mais pourquoi pleure-t-elle? Elle, beauté parfaite
Qui mettrait à ses pieds le genre humain vaincu,
uel mal mystérieux ronge son flanc d'athlète?

5

— Elle pleure, insensé, parce qu'elle a vécu !
Et parce qu'elle vit ! Mais ce qu'elle déplore
Surtout, ce qui la fait frémir jusqu'aux genoux,
C'est que demain, hélas ! il faudra vivre encore !
Demain, après-demain et toujours ! — comme nous !

XXI

HYMNE A LA BEAUTÉ

—

Viens-tu du ciel profond ou sors-tu de l'abîme,
O Beauté? ton regard, infernal et divin,
Verse confusément le bienfait et le crime,
Et l'on peut pour cela te comparer au vin.

Tu contiens dans ton œil le couchant et l'aurore;
Tu répands des parfums comme un soir orageux;
Tes baisers sont un philtre et ta bouche une amphore
Qui font le héros lâche et l'enfant courageux.

Sors-tu du gouffre noir ou descends-tu des astres?
Le Destin charmé suit tes jupons comme un chien;
Tu sèmes au hasard la joie et les désastres,
Et tu gouvernes tout et ne réponds de rien.

Tu marches sur des morts, Beauté, dont tu te moques;
De tes bijoux l'Horreur n'est pas le moins charmant,
Et le Meurtre, parmi tes plus chères bréloques,
Sur ton ventre orgueilleux danse amoureusement.

L'éphémère ébloui vole vers toi, chandelle,
Crépite, flambe et dit : Bénissons ce flambeau!
L'amoureux pantelant incliné sur sa belle
A l'air d'un moribond caressant son tombeau.

Que tu viennes du ciel ou de l'enfer, qu'importe,
O Beauté! monstre énorme, effrayant, ingénu!
Si ton œil, ton souris, ton pied, m'ouvrent la porte
D'un Infini que j'aime et n'ai jamais connu?

De Satan ou de Dieu, qu'importe? Ange ou Sirène,
Qu'importe, si tu rends, — fée aux yeux de velours,
Rhythme, parfum, lueur, ô mon unique reine! —
L'univers moins hideux et les instants moins lourds?

XXII

PARFUM EXOTIQUE

———

Quand, les deux yeux fermés, en un soir chaud d'automne,
Je respire l'odeur de ton sein chaleureux,
Je vois se dérouler des rivages heureux
Qu'éblouissent les feux d'un soleil monotone;

Une île paresseuse où la nature donne
Des arbres singuliers et des fruits savoureux;
Des hommes dont le corps est mince et vigoureux,
Et des femmes dont l'œil par sa franchise étonne.

Guidé par ton odeur vers de charmants climats,
Je vois un port rempli de voiles et de mâts
Encor tout fatigués par la vague marine,

Pendant que le parfum des verts tamariniers,
Qui circule dans l'air et m'enfle la narine,
Se mêle dans mon âme au chant des mariniers.

LA CHEVELURE

———

O toison, moutonnant jusque sur l'encolure !
O boucles ! O parfum chargé de nonchaloir !
Extase ! Pour peupler ce soir l'alcôve obscure
Des souvenirs dormant dans cette chevelure,
Je la veux agiter dans l'air comme un mouchoir !

La langoureuse Asie et la brûlante Afrique,
Tout un monde lointain, absent, presque défunt,
Vit dans tes profondeurs, forêt aromatique !
Comme d'autres esprits voguent sur la musique,
Le mien, ô mon amour ! nage sur ton parfum.

J'irai là-bas où l'arbre et l'homme, pleins de séve,
Se pâment longuement sous l'ardeur des climats;
Fortes tresses, soyez la houle qui m'enlève!
Tu contiens, mer d'ébène, un éblouissant rêve
De voiles, de rameurs, de flammes et de mâts :

Un port retentissant où mon âme peut boire
A grands flots le parfum, le son et la couleur;
Où les vaisseaux, glissant dans l'or et dans la moire,
Ouvrent leurs vastes bras pour embrasser la gloire
D'un ciel pur où frémit l'éternelle chaleur.

Je plongerai ma tête amoureuse d'ivresse
Dans ce noir océan où l'autre est enfermé;
Et mon esprit subtil que le roulis caresse
Saura vous retrouver, ô féconde paresse,
Infinis bercements du loisir embaumé !

Cheveux bleus, pavillon de ténèbres tendues,
Vous me rendez l'azur du ciel immense et rond;
Sur les bords duvetés de vos mèches tordues
Je m'enivre ardemment des senteurs confondues
De l'huile de coco, du musc et du goudron.

Longtemps! toujours! ma main dans ta crinière lourde
Sèmera le rubis, la perle et le saphir,
Afin qu'à mon désir tu ne sois jamais sourde !
N'es-tu pas l'oasis où je rêve, et la gourde
Où je hume à longs traits le vin du souvenir?

XXIV

Je t'adore à l'égal de la voûte nocturne,
O vase de tristesse, ô grande taciturne,
Et t'aime d'autant plus, belle, que tu me fuis,
Et que tu me parais, ornement de mes nuits,
Plus ironiquement accumuler les lieues
Qui séparent mes bras des immensités bleues.

Je m'avance à l'attaque, et je grimpe aux assauts,
Comme après un cadavre un chœur de vermisseaux,
Et je chéris, ô bête implacable et cruelle !
Jusqu'à cette froideur par où tu m'es plus belle !

XXV

Tu mettrais l'univers entier dans ta ruelle,
Femme impure ! L'ennui rend ton âme cruelle.
Pour exercer tes dents à ce jeu singulier,
Il te faut chaque jour un cœur au râtelier.
Tes yeux, illuminés ainsi que des boutiques
Et des ifs flamboyants dans les fêtes publiques,
Usent insolemment d'un pouvoir emprunté,
Sans connaître jamais la loi de leur beauté.

Machine aveugle et sourde, en cruautés féconde!
Salutaire instrument, buveur du sang du monde,
Comment n'as-tu pas honte et comment n'as-tu pas
Devant tous les miroirs vu pâlir tes appas?
La grandeur de ce mal où tu te crois savante
Ne t'a donc jamais fait reculer d'épouvante,
Quand la nature, grande en ses desseins cachés,
De toi se sert, ô femme, ô reine des péchés,
— De toi, vil animal, — pour pétrir un génie?

O fangeuse grandeur! sublime ignominie!

SED NON SATIATA

———

Bizarre déité, brune comme les nuits,
Au parfum mélangé de musc et de havane,
OEuvre de quelque obi, le Faust de la savane,
Sorcière au flanc d'ébène, enfant des noirs minuits,

Je préfère au constance, à l'opium, au nuits,
L'élixir de ta bouche où l'amour se pavane ;
Quand vers toi mes désirs partent en caravane,
Tes yeux sont la citerne où boivent mes ennuis.

Par ces deux grands yeux noirs, soupiraux de ton âme,
O démon sans pitié ! verse-moi moins de flamme;
Je ne suis pas le Styx pour t'embrasser neuf fois,

Hélas ! et je ne puis, Mégère libertine,
Pour briser ton courage et te mettre aux abois,
Dans l'enfer de ton lit devenir Proserpine !

XXVII

Avec ses vêtements ondoyants et nacrés,
Même quand elle marche on croirait qu'elle danse,
Comme ces longs serpents que les jongleurs sacrés
Au bout de leurs bâtons agitent en cadence.

Comme le sable morne et l'azur des déserts,
Insensibles tous deux à l'humaine souffrance,
Comme les longs réseaux de la houle des mers,
Elle se développe avec indifférence.

Ses yeux polis sont faits de minéraux charmants,
Et dans cette nature étrange et symbolique
Où l'ange inviolé se mêle au sphinx antique,

Où tout n'est qu'or, acier, lumière et diamants,
Resplendit à jamais, comme un astre inutile,
La froide majesté de la femme stérile.

LE SERPENT QUI DANSE

Que j'aime voir, chère indolente,
De ton corps si beau,
Comme une étoffe vacillante,
Miroiter la peau !

Sur ta chevelure profonde
Aux âcres parfums,
Mer odorante et vagabonde
Aux flots bleus et bruns,

Comme un navire qui s'éveille
    Au vent du matin,
Mon âme rêveuse appareille
    Pour un ciel lointain.

Tes yeux, où rien ne se révèle
    De doux ni d'amer,
Sont deux bijoux froids où se mêle
    L'or avec le fer.

A te voir marcher en cadence,
    Belle d'abandon,
On dirait un serpent qui danse
    Au bout d'un bâton.

Sous le fardeau de ta paresse
    Ta tête d'enfant
Se balance avec la mollesse
    D'un jeune éléphant,

Et ton corps se penche et s'allonge
    Comme un fin vaisseau
Qui roule bord sur bord et plonge
    Ses vergues dans l'eau.

Comme un flot grossi par la fonte
    Des glaciers grondants,
Quand l'eau de ta bouche remonte
    Au bord de tes dents,

Je crois boire un vin de Bohême,
Amer et vainqueur,
Un ciel liquide qui parsème
D'étoiles mon cœur!

XXIX

UNE CHAROGNE

—

Rappelez-vous l'objet que nous vîmes, mon âme,
    Ce beau matin d'été si doux :
Au détour d'un sentier une charogne infâme
    Sur un lit semé de cailloux,

Les jambes en l'air, comme une femme lubrique,
    Brûlante et suant les poisons,
Ouvrait d'une façon nonchalante et cynique
    Son ventre plein d'exhalaisons.

Le soleil rayonnait sur cette pourriture,
    Comme afin de la cuire à point,
Et de rendre au centuple à la grande Nature
    Tout ce qu'ensemble elle avait joint;

Et le ciel regardait la carcasse superbe
    Comme une fleur s'épanouir.
La puanteur était si forte, que sur l'herbe
    Vous crûtes vous évanouir.

Les mouches bourdonnaient sur ce ventre putride,
    D'où sortaient de noirs bataillons
De larves, qui coulaient comme un épais liquide
    Le long de ces vivants haillons.

Tout cela descendait, montait comme une vague,
    Ou s'élançait en pétillant;
On eût dit que le corps, enflé d'un souffle vague,
    Vivait en se multipliant.

Et ce monde rendait une étrange musique,
    Comme l'eau courante et le vent,
Ou le grain qu'un vanneur d'un mouvement rhythmique
    Agite et tourne dans son van.

Les formes s'effaçaient et n'étaient plus qu'un rêve,
    Une ébauche lente à venir,
Sur la toile oubliée, et que l'artiste achève
    Seulement par le souvenir.

Derrière les rochers une chienne inquiète
  Nous regardait d'un œil fâché,
Épiant le moment de reprendre au squelette
  Le morceau qu'elle avait lâché.

— Et pourtant vous serez semblable à cette ordure,
  A cette horrible infection,
Étoile de mes yeux, soleil de ma nature,
  Vous, mon ange et ma passion !

Oui ! telle vous serez, ô la reine des grâces,
  Après les derniers sacrements,
Quand vous irez, sous l'herbe et les floraisons grasses,
  Moisir parmi les ossements.

Alors, ô ma beauté ! dites à la vermine
  Qui vous mangera de baisers,
Que j'ai gardé la forme et l'essence divine
  De mes amours décomposés !

XXX

DE PROFUNDIS CLAMAVI

J'implore ta pitié, Toi, l'unique que j'aime,
Du fond du gouffre obscur où mon cœur est tombé.
C'est un univers morne à l'horizon plombé,
Où nagent dans la nuit l'horreur et le blasphème;

Un soleil sans chaleur plane au-dessus six mois,
Et les six autres mois la nuit couvre la terre;
C'est un pays plus nu que la terre polaire;
— Ni bêtes, ni ruisseaux, ni verdure, ni bois!

Or il n'est pas d'horreur au monde qui surpasse
La froide cruauté de ce soleil de glace
Et cette immense nuit semblable au vieux Chaos;

Je jalouse le sort des plus vils animaux
Qui peuvent se plonger dans un sommeil stupide,
Tant l'écheveau du temps lentement se dévide!

XXXI

LE VAMPIRE

—

Toi qui, comme un coup de couteau,
Dans mon cœur plaintif es entrée ;
Toi qui, forte comme un troupeau
De démons, vins, folle et parée,

De mon esprit humilié
Faire ton lit et ton domaine ;
— Infâme à qui je suis lié
Comme le forçat à la chaîne,

Comme au jeu le joueur têtu,
Comme à la bouteille l'ivrogne,
Comme aux vermines la charogne,
— Maudite, maudite sois-tu !

J'ai prié le glaive rapide
De conquérir ma liberté,
Et j'ai dit au poison perfide
De secourir ma lâcheté.

Hélas ! le poison et le glaive
M'ont pris en dédain et m'ont dit :
« Tu n'es pas digne qu'on t'enlève
A ton esclavage maudit,

Imbécile ! — de son empire
Si nos efforts te délivraient,
Tes baisers ressusciteraient
Le cadavre de ton vampire ! »

XXXII

Une nuit que j'étais près d'une affreuse Juive,
Comme au long d'un cadavre un cadavre étendu,
Je me pris à songer près de ce corps vendu
A la triste beauté dont mon désir se prive.

Je me représentai sa majesté native,
Son regard de vigueur et de grâces armé,
Ses cheveux qui lui font un casque parfumé,
Et dont le souvenir pour l'amour me ravive.

Car j'eusse avec ferveur baisé ton noble corps,
Et depuis tes pieds frais jusqu'à tes noires tresses
Déroulé le trésor des profondes caresses,

Si, quelque soir, d'un pleur obtenu sans effort
Tu pouvais seulement, ô reine des cruelles !
Obscurcir la splendeur de tes froides prunelles.

REMORDS POSTHUME

—

Lorsque tu dormiras, ma belle ténébreuse,
Au fond d'un monument construit en marbre noir,
Et lorsque tu n'auras pour alcôve et manoir
Qu'un caveau pluvieux et qu'une fosse creuse;

Quand la pierre, opprimant ta poitrine peureuse
Et tes flancs qu'assouplit un charmant nonchaloir,
Empêchera ton cœur de battre et de vouloir,
Et tes pieds de courir leur course aventureuse,

Le tombeau, confident de mon rêve infini
(Car le tombeau toujours comprendra le poëte),
Durant ces grandes nuits d'où le somme est banni,

Te dira : « Que vous sert, courtisane imparfaite,
De n'avoir pas connu ce que pleurent les morts? »
— Et le ver rongera ta peau comme un remords.

LE CHAT

—

Viens, mon beau chat, sur mon cœur amoureux;
   Retiens les griffes de ta patte,
Et laisse-moi plonger dans tes beaux yeux,
   Mêlés de métal et d'agate.

Lorsque mes doigts caressent à loisir
   Ta tête et ton dos élastique,
Et que ma main s'enivre du plaisir
   De palper ton corps électrique,

Je vois ma femme en esprit. Son regard,
   Comme le tien, aimable bête,
Profond et froid, coupe et fend comme un dard,

   Et, des pieds jusques à la tête,
Un air subtil, un dangereux parfum
   Nagent autour de son corps brun.

XXXV

DUELLUM

———

Deux guerriers ont couru l'un sur l'autre; leurs armes
Ont éclaboussé l'air de lueurs et de sang.
Ces jeux, ces cliquetis du fer sont les vacarmes
D'une jeunesse en proie à l'amour vagissant.

Les glaives sont brisés! comme notre jeunesse,
Ma chère! Mais les dents, les ongles acérés,
Vengent bientôt l'épée et la dague traîtresse.
— O fureur des cœurs mûrs par l'amour ulcérés!

Dans le ravin hanté des chats-pards et des onces
Nos héros, s'étreignant méchamment, ont roulé,
Et leur peau fleurira l'aridité des ronces.

— Ce gouffre, c'est l'enfer, de nos amis peuplé !
Roulons-y sans remords, amazone inhumaine,
Afin d'éterniser l'ardeur de notre haine !

LE BALCON

———

Mère des souvenirs, maîtresse des maîtresses,
Ô toi, tous mes plaisirs ! ô toi, tous mes devoirs !
Tu te rappelleras la beauté des caresses,
La douceur du foyer et le charme des soirs,
Mère des souvenirs, maîtresse des maîtresses !

Les soirs illuminés par l'ardeur du charbon,
Et les soirs au balcon, voilés de vapeurs roses.
Que ton sein m'était doux ! que ton cœur m'était bon !
Nous avons dit souvent d'impérissables choses
Les soirs illuminés par l'ardeur du charbon.

Que les soleils sont beaux dans les chaudes soirées !
Que l'espace est profond ! que le cœur est puissant !
En me penchant vers toi, reine des adorées,
Je croyais respirer le parfum de ton sang.
Que les soleils sont beaux dans les chaudes soirées !

La nuit s'épaississait ainsi qu'une cloison,
Et mes yeux dans le noir devinaient tes prunelles,
Et je buvais ton souffle, ô douceur ! ô poison !
Et tes pieds s'endormaient dans mes mains fraternelles.
La nuit s'épaississait ainsi qu'une cloison.

Je sais l'art d'évoquer les minutes heureuses,
Et revis mon passé blotti dans tes genoux.
Car à quoi bon chercher tes beautés langoureuses
Ailleurs qu'en ton cher corps et qu'en ton cœur si doux ?
Je sais l'art d'évoquer les minutes heureuses !

Ces serments, ces parfums, ces baisers infinis,
Renaîtront-ils d'un gouffre interdit à nos sondes,
Comme montent au ciel les soleils rajeunis
Après s'être lavés au fond des mers profondes ?
— O serments ! ô parfums ! ô baisers infinis !

XXXVII

LE POSSÉDÉ

———

Le soleil s'est couvert d'un crêpe. Comme lui,
O Lune de ma vie! emmitoufle-toi d'ombre;
Dors ou fume à ton gré; sois muette, sois sombre,
Et plonge tout entière au gouffre de l'Ennui;

Je t'aime ainsi! Pourtant, si tu veux aujourd'hui,
Comme un astre éclipsé qui sort de la pénombre,
Te pavaner aux lieux que la Folie encombre,
C'est bien! Charmant poignard, jaillis de ton étui!

Allume ta prunelle à la flamme des lustres !
Allume le désir dans les regards des rustres !
Tout de toi m'est plaisir, morbide ou pétulant ;

Sois ce que tu voudras, nuit noire, rouge aurore ;
Il n'est pas une fibre en tout mon corps tremblant
Qui ne crie : *O mon cher Belzébuth, je t'adore !*

XXXVIII

UN FANTOME

—

I

LES TÉNÈBRES.

Dans les caveaux d'insondable tristesse
Où le Destin m'a déjà relégué ;
Où jamais n'entre un rayon rose et gai ;
Où, seul avec la Nuit, maussade hôtesse,

Je suis comme un peintre qu'un Dieu moqueur
Condamne à peindre, hélas ! sur les ténèbres;
Où, cuisinier aux appétits funèbres,
Je fais bouillir et je mange mon cœur,

Par instants brille, et s'allonge, et s'étale
Un spectre fait de grâce et de splendeur.
A sa rêveuse allure orientale,

Quand il atteint sa totale grandeur,
Je reconnais ma belle visiteuse :
C'est Elle! noire et pourtant lumineuse.

II

LE PARFUM.

Lecteur, as-tu quelquefois respiré
Avec ivresse et lente gourmandise
Ce grain d'encens qui remplit une église,
Ou d'un sachet le musc invétéré?

Charme profond, magique, dont nous grise
Dans le présent le passé restauré !
Ainsi l'amant sur un corps adoré
Du souvenir cueille la fleur exquise.

De ses cheveux élastiques et lourds,
Vivant sachet, encensoir de l'alcôve,
Une senteur montait, sauvage et fauve,

Et des habits, mousseline ou velours,
Tout imprégnés de sa jeunesse pure,
Se dégageait un parfum de fourrure.

III

LE CADRE.

Comme un beau cadre ajoute à la peinture,
Bien qu'elle soit d'un pinceau très-vanté,
Je ne sais quoi d'étrange et d'enchanté
En l'isolant de l'immense nature,

Ainsi bijoux, meubles, métaux, dorure,
S'adaptaient juste à sa rare beauté;
Rien n'offusquait sa parfaite clarté,
Et tout semblait lui servir de bordure.

Même on eût dit parfois qu'elle croyait
Que tout voulait l'aimer; elle noyait
Sa nudité voluptueusement

Dans les baisers du satin et du linge,
Et, lente ou brusque, à chaque mouvement
Montrait la grâce enfantine du singe.

IV

LE PORTRAIT.

La Maladie et la Mort font des cendres
De tout le feu qui pour nous flamboya.
De ces grands yeux si fervents et si tendres,
De cette bouche où mon cœur se noya,

De ces baisers puissants comme un dictame,
De ces transports plus vifs que des rayons,
Que reste-t-il? C'est affreux, ô mon âme!
Rien qu'un dessin fort pâle, aux trois crayons,

Qui, comme moi, meurt dans la solitude,
Et que le Temps, injurieux vieillard,
Chaque jour frotte avec son aile rude...

Noir assassin de la Vie et de l'Art,
Tu ne tueras jamais dans ma mémoire
Celle qui fut mon plaisir et ma gloire!

8

XXXIX

Je te donne ces vers afin que si mon nom
Aborde heureusement aux époques lointaines,
Et fait rêver un soir les cervelles humaines,
Vaisseau favorisé par un grand aquilon,

Ta mémoire, pareille aux fables incertaines,
Fatigue le lecteur ainsi qu'un tympanon,
Et par un fraternel et mystique chaînon
Reste comme pendue à mes rimes hautaines;

Être maudit à qui, de l'abîme profond
Jusqu'au plus haut du ciel, rien, hors moi, ne répond !
— O toi qui, comme une ombre à la trace éphémère,

Foules d'un pied léger et d'un regard serein
Les stupides mortels qui t'ont jugée amère,
Statue aux yeux de jais, grand ange au front d'airain !

XL

SEMPER EADEM

—

« D'où vous vient, disiez-vous, cette tristesse étrange,
Montant comme la mer sur le roc noir et nu? »
— Quand notre cœur a fait une fois sa vendange,
Vivre est un mal. C'est un secret de tous connu,

Une douleur très-simple et non mystérieuse,
Et, comme votre joie, éclatante pour tous.
Cessez donc de chercher, ô belle curieuse!
Et, bien que votre voix soit douce, taisez-vous!

Taisez-vous, ignorante ! âme toujours ravie !
Bouche au rire enfantin ! Plus encor que la Vie,
La Mort nous tient souvent par des liens subtils.

Laissez, laissez mon cœur s'enivrer d'un *mensonge*,
Plonger dans vos beaux yeux comme dans un beau songe,
Et sommeiller longtemps à l'ombre de vos cils !

XLI

TOUT ENTIÈRE

—

Le Démon, dans ma chambre haute,
Ce matin est venu me voir,
Et, tâchant à me prendre en faute,
Me dit : « Je voudrais bien savoir,

Parmi toutes les belles choses
Dont est fait son enchantement,
Parmi les objets noirs ou roses
Qui composent son corps charmant,

Quel est le plus doux. » — O mon âme!
Tu répondis à l'Abhorré :
« Puisqu'en Elle tout est dictame,
Rien ne peut être préféré.

Lorsque tout me ravit, j'ignore
Si quelque chose me séduit.
Elle éblouit comme l'Aurore
Et console comme la Nuit ;

Et l'harmonie est trop exquise,
Qui gouverne tout son beau corps,
Pour que l'impuissante analyse
En note les nombreux accords.

O métamorphose mystique
De tous mes sens fondus en un !
Son haleine fait la musique,
Comme sa voix fait le parfum ! »

XLII

Que diras-tu ce soir, pauvre âme solitaire,
Que diras-tu, mon cœur, cœur autrefois flétri,
A la très-belle, à la très-bonne, à la très-chère,
Dont le regard divin t'a soudain refleuri?

— Nous mettrons notre orgueil à chanter ses louanges :
Rien ne vaut la douceur de son autorité ;
Sa chair spirituelle a le parfum des Anges,
Et son œil nous revêt d'un habit de clarté.

Que ce soit dans la nuit et dans la solitude,
Que ce soit dans la rue et dans la multitude,
Son fantôme dans l'air danse comme un flambeau.

Parfois il parle et dit : « Je suis belle, et j'ordonne
Que pour l'amour de moi vous n'aimiez que le Beau ;
Je suis l'Ange gardien, la Muse et la Madone. »

LE FLAMBEAU VIVANT

———

Ils marchent devant moi, ces Yeux pleins de lumières,
Qu'un Ange très-savant a sans doute aimantés;
Ils marchent, ces divins frères qui sont mes frères,
Secouant dans mes yeux leurs feux diamantés.

Me sauvant de tout piége et de tout péché grave,
Ils conduisent mes pas dans la route du Beau;
Ils sont mes serviteurs et je suis leur esclave;
Tout mon être obéit à ce vivant flambeau.

Charmants Yeux, vous brillez de la clarté mystique
Qu'ont les cierges brûlant en plein jour; le soleil
Rougit, mais n'éteint pas leur flamme fantastique;

Ils célèbrent la Mort, vous chantez le Réveil;
Vous marchez en chantant le réveil de mon âme,
Astres dont nul soleil ne peut flétrir la flamme!

XLIV.

RÉVERSIBILITÉ

— —

Ange plein de gaieté, connaissez-vous l'angoisse,
La honte, les remords, les sanglots, les ennuis,
Et les vagues terreurs de ces affreuses nuits
Qui compriment le cœur comme un papier qu'on froisse ?
Ange plein de gaieté, connaissez-vous l'angoisse ?

Ange plein de bonté, connaissez-vous la haine,
Les poings crispés dans l'ombre et les larmes de fiel,
Quand la Vengeance bat son infernal rappel,
Et de nos facultés se fait le capitaine ?
Ange plein de bonté, connaissez-vous la haine ?

Ange plein de santé, connaissez-vous les Fièvres,
Qui, le long des grands murs de l'hospice blafard,
Comme des exilés, s'en vont d'un pied traînard,
Cherchant le soleil rare et remuant les lèvres?
Ange plein de santé, connaissez-vous les Fièvres?

Ange plein de beauté, connaissez-vous les rides,
Et la peur de vieillir, et ce hideux tourment
De lire la secrète horreur du dévouement
Dans des yeux où longtemps burent nos yeux avides?
Ange plein de beauté, connaissez-vous les rides?

Ange plein de bonheur, de joie et de lumières,
David mourant aurait demandé la santé
Aux émanations de ton corps enchanté;
Mais de toi je n'implore, ange, que tes prières,
Ange plein de bonheur, de joie et de lumières!

CONFESSION

Une fois, une seule, aimable et douce femme,
 A mon bras votre bras poli
S'appuya (sur le fond ténébreux de mon âme
 .Ce souvenir n'est point pâli) ;

Il était tard ; ainsi qu'une médaille neuve
 La pleine lune s'étalait,
Et la solennité de la nuit, comme un fleuve,
 Sur Paris dormant ruisselait.

Et le long des maisons, sous les portes cochères,
    Des chats passaient furtivement,
L'oreille au guet, ou bien, comme des ombres chères,
    Nous accompagnaient lentement.

Tout à coup, au milieu de l'intimité libre
    Éclose à la pâle clarté,
De vous, riche et sonore instrument où ne vibre
    Que la radieuse gaîté,

De vous, claire et joyeuse ainsi qu'une fanfare
    Dans le matin étincelant,
Une note plaintive, une note bizarre
    S'échappa, tout en chancelant

Comme une enfant chétive, horrible, sombre, immonde,
    Dont sa famille rougirait,
Et qu'elle aurait longtemps, pour la cacher au monde,
    Dans un caveau mise au secret.

Pauvre ange, elle chantait, votre note criarde :
    « Que rien ici-bas n'est certain,
Et que toujours, avec quelque soin qu'il se farde,
    Se trahit l'égoïsme humain;

Que c'est un dur métier que d'être belle femme,
    Et que c'est le travail banal
De la danseuse folle et froide qui se pâme
    Dans un sourire machinal;

Que bâtir sur les cœurs est une chose sotte ;
     Que tout craque, amour et beauté,
Jusqu'à ce que l'Oubli les jette dans sa hotte
     Pour les rendre à l'Éternité ! »

J'ai souvent évoqué cette lune enchantée,
     Ce silence et cette langueur,
Et cette confidence horrible chuchotée
     Au confessionnal du cœur.

L'AUBE SPIRITUELLE

———

Quand chez les débauchés l'aube blanche et vermeille
Entre en société de l'Idéal rongeur,
Par l'opération d'un mystère vengeur
Dans la brute assoupie un ange se réveille.

Des Cieux Spirituels l'inaccessible azur,
Pour l'homme terrassé qui rêve encore et souffre,
S'ouvre et s'enfonce avec l'attirance du gouffre.
Ainsi, chère Déesse, Être lucide et pur,

Sur les débris fumeux des stupides orgies
Ton souvenir plus clair, plus rose, plus charmant,
A mes yeux agrandis voltige incessamment.

Le soleil a noirci la flamme des bougies;
Ainsi, toujours vainqueur, ton fantôme est pareil,
Ame resplendissante, à l'immortel soleil !

XLVII

HARMONIE DU SOIR

———

Voici venir les temps où vibrant sur sa tige
Chaque fleur s'évapore ainsi qu'un encensoir;
Les sons et les parfums tournent dans l'air du soir;
Valse mélancolique et langoureux vertige!

Chaque fleur s'évapore ainsi qu'un encensoir;
Le violon frémit comme un cœur qu'on afflige;
Valse mélancolique et langoureux vertige!
Le ciel est triste et beau comme un grand reposoir.

Le violon frémit comme un cœur qu'on afflige,
Un cœur tendre, qui hait le néant vaste et noir !
Le ciel est triste et beau comme un grand reposoir ;
Le soleil s'est noyé dans son sang qui se fige.

Un cœur tendre, qui hait le néant vaste et noir,
Du passé lumineux recueille tout vestige !
Le soleil s'est noyé dans son sang qui se fige.....
Ton souvenir en moi luit comme un ostensoir !

LE FLACON

———

Il est de forts parfums pour qui toute matière
Est poreuse. On dirait qu'ils pénètrent le verre.
En ouvrant un coffret venu de l'Orient
Dont la serrure grince et rechigne en criant,

Ou dans une maison déserte quelque armoire
Pleine de l'âcre odeur des temps, poudreuse et noire,
Parfois on trouve un vieux flacon qui se souvient,
D'où jaillit toute vive une âme qui revient.

Mille pensers dormaient, chrysalides funèbres,
Frémissant doucement dans les lourdes ténèbres,
Qui dégagent leur aile et prennent leur essor,
Teintés d'azur, glacés de rose, lamés d'or.

Voilà le souvenir enivrant qui voltige
Dans l'air troublé; les yeux se ferment; le Vertige
Saisit l'âme vaincue et la pousse à deux mains
Vers un gouffre obscurci de miasmes humains;

Il la terrasse au bord d'un gouffre séculaire,
Où, Lazare odorant déchirant son suaire,
Se meut dans son réveil le cadavre spectral
D'un vieil amour ranci, charmant et sépulcral.

Ainsi, quand je serai perdu dans la mémoire
Des hommes, dans le coin d'une sinistre armoire
Quand on m'aura jeté, vieux flacon désolé,
Décrépit, poudreux, sale, abject, visqueux, fêlé,

Je serai ton cercueil, aimable pestilence!
Le témoin de ta force et de ta virulence,
Cher poison préparé par les anges! liqueur
Qui me ronge, ô la vie et la mort de mon cœur!

XLIX

LE POISON

—

Le vin sait revêtir le plus sordide bouge
    D'un luxe miraculeux,
Et fait surgir plus d'un portique fabuleux
    Dans l'or de sa vapeur rouge,
Comme un soleil couchant dans un ciel nébuleux.

L'opium agrandit ce qui n'a pas de bornes,
    Allonge l'illimité,
Approfondit le temps, creuse la volupté,
    Et de plaisirs noirs et mornes
Remplit l'âme au delà de sa capacité.

Tout cela ne vaut pas le poison qui découle
        De tes yeux, de tes yeux verts,
Lacs où mon âme tremble et se voit à l'envers...
        Mes songes viennent en foule
Pour se désaltérer à ces gouffres amers.

Tout cela ne vaut pas le terrible prodige.
        De ta salive qui mord,
Qui plonge dans l'oubli mon âme sans remord,
        Et, charriant le vertige,
La roule défaillante aux rives de la mort !

CIEL BROUILLÉ

—

On dirait ton regard d'une vapeur couvert;
Ton œil mystérieux (est-il bleu, gris ou vert?)
Alternativement tendre, rêveur, cruel,
Réfléchit l'indolence et la pâleur du ciel.

Tu rappelles ces jours blancs, tièdes et voilés,
Qui font se fondre en pleurs les cœurs ensorcelés,
Quand, agités d'un mal inconnu qui les tord,
Les nerfs trop éveillés raillent l'esprit qui dort.

10

Tu ressembles parfois à ces beaux horizons
Qu'allument les soleils des brumeuses saisons.....
Comme tu resplendis, paysage mouillé
Qu'enflamment les rayons tombant d'un ciel brouillé !

O femme dangereuse, ô séduisants climats !
Adorerai-je aussi ta neige et vos frimas,
Et saurai-je tirer de l'implacable hiver
Des plaisirs plus aigus que la glace et le fer ?

LI

LE CHAT

—

I

Dans ma cervelle se promène,
Ainsi qu'en son appartement,
Un beau chat, fort, doux et charmant.
Quand il miaule, on l'entend à peine,

Tant son timbre est tendre et discret;
Mais que sa voix s'apaise ou gronde,
Elle est toujours riche et profonde.
C'est là son charme et son secret.

Cette voix, qui perle et qui filtre
Dans mon fonds le plus ténébreux,
Me remplit comme un vers nombreux
Et me réjouit comme un philtre.

Elle endort les plus cruels maux
Et contient toutes les extases;
Pour dire les plus longues phrases,
Elle n'a pas besoin de mots.

Non, il n'est pas d'archet qui morde
Sur mon cœur, parfait instrument,
Et fasse plus royalement
Chanter sa plus vibrante corde,

Que ta voix, chat mystérieux,
Chat séraphique, chat étrange,
En qui tout est, comme en un ange,
Aussi subtil qu'harmonieux!

II

De sa fourrure blonde et brune
Sort un parfum si doux, qu'un soir
J'en fus embaumé, pour l'avoir
Caressée une fois, rien qu'une.

C'est l'esprit familier du lieu;
Il juge, il préside, il inspire
Toutes choses dans son empire;
Peut-être est-il fée, est-il dieu?

Quand mes yeux, vers ce chat que j'aime
Tirés comme par un aimant,
Se retournent docilement
Et que je regarde en moi-même,

Je vois avec étonnement
Le feu de ses prunelles pâles,
Clairs fanaux, vivantes opales,
Qui me contemplent fixement.

LII

LE BEAU NAVIRE

—

Je veux te raconter, ô molle enchanteresse !
Les diverses beautés qui parent ta jeunesse ;
  Je veux te peindre ta beauté,
Où l'enfance s'allie à la maturité.

Quand tu vas balayant l'air de ta jupe large,
Tu fais l'effet d'un beau vaisseau qui prend le large,
  Chargé de toile, et va roulant
Suivant un rhythme doux, et paresseux, et lent.

Sur ton cou large et rond, sur tes épaules grasses,
Ta tête se pavane avec d'étranges grâces ;
    D'un air placide et triomphant
Tu passes ton chemin, majestueuse enfant.

Je veux te raconter, ô molle enchanteresse !
Les diverses beautés qui parent ta jeunesse ;
    Je veux te peindre ta beauté,
Où l'enfance s'allie à la maturité.

Ta gorge qui s'avance et qui pousse la moire,
Ta gorge triomphante est une belle armoire
    Dont les panneaux bombés et clairs
Comme les boucliers accrochent des éclairs ;

Boucliers provoquants, armés de pointes roses !
Armoire à doux secrets, pleine de bonnes choses,
    De vins, de parfums, de liqueurs
Qui feraient délirer les cerveaux et les cœurs !

Quand tu vas balayant l'air de ta jupe large,
Tu fais l'effet d'un beau vaisseau qui prend le large,
    Chargé de toile, et va roulant
Suivant un rhythme doux, et paresseux, et lent.

Tes nobles jambes, sous les volants qu'elles chassent,
Tourmentent les désirs obscurs et les agacent,
    Comme deux sorcières qui font
Tourner un philtre noir dans un vase profond.

Tes bras, qui se joueraient des précoces hercules,
Sont des boas luisants les solides émules,
    Faits pour serrer obstinément,
Comme pour l'imprimer dans ton cœur, ton amant.

Sur ton cou large et rond, sur tes épaules grasses,
Ta tête se pavane avec d'étranges grâces;
    D'un air placide et triomphant
Tu passes ton chemin, majestueuse enfant.

LIII

L'INVITATION AU VOYAGE

—

Mon enfant, ma sœur,
Songe à la douceur
D'aller là-bas vivre ensemble !
Aimer à loisir,
Aimer et mourir
Au pays qui te ressemble !
Les soleils mouillés
De ces ciels brouillés

Pour mon esprit ont les charmes
        Si mystérieux
        De tes traîtres yeux,
Brillant à travers leurs larmes.

Là, tout n'est qu'ordre et beauté,
Luxe, calme et volupté.

    Des meubles luisants,
    Polis par les ans,
Décoreraient notre chambre;
    Les plus rares fleurs
    Mêlant leurs odeurs
Aux vagues senteurs de l'ambre,
    Les riches plafonds,
    Les miroirs profonds,
La splendeur orientale,
    Tout y parlerait
    A l'âme en secret
Sa douce langue natale.

Là, tout n'est qu'ordre et beauté,
Luxe, calme et volupté.

    Vois sur ces canaux
    Dormir ces vaisseaux
Dont l'humeur est vagabonde;
    C'est pour assouvir
    Ton moindre désir
Qu'ils viennent du bout du monde.

—Les soleils couchants
Revêtent les champs,
Les canaux, la ville entière,
D'hyacinthe et d'or;
Le monde s'endort
Dans une chaude lumière.

Là, tout n'est qu'ordre et beauté.
Luxe, calme et volupté.

LIV

L'IRRÉPARABLE

—

Pouvons-nous étouffer le vieux, le long Remords,
        Qui vit, s'agite et se tortille,
Et se nourrit de nous comme le ver des morts,
        Comme du chêne la chenille?
Pouvons-nous étouffer l'implacable Remords?

Dans quel philtre, dans quel vin, dans quelle tisane,
        Noierons-nous ce vieil ennemi,
Destructeur et gourmand comme la courtisane,
        Patient comme la fourmi?
Dans quel philtre?—dans quel vin?— dans quelle tisane?

Dis-le, belle sorcière, oh! dis, si tu le sais,
    A cet esprit comblé d'angoisse
Et pareil au mourant qu'écrasent les blessés,
    Que le sabot du cheval froisse,
Dis-le, belle sorcière, oh! dis, si tu le sais,

A cet agonisant que le loup déjà flaire
    Et que surveille le corbeau,
A ce soldat brisé! s'il faut qu'il désespère
    D'avoir sa croix et son tombeau ;
Ce pauvre agonisant que déjà le loup flaire !

Peut-on illuminer un ciel bourbeux et noir?
    Peut-on déchirer des ténèbres
Plus denses que la poix, sans matin et sans soir,
    Sans astres, sans éclairs funèbres?
Peut-on illuminer un ciel bourbeux et noir?

L'Espérance qui brille aux carreaux de l'Auberge
    Est soufflée, est morte à jamais !
Sans lune et sans rayons, trouver où l'on héberge
    Les martyrs d'un chemin mauvais!
Le Diable a tout éteint aux carreaux de l'Auberge !

Adorable sorcière, aimes-tu les damnés?
    Dis, connais-tu l'irrémissible?
Connais-tu le Remords, aux traits empoisonnés,
    A qui notre cœur sert de cible?
Adorable sorcière, aimes-tu les damnés?

L'Irréparable ronge avec sa dent maudite
    Notre âme, piteux monument,
Et souvent il attaque, ainsi que le termite,
    Par la base le bâtiment.
L'Irréparable ronge avec sa dent maudite !

— J'ai vu parfois, au fond d'un théâtre banal
    Qu'enflammait l'orchestre sonore,
Une fée allumer dans un ciel infernal
    Une miraculeuse aurore ;
J'ai vu parfois au fond d'un théâtre banal

Un être, qui n'était que lumière, or et gaze,
    Terrasser l'énorme Satan ;
Mais mon cœur, que jamais ne visite l'extase,
    Est un théâtre où l'on attend
Toujours, toujours en vain, l'Être aux ailes de gaze !

LV

CAUSERIE

———

Vous êtes un beau ciel d'automne, clair et rose !
Mais la tristesse en moi monte comme la mer,
Et laisse, en refluant, sur ma lèvre morose
Le souvenir cuisant de son limon amer.

— Ta main se glisse en vain sur mon sein qui se pâme;
Ce qu'elle cherche, amie, est un lieu saccagé
Par la griffe et la dent féroce de la femme.
Ne cherchez plus mon cœur; les bêtes l'ont mangé.

Mon cœur est un palais flétri par la cohue;
On s'y soûle, on s'y tue, on s'y prend aux cheveux !
— Un parfum nage autour de votre gorge nue !....

O Beauté, dur fléau des âmes, tu le veux !
Avec tes yeux de feu, brillants comme des fêtes,
Calcine ces lambeaux qu'ont épargnés les bêtes !

LVI

CHANT D'AUTOMNE

—

I

Bientôt nous plongerons dans les froides ténèbres;
Adieu, vive clarté de nos étés trop courts!
J'entends déjà tomber avec des chocs funèbres
Le bois retentissant sur le pavé des cours.

Tout l'hiver va rentrer dans mon être : colère,
Haine, frissons, horreur, labeur dur et forcé,
Et, comme le soleil dans son enfer polaire,
Mon cœur ne sera plus qu'un bloc rouge et glacé.

J'écoute en frémissant chaque bûche qui tombe ;
L'échafaud qu'on bâtit n'a pas d'écho plus sourd.
Mon esprit est pareil à la tour qui succombe
Sous les coups du bélier infatigable et lourd.

Il me semble, bercé par ce choc monotone,
Qu'on cloue en grande hâte un cercueil quelque part.
Pour qui? — C'était hier l'été; voici l'automne !
Ce bruit mystérieux sonne comme un départ.

II

J'aime de vos longs yeux la lumière verdâtre,
Douce beauté, mais tout aujourd'hui m'est amer,
Et rien, ni votre amour, ni le boudoir, ni l'âtre,
Ne me vaut le soleil rayonnant sur la mer.

Et pourtant aimez-moi, tendre cœur ! soyez mère,
Même pour un ingrat, même pour un méchant;
Amante ou sœur, soyez la douceur éphémère
D'un glorieux automne ou d'un soleil couchant.

Courte tâche ! La tombe attend; elle est avide !
Ah ! laissez-moi, mon front posé sur vos genoux,
Goûter, en regrettant l'été blanc et torride,
De l'arrière-saison le rayon jaune et doux !

LVII

A UNE MADONE

—

EX-VOTO DANS LE GOUT ESPAGNOL

———

Je veux bâtir pour toi, Madone, ma maîtresse,
Un autel souterrain au fond de ma détresse,
Et creuser dans le coin le plus noir de mon cœur,
Loin du désir mondain et du regard moqueur,
Une niche, d'azur et d'or tout émaillée,
Où tu te dresseras, Statue émerveillée.
Avec mes Vers polis, treillis d'un pur métal
Savamment constellé de rimes de cristal,

Je ferai pour ta tête une énorme Couronne;
Et dans ma Jalousie, ô mortelle Madone,
Je saurai te tailler un Manteau, de façon
Barbare, roide et lourd, et doublé de soupçon,
Qui, comme une guérite, enfermera tes charmes;
Non de Perles brodé, mais de toutes mes Larmes!
Ta Robe, ce sera mon Désir, frémissant,
Onduleux, mon Désir qui monte et qui descend,
Aux pointes se balance, aux vallons se repose,
Et revêt d'un baiser tout ton corps blanc et rose.
Je te ferai de mon Respect de beaux Souliers
De satin, par tes pieds divins humiliés,
Qui, les emprisonnant dans une molle étreinte,
Comme un moule fidèle en garderont l'empreinte.
Si je ne puis, malgré tout mon art diligent,
Pour Marchepied tailler une Lune d'argent,
Je mettrai le Serpent qui me mord les entrailles
Sous tes talons, afin que tu foules et railles,
Reine victorieuse et féconde en rachats,
Ce monstre tout gonflé de haine et de crachats.
Tu verras mes Pensers, rangés comme les Cierges
Devant l'autel fleuri de la Reine des Vierges,
Étoilant de reflets le plafond peint en bleu,
Te regarder toujours avec des yeux de feu;
Et comme tout en moi te chérit et t'admire,
Tout se fera Benjoin, Encens, Oliban, Myrrhe,
Et sans cesse vers toi, sommet blanc et neigeux,
En Vapeurs montera mon Esprit orageux.

Enfin, pour compléter ton rôle de Marie,
Et pour mêler l'amour avec la barbarie,
Volupté noire! des sept Péchés capitaux,
Bourreau plein de remords, je ferai sept Couteaux
Bien affilés, et, comme un jongleur insensible,
Prenant le plus profond de ton amour pour cible,
Je les planterai tous dans ton Cœur pantelant,
Dans ton Cœur sanglotant, dans ton Cœur ruisselant!

LVIII

CHANSON D'APRÈS-MIDI

—

Quoique tes sourcils méchants
Te donnent un air étrange
Qui n'est pas celui d'un ange,
Sorcière aux yeux alléchants,

Je t'adore, ô ma frivole,
Ma terrible passion !
Avec la dévotion
Du prêtre pour son idole.

Le désert et la forêt
Embaument tes tresses rudes,
Ta tête a les attitudes
De l'énigme et du secret.

Sur ta chair le parfum rôde
Comme autour d'un encensoir;
Tu charmes comme le soir,
Nymphe ténébreuse et chaude.

Ah! les philtres les plus forts
Ne valent pas ta paresse,
Et tu connais la caresse
Qui fait revivre les morts!

Tes hanches sont amoureuses
De ton dos et de tes seins,
Et tu ravis les coussins
Par tes poses langoureuses.

Quelquefois, pour apaiser
Ta rage mystérieuse,
Tu prodigues, sérieuse,
La morsure et le baiser;

Tu me déchires, ma brune,
Avec un rire moqueur,
Et puis tu mets sur mon cœur
Ton œil doux comme la lune.

Sous tes souliers de satin,
Sous tes charmants pieds de soie,
Moi, je mets ma grande joie,
Mon génie et mon destin,

Mon âme par toi guérie,
Par toi, lumière et couleur!
Explosion de chaleur
Dans ma noire Sibérie!

LIX

SISINA

Imaginez Diane en galant équipage,
Parcourant les forêts ou battant les halliers,
Cheveux et gorge au vent, s'enivrant de tapage,
Superbe et défiant les meilleurs cavaliers !

Avez-vous vu Théroigne, amante du carnage,
Excitant à l'assaut un peuple sans souliers,
La joue et l'œil en feu, jouant son personnage,
Et montant, sabre au poing, les royaux escaliers ?

12

Telle la Sisina ! Mais la douce guerrière
A l'âme charitable autant que meurtrière;
Son courage, affolé de poudre et de tambours,

Devant les suppliants sait mettre bas les armes,
Et son cœur, ravagé par la flamme, a toujours,
Pour qui s'en montre digne, un réservoir de larmes.

LX

FRANCISCÆ MEÆ LAUDES

—

Novis te cantabo chordis,
O novelletum quod ludis
In solitudine cordis.

Esto sertis implicata,
O femina delicata
Per quam solvuntur peccata !

Sicut beneficum Lethe,
Hauriam oscula de te,
Quæ imbuta es magnete.

Quum vitiorum tempestas
Turbabat omnes semitas,
Apparuisti, Deitas,

Velut stella salutaris
In naufragiis amaris.....
Suspendam cor tuis aris !

Piscina plena virtutis,
Fons æternæ juventutis,
Labris vocem redde mutis !

Quod erat spurcum, cremasti;
Quod rudius, exæquasti;
Quod debile, confirmasti.

In fame mea taberna,
In nocte mea lucerna,
Recte me semper guberna.

Adde nunc vires viribus,
Dulce balneum suavibus
Unguentatum odoribus !

Meos circa lumbos mica,
O castitatis lorica,
Aqua tincta seraphica;

Patera gemmis corusca,
Panis salsus, mollis esca,
Divinum vinum, Francisca !

LXI

A UNE DAME CRÉOLE

—

Au pays parfumé que le soleil caresse,
J'ai connu, sous un dais d'arbres tout empourprés
Et de palmiers d'où pleut sur les yeux la paresse,
Une dame créole aux charmes ignorés.

Son teint est pâle et chaud; la brune enchanteresse
A dans le cou des airs noblement maniérés;
Grande et svelte en marchant comme une chasseresse,
Son sourire est tranquille et ses yeux assurés.

Si vous alliez, Madame, au vrai pays de gloire,
Sur les bords de la Seine ou de la verte Loire,
Belle digne d'orner les antiques manoirs,

Vous feriez, à l'abri des ombreuses retraites,
Germer mille sonnets dans le cœur des poëtes,
Que vos grands yeux rendraient plus soumis que vos noirs.

MŒSTA ET ERRABUNDA

—

Dis-moi, ton cœur parfois s'envole-t-il, Agathe,
Loin du noir océan de l'immonde cité,
Vers un autre océan où la splendeur éclate,
Bleu, clair, profond, ainsi que la virginité?
Dis-moi, ton cœur parfois s'envole-t-il, Agathe?

La mer, la vaste mer, console nos labeurs!
Quel démon a doté la mer, rauque chanteuse
Qu'accompagne l'immense orgue des vents grondeurs,
De cette fonction sublime de berceuse?
La mer, la vaste mer, console nos labeurs!

Emporte-moi, wagon! enlève-moi, frégate!
Loin! loin! ici la boue est faite de nos pleurs!
— Est-il vrai que parfois le triste cœur d'Agathe
Dise : Loin des remords, des crimes, des douleurs,
Emporte-moi, wagon, enlève-moi, frégate?

Comme vous êtes loin, paradis parfumé,
Où sous un clair azur tout n'est qu'amour et joie,
Où tout ce que l'on aime est digne d'être aimé,
Où dans la volupté pure le cœur se noie!
Comme vous êtes loin, paradis parfumé!

Mais le vert paradis des amours enfantines,
Les courses, les chansons, les baisers, les bouquets,
Les violons vibrant derrière les collines,
Avec les brocs de vin, le soir, dans les bosquets,
— Mais le vert paradis des amours enfantines,

L'innocent paradis, plein de plaisirs furtifs,
Est-il déjà plus loin que l'Inde et que la Chine?
Peut-on le rappeler avec des cris plaintifs,
Et l'animer encor d'une voix argentine,
L'innocent paradis plein de plaisirs furtifs?

LXIII

LE REVENANT

Comme les anges à l'œil fauve,
Je reviendrai dans ton alcôve
Et vers toi glisserai sans bruit
Avec les ombres de la nuit ;

Et je te donnerai, ma brune,
Des baisers froids comme la lune
Et des caresses de serpent
Autour d'une fosse rampant.

Quand viendra le matin livide,
Tu trouveras ma place vide,
Où jusqu'au soir il fera froid.

Comme d'autres par la tendresse,
Sur ta vie et sur ta jeunesse,
Moi, je veux régner par l'effroi.

LXIV

SONNET D'AUTOMNE

—

Ils me disent, tes yeux, clairs comme le cristal :
« Pour toi, bizarre amant, quel est donc mon mérite? »
— Sois charmante et tais-toi! Mon cœur, que tout irrite,
Excepté la candeur de l'antique animal,

Ne veut pas te montrer son secret infernal,
Berceuse dont la main aux longs sommeils m'invite,
Ni sa noire légende avec la flamme écrite.
Je hais la passion et l'esprit me fait mal!

Aimons-nous doucement. L'Amour dans sa guérite,
Ténébreux, embusqué, bande son arc fatal.
Je connais les engins de son vieil arsenal :

Crime, horreur et folie ! — O pâle marguerite !
Comme moi n'es-tu pas un soleil automnal,
O ma si blanche, ô ma si froide Marguerite ?

LXV

TRISTESSES DE LA LUNE

—

Ce soir, la lune rêve avec plus de paresse;
Ainsi qu'une beauté, sur de nombreux coussins,
Qui d'une main distraite et légère caresse
Avant de s'endormir le contour de ses seins,

Sur le dos satiné des molles avalanches,
Mourante, elle se livre aux longues pâmoisons,
Et promène ses yeux sur les visions blanches
Qui montent dans l'azur comme des floraisons.

Quand parfois sur ce globe, en sa langueur oisive,
Elle laisse filer une larme furtive,
Un poëte pieux, ennemi du sommeil,

Dans le creux de sa main prend cette larme pâle,
Aux reflets irisés comme un fragment d'opale,
Et la met dans son cœur loin des yeux du soleil.

LXVI

LES CHATS

———

Les amoureux fervents et les savants austères
Aiment également, dans leur mûre saison,
Les chats puissants et doux, orgueil de la maison,
Qui comme eux sont frileux et comme eux sédentaires.

Amis de la science et de la volupté,
Ils cherchent le silence et l'horreur des ténèbres;
L'Érèbe les eût pris pour ses coursiers funèbres,
S'ils pouvaient au servage incliner leur fierté.

Ils prennent en songeant les nobles attitudes
Des grands sphinx allongés au fond des solitudes,
Qui semblent s'endormir dans un rêve sans fin;

Leurs reins féconds sont pleins d'étincelles magiques,
Et des parcelles d'or, ainsi qu'un sable fin,
Étoilent vaguement leurs prunelles mystiques.

LXVII

LES HIBOUX

—

Sous les ifs noirs qui les abritent,
Les hiboux se tiennent rangés,
Ainsi que des dieux étrangers,
Dardant leur œil rouge. Ils méditent.

Sans remuer ils se tiendront
Jusqu'à l'heure mélancolique
Où, poussant le soleil oblique,
Les ténèbres s'établiront.

Leur attitude au sage enseigne
Qu'il faut en ce monde qu'il craigne
Le tumulte et le mouvement;

L'homme ivre d'une ombre qui passe
Porte toujours le châtiment
D'avoir voulu changer de place.

LXVIII

LA PIPE

———

Je suis la pipe d'un auteur;
On voit, à contempler ma mine
D'Abyssinienne ou de Cafrine,
Que mon maître est un grand fumeur.

Quand il est comblé de douleur,
Je fume comme la chaumine
Où se prépare la cuisine
Pour le retour du laboureur.

J'enlace et je berce son âme
Dans le réseau mobile et bleu
Qui monte de ma bouche en feu,

Et je roule un puissant dictame
Qui charme son cœur et guérit
De ses fatigues son esprit.

LXIX

LA MUSIQUE

—

La musique souvent me prend comme une mer !
    Vers ma pâle étoile,
Sous un plafond de brume ou dans un vaste éther,
    Je mets à la voile;

La poitrine en avant et les poumons gonflés
    Comme de la toile,
J'escalade le dos des flots amoncelés
    Que la nuit me voile;

Je sens vibrer en moi toutes les passions
        D'un vaisseau qui souffre ;
Le bon vent, la tempête et ses convulsions

        Sur l'immense gouffre
Me bercent. D'autres fois, calme plat, grand miroir
        De mon désespoir !

LXX

SÉPULTURE

———

Si par une nuit lourde et sombre
Un bon chrétien, par charité,
Derrière quelque vieux décombre
Enterre votre corps vanté,

A l'heure où les chastes étoiles
Ferment leurs yeux appesantis,
L'araignée y fera ses toiles,
Et la vipère ses petits ;

Vous entendrez toute l'année
Sur votre tête condamnée
Les cris lamentables des loups

Et des sorcières faméliques,
Les ébats des vieillards lubriques
Et les complots des noirs filous.

UNE GRAVURE FANTASTIQUE

———

Ce spectre singulier n'a pour toute toilette,
Grotesquement campé sur son front de squelette,
Qu'un diadème affreux sentant le carnaval.
Sans éperons, sans fouet, il essouffle un cheval,
Fantôme comme lui, rosse apocalyptique,
Qui bave des naseaux comme un épileptique.
Au travers de l'espace ils s'enfoncent tous deux,
Et foulent l'infini d'un sabot hasardeux.

Le cavalier promène un sabre qui flamboie
Sur les foules sans nom que sa monture broie,
Et parcourt, comme un prince inspectant sa maison,
Le cimetière immense et froid, sans horizon,
Où gisent, aux lueurs d'un soleil blanc et terne,
Les peuples de l'histoire ancienne et moderne.

LXXII

LE MORT JOYEUX

—

Dans une terre grasse et pleine d'escargots
Je veux creuser moi-même une fosse profonde,
Où je puisse à loisir étaler mes vieux os
Et dormir dans l'oubli comme un requin dans l'onde.

Je hais les testaments et je hais les tombeaux;
Plutôt que d'implorer une larme du monde,
Vivant, j'aimerais mieux inviter les corbeaux
A saigner tous les bouts de ma carcasse immonde.

O vers ! noirs compagnons sans oreille et sans yeux,
Voyez venir à vous un mort libre et joyeux;
Philosophes viveurs, fils de la pourriture,

A travers ma ruine allez donc sans remords,
Et dites-moi s'il est encor quelque torture
Pour ce vieux corps sans âme et mort parmi les morts!

LXXIII

LE TONNEAU DE LA HAINE

—

La Haine est le tonneau des pâles Danaïdes;
La Vengeance éperdue aux bras rouges et forts
A beau précipiter dans ses ténèbres vides
De grands seaux pleins du sang et des larmes des morts,

Le Démon fait des trous secrets à ces abîmes,
Par où fuiraient mille ans de sueurs et d'efforts,
Quand même elle saurait ranimer ses victimes,
Et pour les pressurer ressusciter leurs corps.

La Haine est un ivrogne au fond d'une taverne,
Qui sent toujours la soif naître de la liqueur
Et se multiplier comme l'hydre de Lerne.

·— Mais les buveurs heureux connaissent leur vainqueur,
Et la Haine est vouée à ce sort lamentable
De ne pouvoir jamais s'endormir sous la table.

LA CLOCHE FÊLÉE

Il est amer et doux, pendant les nuits d'hiver,
D'écouter, près du feu qui palpite et qui fume,
Les souvenirs lointains lentement s'élever
Au bruit des carillons qui chantent dans la brume.

Bienheureuse la cloche au gosier vigoureux
Qui, malgré sa vieillesse, alerte et bien portante,
Jette fidèlement son cri religieux,
Ainsi qu'un vieux soldat qui veille sous la tente !

Moi, mon âme est fêlée, et lorsqu'en ses ennuis
Elle veut de ses chants peupler l'air froid des nuits,
Il arrive souvent que sa voix affaiblie

Semble le râle épais d'un blessé qu'on oublie
Au bord d'un lac de sang, sous un grand tas de morts,
Et qui meurt, sans bouger, dans d'immenses efforts.

LXXV

SPLEEN

———

Pluviôse, irrité contre la ville entière,
De son urne à grands flots verse un froid ténébreux
Aux pâles habitants du voisin cimetière
Et la mortalité sur les faubourgs brumeux.

Mon chat sur le carreau cherchant une litière
Agite sans repos son corps maigre et galeux ;
L'âme d'un vieux poëte erre dans la gouttière
Avec la triste voix d'un fantôme frileux.

Le bourdon se lamente, et la bûche enfumée
Accompagne en fausset la pendule enrhumée,
Cependant qu'en un jeu plein de sales parfums,

Héritage fatal d'une vieille hydropique,
Le beau valet de cœur et la dame de pique
Causent sinistrement de leurs amours défunts.

LXXVI

SPLEEN

———

J'ai plus de souvenirs que si j'avais mille ans.

Un gros meuble à tiroirs encombré de bilans,
De vers, de billets doux, de procès, de romances,
Avec de lourds cheveux roulés dans des quittances,
Cache moins de secrets que mon triste cerveau.
C'est une pyramide, un immense caveau,
Qui contient plus de morts que la fosse commune.
— Je suis un cimetière abhorré de la lune,

Où comme des remords se traînent de longs vers
Qui s'acharnent toujours sur mes morts les plus chers.
Je suis un vieux boudoir plein de roses fanées,
Où gît tout un fouillis de modes surannées,
Où les pastels plaintifs et les pâles Boucher,
Seuls, respirent l'odeur d'un flacon débouché.

Rien n'égale en longueur les boiteuses journées,
Quand sous les lourds flocons des neigeuses années
L'ennui, fruit de la morne incuriosité,
Prend les proportions de l'immortalité.
— Désormais tu n'es plus, ô matière vivante !
Qu'un granit entouré d'une vague épouvante,
Assoupi dans le fond d'un Saharah brumeux ;
Un vieux sphinx ignoré du monde insoucieux,
Oublié sur la carte, et dont l'humeur farouche
Ne chante qu'aux rayons du soleil qui se couche.

LXXVII

SPLEEN

Je suis comme le roi d'un pays pluvieux,
Riche, mais impuissant, jeune et pourtant très-vieux,
Qui, de ses précepteurs méprisant les courbettes,
S'ennuie avec ses chiens comme avec d'autres bêtes.
Rien ne peut l'égayer, ni gibier, ni faucon,
Ni son peuple mourant en face du balcon.
Du bouffon favori la grotesque ballade
Ne distrait plus le front de ce cruel malade;

Son lit fleurdelisé se transforme en tombeau,
Et les dames d'atour, pour qui tout prince est beau,
Ne savent plus trouver d'impudique toilette
Pour tirer un souris de ce jeune squelette.
Le savant qui lui fait de l'or n'a jamais pu
De son être extirper l'élément corrompu,
Et dans ces bains de sang qui des Romains nous viennent,
Et dont sur leurs vieux jours les puissants se souviennent,
Il n'a su réchauffer ce cadavre hébété
Où roule au lieu de sang l'eau verte du Léthé.

SPLEEN

———

Quand le ciel bas et lourd pèse comme un couvercle
Sur l'esprit gémissant en proie aux longs ennuis,
Et que de l'horizon embrassant tout le cercle
Il nous verse un jour noir plus triste que les nuits;

Quand la terre est changée en un cachot humide,
Où l'Espérance, comme une chauve-souris,
S'en va battant les murs de son aile timide
Et se cognant la tête à des plafonds pourris;

Quand la pluie étalant ses immenses traînées
D'une vaste prison imite les barreaux,
Et qu'un peuple muet d'infâmes araignées
Vient tendre ses filets au fond de nos cerveaux,

Des cloches tout à coup sautent avec furie
Et lancent vers le ciel un affreux hurlement,
Ainsi que des esprits errants et sans patrie
Qui se mettent à geindre opiniâtrément.

— Et de longs corbillards, sans tambours ni musique,
Défilent lentement dans mon âme; l'Espoir,
Vaincu, pleure, et l'Angoisse atroce, despotique,
Sur mon crâne incliné plante son drapeau noir.

LXXIX

OBSESSION

Grands bois, vous m'effrayez comme des cathédrales;
Vous hurlez comme l'orgue; et dans nos cœurs maudits,
Chambres d'éternel deuil où vibrent de vieux râles,
Répondent les échos de vos *De profundis*.

Je te hais, Océan! tes bonds et tes tumultes,
Mon esprit les retrouve en lui; ce rire amer
De l'homme vaincu, plein de sanglots et d'insultes,
Je l'entends dans le rire énorme de la mer.

Comme tu me plairais, ô nuit! sans ces étoiles
Dont la lumière parle un langage connu!
Car je cherche le vide, et le noir, et le nu!

Mais les ténèbres sont elles-mêmes des toiles
Où vivent, jaillissant de mon œil par milliers,
Des êtres disparus aux regards familiers.

LE GOUT DU NÉANT

—

Morne esprit, autrefois amoureux de la lutte,
L'Espoir, dont l'éperon attisait ton ardeur,
Ne veut plus t'enfourcher ! Couche-toi sans pudeur,
Vieux cheval dont le pied à chaque obstacle butte.

Résigne-toi, mon cœur; dors ton sommeil de brute.

Esprit vaincu, fourbu ! Pour toi, vieux maraudeur,
L'amour n'a plus de goût, non plus que la dispute;
Adieu donc, chants du cuivre et soupirs de la flûte !
Plaisirs, ne tentez plus un cœur sombre et boudeur !

Le Printemps adorable a perdu son odeur !

Et le Temps m'engloutit minute par minute,
Comme la neige immense un corps pris de roideur;
Je contemple d'en haut le globe en sa rondeur
Et je n'y cherche plus l'abri d'une cahute.

Avalanche, veux-tu m'emporter dans ta chute ?

LXXXI

ALCHIMIE DE LA DOULEUR

—

L'un t'éclaire avec son ardeur,
L'autre en toi met son deuil, Nature !
Ce qui dit à l'un : Sépulture !
Dit à l'autre : Vie et splendeur !

Hermès inconnu qui m'assistes
Et qui toujours m'intimidas,
Tu me rends l'égal de Midas,
Le plus triste des alchimistes;

Par toi je change l'or en fer
Et le paradis en enfer;
Dans le suaire des nuages

Je découvre un cadavre cher,
Et sur les célestes rivages
Je bâtis de grands sarcophages.

HORREUR SYMPATHIQUE

De ce ciel bizarre et livide,
Tourmenté comme ton destin,
Quels pensers dans ton âme vide
Descendent? réponds, libertin.

— Insatiablement avide
De l'obscur et de l'incertain,
Je ne geindrai pas comme Ovide
Chassé du paradis latin.

Cieux déchirés comme des grèves,
En vous se mire mon orgueil;
Vos vastes nuages en deuil

Sont les corbillards de mes rêves,
Et vos lueurs sont le reflet
De l'Enfer où mon cœur se plaît.

LXXXIII

L'HÉAUTONTIMOROUMÉNOS

—

A J. G. F

———

Je te frapperai sans colère
Et sans haine, comme un boucher,
Comme Moïse le rocher !
Et je ferai de ta paupière,

Pour abreuver mon Saharah,
Jaillir les eaux de la souffrance.
Mon désir gonflé d'espérance
Sur tes pleurs salés nagera

Comme un vaisseau qui prend le large,
Et dans mon cœur qu'ils soûleront
Tes chers sanglots retentiront
Comme un tambour qui bat la charge!

Ne suis-je pas un faux accord
Dans la divine symphonie,
Grâce à la vorace Ironie
Qui me secoue et qui me mord?

Elle est dans ma voix, la criarde!
C'est tout mon sang, ce poison noir!
Je suis le sinistre miroir
Où la mégère se regarde

Je suis la plaie et le couteau!
Je suis le soufflet et la joue!
Je suis les membres et la roue,
Et la victime et le bourreau!

Je suis de mon cœur le vampire,
— Un de ces grands abandonnés
Au rire éternel condamnés,
Et qui ne peuvent plus sourire!

L'IRREMÉDIABLE

—

I

Une Idée, une Forme, un Être
Parti de l'azur et tombé
Dans un Styx bourbeux et plombé
Où nul œil du Ciel ne pénètre;

Un Ange, imprudent voyageur
Qu'a tenté l'amour du difforme,
Au fond d'un cauchemar énorme
Se débattant comme un nageur,

Et luttant, angoisses funèbres !
Contre un gigantesque remous
Qui va chantant comme les fous
Et pirouettant dans les ténèbres ;

Un malheureux ensorcelé
Dans ses tâtonnements futiles,
Pour fuir d'un lieu plein de reptiles,
Cherchant la lumière et la clé ;

Un damné descendant sans lampe,
Au bord d'un gouffre dont l'odeur
Trahit l'humide profondeur,
D'éternels escaliers sans rampe,

Où veillent des monstres visqueux
Dont les larges yeux de phosphore
Font une nuit plus noire encore
Et ne rendent visibles qu'eux ;

Un navire pris dans le pôle,
Comme en un piége de cristal,
Cherchant par quel détroit fatal
Il est tombé dans cette geôle ;

— Emblèmes nets, tableau parfait
D'une fortune irrémédiable,
Qui donne à penser que le Diable
Fait toujours bien tout ce qu'il fait !

II

Tête-à-tête sombre et limpide
Qu'un cœur devenu son miroir !
Puits de Vérité, clair et noir,
Où tremble une étoile livide,

Un phare ironique, infernal,
Flambeau des grâces sataniques,
Soulagement et gloire uniques,
— La conscience dans le Mal

LXXXV

L'HORLOGE

—

Horloge ! dieu sinistre, effrayant, impassible,
Dont le doigt nous menace et nous dit : « *Souviens-toi!*
Les vibrantes Douleurs dans ton cœur plein d'effroi
Se planteront bientôt comme dans une cible ;

Le Plaisir vaporeux fuira vers l'horizon
Ainsi qu'une sylphide au fond de la coulisse ;
Chaque instant te dévore un morceau du délice
A chaque homme accordé pour toute sa saison.

Trois mille six cents fois par heure, la Seconde
Chuchote : *Souviens-toi !* — Rapide, avec sa voix
D'insecte, Maintenant dit : Je suis Autrefois,
Et j'ai pompé ta vie avec ma trompe immonde !

Remember ! Souviens-toi, prodigue ! *Esto memor !*
(Mon gosier de métal parle toutes les langues.)
Les minutes, mortel folâtre, sont des gangues
Qu'il ne faut pas lâcher sans en extraire l'or !

Souviens-toi que le Temps est un joueur avide
Qui gagne sans tricher, à tout coup ! c'est la loi.
Le jour décroît; la nuit augmente; *souviens-toi !*
Le gouffre a toujours soif; la clepsydre se vide.

Tantôt sonnera l'heure où le divin Hasard,
Où l'auguste Vertu, ton épouse encor vierge,
Où le Repentir même (oh ! la dernière auberge !),
Où tout te dira : Meurs, vieux lâche ! il est trop tard ! »

TABLEAUX PARISIENS

LXXXVI

PAYSAGE

—

Je veux, pour composer chastement mes églogues,
Coucher auprès du ciel, comme les astrologues,
Et, voisin des clochers, écouter en rêvant
Leurs hymnes solennels emportés par le vent.
Les deux mains au menton, du haut de ma mansarde,
Je verrai l'atelier qui chante et qui bavarde;
Les tuyaux, les clochers, ces mâts de la cité,
Et les grands ciels qui font rêver d'éternité.

Il est doux, à travers les brumes, de voir naître
L'étoile dans l'azur, la lampe à la fenêtre,
Les fleuves de charbon monter au firmament
Et la lune verser son pâle enchantement.
Je verrai les printemps, les étés, les automnes;
Et quand viendra l'hiver aux neiges monotones,
Je fermerai partout portières et volets
Pour bâtir dans la nuit mes féeriques palais.
Alors je rêverai des horizons bleuâtres,
Des jardins, des jets d'eau pleurant dans les albâtres,
Des baisers, des oiseaux chantant soir et matin,
Et tout ce que l'Idylle a de plus enfantin.
L'Émeute, tempêtant vainement à ma vitre,
Ne fera pas lever mon front de mon pupitre;
Car je serai plongé dans cette volupté
D'évoquer le Printemps avec ma volonté,
De tirer un soleil de mon cœur, et de faire
De mes pensers brûlants une tiède atmosphère.

LXXXVII

LE SOLEIL

Le long du vieux faubourg, où pendent aux masures
Les persiennes, abri des secrètes luxures,
Quand le soleil cruel frappe à traits redoublés
Sur la ville et les champs, sur les toits et les blés,
Je vais m'exercer seul à ma fantasque escrime,
Flairant dans tous les coins les hasards de la rime,
Trébuchant sur les mots comme sur les pavés,
Heurtant parfois des vers depuis longtemps rêvés.

Ce père nourricier, ennemi des chloroses,
Éveille dans les champs les vers comme les roses;
Il fait s'évaporer les soucis vers le ciel,
Et remplit les cerveaux et les ruches de miel.
C'est lui qui rajeunit les porteurs de béquilles
Et les rend gais et doux comme des jeunes filles,
Et commande aux moissons de croître et de mûrir
Dans le cœur immortel qui toujours veut fleurir!

Quand, ainsi qu'un poëte, il descend dans les villes,
Il ennoblit le sort des choses les plus viles,
Et s'introduit en roi, sans bruit et sans valets,
Dans tous les hôpitaux et dans tous les palais.

LXXXVIII

A UNE MENDIANTE ROUSSE

———

Blanche fille aux cheveux roux,
Dont la robe par ses trous
Laisse voir la pauvreté
    Et la beauté,

Pour moi, poëte chétif,
Ton jeune corps maladif,
Plein de taches de rousseur,
    A sa douceur.

Tu portes plus galamment
Qu'une reine de roman
Ses cothurnes de velours
    Tes sabots lourds.

Au lieu d'un haillon trop court,
Qu'un superbe habit de cour
Traîne à plis bruyants et longs
    Sur tes talons ;

En place de bas troués,
Que pour les yeux des roués
Sur ta jambe un poignard d'or
    Reluise encor ;

Que des nœuds mal attachés
Dévoilent pour nos péchés
Tes deux beaux seins, radieux
    Comme des yeux ;

Que pour te déshabiller
Tes bras se fassent prier
Et chassent à coups mutins
    Les doigts lutins,

Perles de la plus belle eau,
Sonnets de maître Belleau
Par tes galants mis aux fers
    Sans cesse offerts,

Valetaille de rimeurs
Te dédiant leurs primeurs
Et contemplant ton soulier
    Sous l'escalier,

Maint page épris du hasard,
Maint seigneur et maint Ronsard
Épieraient pour le déduit
    Ton frais réduit!

Tu compterais dans tes lits
Plus de baisers que de lis
Et rangerais sous tes lois
    Plus d'un Valois!

— Cependant tu vas gueusant
Quelque vieux débris gisant
Au seuil de quelque Véfour
    De carrefour;

Tu vas lorgnant en dessous
Des bijoux de vingt-neuf sous
Dont je ne puis, oh! pardon!
    Te faire don.

Va donc, sans autre ornement,
Parfum, perles, diamant,
Que ta maigre nudité,
    O ma beauté!

LXXXIX

LE CYGNE

—

A VICTOR HUGO

—

I

Andromaque, je pense à vous! Ce petit fleuve,
Pauvre et triste miroir où jadis resplendit
L'immense majesté de vos douleurs de veuve,
Ce Simoïs menteur qui par vos pleurs grandit,

A fécondé soudain ma mémoire fertile,
Comme je traversais le nouveau Carrousel.
Le vieux Paris n'est plus (la forme d'une ville
Change plus vite, hélas! que le cœur d'un mortel);

Je ne vois qu'en esprit tout ce camp de baraques,
Ces tas de chapiteaux ébauchés et de fûts,
Les herbes, les gros blocs verdis par l'eau des flaques,
Et, brillant aux carreaux, le bric-à-brac confus.

Là s'étalait jadis une ménagerie;
Là je vis, un matin, à l'heure où sous les cieux
Froids et clairs le Travail s'éveille, où la voirie
Pousse un sombre ouragan dans l'air silencieux,

Un cygne qui s'était évadé de sa cage,
Et, de ses pieds palmés frottant le pavé sec,
Sur le sol raboteux traînait son blanc plumage.
Près d'un ruisseau sans eau la bête ouvrant le bec

Baignait nerveusement ses ailes dans la poudre,
Et disait, le cœur plein de son beau lac natal :
« Eau, quand donc pleuvras-tu? quand tonneras-tu, foudre? »
Je vois ce malheureux, mythe étrange et fatal,

Vers le ciel quelquefois, comme l'homme d'Ovide,
Vers le ciel ironique et cruellement bleu,
Sur son cou convulsif tendant sa tête avide,
Comme s'il adressait des reproches à Dieu !

II

Paris change! mais rien dans ma mélancolie
N'a bougé! palais neufs, échafaudages, blocs,
Vieux faubourgs, tout pour moi devient allégorie,
Et mes chers souvenirs sont plus lourds que des rocs.

Aussi devant ce Louvre une image m'opprime :
Je pense à mon grand cygne, avec ses gestes fous,
Comme les exilés, ridicule et sublime,
Et rongé d'un désir sans trêve! et puis à vous,

Andromaque, des bras d'un grand époux tombée,
Vil bétail, sous la main du superbe Pyrrhus,
Auprès d'un tombeau vide en extase courbée;
Veuve d'Hector, hélas! et femme d'Hélénus!

Je pense à la négresse, amaigrie et phthisique,
Piétinant dans la boue, et cherchant, l'œil hagard,
Les cocotiers absents de la superbe Afrique
Derrière la muraille immense du brouillard;

A quiconque a perdu ce qui ne se retrouve
Jamais, jamais! à ceux qui s'abreuvent de pleurs
Et tettent la Douleur comme une bonne louve!
Aux maigres orphelins séchant comme des fleurs!

Ainsi dans la forêt où mon esprit s'exile
Un vieux Souvenir sonne à plein souffle du cor !
Je pense aux matelots oubliés dans une île,
Aux captifs, aux vaincus !... à bien d'autres encor !

LES SEPT VIEILLARDS

—

A VICTOR HUGO

—

Fourmillante cité, cité pleine de rêves,
Où le spectre en plein jour raccroche le passant !
Les mystères partout coulent comme des séves
Dans les canaux étroits du colosse puissant.

Un matin, cependant que dans la triste rue
Les maisons, dont la brume allongeait la hauteur,
Simulaient les deux quais d'une rivière accrue,
Et que, décor semblable à l'âme de l'acteur,

Un brouillard sale et jaune inondait tout l'espace,
Je suivais, roidissant mes nerfs comme un héros
Et discutant avec mon âme déjà lasse,
Le faubourg secoué par les lourds tombereaux.

Tout à coup, un vieillard dont les guenilles jaunes
Imitaient la couleur de ce ciel pluvieux,
Et dont l'aspect aurait fait pleuvoir les aumônes,
Sans la méchanceté qui luisait dans ses yeux,

M'apparut. On eût dit sa prunelle trempée
Dans le fiel; son regard aiguisait les frimas,
Et sa barbe à longs poils, roide comme une épée,
Se projetait, pareille à celle de Judas.

Il n'était pas voûté, mais cassé, son échine
Faisant avec sa jambe un parfait angle droit,
Si bien que son bâton, parachevant sa mine,
Lui donnait la tournure et le pas maladroit

D'un quadrupède infirme ou d'un juif à trois pattes.
Dans la neige et la boue il allait s'empêtrant,
Comme s'il écrasait des morts sous ses savates,
Hostile à l'univers plutôt qu'indifférent.

Son pareil le suivait : barbe, œil, dos, bâton, loques,
Nul trait ne distinguait, du même enfer venu,
Ce jumeau centenaire, et ces spectres baroques
Marchaient du même pas vers un but inconnu.

A quel complot infâme étais-je donc en butte,
Ou quel méchant hasard ainsi m'humiliait?
Car je comptai sept fois, de minute en minute,
Ce sinistre vieillard qui se multipliait!

Que celui-là qui rit de mon inquiétude,
Et qui n'est pas saisi d'un frisson fraternel,
Songe bien que malgré tant de décrépitude
Ces sept monstres hideux avaient l'air éternel!

Aurais-je, sans mourir, contemplé le huitième,
Sosie inexorable, ironique et fatal,
Dégoûtant Phénix, fils et père de lui-même?
— Mais je tournai le dos au cortége infernal.

Exaspéré comme un ivrogne qui voit double,
Je rentrai, je fermai ma porte, épouvanté,
Malade et morfondu, l'esprit fiévreux et trouble,
Blessé par le mystère et par l'absurdité!

Vainement ma raison voulait prendre la barre;
La tempête en jouant déroutait ses efforts,
Et mon âme dansait, dansait, vieille gabarre
Sans mâts, sur une mer monstrueuse et sans bords!

LES PETITES VIEILLES

A VICTOR HUGO

I

Dans les plis sinueux des vieilles capitales,
Où tout, même l'horreur, tourne aux enchantements,
Je guette, obéissant à mes humeurs fatales,
Des êtres singuliers, décrépits et charmants.

Ces monstres disloqués furent jadis des femmes,
Éponine ou Laïs! Monstres brisés, bossus.
Ou tordus, aimons-les! ce sont encor des âmes.
Sous des jupons troués et sous de froids tissus

18

Ils rampent, flagellés par les bises iniques,
Frémissant au fracas roulant des omnibus,
Et serrant sur leur flanc, ainsi que des reliques,
Un petit sac brodé de fleurs ou de rébus;

Ils trottent, tout pareils à des marionnettes;
Se traînent, comme font les animaux blessés,
Ou dansent, sans vouloir danser, pauvres sonnettes
Où se pend un Démon sans pitié! Tout cassés

Qu'ils sont, ils ont des yeux perçants comme une vrille,
Luisants comme ces trous où l'eau dort dans la nuit;
Ils ont les yeux divins de la petite fille
Qui s'étonne et qui rit à tout ce qui reluit.

— Avez-vous observé que maints cercueils de vieilles
Sont presque aussi petits que celui d'un enfant?
La Mort savante met dans ces bières pareilles
Un symbole d'un goût bizarre et captivant,

Et lorsque j'entrevois un fantôme débile
Traversant de Paris le fourmillant tableau,
Il me semble toujours que cet être fragile
S'en va tout doucement vers un nouveau berceau;

A moins que, méditant sur la géométrie,
Je ne cherche, à l'aspect de ces membres discords,
Combien de fois il faut que l'ouvrier varie
La forme de la boîte où l'on met tous ces corps.

— Ces yeux sont des puits faits d'un million de larmes,
Des creusets qu'un métal refroidi pailleta...
Ces yeux mystérieux ont d'invincibles charmes
Pour celui que l'austère Infortune allaita !

Il

De Frascati défunt Vestale enamourée ;
Prêtresse de Thalie, hélas ! dont le souffleur
Enterré sait le nom ; célèbre évaporée
Que Tivoli jadis ombragea dans sa fleur,

Toutes m'enivrent ! mais parmi ces êtres frêles
Il en est qui, faisant de la douleur un miel,
Ont dit au Dévouement qui leur prêtait ses ailes :
Hippogriffe puissant, mène-moi jusqu'au ciel !

L'une, par sa patrie au malheur exercée,
L'autre, que son époux surchargea de douleurs,
L'autre, par son enfant Madone transpercée,
Toutes auraient pu faire un fleuve avec leurs pleurs !

III

Ah ! que j'en ai suivi de ces petites vieilles !
Une, entre autres, à l'heure où le soleil tombant
Ensanglante le ciel de blessures vermeilles,
Pensive, s'asseyait à l'écart sur un banc,

Pour entendre un de ces concerts, riches de cuivre,
Dont les soldats parfois inondent nos jardins,
Et qui, dans ces soirs d'or où l'on se sent revivre,
Versent quelque héroïsme au cœur des citadins.

Celle-là, droite encor, fière et sentant la règle,
Humait avidement ce chant vif et guerrier;
Son œil parfois s'ouvrait comme l'œil d'un vieil aigle;
Son front de marbre avait l'air fait pour le laurier !

IV

Telles vous cheminez, stoïques et sans plaintes,
A travers le chaos des vivantes cités,
Mères au cœur saignant, courtisanes ou saintes,
Dont autrefois les noms par tous étaient cités.

Vous qui fûtes la grâce ou qui fûtes la gloire,
Nul ne vous reconnaît ! un ivrogne incivil
Vous insulte en passant d'un amour dérisoire;
Sur vos talons gambade un enfant lâche et vil.

Honteuses d'exister, ombres ratatinées,
Peureuses, le dos bas, vous côtoyez les murs;
Et nul ne vous salue, étranges destinées !
Débris d'humanité pour l'éternité mûrs !

Mais moi, moi qui de loin tendrement vous surveille,
L'œil inquiet, fixé sur vos pas incertains,
Tout comme si j'étais votre père, ô merveille !
Je goûte à votre insu des plaisirs clandestins :

Je vois s'épanouir vos passions novices ;
Sombres ou lumineux, je vis vos jours perdus ;
Mon cœur multiplié jouit de tous vos vices !
Mon âme resplendit de toutes vos vertus !

Ruines ! ma famille ! ô cerveaux congénères !
Je vous fais chaque soir un solennel adieu !
Où serez-vous demain, Èves octogénaires,
Sur qui pèse la griffe effroyable de Dieu ?

XCII

LES AVEUGLES

——

Contemple-les, mon âme; ils sont vraiment affreux!
Pareils aux mannequins; vaguement ridicules;
Terribles, singuliers comme les somnambules;
Dardant on ne sait où leurs globes ténébreux.

Leurs yeux, d'où la divine étincelle est partie,
Comme s'ils regardaient au loin, restent levés
Au ciel; on ne les voit jamais vers les pavés
Pencher rêveusement leur tête appesantie.

Ils traversent ainsi le noir illimité,
Ce frère du silence éternel. O cité!
Pendant qu'autour de nous tu chantes, ris et beugles,

Éprise du plaisir jusqu'à l'atrocité,
Vois! je me traîne aussi! mais, plus qu'eux hébété,
Je dis : Que cherchent-ils au Ciel, tous ces aveugles?

XCIII

A UNE PASSANTE

—

La rue assourdissante autour de moi hurlait.
Longue, mince, en grand deuil, douleur majestueuse,
Une femme passa, d'une main fastueuse
Soulevant, balançant le feston et l'ourlet;

Agile et noble, avec sa jambe de statue.
Moi, je buvais, crispé comme un extravagant,
Dans son œil, ciel livide où germe l'ouragan,
La douceur qui fascine et le plaisir qui tue.

Un éclair... puis la nuit ! — Fugitive beauté
Dont le regard m'a fait soudainement renaître,
Ne te verrai-je plus que dans l'éternité?

Ailleurs, bien loin d'ici ! trop tard ! *jamais* peut-être !
Car j'ignore où tu fuis, tu ne sais où je vais,
O toi que j'eusse aimée, ô toi qui le savais !

LE SQUELETTE LABOUREUR

—

I

Dans les planches d'anatomie
Qui traînent sur ces quais poudreux
Où maint livre cadavéreux
Dort comme une antique momie,

Dessins auxquels la gravité
Et le savoir d'un vieil artiste,
Bien que le sujet en soit triste,
Ont communiqué la Beauté,

On voit, ce qui rend plus complètes
Ces mystérieuses horreurs,
Bêchant comme des laboureurs,
Des Écorchés et des Squelettes.

II

De ce terrain que vous fouillez,
Manants résignés et funèbres,
De tout l'effort de vos vertèbres,
Ou de vos muscles dépouillés,

Dites, quelle moisson étrange,
Forçats arrachés au charnier,
Tirez-vous, et de quel fermier
Avez-vous à remplir la grange?

Voulez-vous (d'un destin trop dur
Épouvantable et clair emblème!)
Montrer que dans la fosse même
Le sommeil promis n'est pas sûr;

Qu'envers nous le Néant est traître;
Que tout, même la Mort, nous ment,
Et que sempiternellement,
Hélas! il nous faudra peut-être

Dans quelque pays inconnu
Écorcher la terre revêche
Et pousser une lourde bêche
Sous notre pied sanglant et nu?

LE CRÉPUSCULE DU SOIR

—

Voici le soir charmant, ami du criminel ;
Il vient comme un complice, à pas de loup ; le ciel
Se ferme lentement comme une grande alcôve,
Et l'homme impatient se change en bête fauve.

O soir, aimable soir, désiré par celui
Dont les bras, sans mentir, peuvent dire : Aujourd'hui
Nous avons travaillé ! — C'est le soir qui soulage
Les esprits que dévore une douleur sauvage,
Le savant obstiné dont le front s'alourdit,
Et l'ouvrier courbé qui regagne son lit.

Cependant des démons malsains dans l'atmosphère
S'éveillent lourdement, comme des gens d'affaire,
Et cognent en volant les volets et l'auvent.
A travers les lueurs que tourmente le vent
La Prostitution s'allume dans les rues;
Comme une fourmilière elle ouvre ses issues;
Partout elle se fraye un occulte chemin,
Ainsi que l'ennemi qui tente un coup de main;
Elle remue au sein de la cité de fange
Comme un ver qui dérobe à l'Homme ce qu'il mange.
On entend çà et là les cuisines siffler,
Les théâtres glapir, les orchestres ronfler;
Les tables d'hôte, dont le jeu fait les délices,
S'emplissent de catins et d'escrocs, leurs complices,
Et les voleurs, qui n'ont ni trêve ni merci,
Vont bientôt commencer leur travail, eux aussi,
Et forcer doucement les portes et les caisses
Pour vivre quelques jours et vêtir leurs maîtresses.

Recueille-toi, mon âme, en ce grave moment,
Et ferme ton oreille à ce rugissement.
C'est l'heure où les douleurs des malades s'aigrissent!
La sombre Nuit les prend à la gorge; ils finissent
Leur destinée et vont vers le gouffre commun;
L'hôpital se remplit de leurs soupirs. — Plus d'un
Ne viendra plus chercher la soupe parfumée,
Au coin du feu, le soir, auprès d'une âme aimée.

Encore la plupart n'ont-ils jamais connu
La douceur du foyer et n'ont jamais vécu !

LE JEU

———

Dans des fauteuils fanés des courtisanes vieilles,
Pâles, le sourcil peint, l'œil câlin et fatal,
Minaudant, et faisant de leurs maigres oreilles
Tomber un cliquetis de pierre et de métal ;

Autour des verts tapis des visages sans lèvre,
Des lèvres sans couleur, des mâchoires sans dent,
Et des doigts convulsés d'une infernale fièvre,
Fouillant la poche vide ou le sein palpitant ;

Sous de sales plafonds un rang de pâles lustres
Et d'énormes quinquets projetant leurs lueurs
Sur des fronts ténébreux de poëtes illustres
Qui viennent gaspiller leurs sanglantes sueurs ;

Voilà le noir tableau qu'en un rêve nocturne
Je vis se dérouler sous mon œil clairvoyant.
Moi-même, dans un coin de l'antre taciturne,
Je me vis accoudé, froid, muet, enviant,

Enviant de ces gens la passion tenace,
De ces vieilles putains la funèbre gaieté,
Et tous gaillardement trafiquant à ma face,
L'un de son vieil honneur, l'autre de sa beauté !

Et mon cœur s'effraya d'envier maint pauvre homme
Courant avec ferveur à l'abîme béant,
Et qui, soûl de son sang, préférerait en somme
La douleur à la mort et l'enfer au néant !

DANSE MACABRE

—

A ERNEST CHRISTOPHE

—

Fière, autant qu'un vivant, de sa noble stature,
Avec son gros bouquet, son mouchoir et ses gants,
Elle a la nonchalance et la désinvolture
D'une coquette maigre aux airs extravagants.

Vit-on jamais au bal une taille plus mince?
Sa robe exagérée, en sa royale ampleur,
S'écroule abondamment sur un pied sec que pince
Un soulier pomponné, joli comme une fleur.

La ruche qui se joue au bord des clavicules,
Comme un ruisseau lascif qui se frotte au rocher,
Défend pudiquement des lazzi ridicules
Les funèbres appas qu'elle tient à cacher.

Ses yeux profonds sont faits de vide et de ténèbres,
Et son crâne, de fleurs artistement coiffé,
Oscille mollement sur ses frêles vertèbres.
O charme d'un néant follement attifé !

Aucuns t'appelleront une caricature,
Qui ne comprennent pas, amants ivres de chair,
L'élégance sans nom de l'humaine armature.
Tu réponds, grand squelette, à mon goût le plus cher !

Viens-tu troubler, avec ta puissante grimace,
La fête de la Vie? ou quelque vieux désir,
Éperonnant encor ta vivante carcasse,
Te pousse-t-il, crédule, au sabbat du Plaisir?

Au chant des violons, aux flammes des bougies,
Espères-tu chasser ton cauchemar moqueur,
Et viens-tu demander au torrent des orgies
De rafraîchir l'enfer allumé dans ton cœur?

Inépuisable puits de sottise et de fautes !
De l'antique douleur éternel alambic !
A travers le treillis recourbé de tes côtes
Je vois, errant encor, l'insatiable aspic.

Pour dire vrai, je crains que ta coquetterie
Ne trouve pas un prix digne de ses efforts;
Qui, de ces cœurs mortels, entend la raillerie?
Les charmes de l'horreur n'enivrent que les forts!

Le gouffre de tes yeux, plein d'horribles pensées,
Exhale le vertige, et les danseurs prudents
Ne contempleront pas sans d'amères nausées
Le sourire éternel de tes trente-deux dents.

Pourtant, qui n'a serré dans ses bras un squelette,
Et qui ne s'est nourri des choses du tombeau?
Qu'importe le parfum, l'habit ou la toilette?
Qui fait le dégoûté montre qu'il se croit beau.

Bayadère sans nez, irrésistible gouge,
Dis donc à ces danseurs qui font les offusqués :
« Fiers mignons, malgré l'art des poudres et du rouge,
Vous sentez tous la mort! O squelettes musqués,

Antinoüs flétris, dandys à face glabre,
Cadavres vernissés, lovelaces chenus,
Le branle universel de la danse macabre
Vous entraîne en des lieux qui ne sont pas connus!

Des quais froids de la Seine aux bords brûlants du Gange,
Le troupeau mortel saute et se pâme, sans voir
Dans un trou du plafond la trompette de l'Ange
Sinistrement béante ainsi qu'un tromblon noir.

En tout climat, sous tout soleil, la Mort t'admire
En tes contorsions, risible Humanité,
Et souvent, comme toi, se parfumant de myrrhe,
Mêle son ironie à ton insanité ! »

L'AMOUR DU MENSONGE

—

Quand je te vois passer, ô ma chère indolente,
Au chant des instruments qui se brise au plafond
Suspendant ton allure harmonieuse et lente,
Et promenant l'ennui de ton regard profond;

Quand je contemple, aux feux du gaz qui le colore,
Ton front pâle, embelli par un morbide attrait,
Où les torches du soir allument une aurore,
Et tes yeux attirants comme ceux d'un portrait,

Je me dis : Qu'elle est belle! et bizarrement fraîche!
Le souvenir massif, royale et lourde tour,
La couronne, et son cœur, meurtri comme une pêche,
Est mûr, comme son corps, pour le savant amour.

Es-tu le fruit d'automne aux saveurs souveraines?
Es-tu vase funèbre attendant quelques pleurs,
Parfum qui fait rêver aux oasis lointaines,
Oreiller caressant, ou corbeille de fleurs?

Je sais qu'il est des yeux, des plus mélançoliques,
Qui ne recèlent point de secrets précieux;
Beaux écrins sans joyaux, médaillons sans reliques,
Plus vides, plus profonds que vous-mêmes, ô Cieux!

Mais ne suffit-il pas que tu sois l'apparence,
Pour réjouir un cœur qui fuit la vérité?
Qu'importe ta bêtise ou ton indifférence?
Masque ou décor, salut! J'adore ta beauté.

XCIX

Je n'ai pas oublié, voisine de la ville,
Notre blanche maison, petite mais tranquille;
Sa Pomone de plâtre et sa vieille Vénus
Dans un bosquet chétif cachant leurs membres nus,
Et le soleil, le soir, ruisselant et superbe,
Qui, derrière la vitre où se brisait sa gerbe,
Semblait, grand œil ouvert dans le ciel curieux,
Contempler nos dîners longs et silencieux,
Répandant largement ses beaux reflets de cierge
Sur la nappe frugale et les rideaux de serge.

C

La servante au grand cœur dont vous étiez jalouse,
Et qui dort son sommeil sous une humble pelouse,
Nous devrions pourtant lui porter quelques fleurs.
Les morts, les pauvres morts, ont de grandes douleurs,
Et quand Octobre souffle, émondeur des vieux arbres,
Son vent mélancolique à l'entour de leurs marbres,
Certe, ils doivent trouver les vivants bien ingrats,
A dormir, comme ils font, chaudement dans leurs draps,
Tandis que, dévorés de noires songeries,
Sans compagnon de lit, sans bonnes causeries,

Vieux squelettes gelés travaillés par le ver,
Ils sentent s'égoutter les neiges de l'hiver
Et le siècle couler, sans qu'amis ni famille
Remplacent les lambeaux qui pendent à leur grille.

Lorsque la bûche siffle et chante, si le soir,
Calme, dans le fauteuil je la voyais s'asseoir,
Si, par une nuit bleue et froide de décembre,
Je la trouvais tapie en un coin de ma chambre,
Grave, et venant du fond de son lit éternel
Couver l'enfant grandi de son œil maternel,
Que pourrais-je répondre à cette âme pieuse,
Voyant tomber des pleurs de sa paupière creuse ?

CI

BRUMES ET PLUIES

—

O fins d'automne, hivers, printemps trempés de boue,
Endormeuses saisons ! je vous aime et vous loue
D'envelopper ainsi mon cœur et mon cerveau
D'un linceul vaporeux et d'un vague tombeau.

Dans cette grande plaine où l'autan froid se joue,
Où par les longues nuits la girouette s'enroue,
Mon âme mieux qu'au temps du tiède renouveau
Ouvrira largement ses ailes de corbeau.

Rien n'est plus doux au cœur plein de choses funèbres,
Et sur qui dès longtemps descendent les frimas,
O blafardes saisons, reines de nos climats,

Que l'aspect permanent de vos pâles ténèbres,
— Si ce n'est, par un soir sans lune, deux à deux,
D'endormir la douleur sur un lit hasardeux.

CII

RÊVE PARISIEN

A CONSTANTIN GUYS

I

De ce terrible paysage,
Tel que jamais mortel n'en vit,
Ce matin encore l'image,
Vague et lointaine, me ravit.

Le sommeil est plein de miracles !
Par un caprice singulier,
J'avais banni de ces spectacles
Le végétal irrégulier,

Et, peintre fier de mon génie,
Je savourais dans mon tableau
L'enivrante monotonie
Du métal, du marbre et de l'eau.

Babel d'escaliers et d'arcades,
C'était un palais infini,
Plein de bassins et de cascades
Tombant dans l'or mat ou bruni;

Et des cataractes pesantes,
Comme des rideaux de cristal,
Se suspendaient, éblouissantes,
A des murailles de métal.

Non d'arbres, mais de colonnades
Les étangs dormants s'entouraient,
Où de gigantesques naïades,
Comme des femmes, se miraient.

Des nappes d'eau s'épanchaient, bleues,
Entre des quais roses et verts,
Pendant des millions de lieues,
Vers les confins de l'univers;

C'étaient des pierres inouïes
Et des flots magiques; c'étaient
D'immenses glaces éblouies
Par tout ce qu'elles reflétaient!

Insouciants et taciturnes,
Des Ganges, dans le firmament,
Versaient le trésor de leurs urnes
Dans des gouffres de diamant.

Architecte de mes féeries,
Je faisais, à ma volonté,
Sous un tunnel de pierreries
Passer un océan dompté;

Et tout, même la couleur noire,
Semblait fourbi, clair, irisé;
Le liquide enchâssait sa gloire
Dans le rayon cristallisé.

Nul astre d'ailleurs, nuls vestiges
De soleil, même au bas du ciel,
Pour illuminer ces prodiges,
Qui brillaient d'un feu personnel !

Et sur ces mouvantes merveilles
Planait (terrible nouveauté !
Tout pour l'œil, rien pour les oreilles !)
Un silence d'éternité.

II

En rouvrant mes yeux pleins de flamme
J'ai vu l'horreur de mon taudis,
Et senti, rentrant dans mon âme,
La pointe des soucis maudits;

La pendule aux accents funèbres
Sonnait brutalement midi,
Et le ciel versait des ténèbres
Sur le triste monde engourdi.

CIII

LE CRÉPUSCULE DU MATIN

———

La diane chantait dans les cours des casernes,
Et le vent du matin soufflait sur les lanternes.

C'était l'heure où l'essaim des rêves malfaisants
Tord sur leurs oreillers les bruns adolescents;
Où, comme un œil sanglant qui palpite et qui bouge,
La lampe sur le jour fait une tache rouge;
Où l'âme, sous le poids du corps revêche et lourd,
Imite les combats de la lampe et du jour.

Comme un visage en pleurs que les brises essuient,
L'air est plein du frisson des choses qui s'enfuient,
Et l'homme est las d'écrire et la femme d'aimer.

Les maisons çà et là commençaient à fumer.
Les femmes de plaisir, la paupière livide,
Bouche ouverte, dormaient de leur sommeil stupide;
Les pauvresses, traînant leurs seins maigres et froids,
Soufflaient sur leurs tisons et soufflaient sur leurs doigts.
C'était l'heure où parmi le froid et la lésine
S'aggravent les douleurs des femmes en gésine;
Comme un sanglot coupé par un sang écumeux
Le chant du coq au loin déchirait l'air brumeux;
Une mer de brouillards baignait les édifices,
Et les agonisants dans le fond des hospices
Poussaient leur dernier râle en hoquets inégaux.
Les débauchés rentraient, brisés par leurs travaux.

L'aurore grelottante en robe rose et verte
S'avançait lentement sur la Seine déserte,
Et le sombre Paris, en se frottant les yeux,
Empoignait ses outils, vieillard laborieux.

LE VIN

L'AME DU VIN

—

Un soir, l'âme du vin chantait dans les bouteilles :
« Homme, vers toi je pousse, ô cher déshérité,
Sous ma prison de verre et mes cires vermeilles,
Un chant plein de lumière et de fraternité !

Je sais combien il faut, sur la colline en flamme,
De peine, de sueur et de soleil cuisant
Pour engendrer ma vie et pour me donner l'âme;
Mais je ne serai point ingrat ni malfaisant,

Car j'éprouve une joie immense quand je tombe
Dans le gosier d'un homme usé par ses travaux,
Et sa chaude poitrine est une douce tombe
Où je me plais bien mieux que dans mes froids caveaux.

Entends-tu retentir les refrains des dimanches
Et l'espoir qui gazouille en mon sein palpitant?
Les coudes sur la table et retroussant tes manches,
Tu me glorifieras et tu seras content;

J'allumerai les yeux de ta femme ravie;
A ton fils je rendrai sa force et ses couleurs
Et serai pour ce frêle athlète de la vie
L'huile qui raffermit les muscles des lutteurs.

En toi je tomberai, végétale ambroisie,
Grain précieux jeté par l'éternel Semeur,
Pour que de notre amour naisse la poésie
Qui jaillira vers Dieu comme une rare fleur ! »

CV

LE VIN DES CHIFFONNIERS

—

Souvent, à la clarté rouge d'un réverbère
Dont le vent bat la flamme et tourmente le verre,
Au cœur d'un vieux faubourg, labyrinthe fangeux
Où l'humanité grouille en ferments orageux,

On voit un chiffonnier qui vient, hochant la tête,
Buttant, et se cognant aux murs comme un poëte,
Et, sans prendre souci des mouchards, ses sujets,
Épanche tout son cœur en glorieux projets.

Il prête des serments, dicte des lois sublimes,
Terrasse les méchants, relève les victimes,
Et sous le firmament comme un dais suspendu
S'enivre des splendeurs de sa propre vertu.

Oui, ces gens harcelés de chagrins de ménage,
Moulus par le travail et tourmentés par l'âge,
Éreintés et pliant sous un tas de débris,
Vomissement confus de l'énorme Paris,

Reviennent, parfumés d'une odeur de futailles,
Suivis de compagnons, blanchis dans les batailles,
Dont la moustache pend comme les vieux drapeaux.
Les bannières, les fleurs et les arcs triomphaux

Se dressent devant eux, solennelle magie !
Et dans l'étourdissante et lumineuse orgie
Des clairons, du soleil, des cris et du tambour,
Ils apportent la gloire au peuple ivre d'amour !

C'est ainsi qu'à travers l'Humanité frivole
Le vin roule de l'or, éblouissant Pactole ;
Par le gosier de l'homme il chante ses exploits
Et règne par ses dons ainsi que les vrais rois.

Pour noyer la rancœur et bercer l'indolence
De tous ces vieux maudits qui meurent en silence,
Dieu, touché de remords, avait fait le sommeil ;
L'Homme ajouta le Vin, fils sacré du Soleil !

LE VIN DE L'ASSASSIN

———

Ma femme est morte, je suis libre !
Je puis donc boire tout mon soûl.
Lorsque je rentrais sans un sou,
Ses cris me déchiraient la fibre.

Autant qu'un roi je suis heureux;
L'air est pur, le ciel admirable..
Nous avions un été semblable
Lorsque j'en devins amoureux !

L'horrible soif qui me déchire
Aurait besoin pour s'assouvir
D'autant de vin qu'en peut tenir
Son tombeau; — ce n'est pas peu dire :

Je l'ai jetée au fond d'un puits,
Et j'ai même poussé sur elle
Tous les pavés de la margelle.
— Je l'oublierai si je le puis !

Au nom des serments de tendresse,
Dont rien ne peut nous délier,
Et pour nous réconcilier
Comme au beau temps de notre ivresse,

J'implorai d'elle un rendez-vous,
Le soir, sur une route obscure,
Elle y vint ! — folle créature !
Nous sommes tous plus ou moins fous !

Elle était encore jolie,
Quoique bien fatiguée ! et moi,
Je l'aimais trop ! voilà pourquoi
Je lui dis : Sors de cette vie !

Nul ne peut me comprendre. Un seul
Parmi ces ivrognes stupides
Songea-t-il dans ses nuits morbides
A faire du vin un linceul?

Cette crapule invulnérable
Comme les machines de fer
Jamais, ni l'été ni l'hiver,
N'a connu l'amour véritable,

Avec ses noirs enchantements,
Son cortége infernal d'alarmes,
Ses fioles de poison, ses larmes,
Ses bruits de chaîne et d'ossements !

— Me voilà libre et solitaire !
Je serai ce soir ivre mort;
Alors, sans peur et sans remord,
Je me coucherai sur la terre,

Et je dormirai comme un chien !
Le chariot aux lourdes roues
Chargé de pierres et de boues,
Le wagon enragé peut bien

Écraser ma tête coupable
Ou me couper par le milieu,
Je m'en moque comme de Dieu,
Du Diable ou de la Sainte Table !

CVII

LE VIN DU SOLITAIRE

———

Le regard singulier d'une femme galante
Qui se glisse vers nous comme le rayon blanc
Que la lune onduleuse envoie au lac tremblant,
Quand elle y veut baigner sa beauté nonchalante;

Le dernier sac d'écus dans les doigts d'un joueur;
Un baiser libertin de la maigre Adeline;
Les sons d'une musique énervante et câline,
Semblable au cri lointain de l'humaine douleur,

Tout cela ne vaut pas, ô bouteille profonde,
Les baumes pénétrants que ta panse féconde
Garde au cœur altéré du poëte pieux;

Tu lui verses l'espoir, la jeunesse et la vie,
— Et l'orgueil, ce trésor de toute gueuserie,
Qui nous rend triomphants et semblables aux Dieux!

LE VIN DES AMANTS

—

Aujourd'hui l'espace est splendide !
Sans mors, sans éperons, sans bride,
Partons à cheval sur le vin
Pour un ciel féerique et divin !

Comme deux anges que torture
Une implacable calenture,
Dans le bleu cristal du matin
Suivons le mirage lointain !

Mollement balancés sur l'aile
Du tourbillon intelligent,
Dans un délire parallèle,

Ma sœur, côte à côte nageant,
Nous fuirons sans repos ni trêves
Vers le paradis de mes rêves!

FLEURS DU MAL

LA DESTRUCTION

—

Sans cesse à mes côtés s'agite le Démon;
Il nage autour de moi comme un air impalpable;
Je l'avale et le sens qui brûle mon poumon
Et l'emplit d'un désir éternel et coupable.

Parfois il prend, sachant mon grand amour de l'Art,
La forme de la plus séduisante des femmes,
Et, sous de spécieux prétextes de cafard,
Accoutume ma lèvre à des philtres infâmes.

Il me conduit ainsi, loin du regard de Dieu,
Haletant et brisé de fatigue, au milieu
Des plaines de l'Ennui, profondes et désertes,

Et jette dans mes yeux pleins de confusion
Des vêtements souillés, des blessures ouvertes,
Et l'appareil sanglant de la Destruction !

CX

UNE MARTYRE

—

DESSIN D'UN MAÎTRE INCONNU

———

Au milieu des flacons, des étoffes lamées
    Et des meubles voluptueux,
Des marbres, des tableaux, des robes parfumées
    Qui traînent à plis somptueux,

Dans une chambre tiède où, comme en une serre,
    L'air est dangereux et fatal,
Où des bouquets mourants dans leurs cercueils de verre
    Exhalent leur soupir final,

Un cadavre sans tête épanche, comme un fleuve,
    Sur l'oreiller désaltéré
Un sang rouge et vivant, dont la toile s'abreuve
    Avec l'avidité d'un pré.

Semblable aux visions pâles qu'enfante l'ombre
    Et qui nous enchaînent les yeux,
La tête, avec l'amas de sa crinière sombre
    Et de ses bijoux précieux,

Sur la table de nuit, comme une renoncule,
    Repose; et, vide de pensers,
Un regard vague et blanc comme le crépuscule
    S'échappe des yeux révulsés.

Sur le lit, le tronc nu sans scrupules étale
    Dans le plus complet abandon
La secrète splendeur et la beauté fatale
    Dont la nature lui fit don;

Un bas rosâtre, orné de coins d'or, à la jambe,
    Comme un souvenir est resté;
La jarretière, ainsi qu'un œil secret qui flambe,
    Darde un regard diamanté.

Le singulier aspect de cette solitude
    Et d'un grand portrait langoureux,
Aux yeux provocateurs comme son attitude,
    Révèle un amour ténébreux,

Une coupable joie et des fêtes étranges
 Pleines de baisers infernaux,
Dont se réjouissait l'essaim des mauvais anges
 Nageant dans les plis des rideaux;

Et cependant, à voir la maigreur élégante
 De l'épaule au contour heurté,
La hanche un peu pointue et la taille fringante
 Ainsi qu'un reptile irrité,

Elle est bien jeune encor! — Son âme exaspérée
 Et ses sens par l'ennui mordus
S'étaient-ils entr'ouverts à la meute altérée
 Des désirs errants et perdus?

L'homme vindicatif que tu n'as pu, vivante,
 Malgré tant d'amour, assouvir,
Combla-t-il sur ta chair inerte et complaisante
 L'immensité de son désir?

Réponds, cadavre impur! et par tes tresses roides
 Te soulevant d'un bras fiévreux,
Dis-moi, tête effrayante, a-t-il sur tes dents froides
 Collé les suprêmes adieux?

— Loin du monde railleur, loin de la foule impure,
 Loin des magistrats curieux,
Dors en paix, dors en paix, étrange créature,
 Dans ton tombeau mystérieux;

Ton époux court le monde, et ta forme immortelle
Veille près de lui quand il dort;
Autant que toi sans doute il te sera fidèle,
Et constant jusques à la mort.

CXI

FEMMES DAMNÉES

—

Comme un bétail pensif sur le sable couchées,
Elles tournent leurs yeux vers l'horizon des mers,
Et leurs pieds se cherchant et leurs mains rapprochées
Ont de douces langueurs et des frissons amers.

Les unes, cœurs épris des longues confidences,
Dans le fond des bosquets où jasent les ruisseaux,
Vont épelant l'amour des craintives enfances
Et creusent le bois vert des jeunes arbrisseaux ;

23

D'autres, comme des sœurs, marchent lentes et graves
A travers les rochers pleins d'apparitions,
Où saint Antoine a vu surgir comme des laves
Les seins nus et pourprés, de ses tentations ;

Il en est, aux lueurs des résines croulantes,
Qui dans le creux muet des vieux antres païens
T'appellent au secours de leurs fièvres hurlantes,
O Bacchus, endormeur des remords anciens !

Et d'autres, dont la gorge aime les scapulaires,
Qui, recèlant un fouet sous leurs longs vêtements,
Mêlent, dans le bois sombre et les nuits solitaires,
L'écume du plaisir aux larmes des tourments.

O vierges, ô démons, ô monstres, ô martyres,
De la réalité grands esprits contempteurs,
Chercheuses d'infini, dévotes et satyres,
Tantôt pleines de cris, tantôt pleines de pleurs,

Vous que dans votre enfer mon âme a poursuivies,
Pauvres sœurs, je vous aime autant que je vous plains,
Pour vos mornes douleurs, vos soifs inassouvies,
Et les urnes d'amour dont vos grands cœurs sont pleins !

CXII

LES DEUX BONNES SŒURS

———

La Débauche et la Mort sont deux aimables filles,
Prodigues de baisers et riches de santé,
Dont le flanc toujours vierge et drapé de guenilles
Sous l'éternel labeur n'a jamais enfanté.

Au poëte sinistre, ennemi des familles,
Favori de l'enfer, courtisan mal renté,
Tombeaux et lupanars montrent sous leurs charmilles
Un lit que le remords n'a jamais fréquenté.

Et la bière et l'alcôve en blasphèmes fécondes
Nous offrent tour à tour, comme deux bonnes sœurs,
De terribles plaisirs et d'affreuses douceurs.

Quand veux-tu m'enterrer, Débauche aux bras immondes?
O Mort, quand viendras-tu, sa rivale en attraits,
Sur ses myrtes infects enter tes noirs cyprès?

LA FONTAINE DE SANG

—

Il me semble parfois que mon sang coule à flots,
Ainsi qu'une fontaine aux rhythmiques sanglots.
Je l'entends bien qui coule avec un long murmure,
Mais je me tâte en vain pour trouver la blessure.

A travers la cité, comme dans un champ clos,
Il s'en va, transformant les pavés en îlots,
Désaltérant la soif de chaque créature,
Et partout colorant en rouge la nature.

J'ai demandé souvent à des vins captieux
D'endormir pour un jour la terreur qui me mine;
Le vin rend l'œil plus clair et l'oreille plus fine !

J'ai cherché dans l'amour un sommeil oublieux;
Mais l'amour n'est pour moi qu'un matelas d'aiguilles
Fait pour donner à boire à ces cruelles filles !

ALLÉGORIE

—

C'est une femme belle et de riche encolure,
Qui laisse dans son vin traîner sa chevelure.
Les griffes de l'amour, les poisons du tripot,
Tout glisse et tout s'émousse au granit de sa peau.
Elle rit à la Mort et nargue la Débauche,
Ces monstres dont la main, qui toujours gratte et fauche,
Dans ses jeux destructeurs a pourtant respecté
De ce corps ferme et droit la rude majesté.
Elle marche en déesse et repose en sultane;
Elle a dans le plaisir la foi mahométane,

Et dans ses bras ouverts, que remplissent ses seins,
Elle appelle des yeux la race des humains.
Elle croit, elle sait, cette vierge inféconde
Et pourtant nécessaire à la marche du monde,
Que la beauté du corps est un sublime don
Qui de toute infamie arrache le pardon.
Elle ignore l'Enfer comme le Purgatoire,
Et quand l'heure viendra d'entrer dans la Nuit noire,
Elle regardera la face de la Mort,
Ainsi qu'un nouveau-né, — sans haine et sans remord.

LA BÉATRICE

—

Dans des terrains cendreux, calcinés, sans verdure,
Comme je me plaignais un jour à la nature,
Et que de ma pensée, en vaguant au hasard,
J'aiguisais lentement sur mon cœur le poignard,
Je vis en plein midi descendre sur ma tête
Un nuage funèbre et gros d'une tempête,
Qui portait un troupeau de démons vicieux,
Semblables à des nains cruels et curieux.
A me considérer froidement ils se mirent,
Et, comme des passants sur un fou qu'ils admirent,

Je les entendis rire et chuchoter entre eux,
En échangeant maint signe et maint clignement d'yeux :

— « Contemplons à loisir cette caricature
Et cette ombre d'Hamlet imitant sa posture,
Le regard indécis et les cheveux au vent.
N'est-ce pas grand' pitié de voir ce bon vivant,
Ce gueux, cet histrion en vacances, ce drôle,
Parce qu'il sait jouer artistement son rôle,
Vouloir intéresser au chant de ses douleurs
Les aigles, les grillons, les ruisseaux et les fleurs,
Et même à nous, auteurs de ces vieilles rubriques,
Réciter en hurlant ses tirades publiques? »

J'aurais pu (mon orgueil aussi haut que les monts
Domine la nuée et le cri des démons)
Détourner simplement ma tête souveraine,
Si je n'eusse pas vu parmi leur troupe obscène,
Crime qui n'a pas fait chanceler le soleil !
La reine de mon cœur au regard nonpareil,
Qui riait avec eux de ma sombre détresse
Et leur versait parfois quelque sale caresse.

CXVI

UN VOYAGE A CYTHÈRE

—

Mon cœur, comme un oiseau, voltigeait tout joyeux
Et planait librement à l'entour des cordages ;
Le navire roulait sous un ciel sans nuages,
Comme un ange enivré d'un soleil radieux.

Quelle est cette île triste et noire ? — C'est Cythère,
Nous dit-on, un pays fameux dans les chansons,
Eldorado banal de tous les vieux garçons.
Regardez, après tout, c'est une pauvre terre.

— Ile des doux secrets et des fêtes du cœur !
De l'antique Vénus le superbe fantôme
Au-dessus de tes mers plane comme un arome,
Et charge les esprits d'amour et de langueur.

Belle île aux myrtes verts, pleine de fleurs écloses,
Vénérée à jamais par toute nation,
Où les soupirs des cœurs en adoration
Roulent comme l'encens sur un jardin de roses

Ou le roucoulement éternel d'un ramier !
— Cythère n'était plus qu'un terrain des plus maigres
Un désert rocailleux troublé par des cris aigres.
J'entrevoyais pourtant un objet singulier !

Ce n'était pas un temple aux ombres bocagères,
Où la jeune prêtresse, amoureuse des fleurs,
Allait, le corps brûlé de secrètes chaleurs,
Entre-bâillant sa robe aux brises passagères ;

Mais voilà qu'en rasant la côte d'assez près
Pour troubler les oiseaux avec nos voiles blanches,
Nous vîmes que c'était un gibet à trois branches,
Du ciel se détachant en noir, comme un cyprès.

De féroces oiseaux perchés sur leur pâture
Détruisaient avec rage un pendu déjà mûr,
Chacun plantant, comme un outil, son bec impur
Dans tous les coins saignants de cette pourriture ;

Les yeux étaient deux trous, et du ventre effondré
Les intestins pesants lui coulaient sur les cuisses,
Et ses bourreaux, gorgés de hideuses délices,
L'avaient à coups de bec absolument châtré.

Sous les pieds, un troupeau de jaloux quadrupèdes,
Le museau relevé, tournoyait et rôdait ;
Une plus grande bête au milieu s'agitait
Comme un exécuteur entouré de ses aides.

Habitant de Cythère, enfant d'un ciel si beau,
Silencieusement tu souffrais ces insultes
En expiation de tes infâmes cultes
Et des péchés qui t'ont interdit le tombeau.

Ridicule pendu, tes douleurs sont les miennes !
Je sentis, à l'aspect de tes membres flottants,
Comme un vomissement, remonter vers mes dents
Le long fleuve de fiel des douleurs anciennes ;

Devant toi, pauvre diable au souvenir si cher,
J'ai senti tous les becs et toutes les mâchoires
Des corbeaux lancinants et des panthères noires
Qui jadis aimaient tant à triturer ma chair.

— Le ciel était charmant, la mer était unie ;
Pour moi tout était noir et sanglant désormais,
Hélas ! et j'avais, comme en un suaire épais,
Le cœur enseveli dans cette allégorie.

Dans ton île, ô Vénus! je n'ai trouvé debout
Qu'un gibet symbolique où pendait mon image.....
— Ah! Seigneur! donnez-moi la force et le courage
De contempler mon cœur et mon corps sans dégoût!

CXVII

L'AMOUR ET LE CRANE

—

VIEUX CUL-DE-LAMPE

———

L'Amour est assis sur le crâne
　　De l'Humanité,
Et sur ce trône le profane,
　　Au rire effronté,

Souffle gaiement des bulles rondes
　　Qui montent dans l'air,
Comme pour rejoindre les mondes
　　Au fond de l'éther.

Le globe lumineux et frêle
        Prend un grand essor,
Crève et crache son âme grêle
        Comme un songe d'or.

J'entends le crâne à chaque bulle
        Prier et gémir :
— « Ce jeu féroce et ridicule,
        Quand doit-il finir ?

Car ce que ta bouche cruelle
        Éparpille en l'air,
Monstre assassin, c'est ma cervelle,
        Mon sang et ma chair ! »

RÉVOLTE

LE RENIEMENT DE SAINT PIERRE

—

Qu'est-ce que Dieu fait donc de ce flot d'anathèmes
Qui monte tous les jours vers ses chers Séraphins?
Comme un tyran gorgé de viande et de vins,
Il s'endort au doux bruit de nos affreux blasphèmes.

Les sanglots des martyrs et des suppliciés
Sont une symphonie enivrante sans doute,
Puisque, malgré le sang que leur volupté coûte,
Les cieux ne s'en sont point encore rassasiés !

— Ah! Jésus, souviens-toi du Jardin des Olives!
Dans ta simplicité tu priais à genoux
Celui qui dans son ciel riait au bruit des clous
Que d'ignobles bourreaux plantaient dans tes chairs vives,

Lorsque tu vis cracher sur ta divinité
La crapule du corps de garde et des cuisines,
Et lorsque tu sentis s'enfoncer les épines
Dans ton crâne où vivait l'immense Humanité;

Quand de ton corps brisé la pesanteur horrible
Allongeait tes deux bras distendus, que ton sang
Et ta sueur coulaient de ton front pâlissant,
Quand tu fus devant tous posé comme une cible;

Rêvais-tu de ces jours si brillants et si beaux
Où tu vins pour remplir l'éternelle promesse,
Où tu foulais, monté sur une douce ânesse,
Des chemins tout jonchés de fleurs et de rameaux,

Où, le cœur tout gonflé d'espoir et de vaillance,
Tu fouettais tous ces vils marchands à tour de bras,
Où tu fus maître enfin? Le remords n'a-t-il pas
Pénétré dans ton flanc plus avant que la lance?

— Certes, je sortirai, quant à moi, satisfait
D'un monde où l'action n'est pas la sœur du rêve;
Puissé-je user du glaive et périr par le glaive!
Saint Pierre a renié Jésus... il a bien fait!

ABEL ET CAIN

———

I

Race d'Abel, dors, bois et mange;
Dieu te sourit complaisamment.

Race de Caïn, dans la fange
Rampe et meurs misérablement.

Race d'Abel, ton sacrifice
Flatte le nez du Séraphin !

Race de Caïn, ton supplice
Aura-t-il jamais une fin?

Race d'Abel, vois tes semailles
Et ton bétail venir à bien;

Race de Caïn, tes entrailles
Hurlent la faim comme un vieux chien.

Race d'Abel, chauffe ton ventre
A ton foyer patriarcal;

Race de Caïn, dans ton antre
Tremble de froid, pauvre chacal!

Race d'Abel, aime et pullule!
Ton or fait aussi des petits.

Race de Caïn, cœur qui brûle,
Prends garde à ces grands appétits.

Race d'Abel, tu crois et broutes
Comme les punaises des bois!

Race de Caïn, sur les routes
Traîne ta famille aux abois.

II

Ah ! race d'Abel, ta charogne
Engraissera le sol fumant !

Race de Caïn, ta besogne
N'est pas faite suffisamment ;

Race d'Abel, voici ta honte :
Le fer est vaincu par l'épieu !

Race de Caïn, au ciel monte,
Et sur la terre jette Dieu !

CXX

LES LITANIES DE SATAN

—

O toi, le plus savant et le plus beau des Anges,
Dieu trahi par le sort et privé de louanges,

O Satan, prends pitié de ma longue misère !

O Prince de l'exil, à qui l'on a fait tort,
Et qui, vaincu, toujours te redresses plus fort,

O Satan, prends pitié de ma longue misère !

Toi qui sais tout, grand roi des choses souterraines,
Guérisseur familier des angoisses humaines,

O Satan, prends pitié de ma longue misère !

Toi qui, même aux lépreux, aux parias maudits,
Enseignes par l'amour le goût du Paradis,

O Satan, prends pitié de ma longue misère !

O toi qui de la Mort, ta vieille et forte amante,
Engendras l'Espérance, — une folle charmante !

O Satan, prends pitié de ma longue misère !

Toi qui fais au proscrit ce regard calme et haut
Qui damne tout un peuple autour d'un échafaud,

O Satan, prends pitié de ma longue misère !

Toi qui sais en quels coins des terres envieuses
Le Dieu jaloux cacha les pierres précieuses,

O Satan, prends pitié de ma longue misère !

Toi dont l'œil clair connaît les profonds arsenaux
Où dort enseveli le peuple des métaux,

O Satan, prends pitié de ma longue misère !

Toi dont la large main cache les précipices
Au somnambule errant au bord des édifices,

O Satan, prends pitié de ma longue misère !

Toi qui, magiquement, assouplis les vieux os
De l'ivrogne attardé foulé par les chevaux,

O Satan, prends pitié de ma longue misère !

Toi qui, pour consoler l'homme frêle qui souffre,
Nous appris à mêler le salpêtre et le soufre,

O Satan, prends pitié de ma longue misère !

Toi qui poses ta marque, ô complice subtil,
Sur le front du Crésus impitoyable et vil,

O Satan, prends pitié de ma longue misère !

Toi qui mets dans les yeux et dans le cœur des filles
Le culte de la plaie et l'amour des guenilles,

O Satan, prends pitié de ma longue misère !

Bâton des exilés, lampe des inventeurs,
Confesseur des pendus et des conspirateurs,

O Satan, prends pitié de ma longue misère !

Père adoptif de ceux qu'en sa noire colère
Du paradis terrestre a chassés Dieu le Père,

O Satan, prends pitié de ma longue misère !

PRIÈRE

Gloire et louange à toi, Satan, dans les hauteurs
Du Ciel, où tu régnas, et dans les profondeurs
De l'Enfer, où, vaincu, tu rêves en silence !
Fais que mon âme un jour, sous l'Arbre de Science,
Près de toi se repose, à l'heure où sur ton front
Comme un Temple nouveau ses rameaux s'épandront !

LA MORT

CXXI

LA MORT DES AMANTS

—

Nous aurons des lits pleins d'odeurs légères,
Des divans profonds comme des tombeaux,
Et d'étranges fleurs sur des étagères,
Écloses pour nous sous des cieux plus beaux.

Usant à l'envi leurs chaleurs dernières,
Nos deux cœurs seront deux vastes flambeaux,
Qui réfléchiront leurs doubles lumières
Dans nos deux esprits, ces miroirs jumeaux.

Un soir fait de rose et de bleu mystique,
Nous échangerons un éclair unique,
Comme un long sanglot, tout chargé d'adieux;

Et plus tard un Ange, entr'ouvrant les portes,
Viendra ranimer, fidèle et joyeux,
Les miroirs ternis et les flammes mortes.

LA MORT DES PAUVRES

———

C'est la Mort qui console, hélas! et qui fait vivre;
C'est le but de la vie, et c'est le seul espoir
Qui, comme un élixir, nous monte et nous enivre,
Et nous donne le cœur de marcher jusqu'au soir;

A travers la tempête, et la neige, et le givre,
C'est la clarté vibrante à notre horizon noir;
C'est l'auberge fameuse inscrite sur le livre,
Où l'on pourra manger, et dormir, et s'asseoir;

C'est un Ange qui tient dans ses doigts magnétiques
Le sommeil et le don des rêves extatiques,
Et qui refait le lit des gens pauvres et nus;

C'est la gloire des Dieux, c'est le grenier mystique,
C'est la bourse du pauvre et sa patrie antique,
C'est le portique ouvert sur les Cieux inconnus!

LA MORT DES ARTISTES

—

Combien faut-il de fois secouer mes grelots
Et baiser ton front bas, morne caricature?
Pour piquer dans le but, de mystique nature,
Combien, ô mon carquois, perdre de javelots?

Nous userons notre âme en de subtils complots,
Et nous démolirons mainte lourde armature,
Avant de contempler la grande Créature
Dont l'infernal désir nous remplit de sanglots!

Il en est qui jamais n'ont connu leur Idole,
Et ces sculpteurs damnés et marqués d'un affront,
Qui vont se martelant la poitrine et le front,

N'ont qu'un espoir, étrange et sombre Capitole !
C'est que la Mort, planant comme un soleil nouveau,
Fera s'épanouir les fleurs de leur cerveau !

LA FIN DE LA JOURNÉE

———

Sous une lumière blafarde
Court, danse et se tord sans raison
La Vie, impudente et criarde.
Aussi, sitôt qu'à l'horizon

La nuit voluptueuse monte,
Apaisant tout, même la faim,
Effaçant tout, même la honte,
Le Poëte se dit : « Enfin !

Mon esprit, comme mes vertèbres,
Invoque ardemment le repos;
Le cœur plein de songes funèbres,

Je vais me coucher sur le dos
Et me rouler dans vos rideaux,
O rafraîchissantes ténèbres ! »

CXXV

LE RÊVE D'UN CURIEUX

—

A F. N.

———

Connais-tu, comme moi, la douleur savoureuse,
Et de toi fais-tu dire : « Oh ! l'homme singulier ! »
— J'allais mourir. C'était dans mon âme amoureuse,
Désir mêlé d'horreur, un mal particulier ;

Angoisse et vif espoir, sans humeur factieuse.
Plus allait se vidant le fatal sablier,
Plus ma torture était âpre et délicieuse ;
Tout mon cœur s'arrachait au monde familier.

J'étais comme l'enfant avide du spectacle,
Haïssant le rideau comme on hait un obstacle....
Enfin la vérité froide se révéla :

J'étais mort sans surprise, et la terrible aurore
M'enveloppait. — Eh quoi ! n'est-ce donc que cela ?
La toile était levée et j'attendais encore.

CXXVI

LE VOYAGE

——

A MAXIME DU CAMP

——

I

Pour l'enfant, amoureux de cartes et d'estampes,
L'univers est égal à son vaste appétit.
Ah! que le monde est grand à la clarté des lampes!
Aux yeux du souvenir que le monde est petit!

Un matin nous partons, le cerveau plein de flamme,
Le cœur gros de rancune et de désirs amers,
Et nous allons, suivant le rhythme de la lame,
Berçant notre infini sur le fini des mers :

Les uns, joyeux de fuir une patrie infâme;
D'autres, l'horreur de leurs berceaux, et quelques-uns,
Astrologues noyés dans les yeux d'une femme,
La Circé tyrannique aux dangereux parfums.

Pour n'être pas changés en bêtes, ils s'enivrent
D'espace et de lumière et de cieux embrasés;
La glace qui les mord, les soleils qui les cuivrent,
Effacent lentement la marque des baisers.

Mais les vrais voyageurs sont ceux-là seuls qui partent
Pour partir; cœurs légers, semblables aux ballons,
De leur fatalité jamais ils ne s'écartent,
Et, sans savoir pourquoi, disent toujours : Allons!

Ceux-là dont les désirs ont la forme des nues,
Et qui rêvent, ainsi qu'un conscrit le canon,
De vastes voluptés, changeantes, inconnues,
Et dont l'esprit humain n'a jamais su le nom!

II

Nous imitons, horreur! la toupie et la boule
Dans leur valse et leurs bonds; même dans nos sommeils
La Curiosité nous tourmente et nous roule,
Comme un Ange cruel qui fouette des soleils.

Singulière fortune où le but se déplace,
Et, n'étant nulle part, peut être n'importe où !
Où l'Homme, dont jamais l'espérance n'est lasse,
Pour trouver le repos court toujours comme un fou !

Notre âme est un trois-mâts cherchant son Icarie ;
Une voix retentit sur le pont : « Ouvre l'œil ! »
Une voix de la hune, ardente et folle, crie :
« Amour... gloire... bonheur ! » Enfer ! c'est un écueil !

Chaque îlot signalé par l'homme de vigie
Est un Eldorado promis par le Destin ;
L'Imagination qui dresse son orgie
Ne trouve qu'un récif aux clartés du matin.

O le pauvre amoureux des pays chimériques !
Faut-il le mettre aux fers, le jeter à la mer,
Ce matelot ivrogne, inventeur d'Amériques
Dont le mirage rend le gouffre plus amer

Tel le vieux vagabond, piétinant dans la boue,
Rêve, le nez en l'air, de brillants paradis ;
Son œil ensorcelé découvre une Capoue
Partout où la chandelle illumine un taudis.

III

Étonnants voyageurs ! quelles nobles histoires
Nous lisons dans vos yeux profonds comme les mers
Montrez-nous les écrins de vos riches mémoires,
Ces bijoux merveilleux, faits d'astres et d'éthers.

Nous voulons voyager sans vapeur et sans voile !
Faites, pour égayer l'ennui de nos prisons,
Passer sur nos esprits, tendus comme une toile,
Vos souvenirs avec leurs cadres d'horizons.

Dites, qu'avez-vous vu ?

IV

« Nous avons vu des astres
Et des flots ; nous avons vu des sables aussi ;
Et, malgré bien des chocs et d'imprévus désastres,
Nous nous sommes souvent ennuyés, comme ici.

La gloire du soleil sur la mer violette,
La gloire des cités dans le soleil couchant,
Allumaient dans nos cœurs une ardeur inquiète
De plonger dans un ciel au reflet alléchant.

Les plus riches cités, les plus grands paysages,
Jamais ne contenaient l'attrait mystérieux
De ceux que le hasard fait avec les nuages.
Et toujours le désir nous rendait soucieux !

— La jouissance ajoute au désir de la force.
Désir, vieil arbre à qui le plaisir sert d'engrais,
Cependant que grossit et durcit ton écorce,
Tes branches veulent voir le soleil de plus près !

Grandiras-tu toujours, grand arbre plus vivace
Que le cyprès? — Pourtant nous avons, avec soin,
Cueilli quelques croquis pour votre album vorace,
Frères qui trouvez beau tout ce qui vient de loin !

Nous avons salué des idoles à trompe ;
Des trônes constellés de joyaux lumineux ;
Des palais ouvragés dont la féerique pompe
Serait pour vos banquiers un rêve ruineux ;

Des costumes qui sont pour les yeux une ivresse ;
Des femmes dont les dents et les ongles sont teints,
Et des jongleurs savants que le serpent caresse. »

V

Et puis, et puis encore?

VI

« O cerveaux enfantins!

Pour ne pas oublier la chose capitale,
Nous avons vu partout, et sans l'avoir cherché,
Du haut jusques en bas de l'échelle fatale,
Le spectacle ennuyeux de l'immortel péché :

La femme, esclave vile, orgueilleuse et stupide,
Sans rire s'adorant et s'aimant sans dégoût ;
L'homme, tyran goulu, paillard, dur et cupide,
Esclave de l'esclave et ruisseau dans l'égout ;

Le bourreau qui jouit, le martyr qui sanglote ;
La fête qu'assaisonne et parfume le sang ;
Le poison du pouvoir énervant le despote,
Et le peuple amoureux du fouet abrutissant ;

Plusieurs religions semblables à la nôtre,
Toutes escaladant le ciel ; la Sainteté,
Comme en un lit de plume un délicat se vautre,
Dans les clous et le crin cherchant la volupté ;

L'Humanité bavarde, ivre de son génie,
Et, folle maintenant comme elle était jadis,
Criant à Dieu, dans sa furibonde agonie :
« O mon semblable, ô mon maître, je te maudis ! »

Et les moins sots, hardis amants de la Démence,
Fuyant le grand troupeau parqué par le Destin,
Et se réfugiant dans l'opium immense !
— Tel est du globe entier l'éternel bulletin. »

VII

Amer savoir, celui qu'on tire du voyage !
Le monde, monotone et petit, aujourd'hui,
Hier, demain, toujours, nous fait voir notre image :
Une oasis d'horreur dans un désert d'ennui !

Faut-il partir ? rester ? Si tu peux rester, reste ;
Pars, s'il le faut. L'un court, et l'autre se tapit
Pour tromper l'ennemi vigilant et funeste,
Le Temps ! Il est, hélas ! des coureurs sans répit,

Comme le Juif errant et comme les apôtres,
A qui rien ne suffit, ni wagon ni vaisseau,
Pour fuir ce rétiaire infâme ; il en est d'autres
Qui savent le tuer sans quitter leur berceau.

Lorsque enfin il mettra le pied sur notre échine,
Nous pourrons espérer et crier : En avant !
De même qu'autrefois nous partions pour la Chine,
Les yeux fixés au large et les cheveux au vent,

Nous nous embarquerons sur la mer des Ténèbres
Avec le cœur joyeux d'un jeune passager.
Entendez-vous ces voix, charmantes et funèbres,
Qui chantent : « Par ici ! vous qui voulez manger

Le Lotus parfumé ! c'est ici qu'on vendange
Les fruits miraculeux dont votre cœur a faim ;
Venez vous enivrer de la douceur étrange
De cette après-midi qui n'a jamais de fin ? »

A l'accent familier nous devinons le spectre ;
Nos Pylades là-bas tendent leurs bras vers nous.
« Pour rafraîchir ton cœur nage vers ton Électre ! »
Dit celle dont jadis nous baisions les genoux.

VIII

O Mort, vieux capitaine, il est temps ! levons l'ancre !
Ce pays nous ennuie, ô Mort ! Appareillons !
Si le ciel et la mer sont noirs comme de l'encre,
Nos cœurs que tu connais sont remplis de rayons !

Verse-nous ton poison pour qu'il nous reconforte!
Nous voulons, tant ce feu nous brûle le cerveau,
Plonger au fond du gouffre, Enfer ou Ciel, qu'importe?
Au fond de l'Inconnu pour trouver du *nouveau!*

FIN.

27

TABLE

TABLEAUX PARISIENS

LE VIN

FLEURS DU MAL

RÉVOLTE

LA MORT

PARIS. — IMP. SIMON RAÇON ET COMP., RUE D'ERFURTH, 1.

Les Épaves

CH. BAUDELAIRE

Les Épaves

FAC ET SPERA

PARIS

ALPHONSE LEMERRE, ÉDITEUR

23-31, PASSAGE CHOISEUL, 23-31

M DCCC XC

*
* *

E N *éditant à nouveau* Les Épaves *de Charles Baudelaire, nous avons eu surtout l'intention d'offrir aux poètes et aux lettrés le texte des six remarquables poèmes supprimés du volume des* Fleurs du Mal.

Les Épaves *ont paru en 1866 à Bruxelles, grâce à l'éditeur Poulet-Malassis. Cette première édition, ornée d'un frontispice à l'eau-forte par Félicien Rops, est fort rare et pour ainsi dire introuvable. Outre les pièces condamnées, elle contenait des poésies diverses qui ont depuis été reprises* dans le premier volume des œuvres complètes de Baudelaire. Ces poésies ne figurent donc pas dans la présente édition, où elles feraient double emploi ; mais on y a laissé les Bouffonneries, et on y a même ajouté cinq boutades rimées, publiées précédemment dans le volume de Souvenirs édité par M. Pincebourde, ainsi que l'épilogue en vers qui se trouve à la suite des Poèmes en prose dans l'édition des œuvres complètes.

A. L.

PRÉFACE

DE LA PREMIÈRE ÉDITION

AVERTISSEMENT DE L'ÉDITEUR

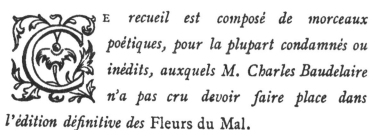E recueil est composé de morceaux poétiques, pour la plupart condamnés ou inédits, auxquels M. Charles Baudelaire n'a pas cru devoir faire place dans l'édition définitive des Fleurs du Mal.

Cela explique le titre.

M. Charles Baudelaire a fait don, sans réserve, de ces poèmes à un ami qui juge à propos de les publier, parce qu'il se flatte de les goûter, et qu'il est à un âge où l'on aime encore à faire partager ses sentiments à des amis auxquels on prête ses vertus.

L'auteur sera avisé de cette publication, en même temps que les deux cent soixante lecteurs probables qui figurent — à peu près, — pour un éditeur bénévole, le public littéraire en France, depuis que les bêtes y ont décidément usurpé la parole sur les hommes.

LES ÉPAVES

LES BRAVES

I

LESBOS

Mère des jeux latins et des voluptés grecques,
Lesbos, où les baisers languissants ou joyeux,
Chauds comme les soleils, frais comme les pastèques,
Font l'ornement des nuits et des jours glorieux ;
Mère des jeux latins et des voluptés grecques,

Lesbos, où les baisers sont comme les cascades
Qui se jettent sans peur dans les gouffres sans fonds,
Et courent, sanglotant et gloussant par saccades,
Orageux et secrets, fourmillants et profonds ;
Lesbos, où les baisers sont comme les cascades !

Lesbos, où les Phrynés l'une l'autre s'attirent,
Où jamais un soupir ne resta sans écho,
A l'égal de Paphos les étoiles t'admirent,
Et Vénus à bon droit peut jalouser Sapho !
Lesbos, où les Phrynés l'une l'autre s'attirent,

Lesbos, terre des nuits chaudes et langoureuses,
Qui font qu'à leurs miroirs, stérile volupté !
Les filles aux yeux creux, de leurs corps amoureuses,
Caressent les fruits mûrs de leur nubilité ;
Lesbos, terre des nuits chaudes et langoureuses,

Laisse du vieux Platon se froncer l'œil austère ;
Tu tires ton pardon de l'excès des baisers,
Reine du doux empire, aimable et noble terre,
Et des raffinements toujours inépuisés ;
Laisse du vieux Platon se froncer l'œil austère.

Tu tires ton pardon de l'éternel martyre
Infligé sans relâche aux cœurs ambitieux
Qu'attire loin de nous le radieux sourire
Entrevu vaguement au bord des autres cieux ;
Tu tires ton pardon de l'éternel martyre !

Qui des Dieux osera, Lesbos, être ton juge
Et condamner ton front pâli dans les travaux,
Si ses balances d'or n'ont pesé le déluge
De larmes qu'à la mer ont versé tes ruisseaux ?
Qui des Dieux osera, Lesbos, être ton juge ?

Que nous veulent les lois du juste et de l'injuste ?
Vierges au cœur sublime, honneur de l'Archipel,
Votre religion comme une autre est auguste,
Et l'amour se rira de l'Enfer et du Ciel !
Que nous veulent les lois du juste et de l'injuste ?

Car Lesbos entre tous m'a choisi sur la terre
Pour chanter le secret de ses vierges en fleurs,
Et je fus dès l'enfance admis au noir mystère
Des rires effrénés mêlés aux sombres pleurs;
Car Lesbos entre tous m'a choisi sur la terre.

Et depuis lors je veille au sommet de Leucate,
Comme une sentinelle à l'œil perçant et sûr,
Qui guette nuit et jour brick, tartane ou frégate,
Dont les formes au loin frissonnent dans l'azur;
Et depuis lors je veille au sommet de Leucate

Pour savoir si la mer est indulgente et bonne,
Et parmi les sanglots dont le roc retentit
Un soir ramènera vers Lesbos, qui pardonne,
Le cadavre adoré de Sapho, qui partit
Pour savoir si la mer est indulgente et bonne!

De la mâle Sapho, l'amante et le poëte,
Plus belle que Vénus par ses mornes pâleurs!
L'œil d'azur est vaincu par l'œil noir que tachète
Le cercle ténébreux tracé par les douleurs
De la mâle Sapho, l'amante et le poëte!

Plus belle que Vénus se dressant sur le monde
Et versant les trésors de sa sérénité
Et le rayonnement de sa jeunesse blonde
Sur le vieil Océan de sa fille enchanté;
Plus belle que Vénus se dressant sur le monde!

De Sapho qui mourut le jour de son blasphème,
Quand, insultant le rite et le culte inventé,
Elle fit son beau corps la pâture suprême
D'un brutal dont l'orgueil punit l'impiété
De Sapho qui mourut le jour de son blasphème.

Et c'est depuis ce temps que Lesbos se lamente,
Et, malgré les honneurs que lui rend l'univers,
S'enivre chaque nuit du cri de la tourmente
Que poussent vers les cieux ses rivages déserts.
Et c'est depuis ce temps que Lesbos se lamente !

II

FEMMES DAMNÉES

DELPHINE ET HIPPOLYTE

A la pâle clarté des lampes languissantes,
Sur de profonds coussins tout imprégnés d'odeur,
Hippolyte rêvait aux caresses puissantes
Qui levaient le rideau de sa jeune candeur.

Elle cherchait, d'un œil troublé par la tempête,
De sa naïveté le ciel déjà lointain,
Ainsi qu'un voyageur qui retourne la tête
Vers les horizons bleus dépassés le matin.

De ses yeux amortis les paresseuses larmes,
L'air brisé, la stupeur, la morne volupté,
Ses bras vaincus, jetés comme de vaines armes,
Tout servait, tout parait sa fragile beauté.

Étendue à ses pieds, calme et pleine de joie,
Delphine la couvait avec des yeux ardents,
Comme un animal fort qui surveille une proie,
Après l'avoir d'abord marquée avec les dents.

Beauté forte à genoux devant la beauté frêle,
Superbe, elle humait voluptueusement
Le vin de son triomphe, et s'allongeait vers elle
Comme pour recueillir un doux remercîment.

Elle cherchait dans l'œil de sa pâle victime
Le cantique muet que chante le plaisir,
Et cette gratitude infinie et sublime
Qui sort de la paupière ainsi qu'un long soupir.

« Hippolyte, cher cœur, que dis-tu de ces choses?
Comprends-tu maintenant qu'il ne faut pas offrir
L'holocauste sacré de tes premières roses
Aux souffles violents qui pourraient les flétrir?

« Mes baisers sont légers comme ces éphémères
Qui caressent, le soir, les grands lacs transparents,
Et ceux de ton amant creuseront leurs ornières
Comme des chariots ou des socs déchirants;

« Ils passeront sur toi comme un lourd attelage
De chevaux et de bœufs aux sabots sans pitié...
Hippolyte, ô ma sœur! tourne donc ton visage,
Toi, mon âme et mon cœur, mon tout et ma moitié,

« Tourne vers moi tes yeux pleins d'azur et d'étoiles!
Pour un de ces regards charmants, baume divin,
Des plaisirs plus obscurs je lèverai les voiles,
Et je t'endormirai dans un rêve sans fin! »

Mais Hippolyte alors, levant sa jeune tête :
« Je ne suis point ingrate et ne me repens pas,
Ma Delphine ! je souffre et je suis inquiète,
Comme après un nocturne et terrible repas.

« Je sens fondre sur moi de lourdes épouvantes
Et de noirs bataillons de fantômes épars,
Qui veulent me conduire en des roches mouvantes
Qu'un horizon sanglant ferme de toutes parts.

« Avons-nous donc commis une action étrange ?
Explique, si tu peux, mon trouble et mon effroi :
Je frissonne de peur quand tu me dis : « Mon ange ! »
Et cependant je sens ma bouche aller vers toi.

« Ne me regarde pas ainsi, toi, ma pensée !
Toi que j'aime à jamais, ma sœur d'élection,
Quand même tu serais une embûche dressée
Et le commencement de ma perdition ! »

Delphine, secouant sa crinière tragique
Et comme trépignant sur le trépied de fer,
L'œil fatal, répondit d'une voix despotique :
« Qui donc devant l'amour ose parler d'enfer ?

« Maudit soit à jamais le rêveur inutile
Qui voulut le premier, dans sa stupidité,
S'éprenant d'un problème insoluble et stérile,
Aux choses de l'amour mêler l'honnêteté !

« Celui qui veut unir dans un accord mystique
L'ombre avec la chaleur, la nuit avec le jour,
Ne chauffera jamais son corps paralytique
A ce rouge soleil que l'on nomme l'amour !

« Va, si tu veux, chercher un fiancé stupide ;
Cours offrir un cœur vierge à ses cruels baisers ;
Et, pleine de remords et d'horreur, et livide,
Tu me rapporteras tes seins stigmatisés...

« On ne peut ici-bas contenter qu'un seul maître ! »
Mais l'enfant, épanchant une immense douleur,
Cria' soudain : « Je sens s'élargir dans mon être
Un abîme béant ; cet abîme est mon cœur,

« Brûlant comme un volcan, profond comme le vide ;
Rien ne rassasiera ce monstre gémissant
Et ne rafraîchira la soif de l'Euménide
Qui, la torche à la main, le brûle jusqu'au sang.

« Que nos rideaux fermés nous séparent du monde,
Et que la lassitude amène le repos !
Je veux m'anéantir dans ta gorge profonde
Et trouver sur ton sein la fraîcheur des tombeaux ! »

— Descendez, descendez, lamentables victimes,
Descendez le chemin de l'enfer éternel ;
Plongez au plus profond du gouffre, où tous les crimes,
Flagellés par un vent qui ne vient pas du ciel,

Bouillonnent pêle-mêle avec un bruit d'orage ;
Ombres folles, courez au but de vos désirs :
Jamais vous ne pourrez assouvir votre rage,
Et votre châtiment naîtra de vos plaisirs.

Jamais un rayon frais n'éclaira vos cavernes ;
Par les fentes des murs des miasmes fiévreux
Filtrent en s'enflammant ainsi que des lanternes
Et pénètrent vos corps de leurs parfums affreux.

L'âpre stérilité de votre jouissance
Altère votre soif et raidit votre peau,
Et le vent furibond de la concupiscence
Fait claquer votre chair ainsi qu'un vieux drapeau.

Loin des peuples vivants, errantes, condamnées,
A travers les déserts courez comme les loups ;
Faites votre destin, âmes désordonnées,
Et fuyez l'infini que vous portez en vous !

III

LE LÉTHÉ

Viens sur mon cœur, âme cruelle et sourde,
    Tigre adoré, monstre aux airs indolents ;
Je veux longtemps plonger mes doigts tremblants
Dans l'épaisseur de ta crinière lourde,

Dans tes jupons remplis de ton parfum
Ensevelir ma tête endolorie,
Et respirer, comme une fleur flétrie,
Le doux relent de mon amour défunt.

Je veux dormir ! dormir plutôt que vivre !
Dans un sommeil aussi doux que la mort,
J'étalerai mes baisers sans remord
Sur ton beau corps poli comme le cuivre.

Pour engloutir mes sanglots apaisés
Rien ne me vaut l'abime de ta couche ;
L'oubli puissant habite sur ta bouche,
Et le Léthé coule dans tes baisers.

A mon destin, désormais mon délice,
J'obéirai comme un prédestiné ;
Martyr docile, innocent condamné,
Dont la ferveur attise le supplice,

Je sucerai, pour noyer ma rancœur,
Le népenthès et la bonne ciguë
Aux bouts charmants de cette gorge aiguë,
Qui n'a jamais emprisonné de cœur.

IV

A CELLE QUI EST TROP GAIE

Ta tête, ton geste, ton air,
    Sont beaux comme un beau paysage ;
Le rire joue en ton visage
Comme un vent frais dans un ciel clair.

Le passant chagrin que tu frôles
Est ébloui par la santé
Qui jaillit comme une clarté
De tes bras et de tes épaules.

Les retentissantes couleurs
Dont tu parsèmes tes toilettes
Jettent dans l'esprit des poètes
L'image d'un ballet de fleurs.

Ces robes folles sont l'emblème
De ton esprit bariolé ;
Folle dont je suis affolé,
Je te hais autant que je t'aime !

Quelquefois, dans un beau jardin
Où je traînais mon atonie,
J'ai senti, comme une ironie,
Le soleil déchirer mon sein;

Et le printemps et la verdure
Ont tant humilié mon cœur
Que j'ai puni sur une fleur
L'insolence de la nature.

Ainsi je voudrais, une nuit,
Quand l'heure des voluptés sonne,
Vers les trésors de ta personne,
Comme un lâche, ramper sans bruit,

Pour châtier ta chair joyeuse,
Pour meurtrir ton sein pardonné,
Et faire à ton flanc étonné
Une blessure large et creuse,

Et, vertigineuse douceur!
A travers ces lèvres nouvelles,
Plus éclatantes et plus belles,
T'infuser mon venin, ma sœur!

V

LES BIJOUX

La très chère était nue, et, connaissant mon cœur,
   Elle n'avait gardé que ses bijoux sonores,
Dont le riche attirail lui donnait l'air vainqueur
Qu'ont dans leurs jours heureux les esclaves des Mores.

Quand il jette en dansant son bruit vif et moqueur,
Ce monde rayonnant de métal et de pierre
Me ravit en extase, et j'aime à la fureur
Les choses où le son se mêle à la lumière.

Elle était donc couchée et se laissait aimer,
Et du haut du divan elle souriait d'aise
A mon amour profond et doux comme la mer,
Qui vers elle montait comme vers sa falaise.

Les yeux fixés sur moi, comme un tigre dompté,
D'un air vague et rêveur elle essayait des poses,
Et la candeur unie à la lubricité
Donnait un charme neuf à ses métamorphoses ;

Et son bras et sa jambe, et sa cuisse et ses reins,
Polis comme de l'huile, onduleux comme un cygne,
Passaient devant mes yeux clairvoyants et sereins;
Et son ventre et ses seins, ces grappes de ma vigne,

S'avançaient, plus câlins que les Anges du mal,
Pour troubler le repos où mon âme était mise,
Et pour la déranger du rocher de cristal
Où, calme et solitaire, elle s'était assise.

Je croyais voir unis par un nouveau dessin
Les hanches de l'Antiope au buste d'un imberbe,
Tant sa taille faisait ressortir son bassin.
Sur ce teint fauve et brun le fard était superbe!

Et la lampe s'étant résignée à mourir,
Comme le foyer seul illuminait la chambre,
Chaque fois qu'il poussait un flamboyant soupir,
Il inondait de sang cette peau couleur d'ambre.

VI

LES MÉTAMORPHOSES

DU VAMPIRE

LA femme cependant de sa bouche de fraise,
En se tordant ainsi qu'un serpent sur la braise
Et pétrissant ses seins sur le fer de son busc,
Laissait couler ces mots tout imprégnés de musc :
« Moi, j'ai la lèvre humide, et je sais la science
De perdre au fond d'un lit l'antique conscience.
Je sèche tous les pleurs sur mes seins triomphants
Et fais rire les vieux du rire des enfants.
Je remplace, pour qui me voit nue et sans voiles,
La lune, le soleil, le ciel et les étoiles !
Je suis, mon cher savant, si docte aux voluptés,
Lorsque j'étouffe un homme en mes bras redoutés,
Ou lorsque j'abandonne aux morsures mon buste,
Timide et libertine, et fragile et robuste,
Que sur ces matelas qui se pâment d'émoi
Les anges impuissants se damneraient pour moi ! »

Quand elle eut de mes os sucé toute la moelle,
Et que languissamment je me tournai vers elle
Pour lui rendre un baiser d'amour, je ne vis plus
Qu'une outre aux flancs gluants, toute pleine de pus !
Je fermai les deux yeux dans ma froide épouvante,
Et quand je les rouvris à la clarté vivante,
A mes côtés, au lieu du mannequin puissant
Qui semblait avoir fait provision de sang,
Tremblaient confusément des débris de squelette,
Qui d'eux-mêmes rendaient le cri d'une girouette
Ou d'une enseigne, au bout d'une tringle de fer,
Que balance le vent pendant les nuits d'hiver.

VII

LES PROMESSES D'UN VISAGE

J'AIME, ô pâle beauté, tes sourcils surbaissés,
    D'où semblent couler des ténèbres;
Tes yeux, quoique très noirs, m'inspirent des pensers
    Qui ne sont pas du tout funèbres.

Tes yeux qui sont d'accord avec tes noirs cheveux,
    Avec ta crinière élastique,
Tes yeux languissamment me disent : « Si tu veux,
    Amant de la muse plastique,

« Suivre l'espoir qu'en toi nous avons excité
    Et tous les goûts que tu professes,
Tu pourras constater notre véracité
    Depuis le nombril jusqu'aux fesses;

« Tu trouveras au bout de deux beaux seins bien lourds
    Deux larges médailles de bronze,
Et sous un ventre uni, doux comme du velours,
    Bistré comme la peau d'un bonze,

« Une riche toison qui, vraiment, est la sœur
    De cette énorme chevelure,
Souple et frisée et qui t'égale en épaisseur,
    Nuit sans étoiles, nuit obscure ! »

———

VIII

LE MONSTRE

ou

LE PARANYMPHE D'UNE NYMPHE MACABRE

I

Tu n'es certes pas, ma très chère,
   Ce que Veuillot nomme un tendron.
Le jeu, l'amour, la bonne chère,
Bouillonnent en toi, vieux chaudron!
Tu n'es plus fraîche, ma très chère,

Ma vieille infante! Et cependant
Tes caravanes insensées
T'ont donné ce lustre abondant
Des choses qui sont très usées,
Mais qui séduisent cependant.

Je ne trouve pas monotone
La verdeur de tes quarante ans ;
Je préfère tes fruits, Automne,
Aux fleurs banales du Printemps !
Non ! tu n'es jamais monotone !

Ta carcasse a des agréments
Et des grâces particulières ;
Je trouve d'étranges piments
Dans le creux de tes deux salières ;
Ta carcasse a des agréments !

Nargue des amants ridicules
Du melon et du giraumont !
Je préfère tes clavicules
A celles du roi Salomon,
Et je plains ces gens ridicules !

Tes cheveux, comme un casque bleu,
Ombragent ton front de guerrière,
Qui ne pense et rougit que peu,
Et puis se sauvent par derrière
Comme les crins d'un casque bleu.

Tes yeux qui semblent de la boue
Où scintille quelque fanal,
Ravivés au fard de ta joue,
Lancent un éclair infernal !
Tes yeux sont noirs comme la boue !

Par sa luxure et son dédain
Ta lèvre amère nous provoque ;
Cette lèvre, c'est un Éden
Qui nous attire et qui nous choque.
Quelle luxure ! et quel dédain !

Ta jambe musculeuse et sèche
Sait gravir au haut des volcans,
Et malgré la neige et la dèche
Danser les plus fougueux cancans.
Ta jambe est musculeuse et sèche !

Ta peau brûlante et sans douceur,
Comme celle des vieux gendarmes,
Ne connaît pas plus la sueur
Que ton œil ne connaît les larmes.
Et pourtant elle a sa douceur !

II

Sotte, tu t'en vas droit au Diable !
Volontiers j'irais avec toi,
Si cette vitesse effroyable
Ne me causait pas quelque émoi ;
Va-t'en donc, toute seule, au Diable !

Mon rein, mon poumon, mon jarret,
Ne me laissent pas rendre hommage
A ce Seigneur, comme il faudrait.
« Hélas! c'est vraiment bien dommage! »
Disent mon rein et mon jarret.

Oh! très sincèrement je souffre
De ne pas aller aux sabbats,
Pour voir, quand il pète du soufre,
Comment tu lui baises son cas!
Oh! très sincèrement je souffre!

Je suis diablement affligé
De ne pas être ta torchère
Et de te demander congé,
Flambeau d'enfer! Juge, ma chère,
Combien je dois être affligé,

Puisque depuis longtemps je t'aime,
Étant très logique! En effet,
Voulant du Mal chercher la crème
Et n'aimer qu'un monstre parfait,
Vraiment oui, vieux monstre, je t'aime!

IX

SUR LES DÉBUTS

D'AMINA BOSCHETTE

Amina bondit, — fuit, — puis voltige et sourit;
Le Welche dit: « Tout ça pour moi, c'est du prâcrit;
Je ne connais, en fait de nymphes bocagères,
Que celles des Montagne-aux-herbes-potagères. »

Du bout de son pied fin et de son œil qui rit,
Amina verse à flots le délire et l'esprit;
Le Welche dit: « Fuyez, délices mensongères!
Mon épouse n'a pas ces allures légères. »

Vous ignorez, sylphide au jarret triomphant,
Qui voulez enseigner la valse à l'éléphant,
Au hibou la gaîté, le rire à la cigogne,

Que sur la grâce en feu le Welche dit: « Haro! »
Et que, le doux Bacchus lui versant du bourgogne,
Le monstre répondrait: « J'aime mieux le faro! »

X

A M. EUGÈNE FROMENTIN

A PROPOS D'UN IMPORTUN

QUI SE DISAIT SON AMI

Il me dit qu'il était très riche,
　Mais qu'il craignait le choléra;
Que de son or il était chiche,
Mais qu'il goûtait fort l'Opéra;

Qu'il raffolait de la nature,
Ayant connu monsieur Corot;
Qu'il n'avait pas encor voiture,
Mais que cela viendrait bientôt;

Qu'il aimait le marbre et la brique,
Les bois noirs et les bois dorés;
Qu'il possédait dans sa fabrique
Trois contre-maîtres décorés;

Qu'il avait, sans compter le reste,
Vingt mille actions sur le Nord ;
Qu'il avait trouvé, pour un zeste,
Des encadrements d'Oppenord ;

Qu'il donnerait (fût-ce à Luzarches !)
Dans le bric-à-brac jusqu'au cou,
Et qu'au marché des Patriarches
Il avait fait plus d'un bon coup ;

Qu'il n'aimait pas beaucoup sa femme,
Ni sa mère ; mais qu'il croyait
A l'immortalité de l'âme,
Et qu'il avait lu Niboyet !

Qu'il penchait pour l'amour physique,
Et qu'à Rome, séjour d'ennui,
Une femme, d'ailleurs phtisique,
Était morte d'amour pour lui.

Pendant trois heures et demie,
Ce bavard, venu de Tournai,
M'a dégoisé toute sa vie ;
J'en ai le cerveau consterné.

S'il fallait décrire ma peine,
Ce serait à n'en plus finir ;
Je me disais, domptant ma haine :
« Au moins si je pouvais dormir ! »

Comme un qui n'est pas à son aise,
Et qui n'ose pas s'en aller,
Je frottais de mon cul ma chaise,
Rêvant de le faire empaler.

Ce monstre se nomme Bastogne;
Il fuyait devant le fléau.
Moi, je fuirai jusqu'en Gascogne,
Ou j'irai me jeter à l'eau,

Si, dans ce Paris qu'il redoute
Quand chacun sera retourné,
Je trouve encore sur ma route
Ce fléau, natif de Tournai.

XI

UN CABARET FOLATRE

SUR

LA ROUTE DE BRUXELLES A VEELE

Vous qui raffolez des squelettes
　　Et des emblèmes détestés,
Pour épicer les voluptés
(Fût-ce de simples omelettes!),

Vieux Pharaon, ô Monselet!
Devant cette enseigne imprévue,
J'ai rêvé de vous : *A la vue*
Du cimetière, Estaminet!

XII

VERS LAISSÈS CHEZ UN AMI

ABSENT

Mon cher, je suis venu chez vous
    Pour entendre une langue humaine,
Comme un qui, parmi les Papous,
Chercherait son ancienne Athène.

Puisque chez les Topinambous
Dieu me fait faire quarantaine,
Aux sots je préfère les fous
Dont je suis, chose, hélas ! certaine.

XIII

SONNET

Puisque vous allez vers la ville
    Qui, bien qu'un fort mur l'encastrât,
Défraya la verve servile
Du fameux poète castrat ;

Puisque vous allez en vacances
Goûter un plaisir recherché,
Usez toutes vos éloquences,
Mon bien cher Coco-Malperché,

(Comme je le ferais moi-même)
A dire là-bas combien j'aime
Ce tant folâtre monsieur Rops,

Qui n'est pas un grand-prix de Rome,
Mais dont le talent est haut comme
La Pyramide de Chéops !

XIV

AMŒNITATES BELGICÆ

VENUS BELGA

EN FAISANT L'ASCENSION
DE LA RUE MONTAGNE-DE-LA-COUR, A BRUXELLES

CES mollets sur ces pieds montés,
  Qui vont sous ces cottes peu blanches,
Ressemblent à des troncs plantés
  Dans les planches.

Les seins des moindres femmelettes
Ici pèsent plusieurs quintaux,
Et leurs membres sont des poteaux
Qui donnent le goût des squelettes.

Il ne me suffit pas qu'un sein soit gros et doux;
Il le faut un peu ferme, ou je tourne casaque,
Car S.... n.. d. D...! je ne suis pas Cosaque,
Pour me soûler avec du suif et du saindoux.

XV

OPINION DE M. HETZEL

SUR LE FARO

B UVEZ-VOUS du faro ? » dis-je à monsieur Hetzel ;
Je vis un peu d'effroi sur sa mine barbue :
« Non, jamais ! Le faro (je dis cela sans fiel),
   C'est de la bière déjà bue. »

XVI

LES BELGES ET LA LUNE

ON n'a jamais connu de race si baroque
    Que ces Belges ! Devant le joli, le charmant,
Ils roulent de gros yeux et grognent sourdement ;
Tout ce qui réjouit nos cœurs mortels les choque.

Dites un mot plaisant, et leur œil devient gris
Et terne, comme l'œil d'un poisson qu'on fait frire ;
Une histoire touchante, ils éclatent de rire,
Pour faire voir qu'ils ont parfaitement compris.

Comme l'esprit ils ont en horreur les lumières :
Parfois, sous la clarté calme du firmament,
J'en ai vu qui, rongés d'un bizarre tourment,

Dans l'horreur de la fange et du vomissement,
Et gorgés jusqu'aux dents de genièvre et de bière,
Aboyaient à la lune, assis sur le derrière.

XVII

ÉPILOGUE

Le cœur content, je suis monté sur la montagne
    D'où l'on peut contempler la ville en son ampleur,
Hôpital, lupanars, purgatoire, enfer, bagne,

Où toute énormité fleurit comme une fleur.
Tu sais bien, ô Satan, patron de ma détresse,
Que je n'allais pas là pour répandre un vain pleur

Mais, comme un vieux paillard d'une vieille maîtresse,
Je voulais m'enivrer de l'énorme catin
Dont le charme infernal me rajeunit sans cesse.

Que tu dormes encor dans les draps du matin,
Lourde, obscure, enrhumée, ou que tu te pavanes
Dans les voiles du soir passementés d'or fin,

Je t'aime, ô capitale infâme ! Courtisanes
Et bandits, tels souvent vous offrez des plaisirs
Que ne comprennent pas les vulgaires profanes.

. . . .

TABLE

TABLE

Achevé d'imprimer

le vingt-cinq novembre mil huit cent quatre-vingt-neuf

PAR

ALPHONSE LEMERRE

(Bancel, *conducteur*)

25, RUE DES GRANDS-AUGUSTINS, 25

A PARIS

LIBRAIRIE ALPHONSE LEMERRE

OEUVRES COMPLÈTES

DE

Ch. Baudelaire

Édition petit in-12, papier vélin

(8 volumes)

(*Petite Bibliothèque littéraire*)

PARIS. — Imp. A. LEMERRE 25, rue des Grands-Augustins.

OEUVRES COMPLÈTES

DE

CHARLES BAUDELAIRE

———

I

LES FLEURS DU MAL

ÉDITION DÉFINITIVE

AUGMENTÉE

D'UN GRAND NOMBRE DE POÈMES NOUVEAUX

Ch. Baudelaire

LES
FLEURS DU MAL

PAR

CHARLES BAUDELAIRE

PRÉCÉDÉES D'UNE NOTICE

PAR

THÉOPHILE GAUTIER

PARIS

CALMANN-LÉVY, ÉDITEURS

3, RUE AUBER, 3

—

CHARLES BAUDELAIRE

La première fois que nous rencontrâmes Baudelaire, ce fut vers le milieu de 1849, à l'hôtel Pimodan, où nous occupions, près de Fernand Boissard, un appartement fantastique qui communiquait avec le sien par un escalier dérobé caché dans l'épaisseur du mur, et que devaient hanter les ombres des belles dames aimées jadis de Lauzun. Il y avait là cette superbe Maryx qui, toute jeune, a posé pour la *Mignon* de Scheffer, et, plus tard, pour *la Gloire distribuant des couronnes,* de Paul Delaroche, et cette autre beauté, alors dans toute sa splendeur, dont Clesinger tira *la Femme au serpent*, ce marbre où la douleur ressemble au paroxysme du plaisir et qui palpite avec une intensité de vie que le ciseau n'avait jamais atteinte et qu'il ne dépassera pas.

Charles Baudelaire était encore un talent inédit, se préparant dans l'ombre pour la lumière, avec cette volonté tenace qui, chez lui, doublait l'inspiration; mais son nom commençait déjà à se répandre parmi les poëtes et les artistes avec un certain frémissement d'attente, et la jeune génération, venant après la grande génération de 1830, semblait beaucoup compter sur lui. Dans le cénacle mystérieux où s'ébauchent les réputations de l'avenir, il passait pour le plus fort Nous avions souvent entendu parler de lui, mais nous ne connaissions aucune de ses œuvres. Son aspect nous frappa : il avait les cheveux coupés très-ras et du plus beau noir ; ces cheveux, faisant des pointes régulières sur le front d'une éclatante blancheur, le coiffaient comme une espèce de casque sarrasin ; les yeux, couleur de tabac d'Espagne, avaient un regard spirituel, profond, et d'une pénétration peut-être un peu trop insistante ; quant à la bouche, meublée de dents très-blanches, elle abritait, sous une légère et soyeuse moustache ombrageant son contour, des sinuosités mobiles, voluptueuses et ironiques comme les lèvres des figures peintes par Léonard de Vinci ; le nez, fin et délicat, un peu arrondi, aux narines palpitantes, semblait subodorer de vagues parfums lointains ; une fossette vigoureuse accentuait le menton comme le coup de pouce final du statuaire ; les joues, soigneusement rasées, contrastaient, par leur fleur bleuâtre que veloutait la poudre de riz, avec les nuances vermeilles des pommettes ; le cou, d'une élégance et d'une blancheur féminines, apparaissait dégagé, partant d'un col de chemise rabattu et d'une étroite cravate en madras des Indes et à carreaux. Son vêtement consistait en un paletot d'une étoffe noire lustrée et brillante, un pantalon noisette, des bas blancs et des escarpins vernis, le tout méticuleusement propre et correct, avec un cachet voulu de simplicité anglaise et comme l'intention de se séparer du genre artiste, à chapeaux de feutre mou, à vestes de velours, à vareuses rouges, à barbe prolixe et à crinière échevelée. Rien de trop frais ni de trop voyant dans cette tenue rigoureuse. Charles Baudelaire appartenait à ce dandysme sobre qui râpe ses habits avec du papier de verre pour leur ôter l'éclat endimanché et tout battant neuf si cher au philistin et si désagréable pour le vrai gentleman. Plus tard même, il rasa sa

moustache, trouvant que c'était un reste de vieux chic pittoresque qu'il était puéril et bourgeois de conserver. Ainsi
dégagée de tout duvet superflu, sa tête rappelait celle de
Lawrence Sterne, ressemblance qu'augmentait l'habitude
qu'avait Baudelaire d'appuyer, en parlant, son index contre sa
tempe ; ce qui est, comme on sait, l'attitude du portrait de
l'humoriste anglais, placé au commencement de ses œuvres.
Telle est l'impression physique que nous a laissée, à cette
première entrevue, le futur auteur des *Fleurs du mal.*

Nous trouvons dans les *Nouveaux Camées parisiens,* de
Théodore de Banville, l'un des plus chers et des plus con-
stants amis du poëte dont nous déplorons la perte, ce portrait
de jeunesse et pour ainsi dire avant la lettre. Qu'on nous per-
mette de transcrire ici ces lignes de prose, égales en perfection aux plus beaux vers ; elles donnent de Baudelaire une
physionomie peu connue et rapidement effacée qui n'existe
que là :

« Un portrait peint par Émile Deroy, et qui est un des rares
chefs-d'œuvre trouvés par la peinture moderne, nous montre Charles Baudelaire à vingt ans, au moment où, riche, heureux, aimé, déjà célèbre, il écrivait ses premiers vers, ac-
clamés par le Paris qui commande à tout le reste du monde !
O rare exemple d'un visage réellement divin, réunissant
toutes les chances, toutes les forces et les séductions les
plus irrésistibles ! Le sourcil est pur, allongé, d'un grand arc
adouci, et couvre une paupière orientale, chaude, vivement
colorée ; l'œil, long, noir, profond, d'une flamme sans égale,
caressant et impérieux, embrasse, interroge et réfléchit tout
ce qui l'entoure ; le nez, gracieux, ironique, dont les plans
s'accusent bien et dont le bout, un peu arrondi et projeté en
avant, fait tout de suite songer à la célèbre phrase du poëte :
Mon âme voltige sur les parfums, comme l'âme des autres

hommes voltige sur la musique! La bouche est arquée et
affinée déjà par l'esprit, mais à ce moment pourprée encore
et d'une belle chair qui fait songer à la splendeur des fruits.
Le menton est arrondi, mais d'un relief hautain, puissant
comme celui de Balzac. Tout ce visage est d'une pâleur
chaude, brune, sous laquelle apparaissent les tons roses d'un
sang riche et beau; une barbe enfantine, idéale, de jeune
dieu, la décore; le front, haut, large, magnifiquement dessiné, s'orne d'une noire, épaisse et charmante chevelure qui,
naturellement ondulée et bouclée comme celle de Paganini,
tombe sur un col d'Achille ou d'Antinoüs! »

Il ne faudrait pas prendre ce portrait tout à fait au pied
de la lettre, car il est vu à travers la peinture et à travers la
poésie, et embelli par une double idéalisation; mais il n'en
est pas moins sincère et fut exact à son moment. Charles Baudelaire a eu son heure de beauté suprême et d'épanouissement parfait, et nous le constatons d'après ce fidèle témoignage. Il est rare qu'un poëte, qu'un artiste soit connu sous
son premier et charmant aspect. La réputation ne lui vient
que plus tard, lorsque déjà les fatigues de l'étude, la lutte
de la vie et les tortures des passions ont altéré sa physionomie primitive : il ne laisse de lui qu'un masque usé, flétri,
où chaque douleur a mis pour stigmate une meurtrissure
ou une ride. C'est cette dernière image, qui a sa beauté aussi,
dont on se souvient Tel fut Alfred de Musset tout jeune. On
eût dit Phœbus-Apollon lui-même avec sa blonde chevelure,
et le médaillon de David nous le montre presque sous la
figure d'un dieu. — A cette singularité qui semblait éviter
toute affectation se mêlait une certaine saveur exotique et
comme un parfum lointain de contrées plus aimées du soleil. On nous dit que Baudelaire avait voyagé longtemps dans
l'Inde, et tout s'expliqua.

Contrairement aux mœurs un peu débraillées des artistes, Baudelaire se piquait de garder les plus étroites convenances, et sa politesse était excessive jusqu'à paraître maniérée. Il mesurait ses phrases, n'employait que les termes les plus choisis, et disait certains mots d'une façon particulière, comme s'il eût voulu les souligner et leur donner une importance mystérieuse. Il avait dans la voix des italiques et des majuscules initiales. La charge, très en honneur à Pimodan, était dédaignée par lui comme artiste et grossière ; mais il ne s'interdisait pas le paradoxe et l'outrance. D'un air très-simple, très-naturel et parfaitement détaché, comme s'il eût débité un lieu commun à la Prudhomme sur la beauté ou la rigueur de la température, il avançait quelque axiome sataniquement monstrueux ou soutenait avec un sang-froid de glace quelque théorie d'une extravagance mathématique, car il apportait une méthode rigoureuse dans le développement de ses folies. Son esprit n'était ni en mots ni en traits, mais il voyait les choses d'un point de vue particulier qui en changeait les lignes comme celles des objets qu'on regarde à vol d'oiseau ou en plafond, et il saisissait des rapports inappréciables pour d'autres et dont la bizarrerie logique vous frappait. Ses gestes étaient lents, rares et sobres, rapprochés du corps, car il avait en horreur la gesticulation méridionale. Il n'aimait pas non plus la volubilité de parole, et la froideur britannique lui semblait de bon goût. On peut dire de lui que c'était un dandy égaré dans la bohème mais y gardant son rang et ses manières et ce culte de soi-même qui caractérise l'homme imbu des principes de Brummel.

Tel il nous apparut à cette première rencontre, dont le souvenir nous est aussi présent que si elle avait eu lieu hier, et nous pourrions, de mémoire en dessiner le tableau.

Nous étions dans ce grand salon du plus pur style
Louis XIV, aux boiseries rehaussées d'or terni, mais d'un ton
admirable, à la corniche à encorbellement, où quelque élève
de Lesueur ou de Poussin, ayant travaillé à l'hôtel Lambert,
avait peint des nymphes poursuivies par des satyres à travers les roseaux, selon le goût mythologique de l'époque.
Sur la vaste cheminée de marbre sérancolin, tacheté de
blanc et de rouge, se dressait, en guise de pendule, un éléphant doré, harnaché comme l'éléphant de Porus dans la
bataille de Lebrun, qui supportait sur son dos une tour de
guerre où s'inscrivait un cadran d'émail aux chiffres bleus.
Les fauteuils et les canapés étaient anciens et couverts de
tapisseries aux couleurs passées, représentant des sujets de
chasse, par Oudry ou Desportes. C'est dans ce salon qu'a-
vaient lieu les séances du club des *haschichins* (mangeurs
de haschich), dont nous faisions partie et que nous avons
décrites ailleurs avec leurs extases, leurs rêves et leurs hallucinations, suivis de si profonds accablements.

Comme nous l'avons dit plus haut, le maître du logis était
Fernand Boissard, dont les courts cheveux blonds bouclés,
le teint blanc et vermeil, l'œil gris petillant de lumière et
d'esprit, la bouche rouge et les dents de perle, semblaient
témoigner d'une exubérance et d'une santé à la Rubens, et
promettre une vie prolongée au delà des bornes ordinaires.
Mais, hélas ! qui peut prévoir le sort de chacun ? Boissard, à
qui ne manquait aucune des conditions du bonheur, et qui
n'avait pas même connu la joyeuse misère des fils de famille,
s'est éteint, il y a déjà quelques années, après s'être longtemps survécu, d'une maladie analogue à celle dont est mort
Baudelaire. C'était un garçon des mieux doués que Boissard ;
il avait l'intelligence la plus ouverte ; il comprenait la peinture, la poésie et la musique également bien ; mais, chez lui,

peut-être, le dilettante nuisait à l'artiste; l'admiration lui
prenait trop de temps, il s'épuisait en enthousiasmes; nul
doute que, si la nécessité l'eût contraint de sa main de fer, il
n'eût été un peintre excellent. Le succès qu'obtint au Salon
son *Épisode de la retraite de Russie* en est le sûr garant.
Mais, sans abandonner la peinture, il se laissa distraire par
d'autres arts; il jouait du violon, organisait des quatuors,
déchiffrait Bach, Beethoven, Meyerbeer et Mendelssohn,
apprenait des langues, écrivait de la critique et faisait des
sonnets charmants. C'était un grand voluptueux en fait d'art,
et nul n'a joui des chefs-d'œuvre avec plus de raffinement,
de passion et de sensualité que lui; à force d'admirer le beau,
il oubliait de l'exprimer, et ce qu'il avait si profondément
senti, il croyait l'avoir rendu. Sa conversation était charmante, pleine de gaieté et d'imprévu; il avait, chose rare,
l'invention du mot et de la phrase, et toute sorte d'expressions agréablement bizarres, de *concetti* italiens et d'*agu-
dezzas* espagnoles passaient devant vos yeux, quand il
parlait, comme de fantasques figures de Callot, faisant des
contorsions gracieuses et risibles. Comme Baudelaire, amoureux des sensations rares, fussent-elles dangereuses, il voulut
connaître ces *paradis artificiels,* qui, plus tard, vous font
payer si cher leurs menteuses extases, et l'abus du haschich
dut altérer sans doute cette santé si robuste et si florissante.
Ce souvenir à un ami de notre jeunesse, avec qui nous avons
vécu sous le même toit, à un romantique du bon temps que
la gloire n'a pas visité, car il aimait trop celle des autres
pour songer à la sienne, ne sera pas déplacé ici, dans cette
notice destinée à servir de préface aux œuvres complètes
d'un mort, notre ami à tous deux.

Là se trouvait aussi, le jour de cette visite, Jean Feuchères, ce sculpteur de la race des Jean Goujon, des Ger-

main Pilon et des Benvenuto Cellini, dont l'œuvre pleine de goût, d'invention et de grâce a disparu presque tout entière, accaparée par l'industrie et le commerce, et mise, elle le méritait bien, sous les noms les plus illustres pour être vendue plus cher à de riches amateurs, qui réellement n'étaient pas attrapés. Feuchères, outre son talent de statuaire, avait un esprit d'imitation incroyable, et nul acteur ne réalisait un type comme lui. Il est l'inventeur de ces comiques dialogues du sergent Bridais et du fusilier Pitou dont le répertoire s'est accru prodigieusement et qui provoquent encore aujourd'hui un rire irrésistible. Feuchères est mort le premier, et, des quatre artistes rassemblés à cette date dans le salon de l'hôtel Pimodan, nous survivons seul.

Sur le canapé, à demi étendue et le coude appuyé à un coussin, avec une immobilité dont elle avait pris l'habitude dans la pratique de la pose, Maryx, vêtue d'une robe blanche, bizarrement constellée de pois rouges semblables à des gouttelettes de sang, écoutait vaguement les paradoxes de Baudelaire, sans laisser paraître la moindre surprise sur son masque du plus pur type oriental, et faisait passer les bagues de sa main gauche aux doigts de sa main droite, des mains aussi parfaites que son corps, dont le moulage a conservé la beauté.

Près de la fenêtre, la femme au serpent (il ne sied pas de lui donner ici son vrai nom), ayant jeté sur un fauteuil son mantelet de dentelle noire, et la plus délicieuse petite capote verte qu'ait jamais chiffonnée Lucy Hocquet ou madame Baudrand, secouait ses beaux cheveux d'un brun fauve tout humides encore, car elle venait de l'École de natation, et, de toute sa personne drapée de mousseline, s'exhalait, comme d'une naïade, le frais parfum du bain. De l'œil et du sourire, elle encourageait ce tournoi de paroles et y jetait, de temps en temps, son mot, tantôt railleur, tantôt approbatif, et la lutte recommençait de plus belle.

Elles sont passées, ces heures charmantes de loisir, où des décamérons de poëtes, d'artistes et de belles femmes se réunissaient pour causer d'art, de littérature et d'amour, comme au siècle de Boccace. Le temps, la mort, les impérieuses nécessités de la vie ont dispersé ces groupes de libres sympathies, mais le souvenir en reste cher à tous ceux qui eurent le bonheur d'y être admis, et ce n'est pas sans un involontaire attendrissement que nous écrivons ces lignes.

Peu de temps après cette rencontre, Baudelaire vint nous voir pour nous apporter un volume de vers, de la part de deux amis absents. Il a raconté lui-même cette visite dans une notice littéraire qu'il fit sur nous en des termes si respectueusement admiratifs, que nous n'oserions les transcrire. A partir de ce moment, il se forma entre nous une amitié où Baudelaire voulut toujours conserver l'attitude d'un disciple favori près d'un maître sympathique, quoiqu'il ne dût son talent qu'à lui-même et ne relevât que de sa propre originalité. Jamais, dans la plus grande familiarité, il ne manqua à cette déférence que nous trouvions excessive et dont nous l'eussions dispensé avec plaisir. Il la témoigna hautement et à plusieurs reprises, et la dédicace des *Fleurs du mal,* qui nous est adressée, consacre dans sa forme lapidaire l'expression absolue de ce dévouement amical et poétique.

Si nous insistons sur ces détails, ce n'est pas, comme on dit, pour nous faire valoir, mais parce qu'ils peignent un côté méconnu de l'âme de Baudelaire. Ce poëte, que l'on cherche à faire passer pour une nature satanique, éprise du mal et de la dépravation (littérairement, bien entendu), avait l'amour et l'admiration au plus haut degré. Or, ce qui distingue Satan, c'est qu'il ne peut ni admirer ni aimer. La lumière le blesse et la gloire est pour lui un spectacle insupportable qui lui fait se voiler les yeux avec ses ailes de chauve-souris. Nul, même au temps de ferveur du romantisme, n'eut plus que Baudelaire le respect et l'adoration des maîtres; il était toujours prêt à leur payer le tribut légitime d'encens qu'ils méritaient, et cela, sans aucune servilité de disciple, sans aucun fanatisme de séide, car il était lui-même un maître ayant son royaume, son peuple, et battant monnaie à son coin.

Il serait peut-être convenable, après avoir donné deux portraits de Baudelaire dans tout l'éclat de sa jeunesse et la plénitude de sa force, de le représenter tel qu'il fut pendant les dernières années de sa vie, avant que la maladie eût étendu la main vers lui et scellé de son cachet ces lèvres qui ne devaient plus parler ici-bas. Sa figure s'était amaigrie et comme spiritualisée; les yeux semblaient plus vastes, le nez s'était finement accentué et était devenu plus ferme; les lèvres s'étaient serrées mystérieusement et dans leurs commissures paraissaient garder des secrets sarcastiques. Aux nuances jadis vermeilles des joues se mêlaient des tons jaunes de hâle ou de fatigue. Quant au front, légèrement dépouillé, il avait gagné en grandeur et pour ainsi dire en solidité; on l'eût dit taillé par méplats dans quelque marbre particulièrement dur. Des cheveux fins, soyeux et longs, déjà plus rares et presque tout blancs, accompagnaient cette physionomie à la fois vieillie et jeune et lui prêtaient un aspect presque sacerdotal.

Charles Baudelaire est né à Paris le 21 avril 1821, rue Hautefeuille, dans une de ces vieilles maisons qui portaient à leur angle une tourelle en poivrière, qu'une édilité trop amoureuse de la ligne droite et des larges voies a sans

doute fait disparaître. Il était fils de M. Baudelaire, ancien
ami de Condorcet et de Cabanis, homme très-distingué,
fort instruit et gardant cette politesse du xviiie siècle, que
les mœurs prétentieusement farouches de l'ère républicaine
n'avaient pas effacée autant qu'on le pense. — Cette qualité
a persisté dans le poëte, qui conserva toujours des formes
d'une urbanité extrême. On ne voit pas qu'en ses premières
années Baudelaire ait été un enfant prodige, et qu'il ait
cueilli beaucoup de lauriers aux distributions de prix des
colléges. Il eut même assez de peine à passer ses examens
de bachelier ès lettres, et fut reçu comme par grâce. Troublé sans doute par l'imprévu des questions, ce garçon, d'un
esprit si fin et d'un savoir si réel, parut presque idiot. Nous
n'avons nullement l'intention de faire de cette inaptitude
apparente un brevet de capacité. On peut être prix d'honneur et avoir beaucoup de talent. Il ne faut voir dans ce
fait que l'incertitude des présages qu'on voudrait tirer des
épreuves académiques. Sous l'écolier souvent distrait et
paresseux ou plutôt occupé d'autres choses, l'homme réel
se forme peu à peu, invisible aux professeurs et aux parents. M. Baudelaire mourut, et sa femme, mère de Charles,
se remaria avec le général Aupick, qui fut plus tard ambas-
sadeur à Constantinople. Des dissentiments ne tardèrent pas
à s'élever dans la famille à propos de la précoce vocation
que manifestait pour la littérature le jeune Baudelaire. Ces
craintes que ressentent les parents lorsque le don funeste de
la poésie se déclare chez leur fils sont, hélas ! bien légitimes,
et c'est à tort, selon nous, que, dans les biographies de poëtes,
on reproche aux pères et aux mères leur inintelligence et leur
prosaïsme. Ils ont bien raison. A quelle existence triste, pré-
caire et misérable, et nous ne parlons pas ici des embarras
d'argent, se voue celui qui s'engage dans cette voie doulou-

reuse qu'on nomme la carrière des lettres ! Il peut dès ce
jour se considérer comme retranché du nombre des humains : l'action chez lui s'arrête; il ne vit plus; il est le
spectateur de la vie. Toute sensation lui devient motif
d'analyse. Involontairement il se dédouble et, faute d'autre
sujet, devient l'espion de lui-même. S'il manque de cadavre, il s'étend sur la dalle de marbre noir, et, par un prodige fréquent en littérature, il enfonce le scalpel dans son
propre cœur. Et quelles luttes acharnées avec l'Idée, ce Pro-
tée insaisissable qui prend toutes les formes pour se dérober
à votre étreinte, et qui ne rend son oracle que lorsqu'on l'a
contrainte à se montrer sous son véritable aspect ! Cette
Idée, quand on la tient effarée et palpitante sous son genou
vainqueur, il faut la relever, la vêtir, lui mettre cette robe
de style si difficile à tisser, à teindre, à disposer en plis
sévères ou gracieux. A ce jeu longtemps soutenu, les nerfs
s'irritent, le cerveau s'enflamme, la sensibilité s'exacerbe;
et la névrose arrive avec ses inquiétudes bizarres, ses
insomnies hallucinées, ses souffrances indéfinissables, ses
caprices morbides, ses dépravations fantasques, ses engoue-
ments et ses répugnances sans motif, ses énergies folles et
ses prostrations énervées, sa recherche d'excitants et son dégoût pour toute nourriture saine. Nous ne chargeons pas le
tableau; plus d'une mort récente en garantit l'exactitude.
Encore n'avons-nous là en vue que les poëtes ayant du talent, visités par la gloire et qui, du moins, ont succombé sur
le sein de leur idéal. Que serait-ce si nous descendions
dans ces limbes où vagissent, avec les ombres des petits
enfants, les vocations mort-nées, les tentatives avortées, les
larves d'idées qui n'ont trouvé ni ailes ni formes, car le
désir n'est pas la puissance, l'amour n'est pas la possession. La foi ne suffit pas : il faut le don. En littérature

comme en théologie, les œuvres ne sont rien sans la Grâce.

Bien qu'ils ne soupçonnent pas cet enfer d'angoisses, car, pour le bien connaître, il faut en avoir soi-même descendu les spirales sous la conduite non pas d'un Virgile ou d'un Dante, mais sous celle d'un Lousteau, d'un Lucien de Rubempré, ou de tout autre journaliste de Balzac, les parents pressentent instinctivement les périls et les souffrances de la vie littéraire ou artistique, et ils tâchent d'en détourner les enfants qu'ils aiment et auxquels ils souhaitent dans la vie une position humainement heureuse.

Une seule fois depuis que la terre tourne autour du soleil, il s'est trouvé un père et une mère qui souhaitaient ardemment d'avoir un fils pour le consacrer à la poésie. L'enfant reçut dans cette intention la plus brillante éducation littéraire, et, par une énorme ironie de la destinée, devint Chapelain, l'auteur de *la Pucelle !* — C'était, on l'avouera, jouer de malheur.

Pour donner un autre cours à ces idées où il s'entêtait, on fit voyager Baudelaire. On l'envoya très-loin. Embarqué sur un vaisseau et recommandé au capitaine, il parcourut avec lui les mers de l'Inde, vit l'île Maurice, l'île Bourbon, Madagascar, Ceylan peut-être, quelques points de la presqu'île du Gange, et ne renonça nullement pour cela à son dessein d'être homme de lettres. On essaya vainement de l'intéresser au commerce ; le placement de sa pacotille l'occupait fort peu. Un trafic de bœufs pour alimenter de biftecks les Anglais de l'Inde ne lui offrit pas plus de charme, et de ce voyage au long cours il ne rapporta qu'un éblouissement splendide qu'il garda toute sa vie. Il admira ce ciel où brillent des constellations inconnues en Europe, cette magnifique et gigantesque végétation aux parfums pénétrants, ces pagodes élégamment bizarres, ces figures brunes aux blanches draperies, toute cette nature exotique si chaude, si puissante et si colorée, et dans ses vers de fréquentes récurrences le ramènent des brouillards et des fanges de Paris vers ces contrées de lumière, d'azur et de parfums. Au fond de la poésie la plus sombre souvent s'ouvre une fenêtre par où l'on voit, au lieu des cheminées noires et des toits fumeux, la mer bleue de l'Inde, ou quelque rivage d'or que parcourt légèrement une svelte figure de Malabaraise demi-nue, portant une amphore sur la tête. Sans vouloir pénétrer plus qu'il ne convient dans la vie privée du poëte, on peut supposer que ce fut pendant ce voyage qu'il prit cet amour de la Vénus noire, pour laquelle il eut toujours un culte.

Quand il revint de ces pérégrinations lointaines, l'heure de sa majorité avait sonné; il n'y avait plus de raison, — pas même de raison d'argent, car il était riche pour quelque temps du moins, — de s'opposer à la vocation de Baudelaire; elle s'était affirmée par sa résistance aux obstacles, et rien n'avait pu la distraire de son but. Logé dans un petit appartement de garçon, sous le toit de ce même hôtel Pimodan où nous le rencontrâmes plus tard, comme nous l'avons raconté aux premières pages de cette notice, il commença cette vie de travail interrompu et repris sans cesse, d'études disparates et de paresse féconde, qui est celle de tout homme de lettres cherchant sa voie. Baudelaire l'eut bientôt trouvée. Il avisa, non pas en deçà, mais au delà du romantisme, une terre inexplorée, une sorte de Kamtchatka hérissé et farouche, et c'est à la pointe la plus extrême qu'il se bâtit, comme dit Sainte-Beuve qui l'appréciait, un kiosque, ou plutôt une yourte d'une architecture bizarre.

Plusieurs des pièces qui figurent dans *les Fleurs du mal* étaient déjà composées. Baudelaire, comme tous les poëtes-nés, dès le début posséda sa forme et fut maître de son style, qu'il accentua et polit plus tard, mais dans le même sens. On a souvent accusé Baudelaire de bizarrerie concertée, d'originalité voulue et obtenue à tout prix, et surtout de *maniérisme*. C'est un point auquel il sied de s'arrêter avant d'aller plus loin. Il y a des gens qui sont naturellement maniérés. La simplicité serait chez eux affectation pure et comme une sorte de maniérisme inverse. Il leur faudrait chercher longtemps et se travailler beaucoup pour être simples. Les circonvolutions de leur cerveau se replient de façon que les idées s'y tordent, s'y enchevêtrent et s'enroulent en spirales au lieu de suivre la ligne droite Les pensées les plus compliquées, les plus subtiles, les plus intenses, sont celles qui se présentent à eux les premières. Ils voient les choses sous un angle singulier qui en modifie l'aspect et la perspective. De toutes les images, les plus bizarres, les plus insolites, les plus fantasquement lointaines du sujet traité, les frappent principalement, et ils savent les rattacher à leur trame par un fil mystérieux démêlé tout de suite. Baudelaire avait un esprit ainsi fait, et, là où la critique a voulu voir le travail, l'effort, l'outrance et le paroxysme de parti pris, il n'y avait que le libre et facile épanouissement d'une individualité. Ces pièces de vers, d'une saveur si exquisement étrange, renfermées dans des flacons si bien ciselés, ne lui coûtaient pas plus qu'à d'autres un lieu commun mal rimé.

Baudelaire, tout en ayant pour les grands maîtres du passé l'admiration qu'ils méritent historiquement, ne pensait pas qu'on dût les prendre pour modèles : ils avaient eu ce bonheur d'arriver dans la jeunesse du monde, à l'aube, pour ainsi dire, de l'humanité, lorsque rien n'avait été exprimé encore et que toute forme, toute image, tout sentiment avait un charme de nouveauté virginale. Les grands lieux communs qui composent le fonds de la pensée humaine étaient alors dans toute leur fleur et ils suffi- saient à des génies simples parlant à un peuple enfantin. Mais, à force de redites, ces thèmes généraux de poésie s'étaient usés comme des monnaies qui, à trop circuler, perdent leur empreinte; et, d'ailleurs, la vie devenue plus complexe, chargée de plus de notions et d'idées, n'était plus représentée par ces compositions artificielles faites dans l'esprit d'un autre âge. Autant la vraie innocence est charmante, autant la rouerie qui fait semblant de ne pas savoir vous agace et vous déplaît. La qualité du xix⁰ siècle n'est pas précisément la naïveté, et il a besoin, pour rendre sa pensée, ses rêves et ses postulations, d'un idiome un peu plus composite que la langue dite classique. La lit- térature est comme la journée : elle a un matin, un midi, un soir et une nuit. Sans disserter vainement pour savoir si l'on doit préférer l'aurore au crépuscule, il faut peindre à l'heure où l'on se trouve et avec une palette chargée des couleurs nécessaires pour rendre les effets que cette heure amène. Le couchant n'a-t-il pas sa beauté comme le matin? Ces rouges de cuivre, ces ors verts, ces tons de turquoise se fondant avec le saphir, toutes ces teintes qui brûlent et se décomposent dans le grand incendie final, ces nuages aux formes étranges et monstrueuses que des jets de lu- mière pénètrent et qui semblent l'écroulement gigantesque d'une Babel aérienne, n'offrent-ils pas autant de poésie que l'Aurore aux doigts de rose, que nous ne voulons pas mépriser cependant? Mais il y a longtemps que les Heures qui précèdent le char du Jour, dans le plafond du Guide, se sont envolées !

Le poëte des *Fleurs du mal* aimait ce qu'on appelle im-

proprement le style de décadence, et qui n'est autre chose
que l'art arrivé à ce point de maturité extrême que déter-
minent à leurs soleils obliques les civilisations qui vieil-
lissent : style ingénieux, compliqué, savant, plein de
nuances et de recherches, reculant toujours les bornes de la
langue, empruntant à tous les vocabulaires techniques, prenant des couleurs à toutes les palettes, des notes à tous les
claviers, s'efforçant à rendre la pensée dans ce qu'elle a de
plus ineffable, et la forme en ses contours les plus vagues
et les plus fuyants, écoutant pour les traduire les confidences
subtiles de la névrose, les aveux de la passion vieillissante
qui se déprave et les hallucinations bizarres de l'idée fixe
tournant à la folie. Ce style de décadence est le dernier mot
du Verbe sommé de tout exprimer et poussé à l'extrême
outrance. On peut rappeler, à propos de lui, la langue mar-
brée déjà des verdeurs de la décomposition et comme faisan-
dée du bas-empire romain et les raffinements compliqués de
l'école byzantine, dernière forme de l'art grec tombé en déli-
quescence ; mais tel est bien l'idiome nécessaire et fatal des
peuples et des civilisations où la vie factice a remplacé la vie
naturelle et développé chez l'homme des besoins inconnus.
Ce n'est pas chose aisée, d'ailleurs, que ce style méprisé des
pédants, car il exprime des idées neuves avec des formes
nouvelles et des mots qu'on n'a pas entendus encore. A
l'encontre du style classique, il admet l'ombre et dans cette
ombre se meuvent confusément les larves des superstitions,
les fantômes hagards de l'insomnie, les terreurs nocturnes,
les remords qui tressaillent et se retournent au moindre
bruit, les rêves monstrueux qu'arrête seule l'impuissance,
les fantaisies obscures dont le jour s'étonnerait, et tout ce
que l'âme, au fond de sa plus profonde et dernière caverne,
recèle de ténébreux, de difforme et de vaguement horrible.

On pense bien que les quatorze cents mots du dialecte raci-
nien ne suffisent pas à l'auteur qui s'est donné la rude tâche
de rendre les idées et les choses modernes dans leur infinie
complexité et leur multiple coloration. Ainsi Baudelaire, qui,
malgré son peu de succès aux examens du baccalauréat,
était bon latiniste, préférait assurément, à Virgile et à Cicé-
ron, Apulée, Pétrone, Juvénal, saint Augustin et ce Tertullien
dont le style a l'éclat noir de l'ébène. Il allait même jusqu'au latin d'Église, à ces proses et à ces hymnes où la rime
représente le rhythme antique oublié, et il a adressé sous ce
titre : *Franciscæ meæ Laudes,* « à une modiste érudite et
dévote, » tels sont les termes de la dédicace, une pièce latine
rimée dans cette forme que Brizeux appelle ternaire, composée de trois rimes qui se suivent au lieu de s'enlacer en
tresse alternée comme dans le tercet dantesque. A cette
pièce bizarre est jointe une note non moins singulière, que
nous transcrivons ici, car elle explique et corrobore ce que
nous venons de dire sur les idiomes de décadence :

    « Ne semble-t-il pas au lecteur, comme à moi, que la
langue de la dernière décadence latine — suprême soupir
d'une personne robuste déjà transformée et préparée pour la
vie spirituelle — est singulièrement propre à exprimer la
passion telle que l'a comprise et sentie le monde poétique
moderne? La mysticité est l'autre pôle de cet aimant dont
Catulle et sa bande, poëtes brutaux et purement épidermiques, n'ont connu que le pôle sensualité. Dans cette merveilleuse langue, le solécisme et le barbarisme me paraissent
rendre les négligences forcées d'une passion qui s'oublie et
se moque des règles. Les mots, pris dans une acception
nouvelle, révèlent la maladresse charmante du barbare du
Nord agenouillé devant la beauté romaine. Le calembour
lui-même, quand il traverse ces pédantesques bégayements,

ne joue-t-il pas la grâce sauvage et baroque de l'enfance? »

Il ne faudrait pas pousser cette idée trop loin. Baudelaire, lorsqu'il n'a pas à exprimer quelque déviation curieuse, quelque côté inédit de l'âme ou des choses, se sert d'une langue pure, claire, correcte et d'une exactitude telle, que les plus difficiles n'y sauraient rien reprendre. Cela est surtout sensible dans sa prose, où il traite de matières plus courantes et moins abstruses que dans ses vers, presque toujours d'une concentration extrême. Quant à ses doctrines philosophiques et littéraires, elles étaient celles d'Edgar Poe, qu'il n'avait pas encore traduit, mais avec lequel il avait de singulières affinités. On peut lui appliquer les phrases qu'il écrivait sur l'auteur américain dans la préface des *Contes extraordinaires* : « Il considérait le progrès, la grande idée moderne comme une extase de gobe-mouches, et il appelait les *perfectionnements* de l'habitacle humain des cicatrices et des abominations rectangulaires. Il ne croyait qu'à l'immuable, qu'à l'éternel et au *self-same,* et il jouissait, cruel privilége, dans une société amoureuse d'elle-même, de ce grand bon sens à la Machiavel qui marche devant le sage comme une colonne lumineuse, à travers le désert de l'histoire. » — Baudelaire avait en parfaite horreur les philanthropes, les progressistes, les utilitaires, les humanitaires, les utopistes et tous ceux qui prétendent changer quelque chose à l'invariable nature et à l'agencement fatal des sociétés. Il ne rêvait ni la suppression de l'enfer ni celle de la guillotine pour la plus grande commodité des pécheurs et des assassins; il ne pensait pas que l'homme fût né bon, et il admettait la perversité originelle comme un élément qu'on retrouve toujours au fond des âmes les plus pures, perversité, mauvaise conseillère qui pousse l'homme à faire ce qui lui est funeste, précisément parce que cela lui est funeste et pour le plaisir de contrarier la loi, sans autre attrait que la désobéissance, en dehors de toute sensualité, de tout profit et de tout charme. Cette perversité, il la constatait et la flagellait chez les autres comme chez lui-même, ainsi qu'un esclave pris en faute, mais en s'abstenant de tout sermon, car il la regardait comme damnablement irrémédiable. C'est donc bien à tort que des critiques à courte vue ont accusé Baudelaire d'immoralité, thème commode de déblatérations pour la médiocrité jalouse et toujours bien accueilli par les pharisiens et les J. Prudhommes. Personne n'a professé pour les turpitudes de l'esprit et les laideurs de la matière un plus hautain dégoût. Il haïssait le mal comme une déviation à la mathématique et à la norme, et, en sa qualité de parfait gentleman, il le méprisait comme inconvenant, ridicule, bourgeois et surtout malpropre. S'il a souvent traité des sujets hideux, répugnants et maladifs, c'est par cette sorte d'horreur et de fascination qui fait descendre l'oiseau magnétisé vers la gueule impure du serpent; mais plus d'une fois, d'un vigoureux coup d'aile, il rompt le charme et remonte vers les régions les plus bleues de la spiritualité. Il aurait pu graver sur son cachet comme devise ces mots : « Spleen et idéal, » qui servent de titre à la première partie de son volume de vers. Si son bouquet se compose de fleurs étranges, aux couleurs métalliques, au parfum vertigineux, dont le calice, au lieu de rosée, contient d'âcres larmes ou des gouttes d'aqua-tofana, il peut répondre qu'il n'en pousse guère d'autres dans le terreau noir et saturé de pourriture comme un sol de cimetière des civilisations décrépites, où se dissolvent parmi les miasmes méphitiques les cadavres des siècles précédents; sans doute les wergiss-mein-nicht, les roses, les marguerites, les violettes, sont des fleurs plus

agréablement printanières ; mais il n'en croît pas beaucoup
dans la boue noire dont les pavés de la grand'ville sont sertis ; et, d'ailleurs, Baudelaire, s'il a le sens du grand paysage
tropical où éclatent comme des rêves des explosions d'arbres
d'une élégance bizarre et gigantesque, n'est que médiocre-
ment touché par les petits sites champêtres de la banlieue ;
et ce n'est pas lui qui s'ébaudirait comme les philistins de
Henri Heine devant la romantique efflorescence de la verdure nouvelle et se pâmerait au chant des moineaux. Il aime
à suivre l'homme pâle, crispé, tordu, convulsé par les passions factices et le réel ennui moderne à travers les sinuosités de cet immense madrépore de Paris, à le surprendre
dans ses malaises, ses angoisses, ses misères, ses prostrations et ses excitations, ses névroses et ses désespoirs.
Comme des nœuds de vipère sous un fumier qu'on soulève,
il regarde grouiller les mauvais instincts naissants, les
ignobles habitudes paresseusement accroupies dans leur
fange ; et, à ce spectacle qui l'attire et le repousse, il gagne
une incurable mélancolie, car il ne se juge pas meilleur que
les autres, et il souffre de voir la pure voûte des cieux et les
chastes étoiles voilées par d'immondes vapeurs.

Avec ces idées, on pense bien que Baudelaire était pour
l'autonomie absolue de l'art et qu'il n'admettait pas que la
poésie eût d'autre but qu'elle-même et d'autre mission à
remplir que d'exciter dans l'âme du lecteur la sensation du
beau, dans le sens absolu du terme. A cette sensation il ju-
geait nécessaire, à nos époques peu naïves, d'ajouter un certain effet de surprise, d'étonnement et de rareté. Autant que
possible, il bannissait de la poésie l'éloquence, la passion et
la vérité calquée trop exactement. De même qu'on ne doit
pas employer directement dans la statuaire les morceaux
moulés sur nature, il voulait qu'avant d'entrer dans la sphère

de l'art, tout objet subit une métamorphose qui l'appropriât à
ce milieu subtil, en l'idéalisant et en l'éloignant de la réalité triviale. Ces principes peuvent étonner quand on lit certaines pièces de Baudelaire où l'horreur semble cherchée
comme à plaisir; mais qu'on ne s'y trompe pas, cette horreur
est toujours transfigurée par le caractère et l'effet, par un
rayon à la Rembrandt, ou un trait de grandesse à la Velas-
quez qui trahit la race sous la difformité sordide. En remuant
dans son chaudron toute sorte d'ingrédients fantastiquement
bizarres et cabalistiquement vénéneux, Baudelaire peut dire
comme les sorcières de Macbeth : « Le beau est horrible,
l'horrible est beau. » Cette sorte de laideur voulue n'est donc
pas en contradiction avec le but suprême de l art, et des morceaux tels que *les Sept Vieillards* et *les Petites Vieilles* ont
arraché au saint Jean poétique qui rêve dans la Patmos de
Guernesey cette phrase, qui caractérise si bien l'auteur des
Fleurs du mal: « Vous avez doté le ciel de l'art d'on ne sait
quel rayon macabre; vous avez créé un frisson nouveau. »
— Mais ce n'est, pour ainsi dire, que l'ombre du talent de
Baudelaire, cette ombre ardemment rousse ou froidement
bleuâtre qui lui sert à faire valoir la touche essentielle et
lumineuse. Il y a de la sérénité dans ce talent si nerveux, si
fébrile et si tourmenté en apparence. Sur les hauts sommets,
il est tranquille : *pacem summa tenent.*

Mais, au lieu d'écrire quelles sont les idées du poëte à ce
sujet, il serait bien plus simple de le laisser parler lui-même :

« ... La poésie, pour peu qu'on veuille descendre en soi-
même, interroger son âme, rappeler ses souvenirs d'enthousiasme, n'a pas d'autre but qu'elle-même; elle ne peut pas
en avoir d'autre et aucun poëme ne sera si grand, si noble,
si véritablement digne du nom de poëme, que celui qui aura
été écrit uniquement pour le plaisir d'écrire un poëme.

» Je ne veux pas dire que la poésie n'ennoblisse pas les
mœurs, — qu'on me comprenne bien, — que son résultat final
ne soit pas d'élever l'homme au-dessus des intérêts vulgaires.
Ce serait évidemment une absurdité. Je dis que, si le poëte a
poursuivi un but moral, il a diminué sa force poétique, et il
n'est pas imprudent de parier que son œuvre sera mauvaise.
La poésie ne peut pas, sous peine de mort ou de déchéance,
s'assimiler à la science ou à la morale. Elle n'a pas la Vérité
pour objet, elle n'a qu'Elle-même. Les modes de démons-
tration des vérités sont autres et sont ailleurs. La Vérité
n'a que faire avec les chansons; tout ce qui fait le charme,
la grâce, l'irrésistible d'une chanson enlèverait à la Vérité
son autorité et son pouvoir. Froide, calme, impassible, l'humeur démonstrative repousse les diamants et les fleurs de la
Muse ; elle est donc absolumen᷒ l'inverse de l'humeur poétique.

» L'Intellect pur vise à la Vérité, le Goût nous montre la
Beauté et le Sens moral nous enseigne le Devoir. Il est vrai
que le sens du milieu a d'intimes connexions avec les deux
extrêmes, et il ne se sépare du Sens moral que par une si
légère différence, qu'Aristote n'a pas hésité à ranger parmi
les vertus quelques-unes de ses délicates opérations. Aussi,
ce qui exaspère surtout l'homme de goût dans le spectacle
du vice, c'est sa difformité, sa disproportion. Le vice porte
atteinte au juste et au vrai, révolte l'intellect et la conscience;
mais, comme outrage à l'harmonie, comme dissonance, il
blessera plus particulièrement certains esprits poétiques, et
je ne crois pas qu'il soit scandalisant de considérer toute
infraction à la morale, au beau moral, comme une espèce
de faute contre le rhythme et la prosodie universels.

» C'est cet admirable, cet immortel instinct du Beau qui
nous fait considérer la terre et ses spectacles comme un

aperçu, comme une *correspondance* du Ciel. La soif insatiable de tout ce qui est au delà et que voile la vie, est la preuve la plus vivante de notre immortalité. C'est à la fois par la poésie et *à travers* la poésie, par et *à travers* la musique que l'âme entrevoit les splendeurs situées derrière le tombeau. Et, quand un poëme exquis amène les larmes au bord des yeux, ces larmes ne sont pas la preuve d'un excès de jouissance, elles sont bien plutôt le témoignage d'une mélancolie irritée, d'une postulation de nerfs, d'une nature exilée dans l'imparfait et qui voudrait s'emparer immédiatement, sur cette terre même, d'un paradis révélé.

» Ainsi le principe de la poésie est, strictement et simplement, l'aspiration humaine vers une beauté supérieure, et la manifestation de ce principe est dans un enthousiasme, un enlèvement de l'âme, enthousiasme tout à fait indépendant de la passion, qui est l'ivresse du cœur, et de la vérité, qui est la pâture de la raison. Car la passion est chose *naturelle,* trop naturelle même pour ne pas introduire un ton blessant, discordant dans le domaine de la beauté pure ; trop familière et trop violente pour ne pas scandaliser les purs Désirs, les gracieuses Mélancolies et les nobles Désespoirs qui habitent les régions surnaturelles de la poésie. »

Quoique peu de poëtes eussent une originalité et une inpiration plus spontanément jaillissantes que Baudelaire, sans doute par dégoût du faux lyrisme qui affecte de croire à la descente d'une langue de feu sur l'écrivain rimant avec peine une strophe, il prétendait que le véritable auteur provoquait, dirigeait et modifiait à volonté cette puissance mystérieuse de la production littéraire, et nous trouvons dans un très-curieux morceau qui précède la traduction du célèbre poëme d'Edgar Poe intitulé *le Corbeau,* les lignes suivantes, demi-ironiques, demi-sérieuses, où la pensée propre de Baudelaire se formule en ayant l'air d'analyser seulement celle de l'auteur américain :

« La poétique est faite, nous dit-on, et modelée d'après les poëmes. Voici un poëte qui prétend que son poëme a été composé d'après sa poétique. Il avait certes un grand génie et plus d'inspiration que qui que ce soit, si par inspiration on entend l'énergie, l'enthousiasme intellectuel et le pouvoir de tenir ses facultés en éveil. Mais il aimait aussi le travail plus qu'aucun autre; il répétait volontiers, lui un original achevé, que l'originalité est chose d'apprentissage, ce qui ne veut pas dire une chose qui peut être transmise par l'enseignement. Le hasard et l'incompréhensible étaient ses deux grands ennemis. S'est-il fait, par une vanité étrange et amusante, beaucoup moins inspiré qu'il ne l'était naturellement? A-t-il diminué la faculté gratuite qui était en lui pour faire la part plus belle à la volonté? Je serais assez porté à le croire; quoique cependant il faille ne pas oublier que son génie, si ardent et si agile qu'il fût, était passionnément épris d'analyse, de combinaison et de calculs. Un de ses axiomes favoris était encore celui-ci : « Tout dans un » poëme comme dans un roman, dans un sonnet comme » dans une nouvelle, doit concourir au dénoûment. Un bon » auteur a déjà sa dernière ligne en vue lorsqu'il écrit la » première. » Grâce à cette admirable méthode, le compositeur peut commencer son œuvre par la fin et travailler, quand il lui plaît, à n'importe quelle partie. Les amateurs du *délire* seront peut-être révoltés par ces *cyniques* maximes· mais chacun en peut prendre ce qu'il voudra. Il sera toujours utile de leur montrer quels bénéfices l'art peut tirer de la délibération et de faire voir aux gens du monde quel labeur exige cet objet de luxe qu'on nomme poésie. Après tout, un peu de charlatanerie est toujours permise au génie,

et même ne lui messied pas. C'est comme le fard sur les
joues d'une femme naturellement belle, un assaisonnement
nouveau pour l'esprit. »

Cette dernière phrase est caractéristique et trahit le goût
particulier du poëte pour *l'artificiel*. Il ne cachait pas, d'ailleurs cette prédilection. Il se plaisait dans cette espèce de
beau composite et parfois un peu factice qu'élaborent les civilisations très-avancées ou très-corrompues. Disons, pour
nous faire comprendre par une image sensible, qu'il eût préféré à une simple jeune fille n'ayant d'autre cosmétique que
l'eau de sa cuvette, une femme plus mûre employant toutes
les ressources d'une coquetterie savante, devant une toilette
couverte de flacons d'essences, de lait virginal, de brosses
d'ivoire et de pinces d'acier. Le parfum profond de cette
peau macérée dans les aromates comme celle d'Esther, qu'on
trempa six mois dans l'huile de palme et six mois dans le
cinname avant de la présenter au roi Assuérus, avait sur lui
une puissance vertigineuse. Une légère touche de fard rose
de Chine ou hortensia sur une joue fraîche, des mouches
placées d'une façon provoquante au coin de la bouche ou de
l'œil, des paupières brunies de k'hol, des cheveux teints en
roux et sablés d'or, une fleur de poudre de riz sur la gorge
et les épaules, des lèvres et des bouts de doigts avivés de
carmin, ne lui déplaisaient en aucune manière. Il aimait ces
retouches faites par l'art à la nature, ces rehauts spirituels,
ces réveillons piquants posés d'une main habile pour augmenter la grâce, le charme et le caractère d'une physionomie.
Ce n'est pas lui qui eût écrit de vertueuses tirades contre le
maquillage et la crinoline. Tout ce qui éloignait l'homme et
surtout la femme de l'état de nature lui paraissait une invention heureuse. Ces goûts peu primitifs s'expliquent d'eux-
mêmes et doivent se comprendre chez un poëte de *décadence*

auteur des *Fleurs du mal*. Nous n'étonnerons personne si nous ajoutons qu'il préférait à l'odeur simple de la rose et de la violette le benjoin, l'ambre et même le musc si déconsidéré de nos jours, et aussi l'arome pénétrant de certaines fleurs exotiques dont les parfums sont trop capiteux pour nos climats modérés. Baudelaire était, en fait d'odeurs, d'une sensualité étrangement subtile qu'on ne rencontre guère que parmi les Orientaux. Il en parcourait délicieusement toute la gamme, et il a pu justement dire de lui cette phrase que cite Banville et que nous avons rapportée au début de notre article dans le portrait du poëte : « Mon âme voltige sur les parfums comme l'âme des autres hommes volt*i*ge sur la musique. »

Il aimait aussi les toilettes d'une élégance bizarre, d'une richesse capricieuse, d'une fantaisie insolente, où se mêlait quelque chose de la comédienne et de la courtisane, quoiqu'il fût lui-même sévèrement exact dans son costume, mais ce goût excessif, baroque, antinaturel, presque toujours contraire au beau classique, était pour lui un signe de la volonté humaine corrigeant à son gré les formes et les couleurs fournies par la matière. Là où le philosophe ne trouve qu'un texte à déclamation, il voyait une preuve de grandeur. La *dépravation,* c'est-à-dire l'écart du type normal, est impossible à la bête, fatalement conduite par l'instinct immuable. C'est par la même raison que les poëtes *inspirés,* n'ayant pas la conscience et la direction de leur œuvre, lui causaient une sorte d'aversion, et qu'il voulait introduire l'art et le travail même dans l'originalité.

Voilà pour une notice bien de la métaphysique, mais Baudelaire était une nature subtile, compliquée, raisonneuse, paradoxale et plus philosophique que ne l'est en général celle des poëtes. L'esthétique de son art l'occupait beau-

coup; il abondait en systèmes qu'il essayait de réaliser, et
tout ce qu'il faisait était soumis à un plan. Selon lui, la littérature devait être *voulue* et la part de *l'accidentel* aussi
restreinte que possible. Ce qui ne l'empêcha pas de profiter,
en vrai poëte, des hasards heureux de l'exécution et de ces
beautés qui éclosent du fond même du sujet sans avoir été
prévues, comme des fleurettes mêlées par aventure à la
graine qu'a choisie le semeur. Tout artiste est un peu
comme Lope de Vega, qui, au moment de composer ses
comédies, enfermait les préceptes avec six clefs — *con seis
llaves*. — Dans le feu du travail, volontairement ou non, il
oublie les systèmes et les paradoxes.

La réputation de Baudelaire, qui, pendant quelques
années, n'avait pas dépassé les limites de ce petit cénacle
qui rallie autour de soi tout génie naissant, éclata tout d'un
coup lorsqu'il se présenta au public tenant à la main le bouquet des *Fleurs du mal,* un bouquet ne ressemblant en
rien aux innocentes gerbes poétiques des débutants. L'attention de la justice s'émut, et quelques pièces d'une immoralité si savante, si abstruse, si enveloppée de formes et de
voiles d'art, qu'elles exigeaient, pour être comprises des lecteurs, une haute culture littéraire, durent être retranchées
du volume et remplacées par d'autres d'une excentricité
moins dangereuse. Ordinairement, il ne se fait pas grand
bruit autour des livres de vers; ils naissent, végètent et
meurent en silence, car deux ou trois poëtes tout au plus
suffisent à notre consommation intellectuelle. La lumière
et le bruit s'étaient faits tout de suite autour de Baudelaire,
et, le scandale apaisé, on reconnut qu'il apportait, chose si
rare, une œuvre originale et d'une saveur toute particulière.
Donner au goût une sensation inconnue est le plus grand
bonheur qui puisse arriver à un écrivain et surtout à un poëte.

Les Fleurs du mal étaient un de ces titres heureux plus difficiles à trouver qu'on ne pense. Il résumait sous une forme brève et poétique l'idée générale du livre et en indiquait les tendances. Quoiqu'il soit bien évidemment romantique d'intention et de facture, on ne saurait rattacher par un lien bien visible Baudelaire à aucun des grands maîtres de cette école. Son vers, d'une structure raffinée et savante, d'une concision parfois trop serrée et qui étreint les objets plutôt comme une armure que comme un vêtement, présente à la première lecture une apparence de difficulté et d'obscurité. Cela tient, non pas à un défaut de l'auteur, mais à la nouveauté même des choses qu'il exprime et qui n'ont pas encore été rendues par des moyens littéraires. Il a fallu que le poëte, pour y parvenir, se composât une langue, un rhythme et une palette. Mais il n'a pu empêcher que le lecteur ne demeurât surpris en face de ces vers si différents de ceux qu'on a faits jusqu'ici. Pour peindre ces corruptions qui lui font horreur, il a su trouver ces nuances morbidement riches de la pourriture plus ou moins avancée, ces tons de nacre et de burgau qui glacent les eaux stagnantes, ces roses de phthisie, ces blancs de chlorose, ces jaunes fielleux de bile extravasée, ces gris plombés de brouillard pestilentiel, ces verts empoisonnés et métalliques puant l'arséniate de cuivre, ces noirs de fumée délayés par la pluie le long des murs plâtreux, ces bitumes recuits et roussis dans toutes les fritures de l'enfer si excellents pour servir de fond à quelque tête livide et spectrale, et toute cette gamme de couleurs exaspérées poussées au degré le plus intense, qui correspondent à l'automne, au coucher du soleil, à la maturité extrême des fruits, et à la dernière heure des civilisations.

Le livre s'ouvre par une pièce *au lecteur,* que le poëte

2.

n'essaye pas d'amadouer comme c'est l'habitude et auquel il
dit les vérités les plus dures, l'accusant, malgré son hypocrisie, d'avoir tous les vices qu'il blâme chez les autres et
de nourrir dans son cœur le grand monstre moderne,
l'Ennui, qui, avec sa lâcheté bourgeoise, rêve platement les
férocités et les débauches romaines, Néron bureaucrate,
Héliogabale boutiquier. — Une autre pièce de la plus grande
beauté et intitulée, sans doute par une antiphrase ironique,
Bénédiction, peint la venue en ce monde du poëte, objet
d'étonnement et d'aversion pour sa mère, honteuse du produit de son flanc, poursuivi par la bêtise, l'envie et le sar-
casme, en proie à la cruauté perfide de quelque Dalilah,
joyeuse de le livrer aux Philistins, nu, désarmé, rasé, après
avoir épuisé sur lui tous les raffinements d'une coquetterie
féroce, et arrivant enfin, après les insultes, les misères, les
tortures, épuré au creuset de la douleur, à l'éternelle gloire,
à la couronne de lumière destinée au front des martyrs,
qu'ils aient souffert pour le Vrai ou pour le Beau.

Une petite pièce qui suit celle-là et qui a pour titre *Soleil,*
renferme comme une sorte de justification tacite du poëte
dans ses courses vagabondes. Un gai rayon brille sur la ville
fangeuse; l'auteur est sorti et parcourt, « comme un poëte
qui prend des vers à la pipée, » pour nous servir de la pittoresque expression du vieux Mathurin Regnier, des car-
refours immondes, des ruelles où les persiennes fermées
cachent en les indiquant les luxures secrètes, tout ce dédale
noir, humide, boueux des vieilles rues aux maisons borgnes
et lépreuses, où la lumière fait briller, çà et là, à quelque
fenêtre un pot de fleurs ou une tête de jeune fille. Le poëte
n'est-il pas comme le soleil qui entre tout seul partout, dans
l'hôpital comme dans le palais, dans le bouge comme dans
l'église, toujours pur, toujours éclatant, toujours divin,

mettant avec indifférence sa lueur d'or sur la charogne et
sur la rose.

Élévation nous montre le poëte nageant en plein ciel,
par delà les sphères étoilées, dans l'éther lumineux, sur les
confins de notre univers disparu au fond de l'infini comme
un petit nuage, et s'enivrant de cet air rare et salubre où
ne monte aucun des miasmes de la terre et que parfume
le souffle des anges; car il ne faut pas oublier que Baudelaire, bien qu'on l'ait souvent accusé de matérialisme, reproche que la sottise ne manque pas de jeter au talent, est,
au contraire, doué à un degré éminent du don de *spiritualité,* comme dirait Swedenborg. Il possède aussi le don de
correspondance, pour employer le même idiome mystique,
c'est-à-dire qu'il sait découvrir par une intuition secrète
des rapports invisibles à d'autres et rapprocher ainsi, par des
analogies inattendues que seul le *voyant* peut saisir, les objets
les plus éloignés et les plus opposés en apparence. Tout vrai
poëte est doué de cette qualité plus ou moins développée,
qui est l'essence même de son art.

Sans doute Baudelaire, dans ce livre consacré à la peinture des dépravations et des perversités modernes, a encadré des tableaux répugnants, où le vice mis à nu se vautre
dans toute la laideur de sa honte; mais le poëte, avec un
suprême dégoût, une indignation méprisante et une ré-
currence vers l'idéal qui manque souvent chez les satiriques, stigmatise et marque d'un fer rouge indélébile ces
chairs malsaines, plâtrées d'onguents et de céruse. Nulle
part la soif de l'air vierge et pur, de la blancheur imma-
culée, de la neige sur les Himalaya, de l'azur sans tache,
de la lumière immarcessible, ne s'accuse plus ardemment
que dans ces pièces qu'on a taxées d'immorales, comme
si la flagellation du vice était le vice même, et qu'on fût

un empoisonneur pour avoir décrit la pharmacie toxique
des Borgia. Cette méthode n'est pas neuve, mais elle réussit
toujours, et certaines gens affectent de croire qu'on ne
peut lire *les Fleurs du mal* qu'avec un masque de verre,
comme en portait Exili lorsqu'il travaillait à sa fameuse
poudre de succession. Nous avons lu bien souvent les poésies de Baudelaire, et nous ne sommes pas tombé mort, la
figure convulsée et le corps tigré de taches noires, comme si
nous avions soupé avec la Vannozza dans une vigne du
pape Alexandre VI. Toutes ces niaiseries, malheureusement
nuisibles, car tous les sots les adoptent avec enthousiasme,
font hausser les épaules à l'artiste vraiment digne de ce nom,
qui est fort surpris lorsqu'on lui apprend que le bleu est
moral et l'écarlate indécent. C'est à peu près comme si l'on
disait : la pomme de terre est vertueuse et la jusquiame est
criminelle.

Un morceau charmant sur les parfums les distingue en diverses classes, éveillant des idées, des sensations et des
souvenirs différents. Il en est qui sont frais comme des
chairs d'enfant, verts comme des prairies au printemps,
rappelant les rougeurs de l'aurore et portant avec eux des
pensées d'innocence. D'autres, comme le musc, l'ambre, le
benjoin, le nard et l'encens, sont superbes, triomphants,
mondains, provoquent à la coquetterie, à l'amour, au luxe,
aux festins et aux splendeurs. Si on les transposait dans la
sphère des couleurs, ils représenteraient l'or et la pourpre.

Le poëte revient souvent à cette idée de la signification
des parfums. Près d'une beauté fauve, signare du Cap ou
bayadère de l'Inde égarée dans Paris, qui semble avoir eu
pour mission d'endormir son spleen nostalgique, il parle de
cette odeur mélangée « de musc et de havane » qui transporte son âme aux rivages aimés du soleil, où se découpent

en éventail les feuilles du palmier dans l'air tiède et bleu,
où les mâts de navires se balancent à l'harmonieux roulis de
la mer, pendant que les esclaves silencieux tâchent de distraire le jeune maître de sa mélancolie langoureuse. Plus
loin, se demandant ce qui doit rester de son œuvre, il se
compare à un vieux flacon bouché, oublié parmi les toiles
d'araignée, au fond de quelque armoire, dans une maison
déserte. De l'armoire ouverte s'exhalent avec le relent du
passé les faibles parfums des robes, des dentelles, des
boîtes à poudre qui suscitent des souvenirs d'anciennes
amours, d'antiques élégances; et, si par hasard on débouche
la fiole visqueuse et rancie, il s'en dégagera un âcre parfum
de sel anglais et de vinaigre des quatre-voleurs, un puissant
antidote de la moderne pestilence. En maint endroit, cette
préoccupation de l'arome reparaît, entourant d'un nuage
subtil les êtres et les choses. Chez bien peu de poëtes nous
retrouvons ce souci; ils se contentent habituellement de
mettre dans leurs vers la lumière, la couleur, la musique;
mais il est rare qu'ils y versent cette goutte de fine essence,
dont la muse de Baudelaire ne manque jamais d'humecter
l'éponge de sa cassolette ou la batiste de son mouchoir.

Puisque nous en sommes à raconter les goûts particuliers et les petites manies du poëte, disons qu'il adorait les
chats, comme lui amoureux des parfums, et que l'odeur de
la valériane jette dans une sorte d'épilepsie extatique. Il
aimait ces charmantes bêtes tranquilles, mystérieuses et
douces, aux frissonnements électriques, dont l'attitude favorite est la pose allongée des sphinx qui semblent leur
avoir transmis leurs secrets; elles errent à pas veloutés par
la maison, comme le génie du lieu, *genius loci,* ou viennent
s'asseoir sur la table près de l'écrivain, tenant compagnie à
sa pensée et le regardant du fond de leurs prunelles sablées

d'or avec une intelligente tendresse et une pénétration magique. On dirait que les chats devinent l'idée qui descend
du cerveau au bec de la plume, et que, allongeant la patte,
ils voudraient la saisir au passage. Ils se plaisent dans le
silence, l'ordre et la quiétude, et aucun endroit ne leur
convient mieux que le cabinet du littérateur. Ils attendent
avec une patience admirable qu'il ait fini sa tâche, tout en
filant leur rouet guttural et rhythmique comme une sorte
d'accompagnement du travail. Parfois, ils lustrent de leur
langue quelque place ébouriffée de leur fourrure; car ils
sont propres, soigneux, coquets, et ne souffrent aucune irré-
gularité dans leur toilette, mais tout cela d'une façon dis-
crète et calme, comme s'ils avaient peur de distraire ou de
gêner. Leurs caresses sont tendres, délicates, silencieuses,
féminines, et n'ont rien de commun avec la pétulance
bruyante et grossière qu'y apportent les chiens, auxquels
pourtant est dévolue toute la sympathie du vulgaire. Tous
ces mérites étaient appréciés comme il convient par Baudelaire, qui a plus d'une fois adressé aux chats de belles pièces
de vers, — *les Fleurs du mal* en contiennent trois, — où
il célèbre leurs qualités physiques et morales, et bien souvent il les fait errer à travers ses compositions comme acces-
soire caractéristique. Les chats abondent dans les vers de
Baudelaire comme les chiens dans les tableaux de Paul Vé-
ronèse et y forment une espèce de signature. Il faut dire
aussi qu'il y a chez ces jolies bêtes, si sages le jour, un côté
nocturne, mystérieux et cabalistique, qui séduisait beaucoup
le poëte. Le chat, avec ses yeux phosphoriques qui lui servent de lanternes et les étincelles jaillissant de son dos,
hante sans peur les ténèbres, où il rencontre les fantômes
errants, les sorcières, les alchimistes, les nécromanciens, les
résurrectionistes, les amants, les filous, les assassins, les

patrouilles grises et toutes ces larves obscures qui ne sor-
tent et ne travaillent que la nuit. Il a l'air de savoir la plus
récente chronique du sabbat, et il se frotte volontiers à la
jambe boiteuse de Méphistophélès. Ses sérénades sous les
balcons des chattes, ses amours sur les toits, accompagnées de
cris semblables à ceux d'un enfant qu'on égorge, lui donnent
un air passablement satanique qui justifie jusqu'à un certain
point la répugnance des esprits diurnes et pratiques, pour
qui les mystères de l'Érèbe n'ont aucun attrait. Mais un docteur Faust, dans sa cellule encombrée de bouquins et d'instruments d'alchimie, aimera toujours avoir un chat pour
compagnon. Baudelaire lui-même était un chat voluptueux,
câlin, aux façons veloutées, à l'allure mystérieuse, plein de
force dans sa fine souplesse, fixant sur les choses et les
hommes un regard d'une lueur inquiétante, libre, volontaire,
difficile à retenir, mais sans aucune perfidie et fidèlement
attaché à ceux vers qui l'avait une fois porté son indépen-
dante sympathie.

Diverses figures de femme paraissent au fond des poésies
de Baudelaire, les unes voilées, les autres demi-nues, mais
sans qu'on puisse leur attribuer un nom. Ce sont plutôt des
types que des personnes. Elles représentent l'*éternel féminin*, et l'amour que le poëte exprime pour elles est *l'amour*
et non pas *un amour,* car nous avons vu que dans sa théorie
il n'admettait pas la passion individuelle, la trouvant trop
crue, trop familière et trop violente. Parmi ces femmes, les
unes symbolisent la prostitution inconsciente et presque
bestiale, avec leurs masques plâtrés de fard et de céruse,
leurs yeux charbonnés de k'hol, leurs bouches teintes de
rouge et semblables à des blessures saignantes, leurs casques
de faux cheveux et leurs bijoux d'un éclat sec et dur ; les
autres, d'une corruption plus froide, plus savante et plus

perverse, espèce de marquises de Marteuil du XIXᵉ siècle,
transposent le vice du corps à l'âme. Elles sont hautaines,
glaciales, amères, ne trouvant le plaisir que dans la méchanceté satisfaite, insatiables comme la stérilité, mornes comme
l'ennui, n'ayant que des fantaisies hystériques et folles, et
privées, ainsi que le Démon, de la puissance d'aimer.
Douées d'une beauté effrayante, presque spectrale, que n'a-
nime pas la pourpre rouge de la vie, elles marchent à leur
but pâles, insensibles, superbement dégoûtées, sur les cœurs
qu'elles écrasent de leurs talons pointus. C'est au sortir de
ces amours, qui ressemblent à des haines, de ces plaisirs
plus meurtriers que des combats, que le poëte retourne vers
cette brune idole au parfum exotique, à la parure sauvage-
ment baroque, souple et câline comme la panthère noire de
Java, qui le repose et le dédommage de ces méchantes
chattes parisiennes aux griffes aiguës, jouant à la souris
avec un cœur de poëte. Mais ce n'est à aucune de ces créa-
tures de plâtre, de marbre ou d'ébène qu'il donne son âme.
Au-dessus de ce noir amas de maisons lépreuses, de ce
dédale infect où circulent les spectres du plaisir, de cet immonde fourmillement de misère, de laideur et de perversités, loin, bien loin dans l'inaltérable azur, flotte l'adorable
fantôme de la Béatrix, l'idéal toujours désiré, jamais atteint,
la beauté supérieure et divine incarnée sous une forme de
femme éthérée, spiritualisée, faite de lumière, de flamme et
de parfum, une vapeur, un rêve, un reflet du monde aro-
mal et séraphique comme les Sigeia, les Morella, les Una,
les Éléonore d'Edgar Poe et la Seraphita-Seraphitus de Balzac, cette étonnante création. Du fond de ses déchéances, de
ses erreurs et de ses désespoirs, c'est vers cette image céleste
comme vers une madone de Bon-Secours qu'il tend les bras
avec des cris, des pleurs et un profond dégoût de lui-même.

Aux heures de mélancolie amoureuse, c'est toujours avec elle qu'il voudrait s'enfuir et cacher sa félicité parfaite dans quelque asile mystérieusement féerique, ou idéalement confortable, cottage de Gainsborough, intérieur de Gérard Dow, ou mieux encore palais à dentelles de marbre de Benarès ou d'Hyderabad. Jamais son rêve n'emmène d'autre compagne. Faut-il voir dans cette Béatrix, dans cette Laure qu'aucun nom ne désigne, une jeune fille ou une jeune femme réelle, passionnément et religieusement aimée par le poëte pendant son passage sur cette terre ? Il serait romanesque de le supposer, et il ne nous a pas été donné d'être mêlé assez profondément à la vie intime de son cœur pour répondre affirmativement ou négativement à la question. Dans sa conversation toute métaphysique, Baudelaire parlait beaucoup de ses idées, très-peu de ses sentiments et jamais de ses actions. Quant au chapitre des amours, il avait mis pour sceau sur ses lèvres fines et dédaigneuses un camée à figure d'Harpocrate. Le plus sûr serait de ne voir dans cet amour idéal qu'une postulation de l'âme, l'élan d'un cœur inassouvi et l'éternel soupir de l'imparfait aspirant à l'absolu.

A la fin des *Fleurs du mal* se trouve une suite de pièces sur *le Vin* et les diverses ivresses qu'il produit, selon les cerveaux qu'il attaque. Nous n'avons pas besoin de dire qu'il ne s'agit pas ici de chansons bachiques célébrant le jus de la treille, ni rien de semblable. Ce sont des peintures hideuses et terribles de l'ivrognerie, mais sans moralité à la Hogarth. Le tableau n'a pas besoin de légende, et *le Vin de l'ouvrier* fait frémir. *Les Litanies de Satan,* dieu du mal et prince du monde, sont une de ces froides ironies familières à l'auteur où l'on aurait tort de voir une impiété. L'impiété n'est pas dans la nature de Baudelaire, qui croit à une mathématique supérieure établie par Dieu de toute éternité et

dont la moindre infraction est punie par les plus rudes châ-
timents, non-seulement dans ce monde, mais encore dans
l'autre. S'il a peint le vice et montré Satan avec toutes ses
pompes, c'est sans nulle complaisance assurément. Il a même
une préoccupation assez singulière du diable comme tenta-
teur et dont il voit partout la griffe, comme s'il ne suffisait
pas à l'homme, pour le pousser au péché, à l'infamie et au
crime, de sa perversité native. La faute chez Baudelaire est
toujours suivie de remords, d'angoisses, de dégoût, de
désespoirs, et se punit par elle-même, ce qui est le pire
supplice. Mais en voilà assez sur ce sujet. Nous faisons de la
critique et non de la théologie.

Signalons, parmi les pièces qui composent *les Fleurs du
mal*, quelques-unes des plus remarquables, entre autres celle
qui a pour titre *Don Juan aux enfers*. C'est un tableau
d'une grandeur tragique et peint d'une couleur sobre et
magistrale sur la flamme sombre des voûtes infernales.

La barque funèbre glisse sur l'eau noire, emmenant don
Juan et son cortége de victimes ou d'insultés. Le mendiant
auquel il a voulu faire renier Dieu, gueux athlétique, fier
sous ses guenilles comme Antisthène, manie les rames à la
place du vieux Caron. A la poupe, un homme de pierre,
fantôme décoloré, au geste roide et sculptural, tient le gou-
vernail. Le vieux don Luis montre du doigt ses cheveux
blancs raillés par son fils hypocritement impie. Sganarelle
demande le payement de ses gages à son maître désormais
insolvable. Doña Elvire tâche de ramener l'ancien sourire de
l'amant sur les lèvres de l'époux dédaigneux, et les pâles
amoureuses mises à mal, abandonnées, trahies, foulées aux
pieds comme des fleurs de la veille, lui découvrent la blessure toujours saignante de leur cœur. Sous ce concert de
pleurs, de gémissements et de malédictions, don Juan reste

impassible ; il a fait ce qu'il a voulu ; que le Ciel, l'enfer et le monde le jugent comme ils l'entendront, sa fierté ne connaît pas le remords ; la foudre a pu le tuer, mais non le faire repentir.

Par sa mélancolie sereine, sa tranquillité lumineuse et son kief oriental, la pièce intitulée *la Vie antérieure* contraste heureusement avec les sombres peintures du monstrueux Paris moderne et montre que l'artiste a, sur sa palette, à côté des noirs, des bitumes, des momies, des terres d'Ombre et de Sienne, toute une gamme de nuances fraîches, légères, transparentes, délicatement rosées. idéalement bleues comme les lointains de Breughel de Paradis, propres à rendre les paysages élyséens et les mirages du rêve.

Il convient de citer comme note particulière du poëte le sentiment de l'*artificiel*. Par ce mot, il faut entendre une création due tout entière à l'Art et d'où la Nature est complétement absente. Dans un article fait du vivant même de Baudelaire, nous avions signalé cette tendance bizarre dont la pièce qui a pour titre *Rêve parisien* est un exemple frappant. Voici les lignes qui essayaient de rendre ce cauchemar splendide et sombre, digne des gravures à la manière noire de Martynn : « Figurez-vous un paysage extra-naturel, ou plutôt une perspective faite avec du métal, du marbre et de l'eau et d'où le végétal est banni comme irrégulier. Tout est rigide, poli, miroitant sous un ciel sans soleil, sans lune et sans étoiles. Au milieu d'un silence d'éternité montent, éclairés d'un feu personnel, des palais, des colonnades, des tours, des escaliers, des châteaux d'eau d'où tombent, comme des rideaux de cristal, des cascades pesantes. Des eaux bleues s'encadrent comme l'acier des miroirs antiques dans des quais et des bassins d'or bruni, ou coulent silencieusement sous des ponts de pierres précieuses. Le rayon cristal-

lisé enchâsse le liquide, et les dalles de porphyre des ter-
rasses reflètent les objets comme des glaces. La reine de
Saba, en y marchant, relèverait sa robe, craignant de se
mouiller les pieds, tellement les surfaces sont luisantes. Le
style de cette pièce brille comme un marbre noir poli. »
N'est-ce pas une étrange fantaisie que cette composition
faite d'éléments rigides où rien ne vit, ne palpite, ne respire,
où pas un brin d'herbe, pas une feuille, pas une fleur, ne
viennent déranger l'implacable symétrie des formes factices
inventées par l'art? Ne se croirait-on pas dans la Palmyre
intacte ou la Palenqué restée debout d'une planète morte et
abandonnée de son atmosphère?

Ce sont là, sans doute, des imaginations baroques, anti-
naturelles, voisines de l'hallucination et qui expriment le
secret désir d'une nouveauté impossible; mais nous les pré-
férons, pour notre part, à la fade simplicité de ces préten-
dues poésies qui, sur le canevas usé du lieu commun, brodent,
avec de vieilles laines passées de couleur, des dessins d'un
trivialité bourgeoise ou d'une sentimentalité bête : des couronnes de grosses roses, des feuillages vert de chou et des
colombes se becquetant. Parfois, nous ne craignons pas
d'acheter le rare au prix du choquant, du fantasque et de
l'outré. La barbarie nous va mieux que la platitude. Baudelaire a pour nous cet avantage; il peut être mauvais, mais il
n'est jamais commun. Ses fautes sont originales comme ses
qualités, et, là même où il déplaît, il l'a voulu ainsi, d'après
une esthétique particulière et un raisonnement longtemps
débattu.

Terminons cette analyse déjà un peu longue, et que pourtant nous abrégeons beaucoup, par quelques mots sur cette
pièce des *Petites Vieilles* qui a etonné Victor Hugo. Le
poëte, se promenant dans les rues de Paris, voit passer de

petites vieilles à l'allure humble et triste, et il les suit
comme on ferait de jolies femmes, reconnaissant, d'après ce
vieux cachemire usé, élimé, reprisé mille fois, d'un ton
éteint, qui moule pauvrement de maigres épaules, d'après
ce bout de dentelle éraillée et jaunie, cette bague, souvenir
péniblement disputé au mont-de-piété et prête à quitter le
doigt effilé d'une main pâle, un passé de bonheur et d'élégance, une vie d'amour et de dévouement peut-être, un
reste de beauté sensible encore sous le délabrement de la
misère et les dévastations de l'âge. Il ranime tous ces
spectres tremblotants, il les redresse, il remet la chair de
la jeunesse sur ces minces squelettes, et il ressuscite dans
ces pauvres cœurs flétris les illusions d'autrefois. Rien de
plus ridicule et de plus touchant que ces Vénus du Père-
Lachaise et ces Ninons des Petits-Ménages qui défilent la-
mentablement sous l'évocation du maître, comme une pro-
cession de spectres surpris par la lumière.

La question de métrique, dédaignée par tous ceux qui
n'ont pas le sentiment de la forme, et ils sont nombreux
aujourd'hui, a été à bon droit jugée comme très-importante
par Baudelaire. Rien de plus commun, maintenant, que de
prendre *le poétique* pour *la poésie*. Ce sont des choses qui
n'ont aucun rapport. Fénelon, J.-J. Rousseau, Bernardin de
Saint-Pierre, Chateaubriand, George Sand, sont poétiques,
mais ne sont pas poëtes, c'est-à-dire qu'ils sont incapables
d'écrire en vers, même en vers médiocres, faculté spéciale
que possèdent des gens d'un mérite bien inférieur à celui
de ces maîtres illustres. Vouloir séparer le vers de la poésie,
c'est une folie moderne qui ne tend à rien de moins que
l'anéantissement de l'art lui-même. Nous rencontrons dans
un excellent article de Sainte-Beuve sur Taine, à propos de
Pope et de Boileau, assez légèrement traités par l'auteur de

l'*Histoire de la littérature anglaise*, ce paragraphe si ferme et si judicieux, où les choses sont remises sous leur vrai jour par le grand critique, qui fut à ses commencements un grand poëte, et l'est toujours. « Mais, à propos de Boileau, puis-je donc accepter ce jugement étrange d'un homme d'esprit, cette opinion méprisante que M. Taine en la citant prend à son compte, et ne craint pas d'endosser en passant : « Il y a deux sortes de vers dans Boileau : les plus nom- « breux, qui semblent d'un bon élève de troisième ; les moins « nombreux, qui semblent d'un bon élève de rhétorique ? » L'homme d'esprit qui parle ainsi (M. Guillaume Guizot) ne sent pas Boileau poëte, et, j'irai plus loin, il ne doit sentir aucun poëte en tant que poëte. Je conçois qu'on ne mette pas toute la poésie dans le métier ; mais je ne conçois pas du tout que, quand il s'agit d'un art, on ne tienne nul compte de l'art lui-même, et qu'on déprécie à ce point les parfaits ouvriers qui y excellent. Supprimez d'un seul coup toute la poésie en vers, ce sera plus expéditif ; sinon, parlez avec estime de ceux qui en ont possédé les secrets. Boileau était du petit nombre de ceux-là ; Pope également. »

On ne saurait mieux dire ni plus juste. Quand il s'agit d'un poëte, la facture de ses vers est chose considérable et vaut qu'on l'étudie, car elle constitue une grande partie de sa valeur intrinsèque. C'est avec ce coin qu'il frappe son or, son argent ou son cuivre. Le vers de Baudelaire, qui accepte les principales améliorations ou réformes roman- tiques, telles que la rime riche, la mobilité facultative de la césure, le rejet, l'enjambement, l'emploi du mot propre ou technique, le rhythme ferme et plein, la couiée d'un seul jet du grand alexandrin, tout le savant mécanisme de prosodie et de coupe dans la stance et la strophe, a cependant son ar- chitectonique particulière, ses formules individuelles, sa struc-

ture reconnaissable, ses secrets de métier, son tour de main
si l'on peut s'exprimer ainsi, et sa marque C. B. qu'on retrouve
toujours appliquée sur une rime ou sur un hémistiche

Baudelaire emploie fréquemment le vers de douze pieds
et de huit pieds. Ce sont les moules où sa pensée se coule de
préférence. Les pièces en rimes plates sont chez lui moins
nombreuses que celles divisées en quatrains ou en stances.
Il aime l'harmonieux entre-croisement de rimes qui éloigne
l'écho de la note touchée d'abord, et présente à l'oreille un
son naturellement imprévu, qui se complétera plus tard
comme celui du premier vers, causant cette satisfaction que
procure en musique l'accord parfait. Il a soin ordinairement
que la rime finale soit pleine, sonore et soutenue de la consonne d'appui, pour lui donner cette vibration qui prolonge
la dernière note frappée.

Parmi ses pièces, il s'en rencontre beaucoup qui ont la
disposition apparente et comme le dessin extérieur du sonnet, bien qu'il n'ait écrit « sonnet » en tête d'aucune d'elles.
Cela vient sans doute d'un scrupule littéraire et d'un cas de
conscience prosodique, dont il nous semble voir l'origine
dans la notice où il raconte la visite qu'il nous fit, et raconte notre conversation. — On n'a pas oublié qu'il venait
nous apporter un volume de vers fait par deux amis absents,
qu'il était chargé de représenter, et nous trouvons ces lignes
dans son récit : « Après avoir rapidement feuilleté le volume,
il me fit remarquer que les poëtes en question se permet-
taient trop souvent des sonnets *libertins*, c'est-à-dire non
orthodoxes et s'affranchissant volontiers de la règle de la
quadruple rime. » A cette époque la plus grande partie des
Fleurs du mal était déjà composée, et il s'y rencontrait un
assez grand nombre de sonnets *libertins*, qui non-seulement n'avaient pas la quadruple rime, mais encore où les

rimes étaient enlacées d'une façon tout à fait irrégulière ; car, dans le sonnet orthodoxe, comme l'ont fait Pétrarque, Féli-caja, Ronsard, du Bellay, Sainte-Beuve, l'intérieur du qua-train doit contenir deux rimes plates, féminines ou mascu-lines au choix du poëte, ce qui distingue le quatrain du sonnet du quatrain ordinaire et commande, selon que la rime extérieure donne l'e muet ou le son plein, la marche et la dis-position des rimes dans les deux tercets terminant ce petit poëme, moins difficile à reussir que ne le pense Boileau, précisément parce qu'il a une forme géométriquement arrêtée ; de même que, dans les plafonds, les compartiments polygones ou bizarrement contournés servent plus les peintres qu'ils ne les gênent en déterminant l'espace où il faut encadrer et faire tenir leurs figures. Il n'est pas rare d'arriver, par le raccourci et l'ingénieux agencement des lignes, à loger un géant dans un de ces caissons étroits, et l'œuvre y gagne par sa concentration même. Ainsi une grande pensée peut se mouvoir à l'aise dans ces quatorze vers méthodiquement distribués.

La jeune école se permet un grand nombre de sonnets li-bertins, et, nous l'avouons, cela nous est particulièrement désagréable. Pourquoi, si l'on veut être libre et arranger les rimes à sa guise, aller choisir une forme rigoureuse qui n'admet aucun écart, aucun caprice ? L'irrégulier dans le régulier, le manque de correspondance dans la symétrie, quoi de plus illogique et de plus contrariant ? Chaque infrac-tion à la règle nous inquiète comme une note douteuse ou fausse. Le sonnet est une sorte de fugue poétique dont le thème doit passer et repasser jusqu'à sa résolution par les formes voulues. Il faut donc se soumettre absolument à ses lois, ou bien, si l'on trouve ces lois surannées, pédantesques et gênantes, ne pas écrire de sonnets du tout. Les Italiens et les poëtes de la pléiade sont en ce genre les maîtres à consulter : il ne serait pas non plus inutile de lire le livre où Guillaume Colletet traite du sonnet ex-professo. On peut dire qu'il a épuisé la matière. Mais en voilà bien assez sur les sonnets libertins que Maynard le premier mit en honneur. Quant aux sonnets doubles, rapportés, septenaires, à queue, estrambots, rétrogrades, par répétition, retournés, acrostiches, mésostiches, en losange, en croix de Saint-André et autres, ce sont des exercices de pédants dont on peut voir les patrons dans Rabanus Maurus, dans l'*Apollon espagnol et italien* et dans le traité exprès qu'en a fait Antonio Tempo, mais qu'il faut dédaigner comme des difficultés laborieusement puériles et les casse-tête chinois de la poésie.

Baudelaire cherche souvent l'effet musical par un ou plusieurs vers particulièrement mélodieux qui font ritournelle et reparaissent tour à tour, comme dans cette strophe italienne appelée *sextine* dont M. le comte de Gramont offre en ses poésies plusieurs exemples heureux. Il applique cette forme, qui a le bercement vague d'une incantation magique entendue à demi dans un rêve, aux sujets de mélancolique souvenir et d'amour malheureux. Les stances aux bruissements monotones emportent et rapportent la pensée en la balançant comme les vagues roulent dans leurs volutes régulières une fleur noyée tombée de la rive. Comme Longfellow et Edgar Poe, il emploie parfois l'allitération, c'est-à-dire le retour déterminé d'une certaine consonne pour produire à l'intérieur du vers un effet d'harmonie. Sainte-Beuve, à qui aucune de ces délicatesses n'est inconnue, et qui les pratique avec son art exquis, avait dit autrefois dans un sonnet d'une douceur fondue et tout italienne :

Sorrente m'a rendu mon doux rêve infini.

3.

Toute oreille sensible comprend le charme de cette liquide
ramenée quatre fois et qui semble vous entraîner sur son
flot dans l'infini du rêve comme une plume de mouette sur
la houle bleue de la mer napolitaine. On trouve de fréquentes allitérations dans la prose de Beaumarchais, et les
Scaldes en faisaient grand usage. Ces minuties paraîtront
sans doute bien frivoles aux hommes utilitaires, progressifs
et pratiques ou simplement spirituels qui pensent, comme
Stendhal, que le vers est une forme enfantine, bonne pour les
âges primitifs, et demandent que la poésie soit écrite en
prose comme il sied à une époque raisonnable. Mais ce sont
ces détails qui rendent les vers bons ou mauvais et font
qu'on est ou qu'on n'est pas poëte.

Les mots polysyllabiques et amples plaisent à Baudelaire,
et, avec trois ou quatre de ces mots, il fait souvent des vers
qui semblent immenses et dont le son vibrant prolonge la
mesure. Pour le poëte, les mots ont, en eux-mêmes et en
dehors du sens qu'ils expriment, une beauté et une valeur
propres comme des pierres précieuses qui ne sont pas encore
taillées et montées en bracelets, en colliers ou en bagues : ils
charment le connaisseur qui les regarde et les trie du doigt
dans la petite coupe où ils sont mis en réserve, comme
ferait un orfévre méditant un bijou. Il y a des mots diamant,
saphir, rubis, émeraude, d'autres qui luisent comme du
phosphore quand on les frotte, et ce n'est pas un mince travail de les choisir.

Ces grands alexandrins dont nous parlions tout à l'heure,
qui viennent, en temps d'accalmie, mourir sur la plage
avec la tranquille et profonde ondulation de la houle arrivant du large, se brisent parfois en folle écume et lancent
haut leurs fumées blanches contre quelque récif sourcilleux
et farouche pour retomber ensuite en pluie amère. Les vers

de huit pieds sont brusques, violents, coupants comme les lanières du chat à neuf queues et cinglent rudement les épaules de la mauvaise conscience et de l'hypocrite transaction. Ils se prêtent aussi à rendre de funèbres caprices; l'auteur encadre dans ce mètre, comme dans une bordure de bois noir, des vues nocturnes de cimetière où brillent dans l'ombre les prunelles nyctalopes des hiboux, et, derrière le rideau vert bronze des ifs, se glissent, à pas de spectre, les filous du néant, les dévastateurs des tombes et les voleurs de cadavres. En vers de huit pieds encore, il peint des *ciels* sinistres où roule au-dessus des gibets une lune rendue malade par les incantations des Canidies; il décrit le froid ennui de la morte qui a échangé contre le cercueil son lit de luxure, et qui rêve dans sa solitude, abandonnée même des vers, en tressaillant à la goutte de pluie glacée, filtrant à travers les planches de sa bière, ou nous montre, avec son désordre significatif de bouquets fanés, de vieilles lettres, de rubans et de miniatures mêlés à des pistolets, des poignards et des fioles de laudanum, la chambre du lâche amoureux que visite dédaigneusement, pendant ses promenades, le spectre ironique du suicide, car la mort même ne saurait le guérir de son infâme passion.

De la facture du vers, passons à la trame du style. Baudelaire y mêle des fils de soie et d'or à des fils de chanvre rudes et forts, comme en ces étoffes d'Orient à la fois splendides et grossières où les plus délicats ornements courent avec de charmants caprices sur un poil de chameau bourru ou sur une toile âpre au toucher comme la voile d'une barque. Les recherches les plus coquettes, les plus précieuses même s'y heurtent à des brutalités sauvages; et, du boudoir aux parfums enivrants, aux conversations voluptueusement langoureuses, on tombe au cabaret ignoble où les ivrognes, mêlant le vin et le sang, se disputent à coups de couteau pour quelque Hélène de carrefour.

Les Fleurs du mal sont le plus beau fleuron de la couronne poétique de Baudelaire. Là, il a donné sa note originale et montré qu'on pouvait, après ce nombre incalculable de volumes de vers, où toutes les variétés de sujets semblaient épuisées, mettre en lumière quelque chose de neuf et d'inattendu, sans avoir pour cela besoin de décrocher le soleil et les étoiles et de faire défiler l'histoire universelle comme dans une fresque allemande. Mais ce qui a fait surtout son nom célèbre, c'est sa traduction d'Edgar Poe; car, en France, on ne lit guère des poëtes que leur prose, et ce sont les feuilletons qui font connaître les poëmes. Baudelaire a naturalisé chez nous ce singulier génie d'une individualité si rare, si tranchée, si exceptionnelle, qui d'abord a plus scandalisé que charmé l'Amérique, non que son œuvre choque en rien la morale : il est, au contraire, d'une chasteté virginale et séraphique, mais parce qu'il dérangeait toutes les idées reçues, toutes les banalités pratiques et qu'il n'y avait pas de criterium pour le juger. Edgar Poe ne partageait aucune des idées américaines sur le progrès, la perfectibilité, les institutions démocratiques et autres thèmes de déclamation chers aux philistins des deux mondes. Il n'adorait pas exclusivement le dieu dollar; il aimait la poésie pour elle-même et préférait le beau à l'utile : hérésie énorme ! De plus, il avait le malheur de bien écrire, ce qui a le don d'horripiler les sots de tous les pays. Un grave directeur de revue ou de journal, ami de Poe d'ailleurs et bien intentionné, avoue qu'il était difficile de l'employer et qu'on était obligé de le payer moins que d'autres, parce qu'il écrivait dans un style trop au-dessus du vulgaire; admirable raison! Le biographe de l'auteur du *Corbeau* et d'*Eureka* dit qu'Edgar Poe, s'il

avait voulu régulariser son génie et appliquer ses facultés
créatrices d'une manière plus appropriée au sol américain,
aurait pu devenir un auteur à argent (*a money making
author*); mais il était indisciplinable, n'en voulait faire qu'à
sa tête et ne produisait qu'à ses heures, sur des sujets qui
lui convenaient. Son humeur vagabonde le faisait rouler
comme une comète désorbitée de Baltimore à New-York et
de New-York à Philadelphie, de Philadelphie à Boston ou
à Richmond, sans qu'il pût se fixer nulle part. Dans ses
moments d'ennui, de détresse ou de défaillance, lorsqu'à la
surexcitation causée par quelque travail fiévreux succédait
cet abattement bien connu des littérateurs, il buvait de l'eau-
de-vie, défaut qui lui a été amèrement reproché par les
Américains, modèles de tempérance, comme chacun sait. Il
ne s'abusait pas sur les effets désastreux de ce vice, celui qui
a écrit, dans *le Chat noir,* cette phrase fatidique : « Quelle
maladie est comparable à l'alcool ! » Il buvait sans ivrognerie aucune, pour oublier, pour se retrouver peut-être dans
un milieu d'hallucination favorable à son œuvre, ou même
pour en finir avec une vie intolérable en évitant le scandale
d'un suicide formel. Bref, un jour, attaqué dans la rue d'un
accès de *delirium tremens,* il fut porté à l'hôpital et y mourut
tout jeune encore et lorsque rien dans ses facultés n'annonçait
un affaiblissement, car sa déplorable habitude n'avait influé en
rien sur son talent ni sur ses manières, qui restèrent toujours
celles d'un gentleman accompli, ni sur sa beauté jusqu'au
bout remarquable.

Nous indiquons en quelques traits rapides la physionomie
d'Edgar Poe, quoique nous n'ayons pas à écrire sa vie;
mais l'auteur américain a tenu dans l'existence intellectuelle
de Baudelaire une place assez grande pour qu'il soit indis-
pensable d'en parler ici d'une façon un peu développée,

sinon sous le rapport biographique, au moins au point de vue des doctrines. Edgar Poe a certainement influé sur Baudelaire, son traducteur, surtout dans la dernière partie de la vie, hélas ! si courte du poëte.

Les *Histoires extraordinaires*, les *Aventures d'Arthur Gordon Pym*, les *Histoires sérieuses et grotesques*, *Eureka*, ont été traduites par Baudelaire avec une identification si exacte de style et de pensée, une liberté si fidèle et si souple, que les traductions produisent l'effet d'ouvrages originaux et en ont toute la perfection géniale. Les *Histoires extraordinaires* sont précédées de morceaux de haute critique dans lesquels le traducteur analyse en poëte le talent si excentrique et si nouveau d'Edgar Poe, que la France, avec sa parfaite insouciance des originalités étrangères, ignorait profondément avant que Baudelaire l'eût révélé. Il apporte à ce travail, nécessaire pour expliquer une nature si en dehors des idées vulgaires, une sagacité métaphysique peu commune et une rare finesse d'aperçus. Ces pages peuvent compter entre les plus remarquables qu'il ait écrites.

La curiosité fut surexcitée au plus haut point par ces mystérieuses histoires si mathématiquement fantastiques, qui se déduisent avec des formules d'algèbre, et dont les expositions ressemblent à des enquêtes judiciaires menées par le magistrat le plus perspicace et le plus subtil. *L'Assassinat de la rue Morgue*, *la Lettre volée*, *le Scarabée d'or*, ces énigmes plus difficiles à deviner que celles du sphinx et dont le mot arrive à la fin d'une façon si plausible, intéressèrent jusqu'au délire le public blasé sur les romans d'aventures et de mœurs. On se passionna pour cet Auguste Dupin d'une lucidité divinatoire si étrange, qui semble tenir entre ses mains le fil rattachant les unes aux autres les pensées les

plus opposées, et qui arrive à son but par des inductions
d'une justesse si merveilleuse. — On admira ce Legrand,
plus habile encore à déchiffrer les cryptogrammes que
Claude Jacquet, l'employé du ministère, qui lit à Desmarets,
dans l'histoire des *Treize,* avec la vieille *grille* de l'ambas-
sade de Portugal, la lettre chiffrée de Ferragus, et le résultat
de cette lecture est la découverte des trésors du capitaine
Kid ! Chacun s'avoua qu'il aurait eu beau voir renaître à
la lueur de la flamme, en traits rouges, sur le parchemin
jauni, la tête de mort et le chevreau, et les lignes de points,
de croix, de virgules et de chiffres, qu'il n'eût pas deviné
où le corsaire avait enfoui ce grand coffre plein de diamants, de joyaux, de montres, de chaînes d'or, d'onces, de
quadruples, de doublons, de rixdales, de piastres et de
monnaies de tous les pays qui récompensent la sagacité de
Legrand. *Le Puits* et *le Pendule* causèrent une suffoca-
tion de terreur égale aux plus noires inventions d'Anne
Radcliffe, de Lewis et du révérend père Mathurin, et l'on
prit le vertige à regarder au fond de ce gouffre tournoyant du Maelstrom, colossal entonnoir aux parois duquel
les vaisseaux courent en spirale comme les brins de paille
dans un tourbillon. *La Vérité sur le cas de M. Waldemar*
ébranla les nerfs les plus robustes, et *la Chute de la maison
Usher* inspira de profondes mélancolies. Les âmes tendres
furent particulièrement touchées par ces figures de femmes,
si vaporeuses, si transparentes, si romanesquement pâles et
d'une beauté presque spectrale, que le poëte nomme Morella, Ligeia, lady Rowena Trévanion, de Tremaine, Eleonor,
mais qui ne sont que l'incarnation sous toutes les formes d'un
unique amour survivant à la mort de l'objet adoré, et se
continuant à travers des avatars toujours découverts.

Désormais, en France, le nom de Baudelaire est inséparable

du nom d'Edgar Poe, et le souvenir de l'un éveille immédiatement la pensée de l'autre. Il semble même parfois que les idées de l'Américain appartiennent en propre au Français.

Baudelaire, comme la plupart des poëtes de ce temps-ci, où les arts, moins séparés qu'ils n'étaient autrefois, voisinent les uns chez les autres et se livrent à de fréquentes transpositions, avait le goût, le sentiment et la connaissance de la peinture. Il a écrit des articles de Salon remarquables, et, entre autres, des brochures sur Delacroix, qui analysent avec une pénétration et une subtilité extrêmes, la nature d'artiste du grand peintre romantique. Il en a la préoccupation et nous trouvons, dans des réflexions sur Edgar Poe, cette phrase significative : « Comme notre Eugène Delacroix, qui a élevé son art à la hauteur de la grande poesie, Edgar Poe aime à agiter ses figures sur des fonds violâtres et verdâtres, où se révèlent la phosphorescence de la pourriture et la senteur de l'orage. » Quel juste sentiment en cette simple phrase incidente de la couleur passionnée et fiévreuse du peintre ! Delacroix, en effet, devait charmer Baudelaire par la *maladie* même de son talent si troublé, si inquiet, si nerveux, si chercheur, si exaspéré, si *paroxyste,* qu'on nous passe ce mot, qui seul rend bien notre pensée, et si tourmenté des malaises, des mélancolies, des ardeurs fébriles, des efforts convulsifs et des rêves vagues de l'époque moderne.

Un instant, l'école réaliste crut pouvoir accaparer Baudelaire. Certains tableaux des *Fleurs du mal,* d'une vérité outrageusement crue et dans lesquels le poëte n'avait reculé devant aucune laideur, pouvaient faire croire à des esprits superficiels qu'il penchait vers cette doctrine. On ne faisait pas attention que ces tableaux, soi-disant réels, étaient toujours relevés par le caractère, l'effet ou la couleur, et, d'ailleurs, servaient de contraste à des peintures idéales et suaves. Baudelaire se laissa un peu aller à ces avances, visita les ateliers réalistes, et dut faire sur Courbet, le maître peintre d'Ornans, un article qui ne parut jamais. Cependant, à l'un de ces derniers Salons, Fantin, dans ce cadre bizarre où il réunit autour du médaillon d'Eugène Delacroix, comme les comparses d'une apothéose, le cénacle des peintres et des écrivains dits réalistes, a placé Charles Baudelaire en un coin, avec son regard sérieux et son sourire ironique. Certes, Baudelaire, comme admirateur de Delacroix, avait bien le droit d'être là. Mais faisait-il intellectuellement et sympathiquement partie de cette bande, dont les tendances ne devaient pas s'accorder avec ses goûts aristocratiques et son aspiration vers le beau ? Chez lui, nous l'avons déjà spécifié, l'emploi du laid trivial et naturel n'était qu'une sorte de manifestation et de protestation d'horreur, et nous doutons que la *Vénus* capitonnée de Courbet, effroyable Maritorne callipyge, ait eu jamais beaucoup de charmes pour lui, l'amateur des élégances exquises, des maniérismes raffinés et des coquetteries savantes. Non qu'il ne fût pas capable d'admirer la beauté grandiose; celui qui a écrit *la Géante* devait aimer *l'Aurore* et *la Nuit,* ces magnifiques colosses féminins que Michel-Ange couche sur la volute du tombeau des Médicis avec des contournements si superbes. Il avait, en outre, une philosophie et une métaphysique qui ne pouvaient manquer de l'éloigner de cette école, à laquelle il ne faut sous aucun prétexte le rattacher.

Loin de se plaire au réel, il cherchait curieusement l'étrange, et, s'il rencontrait quelque type singulier, original, il le suivait, l'étudiait, tâchait de trouver le bout de fil de la bobine et de le dérouler jusqu'au bout. Ainsi il s'était épris de Guys, un personnage mystérieux, qui avait pour état d'aller dans tous les coins de l'univers où il se passait quelque événement dessiner des croquis pour les journaux illustrés anglais.

Ce Guys, que nous avons connu, était à la fois un grand voyageur, un observateur profond et rapide, et un parfait *humoriste;* d'un coup d'œil, il saisissait les côtés caractéristiques des hommes et des choses; en quelques coups de crayon, il en découpait les silhouettes sur son album, arrêtait à la plume ce trait cursif comme la sténographie, et la lavait hardiment d'une teinte plate pour en indiquer la couleur.

Guys n'était pas ce que régulièrement on appelle un artiste, mais il avait le don particulier de prendre en quelques minutes le signalement des choses. D'un coup d'œil, avec une clairvoyance sans égale, il démêlait dans tout le trait caractéristique — celui-là seul — et le mettait en saillie, négligeant instinctivement ou à dessein les parties complémentaires. Nul mieux que lui n'accusait une attitude, un galbe, une *cassure,* pour nous servir d'un mot vulgaire, qui rend exactement notre pensée, qu'il s'agit d'un dandy ou d'un *voyou,* d'une grande dame ou d'une fille du peuple. Il possédait à un degré rare le sens des corruptions modernes, dans le haut comme dans le bas de la société, et il cueillait, lui aussi, sous forme de croquis, son bouquet de fleurs du mal. Personne ne rendait comme Guys la maigreur élégante et l'éclat d'acajou d'un cheval de course, et il savait aussi bien faire déborder la jupe d'une petite dame sur le bord d'un panier traîné par des poneys, qu'établir un cocher de bonne maison, poudré et garni de fourrures, sur l'énorme siége d'un grand coupé à huit ressorts et à panneaux armoriés, partant pour le drawing-room de la Reine avec ses trois laquais suspendus aux embrasses de passementerie. — Il semble dans

ce dessin spirituel, fashionable et cursif, consacré aux scènes
de *high life,* avoir été le précurseur des intelligents artistes
de *la Vie parisienne,* Marcelin, Hadol, Morin, Crafty, d'une
modernité si au courant et si pénétrante. Mais, si Guys exprimait, à se faire approuver par un Brummel, le haut dandysme
et les grandes allures aristocratiques de la *duckery,* il excel-
lait non moins à rendre dans leurs folles toilettes et leur
désinvolture provoquante les nymphes vénales de Picca-
dilly-saloon et d'Argail-room, et ne craignait même pas de
s'engager dans les lanes déserts et d'y croquer, au clair de
lune ou à la lueur tourmentée d'un bec de gaz, la silhouette
d'un de ces spectres du plaisir qui errent sur les trottoirs de
Londres, et, s'il se trouvait à Paris, il poursuivait, jusque dans
les tapis francs décrits par Eugène Sue, les modes outrées
du mauvais lieu et ce qu'on pourrait appeler la coquetterie
du ruisseau. Vous pensez bien que Guys ne cherchait là que
le *caractère.* C'était sa passion, et il dégageait avec une cer-
titude étonnante le côté pittoresque et singulier des types,
des allures et des costumes de notre époque. — Un talent
de cette nature ne pouvait manquer de charmer Baudelaire,
qui faisait, en effet, grand cas de Guys. Nous possédions une
soixantaine de dessins, d'esquisses, d'aquarelles de cet humoriste au crayon, et nous en donnâmes quelques-uns au poëte.
Ce cadeau lui fit un vif plaisir et il l'emporta tout joyeusement.

Certainement, il savait tout ce qui manquait à ces rapides
pochades, auxquelles Guys lui-même n'attachait plus aucune
importance lorsqu'elles avaient été reportées sur bois par les
habiles dessinateurs de l'*Illustrated London news;* mais il
était frappé de cet esprit, de cette clairvoyance et de cette
puissance observatrices, qualités toutes littéraires traduites
par un moyen graphique. Il aimait dans ces dessins l'absence
complète d'antiquité, c'est-à-dire de tradition classique, et le

sentiment profond de ce que nous appellerons *décadence*, faute d'un mot s'adaptant mieux à notre idée; mais on sait ce que Baudelaire entendait par décadence. Ne dit-il pas quelque part à propos de ces distinctions littéraires : « Il me semble que deux femmes me sont présentées; l'une matrone rustique, répugnante de santé et de vertu, sans allure et sans regard ; bref, *ne devant rien qu'à la simple nature ;* l'autre une de ces beautés qui dominent et oppriment le souvenir, unissant à son charme profond et original l'éloquence de la toilette, maîtresse de sa démarche, consciente et reine d'elle-même, une voix parlant comme un instrument bien accordé, et des regards chargés de pensée et n'en laissant couler que ce qu'ils veulent. Mon choix ne saurait être douteux, et cependant il y a des sphinx pédagogiques qui me reprocheraient de manquer à l'honneur classique. »

Cette compréhension si originale de la beauté moderne retourne la question, car elle regarde comme primitive, grossière et barbare la beauté antique, opinion paradoxale sans doute, mais qui peut très-bien se soutenir. Balzac préférait de beaucoup, à la Vénus de Milo, une Parisienne élégante, fine, coquette, moulée dans son long cachemire par un mouvement de coudes, allant d'un pied furtif à quelque rendez-vous, sa voilette de Chantilly rabattue sur le nez, penchant la tête de manière à montrer, entre le bavolet du chapeau et le dernier pli du châle, une de ces nuques au ton d'ivoire où se tordent gracieusement dans la lumière deux ou trois frisons de cheveux follets. Cela a bien son charme, quoique, pour notre goût, nous aimions davantage la Vénus de Milo; mais cela tient à ce que, par suite d'une première éducation et d'un sens particulier, nous sommes plus plastique que littéraire.

On se rend compte qu'avec ces idées Baudelaire ait incliné

quelque temps vers l'école réaliste dont Courbet est le dieu et
Manet le grand prêtre. Mais, si certains côtés de sa nature
pouvaient être satisfaits par la représentation directe et non
traditionnelle de la laideur ou tout au moins de la trivialité
contemporaine, ses aspirations d'art, d'élégance, de luxe et
de beauté l'entraînaient vers une sphère supérieure, et Delacroix avec sa passion fébrile, sa couleur orageuse, sa mélancolie poétique, sa palette de soleil couchant, et sa savante
pratique d'artiste de la décadence fut et demeura son maître
d'élection.

Nous voici arrivé à un ouvrage singulier de Baudelaire,
moitié traduit, moitié original, intitulé *les Paradis artificiels, opium et haschich,* et sur lequel il convient de s'arrêter, car il n'a pas peu contribué, parmi le public, toujours
heureux d'accepter comme vrais les bruits défavorables aux
littérateurs, à répandre l'opinion que l'auteur des *Fleurs du
mal* avait l'habitude de chercher l'inspiration dans les excitants. Sa mort, arrivée à la suite d'une paralysie qui le rédui-
sait à l'impuissance de pouvoir communiquer la pensée toujours active et vivante au fond de son cerveau, ne fit que
confirmer cette croyance. Cette paralysie, disait-on, venait
sans doute des excès de haschich ou d'opium auquel le
poëte s'était livré d'abord par singularité, ensuite par l'en-
traînement fatal qu'exercent les drogues funestes. Sa maladie
n'eut d'autre cause que les fatigues, les ennuis, les chagrins
et les embarras de toute sorte, inhérents à la vie littéraire
pour tous ceux dont le talent ne se prête pas à un travail
régulier et de facile débit, comme celui du journal, par
exemple, et dont les œuvres épouvantent par leur originalité les timides directeurs de revues. Baudelaire était
sobre comme tous les travailleurs, et, tout en admettant que
le goût de se créer un *paradis artificiel* au moyen d'un

excitant quelconque, opium, haschich, vin, alcool ou **tabac,**
semble tenir à la nature même de l'homme puisqu'on le retrouve à toutes les époques, dans tous les pays, dans les
barbaries comme dans les civilisations et jusque dans l'état
sauvage, il y voyait une preuve de la perversité originelle,
une tentative impie d'échapper à la douleur *nécessaire,* une
pure suggestion satanique pour usurper, dès à présent, le
bonheur réservé plus tard comme récompense à la résignation, à la volonté, à la vertu, à l'effort persistant vers le bien
et le beau. Il pensait que le diable disait aux mangeurs de
haschich et aux buveurs d'opium, comme autrefois à nos
premiers parents : « Si vous goûtez de ce fruit, vous serez
comme des dieux, » et qu'il ne leur tenait pas plus parole qu'il
ne la tint à Adam et Ève; car, le lendemain, le dieu, affaibli,
énervé, est descendu au-dessous de la bête et reste isolé
dans un vide immense, n'ayant d'autre ressource pour
s'échapper à lui-même que de recourir à son poison dont il
doit graduellement augmenter la dose. Qu'il ait essayé une
ou deux fois du haschich comme expérience physiologique,
cela est possible et même probable, mais il n'en a pas fait
un usage continu. Ce bonheur acheté à la pharmacie, et qu'on
emporte dans la poche de son gilet, lui répugnait d'ailleurs,
et il comparait l'extase qu'il produit à celle d'un maniaque
pour qui des toiles peintes et de grossiers décors remplace-
raient de véritables meubles et des jardins embaumés de fleurs
réelles. Il ne vint que rarement et en simple observateur
aux séances de l'hôtel Pimodan, où notre cercle se réunis-
sait pour prendre le dawamesk, séances que nous avons
décrites autrefois dans la *Revue des Deux Mondes,* sous ce
titre : *le Club des haschichins,* en y mêlant le récit de nos
propres hallucinations. — Après une dizaine d'expériences,
nous renonçâmes pour toujours à cette drogue enivrante,

non qu'elle nous eût fait mal physiquement, mais le vrai littérateur n'a besoin que de ses rêves naturels, et il n'aime pas que sa pensée subisse l'influence d'un agent quelconque.

Balzac vint à une de ces soirées, et Baudelaire raconte ainsi sa visite : « Balzac pensait sans doute qu'il n'est pas de plus grande honte ni de plus vive souffrance que l'abdication de sa volonté. Je l'ai vu une fois, dans une réunion où il était question des prodigieux effets du haschich. Il écoutait et questionnait avec une attention et une vivacité amusantes. Les personnes qui l'ont connu devinent qu'il devait être intéressé. Mais l'idée de penser malgré lui-même le choquait vivement; on lui présenta du dawamesk, il l'examina, le flaira, et le rendit sans y toucher. La lutte entre sa curiosité presque enfantine et sa répugnance pour l'abdication, se trahissait sur son visage expressif d'une manière frappante ; l'amour de la dignité l'emporta. En effet, il est difficile de se figurer le théoricien de la *volonté*, le jumeau spirituel de Louis Lambert consentant à perdre une parcelle de cette précieuse *substance*. »

Nous étions ce soir-là à l'hôtel Pimodan, et nous pouvons constater la parfaite exactitude de cette petite anecdote. Seulement, nous y ajouterons ce détail caractéristique : en rendant la cuillerée de dawamesk qu'on lui offrait, Balzac dit que l'essai était inutile et que le haschich, il en était sûr, n'aurait aucune action sur son cerveau.

Cela était possible, ce cerveau puissant où trônait la volonté, fortifié par l'étude, saturé des aromes subtils du moka, et que n'obscurcissaient pas de la plus légère fumée trois bouteilles de vin de Vouvray le plus capiteux, eût été peut-être capable de résister à l'intoxication passagère du chanvre indien. Car le haschich ou dawamesk, nous avons oublié de le dire, n'est qu'une décoction de *cannabis indica*, mêlée à

un corps gras, à du miel et à des pistaches, pour lui donner
la consistance d'une pâte ou confiture.

La monographie du haschich est médicalement très-bien
faite dans *les Paradis artificiels,* et la science y pourrait
puiser des renseignements certains, car Baudelaire se piquait
de scrupuleuse exactitude, et pour rien au monde il n'eût
glissé le moindre ornement poétique dans ce sujet qui s'y
prêterait de lui-même. Il spécifie parfaitement bien le caractère propre des hallucinations du haschich, qui ne crée rien,
mais développe seulement la disposition particulière de l'individu en l'exagérant jusqu'à la dernière puissance. Ce qu'on
voit, c'est soi-même agrandi, sensibilisé, excité démesuré-
ment, hors du temps et de l'espace dont la notion disparaît,
dans un milieu d'abord réel, mais qui bientôt se déforme,
s'accentue, s'exagère et où chaque détail, d'une intensité
extrême, prend une importance surnaturelle, mais aisément
compréhensible pour le mangeur de haschich qui devine
des correspondances mystérieuses entre ces images souvent
disparates. Si vous entendez quelqu'une de ces musiques
qui semblent exécutées par un orchestre céleste et des
chœurs de séraphins, et près desquelles les symphonies
d'Haydn, de Mozart et de Beethoven ne sont plus que
d'impatientants charivaris, croyez qu'une main a effleuré
le clavier du piano avec quelque vague prélude, ou qu'un
orgue lointain murmure dans la rumeur de la rue un
morceau *connu* d'opéra. Si vos yeux sont éblouis par des
ruissellements, des scintillations, des irradiations et des feux
d'artifice de lumière, assurément un certain nombre de
bougies doivent brûler dans les torchères et les flambeaux.
Quand la muraille, cessant d'être opaque, s'enfonce en perspective vaporeuse, profonde, bleuâtre comme une fenêtre
ouverte sur l'infini, c'est qu'une glace miroite vis-à-vis du

songeur avec ses ombres diffuses mêlées de transparences fantastiques. Les nymphes, les déesses, les apparitions gracieuses, burlesques ou terribles, viennent des tableaux, des tapisseries, des statues étalant leur nudité mythologique dans les niches, ou des magots grimaçant sur des étagères.

Il en est de même pour les extases olfactives qui vous transportent en des paradis de parfums où des fleurs merveilleuses, balançant leurs urnes comme des encensoirs, vous envoient des senteurs d'aromates, des odeurs innomées d'une subtilité pénétrante, rappelant le souvenir de vies antérieures, de plages balsamiques et lointaines et d'amours primitives dans quelque O'Taïti du rêve. Il n'est pas besoin de chercher bien loin pour trouver dans la chambre un pot d'héliotrope ou de tubéreuse, un sachet de peau d'Espagne ou un châle de cachemire imprégné de patchouli négligemment jeté sur un fauteuil.

On comprend donc que, si l'on veut jouir pleinement des magies du haschich, il faut les préparer d'avance et fournir en quelque sorte les motifs à ses variations extravagantes et à ses fantaisies désordonnées. Il importe d'être dans une bonne disposition d'esprit et de corps, de n'avoir ce jour-là ni souci, ni devoir, ni heure fixée, et de se trouver dans un de ces appartements qu'aimait Baudelaire et qu'Edgar Poe, dans ses descriptions, meuble avec un confort poétique, un luxe bizarre et une élégance mystérieuse; retraite dérobée et cachée à tous, qui semble attendre l'âme aimée, l'idéale figure féminine, celle qu'en son noble langage Chateaubriand appelait *la sylphide*. En de telles conditions, il est probable et même presque certain que les sensations naturellement agréables se tourneront en béatitudes, ravissements, extases, voluptés indicibles, et bien supérieures aux joies grossières promises aux croyants par Mahomet dans son paradis

trop semblable à un sérail. Les houris vertes, rouges et blanches sortant de la perle creuse qu'elles habitent et s'offrant aux
fidèles avec leur virginité sans cesse renaissante, paraîtraient
de vulgaires maritornes comparées aux nymphes, aux anges,
aux sylphides, vapeurs parfumées, transparences idéales,
formes soufflées de lumière rose et bleue, se détachant en
clair sur des disques de soleil et venant du fond de l'infini
avec des élancements stellaires comme les globules d'argent
d'une liqueur gazeuse, du fond d'une coupe de cristal
que le haschichin voit passer par légions innombrables dans
le rêve qu'il fait tout éveillé.

Sans ces précautions, l'extase peut très-bien tourner au
cauchemar. Les voluptés se changent en souffrances, les joies
en terreurs; une angoisse terrible vous saisit à la gorge, vous
pose son genou sur l'estomac, et vous écrase de son poids
fantastiquement énorme, comme si le sphinx des pyramides
ou l'éléphant du roi de Siam s'amusait à vous aplatir.
D'autres fois, un froid glacial vous envahit et vous fait monter
le marbre jusqu'aux hanches, comme à ce roi des *Mille et une
Nuits* à demi changé en statue et dont sa méchante femme
venait battre tous les matins les épaules restées souples.

Baudelaire raconte deux ou trois hallucinations d'hommes
de caractères différents, et une autre éprouvée par une femme
dans ce cabinet de glaces recouvert d'un treillage doré et
festonné de fleurs, qu'il n'est pas difficile de reconnaître pour
le boudoir de l'hôtel Pimodan, et il accompagne chaque
vision d'un commentaire analytique et moral, où perce sa
répugnance invincible à l'endroit de tout bonheur obtenu par
des moyens factices. Il détruit cette considération du secours
que pourrait tirer le génie des idées que suggère l'ivresse
du haschich. D'abord ces idées ne sont pas si belles qu'on se
l'imagine, leur charme vient surtout de l'extrême excitation

nerveuse où se trouve le sujet. Ensuite le haschich, qui donne
ces idées, ôte en même temps le pouvoir de s'en servir, car
il anéantit la volonté et plonge ses victimes dans un ennui
nonchalant où l'esprit devient incapable de tout effort et de
tout travail et d'où il ne peut sortir que par l'ingestion d'une
nouvelle dose. « Enfin, ajoute-t-il, admettant quelques minutes l'hypothèse d'un tempérament assez bien trempé, assez
vigoureux pour résister aux fâcheux effets de la drogue perfide, il faut songer à un autre danger, fatal, terrible, qui est
celui des accoutumances. Celui qui aura recours à un poison
pour penser, ne pourra bientôt plus penser *sans* poison. Se
figure-t-on le sort affreux d'un homme dont l'imagination
paralysée ne saurait plus fonctionner sans le secours du
haschich et de l'opium ! »

Et, un peu plus loin, il fait sa profession de foi en ces nobles
termes : « Mais l'homme n'est pas si abandonné de moyens
honnêtes pour gagner le ciel, qu'il soit obligé d'invoquer la
pharmacie et la sorcellerie ; il n'a pas besoin de vendre son
âme pour payer les caresses enivrantes et l'amitié des houris.
Qu'est-ce qu'un paradis qu'on achète au prix de son salut
éternel? » Suit la peinture d'une sorte d'Olympe placé sur
le mont ardu de la spiritualité où les muses de Raphaël ou
de Mantegna, sous la conduits d'Apollon, entourent de leurs
chœurs rhythmiques l'artiste voué au culte du beau et le
récompensent de son long effort. « Au-dessous de lui, continue l'auteur, au pied de la montagne, dans les ronces et
dans la boue, la troupe des humains, la bande des ilotes,
simule les grimaces de la jouissance et pousse des hurlements
que lui arrache la morsure du poison, et le poëte attristé
se dit : « Ces infortunés qui n'ont ni jeûné ni prié, et qui ont
« refusé la rédemption par le travail, demandent à la noire
« magie les moyens de s'élever, d'un seul coup, à l'existence

« surnaturelle. La magie les dupe et allume pour eux un faux
« bonheur et une fausse lumière ; tandis que, nous, poëtes et
« philosophes, qui avons régénéré notre âme par le travail
« successif et la contemplation , par l'exercice assidu de la
« volonté et la noblesse permanente de l'intention, nous avons
« créé à notre usage un jardin de vraie beauté. Confiants dans
« la parole qui dit que la foi transporte les montagnes, nous
« avons accompli le seul miracle dont Dieu nous ait octroyé
« la licence. »

Après de semblables paroles, il est difficile de croire que
l'auteur des *Fleurs du mal*, malgré ses penchants *sataniques,*
ait rendu de fréquentes visites aux paradis artificiels.

A l'étude sur le haschich succède l'étude sur l'opium,
mais ici Baudelaire avait pour guide un livre singulier très-
célèbre en Angleterre *Confessions of English opium eater*,
qui a pour auteur de Quincey, helléniste distingué, écrivain
supérieur, homme d'une respectabilité complète, qui a osé,
avec une candeur tragique, faire, dans le pays du monde le
plus roidi par le *cant,* l'aveu de sa passion pour l'opium,
décrire cette passion, en représenter les phases, les intermit-
tences, les rechutes, les combats, les enthousiasmes, les
abattements, les extases et les fantasmagories suivies d'inex-
primables angoisses. De Quincey, chose presque incroyable,
était arrivé, en augmentant peu à peu la dose, à huit mille
gouttes par jour; ce qui ne l'empêcha pas de parvenir jusqu'à l'âge très-normal de soixante-quinze ans, car il ne
mourut qu'au mois de décembre 1859 et fit attendre longtemps les médecins à qui, dans un accès d'*humour,* il avait
moqueusement légué, comme curieux sujet d'expérience
scientifique, son corps gorgé d'opium. Sa mauvaise habitude
ne l'empêcha pas de publier une foule d'ouvrages de littérature et d'érudition où rien n'annonce la fatale influence de

ce qu'il appelle lui-même « la noire idole » Le dénoûment
du livre laisse sous-entendre qu'avec des efforts surhumains
l'auteur était enfin parvenu à se corriger; mais cela pourrait
bien n'être qu'un sacrifice à la morale et aux convenances,
comme la récompense de la vertu et la punition du crime à
la fin des mélodrames, l'impénitence finale étant de mauvais
exemple. Et de Quincey prétend qu'après dix-sept années
d'usage et huit années d'abus de l'opium, il a pu renoncer
à cette dangereuse substance! Il ne faut pas décourager les
thériakis de bonne volonté. Mais que d'amour pourtant
dans cette lyrique invocation à la brune liqueur:

« O juste, subtil et puissant opium! toi qui, au cœur du
pauvre comme du riche, pour les blessures qui ne se cica-
triseront jamais et pour les angoisses qui induisent l'esprit
en rebellion, apportes un baume adoucissant; éloquent opium,
toi qui par ta puissante rhétorique désarmes les résolutions
de la rage et qui pour une nuit rends à l'homme coupable
les espérances de sa jeunesse et ses anciennes mains pures de
sang; qui à l'homme orgueilleux donne un oubli passager
« des torts non redressés et des insultes non vengées! » Tu
bâtis sur le sein des ténèbres, avec les matériaux imaginaires
du cerveau, avec un art plus profond que celui de Phidias
et de Praxitèle, des cités et des temples qui dépassent en
splendeurs Babylone ou Hécatompylos, et, du chaos d'un
sommeil plein de songes, tu évoques à la lumière du soleil
les visages des beautés depuis longtemps ensevelies et les
physionomies familières et bénies, nettoyées des outrages de
la tombe. Toi seul, tu donnes à l'homme ces trésors et tu pos-
sèdes les clefs du paradis, ô juste, subtil et puissant opium! »

Baudelaire ne traduit pas intégralement le livre de de
Quincey. Il en détache les morceaux les plus saillants, qu'il
relie par une analyse entremêlée de digressions et de

4.

réflexions philosophiques, de manière à former un abrégé
qui représente l'œuvre entière. Rien de plus curieux que les
détails biographiques qui ouvrent ces confessions et racontent la fuite de l'écolier pour se soustraire à la tyrannie de ses
tuteurs, sa vie errante, misérable et famélique à travers ce
grand désert de Londres, son séjour dans ce logis transformé
en galetas par la négligence du propriétaire, sa liaison avec
la petite servante demi-idiote et Ann, une pauvre fille, triste
violette de trottoir, innocente et virginale jusque dans la
prostitution, sa rentrée en grâce auprès de sa famille et sa
prise de possession d'une fortune assez considérable pour
lui permettre de se livrer à ses études favorites au fond d'un
charmant cottage, en compagnie d'une noble femme qu'Oreste
de l'opium il appelle son Électre. Car déjà il a pris, à la suite
de douleurs névralgiques, l'habitude indéracinable du poison
dont il absorbait bientôt, sans résultat fâcheux, la dose
énorme de quarante grains par jour. Il est peu de poésies,
même chez Byron, Coleridge et Shelley, qui dépassent en
magnificence étrange et grandiose les rêves de de Quincey.
Aux visions les plus éclatantes et qu'illuminent des lueurs
argentines et bleues de paradis ou d'Élysée en succèdent
d'autres plus sombres que l'Érèbe et auxquelles on peut
appliquer ces vers effrayants du poëte : « C'était comme si un
grand peintre eût trempé son pinceau dans la noirceur du
tremblement de terre et de l'éclipse. »

De Quincey, qui était un humaniste des plus distingués et
des plus précoces, — il savait le grec et le latin à dix ans, —
avait toujours pris beaucoup de plaisir à la lecture de Tite-
Live, et ces mots *consul romanus* résonnaient à son oreille
comme une formule magique et péremptoirement irrésistible.
Ces cinq syllabes éclataient à son oreille avec des vibrations
de trompettes sonnant des fanfares triomphales, et, lorsque,

dans son rêve, des multitudes ennemies luttaient sur un
champ de bataille éclairé d'une lueur livide avec des râles
et des piétinements sourds, pareils au bruit lointain des
grandes eaux, tout à coup une voix mystérieuse criait ces
mots qui dominaient tout : *Consul romanus.* Un grand
silence se faisait, oppressé d'une attente anxieuse, et le
consul apparaissait monté sur un cheval blanc, au milieu
de l'immense fourmilière, comme le Marius de la *Bataille
des Cimbres,* par Decamps, et, d'un geste fatidique, déci-
dait la victoire.

D'autres fois, des personnages entrevus dans la réalité se
mêlaient à ses rêves et les hantaient comme des spectres
obstinés que ne peut chasser aucune formule d'exorcisme.
Un jour de l'année 1813, un Malais, au teint jaune et bilieux,
aux yeux tristement nostalgiques venant de Londres et cherchant à gagner quelque port, ne sachant d'ailleurs pas un
seul mot d'aucune langue européenne, vint frapper, pour
s'y reposer un peu, à la porte du cottage. Ne voulant pas
rester court devant ses domestiques et ses voisins, de Quincey
lui parla grec; l'Asiatique répondit en malais et l'honneur fut
sauf. Après lui avoir donné quelque argent, le maître du
cottage, avec cette charité qui pousse le fumeur à offrir un
cigare au pauvre diable qu'il suppose depuis longtemps
privé de tabac, fit cadeau au Malais d'un gros morceau
d'opium, que le Malais avala d'une bouchée. Il y avait de
quoi tuer sept ou huit personnes non entraînées; mais l'homme
au teint jaune avait probablement l'habitude du poison, car
il partit avec les marques d'une reconnaissance et d'une
satisfaction indicibles. On ne le revit plus, du moins physiquement, mais il devint un des hôtes les plus assidus des
visions de de Quincey. Le Malais à la face safranée et aux
prunelles étrangement noires était comme une espèce de

génie de l'extrême Orient, qui avait les clefs de l'Inde, du
Japon, de la Chine et autres pays jetés, par rapport au reste
du globe, dans un éloignement chimérique et impossible.
Comme on obéit à un guide qu'on n'a pas appelé, mais qu'il
faut suivre par une de ces fatalités que le rêve admet, de
Quincey, sur les pas du Malais s'enfonçait dans des régions
d'une antiquité fabuleuse et d'une bizarrerie inexprimable
qui lui causaient une profonde terreur. « Je ne sais, disait-il
dans ses confessions, si d'autres personnes partagent mes
sentiments à ce point, mais j'ai souvent pensé que, si j'étais
forcé de quitter l'Angleterre et de vivre en Chine parmi
les modes, les manières et les décors de la vie chinoise, je
deviendrais fou... Un jeune Chinois m'apparaît comme un
être antédiluvien... En Chine surtout, négligeant ce qu'elle
a de commun avec le reste de l'Asie méridionale, je suis
terrifié par les modes de la vie, par les usages, par une
répugnance absolue, par une barrière de sentiments qui
nous séparent d'elle et sont trop profonds pour être analysés ;
je trouverais plus commode de vivre avec des Lunatiques ou
avec des brutes. »

Avec une malicieuse ironie, le Malais, qui semblait comprendre cette répugnance du mangeur d'opium, avait soin
de le conduire au milieu de villes immenses, aux tours de
porcelaine, aux toits recourbés en sabots et ornés de clo-
chettes qui tintinnabulaient sans cesse, aux rivières chargées
de jonques et traversées par des dragons sculptés en forme
de ponts, aux rues encombrées d'une innombrable popula-
tion de magots agitant leurs petites têtes coupés d'yeux obliques, agitant comme des rats leurs queues frétillantes et
murmurant, avec force révérences, des monosyllabes compli-
menteurs.

La troisième et dernière partie des *Rêveries d'un mangeur*

d'opium porte un titre lamentable, qu'elle justifie bien · *Sus-
piria de profundis*. Dans une de ces visions apparaissent
trois figures inoubliables, mystérieusement terribles, comme
les *Moires* grecques et les *Mères* du second Faust. Ce sont
les suivantes de Levana, l'austère déesse qui lève le nouveau-
né de terre et le perfectionne par la douleur. Comme il y a
trois Grâces, trois Parques, trois Furies, comme il y avait
primitivement trois Muses, il y a trois déesses de la tristesse ;
elles sont nos Notre-Dame des Tristesses. La plus âgée des
trois sœurs s'appelle *Mater lacrymarum* ou Notre-Dame
des Larmes, la seconde *Mater suspiriorum,* Notre-Dame des
Soupirs, la troisième et la plus jeune *Mater tenebrarum,*
Notre-Dame des Ténèbres, la plus redoutable de toutes et à
laquelle l'esprit le plus ferme ne peut songer sans une secrète
horreur. Ces spectres dolents ne parlent pas le langage arti-
culé des mortels ; ils pleurent, soupirent et font dans l'ombre vague des gestes fatidiques. Ils expriment ainsi les douleurs inconnues, les angoisses sans nom, les suggestions du
désespoir solitaire, tout ce qu'il y a de souffrances, d'amer-
tumes et de douleurs au plus profond de l'âme humaine.
L'homme doit recevoir les leçons de ces rudes initiatrices ;
« ainsi verra-t-il les choses qui ne devraient pas être vues,
les spectacles qui sont abominables et les secrets qui sont
indicibles ; ainsi lira-t-il les antiques vérités, les tristes vérités, les grandes et terribles vérités. »

On pense bien que Baudelaire ne ménage pas à de
Quincey les reproches qu'il adresse à tous ceux qui veulent
s'élever au surnaturel par des moyens matériels ; mais, en
faveur de *la beauté* des tableaux que peint l'illustre et poétique rêveur, il lui montre beaucoup de bienveillance.

Vers cette époque, Baudelaire quitta Paris et alla planter
sa tente à Bruxelles. Il ne faut voir dans ce voyage aucune

idée politique, mais le désir d'une vie plus tranquille et d'un repos pacifiant, loin des excitations de l'existence parisienne. Ce séjour ne paraît pas lui avoir profité. Il travailla peu à Bruxelles et ses papiers ne contiennent que des notes rapides, sommaires, presque hiéroglyphiques, dont lui seul aurait pu tirer parti. Sa santé, au lieu de se rétablir, s'altéra, soit qu'elle fût plus profondément atteinte qu'il ne le pensait lui-même, soit que le climat ne lui fût pas favorable. Les premiers symptômes du mal se manifestèrent par une certaine lenteur de parole et une hésitation de plus en plus marquée dans le choix des mots; mais, comme Baudelaire s'exprimait souvent d'une façon solennelle et sentencieuse, appuyant sur chaque terme pour lui donner plus d'importance, on ne prit pas garde à cet embarras de langage, prodrome de la terrible maladie qui devait l'emporter et qui se manifesta bientôt par une brusque attaque. Le bruit de la mort de Baudelaire se répandit dans Paris avec cette rapidité ailée des mauvaises nouvelles qui semblent courir plus vite que le fluide électrique le long de son fil. Baudelaire était vivant encore, mais la nouvelle, quoique fausse, n'était que prématurément vraie; il ne devait pas se relever du coup qui l'avait frappé. Ramené de Bruxelles par sa famille et ses amis, il vécut encore quelques mois, ne pouvant parler, ne pouvant écrire, puisque la paralysie avait rompu la chaîne qui rattache la pensée à la parole. L'idée vivait toujours en lui, on s'en apercevait bien à l'expression des yeux; mais elle était prisonnière et muette, sans aucun moyen de communication avec l'extérieur, dans ce cachot d'argile qui devait ne s'ouvrir que sur la tombe. — A quoi bon insister sur les détails de cette triste fin? Il n'est pas de bonne manière de mourir, mais il est douloureux, pour les survivants, de voir s'en aller si tôt une intelligence remarquable qui pouvait longtemps encore porter des fruits,

et de perdre sur le chemin de plus en plus désert de la vie un
compagnon de sa jeunesse.

Outre *les Fleurs du mal*, les traductions d'Edgar Poe, *les
Paradis artificiels*, des salons ou des articles de critique,
Charles Baudelaire laisse un livre de petits poëmes en prose
insérés à diverses époques dans des journaux et des revues
qui bientôt se lassaient de ces délicats chefs-d'œuvre sans
intérêt pour les vulgaires lecteurs et forçaient le poëte, dont le
noble entêtement ne se prêtait à aucune concession, d'aller
porter la série suivante à un papier plus hasardeux ou plus
littéraire. C'est la première fois que ces pièces, éparpillées
un peu partout et presque introuvables, sont réunies en un
volume qui ne sera pas le moindre titre du poëte auprès de
la postérité.

Dans une courte préface adressée à Arsène Houssaye, qui
précède *les Petits Poëmes en prose*, Baudelaire raconte
comment l'idée d'employer cette forme hybride, flottant
entre le vers et la prose, lui est venue.

« J'ai une petite confession à vous faire. C'est en feuille-
tant, pour la vingtième fois au moins, le fameux *Gaspard de
la Nuit* d'Aloysius Bertrand (un livre connu de vous, de moi
et de quelques-uns de mes amis n'a-t-il pas tous les droits à
être appelé fameux?) que l'idée m'est venue de tenter quelque
chose d'analogue et d'appliquer à la description de la vie
moderne ou plutôt d'une vie moderne et plus abstraite le
procédé qu'il avait appliqué à la peinture de la vie ancienne,
si étrangement pittoresque.

« Quel est celui de nous qui n'a pas, dans ses jours d'am-
bition, rêvé le miracle d'une prose poétique, musicale, sans
rhythme et sans rime, assez souple et assez heurtée pour
s'adapter aux mouvements lyriques de l'âme, aux ondula-
tions de la rêverie, aux soubresauts de la conscience?

Il n'est pas besoin de dire que rien ne ressemble moins à *Gaspard de la Nuit* que *les Petits Poëmes en prose*. Baudelaire lui-même s'en aperçut dès qu'il eut commencé son travail et il constata cet *accident* dont tout autre que lui s'enorgueillirait peut-être, mais qui ne peut qu'humilier profondément un esprit qui regarde comme le plus grand honneur du poëte d'accomplir *juste* ce qu'il a projeté de faire.

On voit que Baudelaire prétendait toujours diriger l'inspiration par la volonté et introduire une sorte de mathématique infaillible dans l'art. Il se blâmait d'avoir produit autre chose que ce qu'il avait résolu de faire, fût-ce, comme au cas présent, une œuvre originale et puissante.

Notre langue poétique, il faut l'avouer, malgré les vaillants efforts de la nouvelle école pour l'assouplir et la rendre malléable, ne se prête guère au détail un peu rare et circonstancié, surtout lorsqu'il s'agit de sujets de la vie moderne, familière ou luxueuse. Sans avoir, comme jadis, l'horreur du mot propre et l'amour de la périphrase, le vers français se refuse, par sa structure même, à l'expression de la particularité significative, et, s'il s'obstine à la faire entrer dans son cadre étroit, il devient bien vite dur, rocailleux et pénible. *Les Petits Poëmes en prose* viennent donc fort à propos suppléer cette impuissance, et, dans cette forme qui demande un art exquis et où chaque mot doit être jeté, avant d'être employé, dans des balances plus faciles à trébucher que celles des *Peseurs d'or* de Quintin Metsys, car il faut qu'il ait le titre, le poids et le son, Baudelaire a mis en relief tout un côté précieux, délicat et bizarre de son talent. Il a pu serrer de plus près l'inexprimable et rendre ces nuances fugitives qui flottent entre le son et la couleur et ces pensées qui ressemblent à des motifs d'arabesques ou à des thèmes de phrases musicales.

— Ce n'est pas seulement à la nature physique, c'est aux

mouvements les plus secrets de l'âme, aux mélancolies capri-
cieuses, au spleen halluciné des névroses que cette forme
s'applique avec bonheur. L'auteur des *Fleurs du mal* en a
tiré des effets merveilleux et l'on est parfois surpris que la
langue arrive, tantôt à travers la gaze transparente du rêve,
tantôt avec la brusque netteté d'un de ces rayons de soleil
qui, dans les trouées bleues du lointain, détachent une tour
en ruine, un bouquet d'arbres, une cime de montagne, à
faire voir des objets qui semblent se refuser à toute description, et qui, jusqu'à présent, n'avaient pas été *réduits* par le
verbe. Ce sera là une des gloires, sinon la plus grande de
Baudelaire, d'avoir fait entrer dans les possibilités du style
des séries de choses, de sensations et d'effets innomés
par Adam, le grand nomenclateur. Un littérateur ne saurait
ambitionner un plus beau titre, et celui-là, l'écrivain qui a
fait *les Petits Poëmes en prose* le mérite sans conteste.

Il est bien difficile, à moins de disposer d'un grand espace,
et alors il vaudrait mieux envoyer le lecteur aux pièces elles-
mêmes, de donner une idée juste de ces compositions :
tableaux, médaillons, bas-reliefs, statuettes, émaux, pastels,
camées qui se suivent, mais un peu comme les vertèbres
dans l'épine dorsale d'un serpent. On peut enlever quelques
uns des anneaux et les morceaux se rejoignent toujours
vivants, ayant chacun leur âme particulière et se tordant con-
vulsivement vers un idéal inaccessible.

Devant clore cette notice déjà trop longue le plus briève-
ment possible, car nous chasserions de son volume l'auteur
et l'ami dont nous expliquons le talent, et le commentaire
étoufferait l'œuvre, il faut nous borner à citer les titres de
quelques-uns de ces petits poëmes en prose, bien supérieurs
selon nous, par l'intensité, la concentration, la profondeur
et la grâce, aux fantaisies mignonnes de *Gaspard de la Nuit*

que Baudelaire s'était proposé comme modèle. Parmi les cinquante morceaux qui composent le recueil et qui sont tous divers de ton et de facture, nous ferons remarquer *le Gâteau, la Chambre double, les Foules, les Veuves, le Vieux Saltimbanque, une Hémisphère dans une chevelure, l'Invitation au voyage, la Belle Dorothée, une Mort héroïque, le Thyrse, Portraits de maîtresses, le Désir de peindre, un Cheval de race* et surtout *les Bienfaits de la lune,* adorable pièce où le poëte exprime avec une magique illusion ce que le peintre anglais Millais à manqué si complétement dans sa *Veillée de la Sainte-Agnès* : 'a descente de l'astre nocturne dans une chambre avec sa lueur phosphoriquement bleuâtre, ses gris de nacre irisés, son brouillard traversé de rayons où palpitent, comme des phalènes, des atomes d'argent. — Du haut de son escalier de nuages, la lune se penche sur le berceau d'un enfant endormi, le baignant de sa clarté vivante et de son poison lumineux ; cette jolie tête pâle, elle la doue de ses bienfaits étranges, comme une fée marraine, et lui murmure à l'oreille : « Tu subiras éternellement l'influence de mon baiser, tu seras belle à ma manière. Tu aimeras ce que j'aime et ce qui m'aime : l'eau, les nuages, le silence, la nuit, la mer immense et verte ; l'eau informe et multiforme, le lieu où tu ne seras pas, l'amant que tu ne connaîtras pas, les fleurs monstrueuses, les parfums qui troublent la volonté, les chats qui se pâment sur les pianos et qui gémissent comme les femmes, d'une voix rauque et douce. »

Nous ne connaissons d'analogue à ce morceau délicieux que la poésie de Li-tai-pé, si bien traduite par Judith Walter, où l'impératrice de la Chine traîne, parmi les rayons, sur son escalier de jade diamanté par la lune, les plis de sa robe de satin blanc. Un Lunatique seul pouvait ainsi comprendre la lune et son charme mystérieux.

Quand on écoute la musique de Weber, on éprouve d'abord une sensation de sommeil magnétique, une sorte d'apaisement qui vous sépare sans secousse de la vie réelle, puis dans le lointain résonne une note étrange qui vous fait dresser l'oreille avec inquiétude. Cette note est comme un soupir du monde surnaturel, comme la voix des esprits invisibles qui s'appellent. Obéron vient d'emboucher son cor et la forêt magique s'ouvre, allongeant à l'infini des allées bleuâtres, se peuplant de tous les êtres fantastiques décrits par Shakspeare dans *le Songe d'une nuit d'été*, et Titania elle-même apparaît dans sa transparente robe de gaze d'argent.

La lecture des *Petits Poëmes en prose* nous a souvent produit des impressions de ce genre; une phrase, un mot — un seul — bizarrement choisi et placé, évoquait pour nous un monde inconnu de figures oubliées et pourtant amies, ravivait les souvenirs d'existences antérieures et lointaines, et nous faisait pressentir autour de nous un chœur mystérieux d'idées évanouies, murmurant à mi-voix parmi les fantômes des choses qui se détachent incessamment de la réalité. D'autres phrases, d'une tendresse morbide, semblent comme la musique chuchoter des consolations pour les douleurs inavouées et les irrémédiables désespoirs. Mais il faut y prendre garde, car elles vous donnent la nostalgie comme le ranz des vaches à ce pauvre lansquenet suisse de la ballade allemande, en garnison à Strasbourg, qui traversa le Rhin à la nage, fut repris et fusillé, « pour avoir trop écouté retentir le cor des Alpes »

THÉOPHILE GAUTIER.

20 février 1868.

AU POËTE IMPECCABLE

AU PARFAIT MAGICIEN ÈS LETTRES FRANÇAISES

A MON TRÈS-CHER ET TRÈS-VÉNÉRÉ

MAITRE ET AMI

THÉOPHILE GAUTIER

AVEC LES SENTIMENTS

DE LA PLUS PROFONDE HUMILITÉ

JE DÉDIE

CES FLEURS MALADIVES

C. B.

PRÉFACE

La sottise, l'erreur, le péché, la lésine,
Occupent nos esprits et travaillent nos corps,
Et nous alimentons nos aimables remords,
Comme les mendiants nourrissent leur vermine.

Nos péchés sont têtus, nos repentirs sont lâches ;
Nous nous faisons payer grassement nos aveux,
Et nous rentrons gaîment dans le chemin bourbeux,
Croyant par de vils pleurs laver toutes nos taches.

Sur l'oreiller du mal c'est Satan Trismégiste
Qui berce longuement notre esprit enchanté,
Et le riche métal de notre volonté
Est tout vaporisé par ce savant chimiste.

C'est le Diable qui tient les fils qui nous remuent!
Aux objets répugnants nous trouvons des appas;
Chaque jour vers l'Enfer nous descendons d'un pas,
Sans horreur, à travers des ténèbres qui puent.

Ainsi qu'un débauché pauvre qui baise et mange
Le sein martyrisé d'une antique catin,
Nous volons au passage un plaisir clandestin
Que nous pressons bien fort comme une vieille orange.

Serré, fourmillant, comme un million d'helminthes,
Dans nos cerveaux ribote un peuple de Démons,
Et, quand nous respirons, la Mort dans nos poumons
Descend, fleuve invisible, avec de sourdes plaintes.

Si le viol, le poison, le poignard, l'incendie,
N'ont pas encor brodé de leurs plaisants dessins
Le canevas banal de nos piteux destins,
C'est que notre âme, hélas! n'est pas assez hardie.

Mais parmi les chacals, les panthères, les lices,
Les singes, les scorpions, les vautours, les serpents,
Les monstres glapissants, hurlants, grognants, rampants
Dans la ménagerie infâme de nos vices,

Il en est un plus laid, plus méchant, plus immonde!
Quoiqu'il ne pousse ni grands gestes ni grands cris,
Il ferait volontiers de la terre un débris
Et dans un bâillement avalerait le monde;

C'est l'Ennui ! — L'œil chargé d'un pleur involontaire,
Il rêve d'échafauds en fumant son houka.
Tu le connais, lecteur, ce monstre délicat,
— Hypocrite lecteur, — mon semblable, — mon frère !

SPLEEN ET IDÉAL

BENEDICTION

Lorsque, par un décret des puissances suprêmes,
Le Poëte apparaît en ce monde ennuyé,
Sa mère épouvantée et pleine de blasphèmes
Crispe ses poings vers Dieu, qui la prend en pitié :

« — Ah ! que n'ai-je mis bas tout un nœud de vipères,
Plutôt que de nourrir cette dérision !
Maudite soit la nuit aux plaisirs éphémères
Où mon ventre a conçu mon expiation !

Puisque tu m'as choisie entre toutes les femmes
Pour être le dégoût de mon triste mari,
Et que je ne puis pas rejeter dans les flammes,
Comme un billet d'amour, ce monstre rabougri,

Je ferai rejaillir ta haine qui m'accable
Sur l'instrument maudit de tes méchancetés,
Et je tordrai si bien cet arbre misérable,
Qu'il ne pourra pousser ses boutons empestés ! »

Elle ravale ainsi l'écume de sa haine,
Et, ne comprenant pas les desseins éternels,
Elle-même prépare au fond de la Géhenne
Les bûchers consacrés aux crimes maternels.

Pourtant, sous la tutelle invisible d'un Ange,
L'Enfant déshérité s'enivre de soleil,
Et dans tout ce qu'il boit et dans tout ce qu'il **mange**
Retrouve l'ambroisie et le nectar vermeil.

Il joue avec le **vent**, cause avec le **nuage**
Et s'enivre en **chantant** du chemin de la **croix**;
Et l'Esprit qui le suit dans son pèlerinage
Pleure de le voir **gai** comme un oiseau des bois.

Tous ceux qu'il veut aimer l'observent avec **crainte**,
Ou bien, s'enhardissant de sa tranquillité,
Cherchent à qui saura lui tirer une plainte,
Et font sur lui l'essai de leur férocité.

Dans le pain et le vin destinés à sa bouche
Ils mêlent de la cendre avec d'impurs crachats ;
Avec hypocrisie ils jettent ce qu'il touche,
Et s'accusent d'avoir mis leurs pieds dans ses **pas**.

Sa femme va criant sur les places publiques :
« — Puisqu'il me trouve assez belle pour m'adorer,
Je ferai le métier des idoles antiques,
Et comme elles je veux me faire redorer;

Et je me soûlerai de nard, d'encens, de myrrhe,
De génuflexions, de viandes et de vins,
Pour savoir si je puis dans un cœur qui m'admire
Usurper en riant les hommages divins !

Et, quand je m'ennuîrai de ces farces impies,
Je poserai sur lui ma frêle et forte main;
Et mes ongles, pareils aux ongles des harpies,
Sauront jusqu'à son cœur se frayer un chemin.

Comme un tout jeune oiseau qui tremble et qui palpite,
J'arracherai ce cœur tout rouge de son sein,
Et, pour rassasier ma bête favorite,
Je le lui jetterai par terre avec dédain ! »

Vers le Ciel, où son œil voit un trône splendide,
Le Poëte serein lève ses bras pieux,
Et les vastes éclairs de son esprit lucide
Lui dérobent l'aspect des peuples furieux :

« — Soyez béni, mon Dieu, qui donnez la souffrance
Comme un divin remède à nos impuretés
Et comme la meilleure et la plus pure essence
Qui prépare les forts aux saintes voluptés !

Je sais que vous gardez une place au Poëte
Dans les rangs bienheureux des saintes Légions,
Et que vous l'invitez à l'éternelle fête
Des Trônes, des Vertus, des Dominations.

Je sais que la douleur est la noblesse unique
Où ne mordront jamais la terre et les enfers,
Et qu'il faut pour tresser ma couronne mystique
Imposer tous les temps et tous les univers.

Mais les bijoux perdus de l'antique Palmyre,
Les métaux inconnus, les perles de la mer,
Par votre main montés, ne pourraient pas suffire
A ce beau diadème éblouissant et clair;

Car il ne sera fait que de pure lumière,
Puisée au foyer saint des rayons primitifs,
Et dont les yeux mortels, dans leur splendeur entière,
Ne sont que des miroirs obscurcis et plaintifs! »

II

L'ALBATROS

Souvent, pour s'amuser, les hommes d'équipage
Prennent des albatros, vastes oiseaux des mers,
Qui suivent, indolents compagnons de voyage,
Le navire glissant sur les gouffres amers.

A peine les ont-ils déposés sur les planches,
Que ces rois de l'azur, maladroits et honteux,
Laissent piteusement leurs grandes ailes blanches
Comme des avirons traîner à côté d'eux.

Ce voyageur ailé, comme il est gauche et veule !
Lui, naguère si beau, qu'il est comique et laid !
L'un agace son bec avec un brûle-gueule,
L'autre mime, en boitant, l'infirme qui volait !

Le Poëte est semblable au prince des nuées
Qui hante la tempête et se rit de l'archer;
Exilé sur le sol au milieu des huées,
Ses ailes de géant l'empêchent de marcher.

III

ÉLÉVATION

Au-dessus des étangs, au-dessus des vallées,
Des montagnes, des bois, des nuages, des mers,
Par delà le soleil, par delà les éthers,
Par delà les confins des sphères étoilées,

Mon esprit, tu te meus avec agilité,
Et, comme un bon nageur qui se pâme dans l'onde,
Tu sillonnes gaîment l'immensité profonde
Avec une indicible et mâle volupté.

Envole-toi bien loin de ces miasmes morbides
Va te purifier dans l'air supérieur,
Et bois, comme une pure et divine liqueur,
Le feu clair qui remplit les espaces limpides.

Derrière les ennuis et les vastes chagrins
Qui chargent de leur poids l'existence brumeuse,
Heureux celui qui peut d'une aile vigoureuse
S'élancer vers les champs lumineux et sereins !

Celui dont les pensers, comme des alouettes,
Vers les cieux le matin prennent un libre essor,
— Qui plane sur la vie et comprend sans effort
Le langage des fleurs et des choses muettes !

IV

CORRESPONDANCES

La Nature est un temple où de vivants piliers
Laissent parfois sortir de confuses paroles;
L'homme y passe à travers des forêts de symboles
Qui l'observent avec des regards familiers.

Comme de longs échos qui de loin se confondent
Dans une ténébreuse et profonde unité,
Vaste comme la nuit et comme la clarté,
Les parfums, les couleurs et les sons se répondent.

Il est des parfums frais comme des chairs d'enfants,
Doux comme les hautbois, verts comme les prairies,
— Et d'autres, corrompus, riches et triomphants,

Ayant l'expansion des choses infinies,
Comme l'ambre, le musc, le benjoin et l'encens,
Qui chantent les transports de l'esprit et des sens.

V

J'aime le souvenir de ces époques nues,
Dont Phœbus se plaisait à dorer les statues.
Alors l'homme et la femme en leur agilité
Jouissaient sans mensonge et sans anxiété,
Et. le ciel amoureux leur caressant l'échine,
Exerçaient la santé de leur noble machine.
Cybèle alors, fertile en produits généreux,
Ne trouvait point ses fils un poids trop onéreux,
Mais, louve au cœur gonflé de tendresses communes,
Abreuvait l'univers à ses tétines brunes.
L'homme, élégant, robuste et fort, avait le droit
D'être fier des beautés qui le nommaient leur roi;
Fruits purs de tout outrage et vierges de gerçures!
Dont la chair lisse et ferme appelait les morsures,

Poëte aujourd'hui, quand il veut concevoir
    natives grandeurs, aux lieux où se font voir
La nudité de l'homme et celle de la femme,
Sent un froid ténébreux envelopper son âme

Devant ce noir tableau plein d'épouvantement.
O monstruosités pleurant leur vêtement !
O ridicules troncs ! torses dignes des masques !
O pauvres corps tordus, maigres, ventrus ou flasques,
Que le dieu de l'Utile, implacable et serein,
Enfants, emmaillotta dans ses langes d'airain !
Et vous, femmes, hélas ! pâles comme des cierges,
Que ronge et que nourrit la débauche, et vous, vierges,
Du vice maternel traînant l'hérédité
Et toutes les hideurs de la fécondité !

Nous avons, il est vrai, nations corrompues,
Aux peuples anciens des beautés inconnues :
Des visages rongés par les chancres du cœur,
Et comme qui dirait des beautés de langueur ;
Mais ces inventions de nos muses tardives
N'empêcheront jamais les races maladives
De rendre à la jeunesse un hommage profond,
— A la sainte jeunesse, à l'air simple, au doux front,
A l'œil limpide et clair ainsi qu'une eau courante,
Et qui va répandant sur tout, insouciante
Comme l'azur du ciel, les oiseaux et les fleurs,
Ses parfums, ses chansons et ses douces chaleurs !

VI

LES PHARES

Rubens, fleuve d'oubli, jardin de la paresse,
Oreiller de chair fraîche où l'on ne peut aimer,
Mais où la vie afflue et s'agite sans cesse,
Comme l'air dans le ciel et la mer dans la mer;

Léonard de Vinci, miroir profond et sombre,
Où des anges charmants, avec un doux souris
Tout chargé de mystère, apparaissent à l'ombre
Des glaciers et des pins qui ferment leur pays;

Rembrandt, triste hôpital tout rempli de murmures,
Et d'un grand crucifix décoré seulement,
Où la prière en pleurs s'exhale des ordures,
Et d'un rayon d'hiver traversé brusquement;

Michel-Ange, lieu vague où l'on voit des Hercules
Se mêler à des Christs, et se lever tout droits
Des fantômes puissants qui dans les crépuscules
Déchirent leur suaire en étirant leurs doigts;

Colères de boxeur, impudences de faune,
Toi qui sus ramasser la beauté des goujats,
Grand cœur gonflé d'orgueil, homme débile et jaune
Puget, mélancolique empereur des forçats;

Watteau, ce carnaval où bien des cœurs illustres,
Comme des papillons, errent en flamboyant,
Décors frais et légers éclairés par des lustres
Qui versent la folie à ce bal tournoyant;

Goya, cauchemar plein de choses inconnues,
De fœtus qu'on fait cuire au milieu des sabbats,
De vieilles au miroir et d'enfants toutes nues,
Pour tenter les démons ajustant bien leurs bas;

Delacroix, lac de sang hanté des mauvais anges,
Ombragé par un bois de sapins toujours vert,
Où, sous un ciel chagrin, des fanfares étranges
Passent, comme un soupir étouffé de Weber;

Ces malédictions, ces blasphèmes, ces plaintes,
Ces extases, ces cris, ces pleurs, ces *Te Deum,*
Sont un écho redit par mille labyrinthes;
C'est pour les cœurs mortels un divin opium!

C'est un cri répété par mille sentinelles,
Un ordre renvoyé par mille porte-voix;
C'est un phare allumé sur mille citadelles,
Un appel de chasseurs perdus dans les grands bois!

Car c est vraiment, Seigneur, le meilleur témoignage
Que nous puissions donner de notre dignité
Que cet ardent sanglot qui roule d'âge en âge
Et vient mourir au bord de votre éternité !

VII

LA MUSE MALADE

Ma pauvre Muse, hélas! qu'as-tu donc ce matin?
Tes yeux creux sont peuplés de visions nocturnes,
Et je vois tour à tour s'étaler sur ton teint
La folie et l'horreur, froides et taciturnes.

Le succube verdâtre et le rose lutin
T'ont-ils versé la peur et l'amour de leurs urnes?
Le cauchemar, d'un poing despotique et mutin,
T'a-t-il noyée au fond d'un fabuleux Minturnes?

Je voudrais qu'exhalant l'odeur de la santé
Ton sein de pensers forts fût toujours fréquenté,
Et que ton sang chrétien coulât à flots rhythmiques

Comme les sons nombreux des syllabes antiques,
Où règnent tour à tour le père des chansons,
Phœbus, et le grand Pan, le seigneur des moissons.

VIII

LA MUSE VÉNALE

O Muse de mon cœur, amante des palais,
Auras-tu, quand Janvier lâchera ses Borées,
Durant les noirs ennuis des neigeuses soirées,
Un tison pour chauffer tes deux pieds violets ?

Ranimeras-tu donc tes épaules marbrées
Aux nocturnes rayons qui percent les volets ?
Sentant ta bourse à sec autant que ton palais,
Récolteras-tu l'or des voûtes azurées ?

Il te faut, pour gagner ton pain de chaque soir,
Comme un enfant de chœur, jouer de l'encensoir,
Chanter des *Te Deum* auxquels tu ne crois guère,

Ou, saltimbanque à jeun, étaler tes appas
Et ton rire trempé de pleurs qu'on ne voit pas,
Pour faire épanouir la rate du vulgaire.

IX

LE MAUVAIS MOINE

Les cloîtres anciens sur les grandes murailles
Étalaient en tableaux la sainte Vérité,
Dont l'effet, réchauffant les pieuses entrailles,
Tempérait la froideur de leur austérité.

En ces temps où du Christ florissaient les semailles,
Plus d'un illustre moine, aujourd'hui peu cité,
Prenant pour atelier le champ des funérailles,
Glorifiait la Mort avec simplicité.

— Mon âme est un tombeau que, mauvais cénobite,
Depuis l'éternité je parcours et j'habite;
Rien n'embellit les murs de ce cloître odieux.

O moine fainéant! quand saurai-je donc faire
Du spectacle vivant de ma triste misère
Le travail de mes mains et l'amour de mes yeux?

X

L'ENNEMI

Ma jeunesse ne fut qu'un ténébreux orage,
Traversé çà et là par de brillants soleils;
Le tonnerre et la pluie ont fait un tel ravage,
Qu'il reste en mon jardin bien peu de fruits vermeils.

Voilà que j'ai touché l'automne des idées,
Et qu'il faut employer la pelle et les râteaux
Pour rassembler à neuf les terres inondées,
Où l'eau creuse des trous grands comme des tombeaux.

Et qui sait si les fleurs nouvelles que je rêve
Trouveront dans ce sol lavé comme une grève
Le mystique aliment qui ferait leur vigueur?

— O douleur! ô douleur! Le Temps mange la vie,
Et l'obscur Ennemi qui nous ronge le cœur
Du sang que nous perdons croît et se fortifie!

6.

XI

LE GUIGNON

Pour soulever un poids si lourd,
Sisyphe, il faudrait ton courage!
Bien qu'on ait du cœur à l'ouvrage,
L'Art est long et le Temps est court.

Loin des sépultures célèbres,
Vers un cimetière isolé,
Mon cœur, comme un tambour voilé,
Va battant des marches funèbres.

— Maint joyau dort enseveli
Dans les ténèbres et l'oubli,
Bien loin des pioches et des sondes;

Mainte fleur épanche à regret
Son parfum doux comme un secret
Dans les solitudes profondes.

XII

LA VIE ANTÉRIEURE

J'ai longtemps habité sous de vastes portiques
Que les soleils marins teignaient de mille feux,
Et que leurs grands piliers, droits et majestueux,
Rendaient pareils, le soir, aux grottes basaltiques.

Les houles, en roulant les images des cieux,
Mêlaient d'une façon solennelle et mystique
Les tout-puissants accords de leur riche musique
Aux couleurs du couchant reflété par mes yeux.

C'est là que j'ai vécu dans les voluptés calmes,
Au milieu de l'azur, des vagues, des splendeurs
Et des esclaves nus, tout imprégnés d'odeurs,

Qui me rafraîchissaient le front avec des palmes,
Et dont l'unique soin était d'approfondir
Le secret douloureux qui me faisait languir.

XIII

BOHÉMIENS EN VOYAGE

La tribu prophétique aux prunelles ardentes
Hier s'est mise en route, emportant ses petits
Sur son dos, ou livrant à leurs fiers appétits
Le trésor toujours prêt des mamelles pendantes.

Les hommes vont à pied sous leurs armes luisantes
Le long des chariots où les leurs sont blottis,
Promenant sur le ciel des yeux appesantis
Par le morne regret des chimères absentes.

Du fond de son réduit sablonneux, le grillon,
Les regardant passer, redouble sa chanson;
Cybèle, qui les aime, augmente ses verdures,

Fait couler le rocher et fleurir le désert
Devant ces voyageurs, pour lesquels est ouvert
L'empire familier des ténèbres futures.

XIV

L'HOMME ET LA MER

Homme libre, toujours tu chériras la mer
La mer est ton miroir; tu contemples ton âme
Dans le déroulement infini de sa lame,
Et ton esprit n'est pas un gouffre moins amer.

Tu te plais à plonger au sein de ton image;
Tu l'embrasses des yeux et des bras, et ton cœur
Se distrait quelquefois de sa propre rumeur
Au bruit de cette plainte indomptable et sauvage.

Vous êtes tous les deux ténébreux et discrets :
Homme, nul n'a sondé le fond de tes abîmes,
O mer, nul ne connaît tes richesses intimes,
Tant vous êtes jaloux de garder vos secrets!

Et cependant voilà des siècles innombrables
Que vous vous combattez sans pitié ni remord,
Tellement vous aimez le carnage et la mort,
O lutteurs éternels, ô frères implacables!

XV

DON JUAN AUX ENFERS

Quand don Juan descendit vers l'onde souterraine
Et lorsqu'il eut donné son obole à Charon,
Un sombre mendiant, l'œil fier comme Antisthène,
D'un bras vengeur et fort saisit chaque aviron.

Montrant leurs seins pendants et leurs robes ouvertes,
Des femmes se tordaient sous le noir firmament,
Et, comme un grand troupeau de victimes offertes,
Derrière lui traînaient un long mugissement.

Sganarelle en riant lui réclamait ses gages,
Tandis que don Luis avec un doigt tremblant
Montrait à tous les morts errant sur les rivages
Le fils audacieux qui railla son front blanc.

Frissonnant sous son deuil, la chaste et maigre Elvire,
Près de l'époux perfide et qui fut son amant,
Semblait lui réclamer un suprême sourire
Où brillât la douceur de son premier serment.

Tout droit dans son armure, un grand homme de pierre
Se tenait à la barre et coupait le flot noir;
Mais le calme héros, courbé sur sa rapière,
Regardait le sillage et ne daignait rien voir.

XVI

A THÉODORE DE BANVILLE

— 1842 —

Vous avez empoigné les crins de la Déesse
Avec un tel poignet, qu'on vous eût pris, à voir
Et cet air de maîtrise et ce beau nonchaloir,
Pour un jeune ruffian terrassant sa maîtresse.

L'œil clair et plein du feu de la précocité,
Vous avez prélassé votre orgueil d'architecte
Dans des constructions dont l'audace correcte
Fait voir quelle sera votre maturité.

Poëte, notre sang nous fuit par chaque pore;
Est-ce que par hasard la robe du Centaure,
Qui changeait toute veine en funèbre ruisseau

Était teinte trois fois dans les baves subtiles
De ces vindicatifs et monstrueux reptiles
Que le petit Hercule étranglait au berceau?

XVII

CHATIMENT DE L'ORGUEIL

En ces temps merveilleux où la Théologie
Fleurit avec le plus de séve et d'énergie,
On raconte qu'un jour un docteur des plus grands
— Après avoir forcé les cœurs indifférents,
Les avoir remués dans leurs profondeurs noires;
Après avoir franchi vers les célestes gloires
Des chemins singuliers à lui-même inconnus,
Où les purs Esprits seuls peut-être étaient venus,
— Comme un homme monté trop haut, pris de panique
S'écria, transporté d'un orgueil satanique :
« Jésus, petit Jésus! je t'ai poussé bien haut!
Mais, si j'avais voulu t'attaquer au défaut
De l'armure, ta honte égalerait ta gloire,
Et tu ne serais plus qu'un fœtus dérisoire! »

Immédiatement sa raison s'en alla.
L'éclat de ce soleil d'un crêpe se voila;
Tout le chaos roula dans cette intelligence,

I.   7

Temple autrefois vivant, plein d'ordre et d'opulence,
Sous les plafonds duquel tant de pompe avait lui.
Le silence et la nuit s'installèrent en lui,
Comme dans un caveau dont la clef est perdue.

Dès lors il fut semblable aux bêtes de la rue,
Et, quand il s'en allait sans rien voir, à travers
Les champs, sans distinguer les étés des hivers,
Sale, inutile et laid comme une chose usée,
Il faisait des enfants la joie et la risée.

XVIII

LA BEAUTÉ

Je suis belle, ô mortels! comme un rêve de pierre,
Et mon sein, où chacun s'est meurtri tour à tour,
Est fait pour inspirer au poëte un amour
Éternel et muet ainsi que la matière.

Je trône dans l'azur comme un sphinx incompris;
J'unis un cœur de neige à la blancheur des cygnes;
Je hais le mouvement qui déplace les lignes;
Et jamais je ne pleure et jamais je ne ris.

Les poëtes, devant mes grandes attitudes,
Que j'ai l'air d'emprunter aux plus fiers monuments,
Consumeront leurs jours en d'austères études;

Car j'ai, pour fasciner ces dociles amants,
De purs miroirs qui font toutes choses plus belles :
Mes yeux, mes larges yeux aux clartés éternelles!

XIX

L'IDÉAL

Ce ne seront jamais ces beautés de vignettes,
Produits avariés, nés d'un siècle vaurien,
Ces pieds à brodequins, ces doigts à castagnettes,
Qui sauront satisfaire un cœur comme le mien.

Je laisse à Gavarni, poëte des chloroses,
Son troupeau gazouillant de beautés d'hôpital,
Car je ne puis trouver parmi ces pâles roses
Une fleur qui ressemble à mon rouge idéal.

Ce qu'il faut à ce cœur profond comme un abîme,
C'est vous, Lady Macbeth, âme puissante au crime,
Rêve d'Eschyle éclos au climat des autans ;

Ou bien toi, grande Nuit, fille de Michel-Ange,
Qui tors paisiblement dans une pose étrange
Tes appas façonnés aux bouches des Titans !

XX

LA GÉANTE

Du temps que la Nature en sa verve puissante
Concevait chaque jour des enfants monstrueux,
J'eusse aimé vivre auprès d'une jeune géante,
Comme aux pieds d'une reine un chat voluptueux.

J'eusse aimé voir son corps fleurir avec son âme
Et grandir librement dans ses terribles jeux;
Deviner si son cœur couve une sombre flamme
Aux humides brouillards qui nagent dans ses yeux;

Parcourir à loisir ses magnifiques formes;
Ramper sur le versant de ses genoux énormes,
Et parfois en été, quand les soleils malsains,

Lasse, la font s'étendre à travers la campagne,
Dormir nonchalamment à l'ombre de ses seins,
Comme un hameau paisible au pied d'une montagne.

XXI

LE MASQUE

STATUE ALLÉGORIQUE DANS LE GOUT DE LA RENAISSANCE

———

A ERNEST CHRISTOPHE

STATUAIRE

Contemplons ce trésor de grâces florentines;
Dans l'ondulation de ce corps musculeux
L'Élégance et la Force abondent, sœurs divines.
Cette femme, morceau vraiment miraculeux,
Divinement robuste, adorablement mince,
Est faite pour trôner sur des lits somptueux,
Et charmer les loisirs d'un pontife ou d'un prince.

— Aussi, vois ce souris fin et voluptueux
Où la fatuité promène son extase;
Ce long regard sournois, langoureux et moqueur;
Ce visage mignard, tout encadré de gaze,
Dont chaque trait nous dit avec un air vainqueur :

« La Volupté m'appelle et l'Amour me couronne! »
A cet être doué de tant de majesté
Vois quel charme excitant la gentillesse donne!
Approchons, et tournons autour de sa beauté.

O blasphème de l'art! ô surprise fatale!
La femme au corps divin, promettant le bonheur,
Par le haut se termine en monstre bicéphale!

Mais non! Ce n'est qu'un masque, un décor suborneur,
Ce visage éclairé d'une exquise grimace,
Et, regarde, voici, crispée atrocement,
La véritable tête, et la sincère face
Renversée à l'abri de la face qui ment.
— Pauvre grande beauté! le magnifique fleuve
De tes pleurs aboutit dans mon cœur soucieux;
Ton mensonge m'enivre, et mon âme s'abreuve
Aux flots que la Douleur fait jaillir de tes yeux!

— Mais pourquoi pleure-t-elle? Elle, beauté parfaite
Qui mettrait à ses pieds le genre humain vaincu,
Quel mal mystérieux ronge son flanc d'athlète?

— Elle pleure, insensé, parce qu'elle a vécu!
Et parce qu'elle vit! Mais ce qu'elle déplore
Surtout, ce qui la fait frémir jusqu'aux genoux,
C'est que demain, hélas! il faudra vivre encore!
Demain, après-demain et toujours! — comme nous!

XXII

HYMNE A LA BEAUTÉ

Viens-tu du ciel profond ou sors-tu de l'abîme,
O Beauté? Ton regard, infernal et divin,
Verse confusément le bienfait et le crime,
Et l'on peut pour cela te comparer au vin.

Tu contiens dans ton œil le couchant et l'aurore;
Tu répands des parfums comme un soir orageux;
Tes baisers sont un philtre et ta bouche une amphore
Qui font le héros lâche et l'enfant courageux.

Sors-tu du gouffre noir ou descends-tu des astres?
Le De n charmé suit tes jupons comme un chien;
Tu sèmes au hasard la joie et les désastres,
Et tu gouvernes tout et ne réponds de rien.

Tu marches sur des morts, Beauté, dont tu te moques,
De tes bijoux l'Horreur n'est pas le moins charmant,
Et le Meurtre, parmi tes plus chères breloques,
Sur ton ventre orgueilleux danse amoureusement.

L'éphémère ébloui vole vers toi, chandelle,
Crépite, flambe et dit : Bénissons ce flambeau !
L'amoureux pantelant incliné sur sa belle
A l'air d'un moribond caressant son tombeau.

Que tu viennes du ciel ou de l'enfer, qu'importe,
O Beauté ! monstre énorme, effrayant, ingénu !
Si ton œil, ton souris, ton pied, m'ouvrent la porte
D'un Infini que j'aime et n'ai jamais connu ?

De Satan ou de Dieu, qu'importe ? Ange ou Sirène,
Qu'importe, si tu rends, — fée aux yeux de velours,
Rhythme, parfum, lueur, ô mon unique reine ! —
L'univers moins hideux et les instants moins lourds ?

XXIII

PARFUM EXOTIQUE

Quand, les deux yeux fermés, en un soir chaud d'automne,
Je respire l'odeur de ton sein chaleureux,
Je vois se dérouler des rivages heureux
Qu'éblouissent les feux d'un soleil monotone;

Une île paresseuse où la nature donne
Des arbres singuliers et des fruits savoureux;
Des hommes dont le corps est mince et vigoureux,
Et des femmes dont l'œil par sa franchise étonne.

Guidé par ton odeur vers de charmants climats,
Je vois un port rempli de voiles et de mâts
Encor tout fatigués par la vague marine,

Pendant que le parfum des verts tamariniers,
Qui circule dans l'air et m'enfle la narine,
Se mêle dans mon âme au chant des mariniers.

XXIV

LA CHEVELURE

O toison, moutonnant jusque sur l'encolure !
O boucles ! O parfum chargé de nonchaloir !
Extase ! Pour peupler ce soir l'alcôve obscure
Des souvenirs dormant dans cette chevelure,
Je la veux agiter dans l'air comme un mouchoir !

La langoureuse Asie et la brûlante Afrique,
Tout un monde lointain, absent, presque défunt,
Vit dans tes profondeurs, forêt aromatique !
Comme d'autres esprits voguent sur la musique,
Le mien, ô mon amour ! nage sur ton parfum.

J'irai là-bas où l'arbre et l'homme, pleins de séve
Se pâment longuement sous l'ardeur des climats ;
Fortes tresses, soyez la houle qui m'enlève !
Tu contiens, mer d'ébène, un éblouissant rêve
De voiles, de rameurs, de flammes et de mâts :

Un port retentissant où mon âme peut boire
A grands flots le parfum, le son et la couleur;
Où les vaisseaux, glissant dans l'or et dans la moire,
Ouvrent leurs vastes bras pour embrasser la gloire
D'un ciel pur où frémit l'éternelle chaleur.

Je plongerai ma tête amoureuse d'ivresse
Dans ce noir océan où l'autre est enfermé;
Et mon esprit subtil que le roulis caresse
Saura vous retrouver, ô féconde paresse,
Infinis bercements du loisir embaumé!

Cheveux bleus, pavillon de ténèbres tendues,
Vous me rendez l'azur du ciel immense et rond;
Sur les bords duvetés de vos mèches tordues
Je m'enivre ardemment des senteurs confondues
De l'huile de coco, du musc et du goudron.

Longtemps! toujours! ma main dans ta crinière lourde
Sèmera le rubis, la perle et le sapnir,
Afin qu'à mon désir tu ne sois jamais sourde!
N'es-tu pas l'oasis où je rêve, et la gourde
Où je hume à longs traits le vin du souvenir?

XXV

Je t'adore à l'égal de la voûte nocturne,
O vase de tristesse, ô grande taciturne,
Et t'aime d'autant plus, belle, que tu me fuis,
Et que tu me parais, ornement de mes nuits,
Plus ironiquement accumuler les lieues
Qui séparent mes bras des immensités bleues.

Je m'avance à l'attaque, et je grimpe aux assauts,
Comme après un cadavre un chœur de vermisseaux.
Et je chéris, ô bête implacable et cruelle!
Jusqu'à cette froideur par où tu m'es plus belle!

XXVI

Tu mettrais l'univers entier dans ta ruelle,
Femme impure! L'ennui rend ton âme cruelle.
Pour exercer tes dents à ce jeu singulier,
Il te faut chaque jour un cœur au râtelier.
Tes yeux, illuminés ainsi que des boutiques
Ou des ifs flamboyant dans les fêtes publiques,
Usent insolemment d'un pouvoir emprunté,
Sans connaître jamais la loi de leur beauté.
Machine aveugle et sourde, en cruautés féconde!
Salutaire instrument, buveur du sang du monde,
Comment n'as-tu pas honte et comment n'as-tu pas
Devant tous les miroirs vu pâlir tes appas?
La grandeur de ce mal où tu te crois savante
Ne t'a donc jamais fait reculer d'épouvante,
Quand la nature, grande en ses desseins cachés,
De toi se sert, ô femme, ô reine des péchés,
— De toi, vil animal, — pour pétrir un génie?

O fangeuse grandeur! sublime ignominie!

XXVII

SED NON SATIATA

Bizarre déité, brune comme les nuits,
Au parfum mélangé de musc et de havane,
Œuvre de quelque obi, le Faust de la savane,
Sorcière au flanc d'ébène, enfant des noirs minuits.

Je préfère au constance, à l'opium, au nuits,
L'élixir de ta bouche où l'amour se pavane;
Quand vers toi mes désirs partent en caravane,
Tes yeux sont la citerne où boivent mes ennuis.

Par ces deux grands yeux noirs, soupiraux de ton âme,
O démon sans pitié! verse-moi moins de flamme;
Je ne suis pas le Styx pour t'embrasser neuf fois,

Hélas! et je ne puis, Mégère libertine,
Pour briser ton courage et te mettre aux abois,
Dans l'enfer de ton lit devenir Proserpine!

XXVIII

Avec ses vêtements ondoyants et nacrés,
Même quand elle marche on croirait qu'elle danse,
Comme ces longs serpents que les jongleurs sacrés
Au bout de leurs bâtons agitent en cadence.

Comme le sable morne et l'azur des déserts,
Insensibles tous deux à l'humaine souffrance,
Comme les longs réseaux de la houle des mers,
Elle se développe avec indifférence.

Ses yeux polis sont faits de minéraux charmants,
Et dans cette nature étrange et symbolique
Où l'ange inviolé se mêle au sphinx antique,

Où tout n'est qu'or, acier, lumière et diamants,
Resplendit à jamais, comme un astre inutile,
La froide majesté de la femme stérile.

XXIX

LE SERPENT QUI DANSE

Que j'aime voir, chère indolente,
    De ton corps si beau,
Comme une étoile vacillante,
    Miroiter la peau !

Sur ta chevelure profonde
    Aux âcres parfums,
Mer odorante et vagabonde
    Aux flots bleus et bruns,

Comme un navire qui s'éveille
    Au vent du matin,
Mon âme rêveuse appareille
    Pour un ciel lointain.

Tes yeux, où rien ne se révèle
    De doux ni d'amer,
Sont deux bijoux froids où se mêle
    L'or avec le fer.

A te voir marcher en cadence,
    Belle d'abandon,
On dirait un serpent qui danse
    Au bout d'un bâton.

Sous le fardeau de ta paresse
    Ta tête d'enfant
Se balance avec la mollesse
    D'un jeune éléphant,

Et ton corps se penche et s'allonge
    Comme un fin vaisseau
Qui roule bord sur bord et plonge
    Ses vergues dans l'eau.

Comme un flot grossi par la fonte
    Des glaciers grondants,
Quand l'eau de ta bouche remonte
    Au bord de tes dents,

Je crois boire un vin de Bohême,
    Amer et vainqueur,
Un ciel liquide qui parsème
    D'étoiles mon cœur!

XXX

UNE CHAROGNE

Rappelez-vous l'objet que nous vîmes, mon âme,
    Ce beau matin d'été si doux :
Au détour d'un sentier une charogne infâme
    Sur un lit semé de cailloux,

Les jambes en l'air, comme une femme lubrique
    Brûlante et suant les poisons,
Ouvrait d'une façon nonchalante et cynique
    Son ventre plein d'exhalaisons.

Le soleil rayonnait sur cette pourriture,
    Comme afin de la cuire à point,
Et de rendre au centuple à la grande Nature
    Tout ce qu'ensemble elle avait joint;

Et le ciel regardait la carcasse superbe
    Comme une fleur s'épanouir.
La puanteur était si forte, que sur l'herbe
    Vous crûtes vous évanouir.

Les mouches bourdonnaient sur ce ventre putride,
　　D'où sortaient de noirs bataillons
De larves, qui coulaient comme un épais liquide
　　Le long de ces vivants haillons.

Tout cela descendait, montait comme une **vague**,
　　Ou s'élançait en pétillant;
On eût dit que le corps, enflé d'un souffle **vague**,
　　Vivait en se multipliant.

Et ce monde rendait une étrange musique,
　　Comme l'eau courante et le vent,
Ou le grain qu'un vanneur d'un mouvement rhythmique
　　Agite et tourne dans son van.

Les formes s'effaçaient et n'étaient plus qu'un rêve,
　　Une ébauche lente à venir
Sur la toile oubliée, et que l'artiste achève
　　Seulement par le souvenir.

Derrière les rochers une chienne inquiète
　　Nous regardait d'un œil fâché,
Épiant le moment de reprendre au squelette
　　Le morceau qu'elle avait lâché.

— Et pourtant vous serez semblable à cette ordure,
　　A cette horrible infection,
Étoile de mes yeux, soleil de ma nature,
　　Vous, mon ange et ma passion!

Oui! telle vous serez, ô la reine des grâces,
       Après les derniers sacrements,
Quand vous irez, sous l'herbe et les floraisons grasse
       Moisir parmi les ossements.

Alors, ô ma beauté! dites à la vermine
       Qui vous mangera de baisers,
Que j'ai gardé la forme et l'essence divine
       De mes amours décomposés!

———

XXXI

DE PROFUNDIS CLAMAVI

J'implore ta pitié, Toi, l'unique que j'aime,
Du fond du gouffre obscur où mon cœur est tombé.
C'est un univers morne à l'horizon plombé,
Où nagent dans la nuit l'horreur et le blasphème;

Un soleil sans chaleur plane au-dessus six mois,
Et les six autres mois la nuit couvre la terre;
C'est un pays plus nu que la terre polaire;
Ni bêtes, ni ruisseaux, ni verdure, ni bois!

Or il n'est pas d'horreur au monde qui surpasse
La froide cruauté de ce soleil de glace
Et cette immense nuit semblable au vieux Chaos;

Je jalouse le sort des plus vils animaux
Qui peuvent se plonger dans un sommeil stupide,
Tant l'écheveau du temps lentement se dévide!

XXXII

LE VAMPIRE

Toi qui, comme un coup de couteau,
Dans mon cœur plaintif est entrée;
Toi qui, forte comme un troupeau
De démons, vins, folle et parée,

De mon esprit humilié
Faire ton lit et ton domaine;
— Infâme à qui je suis lié
Comme le forçat à la chaîne,

Comme au jeu le joueur têtu,
Comme à la bouteille l'ivrogne,
Comme aux vermines la charogne,
— Maudite, maudite sois-tu!

J'ai prié le glaive rapide
De conquérir ma liberté
Et j'ai dit au poison perfide
De secourir ma lâcheté.

Hélas! le poison et le glaive
M'ont pris en dédain et m'ont dit :
« Tu n'es pas digne qu'on t'enlève
A ton esclavage maudit,

Imbécile! — de son empire
Si nos efforts te délivraient,
Tes baisers ressusciteraient
Le cadavre de ton vampire! »

XXXIII

Une nuit que j'étais près d'une affreuse Juive,
Comme au long d'un cadavre un cadavre étendu,
Je me pris à songer près de ce corps vendu
A la triste beauté dont mon désir se prive.

Je me représentai sa majesté native,
Son regard de vigueur et de grâces armé,
Ses cheveux qui lui font un casque parfumé,
Et dont le souvenir pour l'amour me ravive.

Car j'eusse avec ferveur baisé ton noble corps,
Et depuis tes pieds frais jusqu'à tes noires tresses
Déroulé le trésor des profondes caresses,

Si, quelque soir, d'un pleur obtenu sans effort
Tu pouvais seulement, ô reine des cruelles !
Obscurcir la splendeur de tes froides prunelles.

XXXIV

REMORDS POSTHUME

Lorsque tu dormiras, ma belle ténébreuse,
Au fond d'un monument construit en marbre noir,
Et lorsque tu n'auras pour alcôve et manoir
Qu'un caveau pluvieux et qu'une fosse creuse;

Quand la pierre, opprimant ta poitrine peureuse
Et tes flancs qu'assouplit un charmant nonchaloir,
Empêchera ton cœur de battre et de vouloir,
Et tes pieds de courir leur course aventureuse,

Le tombeau, confident de mon rêve infini
(Car le tombeau toujours comprendra le poëte),
Durant ces longues nuits d'où le somme est banni,

Te dira : « Que vous sert, courtisane imparfaite,
De n'avoir pas connu ce que pleurent les morts? »
— Et le ver rongera ta peau comme un remords

XXXV

LE CHAT

Viens, mon beau chat, sur mon cœur amoureux:
   Retiens les griffes de ta patte.
Et laisse-moi plonger dans tes beaux yeux,
   Mêlés de métal et d'agate.

Lorsque mes doigts caressent à loisir
   Ta tête et ton dos élastique,
Et que ma main s'enivre du plaisir
   De palper ton corps électrique,

Je vois ma femme en esprit. Son regard,
   Comme le tien, aimable bête,
Profond et froid, coupe et fend comme un dard,

   Et, des pieds jusques à la tête,
Un air subtil, un dangereux parfum,
   Nagent autour de son corps brun.

XXXVI

DUELLUM

Deux guerriers ont couru l'un sur l'autre; leurs armes
Ont éclaboussé l'air de lueurs et de sang.
— Ces jeux, ces cliquetis du fer sont les vacarmes
D'une jeunesse en proie à l'amour vagissant.

Les glaives sont brisés ! comme notre jeunesse,
Ma chère ! Mais les dents, les ongles acérés,
Vengent bientôt l'épée et la dague traîtresse.
— O fureur des cœurs mûrs par l'amour ulcérés !

Dans le ravin hanté des chats-pards et des onces
Nos héros, s'étreignant méchamment, ont roulé,
Et leur peau fleurira l'aridité des ronces.

— Ce gouffre, c'est l'enfer, de nos amis peuplé !
Roulons-y sans remords, amazone inhumaine,
Afin d'éterniser l'ardeur de notre haine !

XXXVII

LE BALCON

Mère des souvenirs, maîtresse des maîtresses,
O toi, tous mes plaisirs! ô toi, tous mes devoirs!
Tu te rappelleras la beauté des caresses,
La douceur du foyer et le charme des soirs,
Mère des souvenirs, maîtresse des maîtresses!

Les soirs illuminés par l'ardeur du charbon,
Et les soirs au balcon, voilés de vapeurs roses.
Que ton sein m'était doux! que ton cœur m'était bon!
Nous avons dit souvent d'impérissables choses
Les soirs illuminés par l'ardeur du charbon.

Que les soleils sont beaux dans les chaudes soirées!
Que l'espace est profond! que le cœur est puissant!
En me penchant vers toi, reine des adorées,
Je croyais respirer le parfum de ton sang.
Que les soleils sont beaux dans les chaudes soirées!

8.

La nuit s'épaississait ainsi qu'une cloison,
Et mes yeux dans le noir devinaient tes prunelles,
Et je buvais ton souffle, ô douceur, ô poison !
Et tes pieds s'endormaient dans mes mains fraternelles.
La nuit s'épaississait ainsi qu'une cloison.

Je sais l'art d'évoquer les minutes heureuses,
Et revis mon passé blotti dans tes genoux.
Car à quoi bon chercher tes beautés langoureuses
Ailleurs qu'en ton cher corps et qu'en ton cœur si doux ?
Je sais l'art d'évoquer les minutes heureuses !

Ces serments, ces parfums, ces baisers infinis,
Renaîtront-ils d'un gouffre interdit à nos sondes,
Comme montent au ciel les soleils rajeunis
Après s'être lavés au fond des mers profondes ?
— O serments ! ô parfums ! ô baisers infinis !

XXXVIII

LE POSSÉDÉ

Le soleil s'est couvert d'un crêpe. Comme lui,
O Lune de ma vie! emmitoufle-toi d'ombre;
Dors ou fume à ton gré; sois muette, sois sombre,
Et plonge tout entière au gouffre de l'Ennui;

Je t'aime ainsi! Pourtant, si tu veux aujourd'hui,
Comme un astre éclipsé qui sort de la pénombre,
Te pavaner aux lieux que la Folie encombre,
C'est bien! Charmant poignard, jaillis de ton étui!

Allume ta prunelle à la flamme des lustres!
Allume le désir dans les regards des rustres!
Tout de toi m'est plaisir, morbide ou pétulant;

Sois ce que tu voudras, nuit noire, rouge aurore;
Il n'est pas une fibre en tout mon corps tremblant
Qui ne crie : *O mon cher Belzébuth, je t'adore!*

XXXIX

UN FANTOME

I

LES TÉNÈBRES

Dans les caveaux d'insondable tristesse
Où le Destin m'a déjà relégué ;
Où jamais n'entre un rayon rose et gai ;
Où, seul avec la Nuit, maussade hôtesse,

Je suis comme un peintre qu'un Dieu moqueur
Condamne à peindre, hélas ! sur les ténèbres ;
Où, cuisinier aux appétits funèbres,
Je fais bouillir et je mange mon cœur,

Par instants brille, et s'allonge, et s'étale
Un spectre fait de grâce et de splendeur.
A sa rêveuse allure orientale,

Quand il atteint sa totale grandeur,
Je reconnais ma belle visiteuse :
C'est Elle ! sombre et pourtant lumineuse.

II

LE PARFUM

Lecteur, as-tu quelquefois respiré
Avec ivresse et lente gourmandise
Ce grain d'encens qui remplit une église,
Ou d'un sachet le musc invétéré ?

Charme profond, magique, dont nous grise
Dans le présent le passé restauré !
Ainsi l'amant sur un corps adoré
Du souvenir cueille la fleur exquise.

De ses cheveux élastiques et lourds,
Vivant sachet, encensoir de l'alcôve,
Une senteur montait, sauvage et fauve,

Et des habits, mousseline ou velours,
Tout imprégnés de sa jeunesse pure,
Se dégageait un parfum de fourrure.

III

LE CADRE

Comme un beau cadre ajoute à la peinture,
Bien qu'elle soit d'un pinceau très-vanté,
Je ne sais quoi d'étrange et d'enchanté
En l'isolant de l'immense nature,

Ainsi bijoux, meubles, métaux, dorure,
S'adaptaient juste à sa rare beauté;
Rien n'offusquait sa parfaite clarté,
Et tout semblait lui servir de bordure.

Même on eût dit parfois qu'elle croyait
Que tout voulait l'aimer; elle noyait
Dans les baisers du satin et du linge

Son beau corps nu, plein de frissonnements,
Et, lente ou brusque, en tous ses mouvements,
Montrait la grâce enfantine du singe.

IV

LE PORTRAIT

La Maladie et la Mort font des cendres
De tout le feu qui pour nous flamboya.
De ces grands yeux si fervents et si tendres,
De cette bouche où mon cœur se noya,

De ces baisers puissants comme un dictame,
De ces transports plus vifs que des rayons,
Que reste-t-il? C'est affreux, ô mon âme!
Rien qu'un dessin fort pâle, aux trois crayons,

Qui, comme moi, meurt dans la solitude,
Et que le Temps, injurieux vieillard,
Chaque jour frotte avec son aile rude...

Noir assassin de la Vie et de l'Art,
Tu ne tueras jamais dans ma mémoire
Celle qui fut mon plaisir et ma gloire!

XL

Je te donne ces vers afin que si mon nom
Aborde heureusement aux époques lointaines,
Et fait rêver un soir les cervelles humaines,
Vaisseau favorisé par un grand aquilon,

Ta mémoire, pareille aux fables incertaines,
Fatigue le lecteur ainsi qu'un tympanon,
Et par un fraternel et mystique chaînon
Reste comme pendue à mes rimes hautaines;

Être maudit à qui, de l'abîme profond
Jusqu'au plus haut du ciel, rien, hors moi, ne répond!
—O toi qui, comme une ombre à la trace éphémère,

Foules d'un pied léger et d'un regard serein
Les stupides mortels qui t'ont jugée amère,
Statue aux yeux de jais, grand ange au front d'airain!

XLI

SEMPER EADEM

« D'où vous vient, disiez-vous, cette tristesse étrange,
Montant comme la mer sur le roc noir et nu? »
— Quand notre cœur a fait une fois sa vendange,
Vivre est un mal! C'est un secret de tous connu,

Une douleur très-simple et non mystérieuse,
Et, comme votre joie, éclatante pour tous.
Cessez donc de chercher, ô belle curieuse!
Et, bien que votre voix soit douce, taisez-vous!

Taisez-vous, ignorante! âme toujours ravie!
Bouche au rire enfantin! Plus encor que la Vie,
La Mort nous tient souvent par des liens subtils.

Laissez, laissez mon cœur s'enivrer d'un *mensonge*,
Plonger dans vos beaux yeux comme dans un beau songe,
Et sommeiller longtemps à l'ombre de vos cils!

XLII

TOUT ENTIÈRE

Le Démon, dans ma chambre haute,
Ce matin est venu me voir,
Et, tâchant à me prendre en faute,
Me dit : « Je voudrais bien savoir,

Parmi toutes les belles choses
Dont est fait son enchantement,
Parmi les objets noirs ou roses
Qui composent son corps charmant,

Quel est le plus doux. » — O mon âme !
Tu répondis à l'Abhorré :
« Puisqu'en Elle tout est dictame,
Rien ne peut être préféré.

Lorsque tout me ravit, j'ignore
Si quelque chose me séduit.
Elle éblouit comme l'Aurore
Et console comme la Nuit

Et l'harmonie est trop exquise,
Qui gouverne tout son beau corps,
Pour que l'impuissante analyse
En note les nombreux accords.

O métamorphose mystique
De tous mes sens fondus en un !
Son haleine fait la musique,
Comme sa voix fait le parfum! »

XLIII

Que diras-tu ce soir, pauvre âme solitaire,
Que diras-tu, mon cœur, cœur autrefois flétri,
A la très-belle, à la très-bonne, à la très-chère,
Dont le regard divin t'a soudain refleuri ?

— Nous mettrons notre orgueil à chanter ses louanges,
Rien ne vaut la douceur de son autorité ;
Sa chair spirituelle a le parfum des Anges,
Et son œil nous revêt d'un habit de clarté.

Que ce soit dans la nuit et dans la solitude,
Que ce soit dans la rue et dans la multitude,
Son fantôme dans l'air danse comme un flambeau.

Parfois il parle et dit : « Je suis belle, et j'ordonne
Que pour l'amour de moi vous n'aimiez que le Beau ;
Je suis l'Ange gardien, la Muse et la Madone ! »

XLIV

LE FLAMBEAU VIVANT

Ils marchent devant moi, ces Yeux pleins de lumières,
Qu'un Ange très-savant a sans doute aimantés;
Ils marchent, ces divins frères qui sont mes frères,
Secouant dans mes yeux leurs feux diamantés.

Me sauvant de tout piége et de tout péché grave,
Ils conduisent mes pas dans la route du Beau;
Ils sont mes serviteurs et je suis leur esclave;
Tout mon être obéit à ce vivant flambeau.

Charmants Yeux, vous brillez de la clarté mystique
Qu'ont les cierges brûlant en plein jour; le soleil
Rougit, mais n'éteint pas leur flamme fantastique;

Ils célèbrent la Mort, vous chantez le Réveil;
Vous marchez en chantant le réveil de mon âme,
Astres dont nul soleil ne peut flétrir la flamme!

XLV

RÉVERSIBILITÉ

Ange plein de gaîté, connaissez-vous l'angoisse,
La honte, les remords, les sanglots, les ennuis
Et les vagues terreurs de ces affreuses nuits
Qui compriment le cœur comme un papier qu'on froisse?
Ange plein de gaîté, connaissez-vous l'angoisse?

Ange plein de bonté, connaissez-vous la haine,
Les poings crispés dans l'ombre et des larmes de fiel,
Quand la Vengeance bat son infernal rappel,
Et de nos facultés se fait le capitaine?
Ange plein de bonté, connaissez-vous la haine?

Ange plein de santé, connaissez-vous les Fièvres,
Qui, le long des grands murs de l'hospice blafard
Comme des exilés, s'en vont d'un pied traînard,
Cherchant le soleil rare et remuant les lèvres?
Ange plein de santé, connaissez-vous les Fièvres?

Ange plein de beauté, connaissez-vous les rides,
Et la peur de vieillir, et ce hideux tourment
De lire la secrète horreur du dévoûment
Dans des yeux où longtemps burent nos yeux avides?
Ange plein de beauté, connaissez-vous les rides?

Ange plein de bonheur, de joie et de lumières,
David mourant aurait demandé la santé
Aux émanations de ton corps enchanté;
Mais de toi je n'implore, ange, que tes prières,
Ange plein de bonheur, de joie et de lumières!

XLVI

CONFESSION

Une fois, une seule, aimable et douce femme,
    A mon bras votre bras poli
S'appuya (sur le fond ténébreux de mon âme
    Ce souvenir n'est point pâli);

Il était tard; ainsi qu'une médaille neuve
    La pleine lune s'étalait,
Et la solennité de la nuit, comme un fleuve,
    Sur Paris dormant ruisselait.

Et le long des maisons, sous les portes cochères,
    Des chats passaient furtivement,
L'oreille au guet, ou bien, comme des ombres chères,
    Nous accompagnaient lentement.

Tout à coup, au milieu de l'intimité libre
    Éclose à la pâle clarté,
De vous, riche et sonore instrument où ne vibre
    Que la radieuse gaîté,

De vous, claire et joyeuse ainsi qu'une fanfare
    Dans le matin étincelant,

Une note plaintive, une note bizarre
    S'échappa, tout en chancelant

Comme une enfant chétive, horrible, sombre, immonde
    Dont sa famille rougirait,
Et qu'elle aurait longtemps, pour la cacher au monde,
    Dans un caveau mise au secret !

Pauvre ange, elle chantait, votre note criarde :
    « Que rien ici-bas n'est certain,
Et que toujours, avec quelque soin qu'il se farde,
    Se trahit l'égoïsme humain ;

Que c'est un dur métier que d'être belle femme,
    Et que c'est le travail banal
De la danseuse folle et froide qui se pâme
    Dans un sourire machinal ;

Que bâtir sur les cœurs est une chose sotte ;
    Que tout craque, amour et beauté,
Jusqu'à ce que l'Oubli les jette dans sa hotte
    Pour les rendre à l'Éternité ! »

J'ai souvent évoqué cette lune enchantée,
    Ce silence et cette longueur,
Et cette confidence horrible chuchotée
    Au confessionnal du cœur.

———————

9.

XLVII

L'AUBE SPIRITUELLE

Quand chez les débauchés l'aube blanche et vermeille
Entre en société de l'Idéal rongeur,
Par l'opération d'un mystère vengeur
Dans la brute assoupie un Ange se réveille.

Des Cieux Spirituels l'inaccessible azur,
Pour l'homme terrassé qui rêve encore et souffre,
S'ouvre et s'enfonce avec l'attirance du gouffre.
Ainsi, chère Déesse, Être lucide et pur,

Sur les débris fumeux des stupides orgies
Ton souvenir plus clair, plus rose, plus charmant,
A mes yeux agrandis voltige incessamment.

Le soleil a noirci la flamme des bougies;
Ainsi, toujours vainqueur, ton fantôme est pareil,
Ame resplendissante, à l'immortel Soleil!

XLVIII

HARMONIE DU SOIR

Voici venir les temps où vibrant sur sa tige
Chaque fleur s'évapore ainsi qu'un encensoir;
Les sons et les parfums tournent dans l'air du soir;
Valse mélancolique et langoureux vertige!

Chaque fleur s'évapore ainsi qu'un encensoir;
Le violon frémit comme un cœur qu'on afflige;
Valse mélancolique et langoureux vertige!
Le ciel est triste et beau comme un grand reposoir.

Le violon frémit comme un cœur qu'on afflige,
Un cœur tendre, qui hait le néant vaste et noir!
Le ciel est triste et beau comme un grand reposoir;
Le soleil s'est noyé dans son sang qui se fige...

Un cœur tendre, qui hait le néant vaste et noir,
Du passé lumineux recueille tout vestige!
Le soleil s'est noyé dans son sang qui se fige...
Ton souvenir en moi luit comme un ostensoir!

XLIX

LE FLACON

Il est de forts parfums pour qui toute matière
Est poreuse. On dirait qu'ils pénètrent le verre.
En ouvrant un coffret venu de l'orient
Dont la serrure grince et rechigne en criant,

Ou dans une maison déserte quelque armoire
Pleine de l'âcre odeur des temps, poudreuse et noire,
Parfois on trouve un vieux flacon qui se souvient,
D'où jaillit toute vive une âme qui revient.

Mille pensers dormaient, chrysalides funèbres,
Frémissant doucement dans les lourdes ténèbres,
Qui dégagent leur aile et prennent leur essor,
Teintés d'azur, glacés de rose, lamés d'or.

Voilà le souvenir enivrant qui voltige
Dans l'air troublé; les yeux se ferment; le Vertige
Saisit l'âme vaincue et la pousse à deux mains
Vers un gouffre obscurci de miasmes humains;

Il la terrasse au bord d'un gouffre séculaire,
Où, Lazare odorant déchirant son suaire,
Se meut dans son réveil le cadavre spectral
D'un vieil amour ranci, charmant et sépulcral.

Ainsi, quand je serai perdu dans la mémoire
Des hommes, dans le coin d'une sinistre armoire
Quand on m'aura jeté, vieux flacon désolé,
Décrépit, poudreux, sale, abject, visqueux, fêlé,

Je serai ton cercueil, aimable pestilence!
Le témoin de ta force et de ta virulence,
Cher poison préparé par les anges! liqueur
Qui me ronge, ô la vie et la mort de mon cœur!

L.

LE POISON

Le vin sait revêtir le plus sordide bouge
     D'un luxe miraculeux,
Et fait surgir plus d'un portique fabuleux
     Dans l'or de sa vapeur rouge,
Comme un soleil couchant dans un ciel nébuleux.

L'opium agrandit ce qui n'a pas de bornes,
     Allonge l'illimité,
Approfondit le temps, creuse la volupté,
     Et de plaisirs noirs et mornes
Remplit l'âme au delà de sa capacité.

Tout cela ne vaut pas le poison qui découle
     De tes yeux, de tes yeux verts,
Lacs où mon âme tremble et se voit à l'envers...
     Mes songes viennent en foule
Pour se désaltérer à ces gouffres amers.

Tout cela ne vaut pas le terrible prodige
        De ta salive qui mord,
Qui plonge dans l'oubli mon âme sans remord,
        Et, charriant le vertige,
La roule défaillante aux rives de la mort!

LI

CIEL BROUILLÉ

On dirait ton regard d'une vapeur couvert;
Ton œil mystérieux (est-il bleu, gris ou vert?)
Alternativement tendre, rêveur, cruel,
Réfléchit l'indolence et la pâleur du ciel.

Tu rappelles ces jours blancs, tièdes et voilés,
Qui font se fondre en pleurs les cœurs ensorcelés,
Quand, agités d'un mal inconnu qui les tord,
Les nerfs trop éveillés raillent l'esprit qui dort.

Tu ressembles parfois à ces beaux horizons
Qu'allument les soleils des brumeuses saisons...
Comme tu resplendis, paysage mouillé
Qu'enflamment les rayons tombant d'un ciel brouillé !

O femme dangereuse, ô séduisants climats !
Adorerai-je aussi ta neige et vos frimas,
Et saurai-je tirer de l'implacable hiver
Des plaisirs plus aigus que la glace et le fer?

LII

LE CHAT

I

Dans ma cervelle se promène,
Ainsi qu'en son appartement,
Un beau chat, fort, doux et charmant.
Quand il miaule, on l'entend à peine,

Tant son timbre est tendre et discret;
Mais que sa voix s'apaise ou gronde,
Elle est toujours riche et profonde.
C'est là son charme et son secret.

Cette voix, qui perle et qui filtre
Dans mon fond le plus ténébreux,
Me remplit comme un vers nombreux
Et me réjouit comme un philtre.

Elle endort les plus cruels maux
Et contient toutes les extases;

Pour dire les plus longues phrases,
Elle n'a pas besoin de mots.

Non, il n'est pas d'archet qui morde
Sur mon cœur, parfait instrument,
Et fasse plus royalement
Chanter sa plus vibrante corde,

Que ta voix, chat mystérieux,
Chat séraphique, chat étrange,
En qui tout est, comme en un ange,
Aussi subtil qu'harmonieux !

II

De sa fourrure blonde et brune
Sort un parfum si doux, qu'un soir
J'en fus embaumé, pour l'avoir
Caressée une fois, rien qu'une.

C'est l'esprit familier du lieu ;
Il juge, il préside, il inspire
Toutes choses dans son empire ;
Peut-être est-il fée, est-il dieu.

Quand mes yeux, vers ce chat que j'aime
Tirés comme par un aimant,

Se retournent docilement
Et que je regarde en moi-même,

Je vois avec etonnement
Le feu de ses prunelles pâles,
Clairs fanaux, vivantes opales,
Qui me contemplent fixemen!.

LIII

LE BEAU NAVIRE

Je veux te raconter, ô molle enchanteresse!
Les diverses beautés qui parent ta jeunesse;
      Je veux te peindre ta beauté,
Où l'enfance s'allie à la maturité.

Quand tu vas balayant l'air de ta jupe large,
Tu fais l'effet d'un beau vaisseau qui prend le large,
      Chargé de toile, et va roulant
Suivant un rhythme doux, et paresseux, et lent.

Sur ton cou large et rond, sur tes épaules grasses,
Ta tête se pavane avec d'étranges grâces;
      D'un air placide et triomphant
Tu passes ton chemin, majestueuse enfant.

Je veux te raconter, ô molle enchanteresse!
Les diverses beautés qui parent ta jeunesse;
      Je veux te peindre ta beauté,
Où l'enfance s'allie à la maturité.

Ta gorge qui s'avance et qui pousse la moire,

Ta gorge triomphante est une belle armoire
  Dont les panneaux bombés et clairs
Comme les boucliers accrochent des éclairs;

Boucliers provoquants, armés de pointes roses!
Armoire à doux secrets, pleine de bonnes choses,
  De vins, de parfums, de liqueurs
Qui feraient délirer les cerveaux et les cœurs!

Quand tu vas balayant l'air de ta jupe large,
Tu fais l'effet d'un beau vaisseau qui prend le large,
  Chargé de toile, et va roulant
Suivant un rhythme doux, et paresseux, et lent.

Tes nobles jambes, sous les volants qu'elles chassent,
Tourmentent les désirs obscurs et les agacent,
  Comme deux sorcières qui font
Tourner un philtre noir dans un vase profond.

Tes bras, qui se joueraient des précoces hercules,
Sont des boas luisants les solides émules,
  Faits pour serrer obstinément,
Comme pour l'imprimer dans ton cœur, ton amant.

Sur ton cou large et rond, sur tes épaules grasses,
Ta tête se pavane avec d'étranges grâces;
  D'un air placide et triomphant
Tu passes ton chemin, majestueuse enfant.

LIV

L'INVITATION AU VOYAGE

Mon enfant, ma sœur,
Songe à la douceur
D'aller là-bas vivre ensemble !
Aimer à loisir,
Aimer et mourir
Au pays qui te ressemble !
Les soleils mouillés
De ces ciels brouillés
Pour mon esprit ont les charmes
Si mystérieux
De tes traîtres yeux,
Brillant à travers leurs larmes.

Là, tout n'est qu'ordre et beauté,
Luxe, calme et volupté.

Des meubles luisants,
Polis par les ans,
Décoreraient notre chambre ;
Les plus rares fleurs

Mêlant leurs odeurs
Aux vagues senteurs de l'ambre,
Les riches plafonds,
Les miroirs profonds,
La splendeur orientale,
Tout y parlerait
A l'âme en secret
Sa douce langue natale.

Là, tout n'est qu'ordre et beauté.
Luxe, calme et volupté.

Vois sur ces canaux
Dormir ces vaisseaux
Dont l'humeur est vagabonde ;
C'est pour assouvir
Ton moindre désir
Qu'ils viennent du bout du monde.
— Les soleils couchants
Revêtent les champs,
Les canaux, la ville entière,
D'hyacinthe et d'or ;
Le monde s'endort
Dans une chaude lumière.

Là, tout n'est qu'ordre et beauté,
Luxe, calme et volupté.

LV

L'IRRÉPARABLE

I

Pouvons-nous étouffer le vieux, le long Remords,
    Qui vit, s'agite et se tortille,
Et se nourrit de nous comme le ver des morts,
    Comme du chêne la chenille?
Pouvons-nous étouffer l'implacable Remords?

Dans quel philtre, dans quel vin, dans quelle tisane,
    Noierons-nous ce vieil ennemi,
Destructeur et gourmand comme la courtisane,
    Patient comme la fourmi?
Dans quel philtre?—dans quel vin?—dans quelle tisane?

Dis-le, belle sorcière, oh! dis, si tu le sais,
    A cet esprit comblé d'angoisse
Et pareil au mourant qu'écrasent les blessés,
    Que le sabot du cheval froisse,
Dis-le, belle sorcière, oh! dis, si tu le sais,

A cet agonisant que le loup déjà flaire
    Et que surveille le corbeau,
A ce soldat brisé! s'il faut qu'il désespère
    D'avoir sa croix et son tombeau;
Ce pauvre agonisant que déjà le loup flaire!

Peut-on illuminer un ciel bourbeux et noir?
    Peut-on déchirer des ténèbres
Plus denses que la poix, sans matin et sans soir,
    Sans astres, sans éclairs funèbres?
Peut-on illuminer un ciel bourbeux et noir?

L'Espérance qui brille aux carreaux de l'Auberge
    Est soufflée, est morte à jamais!
Sans lune et sans rayons, trouver où l'on héberge
    ‘Les martyrs d'un chemin mauvais!
Le Diable a tout éteint aux carreaux de l'Auberge!

Adorable sorcière, aimes-tu les damnés?
    Dis, connais-tu l'irrémissible?
Connais-tu le Remords, aux traits empoisonnés,
    A qui notre cœur sert de cible?
Adorable sorcière, aimes-tu les damnés?

L'irréparable ronge avec sa dent maudite
    Notre âme, piteux monument,
Et souvent il attaque, ainsi que le termite,
    Par la base le bâtiment.
L'Irréparable ronge avec sa dent maudite!

II

J'ai vu parfois, au fond d'un théâtre banal
    Qu'enflammait l'orchestre sonore,
Une fée allumer dans un ciel infernal
    Une miraculeuse aurore ;
J'ai vu parfois au fond d'un théâtre banal

Un être, qui n'était que lumière, or et gaze,
    Terrasser l'énorme Satan ;
Mais mon cœur, que jamais ne visite l'extase,
    Est un théâtre où l'on attend
Toujours, toujours en vain, l'Être aux ailes de gaze

LVI

CAUSERIE

Vous êtes un beau ciel d'automne, clair et rose!
Mais la tristesse en moi monte comme la mer,
Et laisse, en refluant, sur ma lèvre morose
Le souvenir cuisant de son limon amer.

— Ta main se glisse en vain sur mon sein qui se pâme;
Ce qu'elle cherche, amie, est un lieu saccagé
Par la griffe et la dent féroce de la femme.
Ne cherchez plus mon cœur; les bêtes l'ont mangé.

Mon cœur est un palais flétri par la cohue;
On s'y soûle, on s'y tue, on s'y prend aux cheveux!
— Un parfum nage autour de votre gorge nue!...

O Beauté, dur fléau des âmes, tu le veux!
Avec tes yeux de feu, brillants comme des fêtes,
Calcine ces lambeaux qu'ont épargnés les bêtes!

LVII

CHANT D'AUTOMNE

I

Bientôt nous plongerons dans les froides ténèbres;
Adieu, vive clarté de nos étés trop courts!
J'entends déjà tomber avec des chocs funèbres
Le bois retentissant sur le pavé des cours.

Tout l'hiver va rentrer dans mon être : colère,
Haine, frissons, horreur, labeur dur et forcé,
Et, comme le soleil dans son enfer polaire,
Mon cœur ne sera plus qu'un bloc rouge et glacé.

J'écoute en frémissant chaque bûche qui tombe;
L'échafaud qu'on bâtit n'a pas d'écho plus sourd.
Mon esprit est pareil à la tour qui succombe
Sous les coups du bélier infatigable et lourd.

Il me semble, bercé par ce choc monotone,
Qu'on cloue en grande hâte un cercueil quelque part.....
Pour qui ? — C'était hier l'été ; voici l'automne !
Ce bruit mystérieux sonne comme un départ.

II

J'aime de vos longs yeux la lumière verdâtre,
Douce beauté, mais tout aujourd'hui m'est amer,
Et rien, ni votre amour, ni le boudoir, ni l'âtre,
Ne me vaut le soleil rayonnant sur la mer.

Et pourtant aimez-moi, tendre cœur ! soyez mère,
Même pour un ingrat, même pour un méchant;
Amante ou sœur, soyez la douceur éphémère
D'un glorieux automne ou d'un soleil couchant.

Courte tâche ! La tombe attend; elle est avide !
Ah ! laissez-moi, mon front posé sur vos genoux,
Goûter, en regrettant l'été blanc et torride,
De l'arrière-saison le rayon jaune et doux !

LVIII

A UNE MADONE

EX-VOTO DANS LE GOUT ESPAGNOL.

Je veux bâtir pour toi, Madone, ma maîtresse,
Un autel souterrain au fond de ma détresse,
Et creuser dans le coin le plus noir de mon cœur,
Loin du désir mondain et du regard moqueur,
Une niche, d'azur et d'or tout émaillée,
Où tu te dresseras, Statue émerveillée.
Avec mes Vers polis, treillis d'un pur métal
Savamment constellé de rimes de cristal,
Je ferai pour ta tête une énorme Couronne;
Et dans ma Jalousie, ô mortelle Madone,
Je saurai te tailler un Manteau, de façon
Barbare, roide et lourd, et doublé de soupçon,
Qui, comme une guérite, enfermera tes charmes;
Non de Perles brodé, mais de toutes mes Larmes!
Ta Robe, ce sera mon Désir, frémissant,
Onduleux, mon Désir qui monte et qui descend,
Aux pointes se balance, aux vallons se repose,
Et revêt d'un baiser tout ton corps blanc et rose.

Je te ferai de mon Respect de beaux Souliers
De satin, par tes pieds divins humiliés,
Qui, les emprisonnant dans une molle étreinte,
Comme un moule fidèle en garderont l'empreinte.
Si je ne puis, malgré tout mon art diligent,
Pour Marchepied tailler une Lune d'argent,
Je mettrai le Serpent qui me mord les entrailles
Sous tes talons, afin que tu foules et railles,
Reine victorieuse et féconde en rachats,
Ce monstre tout gonflé de haine et de crachats.
Tu verras mes Pensers, rangés comme les Cierges
Devant l'autel fleuri de la Reine des Vierges,
Étoilant de reflets le plafond peint en bleu,
Te regarder toujours avec des yeux de feu ;
Et comme tout en moi te chérit et t'admire,
Tout se fera Benjoin, Encens, Oliban, Myrrhe,
Et sans cesse vers toi, sommet blanc et neigeux,
En Vapeurs montera mon Esprit orageux.

Enfin, pour compléter ton rôle de Marie,
Et pour mêler l'amour avec la barbarie,
Volupté noire ! des sept Péchés capitaux,
Bourreau plein de remords, je ferai sept Couteaux
Bien affilés, et, comme un jongleur insensible,
Prenant le plus profond de ton amour pour cible,
Je les planterai tous dans ton Cœur pantelant,
Dans ton Cœur sanglotant, dans ton cœur ruisselant !

LIX

CHANSON D'APRÈS-MIDI

Quoique tes sourcils méchants
Te donnent un air étrange
Qui n'est pas celui d'un ange,
Sorcière aux yeux alléchants,

Je t'adore, ô ma frivole,
Ma terrible passion !
Avec la dévotion
Du prêtre pour son idole.

Le désert et la forêt
Embaument tes tresses rudes:
Ta tête a les attitudes
De l'énigme et du secret:

Sur ta chair le parfum rôde
Comme autour d'un encensoir;
Tu charmes comme le soir,
Nymphe ténébreuse et chaude.

Ah ! les philtres les plus forts
Ne valent pas ta paresse,

Et tu connais la caresse
Qui fait revivre les morts !

Tes hanches sont amoureuses
De ton dos et de tes seins.
Et tu ravis les coussins
Par tes poses langoureuses.

Quelquefois pour apaiser
Ta rage mystérieuse,
Tu prodigues, sérieuse,
La morsure et le baiser;

Tu me déchires, ma brune,
Avec un rire moqueur,
Et puis tu mets sur mon cœur
Ton œil doux comme la lune.

Sous tes souliers de satin,
Sous tes charmants pieds de soie,
Moi, je mets ma grande joie,
Mon génie et mon destin,

Mon âme par toi guérie,
Par toi, lumière et couleur !
Explosion de chaleur
Dans ma noire Sibérie !

LX

SISINA

Imaginez Diane en galant équipage,
Parcourant les forêts ou battant les halliers,
Cheveux et gorge au vent, s'enivrant de tapage,
Superbe et défiant les meilleurs cavaliers !

Avez-vous vu Théroigne, amante du carnage,
Excitant à l'assaut un peuple sans souliers,
La joue et l'œil en feu, jouant son personnage,
Et montant, sabre au poing, les royaux escaliers ?

Telle la Sisina ! Mais la douce guerrière
A l'âme charitable autant que meurtrière ;
Son courage, affolé de poudre et de tambours,

Devant les suppliants sait mettre bas les armes,
Et son cœur, ravagé par la flamme, a toujours,
Pour qui s'en montre digne, un réservoir de larmes.

LXI

VERS POUR LE PORTRAIT

D'HONORÉ DAUMIER

Celui dont nous t'offrons l'image,
Et dont l'art, subtil entre tous,
Nous enseigne à rire·de nous,
Celui-là, lecteur, est un sage.

C'est un satirique, un moqueur;
Mais l'énergie avec laquelle
Il peint le Mal et sa séquelle
Prouve la beauté de son cœur.

Son rire n'est pas la grimace
De Melmoth ou de Méphisto
Sous la torche de l'Alecto
Qui les brûle, mais qui nous glace.

Leur rire, hélas! de la gaîté
N'est que la douloureuse charge;
Le sien rayonne, franc et large,
Comme un signe de sa bonté!

LXII

FRANCISCÆ MEÆ LAUDES

Novis te cantabo chordis,
O novelletum quod ludis
In solitudine cordis.

Esto sertis implicata,
O fœmina delicata
Per quam solvuntur peccata

Sicut beneficum Lethe,
Hauriam oscula de te,
Quæ imbuta es magnete.

Quum vitiorum tempestas
Turbabat omnes semitas,
Apparuisti, Deitas,

Velut stella salutaris
In naufragiis amaris.....
Suspendam cor tuis aris!

Piscina plena virtutis,
Fons æternæ juventutis,
Labris vocem redde mutis!

Quoa erat spurcum, cremasti;
Quod rudius, exæquasti;
Quod debile, confirmasti!

In fame mea taberna,
In nocte mea lucerna,
Recte me semper guberna.

Adde nunc vires viribus,
Dulce balneum suavibus
Unguentatum odoribus!

Meos circa lumbos mica,
O castitatis iorica,
Aqua tincta seraphica;

Patera gemmis corusca,
Panis salsus, mollis esca,
Divinum vinum, Francisca!

LXIII

A UNE DAME CRÉOLE

Au pays parfumé que le soleil caresse,
J'ai connu, sous un dais d'arbres tout empourprés
Et de palmiers d'où pleut sur les yeux la paresse,
Une dame créole aux charmes ignorés.

Son teint est pâle et chaud; la brune enchanteresse
A dans le col des airs noblement maniérés;
Grande et svelte en marchant comme une chasseresse,
Son sourire est tranquille et ses yeux assurés.

Si vous alliez, Madame, au vrai pays de gloire,
Sur les bords de la Seine ou de la verte Loire,
Belle digne d'orner les antiques manoirs,

Vous feriez, à l'abri des ombreuses retraites,
Germer mille sonnets dans le cœur des poëtes,
Que vos grands yeux rendraient plus soumis que vos noi

LXIV

MOESTA ET ERRABUNDA

Dis-moi, ton cœur, parfois, s'envole-t-il, Agathe,
Loin du noir océan de l'immonde cité,
Vers un autre océan où la splendeur éclate,
Bleu, clair, profond, ainsi que la virginité?
Dis-moi, ton cœur, parfois, s'envole-t-il, Agathe?

La mer, la vaste mer, console nos labeurs!
Quel démon a doté la mer, rauque chanteuse
Qu'accompagne l'immense orgue des vents grondeurs.
De cette fonction sublime de berceuse?
La mer, la vaste mer, console nos labeurs!

Emporte-moi, wagon! enlève-moi, frégate!
Loin! loin! ici la boue est faite de nos pleurs!
— Est-il vrai que parfois le triste cœur d'Agathe
Dise : Loin des remords, des crimes, des douleurs,
Emporte-moi, wagon, enlève-moi, frégate?

Comme vous êtes loin, paradis parfumé,
Où sous un clair azur tout n'est qu'amour et joie,
Où tout ce que l'on aime est digne d'être aimé!
Où dans la volupté pure le cœur se noie!
Comme vous êtes loin, paradis parfumé!

Mais le vert paradis des amours enfantines,
Les courses, les chansons, les baisers, les bouquets,
Les violons vibrant derrière les collines,
Avec les brocs de vin, le soir, dans les bosquets,
— Mais le vert paradis des amours enfantines,

L'innocent paradis, plein de plaisirs furtifs,
Est-il déjà plus loin que l'Inde ou que la Chine?
Peut-on le rappeler avec des cris plaintifs,
Et l'animer encor d'une voix argentine,
L'innocent paradis plein de plaisirs furtifs!

LXV

LE REVENANT

Comme les anges à.l'œil fauve,
Je reviendrai dans ton alcôve
Et vers toi glisserai sans bruit
Avec les ombres de la nuit;

Et je te donnerai, ma brune,
Des baisers froids comme la lune
Et des caresses de serpent
Autour d'une fosse rampant.

Quand viendra le matin livide,
Tu trouveras ma place vide,
Où jusqu'au soir il fera froid.

Comme d'autres par la tendresse,
Sur ta vie et sur ta jeunesse,
Moi, je veux régner par l'effroi!

LXVI

SONNET D'AUTOMNE

Ils me disent, tes yeux, clairs comme le cristal :
« Pour toi, bizarre amant, quel est donc mon mérite? »
—Sois charmante et tais-toi ! Mon cœur, que tout irrite,
Excepté la candeur de l'antique animal,

Ne veut pas te montrer son secret internal,
Berceuse dont la main aux longs sommeils m'invite !
Ni sa noire légende avec la flamme écrite.
Je hais la passion et l'esprit me fait mal !

Aimons-nous doucement. L'Amour dans sa guérite,
Ténébreux, embusqué, bande son arc fatal.
Je connais les engins de son vieil arsenal :

Crime, horreur et folie ! — O pâle marguerite !
Comme moi n'es-tu pas un soleil automnal,
O ma si blanche, ô ma si froide Marguerite?

LXVII

TRISTESSE DE LA LUNE

Ce soir, la Lune rêve avec plus de paresse;
Ainsi qu'une beauté, sur de nombreux coussins,
Qui, d'une main distraite et légère, caresse
Avant de s'endormir le contour de ses seins,

Sur le dos satiné des molles avalanches,
Mourante, elle se livre aux longues pâmoisons,
Et promène ses yeux sur les visions blanches
Qui montent dans l'azur comme des floraisons.

Quand parfois sur ce globe, en sa langueur oisive,
Elle laisse filer une larme furtive,
Un poëte pieux, ennemi du sommeil,

Dans le creux de sa main prend cette larme pâle,
Aux reflets irisés comme un fragment d'opale,
Et la met dans son cœur loin des yeux du Soleil.

LXVIII

LES CHATS

Les amoureux fervents et les savants austères
Aiment également, dans leur mûre saison,
Les chats puissants et doux, orgueil de la maison,
Qui comme eux sont frileux et comme eux sédentaires.

Amis de la science et de la volupté,
Ils cherchent le silence et l'horreur des ténèbres;
L'Érèbe les eût pris pour ses coursiers funèbres,
S'ils pouvaient au servage incliner leur fierté.

Ils prennent en songeant les nobles attitudes
Des grands sphinx allongés au fond des solitudes,
Qui semblent s'endormir dans un rêve sans fin ;

Leurs reins féconds sont pleins d'étincelles magiques,
Et des parcelles d'or, ainsi qu'un sable fin,
Étoilent vaguement leurs prunelles mystiques.

LXIX

LES HIBOUX

Sous les ifs noirs qui les abritent
Les hiboux se tiennent rangés,
Ainsi que des dieux étrangers,
Dardant leur œil rouge. Ils méditent.

Sans remuer ils se tiendront
Jusqu'à l'heure mélancolique
Où, poussant le soleil oblique,
Les ténèbres s'établiront.

Leur attitude au sage enseigne
Qu'il faut en ce monde qu'il craigne
Le tumulte et le mouvement;

L'homme ivre d'une ombre qui passe
Porte toujours le châtiment
D'avoir voulu changer de place.

LXX

LA PIPE

Je suis la pipe d'un auteur;
On voit, à contempler ma mine
D'Abyssinienne ou de Cafrine,
Que mon maître est un grand fumeur.

Quand il est comblé de douleur,
Je fume comme la chaumine
Où se prépare la cuisine
Pour le retour du laboureur.

J'enlace et je berce son âme
Dans le réseau mobile et bleu
Qui monte de ma bouche en feu,

Et je roule un puissant dictame
Qui charme son cœur et guérit
De ses fatigues son esprit.

LXXI

LA MUSIQUE

La musique souvent me prend comme une mer !
      Vers ma pâle étoile,
Sous un plafond de brume ou dans un vaste éther,
      Je mets à la voile;

La poitrine en avant et les poumons gonflés
      Comme de la toile,
J'escalade le dos des flots amoncelés
      Que la nuit me voile;

Je sens vibrer en moi toutes les passions
      D'un vaisseau qui souffre;
Le bon vent, la tempête et ses convulsions

      Sur l'immense gouffre
Me bercent. — D'autres fois, calme plat. grand miroir
      De mon désespoir !

LXXII

SÉPULTURE D'UN POETE MAUDIT

Si par une nuit lourde et sombre
Un bon chrétien, par charité,
Derrière quelque vieux décombre
Enterre votre corps vanté,

A l'heure où les chastes étoiles
Ferment leurs yeux appesantis,
L'araignée y fera ses toiles,
Et la vipère ses petits;

Vous entendrez toute l'année
Sur votre tête condamnée
Les cris lamentables des loups

Et des sorcières faméliques,
Les ébats des vieillards lubriques
Et les complots des noirs filous.

LXXIII

UNE GRAVURE FANTASTIQUE.

Ce spectre singulier n'a pour toute toilette.
Grotesquement campé sur son front de squelette,
Qu'un diadème affreux sentant le carnaval.
Sans éperons, sans fouet, il essouffle un cheval,
Fantôme comme lui, rosse apocalyptique,
Qui bave des naseaux comme un épileptique.
Au travers de l'espace ils s'enfoncent tous deux,
Et foulent l'infini d'un sabot hasardeux.
Le cavalier promène un sabre qui flamboie
Sur les foules sans nom que sa monture broie,
Et parcourt, comme un prince inspectant sa maison,
Le cimetière immense et froid, sans horizon,
Où gisent, aux lueurs d'un soleil blanc et terne,
Les peuples de l'histoire ancienne et moderne.

LXXIV

LE MORT JOYEUX

Dans une terre grasse et pleine d'escargots
Je veux creuser moi-même une fosse profonde,
Où je puisse à loisir étaler mes vieux os
Et dormir dans l'oubli comme un requin dans l'onde.

Je hais les testaments et je hais les tombeaux ;
Plutôt que d'implorer une larme du monde,
Vivant, j'aimerais mieux inviter les corbeaux
A saigner tous les bouts de ma carcasse immonde.

O vers ! noirs compagnons sans oreille et sans yeux,
Voyez venir à vous un mort libre et joyeux !
Philosophes viveurs, fils de la pourriture,

A travers ma ruine allez donc sans remords,
Et dites-moi s'il est encor quelque torture
Pour ce vieux corps sans âme et mort parmi les morts!

LXXV

LE TONNEAU DE LA HAINE

La Haine est le tonneau des pâles Danaïdes ;
La Vengeance éperdue aux bras rouges et forts
A beau précipiter dans ses ténèbres vides
De grands seaux pleins du sang et des larmes des morts,

Le Démon fait des trous secrets à ces abîmes,
Par où fuiraient mille ans de sueurs et d'efforts,
Quand même elle saurait ranimer ses victimes,
Et pour les ressaigner ressusciter leurs corps.

La Haine est un ivrogne au fond d'une taverne,
Qui sent toujours la soif naître de la liqueur
Et se multiplier comme l'hydre de Lerne.

— Mais les buveurs heureux connaissent leur vainqueur,
Et la Haine est vouée à ce sort lamentable
De ne pouvoir jamais s'endormir sous la table.

LXXVI

LA CLOCHE FÊLÉE

Il est amer et doux, pendant les nuits d'hiver,
D'écouter, près du feu qui palpite et qui fume,
Les souvenirs lointains lentement s'élever
Au bruit des carillons qui chantent dans la brume.

Bienheureuse la cloche au gosier vigoureux
Qui, malgré sa vieillesse, alerte et bien portante,
Jette fidèlement son cri religieux,
Ainsi qu'un vieux soldat qui veille sous la tente !

Moi, mon âme est fêlée, et lorsqu'en ses ennuis
Elle veut de ses chants peupler l'air froid des nuits,
Il arrive souvent que sa voix affaiblie

Semble le râle épais d'un blessé qu'on oublie
Au bord d'un lac de sang, sous un grand tas de morts,
Et qui meurt, sans bouger, dans d'immenses efforts !

LXXVII

SPLEEN

Pluviôse, irrité contre la vie entière,
De son urne à grands flots verse un froid ténébreux
Aux pâles habitants du voisin cimetière
Et la mortalité sur les faubourgs brumeux.

Mon chat sur le carreau cherchant une litière
Agite sans repos son corps maigre et galeux;
L'âme d'un vieux poëte erre dans la gouttière
Avec la triste voix d'un fantôme frileux.

Le bourdon se lamente, et la bûche enfumée
Accompagne en fausset la pendule enrhumée,
Cependant qu'en un jeu plein de sales parfums,

Héritage fatal d'une vieille hydropique,
Le beau valet de cœur et la dame de pique
Causent sinistrement de leurs amours défunts.

LXXVIII

SPLEEN

J'ai plus de souvenirs que si j'avais mille ans.

Un gros meuble à tiroirs encombré de bilans,
De vers, de billets doux, de procès, de romances,
Avec de lourds cheveux roulés dans des quittances,
Cache moins de secrets que mon triste cerveau.
C'est une pyramide, un immense caveau,
Qui contient plus de morts que la fosse commune.

— Je suis un cimetière abhorré de la lune,
Où, comme des remords, se traînent de longs vers
Qui s'acharnent toujours sur mes morts les plus chers.
Je suis un vieux boudoir plein de roses fanées,
Où gît tout un fouillis de modes surannées,
Où les pastels plaintifs et les pâles Boucher,
Seuls, respirent l'odeur d'un flacon débouché.

Rien n'égale en longueur les boiteuses journées,
Quand sous les lourds flocons des neigeuses années
L'Ennui, fruit de la morne incuriosité,
Prend les proportions de l'immortalité.

— Désormais tu n'es plus, ô matière vivante !
Qu'un granit entouré d'une vague épouvante,
Assoupi dans le fond d'un Saharah brumeux !
Un vieux sphinx ignoré du monde insoucieux,
Oublié sur la carte, et dont l'humeur farouche
Ne chante qu'aux rayons du soleil qui se couche !

LXXIX

SPLEEN

Je suis comme le roi d'un pays pluvieux,
Riche, mais impuissant, jeune et pourtant très-vieux,
Qui, de ses précepteurs méprisant les courbettes,
S'ennuie avec ses chiens comme avec d'autres bêtes.
Rien ne peut l'égayer, ni gibier, ni faucon,
Ni son peuple mourant en face du balcon.
Du bouffon favori la grotesque ballade
Ne distrait plus le front de ce cruel malade;
Son lit fleurdelisé se transforme en tombeau,
Et les dames d'atour, pour qui tout prince est beau,
Ne savent plus trouver d'impudique toilette
Pour tirer un souris de ce jeune squelette.
Le savant qui lui fait de l'or n'a jamais pu
De son être extirper l'élément corrompu,
Et dans ces bains de sang qui des Romains nous viennent
Et dont sur leurs vieux jours les puissants se souviennent
Il n'a su réchauffer ce cadavre hébété
Où coule au lieu de sang l'eau verte du Léthé.

LXXX

SPLEEN

Quand le ciel bas et lourd pèse comme un couvercle
Sur l'esprit gémissant en proie aux longs ennuis,
Et que de l'horizon embrassant tout le cercle
Il nous verse un jour noir plus triste que les nuits;

Quand la terre est changée en un cachot humide,
Où l'Espérance, comme une chauve-souris,
S'en va battant les murs de son aile timide
Et se cognant la tête à des plafonds pourris;

Quand la pluie étalant ses immenses traînées
D'une vaste prison imite les barreaux,
Et qu'un peuple muet d'infâmes araignées
Vient tendre ses filets au fond de nos cerveaux

Des cloches tout à coup sautent avec furie
Et lancent vers le ciel un affreux hurlement,
Ainsi que des esprits errants et sans patrie
Qui se mettent à geindre opiniâtrément.

—Et de longs corbillards, sans tambours ni musique,
Défilent lentement dans mon âme; l'Espoir,
Vaincu, pleure, et l'Angoisse atroce, despotique,
Sur mon crâne incliné plante son drapeau noir.

LXXXI

OBSESSION

Grands bois. vous m'effrayez comme des cathédrales;
Vous hurlez comme l'orgue; et dans nos cœurs maudits,
Chambres d'éternel deuil où vibrent de vieux râles,
Répondent les échos de vos *De profundis*.

Je te hais, Océan ! tes bonds et tes tumultes,
Mon esprit les retrouve en lui ! Ce rire amer
De l'homme vaincu, plein de sanglots et d'insultes,
Je l'entends dans le rire énorme de la mer.

Comme tu me plairais, ô Nuit ! sans ces étoiles
Dont la lumière parle un langage connu !
Car je cherche le vide, et le noir, et le nu !

Mais les ténèbres sont elles-mêmes des toiles
Où vivent, jaillissant de mon œil par milliers,
Des êtres disparus aux regards familiers !

LXXXII

LE GOUT DU NÉANT

Morne esprit, autrefois amoureux de la lutte,
L'Espoir, dont l'éperon attisait ton ardeur,
Ne veut plus t'enfourcher! Couche-toi sans pudeur,
Vieux cheval dont le pied à chaque obstacle butte.

Résigne-toi, mon cœur; dors ton sommeil de brute.

Esprit vaincu, fourbu! Pour toi, vieux maraudeur,
L'amour n'a plus de goût, non plus que la dispute;
Adieu donc, chants du cuivre et soupirs de la flûte!
Plaisirs, ne tentez plus un cœur sombre et boudeur!

Le Printemps adorable a perdu son odeur!

Et le Temps m'engloutit minute par minute,
Comme la neige immense un corps pris de roideur;
Je contemple d'en haut le globe en sa rondeur,
Et je n'y cherche plus l'abri d'une cahute!

Avalanche, veux-tu m'emporter dans ta chute?

LXXXIII

ALCHIMIE DE LA DOULEUR

L'un t'éclaire avec son ardeur,
L'autre en toi met son deuil, Nature!
Ce qui dit à l'un : Sépulture!
Dit à l'autre : Vie et splendeur!

Hermès inconnu qui m'assistes
Et qui toujours m'intimidas,
Tu me rends l'égal de Midas,
Le plus triste des alchimistes;

Par toi je change l'or en fer
Et le paradis en enfer;
Dans le suaire des nuages

Je découvre un cadavre cher,
Et sur les célestes rivages
Je bâtis de grands sarcophages.

LXXXIV

HORREUR SYMPATHIQUE

« De ce ciel bizarre et livide,
Tourmenté comme ton destin,
Quels pensers dans ton âme vide
Descendent? — Réponds, libertin. »

— Insatiablement avide
De l'obscur et de l'incertain,
Je ne geindrai pas comme Ovide
Chassé du paradis latin

Cieux déchirés comme des grèves
En vous se mire mon orgueil!
Vos vastes nuages en deuil

Sont les corbillards de mes rêves,
Et vos lueurs sont le reflet
De l'Enfer où mon cœur se plaît!

LXXXV

LE CALUMET DE PAIX

IMITÉ DE LONGFELLOW

I

Or Gitche Manito[1], le Maître de la Vie,
Le Puissant, descendit dans la verte prairie,
Dans l'immense prairie aux coteaux montueux;
Et là, sur les rochers de la Rouge Carrière,
Dominant tout l'espace et baigné de lumière,
Il se tenait debout, vaste et majestueux.

Alors il convoqua les peuples innombrables,
Plus nombreux que ne sont les herbes et les sables.
Avec sa main terrible il rompit un morceau
Du rocher, dont il ut une pipe superbe,
Puis, au bord du ruisseau, dans une énorme gerbe,
Pour s'en faire un tuyau, choisit un long roseau.

1. Prononcez : *Guitchi Manitou.*

Pour la bourrer il prit au saule son écorce;
Et lui, le Tout-Puissant, Créateur de la Force,
Debout, il alluma, comme un divin fanal,
La Pipe de la Paix. Debout sur la Carrière
Il fumait, droit, superbe et baigné de lumière.
Or pour les nations c'était le grand signal.

Et lentement montait la divine fumée
Dans l'air doux du matin, onduleuse, embaumée.
Et d'abord ce ne fut qu'un sillon ténébreux;
Puis la vapeur se fit plus bleue et plus épaisse,
Puis blanchit; et montant, et grossissant sans cesse,
Elle alla se briser au dur plafond des cieux.

Des plus lointains sommets des Montagnes Rocheuses,
Depuis les lacs du Nord aux ondes tapageuses,
Depuis Tawasentha, le vallon sans pareil,
Jusqu'à Tuscaloosa, la forêt parfumée,
Tous virent le signal et l'immense fumée
Montant paisiblement dans le matin vermeil.

Les Prophètes disaient : « Voyez-vous cette bande
De vapeur, qui, semblable à la main qui commande,
Oscille et se détache en noir sur le soleil ?
C'est Gitche Manito, le Maître de la Vie,
Qui dit aux quatre coins de l'immense prairie :
« Je vous convoque tous, guerriers, à mon conseil ! »

12.

Par le chemin des eaux, par la route des plaines,
Par les quatre côtés d'où soufflent les haleines
Du vent, tous les guerriers de chaque tribu, tous,
Comprenant le signal du nuage qui bouge,
Vinrent docilement à la Carrière Rouge
Où Gitche Manito leur donnait rendez-vous.

Les guerriers se tenaient sur la verte prairie,
Tous équipés en guerre, et la mine aguerrie,
Bariolés ainsi qu'un feuillage automnal;
Et la haine qui fait combattre tous les êtres,
La haine qui brûlait les yeux de leurs ancêtres
Incendiait encor leurs yeux d'un feu fatal.

Et leurs yeux étaient pleins de haine héréditaire.
Or Gitche Manito, le Maître de la Terre,
Les considérait tous avec compassion,
Comme un père très-bon, ennemi du désordre,
Qui voit ses chers petits batailler et se mordre
Tel Gitche Manito pour toute nation.

Il étendit sur eux sa puissante main droite
Pour subjuguer leur cœur et leur nature étroite,
Pour rafraîchir leur fièvre à l'ombre de sa main;
Puis il leur dit avec sa voix majestueuse,
Comparable à la voix d'une eau tumultueuse
Qui tombe et rend un son monstrueux, surhumain :

II

« O ma postérité, déplorable et chérie !
O mes fils ! écoutez la divine raison.
C'est Gitche Manito, le Maître de la Vie,
Qui vous parle ! celui qui dans votre patrie
A mis l'ours, le castor, le renne et le bison.

Je vous ai fait la chasse et la pêche faciles ;
Pourquoi donc le chasseur devient-il assassin ?
Le marais fut par moi peuplé de volatiles ;
Pourquoi n'êtes-vous pas contents, fils indociles ?
Pourquoi l'homme fait-il la chasse à son voisin ?

Je suis vraiment bien las de vos horribles guerres.
Vos prières, vos vœux mêmes sont des forfaits !
Le péril est pour vous dans vos humeurs contraires,
Et c'est dans l'union qu'est votre force. En frères
Vivez donc, et sachez vous maintenir en paix.

Bientôt vous recevrez de ma main un Prophète
Qui viendra vous instruire et souffrir avec vous.
Sa parole fera de la vie une fête ;
Mais si vous méprisez sa sagesse parfaite,
Pauvres enfants maudits, vous disparaîtrez tous !

Effacez dans les flots vos couleurs meurtrières.
Les roseaux sont nombreux et le roc est épais ;
Chacun en peut tirer sa pipe. Plus de guerres,
Plus de sang ! Désormais vivez comme des frères,
Et tous, unis, fumez le Calumet de Paix ! »

III

Et soudain tous, jetant leurs armes sur la terre.
Lavent dans le ruisseau les couleurs de la guerre
Qui luisaient sur leurs fronts cruels et triomphants.
Chacun creuse une pipe et cueille sur la rive
Un long roseau qu'avec adresse il enjolive.
Et l'Esprit souriait à ses pauvres enfants !

Chacun s'en retourna l'âme calme et ravie,
Et Gitche Manito, le Maître de la Vie,
Remonta par la porte entr'ouverte des cieux.
— A travers la vapeur splendide du nuage
Le Tout-Puissant montait, content de son ouvrage.
Immense, parfumé, sublime, radieux !

LXXXVI

LA PRIÈRE D'UN PAIEN

Ah ! ne ralentis pas tes flammes;
Réchauffe mon cœur engourdi,
Volupté, torture des âmes !
Diva ! supplicem exaudi !

Déesse dans l'air répandue,
Flamme dans notre souterrain !
Exauce une âme morfondue,
Qui te consacre un chant d'airain.

Volupté, sois toujours ma reine!
Prends le masque d'une sirène
Faite de chair et de velours,

Ou verse-moi tes sommeils lourds
Dans le vin informe et mystique,
Volupté, fantôme élastique!

LXXXVII

LE COUVERCLE

En quelque lieu qu'il aille, ou sur mer ou sur terre,
Sous un climat de flamme ou sous un soleil blanc,
Serviteur de Jésus, courtisan de Cythère,
Mendiant ténébreux ou Crésus rutilant,

Citadin, campagnard, vagabond, sédentaire,
Que son petit cerveau soit actif ou soit lent,
Partout l'homme subit la terreur du mystère,
Et ne regarde en haut qu'avec un œil tremblant.

En haut, le Ciel! ce mur de caveau qui l'étouffe,
Plafond illuminé pour un opéra bouffe
Où chaque histrion foule un sol ensanglanté;

Terreur du libertin, espoir du fol ermite;
Le Ciel! couvercle noir de la grande marmite
Où bout l'imperceptible et vaste Humanité.

LXXXVIII

L'IMPRÉVU

Harpagon, qui veillait son père agonisant,
Se dit, rêveur, devant ces lèvres déjà blanches :
« Nous avons au grenier un nombre suffisant,
   Ce me semble, de vieilles planches? »

Célimène roucoule et dit : « Mon cœur est bon,
Et naturellement, Dieu m'a faite très-belle. »
— Son cœur! cœur racorni, fumé comme un jambon,
   Recuit à la flamme éternelle!

Un gazetier fumeux, qui se croit un flambeau,
Dit au pauvre, qu'il a noyé dans les ténèbres :
« Où donc l'aperçois-tu, ce créateur du Beau,
   Ce Redresseur que tu célèbres? »

Mieux que tous, je connais certain voluptueux
Qui bâille nuit et jour, et se lamente et pleure.
Répétant, l'impuissant et le fat : « Oui, je veux
   Être vertueux, dans une heure! »

L'horloge, à son tour, dit à voix basse : « Il est mûr
Le damné! J'avertis en vain la chair infecte.
L'homme est aveugle, sourd, fragile, comme un mur
    Qu'habite et que ronge un insecte! »

Et puis, Quelqu'un paraît, que tous avaient nié,
Et qui leur dit, railleur et fier : « Dans mon ciboire,
Vous avez, que je crois, assez communié,
    A la joyeuse Messe noire?

Chacun de vous m'a fait un temple dans son cœur;
Vous avez, en secret, baisé ma fesse immonde
Reconnaissez Satan à son rire vainqueur,
    Énorme et laid comme le monde!

Avez-vous donc pu croire, hypocrites surpris
Qu'on se moque du maître, et qu'avec lui l'on triche,
Et qu'il soit naturel de recevoir deux prix,
    D'aller au Ciel et d'être riche?

Il faut que le gibier paye le vieux chasseur
Qui se morfond longtemps à l'affût de la proie.
Je vais vous emporter à travers l'épaisseur,
    Compagnons de ma triste joie,

A travers l'épaisseur de la terre et du roc,
A travers les amas confus de votre cendre,
Dans un palais aussi grand que moi, d'un seul bloc,
    Et qui n'est pas de pierre tendre ;

Car il est fait avec l'universel Péché,
Et contient mon orgueil, ma douleur et ma gloire ! »
— Cependant, tout en haut de l'univers juché,
    Un Ange sonne la victoire

De ceux dont le cœur dit : « Que béni soit ton fouet,
Seigneur ! que la douleur, ô Père, soit bénie !
Mon âme dans tes mains n'est pas un vain jouet,
    Et ta prudence est infinie. »

Le son de la trompette est si délicieux,
Dans ces soirs solennels de célestes vendanges,
Qu'il s'infiltre comme une extase dans tous ceux
    Dont elle chante les louanges.

LXXXIX

L'EXAMEN DE MINUIT

La pendule, sonnant minuit,
Ironiquement nous engage
A nous rappeler quel usage
Nous fîmes du jour qui s'enfuit :
— Aujourd'hui, date fatidique,
Vendredi, treize, nous avons,
Malgré tout ce que nous savons,
Mené le train d'un hérétique.

Nous avons blasphémé Jésus,
Des Dieux le plus incontestable !
Comme un parasite à la tabl
De quelque monstrueux Crésus,
Nous avons, pour plaire à la brute,
Digne vassale des Démons,
Insulté ce que nous aimons
Et flatté ce qui nous rebute

Contristé, servile bourreau,
Le faible qu'à tort on méprise ;
Salué l'énorme Bêtise,
La Bêtise au front de taureau ;
Baisé la stupide Matière
Avec grande dévotion,
Et de la putréfaction
Béni la blafarde lumière.

Enfin, nous avons, pour noyer
Le vertige dans le délire,
Nous, prêtre orgueilleux de la Lyre,
Dont la gloire est de déployer
L'ivresse des choses funèbres,
Bu sans soif et mangé sans faim !..
-- Vite soufflons la lampe, afin
De nous cacher dans les ténèbres !

XC

MADRIGAL TRISTE

Que m'importe que tu sois sage?
Sois belle! et sois triste! Les pleurs
Ajoutent un charme au visage,
Comme le fleuve au paysage;
L'orage rajeunit les fleurs.

Je t'aime surtout quand la joie
S'enfuit de ton front terrassé;
Quand ton cœur dans l'horreur se noie;
Quand sur ton présent se déploie
Le nuage affreux du passé.

Je t'aime quand ton grand œil verse
Une eau chaude comme le sang;
Quand, malgré ma main qui te berce,
Ton angoisse, trop lourde, perce
Comme un râle d'agonisant.

J'aspire, volupté divine!
Hymne profond, délicieux!

Tous les sanglots de ta poitrine,
Et crois que ton cœur s'illumine
Des perles que versent tes yeux !

Je sais que ton cœur, qui regorge
De vieux amours déracinés,
Flamboie encor comme une forge,
Et que tu couves sous ta gorge
Un peu de l'orgueil des damnés ;

Mais tant, ma chère, que tes rêves
N'auront pas reflété l'Enfer,
Et qu'en un cauchemar sans trêves,
Songeant de poisons et de glaives,
Éprise de poudre et de fer,

N'ouvrant à chacun qu'avec crainte,
Déchiffrant le malheur partout,
Te convulsant quand l'heure tinte,
Tu n'auras pas senti l'étreinte
De l'irrésistible Dégoût,

Tu ne pourras, esclave reine
Qui ne m'aimes qu'avec effroi,
Dans l'horreur de la nuit malsaine
Me dire, l'âme de cris pleine :
« Je suis ton égale, ô mon Roi ! »

CXI

L'AVERTISSEUR

Tout homme digne de ce nom
A dans le cœur un Serpent jaune,
Installé comme sur un trône,
Qui, s'il dit : « Je veux ! » répond : « Non ! »

Plonge tes yeux dans les yeux fixes
Des Satyresses ou des Nixes,
La Dent dit : « Pense à ton devoir ! »

Fais des enfants, plante des arbres,
Polis des vers, sculpte des marbres,
La Dent dit : « Vivras-tu ce soir ? »

Quoi qu'il ébauche ou qu'il espère,
L'homme ne vit pas un moment
Sans subir l'avertissement
De l'insupportable Vipère.

XCII.

A UNE MALABARAISE

Tes pieds sont aussi fins que tes mains, et ta hanche
Est large à faire envie à la plus belle blanche ;
A l'artiste pensif ton corps est doux et cher ;
Tes grands yeux de velours sont plus noirs que ta chair.
Aux pays chauds et bleus ou ton Dieu t'a fait naître,
Ta tâche est d'allumer la pipe de ton maître,
De pourvoir les flacons d'eaux fraîches et d'odeurs,
De chasser loin du lit les moustiques rôdeurs,
Et, dès que le matin fait chanter les platanes,
D'acheter au bazar ananas et bananes.
Tout le jour, où tu veux, tu mènes tes pieds nus,
Et fredonnes tout bas de vieux airs inconnus ;
Et quand descend le soir au manteau d'écarlate,
Tu poses doucement ton corps sur une natte,
Où tes rêves flottants sont pleins de colibris,
Et toujours, comme toi, gracieux et fleuris.
Pourquoi, l'heureuse enfant, veux-tu voir notre France
Ce pays trop peuplé que fauche la souffrance,

Et, confiant ta vie aux bras forts des marins,
Faire de grands adieux à tes chers tamarins?
Toi, vêtue à moitié de mousselines frêles,
Frissonnante là-bas sous la neige et les grêles,
Comme tu pleurerais tes loisirs doux et francs,
Si, le corset brutal emprisonnant tes flancs,
Il te fallait glaner ton souper dans nos fanges
Et vendre le parfum de tes charmes étranges,
L'œil pensif, et suivant, dans nos sales brouillards,
Des cocotiers absents les fantômes épars!

XCIII

LA VOIX

Mon berceau s'adossait à la bibliothèque,
Babel sombre, où roman, science, fabliau,
Tout, la cendre latine et la poussière grecque,
Se mêlaient. J'étais haut comme un in-folio.
Deux voix me parlaient. L'une, insidieuse et ferme,
Disait : « La Terre est un gâteau plein de douceur;
Je puis (et ton plaisir serait alors sans terme!)
Te faire un appétit d'une égale grosseur. »
Et l'autre : « Viens! oh! viens voyager dans les rêves,
Au delà du possible, au delà du connu! »
Et celle-là chantait comme le vent des grèves,
Fantôme vagissant, on ne sait d'où venu,
Qui caresse l'oreille et cependant l'effraie.
Je te répondis : « Oui! douce voix! » C'est d'alors
Que date ce qu'on peut, hélas! nommer ma plaie
Et ma fatalité. Derrière les décors
De l'existence immense, au plus noir de l'abîme
Je vois distictement des mondes singuliers,

13.

Et, de ma clairvoyance extatique victime,
Je traîne des serpents qui mordent mes souliers.
Et c'est depuis ce temps que, pareil aux prophètes,
J'aime si tendrement le désert et la mer;
Que je ris dans les deuils et pleure dans les fêtes,
Et trouve un goût suave au vin le plus amer;
Que je prends très-souvent les faits pour des mensonges
Et que, les yeux au ciel, je tombe dans des trous.
Mais la Voix me console et dit : « Garde tes songes;
Les sages n'en ont pas d'aussi beaux que les fous! »

XCIV

HYMNE

A la très-chère, à la très-belle
Qui remplit mon cœur de clarté,
A l'ange, à l'idole immortelle,
Salut en immortalité !

Elle se répand dans ma vie
Comme un air imprégné de sel,
Et dans mon âme inassouvie
Verse le goût de l'éternel.

Sachet toujours frais qui parfume
L'atmosphère d'un cher réduit,
Encensoir oublié qui fume
En secret à travers la nuit,

Comment, amour incorruptible,
T'exprimer avec vérité ?
Grain de musc qui gis, invisible,
Au fond de mon éternité !

A la très-bonne, à la très-belle
Qui fait ma joie et ma santé,
A l'ange, à l'idole immortelle,
Salut en immortalité!

XCV

LE REBELLE

Un Ange furieux fond du ciel comme un aigle,
Du mécréant saisit à plein poing les cheveux,
Et dit, le secouant : « Tu connaîtras la règle !
(Car je suis ton bon Ange, entends-tu ?) Je le veux !

Sache qu'il faut aimer, sans faire la grimace,
Le pauvre, le méchant, le tortu, l'hébété,
Pour que tu puisses faire à Jésus, quand il passe,
Un tapis triomphal avec ta charité.

Tel est l'Amour ! Avant que ton cœur ne se blase,
A la gloire de Dieu rallume ton extase ;
C'est la Volupté vraie aux durables appas ! »

Et l'Ange, châtiant autant, ma foi ! qu'il aime,
De ses poings de géant torture l'anathème ;
Mais le damné répond toujours : « Je ne veux pas !

XCVI

LES YEUX DE BERTHE

Vous pouvez mépriser les yeux les plus célèbres,
Beaux yeux de mon enfant, par où filtre et s'enfuit
Je ne sais quoi de bon, de doux comme la Nuit !
Beaux yeux, versez sur moi vos charmantes ténèbres !

Grands yeux de mon enfant, arcanes adorés,
Vous ressemblez beaucoup à ces grottes magiques
Où, derrière l'amas des ombres léthargiques,
Scintillent vaguement des trésors ignorés !

Mon enfant a des yeux obscurs, profonds et vastes,
Comme toi, Nuit immense, éclairés comme toi !
Leurs feux sont ces pensers d'Amour, mêlés de Foi.
Qui petillent au fond, voluptueux ou chastes.

XCVII

LE JET D'EAU

Tes beaux yeux sont las, pauvre amante !
Reste longtemps sans les rouvrir,
Dans cette pose nonchalante
Où t'a surprise le plaisir.
Dans la cour le jet d'eau qui jase
Et ne se tait ni nuit ni jour,
Entretient doucement l'extase
Où ce soir m'a plongé l'amour.

     La gerbe épanouie
       En mille fleurs,
     Où Phœbé réjouie
       Met ses couleurs,
    Tombe comme une pluie
       De larges pleurs.

Ainsi ton âme qu'incendie
L'éclair brûlant des voluptés
S'élance, rapide et hardie,
Vers les vastes cieux enchantés.

Puis, elle s'épanche, mourante,
En un flot de triste langueur,
Qui par une invisible pente
Descend jusqu'au fond de mon cœur

La gerbe épanouie
En mille fleurs,
Où Phœbé réjouie
Met ses couleurs,
Tombe comme une pluie
De larges pleurs.

O toi, que la nuit rend si belle,
Qu'il m'est doux, penché vers tes seins,
D'écouter la plainte éternelle
Qui sanglote dans les bassins !
Lune, eau sonore, nuit bénie,
Arbres qui frissonnez autour,
Votre pure mélancolie
Est le miroir de mon amour.

La gerbe épanouie
En mille fleurs,
Où Phœbé réjouie
Met ses couleurs,
Tombe comme un pluie
De larges pleurs.

XCVIII

LA RANÇON

L'homme a, pour payer sa rançon,
Deux champs au tuf profond et riche,
Qu'il faut qu'il remue et défriche
Avec le fer de la raison ;

Pour obtenir la moindre rose,
Pour extorquer quelques épis,
Des pleurs salés de son front gris
Sans cesse il faut qu'il les arrose.

L'un est l'Art, et l'autre l'Amour.
— Pour rendre le juge propice,
Lorsque de la stricte justice
Paraîtra le terrible jour,

Il faudra lui montrer des granges
Pleines de moissons, et des fleurs
Dont les formes et les couleurs
Gagnent le suffrage des Anges.

XCIX

BIEN LOIN D'ICI

C'est ici la case sacrée
Où cette fille très-parée,
Tranquille et toujours préparée,

D'une main éventant ses seins,
Et son coude dans les coussins,
Écoute pleurer les bassins :

C'est la chambre de Dorothée.
— La brise et l'eau chantent au loin
Leur chanson de sanglots heurtée
Pour bercer cette enfant gâtée.

Du haut en bas, avec grand soin,
Sa peau délicate est frottée
D'huile odorante et de benjoin.
— Des fleurs se pâment dans un coin.

C

LE COUCHER DU SOLEIL ROMANTIQUE

Que le Soleil est beau quand tout frais il se lève,
Comme une explosion nous lançant son bonjour!
— Bienheureux celui-là qui peut avec amour
Saluer son coucher plus glorieux qu'un rêve!

Je me souviens!... J'ai vu tout, fleur, source, sillon
Se pâmer sous son œil comme un cœur qui palpite...
— Courons vers l'horizon, il est tard, courons vite,
Pour attraper au moins un oblique rayon!

Mais je poursuis en vain le Dieu qui se retire;
L'irrésistible Nuit établit son empire,
Noire, humide, funeste et pleine de frissons;

Une odeur de tombeau dans les ténèbres nage,
Et mon pied peureux froisse, au bord du marécage.
Des crapauds imprévus et de froids limaçons.

CI

SUR *LE TASSE EN PRISON*

D'EUGÈNE DELACROIX

Le poëte au cachot, débraillé, maladif,
Roulant un manuscrit sous son pied convulsif,
Mesure d'un regard que la terreur enflamme
L'escalier de vertige où s'abîme son âme.

Les rires enivrants dont s'emplit la prison
Vers l'étrange et l'absurde invitent sa raison;
Le Doute l'environne, et la Peur ridicule,
Hideuse et multiforme, autour de lui circule.

Ce génie enfermé dans un taudis malsain,
Ces grimaces, ces cris, ces spectres dont l'essaim
Tourbillonne, ameuté derrière son oreille,

Ce rêveur que l'horreur de son logis réveille,
Voilà bien ton emblème, Ame aux songes obscurs,
Que le Réel étouffe entre ses quatre murs!

CII

LE GOUFFRE

Pascal avait son gouffre, avec lui se mouvant.
— Hélas! tout est abîme, — action, désir, rêve,
Parole! et sur mon poil qui tout droit se relève
Mainte fois de la Peur je sens passer le vent.

En haut, en bas, partout, la profondeur, la grève,
Le silence, l'espace affreux et captivant...
Sur le fond de mes nuits Dieu de son doigt savant
Dessine un cauchemar multiforme et sans trêve.

J'ai peur du sommeil comme on a peur d'un grand trou,
Tout plein de vague horreur, menant on ne sait où;
Je ne vois qu'infini par toutes les fenêtres,

Et mon esprit, toujours du vertige hanté,
Jalouse du néant l'insensibilité.
— Ah! ne jamais sortir des Nombres et des Êtres!

CIII

LES PLAINTES D'UN ICARE

Les amants des prostituées
Sont heureux, dispos et repus;
Quant à moi, mes bras sont rompus
Pour avoir étreint des nuées.

C'est grâce aux astres nonpareils,
Qui tout au fond du ciel flamboient,
Que mes yeux consumés ne voient
Que des souvenirs de soleils.

En vain j'ai voulu de l'espace
Trouver la fin et le milieu;
Sous je ne sais quel œil de feu
Je sens mon aile qui se casse;

Et brûlé par l'amour du beau,
Je n'aurai pas l'honneur sublime
De donner mon nom à l'abîme
Qui me servira de tombeau.

CIV

RECUEILLEMENT

Sois sage, ô ma Douleur, et tiens-toi plus tranquille.
Tu réclamais le Soir; il descend; le voici :
Une atmosphère obscure enveloppe la ville,
Aux uns portant la paix, aux autres le souci.

Pendant que des mortels la multitude vile,
Sous le fouet du Plaisir, ce bourreau sans merci,
Va cueillir des remords dans la fête servile,
Ma Douleur, donne-moi la main; viens par ici,

Loin d'eux. Vois se pencher les défuntes Années,
Sur les balcons du ciel, en robes surannées;
Surgir du fond des eaux le Regret souriant;

Le Soleil moribond s'endormir sous une arche,
Et, comme un long linceul traînant à l'Orient,
Entends, ma chère, entends la douce Nuit qui marche?

CV

L'HÉAUTONTIMOROUMÉNOS

A J. G. F.

Je te frapperai sans colère
Et sans haine, comme un boucher,
Comme Moïse le rocher !
Et je ferai de ta paupière,

Pour abreuver mon Sahara,
Jaillir les eaux de la souffrance.
Mon désir gonflé d'espérance
Sur tes pleurs salés nagera

Comme un vaisseau qui prend le large,
Et dans mon cœur qu'ils soûleront
Tes chers sanglots retentiront
Comme un tambour qui bat la charge!

Ne suis-je pas un faux accord
Dans la divine symphonie

Grâce à la vorace Ironie
Qui me secoue et qui me mord?

Elle est dans ma voix, la criarde!
C'est tout mon sang, ce poison noir!
Je suis le sinistre miroir
Où la mégère se regarde!

Je suis la plaie et le couteau!
Je suis le soufflet et la joue!
Je suis les membres et la roue,
Et la victime et le bourreau!

Je suis de mon cœur le vampire,
— Un de ces grands abandonnés
Au rire éternel condamnés,
Et qui ne peuvent plus sourire!

CVI

L'IRREMÉDIABLE

I

Une Idée, une Forme, un Être
Parti de l'azur et tombé
Dans un Styx bourbeux et plombé
Où nul œil du Ciel ne pénètre;

Un Ange, imprudent voyageur
Qu'a tenté l'amour du difforme,
Au fond d'un cauchemar énorme
Se débattant comme un nageur,

Et luttant, angoisses funèbres!
Contre un gigantesques remous
Qui va chantant comme les fous
Et pirouettant dans les ténèbres;

Un malheureux ensorcelé
Dans ses tâtonnements futiles,

Pour fuir d'un lieu plein de reptiles,
Cherchant la lumière et la clé;

Un damné descendant sans lampe,
Au bord d'un gouffre dont l'odeur
Trahit l'humide profondeur,
D'éternels escaliers sans rampe,

Où veillent des monstres visqueux
Dont les larges yeux de phosphore
Font une nuit plus noire encore
Et ne rendent visibles qu'eux;

Un navire pris dans le pôle,
Comme en un piége de cristal,
Cherchant par quel détroit fatal
Il est tombé dans cette geôle;

— Emblèmes nets, tableau parfait
D'une fortune irremédiable,
Qui donne à penser que le Diable
Fait toujours bien tout ce qu'il fait!

II

Tête-à-tête sombre et limpide
Qu'un cœur devenu son miroir !
Puits de Vérité, clair et noir,
Où tremble une étoile livide,

Un phare ironique, infernal,
Flambeau des grâces sataniques,
Soulagement et gloire uniques,
— La conscience dans le Mal !

CVII

L'HORLOGE

Horloge! dieu sinistre, effrayant, impassible,
Dont le doigt nous menace et nous dit : « *Souviens-toi!*
Les vibrantes Douleurs dans ton cœur plein d'effroi
Se planteront bientôt comme dans une cible ;

Le Plaisir vaporeux fuira vers l'horizon
Ainsi qu'une sylphide au fond de la coulisse ;
Chaque instant te dévore un morceau du délice
A chaque homme accordé pour toute sa saison.

Trois mille six cents fois par heure, la Seconde
Chuchote : *Souviens-toi!* — Rapide avec sa voix
D'insecte, Maintenant dit : Je suis Autrefois,
Et j'ai pompé ta vie avec ma trompe immonde !

Remember ! Souviens-toi! prodigue ! *Esto memor !*
(Mon gosier de métal parle toutes les langues.)
Les minutes, mortel folâtre, sont des gangues
Qu'il ne faut pas lâcher sans en extraire l'or !

14.

Souviens-toi que le Temps est un joueur avide
Qui gagne sans tricher, à tout coup ! c'est la loi.
Le jour décroît ; la nuit augmente ; *souviens-toi*
Le gouffre a toujours soif ; la clepsydre se vide.

Tantôt sonnera l'heure où le divin Hasard,
Où l'auguste Vertu, ton épouse encor vierge,
Où le Repentir même (oh ! la dernière auberge !),
Où tout te dira : Meurs, vieux lâche ! il est trop tard ! »

TABLEAUX PARISIENS

CVIII

PAYSAGE

Je veux, pour composer chastement mes églogues.
Coucher auprès du ciel, comme les astrologues,
Et, voisin des clochers, écouter en rêvant
ᵗₑeurs hymnes solennels emportés par le vent.
Les deux mains au menton, du haut de ma mansarde,
Je verrai l'atelier qui chante et qui bavarde ;
Les tuyaux, les clochers, ces mâts de la cité,
Et les grands ciels qui font rêver d'éternité.

Il est doux, à travers les brumes, de voir naître
L'étoile dans l'azur, la lampe à la fenêtre,
Les fleuves de charbon monter au firmament
Et la lune verser son pâle enchantement.
Je verrai les printemps, les étés, les automnes ;
Et quand viendra l'hiver aux neiges monotones,
Je fermerai partout portières et volets
Pour bâtir dans la nuit mes féeriques palais.

Alors je rêverai des horizons bleuâtres,
Des jardins, des jets d'eau pleurant dans les albâtres,
Des baisers, des oiseaux chantant soir et matin,
Et tout ce que l'Idylle a de plus enfantin.
L'Émeute, tempêtant vainement à ma vitre,
Ne fera pas lever mon front de mon pupitre;
Car je serai plongé dans cette volupté
D'évoquer le Printemps avec ma volonté,
De tirer un soleil de mon cœur et de faire
De mes pensers brûlants une tiède atmosphère.

CIX

LE SOLEIL

Le long du vieux faubourg, où pendent aux masures
Les persiennes, abri des secrètes luxures,
Quand le soleil cruel frappe à traits redoublés
Sur la ville et les champs, sur les toits et les blés,
Je vais m'exercer seul à ma fantasque escrime,
Flairant dans tous les coins les hasards de la rime,
Trébuchant sur les mots comme sur les pavés,
Heurtant parfois des vers depuis longtemps rêvés.

Ce père nourricier, ennemi des chloroses,
Éveille dans les champs les vers comme les roses;
Il fait s'évaporer les soucis vers le ciel,
Et remplit les cerveaux et les ruches de miel.
C'est lui qui rajeunit les porteurs de béquilles
Et les rend gais et doux comme des jeunes filles,
Et commande aux moissons de croître et de mûrir
Dans le cœur immortel qui toujours veut fleurir !

Quand, ainsi qu'un poëte, il descend dans les villes,
Il ennoblit le sort des choses les plus viles,
Et s'introduit en roi, sans bruit et sans valets,
Dans tous les hôpitaux et dans tous les palais.

———

CX

LOLA DE VALENCE

INSCRIPTION POUR LE TABLEAU D'ÉDOUARD MANET,

Entre tant de beautés que partout on peut voir,
Je comprends bien, amis, que le désir balance;
Mais on voit scintiller en Lola de Valence
Le charme inattendu d'un bijou rose et noir.

CXI

LA LUNE OFFENSÉE

O Lune qu'adoraient discrètement nos pères,
Du haut des pays bleus où, radieux sérail,
Les astres vont te suivre en pimpant attirail,
Ma vieille Cynthia, lampe de nos repaires,

Vois-tu les amoureux sur leurs grabats prospères,
De leur bouche en dormant montrer le frais émail?
Le poëte buter du front sur son travail?
Ou sous les gazons secs s'accoupler les vipères?

Sous ton domino jaune, et d'un pied clandestin,
Vas tu, comme jadis, du soir jusqu'au matin,
Baiser d'Endymion les grâces surannées?

« — Je vois ta mère, enfant de ce siècle appauvri,
Qui vers son miroir penche un lourd amas d'années,
Et plâtre artistement le sein qui t'a nourri! »

CXII

A UNE MENDIANTE ROUSSE

Blanche fille aux cheveux roux,
Dont la robe par ses trous
Laisse voir la pauvreté
　　Et la beauté,

Pour moi, poëte chétif,
Ton jeune corps maladif,
Plein de taches de rousseur,
　　A sa douceur.

Tu portes plus galamment
Qu'une reine de roman
Ses cothurnes de velours
　　Tes sabots lourds.

Au lieu d'un haillon trop court,
Qu'un superbe habit de cour
Traîne à plis bruyants et longs
　　Sur tes talons;

En place de bas troués.
Que pour les yeux des roués
Sur ta jambe un poignard d'or
    Reluise encor;

Que des nœuds mal attachés
Dévoilent pour nos péchés
Tes deux beaux seins, radieux
    Comme des yeux;

Que pour te déshabiller
Tes bras se fassent prier
Et chassent à coups mutins
    Les doigts lutins,

Perles de la plus belle eau,
Sonnets de maître Belleau
Par tes galants mis aux fers
    Sans cesse offerts,

Valetaille de rimeurs
Te dédiant leurs primeurs
Et contemplant ton soulier
    Sous l'escalier,

Maint page épris du hasard,
Maint seigneur et maint Ronsard
Épieraient pour le déduit
    Ton frais réduit!

Tu compterais dans tes lits
Plus de baisers que de lys
Et rangerais sous tes lois
 Plus d'un Valois !

— Cependant tu vas gueusant
Quelque vieux débris gisant
Au seuil de quelque Véfour
 De carrefour ;

Tu vas lorgnant en dessous
Des bijoux de vingt-neuf sous
Dont je ne puis, oh ! pardon !
 Te faire don.

Va donc, sans autre ornement,
Parfum, perles, diamant,
Que ta maigre nudité,
 O ma beauté !

CXIII

LE CYGNE

A VICTOR HUGO

I

Andromaque, je pense à vous! — Ce petit fleuve,
Pauvre et triste miroir où jadis resplendit
L'immense majesté de vos douleurs de veuve,
Ce Simoïs menteur qui par vos pleurs grandit,

A fécondé soudain ma mémoire fertile,
Comme je traversais le nouveau Carrousel.
— Le vieux Paris n'est plus (la forme d'une ville
Change plus vite, hélas! que le cœur d'un mortel);

Je ne vois qu'en esprit tout ce camp de baraques,
Ces tas de chapiteaux ébauchés et de fûts,
Les herbes, les gros blocs verdis par l'eau des flaques,
Et, brillant aux carreaux, le bric-à-brac confus.

Là s'étalait jadis une ménagerie;
Là je vis un matin, à l'heure où sous les cieux

Clairs et froids le Travail s'éveille, où la voirie
pousse un sombre ouragan dans l'air silencieux

Un cygne qui s'était évadé de sa cage,
Et, de ses pieds palmés frottant le pavé sec,
Sur le sol raboteux traînait son blanc plumage.
Près d'un ruisseau sans eau la bête ouvrant le bec

Baignait nerveusement ses ailes dans la poudre,
Et disait, le cœur plein de son beau lac natal :
« Eau, quand donc pleuvras-tu? quand tonneras-tu, foudr
Je vois ce malheureux, mythe étrange et fatal,

Vers le ciel quelquefois, comme l'homme d'Ovide,
Vers le ciel ironique et cruellement bleu,
Sur son cou convulsif tendant sa tête avide,
Comme s'il adressait des reproches à Dieu !

II

Paris change, mais rien dans ma mélancolie
N'a bougé! palais neufs, échafaudages, blocs
Vieux faubourgs, tout pour moi devient allégorie,
Et mes chers souvenirs sont plus lourds que des rocs

Aussi devant ce Louvre une image m'opprime
Je pense à mon grand cygne, avec ses gestes fous,

Comme les exilés, ridicule et sublime,
Et rongé d'un désir sans trêve ! et puis à vous,

Andromaque, des bras d'un grand époux tombée,
Vil bétail, sous la main du superbe Pyrrhus,
Auprès d'un tombeau vide en extase courbée ;
Veuve d'Hector, hélas ! et femme d'Hélénus !

Je pense à la négresse, amaigrie et phthisique,
Piétinant dans la boue, et cherchant, l'œil hagard,
Les cocotiers absents de la superbe Afrique
Derrière la muraille immense du brouillard ;

A quiconque a perdu ce qui ne se retrouve
Jamais ! jamais ! à ceux qui s'abreuvent de pleurs
Et tettent la Douleur comme une bonne louve !
Aux maigres orphelins séchant comme des fleurs !

Ainsi dans la forêt où mon esprit s'exile
Un vieux Souvenir sonne à plein souffle du cor !
Je pense aux matelots oubliés dans une île,
Aux captifs, aux vaincus !... à bien d'autres encor !

CXIV

LES SEPT VIEILLARDS

A VICTOR HUGO.

Fourmillante cité, cité pleine de rêves,
Où le spectre en plein jour raccroche le passant !
Les mystères partout coulent comme des séves
Dans les canaux étroits du colosse puissant.

Un matin, cependant que dans la triste rue
Les maisons, dont la brume allongeait la hauteur,
Simulaient les deux quais d'une rivière accrue,
Et que, décor semblable à l'âme de l'acteur,

Un brouillard sale et jaune inondait tout l'espace,
Je suivais, roidissant mes nerfs comme un héros
Et discutant avec mon âme déjà lasse,
Le faubourg secoué par les lourds tombereaux.

15.

Tout à coup, un vieillard dont les guenilles jaunes
Imitaient la couleur de ce ciel pluvieux,
Et dont l'aspect aurait fait pleuvoir les aumônes,
Sans la méchanceté qui luisait dans ses yeux,

M'apparut. On eût dit sa prunelle trempée
Dans le fiel; son regard aiguisait les frimas,
Et sa barbe à longs poils, roide comme une épée,
Se projetait, pareille à celle de Judas.

Il n'était pas voûté, mais cassé, son échine
Faisant avec sa jambe un parfait angle droit,
Si bien que son bâton, parachevant sa mine,
Lui donnait la tournure et le pas maladroit

D'un quadrupède infirme ou d'un juif à trois pattes.
Dans la neige et la boue il allait s'empêtrant,
Comme s'il écrasait des morts sous ses savates,
Hostile à l'univers plutôt qu'indifférent.

Son pareil le suivait : barbe, œil, dos, bâton, loques,
Nul trait ne distinguait, du même enfer venu,
Ce jumeau centenaire, et ces spectres baroques
Marchaient du même pas vers un but inconnu.

A quel complot infâme étais-je donc en butte,
Ou quel méchant hasard ainsi m'humiliait !
Car je comptai sept fois, de minute en minute,
Ce sinistre vieillard qui se multipliait !

Que celui-là qui rit de mon inquiétude,
Et qui n'est pas saisi d'un frisson fraternel,
Songe bien que malgré tant de décrépitude
Ces sept monstres hideux avaient l'air éternel!

Aurais-je, sans mourir, contemplé le huitième,
Sosie inexorable, ironique et fatal,
Dégoûtant Phénix, fils et père de lui-même.'
— Mais je tournai le dos au cortége infernal.

Exaspéré comme un ivrogne qui voit double,
Je rentrai, je fermai ma porte, épouvanté,
Malade et morfondu, l'esprit fiévreux et trouble,
Blessé par le mystère et par l'absurdité!

Vainement ma raison voulait prendre la barre;
La tempête en jouant déroutait ses efforts,
Et mon âme dansait, dansait, vieille gabarre
Sans mâts, sur une mer monstrueuse et sans bords!

CXV

LES PETITES VIEILLES

A VICTOR HUGO.

Dans les plis sinueux des vieilles capitales,
Où tout, même l'horreur, tourne aux enchantements,
Je guette, obéissant à mes humeurs fatales,
Des êtres singuliers, décrépits et charmants.

Ces monstres disloqués furent jadis des femmes,
Éponine ou Laïs ! — Monstres brisés, bossus
Ou tordus, aimons-les ! ce sont encor des âmes.
Sous des jupons troués et sous de froids tissus

Ils rampent, flagellés par les bises iniques,
Frémissant au fracas roulant des omnibus,
Et serrant sur leur flanc, ainsi que des reliques,
Un petit sac brodé de fleurs ou de rébus;

Ils trottent, tout pareils à des marionnettes;
Se traînent, comme font les animaux blessés,

Ou dansent, sans vouloir danser, pauvres sonnettes
Où se pend un Démon sans pitié ! Tout cassés

Qu'ils sont, il ont des yeux perçants comme une vrille,
Luisants comme ces trous où l'eau dort dans la nuit ;
Ils ont les yeux divins de la petite fille
Qui s'étonne et qui rit à tout ce qui reluit.

— Avez-vous observé que maints cercueils de vieilles
Sont presque aussi petits que celui d'un enfant ?
La Mort savante met dans ces bières pareilles
Un symbole d'un goût bizarre et captivant,

Et lorsque j'entrevois un fantôme débile
Traversant de Paris le fourmillant tableau,
Il me semble toujours que cet être fragile
S'en va tout doucement vers un nouveau berceau,

A moins que, méditant sur la géométrie,
Je ne cherche, à l'aspect de ces membres discords,
Combien de fois il faut que l'ouvrier varie
La forme de la boîte où l'on met tous ces corps.

—Ces yeux sont des puits faits d'un million de larmes,
Des creusets qu'un métal refroidi pailleta...
Ces yeux mystérieux ont d'invincibles charmes
Pour celui que l'austère Infortune allaita !

II

De l'ancien Frascati Vestale euamourée;
Prêtresse de Thalie, hélas! dont le souffleur
Défunt, seul, sait le nom; célèbre évaporée
Que Tivoli jadis ombragea dans sa fleur,

Toutes m'enivrent! mais parmi ces êtres frêles
Il en est qui, faisant de la douleur un miel,
Ont dit au Dévouement qui leur prêtait ses ailes :
« Hippogriffe puissant, mène-moi jusqu'au ciel! »

L'une, par sa patrie au malheur exercée,
L'autre, que son époux surchargea de douleurs,
L'autre, par son enfant Madone transpercée,
Toutes auraient pu faire un fleuve avec leurs pleurs!

III

Ah! que j'en ai suivi, de ces petites vieilles!
Une, entre autres, à l'heure où le soleil tombant
Ensanglante le ciel de blessures vermeilles,
Pensive, s'asseyait à l'écart sur un banc,

Pour entendre un de ces concerts, riches de cuivre,
Dont les soldats parfois inondent nos jardins,

Et qui, dans ces soirs d'or où l'on se sent revivre,
Versent quelque héroïsme au cœur des citadins.

Celle-là droite encor, fière et sentant la règle,
Humait avidement ce chant vif et guerrier;
Son œil parfois s'ouvrait comme l'œil d'un vieil aigle;
Son front de marbre avait l'air fait pour le laurier!

IV

Telles vous cheminez, stoïques et sans plaintes,
A travers le chaos des vivantes cités,
Mères au cœur saignant, courtisanes ou saintes,
Dont autrefois les noms par tous étaient cités.

Vous qui fûtes la grâce ou qui fûtes la gloire,
Nul ne vous reconnaît! un ivrogne incivil
Vous insulte en passant d'un amour dérisoire;
Sur vos talons gambade un enfant lâche et vil.

Honteuses d'exister, ombres ratatinées,
Peureuses, le dos bas, vous côtoyez les murs;
Et nul ne vous salue, étranges destinées!
Débris d'humanité pour l'éternité mûrs!

Mais moi, moi qui de loin tendrement vous surveille,
L'œil inquiet, fixé sur vos pas incertains,

Tout comme si j'étais votre père, ô merveille!
Je goûte a votre insu des plaisirs clandestins :

Je vois s'épanouir vos passions novices;
Sombres ou lumineux, je vis vos jours perdus
Mon cœur multiplié jouit de tous vos vices!
Mon âme resplendit de toutes vos vertus!

Ruines! ma famille! ô cerveaux congénères!
Je vous fais chaque soir un solennel adieu!
Où serez-vous demain, Èves octogénaires,
Sur qui pèse la griffe effroyable de Dieu?

CXVI

LES AVEUGLES

Contemple-les, mon âme; ils sont vraiment affreux!
Pareils aux mannequins; vaguement ridicules;
Terribles, singuliers comme les somnambules;
Dardant on ne sait où leurs globes ténébreux.

Leurs yeux, d'où la divine étincelle est partie,
Comme s'ils regardaient au loin, restent levés
Au ciel; on ne les voit jamais vers les pavés
Pencher rêveusement leur tête appesantie.

Ils traversent ainsi le noir illimité,
Ce frère du silence éternel. O cité!
Pendant qu'autour de nous tu chantes, ris et beugles,

Éprise du plaisir jusqu'à l'atrocité,
Vois, je me traîne aussi! mais, plus qu'eux hébété,
Je dis : Que cherchent-ils au Ciel, tous ces aveugles?

CXVII

A UNE PASSANTE

La rue assourdissante autour de moi hurlait.
Longue, mince, en grand deuil, douleur majestueuse,
Une femme passa, d'une main fastueuse
Soulevant, balançant le feston et l'ourlet;

Agile et noble, avec sa jambe de statue.
Moi, je buvais, crispé comme un extravagant,
Dans son œil, ciel livide où germe l'ouragan,
La douceur qui fascine et le plaisir qui tue.

Un éclair... puis la nuit! — Fugitive beauté
Dont le regard m'a fait soudainement renaître
Ne te verrai-je plus que dans l'éternité?

Ailleurs, bien loin d'ici! trop tard! *jamais* peut-être!
Car j'ignore où tu fuis, tu ne sais où je vais,
Ô toi que j'eusse aimée, ô toi qui le savais!

CXVIII

LE SQUELETTE LABOUREUR

I

Dans les planches d'anatomie
Qui traînent sur ces quais poudreux
Où maint livre cadavéreux
Dort comme une antique momie,

Dessins auxquels la gravité
Et le savoir d'un vieil artiste,
Bien que le sujet en soit triste,
Ont communiqué la Beauté,

On voit, ce qui rend plus complètes
Ces mystérieuses horreurs,
Bêchant comme des laboureurs,
Des Écorchés et des Squelettes.

II

De ce terrain que vous fouillez,
Manants résignés et funèbres,
De tout l'effort de vos vertèbres,
Ou de vos muscles dépouillés,

Dites, quelle moisson étrange,
Forçats arrachés au charnier,
Tirez-vous, et de quel fermier
Avez-vous à remplir la grange?

Voulez-vous (d'un destin trop dur
Épouvantable et clair emblème!)
Montrer que dans la fosse même
Le sommeil promis n'est pas sûr;

Qu'envers nous le Néant est traître;
Que tout, même la Mort, nous ment,
Et que sempiternellement,
Hélas! il nous faudra peut-être

Dans quelque pays inconnu
Écorcher la terre revêche
Et pousser une lourde bêche
Sous notre pied sanglant et nu?

CXIX

LE CRÉPUSCULE DU SOIR

Voici le soir charmant, ami du criminel;
Il vient comme un complice, à pas de loup; le ciel
Se ferme lentement comme une grande alcôve,
Et l'homme impatient se change en bête fauve.

O soir, aimable soir, désiré par celui
Dont les bras, sans mentir, peuvent dire : Aujourd'hui
Nous avons travaillé! — C'est le soir qui soulage
Les esprits que dévore une douleur sauvage,
Le savant obstiné dont le front s'alourdit,
Et l'ouvrier courbé qui regagne son lit.

Cependant des démons malsains dans l'atmosphère
S'éveillent lourdement, comme des gens d'affaire,
Et cognent en volant les volets et l'auvent.
A travers les lueurs que tourmente le vent
La Prostitution s'allume dans les rues;
Comme une fourmilière elle ouvre ses issues;

Partout elle se fraye un occulte chemin,
Ainsi que l'ennemi qui tente un coup de main ;
Elle remue au sein de la cité de fange
Comme un ver qui dérobe à l'Homme ce qu'il mange.
On entend çà et là les cuisines siffler,
Les théâtres glapir, les orchestres ronfler ;
Les tables d'hôte, dont le jeu fait les délices,
S'emplissent de catins et d'escrocs, leurs complices,
Et les voleurs, qui n'ont ni trêve ni merci,
Vont bientôt commencer leur travail, eux aussi,
Et forcer doucement les portes et les caisses
Pour vivre quelques jours et vêtir leurs maîtresses.

Recueille-toi, mon âme, en ce grave moment,
Et ferme ton oreille à ce rugissement.
C'est l'heure où les douleurs des malades s'aigrissent !
La sombre Nuit les prend à la gorge ; ils finissent
Leur destinée et vont vers le gouffre commun ;
L'hôpital se remplit de leurs soupirs. — Plus d'un
Ne viendra plus chercher la soupe parfumée,
Au coin du feu, le soir, auprès d'une âme aimée.

Encore la plupart n'ont-ils jamais connu
La douceur du foyer et n'ont jamais vécu !

CXX

LE JEU

Dans des fauteuils fanés des courtisanes vieilles,
Pâles, le sourcil peint, l'œil câlin et fatal,
Minaudant, et faisant de leurs maigres oreilles
Tomber un cliquetis de pierre et de métal;

Autour des verts tapis des visages sans lèvre,
Des lèvres sans couleur, des mâchoires sans dent,
Et des doigts convulsés d'une infernale fièvre,
Fouillant la poche vide ou le sein palpitant;

Sous de sales plafonds un rang de pâles lustres
Et d'énormes quinquets projetant leurs lueurs
Sur des fronts ténébreux de poëtes illustres
Qui viennent gaspiller leurs sanglantes sueurs;

Voilà le noir tableau qu'en un rêve nocturne
Je vis se dérouler sous mon œil clairvoyant.
Moi-même, dans un coin de l'antre taciturne,
Je me vis accoudé froid, muet, enviant,

Enviant de ces gens la passion tenace,
De ces vieilles putains ia funebre gaîté,
Et tous gaillardement trafiquant à ma face,
L'un de son vieil honneur, l'autre de sa beauté!

Et mon cœur s'effraya d'envier maint pauvre homme
Courant avec ferveur à l'abîme béant,
Et qui, soûl de son sang, préférerait en somme
La douleur à la mort et l'enfer au néant!

CXXI

DANSE MACABRE

A ERNEST CHRISTOPHE.

Fière, autant qu'un vivant, de sa noble stature,
Avec son gros bouquet, son mouchoir et ses gants,
Elle a la nonchalance et la désinvolture
D'une coquette maigre aux airs extravagants.

Vit-on jamais au bal une taille plus mince?
Sa robe exagérée, en sa royale ampleur,
S'écroule abondamment sur un pied sec que pince
Un soulier pomponné, joli comme une fleur.

La ruche qui se joue au bord des clavicules,
Comme un ruisseau lascif qui se frotte au rocher,
Défend pudiquement des lazzi ridicules
Les funèbres appas qu'elle tient à cacher.

Ses yeux profonds sont faits de vide et de ténèbres,
Et son crâne, de fleurs artistement coiffé,
Oscille mollement sur ses frêles vertèbres.
— O charme d'un néant follement attifé!

i. 16

Aucuns t'appelleront une caricature,
Qui ne comprennent pas, amants ivres de chair,
L'élégance sans nom de l'humaine armature.
Tu réponds, grand squelette, à mon goût le plus cher!

Viens-tu troubler, avec ta puissante grimace,
La fête de la Vie? ou quelque vieux désir,
Éperonnant encor ta vivante carcasse,
Te pousse-t-il, crédule, au sabbat du Plaisir?

Au chant des violons, aux flammes des bougies,
Espères-tu chasser ton cauchemar moqueur,
Et viens-tu demander au torrent des orgies
De rafraîchir l'enfer allumé dans ton cœur?

Inépuisable puits de sottise et de fautes!
De l'antique douleur éternel alambic!
A travers le treillis recourbé de tes côtes
Je vois, errant encor, l'insatiable aspic.

Pour dire vrai, je crains que ta coquetterie
Ne trouve pas un prix digne de ses efforts;
Qui, de ces cœurs mortels, entend la raillerie?
Les charmes de l'horreur n'enivrent que les forts!

Le gouffre de tes yeux, plein d'horribles pensées,
Exhale le vertige, et les danseurs prudents
Ne contempleront pas sans d'amères nausées
Le sourire éternel de tes trente-deux dents.

Pourtant, qui n'a serré dans ses bras un squelette,
Et qui ne s'est nourri des choses du tombeau?
Qu'importe le parfum, l'habit ou la toilette?
Qui fait le dégoûté montre qu'il se croit beau.

Bayadère sans nez, irrésistible gouge,
Dis donc à ces danseurs qui font les offusqués :
« Fiers mignons, malgré l'art des poudres et du rouge,
Vous sentez tous la mort! O squelettes musqués,

Antinoüs flétris, dandys à face glabre,
Cadavres vernissés, lovelaces chenus,
Le branle universel de la danse macabre
Vous entraîne en des lieux qui ne sont pas connus!

Des quais froids de la Seine aux bords brûlants du Gange,
Le troupeau mortel saute et se pâme, sans voir
Dans un trou du plafond la trompette de l'Ange
Sinistrement béante ainsi qu'un tromblon noir.

En tout climat, sous ton soleil, la Mort t'admire
En tes contorsions, risible Humanité,
Et souvent, comme toi, se parfumant de myrrhe,
Mêle son ironie à ton insanité! »

CXXII

L'AMOUR DU MENSONGE

Quand je te vois passer, ô ma chère indolente,
Au chant des instruments qui se brise au plafond
Suspendant ton allure harmonieuse et lente,
Et promenant l'ennui de ton regard profond;

Quand je contemple, aux feux du gaz qui le colore,
Ton front pâle, embelli par un morbide attrait,
Où les torches du soir allument une aurore,
Et tes yeux attirants comme ceux d'un portrait,

Je me dis : Qu'elle est belle! et bizarrement fraîche!
Le souvenir massif, royale et lourde tour,
La couronne, et son cœur, meurtri comme une pêche,
Est mûr, comme son corps, pour le savant amour.

Es-tu le fruit d'automne aux saveurs souveraines?
Es-tu vase funèbre attendant quelques pleurs,
Parfum qui fait rêver aux oasis lointaines,
Oreiller caressant, ou corbeille de fleurs?

Je sais qu'il est des yeux, des plus mélancoliques
Qui ne recèlent point de secrets précieux;
Beaux écrins sans joyaux, médaillons sans reliques,
Plus vides, plus profonds que vous-mêmes, ô Cieux!

Mais ne suffit-il pas que tu sois l'apparence,
Pour réjouir un cœur qui fuit la vérité?
Qu'importe ta bêtise ou ton indifférence?
Masque ou décor, salut! J'adore ta beauté.

———————

CXXIII

Je n'ai pas oublié, voisine de la ville,
Notre blanche maison, petite mais tranquille;
Sa Pomone de plâtre et sa vieille Vénus
Dans un bosquet chétif cachant leurs membres nus,
Et le soleil, le soir, ruisselant et superbe,
Qui, derrière la vitre où se brisait sa gerbe,
Semblait, grand œil ouvert dans le ciel curieux
Contempler nos dîners longs et silencieux,
Répandant largement ses beaux reflets de cierge
Sur la nappe frugale et les rideaux de serge.

CXXIV

La servante au grand cœur dont vous étiez jalouse,
Et qui dort son sommeil sous une humble pelouse,
Nous devrions pourtant lui porter quelques fleurs.
Les morts, les pauvres morts, ont de grandes douleurs,
Et quand Octobre souffle, émondeur des vieux arbres,
Son vent mélancolique à l'entour de leurs marbres,
Certe, ils doivent trouver les vivants bien ingrats,
De dormir, comme ils font, chaudement dans leurs draps,
Tandis que, dévorés de noires songeries,
Sans compagnon de lit, sans bonnes causeries,
Vieux squelettes gelés travaillés par le ver,
Ils sentent s'égoutter les neiges de l'hiver
Et le siècle couler, sans qu'amis ni famille
Remplacent les lambeaux qui pendent à leur grille

Lorsque la bûche siffle et chante, si le soir,
Calme, dans le fauteuil je la voyais s'asseoir,
Si, par une nuit bleue et froide de décembre,
Je la trouvais tapie en un coin de ma chambre,

Grave, et venant du fond de son lit éternel
Couver l'enfant grandi de son œil maternel,
Que pourrais-je répondre à cette âme pieuse,
Voyant tomber des pleurs de sa paupière creuse?

———

CXXV

BRUMES ET PLUIES

O fins d'automne, hivers, printemps trempés de boue,
Endormeuses saisons! je vous aime et vous loue
D'envelopper ainsi mon cœur et mon cerveau
D'un linceul vaporeux et d'un vague tombeau.

Dans cette grande plaine où l'autan froid se joue,
Où par les longues nuits la girouette s'enroue,
Mon âme mieux qu'au temps du tiède renouveau
Ouvrira largement ses ailes de corbeau.

Rien n'est plus doux au cœur plein de choses funèbres,
Et sur qui dès longtemps descendent les frimas,
O blafardes saisons, reines de nos climats,

Que l'aspect permanent de vos pâles ténèbres,
— Si ce n'est, par un soir sans lune, deux à deux,
D'endormir la douleur sur un lit hasardeux.

CXXVI

RÊVE PARISIEN

A CONSTANTIN GUYS.

I

De ce terrible paysage,
Que jamais œil mortel ne vit,
Ce matin encore l'image,
Vague et lointaine, me ravit.

Le sommeil est plein de miracles !
Par un caprice singulier,
J'avais banni de ces spectacles
Le végétal irrégulier,

Et, peintre fier de mon génie,
Je savourais dans mon tableau
L'enivrante monotonie
Du métal, du marbre et de l eau.

Babel d'escaliers et d'arcades,
C'était un palais infini,
Plein de bassins et de cascades
Tombant dans l'or mat ou bruni;

Et des cataractes pesantes,
Comme des rideaux de cristal,
Se suspendaient, éblouissantes,
A des murailles de métal.

Non d'arbres, mais de colonnades
Les étangs dormants s'entouraient,
Où de gigantesques naïades,
Comme des femmes, se miraient.

Des nappes d'eau s'épanchaient, bleues,
Entre des quais roses et verts,
Pendant des millions de lieues,
Vers les confins de l'univers;

C'étaient des pierres inouïes
Et des flots magiques; c'étaient
D'immenses glaces éblouies
Par tout ce qu'elles reflétaient!

Insouciants et taciturnes,
Des Ganges, dans le firmament,
Versaient ie trésor de leurs urnes
Dans des gouffres de diamant.

Architecte de mes féeries,
Je faisais, à ma volonté,
Sous un tunnel de pierreries
Passer un océan dompté;

Et tout, même la couleur noire,
Semblait fourbi, clair, irisé;
Le liquide enchâssait sa gloire
Dans le rayon cristallisé.

Nul astre d'ailleurs, nuls vestiges
De soleil, même au bas du ciel,
Pour illuminer ces prodiges,
Qui brillaient d'un feu personnel!

Et sur ces mouvantes merveilles
Planait (terrible nouveauté!
Tout pour l'œil, rien pour les oreilles!)
Un silence d'éternité.

II

En rouvrant mes yeux pleins de flamme
J'ai vu l'horreur de mon taudis,
Et senti, rentrant dans mon âme,
La pointe des soucis maudits;

La pendule aux accents funèbres
Sonnait brutalement midi,
Et le ciel versait des ténèbres
Sur ce triste monde engourdi.

———

CXXVII

LE CRÉPUSCULE DU MATIN

La diane chantait dans les cours des casernes,
Et le vent du matin soufflait sur les lanternes.

C'était l'heure où l'essaim des rêves malfaisants
Tord sur leurs oreillers les bruns adolescents;
Où, comme un œil sanglant qui palpite et qui bouge,
La lampe sur le jour fait une tache rouge;
Où l'âme, sous le poids du corps revêche et lourd,
Imite les combats de la lampe et du jour.
Comme un visage en pleurs que les brises essuient,
L'air est plein du frisson des choses qui s'enfuient,
Et l'homme est las d'écrire et la femme d'aimer.

Les maisons çà et là commençaient à fumer.
Les femmes de plaisir, la paupière livide,
Bouche ouverte, dormaient de leur sommeil stupide;
Les pauvresses, traînant leurs seins maigres et froids,
Soufflaient sur leurs tisons et soufflaient sur leurs doigts

C'était l'heure où parmi le froid et la lésine
S'aggravent les douleurs des femmes en gésine
Comme un sanglot coupé par un sang écumeux
Le chant du coq au loin déchirait l'air brumeux;
Une mer de brouillards baignait les édifices,
Et les agonisants dans le fond des hospices
Poussaient leur dernier râle en hoquets inégaux.
Les débauchés rentraient, brisés par leurs travaux

L'aurore grelottante en robe rose et verte
S'avançait lentement sur la Seine déserte,
Et le sombre Paris, en se frottant les yeux,
Empoignait ses outils, vieillard laborieux.

LE VIN

CXXVIII

L'AME DU VIN

Un soir, l'âme du vin chantait dans les bouteilles :
« Homme, vers toi je pousse, ô cher déshérité,
Sous ma prison de verre et mes cires vermeilles,
Un chant plein de lumière et de fraternité!

Je sais combien il faut, sur la colline en flamme
De peine, de sueur et de soleil cuisant
Pour engendrer ma vie et pour me donner l'âme
Mais je ne serai point ingrat ni malfaisant,

Car j'éprouve une joie immense quand je tombe
Dans le gosier d'un homme usé par ses travaux,
Et sa chaude poitrine est une douce tombe
Où je me plais bien mieux que dans mes froids caveaux

Entends-tu retentir les refrains des dimanches
Et l'espoir qui gazouille en mon sein palpitant?
Les coudes sur la table et retroussant tes manches,
Tu me glorifieras et tu seras content;

J'allumerai les yeux de ta femme ravie;
A ton fils je rendrai sa force et ses couleurs
Et serai pour ce frêle athlète de la vie
L'huile qui raffermit les muscles des lutteurs.

En toi je tomberai, végétale ambroisie,
Grain précieux jeté par l'éternel Semeur,
Pour que de notre amour naisse la poésie
Qui jaillira vers Dieu comme une rare fleur! »

CXXIX

LE VIN DES CHIFFONNIERS

Souvent, à la clarté rouge d'un réverbère
Dont le vent bat la flamme et tourmente le verre,
Au cœur d'un vieux faubourg, labyrinthe fangeux
Où l'humanité grouille en ferments orageux,

On voit un chiffonnier qui vient, hochant la tête,
Buttant, et se cognant aux murs comme un poëte,
Et, sans prendre souci des mouchards, ses sujets,
Épanche tout son cœur en glorieux projets.

Il prête des serments, dicte des lois sublimes,
Terrasse les méchants, relève les victimes,
Et sous le firmament comme un dais suspendu
S'enivre des splendeurs ae sa propre vertu.

Oui, ces gens harcelés de chagrins de ménage,
Moulus par le travail et tourmentés par l'âge,
Éreintés et pliant sous un tas de débris,
Vomissement confus de l'énorme Paris,

17.

Reviennent, parfumés d'une odeur de futailles,
Suivis de compagnons, blanchis dans les batailles,
Dont la moustache pend comme les vieux drapeaux
— Les bannières, les fleurs et les arcs triomphaux

Se dressent devant eux, solennelle magie!
Et dans l'étourdissante et lumineuse orgie
Des clairons, du soleil, des cris et du tambour,
Ils apportent la gloire au peuple ivre d'amour!

C'est ainsi qu'à travers l'Humanité frivole
Le vin roule de l'or, éblouissant Pactole;
Par le gosier de l'homme il chante ses exploits
Et règne par ses dons ainsi que les vrais rois.

Pour noyer la rancœur et bercer l'indolence
De tous ces vieux maudits qui meurent en silence
Dieu, touché de remords, avait fait le sommeil;
L'Homme ajouta le Vin, fils sacré du Soleil!

CXXX

LE VIN DE L'ASSASSIN

Ma femme est morte, je suis libre!
Je puis donc boire tout mon soûl.
Lorsque je rentrais sans un sou,
Ses cris me déchiraient la fibre.

Autant qu'un roi je suis heureux;
L'air est pur, le ciel admirable...
Nous avions un été semblable
Lorsque je devins amoureux!

L'horrible soif qui me déchire
Aurait besoin pour s'assouvir
D'autant de vin qu'en peut tenir
Son tombeau; — ce n'est pas peu dire :

Je l'ai jetée au fond d'un puits,
Et j'ai même poussé sur elle
Tous les pavés de la margelle.
— Je l'oublierai si je le puis!

Au nom des serments de tendresse,
Dont rien ne peut nous délier,
Et pour nous réconcilier
Comme au beau temps de notre ivresse,

J'implorai d'elle un rendez-vous,
Le soir, sur une route obscure.
Elle y vint! — folle créature!
Nous sommes tous plus ou moins fous!

Elle était encore jolie,
Quoique bien fatiguée! et moi,
Je l'aimai trop! voilà pourquoi
Je lui dis : Sors de cette vie!

Nul ne peut me comprendre. Un seul
Parmi ces ivrognes stupides
Songea-t-il dans ses nuits morbides
A faire du vin un linceul?

Cette crapule invulnérable
Comme les machines de fer
Jamais, ni l'été ni l'hiver,
N'a connu l'amour véritable,

Avec ses noirs enchantements,
Son cortége infernal d'alarmes,
Ses fioles de poison, ses larmes,
Ses bruits de chaîne et d'ossements!

— Me voilà libre et solitaire !
Je serai ce soir ivre mort ;
Alors, sans peur et sans remord,
Je me coucherai sur la terre,

Et je dormirai comme un chien !
Le chariot aux lourdes roues
Chargé de pierres et de boues,
Le wagon enrayé peut bien

Écraser ma tête coupable
Ou me couper par le milieu,
Je m'en moque comme de Dieu,
Du Diable ou de la Sainte Table !

CXXXI

LE VIN DU SOLITAIRE

Le regard singulier d'une femme galante
Qui se glisse vers nous comme le rayon blanc
Que la lune onduleuse envoie au lac tremblant,
Quand elle y veut baigner sa beauté nonchalante;

Le dernier sac d'écus dans les doigts d'un joueur;
Un baiser libertin de la maigre Adeline;
Les sons d'une musique énervante et câline,
Semblable au cri lointain de l'humaine douleur,

Tout cela ne vaut pas, ô bouteille profonde,
Les baumes pénétrants que ta panse féconde
Garde au cœur altéré du poëte pieux;

Tu lui verses l'espoir, la jeunesse et la vie,
— Et l'orgueil, ce trésor de toute gueuserie,
Qui nous rend triomphants et semblables aux Dieux

CXXXII

LE VIN DES AMANTS

Aujourd'hui l'espace est splendide!
Sans mors, sans éperons, sans bride
Partons à cheval sur le vin
Pour un ciel féerique et divin!

Comme deux anges que torture
Une implacable calenture,
Dans le bleu cristal du matin
Suivons le mirage lointain!

Mollement balancés sur l'aile
Du tourbillon intelligent,
Dans un délire parallèle,

Ma sœur, côte à côte nageant,
Nous fuirons sans repos ni trêves
Vers le paradis de mes rêves!

FLEURS DU MAL

CXXXIII

ÉPIGRAPHE POUR UN LIVRE CONDAMNÉ

Lecteur paisible et bucolique,
Sobre et naïf homme de bien,
Jette ce livre saturnien,
Orgiaque et mélancolique.

Si tu n'as fait ta rhétorique
Chez Satan, le rusé doyen,
Jette ! tu n'y comprendrais rien,
Ou tu me croirais hystérique.

Mais si, sans se laisser charmer,
Ton œil sait plonger dans les gouffres,
Lis-moi, pour apprendre à m'aimer;

Ame curieuse qui souffres
Et vas cherchant ton paradis,
Plains-moi!... Sinon, je te maudis!

CXXXIV

LA DESTRUCTION

Sans cesse à mes côtés s'agite le Démon
Il nage autour de moi comme un air impalpable;
Je l'avale et le sens qui brûle mon poumon
Et l'emplit d'un désir éternel et coupable.

Parfois il prend, sachant mon grand amour de l'Art
La forme de la plus séduisante des femmes,
Et, sous de spécieux prétextes de cafard,
Accoutume ma lèvre à des philtres infâmes.

Il me conduit ainsi, loin du regard de Dieu,
Haletant et brisé de fatigue, au milieu
Des plaines de l'Ennui, profondes et désertes,

Et jette dans mes yeux pleins de confusion
Des vêtements souillés, des blessures ouvertes,
Et l'appareil sanglant de la Destruction!

CXXXV

UNE MARTYRE

DESSIN D'UN MAITRE INCONNU

Au milieu des flacons, des étoffes lamées
 Et des meubles voluptueux,
Des marbres, des tableaux, des robes parfumées
 Qui traînent à plis somptueux,

Dans une chambre tiède où, comme en une serre,
 L'air est dangereux et fatal,
Où des bouquets mourants dans leurs cercueils de verre
 Exhalent leur soupir final,

Un cadavre sans tête épanche, comme un fleuve,
 Sur l'oreiller désaltéré
Un sang rouge et vivant, dont la toile s'abreuve
 Avec l'avidité d'un pré.

Semblable aux visions pâles qu'enfante l'ombre
 Et qui nous enchaînent les yeux,
La tête, avec l'amas de sa crinière sombre
 Et de ses bijoux précieux,

Sur la table de nuit, comme une renoncule,
        Repose; et, vide de pensers,
Un regard vague et blanc comme le crépuscule
        S'échappe des yeux révulsés.

Sur le lit, le tronc nu sans scrupules étale
        Dans le plus complet abandon
La secrète splendeur et la beauté fatale
        Dont la nature lui fit don;

Un bas rosâtre, orné de coins d'or, à la jambe,
        Comme un souvenir est resté;
La jarretière, ainsi qu'un œil secret qui flambe,
        Darde un regard diamanté.

Le singulier aspect de cette solitude
        Et d'un grand portrait langoureux,
Aux yeux provocateurs comme son attitude,
        Révèle un amour ténébreux,

Une coupable joie et des fêtes étranges
        Pleines de baisers infernaux,
Dont se réjouissait l'essaim de mauvais anges
        Nageant dans les plis des rideaux;

Et cependant, à voir la maigreur élégante
        De l'épaule au contour heurté,
La hanche un peu pointue et la taille fringante
        Ainsi qu'un reptile irrité,

Elle est bien jeune encor! — Son âme exaspérée
  Et ses sens par l'ennui mordus
S'étaient-ils entr'ouverts à la meute altérée
  Des désirs errants et perdus?

L'homme vindicatif que tu n'as pu, vivante,
  Malgré tant d'amour, assouvir,
Combla-t-il sur ta chair inerte et complaisante
  L'immensité de son désir?

Réponds, cadavre impur! et par tes tresses roides
  Te soulevant d'un bras fiévreux,
Dis-moi, tête effrayante, a-t-il sur tes dents froides
  Collé les suprêmes adieux?

— Loin du monde railleur, loin de la foule impure,
  Loin des magistrats curieux,
Dors en paix, dors en paix, étrange créature,
  Dans ton tombeau mystérieux;

Ton époux court le monde, et ta forme immortelle
  Veille près de lui quand il dort;
Autant que toi sans doute il te sera fidèle,
  Et constant jusques à la mort.

CXXXVI

FEMMES DAMNÉES

Comme un bétail pensif sur le sable couchées,
Elles tournent leurs yeux vers l'horizon des mers,
Et leurs pieds se cherchant et leurs mains rapprochées
Ont de douces langueurs et des frissons amers.

Les unes, cœurs épris des longues confidences,
Dans le fond des bosquets où jasent les ruisseaux,
Vont épelant l'amour des craintives enfances
Et creusent le bois vert des jeunes arbrisseaux;

D'autres, comme des sœurs, marchent lentes et graves
A travers les rochers pleins d'apparitions,
Où saint Antoine a vu surgir comme des laves
Les seins nus et pourprés de ses tentations;

Il en est, aux lueurs des résines croulantes,
Qui dans le creux muet des vieux antres païens
T'appellent au secours de leurs fièvres hurlantes,
O Bacchus, endormeur des remords anciens!

Et d'autres, dont la gorge aime les scapulaires
Qui, recélant un fouet sous leurs longs vêtements,
Mêlent, dans le bois sombre et les nuits solitaires.
L'écume du plaisir aux larmes des tourments.

O vierges, ô démons, ô monstres, ô martyres,
De la réalité grands esprits contempteurs,
Chercheuses d'infini, dévotes et satyres,
Tantôt pleines de cris, tantôt pleines de pleurs,

Vous que dans votre enfer mon âme a poursuivies,
Pauvres sœurs, je vous aime autant que je vous plains,
Pour vos mornes douleurs, vos soifs inassouvies,
Et les urnes d'amour dont vos grands cœurs sont pleins !

CXXXVII

LES DEUX BONNES SOEURS

La Débauche et la Mort sont deux aimables filles,
Prodigues de baisers et riches de santé,
Dont le flanc toujours vierge et drapé de guenilles
Sous l'éternel labeur n'a jamais enfanté.

Au poëte sinistre, ennemi des familles,
Favori de l'enfer, courtisan mal renté,
Tombeaux et lupanars montrent sous leurs charmilles
Un lit que le remords n'a jamais fréquenté.

Et la bière et l'alcôve en blasphèmes fécondes
Nous offrent tour à tour, comme deux bonnes sœurs
De terribles plaisirs et d'affreuses douceurs.

Quand veux-tu m'enterrer, Débauche aux bras immonde
O Mort, quand viendras-tu, sa rivale en attraits,
Sur ses myrtes infects enter tes noirs cyprès?

CXXXVIII

LA FONTAINE DE SANG

Il me semble parfois que mon sang coule à flots,
Ainsi qu'une fontaine aux rhythmiques sanglots.
Je l'entends bien qui coule avec un long murmure,
Mais je me tâte en vain pour trouver ia blessure.

A travers la cité, comme dans un champ clos,
Il s'en va, transformant les pavés en îlots,
Désaltérant la soif de chaque créature,
Et partout colorant en rouge la nature.

J'ai demandé souvent à des vins captieux
D'endormir pour un jour la terreur qui me mine;
Le vin rend l'œil plus clair et l'oreille plus fine!

J'ai cherché dans l'amour un sommeil oublieux;
Mais l'amour n'est pour moi qu'un matelas d'aiguilles
Fait pour donner à boire à ces cruelles filles!

CXXXIX

ALLÉGORIE

C'est une remme belle et de riche encolure,
Qui laisse dans son vin traîner sa chevelure.
Les griffes de l'amour, les poisons du tripot,
Tout glisse et tout s'émousse au granit de sa peau.
Elle rit à la Mort et nargue la Débauche,
Ces monstres dont la main, qui toujours gratte et fauche,
Dans ses jeux destructeurs a pourtant respecté
De ce corps ferme et droit la rude majesté.
Elle marche en déesse et repose en sultane ;
Elle a dans le plaisir la foi mahométane,
Et dans ses bras ouverts, que remplissent ses seins,
Elle appelle des yeux la race des humains.
Elle croit, elle sait, cette vierge inféconde
Et pourtant nécessaire à la marche du monde,
Que la beauté du corps est un sublime don
Qui de toute infamie arrache le pardon.
Elle ignore l'Enfer comme le Purgatoire,
Et quand l'heure viendra d'entrer dans la Nuit noire,
Elle regardera la face de la Mort,
Ainsi qu'un nouveau-né, — sans haine et sans remord.

CXL

LA BÉATRICE

Dans des terrains cendreux, calcinés, sans verdure,
Comme je me plaignais un jour à la nature,
Et que de ma pensée, en vaguant au hasard,
J'aiguisais lentement sur mon cœur le poignard,
Je vis en plein midi descendre sur ma tête
Un nuage funèbre et gros d'une tempête,
Qui portait un troupeau de démons vicieux,
Semblables à des nains cruels et curieux.
A me considérer froidement ils se mirent,
Et, comme des passants sur un fou qu'ils admirent,
Je les entendis rire et chuchoter entre eux,
En échangeant maint signe et maint clignement d'yeux :

— « Contemplons à loisir cette caricature
Et cette ombre d'Hamlet imitant sa posture,
Le regard indécis et les cheveux au vent.
N'est-ce pas grand' pitié de voir ce bon vivant,
Ce gueux, cet histrion en vacances, ce drôle,
Parce qu'il sait jouer artistement son rôle,
Vouloir intéresser au chant de ses douleurs

Les aigles, les grillons, les ruisseaux et les fleurs,
Et même à nous, auteurs de ces vieilles rubriques
Réciter en hurlant ses tirades publiques? »

J'aurais pu (mon orgueil aussi haut que les monts
Domine la nuée et le cri des démons)
Détourner simplement ma tête souveraine,
Si je n'eusse pas vu parmi leur troupe obscène.
Crime qui n'a pas fait chanceler le soleil!
La reine de mon cœur au regard nonpareil,
Qui riait avec eux de ma sombre détresse
Et leur versait parfois quelque sale caresse.

CXLI

UN VOYAGE A CYTHÈRE

Mon cœur, comme un oiseau, voltigeait tout joyeux
Et planait librement à l'entour des cordages;
Le navire roulait sous un ciel sans nuages,
Comme un ange enivré du soleil radieux.

Quelle est cette île triste et noire? — C'est Cythère,
Nous dit-on, un pays fameux dans les chansons,
Eldorado banal de tous les vieux garçons.
Regardez, après tout, c'est une pauvre terre.

—Ile des doux secrets et des fêtes du cœur!
De l'antique Vénus le superbe fantôme
Au-dessus de tes mers plane comme un arome,
Et charge les esprits d'amour et de langueur.

Belle île aux myrtes verts, pleine de fleurs écloses,
Vénérée à jamais par toute nation,
Où les soupirs des cœurs en adoration
Roulent comme l'encens sur un jardin de roses

Ou le roucoulement éternel d'un ramier!
—Cythère n'était plus qu'un terrain des plus maigres,
Un désert rocailleux troublé par des cris aigres.
J'entrevoyais pourtant un objet singulier!

Ce n'était pas un temple aux ombres bocagères,
Où la jeune prêtresse, amoureuse des fleurs,
Allait, le corps brûlé de secrètes chaleurs,
Entre-bâillant sa robe aux brises passagères;

Mais voilà qu'en rasant la côte d'assez près
Pour troubler les oiseaux avec nos voiles blanches,
Nous vîmes que c'était un gibet à trois branches,
Du ciel se détachant en noir, comme un cyprès.

De féroces oiseaux perchés sur leur pâture
Détruisaient avec rage un pendu déjà mûr,
Chacun plantant, comme un outil, son bec impur
Dans tous les coins saignants de cette pourriture;

Les yeux étaient deux trous, et du ventre effondré
Les intestins pesants lui coulaient sur les cuisses,
Et ses bourreaux, gorgés de hideuses délices,
L'avaient à coups de bec absolument châtré.

Sous les pieds, un troupeau de jaloux quadrupèdes,
Le museau relevé, tournoyait et rôdait;
Une plus grande bête au milieu s'agitait
Comme un exécuteur entouré de ses aides.

Habitant de Cythère, enfant d'un ciel si beau,
Silencieusement tu souffrais ces insultes
En expiation de tes infâmes cultes
Et des péchés qui t'ont interdit le tombeau.

Ridicule pendu, tes douleurs sont les miennes!
Je sentis, à l'aspect de tes membres flottants,
Comme un vomissement, remonter vers mes dents
Le long fleuve de fiel des douleurs anciennes;

Devant toi, pauvre diable au souvenir si cher,
J'ai senti tous les becs et toutes les mâchoires
Des corbeaux lancinants et des panthères noires
Qui jadis aimaient tant à triturer ma chair.

— Le ciel était charmant, la mer était unie;
Pour moi tout était noir et sanglant désormais,
Hélas! et j'avais, comme en un suaire épais,
Le cœur enseveli dans cette allégorie.

Dans ton île, ô Vénus! je n'ai trouvé debout
Qu'un gibet symbolique où pendait mon image.....
— Ah! Seigneur! donnez-moi la force et le courage
De contempler mon cœur et mon corps sans dégoût!

CXLII

L'AMOUR ET LE CRANE

VIEUX CUL-DE-LAMPE

L'Amour est assis sur le crâne
    De l'Humanité
Et sur ce trône le profane,
    Au rire effronté,

Souffle gaîment des bulles rondes
    Qui montent dans l'air,
Comme pour rejoindre les mondes
    Au fond de l'éther.

Le globe lumineux et frêle
    Prend un grand essor,
Crève et crache son âme grêle
    Comme un songe d'or.

J'entends le crâne à chaque bulle
Prier et gémir :
« Ce jeu féroce et ridicule,
Quand doit-il finir?

Car ce que ta bouche cruelle
Éparpille en l'air,
Monstre assassin, c'est ma cervelle,
Mon sang et ma chair! »

RÉVOLTE

CXLIII

LE RENIEMENT DE SAINT PIERRE

Qu'est-ce que Dieu fait donc de ce flot d'anathèmes
Qui monte tous les jours vers ses chers Séraphins?
Comme un tyran gorgé de viande et de vins,
Il s'endort au doux bruit de nos affreux blasphèmes.

Les sanglots des martyrs et des suppliciés
Sont une symphonie enivrante sans doute,
Puisque, malgré le sang que leur volupté coûte,
Les cieux ne s'en sont point encor rassasiés!

— Ah! Jésus, souviens-toi du Jardin des Olives!
Dans ta simplicité tu priais à genoux
Celui qui dans son ciel riait au bruit des clous
Que d'ignobles bourreaux plantaient dans tes chairs vives

Lorsque tu vis cracher sur ta divinité
La crapule du corps de garde et des cuisines,
Et lorsque tu sentis s'enfoncer les épines
Dans ton crâne où vivait l'immense Humanité;

Quand de ton corps brisé la pesanteur horrible
Allongeait tes deux bras distendus, que ton sang
Et ta sueur coulaient de ton front pâlissant.
Quand tu fus devant tous posé comme une cible,

Rêvais-tu de ces jours si brillants et si beaux
Où tu vins pour remplir l'éternelle promesse,
Où tu foulais, monté sur une douce ânesse,
Des chemins tout jonchés de fleurs et de rameaux,

Où, le cœur tout gonflé d'espoir et de vaillance,
Tu fouettais tous ces vils marchands à tour de bras,
Où tu fus maître enfin? Le remords n'a-t-il pas
Pénétré dans ton flanc plus avant que la lance?

—Certes, je sortirai, quant à moi, satisfait
D'un monde où l'action n'est pas la sœur du rêve;
Puissé-je user du glaive et périr par le glaive!
Saint Pierre a renié Jésus... il a bien fait!

CXLIV

ABEL ET CAÏN

I

Race d'Abel, dors, bois et mange;
Dieu te sourit complaisamment.

Race de Caïn, dans la fange
Rampe et meurs misérablement.

Race d'Abel, ton sacrifice
Flatte le nez du Séraphin!

Race de Caïn, ton supplice
Aura-t-il jamais une fin?

Race d'Abel, vois tes semailles
Et ton bétail venir à bien;

Race de Caïn, tes entrailles
Hurlent la faim comme un vieux chien.

Race d'Abel, chauffe ton ventre
A ton foyer patriarcal;

Race de Caïn, dans ton antre
Tremble de froid, pauvre chacal!

Race d'Abel, aime et pullule!
Ton or fait aussi des petits.

Race de Caïn, cœur qui brûle,
Prends garde à ces grands appétits.

Race d'Abel, tu crois et broutes
Comme les punaises des bois!

Race de Caïn, sur les routes
Traîne ta famille aux abois.

II

Ah! race d'Abel, ta charogne
Engraissera le sol fumant!

Race de Caïn, ta besogne
N'est pas faite suffisamment;

Race d'Abel, voici ta honte :
Le fer est vaincu par l'épieu!

Race de Caïn, au ciel monte
Et sur la terre jette Dieu!

———————

CXLV

LES LITANIES DE SATAN

O toi, le plus savant et le plus beau des Anges,
Dieu trahi par le sort et privé de louanges,

O Satan, prends pitié de ma longue misère!

O Prince de l'exil, à qui l'on a fait tort,
Et qui, vaincu, toujours te redresses plus fort,

O Satan, prends pitié de ma longue misère!

Toi qui sais tout, grand roi des choses souterraines,
Guérisseur familier des angoisses humaines,

O Satan, prends pitié de ma longue misère!

Toi qui, même aux lépreux, aux parias maudits,
Enseignes par l'amour le goût du Paradis,

O Satan, prends pitié de ma longue misère!

O toi qui de la Mort, ta vieille et forte amante,
Engendras l'Espérance, — une folle charmante!

O Satan, prends pitié de ma longue misère!

Toi qui fais au proscrit ce regard calme et haut
Qui damne tout un peuple autour d'un échafaud,

O Satan, prends pitié de ma longue misère!

Toi qui sais en quels coins des terres envieuses
Le Dieu jaloux cacha les pierres précieuses,

O Satan, prends pitié de ma longue misère!

Toi dont l'œil clair connaît les profonds arsenaux
Où dort enseveli le peuple des métaux,

O Satan, prends pitié de ma longue misère!

Toi dont la large main cache les précipices
Au somnambule errant au bord des édifices,

O Satan, prends pitié de ma longue misère!

Toi qui, magiquement, assouplis les vieux os
De l'ivrogne attardé foulé par les chevaux.

O Satan, prends pitié de ma longue misère!

19.

Toi qui, pour consoler l'homme frêle qui souffre,
Nous appris à mêler le salpêtre et le soufre,

O Satan, prends pitié de ma longue misère!

Toi qui poses ta marque, ô complice subtil,
Sur le front du Crésus impitoyable et vil,

O Satan, prends pitié de ma longue misère!

Toi qui mets dans les yeux et dans le cœur des filles
Le culte de la plaie et l'amour des guenilles,

O Satan, prends pitié de ma longue misère!

Bâton des exilés, lampe des inventeurs,
Confesseur des pendus et des conspirateurs,

O Satan, prends pitié de ma longue misère'

Père adoptif de ceux qu'en sa noire colère
Du paradis terrestre a chassés Dieu le Père,

O Satan, prends pitié de ma longue misère!

PRIÈRE

Gloire et louange à toi, Satan, dans les hauteurs
Du Ciel, où tu régnas, et dans les profondeurs
De l'Enfer, où, vaincu, tu rêves en silence !
Fais que mon âme un jour, sous l'Arbre de Science,
Près de toi se repose, à l'heure ou sur ton front
Comme un Temple nouveau ses rameaux s'épandront !

LA MORT

CXLVI

LA MORT DES AMANTS

Nous aurons des lits pleins d'odeurs légères,
Des divans profonds comme des tombeaux,
Et d'étranges fleurs sur des étagères,
Écloses pour nous sous des cieux plus beaux.

Usant à l'envi leurs chaleurs dernières,
Nos deux cœurs seront deux vastes flambeaux,
Qui réfléchiront leurs doubles lumières
Dans nos deux esprits, ces miroirs jumeaux.

Un soir fait de rose et de bleu mystique,
Nous échangerons un éclair unique,
Comme un long sanglot, tout chargé d'adieux;

Et plus tard un Ange, entr'ouvrant les portes,
Viendra ranimer, fidèle et joyeux,
Les miroirs ternis et les flammes mortes.

CXLVII

LA MORT DES PAUVRES

C'est la Mort qui console, hélas! et qui fait vivre;
C'est le but de la vie, et c'est le seul espoir
Qui, comme un élixir, nous monte et nous enivre,
Et nous donne le cœur de marcher jusqu'au soir;

A travers la tempête, et la neige, et le givre,
C'est la clarté vibrante à notre horizon noir;
C'est l'auberge fameuse inscrite sur le livre,
Où l'on pourra manger, et dormir, et s'asseoir;

C'est un Ange qui tient dans ses doigts magnétiques
Le sommeil et le don des rêves extatiques,
Et qui refait le lit des gens pauvres et nus;

C'est la gloire des Dieux, c'est le grenier mystique,
C'est la bourse du pauvre et sa patrie antique,
C'est le portique ouvert sur les Cieux inconnus!

CXLVIII

LA MORT DES ARTISTES

Combien faut-il de fois secouer mes grelots
Et baiser ton front bas, morne Caricature?
Pour piquer dans le but, de mystique nature,
Combien, ô mon carquois, perdre de javelots?

Nous userons notre âme en de subtils complots,
Et nous démolirons mainte lourde armature,
Avant de contempler la grande Créature
Dont l'infernal désir nous remplit de sanglots!

Il en est qui jamais n'ont connu leur Idole,
Et ces sculpteurs damnés et marqués d'un affront,
Qui vont te martelant la poitrine et le front,

N'ont qu'un espoir, étrange et sombre Capitole!
C'est que la Mort, planant comme un soleil nouveau,
Fera s'épanouir les fleurs de leur cerveau!

CXLIX

LA FIN DE LA JOURNÉE

Sous une lumière blafarde
Court, danse et se tord sans raison
La Vie, impudente et criarde.
Aussi, sitôt qu'à l'horizon

La nuit voluptueuse monte,
Apaisant tout, même la faim,
Effaçant tout, même la honte,
Le Poëte se dit : « Enfin !

Mon esprit, comme mes vertèbres,
Invoque ardemment le repos;
Le cœur plein de songes funèbres,

Je vais me coucher sur le dos
Et me rouler dans vos rideaux,
O rafraîchissantes ténèbres ! »

CL

LE RÊVE D'UN CURIEUX

A F. N.

Connais-tu, comme moi, la douleur savoureuse,
Et de toi fais-tu dire : « Oh! l'homme singulier! »
— J'allais mourir. C'était dans mon âme amoureuse,
Désir mêlé d'horreur, un mal particulier;

Angoisse et vif espoir, sans humeur factieuse.
Plus allait se vidant le fatal sablier,
Plus ma torture était âpre et délicieuse;
Tout mon cœur s'arrachait au monde familier.

J'étais comme l'enfant avide du spectacle,
Haïssant le rideau comme on hait un obstacle...
Enfin la vérité froide se révéla :

J'étais mort sans surprise, et la terrible aurore
M'enveloppait. — Eh quoi! n'est-ce donc que cela!
La toile était levée et j'attendais encore.

CLI

LE VOYAGE

A MAXIME DU CAMP

I

Pour l'enfant, amoureux de cartes et d'estampes,
L'univers est égal à son vaste appétit.
Ah! que le monde est grand à la clarté des lampes!
Aux yeux du souvenir que le monde est petit!

Un matin nous partons, le cerveau plein de flamme,
Le cœur gros de rancune et de désirs amers,
Et nous allons, suivant le rhythme de la lame,
Berçant notre infini sur le fini des mers :

Les uns, joyeux de fuir une patrie infâme;
D'autres, l'horreur de leurs berceaux, et quelques-uns,
Astrologues noyés dans les yeux d'une femme,
La Circé tyrannique aux dangereux parfums.

Pour n'être pas changés en bêtes, ils s'enivrent
D'espace et de lumière et de cieux embrasés;

La glace qui les mord, les soleils qui les cuivrent,
Effacent lentement la marque des baisers.

Mais les vrais voyageurs sont ceux-là seuls qui partent
Pour partir ; cœurs légers, semblables aux ballons,
De leur fatalité jamais ils ne s'écartent,
Et, sans savoir pourquoi, disent toujours : Allons !

Ceux-là dont les désirs ont la forme des nues,
Et qui rêvent, ainsi qu'un conscrit le canon,
De vastes voluptés, changeantes, inconnues,
Et dont l'esprit humain n'a jamais su le nom !

II

Nous imitons, horreur ! la toupie et la boule
Dans leur valse et leurs bonds ; même dans nos sommeils
La Curiosité nous tourmente et nous roule,
Comme un Ange cruel qui fouette des soleils.

Singulière fortune où le but se déplace,
Et, n'étant nulle part, peut être n'importe où !
Où l'Homme, dont jamais l'espérance n'est lasse,
Pour trouver le repos court toujours comme un fou !

Notre âme est un trois-mâts cherchant son Icarie ;
Une voix retentit sur le pont : « Ouvre l'œil ! »

Une voix de la hune, ardente et folle, crie :
« Amour... gloire... bonheur ! » Enfer ! c'est un écueil

Chaque îlot signalé par l'homme de vigie
Est un Eldorado promis par le Destin ;
L'Imagination qui dresse son orgie
Ne trouve qu'un récif aux clartés du matin.

O le pauvre amoureux des pays chimériques !
Faut-il le mettre aux fers, le jeter à la mer,
Ce matelot ivrogne, inventeur d'Amériques
Dont le mirage rend le gouffre plus amer ?

Tel le vieux vagabond, piétinant dans la boue,
Rêve, le nez en l'air, de brillants paradis ;
Son œil ensorcelé découvre une Capoue
Partout où la chandelle illumine un taudis.

III

Étonnants voyageurs ! quelles nobles histoires
Nous lisons dans vos yeux profonds comme les mers !
Montrez-nous les écrins de vos riches mémoires,
Ces bijoux merveilleux, faits d'astres et d'éthers.

Nous voulons voyager sans vapeur et sans voile !
Faites, pour égayer l'ennui de nos prisons,

Passer sur nos esprits, tendus comme une toile,
Vos souvenirs avec leurs cadres d'horizons.

Dites, qu'avez-vous vu?

IV

« Nous avons vu des astres
Et des flots; nous avons vu des sables aussi;
Et, malgré bien des chocs et d'imprévus désastres,
Nous nous sommes souvent ennuyés, comme ici.

La gloire du soleil sur la mer violette,
La gloire des cités dans le soleil couchant,
Allumaient dans nos cœurs une ardeur inquiète
De plonger dans un ciel au reflet alléchant.

Les plus riches cités, les plus grands paysages,
Jamais ne contenaient l'attrait mystérieux
De ceux que le hasard fait avec les nuages.
Et toujours le désir nous rendait soucieux!

— La jouissance ajoute au désir de la force.
Désir, vieil arbre à qui le plaisir sert d'engrais,
Cependant que grossit et durcit ton écorce,
Tes branches veulent voir le soleil de plus près!

Grandiras-tu toujours, grand arbre plus vivace
Que le cyprès? — Pourtant nous avons, avec soin,
Cueilli quelques croquis pour votre album vorace,
Frères qui trouvez beau tout ce qui vient de loin !

Nous avons salué des idoles à trompe;
Des trônes constellés de joyaux lumineux;
Des palais ouvragés dont la féerique pompe
Serait pour vos banquiers un rêve ruineux;

Des costumes qui sont pour les yeux une ivresse;
Des femmes dont les dents et les ongles sont teints,
Et des jongleurs savants que le serpent caresse. »

V

Et puis, et puis encore?

VI

« O cerveaux enfantins!

Pour ne pas oublier la chose capitale,
Nous avons vu partout, et sans l'avoir cherché,
Du haut jusques en bas de l'échelle fatale,
Le spectacle ennuyeux de l'immortel péché :
La femme, esclave vile, orgueilleuse et stupide,
Sans rire s'adorant et s'aimant sans dégoût;

L'homme, tyran goulu, paillard, dur et cupide,
Esclave de l'esclave et ruisseau dans l'égout;

Le bourreau qui jouit, le martyr qui sanglote;
La fête qu'assaisonne et parfume le sang;
Le poison du pouvoir énervant le despote,
Et le peuple amoureux du fouet abrutissant;

Plusieurs religions semblables à la nôtre,
Toutes escaladant le ciel; la Sainteté,
Comme en un lit de plume un délicat se vautre,
Dans les clous et le crin cherchant la volupté;

L'Humanité bavarde, ivre de son génie,
Et, folle maintenant comme elle était jadis,
Criant à Dieu, dans sa furibonde agonie :
« O mon semblable, ô mon maître, je te maudis!

Et les moins sots, hardis amants de la Démence,
Fuyant le grand troupeau parqué par le Destin,
Et se réfugiant dans l'opium immense!
— Tel est du globe entier l'éternel bulletin. »

VI

Amer savoir, celui qu'on tire du voyage!
Le monde, monotone et petit, aujourd'hui,
Hier, demain, toujours, nous fait voir notre
Une oasis d'horreur dans un désert d'ennui!

Faut-il partir? rester? Si tu peux rester, reste;
Pars, s'il le faut. L'un court, et l'autre se tapit
Pour tromper l'ennemi vigilant et funeste,
Le Temps! Il est, hélas! des coureurs sans répit,

Comme le Juif errant et comme les apôtres,
A qui rien ne suffit, ni wagon ni vaisseau,
Pour fuir ce rétiaire infâme; il en est d'autres
Qui savent le tuer sans quitter leur berceau.

Lorsque enfin il mettra le pied sur notre échine,
Nous pourrons espérer et crier : En avant!
De même qu'autrefois nous partions pour la Chine,
Les yeux fixés au large et les cheveux au vent,

Nous nous embarquerons sur la mer des Ténèbres
Avec le cœur joyeux d'un jeune passager.
Entendez-vous ces voix, charmantes et funèbres,
Qui chantent : « Par ici! vous qui voulez manger

Le Lotus parfumé! c'est ici qu'on vendange
Les fruits miraculeux dont votre cœur a faim;
Venez vous enivrer de la douceur étrange
De cette après-midi qui n'a jamais de fin? »

A l'accent familier nous devinons le spectre;
Nos Pylades là-bas tendent leurs bras vers nous.
« Pour rafraîchir ton cœur nage vers ton Électre! »
Dit celle dont jadis nous baisions les genoux.

VIII

O Mort, vieux capitaine, il est temps! levons l'ancre!
Ce pays nous ennuie, ô Mort! Appareillons!
Si le ciel et la mer sont noirs comme de l'encre,
Nos cœurs que tu connais sont remplis de rayons!

Verse-nous ton poison pour qu'il nous réconforte!
Nous voulons, tant ce feu nous brûle le cerveau,
Plonger au fond du gouffre, Enfer ou Ciel, qu'importe?
Au fond de l'Inconnu pour trouver du *nouveau!*

APPENDICE

APPENDICE

A l'exemplaire préparé pour la troisième édition des *Fleurs du Mal,* l'auteur avait joint, à titre de *testimonia,* une collection de lettres et d'articles publiés ou écrits à l'occasion de la première édition. Par respect pour l'intention du poëte, nous groupons ici ces justifications dont le livre n'a plus besoin aujourd'hui.

Les articles de MM. Édouard Thierry, Dulamon, J. Barbey d'Aurevilly et Charles Asselineau avaient été, lors du procès des *Fleurs du Mal,* réunis par Charles Baudelaire, sous forme de mémoire aux juges avec cette apostille signée de ses initiales :

Les quatre articles suivants, qui représentent la

pensée de quatre esprits délicats et sévères, n'ont pas été composés en vue de servir de plaidoirie. Personne, non plus que moi, ne pouvait supposer qu'un livre empreint d'une spiritualité aussi ardente, aussi éclatante que *Les Fleurs du Mal,* dût être l'objet d'une poursuite, ou plutôt l'occasion d'un malentendu.

Deux de ces morceaux ont été imprimés; les deux derniers *n'ont pas pu* paraître.

Je laisse maintenant parler pour moi MM. Édouard Thierry, Frédéric Dulamon, J. B. D'Aurevilly et Charles Asselineau.

C. B.

..... Mais vous n'êtes pas non plus les seules fleurs de la nature. Il y a aussi les fleurs des lieux malsains, celles qu'engendrent les cloaques impurs et délétères. Il y a la Flore des poisons et des végétaux vénéneux, la Flore du mal, et on voit où je veux en venir, au volume de poésies du traducteur d'Edgard Poe, aux *Fleurs du mal* de Charles Baudelaire.

Supposez une fantaisie sinistre qui manque aux fantaisies du conteur américain, une imagination qui va de pair avec ses imaginations désordonnées; supposez, dans un palais comme celui du prince Prospero, par exemple, à la suite des sept grandes salles éclairées du côté du corridor par leurs enêtres flamboyantes, une serre de vitrage disposée pour servir de jardin d'hiver. La serre est un autre palais. Le maître, qui l'a fait construire au gré de son goût bizarre, n'a pas voulu y réunir les plantes précieuses, les fleurs qui réjouissent les sens par l'odorat et l'esprit par les yeux, les feuillages d'une douce et argentine verdure, les belles palmes, les

grands éventails, les longues bannières flottantes, et les pa-
naches inclinés de la végétation des Antilles. La nature pa-
cifique a donné depuis longtemps ses plus riches échantillons.
Il a voulu savoir ce que pouvait donner la nature meurtrière.
Il a voulu développer les plantes funestes et qui portent le
signe du mal dans leurs formes inquiétantes. Il a fait re-
chercher les écorces qui distillent des sucs dangereux, les
ombrages qui exhalent le vertige et la fièvre. Il a créé des
marécages tapissés de toutes les écumes, de toutes les
mousses, de toutes les lies, de toutes les perles verdâtres de
la corruption végétale. Il a ménagé des lieux bas et étouffés
où des mouches de mille couleurs bourdonnent et imitent
abominablement le mouvement de la respiration dans le
ventre des bêtes mortes. D'un bout à l'autre de ce terrible
jardin, une chaleur morne couve à la fois la pourriture et les
parfums pénétrants qui se confondent, en sorte que les parfums révoltent et que les sens étonnés ont peur de se plaire
à l'infection. Et cependant, de tous côtés pousse une florai-
son inouïe, des lianes merveilleuses et d'une force de production que l'on n'avait pas soupçonnée, des formes hideuses
et superbes, des couleurs d'un éclat sinistre et auprès desquelles pâlirait toute autre couleur. Le maître du lieu a réa-
lisé un Éden de l'enfer. La Mort s'y promène avec la Volupté
sa sœur, toutes deux pareilles et défiant l'œil de distinguer
celle qui attire ou celle qui repousse. La race de l'ancien serpent rampe meurtrie dans les allées, et, au milieu, l'arbre
de la science pousse un dernier jet qui jaillit par miracle de
son tronc foudroyé.

Je cherche à rendre l'impression du livre, je tâche d'être
compris plutôt que je n'explique ma pensée. Le feuilleton
parle pour tout le monde. Un livre comme *Les Fleurs du
mal* ne s'adresse pas à tous ceux qui lisent le feuilleton. En

donnerai-je une idée plus précise ? En rattacherai-je la forme
au souvenir de quelque forme littéraire ? Je la rattache et je
le rattache lui-même à l'ode que Mirabeau a écrite dans le
donjon de Vincennes. Il en a par moments l'audace, l'hallucination sombre, les beautés formidables et toujours la tristesse. C'est la tristesse qui le justifie et l'absout. Le poëte ne
se réjouit pas devant le spectacle du mal. Il regarde le vice
en face, mais comme un ennemi qu'il connaît bien et qu'il
affronte. S'il le craint encore ou s'il a cessé de le craindre,
'e ne sais, mais il parle avec l'amertume d'un vaincu qui
raconte ses défaites. Il ne dissimule rien. Il n'a rien oublié.
Dans un temps où la littérature indiscrète a raconté au public les mœurs de la vie de bohème, les aventures de la ba-
ronne d'Ange et celles de Marguerite Gautier, il est venu
après les amusants conteurs dire à son tour l'idylle à travers
champs, l'églogue à côté d'une bête morte, le boudoir de la
courtisane assassinée, et personne ne viendra plus après lui.
Il a écrit la vérité dernière. Il ne s'est pas menti à lui-
même. Il n'a menti ·à personne. Les fleurs du mal ont un
parfum vertigineux. Il les a respirées, il ne calomnie pas ses
souvenirs. Il aime son ivresse en se la rappelant, mais son
ivresse est triste à faire peur. Il n'accuse pas autrement, il
ne se plaint pas autrement, il est triste. Une lumière manque
à son livre pour l'éclairer, une sorte de fable pour en déter-
miner le sens. S'il l'appelait *la Divine Comédie*, comme
l'œuvre de Dante, si ses pécheresses les plus hardies étaient
placées dans un des cercles de l'*Enfer*, le tableau même
des Lesbiennes n'aurait pas besoin d'être retouché pour que
le châtiment fût assez sévère. Du reste, et c'est par là que je
termine, j'ai déjà rapproché de Mirabeau l'auteur des *Fleurs
du mal*, je le rapproche de Dante, et je réponds que le
vieux Florentin reconnaîtrait plus d'une fois dans le poëte

français sa fougue, sa parole effrayante, ses images implacables et la sonorité de son vers d'airain. Je cherchais à louer Charles Baudelaire, comment le louerais-je mieux ? Je laisse son livre et son talent sous l'austère caution de Dante.

Je n'en dirai pas autant de *Denise*. On fait une fois *Les Fleurs du mal,* un chef-d'œuvre de réalité sauvage, un livre du plus grand style et d'une férocité magistrale, on le fait (quand on peut le faire), on ne le recommence plus.

EDOUARD THIERRY.

Le Moniteur universel, 14 juillet 1857.

LES FLEURS DU MAL

Par Charles BAUDELAIRE

Ce titre est significatif, et nous en remercions la loyauté du poëte : jamais mur bastionné ni grilles de fer n'ont interdit plus clairement aux voleurs l'entrée des propriétés, que le nom lugubre de ces vers en défend la lecture aux âmes pures et novices.

Quels sont donc les sujets que le poëte a traités ? L'ennui qui dévore les âmes promptement rassasiées des joies vulgaires, et éprises de l'idéal ; — les fureurs de l'amour que font naître non les transports des sens ou l'épanouissement d'un cœur jeune et crédule, mais les raffinements d'une curiosité maladive ; — l'expiation providentielle suspendue sur le vice frivole de l'individu, comme sur la corruption dogmatique des sociétés ; — la brutalité conquérante qui ignore les joies et la puissance du sacrifice ; — les âmes cupides qui fraudent et calomnient les âmes droites et contemplatives ; — enfin, l'orgueil qui se dresse contre Dieu, et qui, même foudroyé, respire avec délices l'encens des malheureux qu'il abuse, des sophistes qu'il enlace, des superbes qu'il enivre. Nous fermons ici cette énumération : les huit derniers morceaux consacrés au Vin et à la Mort n'ont plus rien de satanique. Et d'abord, c'est l'âme du vin qui chante dans la bouteille, promettant au travailleur la force, à sa compagne les fleurs de la santé, et les conviant tous deux à la prière, qui jaillit spontanément d'un cœur ému. Viennent ensuite le chiffonnier, qui rêve dans l'ivresse gloire, batailles et royauté ; — l'assassin, qui cherche dans le vin l'oubli du remords et n'y trouve que les âcres ferments du délire et de l'impiété ; — le poëte et l'amant, qui demandent au sang de la vigne tous les ravissements de l'esprit et de l'amour !

La Mort ferme le livre du poëte, comme elle ferme les courtes joies et les sinistres égarements de la vie. Les amants meurent au milieu des fleurs, le sourire aux lèvres, l'éclair prophétique dans les yeux, bercés sur l'aile de l'ange des dernières amours. Le pauvre salue la Mort comme la consolatrice divine ; l'artiste espère par delà le tombeau l'achèvement de la destinée et un incorruptible avenir !

La *Revue de Paris*, la *Revue des Deux Mondes, L'Artiste*, la *Revue française,* ont publié avant l'apparition du livre quelques-uns des morceaux qui le composent, et aussitôt quelques clameurs discrètes mais concertées se sont fait entendre. « Le poëte a passé trente ans, et il se complaît dans la peinture du vice et de l'orgueil ! Il analyse curieusement les progrès de la décomposition cadavérique, il assimile les vices aux animaux impurs ou féroces ! Pourquoi donc étaler toutes ces plaies hideuses de l'esprit, du cœur et de la matière?

> Eh quoi ! n'avez-vous pas de passe-temps plus doux !

En vérité, ces reproches nous paraissent injustes : l'affirmation du mal n'en est pas la criminelle approbation. Les poëtes satiriques, les historiens, les dramaturges, ont-ils jamais été accusés de tresser des couronnes pour les forfaits qu'ils peignent, qu'ils racontent, qu'ils produisent sur la

scène? Est-ce Juvénal qui s'est prostitué aux portefaix de
Rome, ou Shakspeare qui a tué Banquo? En opposition avec
une philosophie stérile, muette, superficielle, que nous enseigne la théologie chrétienne? Que l'homme volontairement
déchu est la proie du mal, et que toutes les sources de son
être ont été corrompues, le corps par la sensualité, l'âme par
la curiosité indiscrète et l'orgueil. Les livres des théologiens
sont pleins de tableaux où le vice est non pas légèrement
indiqué, mais fouillé jusque dans ses plus mystérieuses profondeurs, disséqué jusque dans ses fibres les plus honteuses.
Une sainte, trois fois canonisée par l'Église, sainte Brigitte,
a bien osé nous montrer Jésus-Christ offrant à Satan une
grâce pleine et entière, sous la condition d'une parole de repentir, et l'invincible orgueilleux se refusant à ces charges
de la clémence divine! Tertullien et Bossuet ont suivi au
delà du cadavre les traces du néant de l'homme. « Ce nom
même de cadavre ne lui reste pas longtemps, parce qu'il
exprime encore quelque forme humaine. Ce n'est plus bientôt qu'un je ne sais quoi qui n'a plus de nom dans aucune
langue. » Oui, la théologie chrétienne décrit savamment le
mal pour nous en inspirer l'horreur, pour nous commander
le retour laborieux au bien. Elle peint industrieusement les
affres de la mort, le cadavre, le ver de la tombe, la décomposition de nos misérables restes ; en même temps elle
éclaire toute cette pourriture d'un rayon d'immortalité [1], et
nous montre les héros abattus par la mort, mais relevés par
Dieu qui pardonne, plus triomphants qu'à Rocroi ou Auster-

---

1. C'est ce que j'ai fait dans mon livre d'une manière lumineuse ;
plusieurs morceaux non incriminés réfutent les poëmes incriminés.
Un livre de poésie doit être apprécié dans son ensemble et *par sa
conclusion.*

(*Note de C. Baudelaire.*)

litz. Telles ne sont pas sans doute certaines doctrines mon-
daines ; elles prophétisent un progrès fatal pour se dispenser
d'y collaborer, et ne croient pas au mal, parce qu'elles
ignorent combien est âpre et infréquentée la route du bien.
— Mais laissons toutes ces considérations et revenons à notre
poëte, pour ne plus nous occuper que de ses vers et de son
talent. Un mot suffira pour ceux qui ne l'ont pas lu. M. Baudelaire est depuis longtemps familiarisé avec tous les secrets
de la métrique et toutes les délicatesses du langage ; esprit
ouvert et écrivain laborieusement distingué, il nous paraît
avoir condensé dans le morceau suivant quelques-unes de
ses meilleures qualités.

DON JUAN AUX ENFERS.

Quand don Juan descendit vers l'onde souterraine,
Et lorsqu'il eut donné son obole à Caron,
Un sombre mendiant, l'œil fier comme Antisthène,
D'un bras vengeur et fort saisit chaque aviron.

Montrant leurs seins pendants et leurs robes ouvertes,
Des femmes se tordaient sous le noir firmament,
Et, comme un grand troupeau de victimes offertes.
Derrière lui traînaient un long mugissement.

Sganarelle, en riant, lui réclamait ses gages,
Tandis que don Luis, avec un doigt tremblant,
Montrait à tous les morts errant sur les rivages
Le fils audacieux qui railla son front blanc.

Frissonnant sous son deuil, la chaste et maigre Elvire,
Près de l'époux perfide et qui fut son amant,
Semblait lui réclamer un suprême sourire
Où brillât la douceur de son premier serment.

Tout droit dans son armure, un grand homme de pierre
Se tenait à la barre et coupait le flot noir ;
Mais le calme héros, courbé sur sa rapière,
Regardait le sillage et ne daignait rien voir.

M. Baudelaire, déjà connu par une traduction remarquable et consciencieuse d'Edgar Poe, et par deux volumes de *Salons,* verra, nous le croyons, son nouvel appel à la publicité réunir les conditions de tout succès : injures passagères et suffrages durables.

M. Baudelaire a eu la fortune, et a l'honorable candeur de la redemander aux lettres. Il a visité l'Orient et gardé une vivante empreinte des splendeurs de la nature tropicale. Il a lu et relu d'excellents livres, Proclus, Joseph de Maistre, les grands poètes de tous les temps. Il est, dans ses relations, tolérant, doux et obligeant. Il me rappelle ces beaux abbés du dix-huitième siècle, si corrects dans leur doctrine, si indulgents dans le commerce de la vie, l'abbé de Bernis, par exemple. Toutefois il fait mieux les vers et n'aurait pas demandé à Rome la destruction de l'ordre des Jésuites.

F. DULAMON.

Le Present, 23 juillet 1857

« Mon cher Baudelaire,

« Je vous envoie l'article que vous m'avez demandé
et qu'une convenance, facile à comprendre, a empêché
Le Pays de faire paraître, puisque vous étiez en cause.
Je serais bien heureux, mon cher ami, si cet article
avait un peu d'influence sur l'esprit de celui qui va
vous défendre et sur l'opinion de ceux qui seront ap-
pelés à vous juger.

« Tout à vous,

« Jules BARBEY D'AUREVILLY. »

24 juillet 1857.

I

S'il n'y avait que du talent dans *les Fleurs du mal* de
M. Charles Baudelaire, il y en aurait certainement assez pour
fixer l'attention de la Critique et captiver les connaisseurs,
mais dans ce livre difficile à caractériser tout d'abord, et
sur lequel notre devoir est d'empêcher toute confusion et

toute méprise, il y a bien autre chose que du talent pour remuer les esprits et les passionner... M. Charles Baudelaire, le traducteur des œuvres complètes d'Edgar Poe, qui a déjà fait connaître à la France le bizarre conteur, et qui va incessamment lui faire connaître le puissant poëte dont le conteur était doublé, M. Baudelaire qui, de génie, semble le frère puîné de son cher Edgar Poe, avait déjà éparpillé, çà et là, quelques-unes des poésies qu'il réunit et qu'il publie. On sait l'impression qu'elles produisirent alors. A la première apparition, à la première odeur de ces *Fleurs du mal,* comme il les nomme, de ces fleurs (il faut bien le dire, puisqu'elles sont *les Fleurs du mal*) horribles de fauve éclat et de senteur, on cria de tous les côtés à l'asphyxie et que le bouquet était empoisonné! Les moralités délicates disaient qu'il allait tuer comme les tubéreuses tuent les femmes en couche, et il tue en effet de la même manière. C'est un préjugé. A une époque aussi dépravée par les livres que l'est la nôtre, *les Fleurs du mal* n'en feront pas beaucoup, nous osons l'affirmer. Et elles n'en feront pas, non-seulement parce que nous sommes les Mithridates des affreuses drogues que nous avons avalées depuis vingt-cinq ans, mais aussi pour une raison beaucoup plus sûre, tirée de l'accent, — de la profondeur d'accent d'un livre qui, selon nous, doit produire l'effet absolument contraire à celui que l'on affecte de redouter. N'en croyez le titre qu'à moitié! Ce ne sont pas *les Fleurs du mal* que le livre de M. Baudelaire. C'est le plus violent extrait qu'on ait jamais fait de ces fleurs maudites. Or la torture que doit produire un tel poison sauve des dangers de son ivresse!

Telle est la moralité, inattendue, volontaire peut-être, mais certaine, qui sortira de ce livre cruel et osé dont l'idée a saisi l'imagination d'un artiste! Révoltant comme la vérité, qui l'est souvent, hélas! dans le monde de la Chute, ce livre sera moral à sa manière; et ne souriez pas! cette manière n'est rien moins que celle de la toute-puissante Providence elle-même, qui envoie le châtiment après le crime, la maladie après l'excès, le remords, la tristesse, l'ennui, toutes les hontes et toutes les douleurs qui nous dégradent et nous dévorent pour avoir transgressé ses lois. Le poëte des *Fleurs du mal* a exprimé, les uns après les autres, tous ces faits divinement vengeurs. Sa muse est allée les chercher dans son propre corps entr'ouvert, et elle les a tirés à la lumière d'une main aussi impitoyablement acharnée que celle du Romain qui tirait hors de lui ses entrailles. Certes, l'auteur des *Fleurs du mal* n'est pas un Caton. Il n'est ni d'Utique ni de Rome. Il n'est ni le Stoïque, ni le Censeur. Mais quand il s'agit de déchirer l'âme humaine à travers la sienne, il est aussi résolu et aussi impassible que celui qui ne déchira que son corps, après une lecture de Platon. La Puissance qui punit la vie est encore plus impassible que lui! Ses prêtres, il est vrai, prêchent pour elle. Mais elle-même ne s'atteste à nous que par les coups dont elle nous frappe. Voilà *ses voix!* comme dit Jeanne d'Arc. Dieu, c'est le talion infini. On a voulu le mal, et le mal engendre. On a trouvé bon le vénéneux nectar, et l'on en a pris à si haute dose, que la nature humaine en craque et qu'un jour elle s'en dissout tout à fait! On a semé la graine amère, on recueille les fleurs funestes. M. Baudelaire, qui les a cueillies et recueillies, n'a pas dit que ces *Fleurs du mal* étaient belles, qu'elles sentaient bon, qu'il fallait en orner son front, en emplir ses mains, et que c'était là la sagesse. Au contraire, en les nommant, il les a flétries. Dans un temps où le sophisme raffermit la lâcheté et où chacun est le doctrinaire de ses vices M. Baudelaire n'a rien dit en

faveur de ceux qu'il a moulés si énergiquement dans ses
vers. On ne l'accusera pas de les avoir rendus aimables. Ils
y sont hideux, nus, tremblants, à moitié dévorés par eux-
mêmes, comme on les conçoit dans l'enfer. C'est là en effet
l'avancement d'hoirie infernale que tout coupable a de son
vivant dans la poitrine. Le poëte, terrible et terrifié, a voulu
nous faire respirer l'abomination de cette épouvantable corbeille qu'il porte, pâle canéphore, sur sa tête hérissée d'horreur. C'est là réellement un grand spectacle! Depuis le
coupable cousu dans un sac qui déferlait sous les ponts
humides et noirs du moyen âge, en criant qu'il fallait laisser
passer une justice, on n'a rien vu de plus tragique que la
tristesse de cette poésie coupable, qui porte le faix de ses
vices sur son front livide. Laissons-la donc passer aussi! On
peut la prendre pour une justice, — la justice de Dieu!

II

Après avoir dit cela, ce n'est pas nous qui affirmerons
que la poésie des *Fleurs du mal* est de la poésie personnelle. Sans doute, étant ce que nous sommes, nous portons
tous (et même les plus forts) quelque lambeau saignant de
notre cœur dans nos œuvres, et le poëte des *Fleurs du mal*
est soumis à cette loi comme chacun de nous. Ce que nous
tenons seulement à constater, c'est que, contrairement au
plus grand nombre des lyriques actuels, si préoccupés de
leur égoïsme et de leurs pauvres petites impressions, la
poésie de M. Baudelaire est moins l'épanchement d'un sentiment individuel qu'une ferme conception de son esprit.
Quoique très-lyrique d'expression et d'élan, le poëte des

Fleurs du mal est, au fond, un poëte dramatique. Il en a l'avenir. *Son livre actuel est un drame anonyme dont il est l'acteur universel,* et voilà pourquoi il ne chicane ni avec l'horreur, ni avec le dégoût, ni avec rien de ce que peut produire de plus hideux la nature humaine corrompue. Shakspeare et Molière n'ont pas chicané non plus avec le détail révoltant de l'expression quand ils ont peint l'un, son *Iago,* l'autre, son *Tartuffe.* Toute la question pour eux était celle-ci : « Y a-t-il des hypocrites et des perfides? » S'il y en avait, il fallait bien qu'ils s'exprimassent comme des hypocrites et des perfides. C'étaient des scélérats qui parlaient; les poëtes étaient innocents! Un jour même (l'anecdote est connue), Molière le rappela à la marge de son *Tartuffe,* en regard d'un vers par trop odieux, et M. Baudelaire a eu la faiblesse... ou la précaution de Molière.

Dans ce livre, où tout est en vers jusqu'à la préface, on trouve une note en prose[1] qui ne peut laisser aucun doute non-seulement sur la manière de procéder de l'auteur des *Fleurs du mal,* mais encore sur la notion qu'il s'est faite de l'Art et de la Poésie; car M. Baudelaire est un artiste de volonté, de réflexion et de combinaison avant tout. « Fidèle « — dit-il, — à son *douloureux programme,* l'auteur des

---

1. Première édition, 1857. — Voici cette note de Charles Baudelaire, placée alors en tête de la partie du livre intitulée Révolte, et qu'il avait supprimée dans la seconde édition :

« Parmi les morceaux suivants, le plus caractérisé a déjà paru dans un des principaux recueils littéraires de Paris, où il n'a été considéré, du moins par les gens d'esprit, que pour ce qu'il est véritablement : le pastiche des raisonnements de l'ignorance et de la fureur. Fidèle à son douloureux programme, l'auteur des *Fleurs du mal* a dû, en parfait comédien, façonner son esprit à tous les sophismes, comme à toutes les corruptions. Cette déclaration candide n'empêchera pas sans doute les critiques honnêtes de le

Fleurs du mal a dû, en *parfait comédien,* façonner son
esprit à tous les sophismes comme à toutes les corruptions. » Ceci est positif. Il n'y a que ceux qui ne veulent pas
comprendre, qui ne comprendront pas. Donc, comme le
vieux Gœthe, qui se transforma en marchand de pastilles
turc dans son *Divan,* et nous donna ainsi un livre de poésie,
— plus dramatique que lyrique aussi, et qui est peut-être
son chef-d'œuvre, — l'auteur des *Fleurs du mal* s'est fait
scélérat, blasphémateur, impie, par la pensée, absolument
comme Gœthe s'est fait Turc. Il a joué une comédie, mais
c'est la comédie sanglante dont parle Pascal. Ce profond
rêveur qui est au fond de tout grand poëte s'est demandé
en M. Baudelaire ce que deviendrait la poésie en passant par
une tête organisée, par exemple, comme celle de Caligula
ou d'Héliogabale, et *les Fleurs du mal,* — ces monstrueuses,
— se sont épanouies pour l'instruction et l'humiliation de
nous tous; car il n'est pas inutile, allez! de savoir ce qui
peut fleurir dans le fumier du cerveau humain, décomposé
par nos vices. C'est une bonne leçon. Seulement, par une
inconséquence qui nous touche et dont nous connaissons la
cause, il se mêle à ces poésies, imparfaites par là au point
de vue absolu de leur auteur, des cris d'âme chrétienne,

ranger parmi les théologiens de la populace, et de l'accuser d'avoir
regretté pour notre Sauveur Jésus-Christ, pour la Victime éternelle et volontaire, le rôle d'un conquérant, d'un Attila égalitairo
et dévastateur. Plus d'un adressera sans doute au ciel les actions
de grâces habituelles du Pharisien : Merci, mon Dieu, qui n'avez
pas permis que je fusse semblable à ce poëte infâme ! »
   Charles Baudelaire avait eu raison sans doute de biffer cette
note, puisqu'elle n'avait pas suffi à convaincre et à désarmer ses
juges. Mais n'avons-nous pas le devoir de rétablir ici tout ce qui
peut contribuer à mettre en pleine lumière la pensée du poëte?
                                        (Note des éditeurs.)

malade d'infini, qui rompent l'unité de l'œuvre terrible, et
que Caligula et Héliogabale n'auraient pas poussés. Le christianisme nous a tellement pénétrés, qu'il fausse jusqu'à nos
conceptions d'art volontaire, dans les esprits les plus éner-
giques et les plus préoccupés. S'appelât-on l'auteur des
Fleurs du mal, — un grand poëte qui ne se croit pas chrétien et qui dans son livre positivement ne *veut* pas l'être, —
on n'a pas impunément dix-huit cents ans de christianisme
derrière soi. Cela est plus fort que le plus fort de nous! On a
beau être un artiste redoutable, au point de vue le plus
arrêté, à la volonté la plus soutenue, et s'être juré d'être
athée comme Shelley, forcené comme Leopardi, impersonnel
comme Shakspeare, indifférent à tout, excepté à la beauté,
comme Gœthe, on va quelque temps ainsi, — misérable et
superbe, — comédien à l'aise dans le masque réussi de ses
traits grimés; — mais il arrive que, tout à coup, au bas d'une
de ses poésies le plus amèrement calmes ou le plus cruellement sauvages, on se retrouve chrétien dans une demi-
teinte inattendue, dans un dernier mot qui détonne — mais
qui détonne pour nous délicieusement dans le cœur

> Ah! Seigneur! donnez-moi la force et le courage
> De contempler mon cœur et mon corps sans dégoût!

Cependant, nous devons l'avouer, ces inconséquences,
presque fatales, sont assez rares dans le livre de M. Baudelaire. L'artiste, vigilant et d'une persévérance inouïe dans
la fixe contemplation de son idée, n'a pas été trop vaincu.

III

Cette idée, nous l'avons dit déjà par tout ce qui précède, c'est le pessimisme le plus achevé. La littérature *satanique*, qui date d'assez loin déjà, mais qui avait un côté romanesque et faux, n'a produit que des contes pour faire frémir ou des bégayements d'enfançon, en comparaison de ces réalités effrayantes et de ces poésies nettement articulées où l'érudition du mal en toutes choses se mêle à la science des mots et du rhythme. Car pour M. Charles Baudelaire, appeler un art sa savante manière d'écrire en vers ne dirait point assez. C'est presque un artifice. Esprit d'une laborieuse recherche, l'auteur des *Fleurs du mal* est un retors en littérature, et son talent, qui est incontestable, travaillé, ouvragé, compliqué avec une patience de Chinois, est lui-même une fleur du mal venue dans les serres chaudes d'une Décadence. Par la langue et le *faire,* M. Baudelaire, qui salue, à la tête de son recueil, M. Théophile Gautier pour son maître, est de cette école qui croit que tout est perdu, et *même l'honneur,* à la première rime faible, dans la poésie la plus élancée et la plus vigoureuse. C'est un de ces matérialistes raffinés et ambitieux qui ne conçoivent guère qu'une perfection, — la perfection matérielle, et — qui savent parfois la réaliser; mais par l'inspiration il est bien plus profond que son école, et il est descendu si avant dans la sensation, dont cette école ne sort jamais, qu'il a fini par s'y trouver seul, comme un lion d'originalité. Sensualiste, mais le plus profond des sensualistes, et enragé de n'être que cela, l'auteur des *Fleurs du mal* va dans la sensation jusqu'à l'extrême limite, jusqu'à

cette mystérieuse porte de l'Infini à laquelle il se heurte, mais
qu'il ne sait pas ouvrir, et de rage il se replie sur la langue
et passe ses fureurs sur elle. Figurez-vous cette langue, plus
plastique encore que poétique, maniée et taillée comme le
bronze et la pierre, et où la phrase a des enroulements et
des cannelures; figurez-vous quelque chose du gothique
fleuri ou de l'architecture moresque appliqué à cette simple
construction qui a un sujet, un régime et un verbe; puis,
dans ces enroulements et ces cannelures d'une phrase qui
prend les formes les plus variées comme les prendrait un
cristal, supposez tous les piments, tous les alcools, tous les
poisons, minéraux, végétaux, animaux, et ceux-là les plus
riches et les plus abondants, si on pouvait les voir, qui se
tirent du cœur de l'homme, et vous avez la poésie de
M. Baudelaire, cette poésie sinistre et violente, déchirante
et meurtrière dont rien n'approche dans les plus noirs ouvrages de ce temps qui se sent mourir. Cela est, dans sa
férocité intime, d'un ton inconnu en littérature. Si à quelques places, comme dans la pièce *la Géante* ou dans *Don
Juan aux enfers,* — un groupe en marbre blanc et noir, —
une poésie de pierre, *di sasso,* comme le commandeur, —
M. Baudelaire rappelle la forme de M. Victor Hugo, mais
condensée et surtout purifiée; si à quelques autres, comme
la Charogne, la seule poésie spiritualiste du recueil, dans
laquelle le poëte se venge de la pourriture abhorrée par
l'immortalité d'un cher souvenir :

> Alors, ô ma beauté! dites à la vermine
> Qui vous mangera de baisers,
> Que j'ai gardé la forme et l'essence divine
> De mes amours décomposés!

On se souvient de M. Auguste Barbier, partout ailleurs l'au-

teur des *Fleurs du mal* est lui-même et tranche fièrement
sur tous les talents de ce temps. Un critique le disait l'autre
jour (M. Ed. Thierry, du *Moniteur*), dans une appréciation
supérieure : pour trouver quelque parenté à cette poésie
implacable, à ce vers brutal, condensé et sonore, ce vers
d'airain qui sue du sang, il faut remonter jusqu'au Dante,
Magnus Parens! C'est l'honneur de M. Charles Baudelaire
d'avoir pu évoquer, dans un esprit délicat et juste, un si
grand souvenir!

Il y a du Dante, en effet, dans l'auteur des *Fleurs du mal,*
mais c'est du Dante d'une époque déchue, c'est du Dante
athée et moderne, du Dante venu après Voltaire, dans un
temps qui n'aura point de saint Thomas. Le poëte de ces
fleurs, qui ulcèrent le sein sur lequel elles reposent, n'a pas
la grande mine de son majestueux devancier, et ce n'est pas
sa faute. Il appartient à une époque troublée, sceptique,
railleuse, nerveuse, qui se tortille dans les ridicules espérances des transformations et des métempsycoses; il n'a pas
la foi du grand poëte catholique qui lui donnait le calme
auguste de la sécurité dans toutes les douleurs de la vie. Le
caractère de la poésie des *Fleurs du mal,* à l'exception de
quelques rares morceaux que le désespoir a fini par glacer,
c'est le trouble, c'est la furie, c'est le regard convulsé, et
non pas le regard sombrement clair et limpide du Vision-
naire de Florence. La muse du Dante a rêveusement vu
l'enfer, celle des *Fleurs du mal* le respire d'une narine
crispée comme celle du cheval qui hume l'obus! L'une vient
de l'enfer, l'autre y va. Si la première est plus auguste,
l'autre est peut-être plus émouvante. Elle n'a pas le merveilleux épique qui enlève si haut l'imagination et calme ses
terreurs dans la sérénité dont les génies tout à fait excep-
tionnels savent revêtir leurs œuvres les plus passionnées.

Elle a, au contraire, d'horribles réalités que nous connaissons et qui dégoûtent trop pour permettre même l'acca-
blante sérénité du mépris. M. Baudelaire n'a pas voulu être
dans son livre des *Fleurs du mal* un poëte satirique, et il
l'est pourtant, sinon de conclusion et d'enseignement, au
moins de soulèvement d'âme, d'imprécations et de cris. Il
est *le misanthrophe de la vie coupable, et souvent on
s'imagine, en lisant, que si Timon d'Athènes avait eu le
génie d'Archiloque, il aurait pu écrire ainsi sur la nature
humaine et l'insulter en la racontant!*

IV

Nous ne pouvons ni ne voulons rien citer du recueil de
poésies en question, et voici pourquoi : une pièce citée
n'aurait que sa valeur individuelle, et il ne faut pas s'y
méprendre, dans le livre de M. Baudelaire, chaque poésie a,
de plus que la réussite des détails ou la fortune de la pensée,
une valeur très-importante d'ensemble et de situation
qu'il ne faut pas lui faire perdre en la détachant. Les artistes qui voient les lignes sous le luxe et l'efflorescence de
la couleur percevront très-bien qu'il y a ici *une architecture secrète,* un plan calculé par le poëte, méditatif et volontaire. Les *Fleurs du mal* ne sont pas à la suite les unes
des autres comme tant de morceaux lyriques, dispersés par
l'inspiration et ramassés dans un recueil sans d'autre raison
que de les réunir. Elles sont moins des poésies qu'une
œuvre poétique *de la plus forte unité.* Au point de vue de
l'art et de la sensation esthétique, elles perdraient donc
beaucoup à n'être pas lues *dans l'ordre* où le poëte, qui
sait ce qu'il fait, les a rangées. Mais elles perdraient bien

davantage *au point de vue de l'effet moral* que nous avons signalé au commencement de cet article.

Cet effet, sur lequel il importe beaucoup de revenir, gardons-nous bien de l'énerver. Ce qui empêchera le désastre de ce poison, servi dans cette coupe, c'est sa force! L'esprit des hommes, qu'il bouleverserait en atomes, n'est pas capable de l'absorber dans de telles proportions, sans le revomir, et une telle contraction donnée à l'esprit de ce temps, affadi et débilité, peut le sauver en l'arrachant par l'horreur à sa lâche faiblesse. Les solitaires ont auprès d'eux des têtes de mort quand ils dorment. Voici un Rancé, sans la foi, qui a coupé la tête à l'idole matérielle de sa vie; qui, comme Caligula, a cherché dedans ce qu'il aimait et qui crie du néant de tout, en la regardant! Croyez-vous donc que ce ne soit pas là quelque chose de pathétique et de salutaire?... Quand un homme et une poésie en sont descendus jusque-là, — quand ils ont dévalé si bas, dans la conscience de l'incurable malheur qui est au fond de toutes les voluptés de l'existence, poésie et homme ne peuvent plus que remonter. M. Charles Baudelaire n'est pas un de ces poëtes qui n'ont qu'un livre dans le cerveau et qui vont le rebâchant toujours. Mais qu'il ait desséché sa veine poétique (ce que nous ne pensons pas) parce qu'il a exprimé et tordu le cœur de l'homme lorsqu'il n'est plus qu'une éponge pourrie, ou qu'il l'ait, au contraire, survidée d'une première écume, il est tenu de se taire maintenant, car il a dit les mots suprêmes sur le mal de la vie, — ou de parler un autre langage. Après *les Fleurs du mal,* il n'y a plus que deux partis à prendre pour le poëte qui les fit éclore : ou se brûler la cervelle. ... ou se faire chrétien!

J. BARBEY D'AUREVILLY.

I

Les poésies de Charles Baudelaire étaient depuis longtemps attendues du public, j'entends de ce public qui s'in-
téresse encore à l'art et pour qui c'est encore quelque chose
que l'avénement d'un poëte.

Et, à ce sujet, ne calomnions pas trop la société actuelle.
Il est difficile que quelque chose de beau ou de bon se pro-
duise sans que cette société, qu'on dit si matérielle et si
endormie, n'en reçoive quelque agitation. Je vais plus loin.
Je suis étonné de sa bonne volonté à faire des succès et à se
laisser duper par le mot d'ordre de ceux qu'elle investit de
la fonction de l'éclairer. On lui sert des tragédies vulgaires,
sans invention et sans style ; on lui dit : C'est du Corneille ;
elle y va, et elle applaudit. Un peintre étale au beau milieu
d'un salon une toile ambitieuse, d'un dessin douteux et
d'une couleur équivoque, on dit au public : C'est du Véro-
nèse ; il s'y rue, et il applaudit. Combien de fois n'avons-
nous pas vu dans ces dernières années la foule se porter en
masse et en hâte dans les théâtres, dans les ateliers, chez les
libraires, sur l'avis trompeur d'un farceur ou d'un intéressé ;

et là, en présence du chef-d'œuvre, s'écarquiller les oreilles et les yeux, le cou tendu, la poitrine contenue, ne demandant qu'à se laisser violer dans son indifférence! Est-ce sa faute si l'enthousiasme ne lui vient pas, et si le lendemain ses bras laissent tomber le pavois qu'ils avaient élevé la veille? A-t-elle manqué à Félicien David, à Daubigny, à Jean-François Millet, à Victor de Laprade? Ne fait-elle pas fête chaque soir à Weber, qu'on vient de lui rendre? Tout récemment encore, n'a-t-elle pas fait accueil à Gustave Flaubert?

Ce qui manque aujourd'hui aux hommes d'un vrai mérite, aux artistes graves et convaincus, ce n'est donc pas le bon vouloir du public; le public ne demande qu'à faire des succès, parce qu'il veut jouir. Ce qui leur manque, c'est le concours loyal, désintéressé de ceux à qui le public, trop occupé et trop affairé, a dévolu la charge de l'éclairer et de l'avertir, de faire pour lui le dépouillement des réputations, et qui, à force de lui crier au loup pour des ombres, finissent par l'endormir dans son indifférence.

Longtemps avant que les Revues eussent publié des vers de M. Baudelaire, on savait qu'il existait quelque part, dans les entrailles fécondes de cette ville qui contiennent tant de germes pour l'avenir, un poëte original, un esprit bien trempé, trop poëte ou trop artiste selon quelques-uns, mais dont les qualités vivaces et surabondantes devaient faire diversion à l'ennui et à la médiocrité générale. Le public, nous en sommes témoins, s'est entretenu dix ans dans cette attente. Les extraits donnés par les journaux ont soutenu cette réputation naissante.

Nous n'avons pas voulu, pour apprécier le talent de M. Baudelaire, attendre l'impression du public. Sans doute on criera à l'exagération. Mais est-ce dans ces temps ce

médiocrité prolixe de la poésie officielle, de la poésie des
salons et des académies, est-ce bien d'une surabondance de
séve que nous avons à nous plaindre? N'est-il pas vrai
qu'il en est aujourd'hui de la poésie comme de la peinture?
Tout le monde peint bien, dit l'un, tout le monde fait bien
les vers, répond l'autre. Oui, si par bien peindre et être
bon poëte, on peut entendre ne manquer ostensiblement à
aucune règle convenue, s'exprimer couramment dans le
langage de tout le monde et savoir relier habilement par
des procédés connus des phrases apprises et des poncis.
Tout le monde peint bien parce que tout le monde a été à
l'école, a visité les musées et a la tête meublée de souvenirs. Or la mémoire est une faculté calme qui ne fait pas
trembler la main comme l'imagination. Nos artistes mettent
sur leur palette du Rubens, du Rembrandt, du Cuyp, du
Van Ostade, etc., etc. Ils s'entourent de gravures. Comment,
avec cela, en y ajoutant un peu de goût et les traditions de
l'école, ne réussiraient-ils pas auprès de la foule? Mais
regardez d'un peu près les œuvres de ces habiles peintres,
appliquez-leur la méthode de jugement qui résulte de
l'étude des maîtres, et vous découvrirez qu'ils n'ont ni
unité, ni science, ni sincérité, ni idéal, ni bonne foi, ni art
de composition, rien, en un mot, de ce qui constitue, non
pas le grand peintre, mais le peintre. *Tout le monde écrit
bien* parce que tout le monde sait lire, et que, depuis trois
cents ans que l'on imprime, bon nombre de sentiments et de
nuances de sentiments ont été exprimés par de grands
écrivains. N'est-ce pas le sublime du genre scolastique et
académique que d'emprunter la pompe à Bossuet, la concision à La Bruyère, la profondeur à Pascal, l'ironie à Voltaire,
la passion à Rousseau, etc., etc.? De sorte qu'à force d'exprimer ses propres sentiments avec le langage des maîtres,

on arrive à penser à leurs frais et finalement à ne plus penser du tout. Disons-le franchement, depuis Louis XIV la poésie française se meurt de *correction*[1]. Et lorsque, au commencement de ce siècle, l'auteur des *Orientales* et de *Hernani* est venu régénérer la langue poétique en lui rendant tout ce qu'elle avait perdu en 1660, le pittoresque, la propriété, le grotesque, on l'a traité de barbare et de Topinambou. Que penseront nos neveux lorsqu'ils trouveront dans les journaux du temps, à l'adresse du *plus grand inventeur de rhythmes que la France ait eus depuis Ronsard*, les épithètes de sauvage et d'Iroquois? Que penseront-ils surtout dans cette plaisanterie, banale alors, du mot coupé par l'hémistiche, appliquée au versificateur le plus sévère de l'époque? Comme il n'est pas de brevet pour l'invention poétique, il n'est aujourd'hui fils de bonne maison, pourvu du grade de bachelier ès lettres, et ayant un peu de lecture, qui ne parvienne à coudre convenablement ensemble quelques hémistiches de nos poëtes modernes. C'est le même procédé que ci-dessus, pour la prose : on exprime sa mélancolie aux dépens de Lamartine, son ironie avec de Musset, son indignation avec Barbier, son scepticisme avec Théophile Gautier. Chacun a fait son petit *Lac*, son petit *Pas d'armes du roi Jean*, son petit *Iambe*, sa petite *Comédie de la Mort*, sa petite *Ballade à la lune*. On emprunte les pensées avec le langage; ou plutôt on se sert d'une langue riche pour déguiser le néant de sa pensée et la nullité de son tempérament. A part quatre ou cinq noms que je me dispense de citer, mais que chacun connaît, je demande si,

---

1. Je n'entends pas la correction prosodique, ni même la rectitude des pensées, mais une sorte de régularité conforme aux modèles.

dans les essais poétiques qui se sont manifestés dans ces
dernières années, il est possible de voir autre chose que
réminiscences et pastiches. N'est-ce pas toujours la mélancolie de Lamartine, la rêverie de Laprade, la mysticité de
Sainte-Beuve, l'ironie de de Musset, la sérénité de Théodore
de Banville? Eh bien, je le déclare, en présence d'une
moutonnerie si persistante, le poëte qui met la main sur
mon cœur, dût-il l'égratigner un peu, irriter mes nerfs et
me faire sauter sur mon siége, me semblera toujours préfé-
rable à cette poésie, irréprochable sans doute, mais insi-
pide, sans parfum et sans couleur, et qui vous coule entre
les mains comme de l'eau.

Je ne ferai donc point le procès à M. Baudelaire pour ses
exagérations. Tous les tempéraments excessifs, tous les
talents volontaires impliquent certains défauts auxquels les
meilleurs conseils ne sauraient remédier. Il faut en pareil
cas supprimer le poëte ou garder les défauts. Les défauts de
M. Delacroix sautent aux yeux : le premier venu peut aper-
cevoir dans sa peinture des audaces, des négligences, la laideur des visages ; mais il a fallu vingt ans pour faire comprendre sa tonalité savante et l'intensité de ses compositions.
Je préfère, à propos de M. Charles Baudelaire, m'occuper de
signaler et d'expliquer ce que je vois de beau et de rare
dans son talent, plutôt que de perdre mon temps à relever
des taches qu'on verra bien sans que je m'en mêle, et que
la charité de tels de nos confrères saura merveilleusement
faire valoir. J'ai d'ailleurs, pour agir ainsi, une excuse excel-
lente, l'exemple du recueil même qui me prend aujourd'hui
pour organe. Lorsque la *Revue des Deux Mondes* publia,
l'an dernier, quelques-unes des poésies de M. Baudelaire,
elle les fit précéder d'une note un peu prude, et dans tous
les cas fort maladroite. La *Revue française* s'est conduite

plus franchement : elle a choisi, c'était son **droit**; **mais,** son choix fait, elle l'a publié sans commentaire[1].

II

Le livre des *Fleurs du mal*[2] contient tout au juste **cent** pièces, parmi lesquelles un assez grand nombre de sonnets, et dont la plus longue excède à peine cent vers. Si je m'arrête tout d'abord à ce résultat, c'est qu'en s'ajoutant à d'autres observations, elle confirme une opinion que j'ai depuis longtemps sur l'avenir de la poésie. Cette opinion, qui n'est point une simple conjecture, mais une induction tirée du développement de l'histoire, est qu'à mesure que le nombre des lecteurs augmente, à mesure que le livre imprimé, en se répandant, convertit les auditeurs impressionnables, *passionnables,* en lecteurs méditatifs et réfléchis, la poésie doit concentrer son essence et restreindre son développement. Je ne prétends pas, — ce qu'on ne manquerait pas de me faire dire si je ne revenais sur mon assertion, — que la poésie doive devenir un art purement plastique. Mais du moins elle doit resserrer ses moyens plastiques comme son inspiration. La poésie à grandes proportions, la poésie épique, est celle des peuples, non pas barbares, mais peu liseurs, ou qui ne savent pas encore lire et qui sont naturellement plus saisissables par la passion que par la ré-

1. Cet article, écrit pour la *Revue française* au moment même de l'apparition des *Fleurs du mal*, ne fut publié qu'un peu plus tard, après le jugement, et avec quelques changements.
                    (*Note des éditeurs.*)

2. Il s'agit de la première édition. — C. A.

flexion; c'est la poésie des époques héroïques; c'est aussi
la poésie des peuples opprimés ou asservis, et c'est pour
cela peut-être que la France n'a pas de poëme épique. — Le
poëme didactique est un jeu de rhétoricien qui ne peut être
poétique qu'épisodiquement. — Quant au poëme démons-
tratif ou persuasif, à la poésie de propagande, au poëme-
sermon, au poëme-pamphlet, ne sont-ils pas devenus ridicules aujourd'hui qu'un article de journal ou une simple
brochure renseigne plus vite et plus nettement? La philosophie ni la science n'ont affaire de la Muse.

> Des savants, des docteurs les mystères terribles
> D'*ornements égayés* ne sont point susceptibles.

Répétons-le, car on ne saurait trop le dire, la découverte
de l'imprimerie, en mettant aux mains des hommes un
moyen direct et expéditif de communiquer leur pensée, a
destitué les arts de toute mission de propagande ou d'enseignement. Ce que disaient autrefois les bas-reliefs d'une
cathédrale, les fresques d'un édifice, ce que chantaient les
rhapsodes et les trouvères, qui n'étaient pas toujours des
poëtes, le livre aujourd'hui le dit plus clairement et plus
vite. Toutes les fois qu'il s'agira de s'instruire et de comprendre, il sera toujours plus tôt fait de lire un *traité* que
de dégager la moelle instructive des *ornements égayés* de
la Muse. Du jour où le livre fut inventé, les arts émancipés
ont eu chacun un domaine séparé que le voisin ne peut
envahir qu'à la condition de se suicider. L'allusion politique
tue le poëme, dont elle fait un pamphlet; la prédication tue
le drame en en faisant un traité de morale. Quel profit Voltaire, eût-il eu tout le génie poétique qui lui manquait, pou-
vait-il attendre de sa *Henriade* alors que les mémoires sur la

Ligue étaient déjà dans toutes les mains? Qui songe à relire,
autrement que par curiosité littéraire, les lourds poëmes
didactiques de Saint-Lambert, de Lemierre et de Delille
depuis que nous avons une *Maison rustique,* des diction-
naires, une littérature scientifique?

Désormais divorcée d'avec l'enseignement historique,
philosophique et scientifique, la poésie se trouve ramenée à
sa fonction naturelle et directe, qui est de réaliser pour
nous la vie complémentaire du rêve, du souvenir, de l'espérance, du désir; de donner un corps à ce qu'il y a d'insaisissable dans nos pensées et de secret dans le mouvement do
nos âmes; de nous consoler ou de nous châtier par l'expression de l'idéal ou par le spectacle de nos vices. Elle devient,
non pas *individuelle,* suivant la prédiction un peu hasar-
deuse de l'auteur de *Jocelyn,* mais *personnelle,* si nous
sous-entendons que l'âme du poëte est nécessairement une
âme collective, une corde sensible et toujours tendue que
font vibrer les passions et les douleurs de ses semblables.

Cette vérité, que j'essaye de prouver par le raisonnement,
est démontrée d'ailleurs par l'exemple et par la transforma-
tion progressive de la poésie moderne. Qu'ont fait depuis
trente ans Lamartine, Hugo, de Vigny, Sainte-Beuve, Théophile Gautier, qu'écrire en des œuvres fragmentaires, limi-
tées, l'histoire de l'âme humaine, qu'exprimer dans une
forme de plus en plus serrée et de plus en plus *parfaite*
impressions, rêves, aspirations, regrets, depuis la passion la
plus vive jusqu'à la rêverie la plus vague? Les uns et les
autres ont tâté le pouls à l'humanité et en ont noté les pul-
sations dans un rhythme précis, sonore ou coloré. Car c'est
la conséquence forcée de cette évolution finale de la poésie, de nécessiter une exécution plus ferme et une plastique
plus serrée. Le vers négligé, mou, le *versus pedestris* du

xviii° siècle, qui convient si bien à la muse décrépite de l'abbé Delille et de ses imitateurs, n'est plus de mise dans un poëme court destiné à frapper l'esprit des lecteurs par une succession rapide d'images intenses.

Je félicite M. Baudelaire d'avoir compris ces conditions nouvelles de la poésie, car c'est assurément une preuve de force que de se trouver du premier coup à la hauteur de son temps.

III

La poésie de M. Baudelaire, profondément imagée, vivace et vivante, possède à un haut degré ces qualités d'intensité et de spontanéité que je demande au poëte moderne.

Il a les dons rares, et qui sont des grâces, de l'évocation et de la pénétration. Sa poésie, concise et brillante, s'impose à l'esprit comme une image forte et logique. Soit qu'il évoque le souvenir, soit qu'il fleurisse le rêve, soit qu'il tire des misères et des vices du temps un idéal terrible, impitoyable, toujours la magie est complète, toujours l'image abondante et riche se poursuit rigoureusement dans ses termes.

On dira que parfois le ton est poussé au noir, ou au rouge, et que le poëte semble se complaire à irriter les plaies où il a glissé la sonde. Mais, à notre tour, prenons garde à ne pas tomber dans l'exagération. Je sais bien que les satires de d'Aubigné, non plus que celles de Régnier, non plus que certaines pièces de Saint-Amant ou même de Ronsard, ne pourraient guère paraître dans nos revues ac-

tuelles. Et cependant chacun les a dans sa bibliothèque et
s'en fait honneur. Les poëtes en ce temps-là n'écrivaient que
pour les poëtes ou pour les âmes assez grandes pour comprendre l'Art. Nous avons inventé un mode de publication
qui s'adresse à tous indistinctement, à l'homme du monde
comme à l'artiste, aux jeunes filles comme aux érudits. Est-
ce une raison pour retrancher de la poésie moderne tout un
ordre de compositions qui a ses précédents, ses chefs-d'œuvre,
j'allais dire ses classiques, et qui d'ailleurs répond si directement à une série de passions et de phénomènes? Devons-
nous supprimer la satire et nous interdire l'étude de toute
une moitié de l'âme humaine? En littérature, en art, tout
ce qui existe a sa loi; je suis à cet égard fataliste comme un
Bédouin. Je n'en veux donc pas aux journaux d'avoir mora-
lisé leur feuilleton dans l'intérêt de leurs abonnés et des
filles d'iceux. Mais, franchement, d'une nécessité commer-
ciale, d'une condition d'abonnement, doit-on faire une question littéraire ? Le livre est-il le journal? Mais non : le journal va chercher ses lecteurs, le livre attend les siens. Et
parce qu'on a publié *Modeste Mignon* dans le *Journal des
Débats* et *le Lys dans la vallée* dans la *Revue de Paris*,
faut-il ne pas écrire *Splendeurs et Misères des courtisanes*,
un des plus beaux livres d'analyse sociale qui aient été écrits
en langue française?

Je vais faire une citation terrible, et l'on ne dira pas qu'à
propos de littérature romantique je vais chercher mes auto-
rités dans le camp des intéressés. Voici ce qu'écrivait en 1822,
dans le *Journal des Débats*, Hoffmann, — non pas le fantastique, mais l'auteur des *Rendez-vous bourgeois*, — à
propos d'une édition nouvelle de Régnier :

« Dans plusieurs cantons de la Normandie j'ai entendu désigner une jeune fille très-honnête par un mot qui ferait

dresser les cheveux, s'il était prononcé devant le public plein de pudeur de la capitale. Ce mot, que je n'oserais même désigner par la lettre initiale, n'est cependant que le féminin d'un autre mot que tout le monde prononce et qui indique un jeune homme non marié. Quand ce mot féminin a été appliqué à la débauche, le beau monde l'a rejeté avec horreur et lui a d'abord substitué le mot au son argentin dont j'ai parlé plus haut, et qui, dans son étymologie italienne, ne signifie qu'une très-petite fille. Il a été pendant quelque temps reçu même dans la bonne société ; mais ayant enfin été proscrit comme son prédécesseur, on l'a remplacé par le mot *fille,* qui était encore du bon ton au milieu du siècle dernier. Mais il était écrit là-haut sans doute que tout ce qui désigne ce sexe deviendrait une injure ; et ce sont les femmes elles-mêmes qui se sont calomniées en rejetant comme indécents tous les mots qui avaient ce caractère. Aujourd'hui le mot *fille* est de si mauvais ton, qu'aucune mère, même dans les dernières classes du peuple, ne veut avoir de filles. J'ai deux garçons et deux demoiselles, nous dira la femme du dernier artisan. Mais voici bien autre chose : le mot *demoiselle* lui-même court grands risques. Les nymphes qui font espalier dans certaines rues, quand Hespérus se lève sur l'horizon, se nomment les demoiselles de la rue Saint-Honoré, les demoiselles du Panorama ou du boulevard du Temple. Il n'y aura donc bientôt plus de demoiselles ; et c'est pour cela sans doute que depuis quelque temps on emploie le terme de *jeune personne,* car on prévoit que, dans vingt ou trente ans, le mot *demoiselle* fera frémir notre pudique postérité. Malheureusement l'expression de *jeune personne* est une sottise, car le mot *personne* s'appliquant aux deux genres, un jeune garçon est aussi une jeune personne. Il faut donc chercher un autre mot, et, quel qu'il puisse être, il finira par avoir le sort de tous les autres. »

Voilà le danger signalé par un pur classique, par un écrivain qui traitait Shakspeare et Schiller de sauvages, et leurs traducteurs, MM. Guizot et de Barante, de barbares et de révolutionnaires. Certes, avec notre prétention de parler toujours pour tout le monde, — journaux pour tous, lectures pour tous , — nous finirons par ne plus faire ni livres ni journaux. A force d'avoir toujours en vue les jeunes demoiselles, on finit par manquer de respect aux hommes et à soi-même. On triche avec sa pensée, on falsifie la langue ; on se fait un langage hybride, arbitraire, tout d'allusions et de périphrases ; et cependant, comme l'observe judicieusement le feu rédacteur du *Journal de l'Empire,* les mots, en s'écartant de l'étymologie, perdent leur signification. On ne pourrait pas dire aujourd'hui quel tort a fait à la littérature, à la langue, combien d'intelligences, de talents a viciés cette préoccupation de plaire à toutes les classes et à tous les âges. Depuis que les mamans ont inventé *qu'on ne pouvait plus conduire sa fille à l'Exposition,* le commun des peintres a abandonné l'étude du nu pour s'adonner à des tricheries de costume, à des hypocrisies de sentiment bien autrement corruptrices que l'aspect de la nature vraie. Il fut un temps où les directeurs de journaux proscrivaient dans les romans jusqu'aux mots de maîtresse et d'adultère ; et, au Gymnase, un vaudeville de M. Scribe, intitulé *Héloïse et Abailard,* — et qui ne mentait pas à son titre, — a passé sans difficulté. Voilà où nous en sommes. M. Baudelaire s'est mis sous la protection de quatre vers de d'Aubigné. Il aurait pu y ajouter cette franche déclaration de l'auteur d'*Albertus* .

> Et d'abord, j'en préviens les mères de familles,
> Ce que j'écris n'est pas pour les petites filles
> Dont on coupe le pain en tartines. —

Les petites filles! les petites filles! Mon Dieu! n'y a-t-il
pas une littérature pour les petites filles? n'y a-t-il pas des
écrivains qui se dévouent par vocation ou par nécessité à
composer de petites historiettes sans dard et sans venin?
Est-ce qu'il n'y a pas des auteurs pour enfants et même des
auteurs pour dames? L'ignorance est une vertu pour les
filles, l'art n'est donc pas fait pour elles. Faites-leur lire
l'*Histoire des Voyages* ou les *Lettres édifiantes* ; abonnez-
les aux bibliothèques paroissiales ; mais écartez d'elles tout
livre qui a l'art ou la passion pour but ; vers, romans, pièces
de théâtre ; le meilleur n'en vaut rien pour elles. N'avons-
nous pas vu récemment un écrivain religieux d'un grand
zèle tenter « s'il ne serait pas possible de composer un roman avec des personnages, des sentiments et un langage
chrétiens [1] ? » Il a réussi à faire un bréviaire de séduction,
où les filles les moins délurées et les plus pieuses appren-
dront à tromper la vigilance de leurs parents et à forcer,
par les moyens les moins catholiques, les cœurs qu'elles ont
choisis.

V

Je me laisse entraîner, je le sens, par ces considérations,
un peu allongées peut-être, mais que je ne crois pas dé-
placées à propos d'un livre d'art, et que dans tous les cas
je ne crois pas inutiles.

Il faut bien cependant que le public sache ce qu'est ce
poëte terrible dont on veut lui faire peur. Pour nos lecteurs,

1. *Corbin et d'Aubecourt*, par M. Louis Veuillot.

heureusement, la connaissance est déjà faite : ils n'ont point oublié le magnifique extrait que la *Revue française* a donné des *Fleurs du mal* il y a trois mois [1]. Ils m'ont donc déjà compris lorsque j'ai cherché à indiquer le caractère de cette poésie abondante dans sa sobriété, de cette forme serrée où parfois l'image fait explosion avec l'éclat soudain de la fleur d'aloès. M. Baudelaire excelle surtout, je l'ai dit, à donner une réalité vivante et brillante aux pensées, à matérialiser, à dramatiser l'abstraction. Cette qualité est frappante dès le second morceau, intitulé *Bénédiction*, où l'auteur présente l'action fécondante du malheur sur la vie du poëte : il naît, et sa mère se désole d'avoir porté ce fruit sauvage, cet enfant si peu semblable aux autres et dont la destinée lui échappe ; il grandit, et sa femme le prend en dérision et en haine; elle l'insulte, le trompe et le ruine ; mais le poëte, à travers ces misères, continue de marcher vers son idéal, et la pièce se termine par un cantique doux et grave comme un finale de Haydn :

Vers le ciel où son œil voit un trône splendide,
Le poëte serein lève ses bras pieux,
Et les vastes éclairs de son esprit lucide
Lui dérobent l'aspect des peuples furieux :

« — Soyez béni mon Dieu, qui donnez la souffrance
Comme un divin remède à nos impuretés,
Et comme la meilleure et la plus pure essence
Qui prépare les forts aux saintes voluptés !

Je sais que vous gardez une place au poëte
Dans les rangs bienheureux des saintes légions,
Et que vous l'invitez à l'éternelle fête
Des Trônes, des Vertus des Dominations.

1. 20 avril 1857.

Je sais que la douleur est la noblesse unique
Où ne mordront jamais la terre et les enfers,
Et qu'il faut pour tresser ma couronne mystique
Imposer tous les temps et tous les univers.

Mais les bijoux perdus de l'antique Palmyre,
Les métaux inconnus, les perles de la mer,
Montés par votre main, ne pourraient pas suffire
A ce beau diadème éblouissant et clair.

Car il ne sera fait que de pure lumière
Puisée au foyer saint des rayons primitifs,
Et dont les yeux mortels, dans leur splendeur entière,
Ne sont que des miroirs obscurcis et plaintifs ! »

Je ne crois pas que jamais plus beau cantique ait été chanté à la gloire du poëte, ni qu'on ait jamais exprimé en plus beaux vers la noblesse de la douleur et la résignation des âmes privilégiées.

La pièce vingt et unième (*Parfum exotique*) est remarquable par cette faculté d'arrêter l'insaisissable et de donner une réalité pittoresque aux sensations les plus subtiles et les plus fugaces. Le poëte assis près de sa maîtresse, par un beau soir d'automne, sent monter à son cerveau un parfum tiède qui l'enivre; il trouve à ce parfum quelque chose d'étrange et d'*exotique*, qui le fait rêver à des pays lointains; et aussitôt dans le miroir de sa pensée se déroulent des *rivages heureux, éblouis par les feux du soleil*, des îlots *paresseux* plantés d'arbres *singuliers*, des Indiens au corps mince et vigoureux, des femmes au regard hardi :

Je vois un port rempli de voiles et de mâts
Encor tout fatigués par la vague marine,

> Pendant que le parfum des vers tamariniers,
> Qui circule dans l'air et m'enfle la narine,
> Se mêle dans mon âme au chant des mariniers!

Si je voulais citer d'autres preuves de cette rare faculté de magie et de création pittoresque, les exemples afflueraient sous ma plume. Contraint de me borner, pour avoir été trop bavard, je ne puis que renvoyer les lecteurs aux pièces intitulées *les Phares, la Muse malade, le Guignon, la Vie antérieure, de Profundis clamavi, le Balcon, la Cloche fêlée,* etc.

J'ai parlé du don d'évocation comme d'un des plus particuliers à l'auteur des *Fleurs du mal.* — Un crime a été commis; la police pénètre dans un appartement clos et mystérieux, où, parmi les splendeurs du luxe et de la volupté la plus délicate, un cadavre de femme gît sur un lit, la tête séparée du tronc. — De quel crime ténébreux, se demande le poëte, cette malheureuse a-t-elle été victime? A quelle passion monstrueuse a-t-elle été sacrifiée? — Et tout aussitôt la chambre mystérieuse, avec son atmosphère malsaine, l'alcôve coquette où ruisselle un corps mutilé au milieu des meubles dorés, des divans soyeux, des bouquets qui se fanent dans les vases, apparaissent avec la puissance d'une peinture sinistre et dont la mémoire gardera la terreur.

La terreur, je l'ai dit, car il est temps d'expliquer l'énigme de ce titre et de quelques-unes des inspirations de l'auteur. Nous sommes tellement accoutumés à être lâchement encensés; on nous a tant de fois répété à tous, grands ou petits, poëtes, artistes, bourgeois, que nous sommes les plus vertueux, les plus parfaits, les plus délicats, qu'un poëte qui vient nous secouer dans notre satisfaction hypocrite ou indolente nous fait peur ou nous irrite. Les *Fleurs du mal!*

les **voici** : c'est le spleen, la mélancolie impuissante, c'est l'esprit de révolte, c'est le vice, c'est la sensualité, c'est l'hypocrisie, c'est la lâcheté. Or n'est-il pas vrai que souvent nos vertus mêmes naissent de leurs contraires? que notre courage naît du découragement, notre énergie de la faiblesse, notre sobriété de l'intempérance, notre foi de l'incrédulité? Aurions-nous la prétention de valoir mieux que ne valaient nos pères? La société actuelle vaut-elle mieux que celles de Louis XIV et de Henri IV? Pourquoi douc ne supporterait-elle pas une fois ce que celles-là ont toujours supporté de bonne grâce? Et pourquoi ce fouet sanglant, que l'auteur des *Iambes,* le dernier, a manié avec tant de vigueur et de franchise, ne viendrait-il pas nous rappeler que le poëte n'est pas nécessairement un douceâtre et un thuriféraire?

Au surplus, ce fouet, M. Baudelaire ne l'a pas toujours à la main, il n'est pas toujours ironique ou satirique ; on l'a pu voir par les extraits que j'ai donnés plus haut; on l'a pu voir par les pièces insérées il ya trois mois dans la *Revue française.*

Comme transition à des idées moins noires et comme conclusion, je citerai le sonnet suivant qui est à lui seul la clef et la moralité du livre. Il a pour titre L'Ennemi :

Ma jeunesse ne fut qu'un ténébreux orage,
Traversé çà et là par de brillants soleils ;
Le tonnerre et la pluie ont fait un tel ravage,
Qu'il reste en mon jardin bien peu de fruits vermells.

Voilà que j'ai touché l'automne des idées,
Et qu'il faut employer la pelle et les râteaux
Pour rassembler à neuf les terres inondées
Où l'eau creuse des trous grands comme des tombeaux.

Et qui sait si les fleurs nouvelles que je rêve
Trouveront dans ce sol lavé comme une grève
Le mystique aliment qui ferait leur vigueur ?

O douleur ! ô douleur ! le temps mange la vie,
Et l'obscur ennemi qui nous ronge le cœur
Du sang que nous perdons croît et se fortifie !

Je n'ai que peu de chose à dire de la plastique de M. Charles Baudelaire. Elle est souvent parfaite ; parfois aussi il se permet des audaces, des négligences, des violences qu'explique la nature toute spontanée de son inspiration.

Sa phrase poétique n'est pas, comme celle de M. Théodore de Banville, par exemple, le développement large et calme d'une pensée maîtresse d'elle-même. Ce qui chez l'un découle d'un amour savant et puissant de la forme est produit chez l'autre par l'intensité et par la spontanéité de la passion. Et puisque j'ai nommé M. Théodore de Banville, je rappellerai ce que je disais il y a un an, ici même, à propos de ses *Odelettes :* « Des deux grands principes posés au commencement de ce siècle, la recherche du sentiment moderne et le rajeunissement de la langue poétique, M. de Banville a retenu le second... » Dans ma pensée, je retenais le premier pour M. Charles Baudelaire.

L'un et l'autre représentent hautement les deux tendances de la poésie contemporaine. Ils pourront servir de bornes lumineuses à une nouvelle génération de coureurs poétiques.

CHARLES ASSELINEAU.

LETTRE

DE M. SAINTE-BEUVE

Ce 20 ... 1857.

Mon cher ami,

J'ai reçu votre beau volume, et j'ai à vous remercier d'abord des mots aimables dont vous l'avez accompagné ; vous m'avez depuis longtemps accoutumé à vos bons et fidèles sentiments à mon égard. — Je connaissais quelques-uns de vos vers pour les avoir lus dans divers recueils ; réunis, ils font un tout autre effet. Vous dire que cet effet général est triste ne saurait vous étonner ; c'est ce que vous avez voulu. Vous dire que vous n'avez reculé, en rassemblant vos *Fleurs,* devant aucune sorte d'image et de couleur, si effrayante et affligeante qu'elle fût, vous le savez mieux que moi ; c'est ce que vous avez voulu encore. Vous êtes bien un poëte de l'école de *l'art,* et il y aurait, à l'occasion de ce livre, si l'on parlait entre soi, beaucoup de remarques à faire. Vous êtes vous aussi, de ceux qui cher-

chent de la poésie partout; et comme, avant vous, d'autres
l'avaient cherchée dans des régions tout ouvertes et toutes
différentes; comme on vous avait laissé peu d'espace; comme
les champs terrestres et célestes étaient à peu près tous
moissonnés, et que, depuis trente ans et plus, les lyriques,
sous toutes les formes, sont à l'œuvre, — venu si tard et le
dernier, vous vous êtes dit, — j'imagine : « *Eh bien, j'en
trouverai encore de la poésie, et j'en trouverai là où
nul ne s'était avisé de la cueillir et de l'exprimer.* » Et
vous avez pris l'enfer, vous vous êtes fait diable. Vous avez
voulu arracher leurs secrets aux démons de la nuit. En faisant cela avec subtilité, avec raffinement, avec un talent
curieux et un abandon quasi *précieux* d'expression, en *per-
lant* le détail, en *pétrarquisant* sur l'horrible, vous avez
l'air de vous être joué; vous avez pourtant souffert, vous
vous êtes rongé à promener vos ennuis, vos cauchemars, vos
tortures morales; vous avez dû beaucoup souffrir, mon cher
enfant. Cette tristesse particulière qui ressort de vos pages
et où je reconnais le dernier symptôme d'une génération
malade, dont les aînés nous sont très-connus, est aussi ce
qui vous sera compté.

Vous dites quelque part, en marquant le réveil spirituel
qui se fait le matin près les nuits mal passées, que, lorsque
l'aube blanche et vermeille, se montrant tout à coup, apparaît en compagnie de *l'Idéal rongeur,* à ce moment, par une
sorte d'expiation vengeresse,

Dans la brute assoupie un ange se réveille!

C'est cet ange que j'invoque en vous et qu'il faut cultiver.
Que si vous l'eussiez fait intervenir un peu plus souvent, en

deux ou trois endroits bien distincts, cela eût suffi pour que
votre pensée se dégageât, pour que tous ces rêves du mal,
toutes ces formes obscures et tous ces bizarres entrelace-
ments où s'est lassée votre fantaisie, parussent dans leur vrai
jour, c'est-à-dire à demi dispersés, déjà et prêts à s'enfuir
devant la lumière. Votre livre alors eût offert comme une
Tentation de saint Antoine, au moment où l'aube approche
où l'on sent qu'elle va cesser.

C'est ainsi que je me le figure et que je le comprends.
Il faut, le moins qu'on peut, se citer en exemple. Mais nous
aussi, il y a trente ans, nous avons cherché de la poésie là
où nous avons pu. Bien des champs aussi étaient déjà moissonnés, et les plus beaux lauriers étaient coupés. Je me rappelle dans quelle situation douloureuse d'esprit et d'âme j'ai
fait *Joseph Delorme,* et je suis encore étonné, quand il
m'arrive (ce qui m'arrive rarement) de rouvrir ce petit
volume, de ce que j'ai osé y dire, y exprimer. Mais en
obéissant à l'impulsion et au progrès naturel de mes sentiments, j'ai écrit l'année suivante un recueil, bien imparfait encore, mais animé d'une inspiration douce et plus
pure, *Les Consolations,* et grâce à ce simple développement
en mieux, on m'a à peu près pardonné. Laissez-moi vous
donner un conseil qui surprendrait ceux qui ne vous connaissent pas : vous vous défiez trop de la passion, c'est chez
vous une théorie. Vous accordez trop à l'esprit, à la combinaison. Laissez-vous faire, ne craignez pas tant de sentir
comme les autres, n'ayez jamais peur d'être trop commun;
vous aurez toujours assez, dans votre finesse d'expression,
de quoi vous distinguer.

Je ne veux pas non plus paraître plus prude à vos yeux
que je ne suis. J'aime plus d'une pièce de votre volume, ces
Tristesses de la lune, par exemple, délicieux sonnet qui

semble de quelque poëte anglais contemporain de la jeunesse de Shakspeare. Il n'est pas jusqu'à ces stances, *A celle qui est trop gaie*, qui ne me semblent exquises d'exécution. Pourquoi cette pièce n'est-elle pas en latin, ou plutôt en grec, et comprise dans la section des *Erotica* de l'*Anthologie* ? Le savant Brunck l'aurait recueillie dans les *Analecta veterum poetarum* ; le président Bouhier et La Monnoye, c'est-à-dire des hommes d'autorité et de mœurs graves, *castissimæ vitæ morumque integerrimorum*, l'auraient commentée sans honte, et nous y mettrions le signet pour les amateurs. *Tange Chloen semel arrogantem...*

Mais encore une fois, il ne s'agit pas de cela ni de compliments. J'ai plutôt envie de gronder, et si je me promenais avec vous au bord de la mer, le long d'une falaise, sans prétendre à faire le mentor, je tâcherais de vous donner un croc-en-jambe, mon cher ami, et de vous jeter brusquement à l'eau, pour que vous, qui savez nager, vous alliez désormais sous le soleil et en plein courant.

Tout à vous.

SAINTE-BEUVE.

LETTRE

DE M. LE MARQUIS DE CUSTINE.

Si je ne vous ai pas remercié plus tôt, monsieur, du présent que vous avez bien voulu me faire, c'est que je voulais commencer par en savoir le prix. Un poëte ne se lit pas comme on écrit de la prose légère, au courant de la plume, surtout un poëte qui déteste le mensonge et sabre tout ce qui est de convention. Vous réfléchissez comme un miroir fidèle l'esprit d'un temps et d'un pays malades; et la force de vos expressions me fait souvent reculer d'épouvante devant les objets que vous vous plaisez à peindre. Vous me direz que vous chicaner sur le choix de vos sujets, ce serait reprocher au miroir de refléter ce qui se présente devant lui; mais un poëte est un miroir qui choisit. On plaint l'époque où un esprit et un talent d'un ordre si élevé en sont réduits à se complaire dans la contemplation de choses qu'il vaudrait mieux oublier qu'immortaliser. Vous voyez, monsieur, que je ne suis point un réaliste [1], et que je ne

---

1. Ni moi non plus. — Il est présumable que M. de Custine, qui ne me connaissait pas, mais qui était d'autant plus flatté de

comprends le créateur dans l'art que comme un éclectique dans la nature.

Ces réserves faites, je vous rends sincèrement grâce de l'honneur que vous m'avez fait de penser à moi, et du plaisir que m'a causé la lecture d'un recueil plein d'originalité qui nous annonce un poëte de plus. Vous êtes neuf dans une littérature vieille. Vous aurez des ennemis en foule, si l'admiration de quelques amis qui voient le fond de l'homme à travers vos peintures peut vous dédommager de la méchanceté des taupes, je vous prie de penser à moi et de me croire sincère comme vous-même dans l'expression des sentiments que vous m'avez inspirés. Nos amis des livres valent bien ceux du monde.

A. DE CUSTINE.

Paris, ce 16 août 1857.

mon hommage qu'il se sentait injustement négligé, se sera renseigné auprès de quelque âme charitable, laquelle aura collé à mon nom cette grossière étiquette. — C. B.

LETTRE

DE M. ÉMILE DESCHAMPS

Versailles, 14 juillet 1857.

Monsieur et très-éminent confrère,

Après une atroce maladie de plus d'un an, j'avais charmé ma convalescence avec votre exquise traduction des contes fantastiques de l'Hoffmann américain, œuvre d'une double originalité et d'un double mérite littéraire, puisque vous en êtes le révélateur envers notre ignorance. Et voilà que je dois à votre sympathique et trop aimable souvenir ces *Fleurs du mal,* dont je pensais déjà tant de bien sur échantillons.

Je viens d'aspirer tous leurs poisons enivrants, tous leurs parfums terribles. Vous seul pouviez faire cette poésie, dont l'explication est dans l'épigraphe d'Agrippa d'Aubigné, pour le fond des choses[1]; dont le secret, pour la forme savante

---

1. La première édition portait pour épigraphe ces vers de d'Au bigné :

On dit qu'il faut couler les exécrables choses
Dans le puits de l'oubli et au sépulcre encloses.

et ciselée est dans la dédicace *au parfait magicien ès lettres françaises,* notre grand et cher Théophile Gautier.

Pour ne m'en tenir qu'à ce qui concerne l'art, — le poëte restant le maître de son idée, comme a dit magistralement Victor Hugo, — je ne puis me taire sur les prodiges de poésie et de versification qui sont manifestés par votre œuvre.

Don Juan aux Enfers, les *Spleen, Les Femmes damnées, Les Métamorphoses du Vampire*[1], *Les Litanies de Satan, Le Vin de l'assassin, Confession,* etc., sont des poésies sans modèle et sans imitateurs pour longtemps. Votre verve, votre coloris, votre harmonie à part, ont pu seuls en venir à bout; et que de secrets de forme comme de cœur s'en échappent! Que de vers trempés d'une vigueur étonnante ou d'un enchantement inaccoutumé! que de tours elliptiques et nouveaux, que de rhythmes dociles et fiers!

Enfin, je ne puis vous dire qu'une chose : soyez toujours ce que vous êtes si souvent! — Voilà, en une ligne, ma critique et mon éloge sincères.

Ma gratitude ne l'est pas moins, ni mon sympathique dévouement.

ÉMILE DESCHAMPS.

> Et que par les esprits le Mal ressuscité
> Infectera les mœurs de la postérité;
> Mais le vice n'a point pour mère la science,
> Et la vertu n'est pas fille de l'ignorance.
>
> *Les Tragiques,* liv. **II.**
> (*Note de C. Baudelaire.*)

1. Cette pièce a été supprimée dans la deuxième édition et dans celle-ci.

SUR LES *FLEURS DU MAL*[1]

A QUELQUES CENSEURS

Ces bouquets effrayants de Charles Baudelaire
S'en iraient, déchirés au vent de la colère!...
Non, messieurs! — le *Réel* est ici le sujet.
En brisant le miroir détruirait-on l'objet?
Sa peinture, après tout, n'est pas l'apologie.
Le danger radical, c'est une sale orgie
Masquée en beau gala; c'est l'onduleux serpent
Qui caresse et qui bave, et s'élève, en rampant;
Le danger radical, c'est la page hypocrite,
Pensée avec le fiel, avec le musc écrite;
C'est l'ongle venimeux qui sortira d'un gant;
C'est l'ulcère, que couvre un satin élégant;
C'est, au théâtre impur, une mielleuse enseigne.
Voilà ce dont tout cœur et se révolte et saigne,
S'il est encor trempé du sacre baptismal.
Mais le livre, qui grave à son front : *Fleurs du mal*.

1. Ces vers ont été adressés à Charles Baudelaire huit jours avant le procès des *Fleurs du mal*.

Ne dit-il pas d'abord tout ce qu'il porte au ventre ?
Aux couvents, aux salons son nom défend qu'il entre·
Et, — sombre exception, — comme certain traité
Des docteurs de l'Église ou de la Faculté,
Il proclame très-haut, par sa seule cocarde,
Que le monde avec lui doit se tenir en garde,
Et qu'enfin, sa légende horrible, il ne la dit
Qu'au philosophe artiste, au penseur érudit.

Les livres ont leur cercle assigné. — L'Évangile
Est pour tous les humains; pour bon nombre, Virgile;
Juvénal, pour plusieurs; d'autres, pour quelques-uns.
Tous remèdes à tous ne sont pas opportuns.
Et faut-il, pour cela, supprimer les dictames
Qui ne s'adresseraient qu'à vingt corps ou vingt âmes?
Et puis, *Les Fleurs du mal,* quel mal en craindrait-on ?
Leur langage est le vers... qui donne peu le ton :
C'est un préservatif... un mur inaccessible,
Et la contagion, en vers, n'est pas possible.
A moins qu'on ne les chante, — et ce n'est point le cas,
Ou que des imprudents et des trop délicats
Ne dénoncent la chose aux sots qu'ils électrisent,
Et, voulant la punir, ne la popularisent.
D'ailleurs, l'art est un voile, et c'est un fait connu
Que toute poésie est chaste dans son nu.

Bien plus, il est des temps, à traîner sur la claie,
Dont aucun baume, hélas! ne peut sécher la plaie
Il faut donc la sonder à toute profondeur,
Et, pour seul antidote, étaler sa hideur.
— Vous connaissez ce père, à bout de remontrances
Auprès d'un jeune fils, froid et sourd à ses transes,

Qu'appelait la débauche en son gouffre béant,
Las de voir ses conseils, son exemple à néant,
Le père, à l'hôpital des impudiques femmes,
Un jour, mena son fils, et sur les lits infâmes
Lui montrant la torture et l'horreur de la chair :
« Crois-tu que leurs plaisirs soient payés assez cher ? »
Et de là, sous le toit des hommes, leurs complices,
Épouvanta ses yeux par les mêmes supplices,
Et, — ce que n'avaient fait prières ni sermons, —
Le spectacle du mal, qu'en tremblant nous nommons,
Rappela vers le bien le jeune homme en délire.

Cette cure terrible est le droit de la lyre.
Le droit pour chaque vice... et le poëte aussi,
Tuteur honni d'un siècle à mal faire endurci,
Doit pétrir hardiment, comme un remède étrange,
— Cynique par vertu, — le sang avec la fange,
Sûr d'effrayer du moins ceux qu'il ne touche plus.
— Tel est cet empirisme auquel tu te complus,
Baudelaire, héroïque et sauvage système,
Qu'un monde inattentif peut frapper d'anathème,
Car il le faut creuser en toute liberté,
Pour en bien concevoir l'âpre nécessité.
Tu mis un grand talent au bout d'un grand courage,
Et traversas ainsi le formidable orage.
On le reconnaîtra, poëte ; on ne peut pas
Condamner le chemin pour quelques mauvais pas.
L'âme est un noir mystère, et peut-être la tienne
Cache-t-elle en ses plis toute la loi chrétienne.
Seulement, tu devras, crois-moi, la dégager,
Et, dans le champ du mal rapide passager,
Loin de ce sombre enfer t'en aller, sur ton aile,

Ouvrant les régions de splendeur éternelle,
Pour aborder enfin, cœur absous et guéri,
Au Paradis profond de Dante Alighieri!

ÉMILE DESCHAMPS.

Versailles, 12 août 1857

TABLE

FIN DE LA TABLE.

411 06. — Coulommiers. Imp. Paul BRODARD.   P4-06.

DERNIÈRES PUBLICATIONS

Format in-18 à 3 fr. 50 le volume.

《恶之华》目录

波德莱尔 原作 钟 锦 译述

　　波德莱尔殁于一八六七年,翌年阿塞力诺、邦维尔新刊《恶之华》,凡一百五十一首,另致辞一首,戈蒂耶序之,是为三版。而一八五七年初版遭禁者六首,仍阙焉。波氏尝刊《残骸集》于阿姆斯特丹,时在一八六六年,凡二十三首,遭禁者咸在,别有五首,不见《恶之华》诸版。另有佚稿五首,皆早年作,不入集。是波氏之诗,传于今者,即此一百六十八首也。余译是集,起乙未四月廿二日,五月间废焉。迨十一月,再译一首耳。丙申四月,又译三首。自六月廿七日,始发愤为之,凡九阅月而蒇事。庚子二月十三日,补译佚稿五首,阅三日而成。曙辉兄援入《寰宇文献》,附波氏原集行,斯是译之幸也。

译序

波德莱尔 原作　钟　锦 译述

　　诗至光怪陆离，尤易邀赏，所以长吉饾饤，仍矜高蹈。而波德莱尔不与焉。何耶？不蕲乎奇而蕲乎恶也。诗至轻俗，偏传众口，所以元白铺陈，无碍风靡。而波德莱尔不与焉。何耶？不蕲乎熟而蕲乎卑也。诗至丑拙，反矫不群，所以宛陵迟滞，竟称平淡。而波德莱尔不与焉。何耶？不蕲乎清而蕲乎浊也。诗至淫哇，多切私怀，所以次回旖旎，居然名家。而波德莱尔不与焉。何耶？不蕲乎艳而蕲乎污也。怪也，俗也，丑也，淫也，皆非诗之病，而其病在乎恶也，卑也，浊也，污也。凡诸病，一经波氏手，又在在无非诗也。噫！波氏亦人杰矣。

　　虽然，乍视之，有殊不能入者。或曰：是古今之暌隔也。余曰：否，是性使之然也。盖孟子云："口之于味也，有同耆焉；耳之于声也，有同听焉；目之于色也，有同美焉。"恶也，卑也，浊也，污也，罕有所同焉。然道可以在屎溺，顾诗独不能在恶卑浊污耶？波氏乃从事之，诗遂一变焉。今既习之，觉色相皆空，直与质觌，诗而粹然见矣。尝诵简斋诗"从教变白能为黑，桃李依然是仆奴"，有戚戚焉。

　　波氏诗既如是，以旧体译之则殊难矣。盖吾国诗古文辞，久远卑污，遂离浊恶，一旦逢此，几于无能措手。人之情固无能免乎卑污也，尚得其古雅为之掩饰，若台阁体则是尔。去其掩饰，即俗言之"老干体"也。一切卑也，污也，悍然不肯饰者，胥"老干体"之流亚，无与乎诗古文辞之体也。防闲若是之严，浊恶乃无得而入焉。故求一浊恶之情辞于诗古文中，难之至也，安望其能迻译波氏之诗耶？

　　于是焉见其隘矣，必有豪杰之士起而振作之。乃闻有王了一氏之译本,亟取读之,而大失望。盖罔顾吾国文体,强以达意,诗之质未睹,恶卑浊污先侵也。遂发愤改译,非屑屑与彼竞短长,实追慕波氏之勇乎拓境也。译之法,先诗之质,而后令恶卑浊污之态得所饰,虽不必至于雅,亦不使与文体相龃龉也。然诗才既乏,腹笥复俭,心罕解会,辞每窒碍,欲中废者不知凡几也。侥幸得竟其事,亦不敢必有助乎译事,更不敢望拓境于旧体也。庶乎差得手熟之效,未至唐捐时日耳。

丁酉四月初一日,我瞻室序。

恶之华—八五七年版

致辞

贪嗔痴慢疑,纷纭者五毒。既将吾形劳,复将吾神梏。虽云令吾悔,养之惟吾欲。亦若彼虮虱,但使乞儿畜。

吾孽一何顽,吾悔一何懦!所忏故其宜,所冀亦已大。居然为破颜,泥涂复坎坷。便有泪纵横,其污谁能那?

仇魔何处来?其力过倍蓰。先枕我以恶,吾神随之靡。果有大神通,堪与术士比。志虽如金坚,销化随指使。

吾侪若傀儡,尽由彼魔牵。此世诚可恶,何事长流连?日进固无疆,乃陷地狱渊。举目但昏黑,反以致拳拳。

正如落拓子,招呼老大娼。酥胸拍渐销,尚自恣轻狂。中途多恶欲,耽之未渠央。譬吮败柑汁,滋味岂堪尝?

如有万头虫,蠕蠕在吾脑。彼魔亦成群,酩酊肆搅扰。黑帝随呼吸,摧我肺叶槁。来往若川流,但闻声哀渺。

杀盗淫妄酒,在昔悬五戒。而今竞嚣张,纷然炫光怪。吾生既不祥,碌碌难图画。胆气若稍振,貌彼以为快!

形既为罪丛,心亦为恶伐。幻作众兽禽,时时见出没。或作狼与豺,或作雕与鹘。上下尽嗥呼,左右直冲突。

其中有一物,深藏身与名。丑莫见其状,恶莫闻其声。忽然欠伸起,神鬼为之惊。四海成翻覆,九州尽颓倾。

君固知之久,其名是曰厌。空持涕泪饮,直待天地陷。彼自矜独行,吾徒宁顾念?厌我漫委蛇,朱紫尽成僭。

忧与愿

酬帝曲

辞帝阙，遥下九阊来。已到纳污含垢世，偏为饮露吸风才。母氏政须哀。调寄忆江南

百事相关无一用。那得似、灵蛇种？好吞象衔珠称壮勇。昔日也，耽佳梦。今日也，愁妖梦。　　择妾翻为夫子恼，割不断、恩情重。便呵壁呼天拚僭讼。偏夺汝，高鸣凤。宁作我，长暗凤。调寄酷相思

帝意常难问，人情每易差。世间怨极反成邪，忘了母仪深罪转相加。调寄南歌子

葆爱诗心暗有神，畸零赤子最天真。不妨饮水求旵日，自是餐霞吸露人。　　寻伴侣，到风云，行歌处处醉阳春。托身已似遥归鸟，千载何须怨失群？调寄鹧鸪天

相视若同胞，反作仇雠备。竞欲辱温文，但解张狂肆。　　酒食固其宜，尘唾何无礼！所履既防闲，所触成捐弃。调寄生查子

妇不贤兮傲若神，倾城似我汝何云？黄金合使铸吾身。　　总为甘芳情似醉，偏宜谄佞气如春。待将心意试评君。调寄浣溪沙

芳情一旦娇奢厌，玉指虽纤，玉指虽纤，直把君心剖取看。擎来悸动如惊鸟，全不相怜，全不相怜，付与狸奴且饱餐。调寄采桑子

恩，只在遥天帝座真。睛如电，那见世间人？调寄十六字令

解道诗穷而后工，不胜恩戴重，向苍穹。自来忧患励人躬。贫而乐，真意与神通。　　高会五云中，诗人遥待处，福无穷。桂冠饰了古今空。灵光耀，上下万方同。调寄小重山

沧海夜光珠，遗世奇名宝。缀上人间百炼金，那比灵光照？　　七彩已全融，一色惟成皓。付与诗人饰此冠，远出尘埃表。调寄卜算子

信天翁　调寄水调歌头

万里碧空外，正好事优游。不应轻狎风浪，来逐远行舟。输与

人间舟子，聊尔从他调笑，束缚向船头。岂得怒天翼，枉自棹浮沤。

昔也逸，今也馁，且休休。漫教长颈乌喙，沦落竟成羞。及早云中远举，揖让丰隆屏翳，空羡弋人眸。一作谪仙客，千古笑诗囚。

远举　调寄贺新郎

长谢吾魂魄。便从今、凌虚远举，极天游乐。深谷高陵都不见，有甚林塘池阁？只海上、云蒸霞烁。那问扶桑谁浴日，趁雄风直把青冥薄。银汉去，泳而濯。　　此来洗尽人间浊。更欣然、忘忧物在，满斟神爵。者是钧天悬一焰，烛照无穷碧落。荡涤了、胸中旧恶。健翮安心栖已稳，似园田自在朝飞雀。和万物，共然诺。

冥合　调寄沁园春

天地茫茫，终古无穷，若寿宫兮。有通灵华表，空回残语；降神林木，自设玄机。一旦经过，三生记忆，万象森然睇视时。传幽响，早色声香味，冥合无涯。　　芳馨何处相吹？想冰雪初凝处子肌。似秋箫低按，余音渺渺；春芜远眺，满目萋萋。滴粉搓酥，拗莲捣麝，芎泽微闻又是谁？倾杯了，把罗襦襟解，情意都迷。

遐思

遐思直到古天真，无诈无邪见赤身。祈与阳神金紫色，生为上世乐康人。挚如玄牝坤灵普，乳似青狼庶物匀。充塞两间俱尽美，何妨欲念亦贞淳？

丧尽龙章与凤姿，退修吾服欲何为？漫遮臃肿倾敧态，全付机权利欲时。今日冶容终自惑，将来女德竟谁持！劝君莫问遗风美，只怕当前心更危。

生当衰季故难任，处处逢人效捧心。侧媚居然怜伛偻，娇讹竟自赏呻吟。一时匝地香华雨，九奏钧天广乐音。幸有青春无限意，从君到死誓相寻。

孤明

乐土忘川宛似真，小怜玉体惜横陈。情如天海风涛起，也只空伤画里春。（鲁本斯）

宝镜凭君暗不磨，遣谁来对画双蛾？冰泉侧畔阴松柏，若有人兮带女萝。（达芬奇）

秋坟鬼唱鲍家诗，十字高标空自奇。莫恨重阴呼不散，云端忽见一辉迟。（伦勃朗）

行尽茫茫四野空，忽逢后羿挟弯弓。无端射落天边日，当面峥嵘见鬼雄。（米开朗基罗）

寒浞骄狞王亥淫，居然一例付高吟。君来检校须何物？空乏身躯暴戾心。（皮热）

相思莫道只如灰，蝴蝶当春栩栩来。携手舞低山外日，更烧高烛照歌台。（华托）

噩梦胎胞高会烹，灵巫宠爱若为惊？白身幼艾双鸳鞿，苦与临妆老妪争。（戈雅）

谁谓谪仙居处宜？血湖红浸绿筼枝。重阴惯是风吹雨，也遣钧天广乐悲。（德拉克洛瓦）

怀忧苦毒成呵问，天眷人恩满笑言。一入九嶷迷径远，画图犹可定吾魂。

金鼓声催画角寒，从禽忽失一身单。前途不有孤明在，应恨人间行路难。

不愧为灵万物中，能将人巧夺天工。画图挑起千年下，始觉君王富贵空。

罹疾之诗神

无边夜色病眸横，晨起冰容狂复惊。恍向泽中雊不逝，疑从梦里雨先行。愿言磊落抒高调，搔首风流擅古声。赤血殷殷酬上帝，迭兴文教厚民生。

谋食之诗神

休云被服本姗姗，足冻风高腊雪寒。窗下空教两肩耸，囊中那得一钱看？金门献赋偏多侈，下里谀人最少欢。血泪分明吞欲尽，笑颜端为忍饥难。

顽沙门　调寄鹧鸪天

古寺高墙画至神，心生欢喜室生春。莫忘丘墓端修士，是绘莲华世界人。　生若死，肉无魂，我今顽劣作沙门。何时肯着慵疏笔？也写娑婆众恶真。

强寇

韶年惟是见重阴，纵有阳和亦偶寻。朱实稀疏多苦雨，金天蕃熟正宜心。但将流潦随时浚，仍恐空华一例沉。时序真如强寇在，殒身化血待相侵。

穷命　调寄浣溪沙

大任须持衔石心，百年黾勉艺林深，却从荒冢独哀吟。　自古谁抔双刖足，眼前皆重万黄金。寒花辜负到幽寻。

前世

无央数柱上摩空，色带长波海日红。霞向钧天流广乐，月从前世照神宫。境生诗客千年眼，香动妖姬一扇风。莫问玄玄何微妙，当时求索此时穷。

行游之波西米亚人　调寄临江仙

昨日征车成队发，本来善卜前途。双眸昒眛遍天区。儿长含乳饱，夫自负戈趋。　蟋蟀沙间鸣不止，行行日月其除。坤灵怜汝向虚无。故将生意趣，点缀满平芜。

人之与海　调寄最高楼

观沧海,惟是独行人,宛对镜中真。于心自见深渊苦,向波谁把不平论?待投吾,今日影,去年魂。　　汝似我、颇怀情性奥,我似汝、正多珠贝耀。俱未许,世间闻。何时固已成残贼,一朝徒恨起纷纭。叹同俦,争好勇,肯相亲?

唐璜入地狱歌

唐璜一堕冥河边,掷金求渡方登船。忽然有丐者,不语当其前。睥睨颇类俗儒状,振桨疑若责宿缘。天暗如盘阴欲雨,有妇敞衣坦其乳。觳觫直似作牺牲,结队相呼不忍睹。仆索其值冷笑看,父遇其来惨不欢。生子最忤逆,白发多欺瞒。河岸遍有游魂在,举手招之来相观。情人示孝衣裳白,形已哀毁心不易。久恕薄情颤相偎,待乞一笑慰怜惜。黑水波间划然分,翁仲带甲立妖氛。孰谓此人高致迥出群,倚剑自顾船后浪,身外其余皆不闻。

赠泰奥多尔·德·邦维尔

神女青丝一掣来,漫将轻薄误人猜。光明早识窥天眼,缔构方惊傲世才。雕句精神真沥血,渡河妖怪怕成灾。当年婴扼灵蛇殪,未免毒涎三浸哀。

傲慢之报

在昔圣学昌,一士果然伟。妙言动顽愚,天国在顾指。固待神灵招,识途岂由彼?不应傲慢生,喑喑晋神子:"非我相揄扬,汝与婴孩似。常得荫庇来,所以免其耻。"忽然丧彼心,灵台光消弭。本为庙堂煌,秩秩见大美。今也昏黑间,乱象纷无已。若失键钥开,窨窨闭终始。遂如孤兽行,流宕漫行止。不辨天地时,戏为群儿使。

美

蓝田日暖玉生烟,愁极无言枉自怜。遗世高寒终若雪,动心哀乐岂云玄？也知垂象庄严态，未费雕龙锦绣篇。更把风光成变幻，诗眸豁处尽清妍。

所望

世间多俗态，未足抵吾吟。花尚知啼血，人何效捧心？海宽冤魄叫，夜怖巨灵临。多少悲歌梦，从风誓死寻。

巨女　调寄鹧鸪天

开辟之初元气全，诞生儿女尽庞然。身灵灼灼如花发，情欲憧憧向眼悬。　周遍体，仰齐天，如狸奴傍汝裙边。待教倦卧垂双乳，荫我山居一夏眠。

假面　复古风之寓意造像，赠造像者克里斯托夫

造像如古式，宝之若神奇。作此硕人态，卓尔有天姿。位置宫床上，乐与君王宜。扬眉一巧笑，流盼杂险嬉。故用鲛绡掩，分明欲致辞：迷惑何须恨，情好永相期。斯美实无极，徘徊令人痴。视久忽怪骇，何事翻成歧？不见此姿态，竟是假面欺。亦有真面目，蔽之难得知。面上泪如注，滂沱到心悲。假面虽可眩，真魂为其滋。彼美使人倾，焉得患相随？大患在有身，更且过于兹。迢迢明日事，万古无穷时。

美颂　调寄水龙吟

不知地狱天堂，只闻人道浑如酒。似庄似怖，云凶云吉，一时消受。眼底昏晨，唇边媚蛊，醉醒知否？但高天厚地，运疑命惑，逐衣去，成黄狗。　惨栗也同媚妩，蹴尸骸、昂然行走。少年徇色，飞蛾投火，错看佳偶。万有基平，无涯门启，欲偿何有？待人间恶尽，韶华恨减，颂君王后。

异国香　调寄蝶恋花

一卧卿旁微合眼。当乳风熏，秋梦依然暖。珍树奇花如乍见，

还浮海日来遥岸。　　万桨千帆行侧畔。树下郎身，花下佳人面。酸豆枝头香气满，暗随舟子歌声远。

忆江南　发

鬓发好，呼吸醉膏香。摇得柔丝如帕子，唤回旧梦到兰房。暗里趁轻狂。

膏香好，忘味比闻韶。东国人情闲似惰，炎洲风土炽如烧。恍若一时招。

炎洲好，草木共蕃滋。汝发似波遥送去，我身如寄正相期。兰桨桂花旗。

兰桨好，港外棹金波。香色声中真似幻，去今来里总如歌。赤日碧空多。

闲惰好，置我黑甜乡。仍待柔丝摇作梦，不辞轻魄去如翔。富庶在东方。

东方好，天亦是卿钦？上仰苍苍如鬓发，下笼暗暗似穹庐。更觉众香殊。

鬓发好，珠宝永相宜。旧梦温来都似酒，新愁添得尽如诗。有愿莫须辞。

无题

静女自含愁，不许相结言。避而有轻色，中宵伤我魂。即若仙凡隔，岂以泯私恩？蠕蠕如蛆虫，不厌尸骸腐。虽汝铁石心，爱之觉媚妩。

无题

欲回天地入兰闺，镇日闲来生戏嬉。暗笑痴心供瓠齿，全看任性擅蛾眉。朱颜莫恃人间血，白眼焉窥大化机？借汝卑身成盛事，为须穷后始工诗。

而未得尽兴

胡姬鬓黑夜之珠,麝烈熏浓气味殊。丹吻长疑生玉液,明眸直似泻春湖。一泓碧水波休漾,九曲黄河浪可枯。只恐先遗床笫恨,重泉何处哭穷途?

无题

罗衣珠履步珊珊,似见长蛇舞上竿。心逐尘沙天共远,意分云水海同宽。眸间宝石殊能傲,空里流星枉自寒。不为人寰终肃杀,庄严徒迥恨无端。

舞蛇

美人意态慵,腰肢正好看。肤如罗縠光,袅袅复粲粲。披发如紫波,浓香四面散。恍若朝发舟,载梦向遥岸。不遇双眸温,空恨宝石灿。行步故妖娆,竿头舞蛇玩。身懒漫扶头,稚象起欲绊。玉体遂横陈,扁舟在流乱。琼齿渐生津,溶川涨浩瀚。酒苦亦醉人,吞之成星汉。

腐尸

夏日熏风和,晨起相携行。路转深巷边,忽见腐尸横。颓然碎石上,双足高自擎。腹间热毒起,蒸蒸淫欲情。终将还大化,遂付烈日烹。恶臭令汝窒,天视若华英。蝇蛆出腐肉,蠕蠕似脓盈。气息虽浊滞,尚亦能繁荣。如见麦簸扬,如闻乐交鸣。虽使形体逝,写之赖神明。牝狗在我旁,窥伺目光狞。汝美同日星,生命终亦倾。与此共腐臭,思之心已惊。纵付蛆虫噬,永念在衷诚。

余自幽谷吁告　调寄踏莎行

心已潜渊,卿须怜我。置身天地如铅堕。半年日冷半年沉,北冥未必荒寒过。　　太古茫茫,微生个个。虽寻鸟兽同群可。不然时运故迟迟,谁能长睡终无破?

9

噬血之鬼 调寄洞仙歌

忧心不顾,似铦刀方刺。又似严妆舞群鬼。正恃他强力,藉我卑魂,成束缚、直似人间囚系。　　谁能疏酒盏,谁弃枭卢,长似蛆虫在尸体。乞剑定无功,乞药难医,翻付了、轻嘲蔑视:"便为汝殷勤断渠生,怕吻遍重苏,那时何计?"

无题 调寄一剪梅

醉倒娼家老女旁,相并如尸,转念成伤。佳人愁绝不能求,远似遥天,凛若秋霜。　　膏沐芳馨令我狂,密发微温,纤足微凉。深衷莫唤泪珠来,只恐明眸,还减辉光。

黄泉之恨 调寄少年游

那时宅兆有谁怜?潜寐下黄泉。心魂徒悸,腰肢空软,碑压野烟寒。　　荒坟最会诗人意,中夜起回言:"昔无所悯,今将何补?"长恨付蛆餐。

猫 调寄浣溪沙

蜷爪当胸美艳殊,迷人眸子比金珠,不胜怜爱抱柔躯。　　冷眼久同铦刃似,微香仍媚肉身无?一般娇态正模糊。

决斗

漫将白刃接,来逐青春仇。不恤剑刀废,胡为爪齿忧?身投狸豹谷,血沃棘荆丘。多少朋侪恨,难从狠妇休。

阳台 调寄八声甘州

认阳台向晚旧欢踪,殷勤是熏笼。正酥胸微暖,柔心相惜,软语方浓。一片蔷薇雾里,玉体恰香融。地远天遥事,情付谁钟?掩了夜深如幕,剩纤腰盈握,好梦无穷。待芳怀唤取,仿佛见娇慵。问当时、人归何处,把几回、盟海誓山空。重来否?看明朝日,波上仍红。

魅惑　调寄玉楼春

阴精应似阳精蚀，自向沉渊聊放迹。今如一意逐昏星，便掣寒光争的历。　中天映入双眸色，不辨朱红和漆黑。红时每得俗人怜，黑处仍教诗客惜。

幽灵　四章

昏黑

一朝投暗窖，不复见春阳。绘夜终何见，烹心那肯尝？幽灵疑隐约，华服正辉煌。鬒黑如珠彩，重逢喜欲狂。

芳馨

灯前礼圣像，肘后系香囊。一种芳馨在，三生记忆长。鬓鬟余馥暖，裙衩带春狂。情莫论禽兽，浓时物我忘。

筐缘

画图凌造化，往往在筐缘。被服功如彼，风仪望似仙。疾徐夸有节，怨慕信无边。顾盼弄姿态，轻纨先自怜。

小像

身外元无物，病中都是愁。甘芳余皓齿，欢笑失明眸。粉本存斑驳，红颜忆怅惆。岁华何太酷？摧折一时休。

无题

夜吟将动幻波惊，倘有千秋万代名。琴忆怀人歌已远，心传流响韵尤清。紫铜玄玉如诗迥，安步详观为世轻。莫到高天沉海问，昙花一刻足钟情。

恒如是

忧如潮涌上玄岩，密意初成恨已衔。比似欢心仍易见，莫因绣口竟难缄。微生枉向无涯问，大命空教一网监。不若长栖眶睫下，美人眸影幻仙凡。

众美

有魔坐我高楼上，睥睨诘问伺相谤。云是彼妇体最娇，红如玫瑰黑如酿。问言所具众美中，汝意究以何者尚？口不欲言臆对之，众美不见高下状。如晨之灿如夜幽，魂迷不知何处漾？全身曼妙极其和，方寻律度忽然丧。者时五根漫一同，闻声如闻馨香畅。

无题　调寄人月圆

今宵何事成相诉？温了旧心魂。天香凝体，明眸耀世，俨若仙神。　　阑珊灯火，喧阗街巷，一例如闻："为吾之故，须怜者美，美即吾身。"

神炬

大力承天赐，光芒入眼明。拯沉空罪网，昭美极人情。甘付舆台命，岂昏长短檠？星眸彩夺日，一瞬唤生生。

回向

天人不识忧，那问悔与泣？人间多惭怖，漫漫长夜袭。天人不知怨，那肯阴蓄仇？人间有大限，报复常无休。天人不疾病，那闻呻吟苦？人间疫气盈，流离竟失怙。天人不衰朽，那见皱面纹？人间为相思，虑之心如焚。天人至美满，愿言为我祷。人间贪温柔，哀彼哲王老。

告语

永念相牵挽，平生止一回。月明夜如水，京华静无埃。门巷历经过，狸奴空徘徊。此时闻柔语，夙昔多欢来。昂昂铙歌调，忽然动清哀。宛若族囚女，一语心肝摧："世间可伪饰，终不蔽私怀。佳人诚难为，强笑同凡呆。人心不可谌，相思永作灰。"告语常在耳，当时诅堪追？

魂之曙

晨曦如矢耀金辉,唤起沉魂神力微。纵得先从黑渊出,焉能重向碧天归？澄明境里千欢悔,妩媚光中一影飞。渐见容华耀朝日,底须蜡炬对依依。

黄昏之和

花气正浮动,氤氲若炉香。天色共昏懵,谱为哀曲长。氤氲若炉香,弦拨摧心残。谱为哀曲长,皇天似祭坛。弦拨摧心残,徒恨到沉黑。皇天似祭坛,颓阳血中匿。徒恨到沉黑,还见旧辉光？颓阳血中匿,空思汝明妆。

琉璃瓶

浓香不可閟,暗溢出颇黎。东国有妆匣,启钥声如嘶。废置衣箱内,气为尘灰迷。既启见古瓶,恍有旧魂栖。忽若破茧出,振翅在凄凄。顷时得翱翔,望中光彩齐。无奈处浑浊,视久成晕眩。委弃向人间,瘴疠苦殆倦。直似古艳尸,身腐目犹眷。我亦等此瓶,坐阅世流变。先须为汝倾,拚以今生荐。任由生死操,不改一心恋。

毒

绳枢瓮牖酒能华,坐见雄豪意气奢。直似空中千柱出,阴霾变幻晚天霞。

无穷神力阿芙蓉,时可耽兮乐可浓。不管弥天阴郁底,沉欢滋味满吾胸。

难及相逢碧眼姝,眼波摇荡似明湖。渴来一掬魂先悸,梦里曾知苦毒无？

难及轻含香唾津,令人忘悔梦中身。梦须未觉身须死,欢是虚无毒是真。

积阴之穹

汝瞳隐雾中,为苍抑为碧?温酷失定准,但见天惨白。寒暖亦难凭,愁思谁使积?辗转不成眠,相思终无益。时若行尽处,冷照在咫尺。又若阴云间,晚见绚烂赤。神貌最移人,冰霜仍脉脉。莫谓严冬寒,情欢有踪迹。

猫　二章

有猫娇而媚,闲步在吾想。宛行自家室,俣人发柔响。喜怒不须论,其音深且广。入我苦心间,感之殊和痒。痛除成极欢,不言得宣朗。此心亦有弦,无能拨之荡。惟汝出天音,相应动精爽。

金褐毛皮上,一触尽芬芳。家宅付之守,仙灵满中堂。忽若有磁石,牵我眼中光。方遇彼瞳子,闪烁正相望。

画船

窈窕从容在盛年,天真风韵两堪怜。裙裾不奈长垂地,宛似风帆漾画船。真睹硕人神采有,蜷蜡如领蟒如首。衣衫光动縠纹高,一见巫峰肠断否?尖上蔷薇隐约窥,红深若酒欲尝时。无端暗露纤纤月,到此谁能抵死辞?曲臂相环正相向,拔蛇力尽丁徒壮。为教郎堕在侬心,怀抱从今慎勿放。

遨游　调寄高阳台

携了娇娃,看同幼妹,曾闻乐土相如。挽手遨游,只应无限欢娱。云天冷日高悬处,似双眸、黠影模糊。最和谐,一世人生,一瞬仙居。　深闺纸帐多闲梦,任幽香浮动,花气徐徐。东国豪奢,那妨清兴先辜?运河帆桨临窗见,想风前、海外心孤。正黄昏,郊野金熔,城市灯疏。

莫挽之恨　二章

亘古有恨长蠕蠕,如蛆在尸虫在柞。其娄如娟韧如蚁,欲淹不得酒与药。应知其心多苦之，若为哀兵羸马虐。乌鸢豺狼正相伺，一朝死去无所托。昼夜不分星电销，谁向长天照萧索？山鬼夜吹客灯灭，迷人欲向何方落？恨如毒矢贯吾心，妖姬待怜仍错愕。噬啮交并莫能挽，蟊既在基倾高阁。

勾栏灯火拥仙姬，故事传奇漫自期。不见银袍金甲使，今宵聊问夜何其。

闲谈

淡红深碧比秋霄，无那愁来若涌潮。去日唇同泥泽裂，前生血为美人销。浓香尽在巫峰漫，群恶翻成虚室嚣。只怕眸中明似火，噬余骨又作灰烧。

秋歌　二章

行将入阴黑，徒惜夏日短。凄凄青石路，萧萧黄叶满。严冬归吾心，恶情不可断。冬阳北幽囚，冷红不能暖。哀同被褐人，负薪随地散。坠响使魂摧，一一莫计算。不见崩堞危，犹遭巨锤款。秋声正催人，就死岂容缓？

虽有眼如碧，不能解我忧。愿使海上日，长照洞房幽。恩岂若慈母，每以无私酬。纵似秋阳晚，片刻尚温柔。莫恨韶华去，汝膝枕我头。长夏空叹息，秋光且淹留。

颂圣母　西班牙风之还愿辞

圣母吾所恋，苦心为祭坛。世俗固相远，深藏暗莫看。崇以金碧辉，翻令讶且安。诗韵水晶光，用饰头上冠。嫉妒作胡衣，猜忌为罗纨。珠泪成花绣，容姿独不观。裙裾是情欲，长逐玉体欢。沉若憩谷底，升若攀峰峦。爱敬作缎鞋，践踏甘相拚。素足仍自附，柔怀使避寒。枉穷百端技，空望银月叹。巨蟒噬我腹，怨毒多贪残。取置汝足下，高倨气自完。思乃坛前烛，常恐照眼酸。慕化诸香药，倾身殊未殚。魂魄如雾起，遥入雪漫漫。命或夙昔定，怜极兴暴戾。

七刃俱以罪,扬扬表其锐。直指情深处,顾盼独睥睨。不见泣血心,径用匕首毙。

亭午后吟

虽眉之厉,令貌之诡。目盼而媚,遂夺天美。莫佻匪女,莫炽匪情。倾身从事,乃竭我诚。方解其发,如闻野芳。既侧其首,中心若藏。肤之熏兮,如香之馨。体之黝兮,如暮之青。惟酒可醉,惟汝可惑。生则何终,死则何极?菽发者乳,盈握者腰。何榻之幸,持汝之娇。情即若狂,容则犹雪。静其态度,纵其吻啮。肆彼笑傲,我心其悲。善彼盼睐,我心其怡。倾吾才命,附之素足。丝履所践,是甘非辱。色惟其丽,光惟其华。北冥之昏,忽睹明霞。

西西娜

石磊磊兮葛蔓蔓,桂旗掩映女萝衣。莫夸盘马弯弓壮,谁拥苍头赤足威?鼍鼓逢逢方气震,霓旌冉冉动情依。悲怀直待投戈了,化作无边泪雨飞。

题奥诺雷·杜米埃之小像

画人称善谑,当世仰宗工。谁谓无邪异,居然内美同。不摹妖笑怪,任照鬼颜红。直用怀仁意,惊忧一遣空。

法兰西卡颂　为一博学虔心之制冠女子作

今所颂者,游乎我独。请以花冠,能令孽逐。言饮汝吻,言止吾哭。终风且暴,赖汝作福。祀之虔兮,聿拯舟覆。泉之甘兮,聿使暗复。污者能浣,懦者能立。暗者得火,饥者得粒。兰汤可浴,精力可集。绅带煌煌,杯盘熠熠。法兰西卡,来共神汁。

赠一白裔之妇人

艳阳熏暖紫红条,棕榈浓阴到眼娇。省识佳人遗世独,翻怜旧苑逐时遥。雪肤终认仙魂在,碧眼枉令诗魄销。句律天然传妙手,为卿无限可相招。

忧游

市井似暗海,心欲高飞扬。一眺碧波迴,万里多辉光。浪作哑歌调,风如鸣琴张。听之渐酣睡,庶抚劳心伤。自起命车驾,与子共舟航。此处有泥淖,同我泪浪浪。遥瞻明净地,皆云是天堂。所遇无非乐,欢爱永无疆。宛然在童稚,奔欣山林旁。弦歌如有作,瞑色若酒浆。此境忽已远,途逾东国长。哀呼与凄唤,空入无何乡。

返魂　调寄霜天晓角

黑魂青眼,中夜重相见。唇吻冷如秋月,蛇蚓似、成连绻。难期晨色暖,枕衾凉到晚。谁问浅情深意,直待把、芳华断。

秋之律诗

畸人何事累多情?相问无言以目成。长恨惟堪藏火字,清欢只可付希声。上方矢疾魂须定,太古心淳梦不惊。纵有世间狂怖在,颓阳应解惜秋英。

月之哀

月似佳人入梦慵,重裀半卧弄酥胸。遥天细认空华淡,素锦微闻鼻息浓。闲泪漫成无事洒,碎珠枉使有情逢。擎来自付诗心在,好慰春阳久绝踪。

猫

最怜强志与微躬,力学钟情一例同。夜黑偏宜寻静好,天冥曾未问穷通。思凌物表孤高外,瞳在星边璀璨中。离合神光徒似梦,从来照见世间空。

鸮

独想瞠红目,联行栖水松。凝神疑不动,向夜尚无庸。自悟如愚哲,常看妄作凶。人间喧闹处,渊默肯相容?

烟斗

枉为烟霞癖,染成胡妇颜。百忧焚不尽,一缕袅时闲。茅屋候炊火,梦魂归故山。香浓心自醉,余事莫相关。

乐

乐声浮我去,宛若在舟航。遥指寒星白,长凌大雾茫。心潮逐浪起,肺叶共帆张。风定忽如镜,徒余孤影伤。

墓茔

荒丘动悲悯,月夜葬腰肢。永失贞星曜,长封蛛网丝。虺蛇多窜乱,巫觋只淫嬉。岁岁坟茔外,狼嗥劳我思。

幻图

有魂奇诡滑稽俦,幻作骷髅冠冕旒。直入虚空践寥廓,长驱病马恣嬉游。漫夸检校拥千队,终是去来驰一丘。今古无穷呼不醒,沉沉睡破日昏幽。

笑乐之亡者

我来执锸见蜗行,深葬闲身梦不惊。那用亲朋虚涕泪,岂缘幽闭失逢迎?已拚血肉从乌啄,任付形骸与蚁争。自古无心常笑乐,腐肠穿体足安宁。

仇桶

桶自幽深极,仇同血泪多。回阳终是恨,穿漏岂非魔?痛饮难消渴,生悲且放歌。酒徒殊未及,不醉奈愁何!

破钟

炉火方才暖,云雾一例浓。苦寒生远想,极乐在疏钟。衰迈喉如破,微茫气若封。哀兵垂欲死,万古莫相逢。

忧

凄哀遍郊甸,肃杀到茔丘。畏冷狸奴瘦,吟寒诗魄忧。薪燃声自咽,漏滴韵相酬。不见枭卢蠹,昵昵对诉愁。

忧　调寄摸鱼儿

纵茫茫、一千年事,和愁相比犹少。杂然盈篋都休问,鬒发券书吟稿。偏似了。满丘墓、蚓行尸积无光照。月何皎皎。向冷落兰房,斑驳粉绘,花在胆瓶小。　　时如跛,风雪还成浩浩,忧来先结烦恼。有情不奈长生里,苦被万端萦绕。天渺渺。但四面、黄尘红雾谁能觉?狮吟人啸。恐乐世难寻,舆图易换,空对落晖老。

忧

淫雨之国有冲主,位高年少终何怙?师保面从多可卑,犬马依人安足数。野外空放猎鹰高,宫前自见疲民苦。优善滑稽娟善媚,对之怀忧若无睹。高床遍绣百合花,但把行尸相葬取。术士点化出黄金,神妙不能救败腐。血水澡浴那得温,地狱寒流早凝聚。

忧

遥天如覆碗,直压倦吟心。平野暗成夜,四围浓是阴。居同一狱湿,望极九重深。扑撞若蝙蝠,君门不可寻。

天覆似牢狱,雨垂如槛笼。无声蟢结网,有穴枢悲风。野哭疑群鬼,长号彻远空。哀钟无所望,愁色黑旌同。

顽想

哀如钟磬出风林,长厌伽蓝拜祷心。还对波涛憎束缚,偏从喧笑惜呻吟。星怜虚作依稀语,夜喜真为暗昧寻。莫谓空无都不见,纷纷精魄蔼然临。

茫然愿

纵横志气乐当年,笑指前途快着鞭。老去精神愁伏枥,消除长日不如眠。

雄谈娟宿兴无多,用此繁弦急管何?待说清欢忍回首,芳华一例逝春波。

光阴寸寸苦相凌,欲避尘寰得几曾?但使茫茫风雪在,不辞尸骨与同崩。

炼忧

乐哀常不一,天地竟无同。饿死悲廉士,丹砂愧葛洪。销金作铅水,制枢极苍穹。正有云如锦,裁成殓鬼雄。

恻隐之忪

流荡心无主,秋阴一望高。问天如屈子,拟赋反《离骚》。云幻通幽梦,光昭揖世豪。孰云多阻隔,长啸足游遨。

太平烟斗 拟朗费罗 三章

有神有神无不能,自天遥降临丘陵。巍然一招红岩上,民如草砂齐应承。巨手敲石作烟斗,河边折芦如吹灯。人间尽逐杨柳火,太平同见春阳升。香烟青白与直上,弥漫竞摩天峥嵘。深谷高山宿雾散,平湖深林朝霞蒸。手中一气阳精薄,如传号令人皆征。四方闻之悉来集,涉水行陆争喧腾。甲胄鲜明耀绿野,仇雠到眼惟相憎。圣神眷顾生恻隐,叹息失序情难胜。以手制彼心性狭,言出泉泻威如棱。

言者神兮听者子,赐汝牛狸与熊麂。泽中渔猎足乐生,何为相仇至于死?斗血腥膻罪莫宽,休气馨香徒为耳。堕地长为骨肉亲,祸患尽从恨逆起。因遣先知相教言，若不恭从运则否。敲石同吸太平烟，洗兵看挽天河水。

烟斗衔将洗甲兵，人人欢悦起归行。天阊半掩祥云色，来拥神归乐太平。

外道之祷

欢情成炽火，暖意到忧心。仰作春阳焰，祈回神女音。只应怜魄冷，谁遣幻歌淫？浓睡纷如影，来同酒盏斟。

覆碗

北冥南极各穷通，入圣耽欢靡不同。都野蓄疑窥大化，智愚怀怖仰长空。气蒸藻井星俱黑，血污甑瓽蜡并红。生黠死痴徒扰扰，烹来覆碗岂无功？

望外　致巴尔贝·德·多雷维利

各人视老父，将死唇惨白。不闻吞声哀，徒为棺木惜。淫妇矜天赐，心貌两相适。孰谓狱火中，心若鬶肩炙。言者比炬明，直向昏黑责。所夸美与义，何处觅行迹？狂简百无能，最知冶游客。醉梦忽然醒，泣言欲改易。时钟发微叹，徒尔诚冥宅。世人愚若墙，先为虫蚁坼。遂有傲慢者，长视作乖逆。淫祀与神尻，固为魔鬼癖。告言尔伪为，安有福报积？悲喜相随行，逝将偿所获。乱冢既经过，巨殿立如石。人孽同鬼荣，构之何奕奕。时闻天使音，远来励魂魄。天国苦亦欢，帝恩岂虚掷。蒲桃正堪摘，鼓角在日夕。广乐出钧天，嘉颂兴德泽。

午夜悔

午夜钟来如劝讽，去日苦多轻断送。熟知人子偿其身，今朝仍自寻醉梦。平生辜负耶稣神，乞食多随肥马尘。皆言为仁不能富，乃阿所鄙辱所亲。朋侪小人每溇下，折腰相对真愚者。愿拥丑妇呆若鸡,甘祝腐骸贱于瓦。无端酒圣与诗豪,竞从阴司觅陶陶。饮食徒为昏聩费,不如灭烛相速逃。

哀艳诗

不关黠慧惜娉婷,绝爱伤心泪自零。偏似梨花春带雨,一枝独对逝波青。

当时欢向眼前捐,一点忧心最可怜。凝恨对人都不语,同云惨惨在眉悬。

无奈啼垂尽血痕,此时何计慰声吞?哀愁揽共腰肢软,一并轻摇入梦魂。

如闻微妙礼神歌,呼吸沉哀底事讹?多少泪珠何限恨,眼波滴尽到心波。

辜负从前啮臂盟,胸中未绝旧钟情。汝心枉付洪炉锻,神谴天惩傲不平。

梦里凶兵休妄觇,人间鸩毒莫轻占。熊熊焚尽诸天恶,直待冥中狱火炎。

厄运危途不免逢,劳生促促畏闻钟。汝心莫惧时相逼,未必人间大限凶。

谁谓冥中夜不祥?舆台一例等君王。汝魂吾魄俱侪类,惊喜相呼忧怖忘。

诫示者

黄蛇踞人心,昂然若其主。人倘曰欲之,蛇即曰否否。以目挑女怪,扬牙曰无取。巧作夺天工,扬牙曰无补。凡百有所愿,其诚不可侮。虽云憎其毒,实忧妄作苦。

致马拉巴尔女子

汝足滑腻若汝手,臀圆羡煞白种妇。肤如绒色黑于睛,画匠直叹美无偶。生长天南绿炎洲,但为主人燃烟斗。冰壶香瓶置备全,慎防簟席驱蚊走。悬铃木上晨风吹，赤足闲游往市口。买取菠萝共香蕉，一曲轻歌唱时久。直待夕阳红似裙，便卧粗席当窗牖。蜂鸟栩栩逐梦来，与汝同占春光首。汝生幸远法兰西，人稠苦重易辜负。何事长抛酸角行，身付水夫宁非咎？多惯半披薄罗衫，雪中雹下尽战抖。遂将两胁束紧衣，悔恨徒落优游后。泥途滑滑不易居，剩把腰肢作媒诱。满眼浊雾空凝愁，憧憧尚见椰林否？

声

摇篮临书橱，若倚巴别塔。我身长如书，遂共古尘杂。闻有二声来，其一信且黠。世界甘可啖，令汝欢狂苗。其一邀遨游，宇宙迈辽阔。彼初如沙风，幽泣至自曷？惊娱互更之，不若嘉斯末。孰谓哀和舛，从此相纠葛。嗟乎极深远，正晓人间异。如蛇啮吾履，忧患始识字。越漠与渡洋，谶而成吾事。苦酒翻觉甘，乐时忽堕泪。信者以为诬，高视竟乃坠。斯声励我游，狂志贤所愧。

赞辞　调寄淡黄柳

人间窈窕，相见澄心魄。万古容华怜绰约。宛对长风一瞬，天地无终尽哀乐。　　揽红药，诛茅向林壑。遍芳气、净如濯。忘香烟夜静萦帘幕。麝已成尘，纵郎仍健，多少孤怀枉托。

叛徒

天使如鹰怒降时，直前掣发命其辞。汝承大命惟兼爱，神赐恩荣得久持。心尚存仁真自乐，身犹见宠苦相答。几人能识严慈意，一语终成反叛悲。

贝尔特之眼　调寄临江仙

任是眼波长媚，柔良谁似吾儿。清流如对夜深时。静怜眸子妙，玄览洞天迷。　　幽魄沉沉睡稳，珠光隐隐生奇。孤明列宿到无涯。贞淫休借问，爱信可相期。

23

喷泉

倦眸休豁任娇慵，直待欢娱意外浓。莫听喷泉终古韵，今宵为我? 云踪。

月色泉花和泪浓，汝魂飞处认光踪。忽然化作哀波泻，不着痕时入我胸。

月神临夜照欢踪，呜咽流泉正感侬。一带平林寒漠漠，情天幻镜若来逢。

赎金

人生为自赎，常用二顷田。一顷无涯艺，一顷有情天。以智作犁铧，以泪而灌焉。或待禾穗熟，或见蔷薇妍。持此临末日，庶有慈判宣。千仓与万卉，倘得天使怜。

他方辽渺

神闺有处子，盛服独伶俜。素手当胸扇，清泉倚枕听。风华如有待，膏沐为谁馨。远际传哀响，中宵睡不宁。

浪漫宗之落日　调寄临江仙

灿烂初升朝日丽，唤回旧梦都醒。忽然倾落乱山青。泉声花影，幻作晚天明。　爱极待争光一线，徒然夜色如冰。冢间草木气犹腥。蟾寒蜗冷，傍沼踏时惊。

题欧仁·德拉克洛瓦《牢间塔索》

足挛衣弊在囚牢，瞠目高梯气不豪。笑里荒唐徒自陷，幻中疑怖苦相遭。数年诗卷和人浊，一片游魂近耳号。直似吾灵多噩梦，唤醒难遭入云高。

深渊

哲人语默见深渊，毛骨先从冷处悬。风洞惊时同失睡，云窗望

处尽无边。浮生梦到虚空遍,幻夜图为妙手全。莫向存亡窥大数,
心疲神眩久周旋。

伊卡叹　调寄木兰花

狭邪妖丽多欢乐,偏抱白云双翼落。遥空幸许指星繁,衰眼犹
堪迎日烁。　　从来宇宙徒寥廓,一坠不辞天火灼。已拚穷极到焚
身,名姓那须沧海托?

沉思

黄昏期至恨须平,静好忧烦已满城。纵乐中宵招悔至,藏身人
海待愁生。尘劳忽去鞭笞苦,奇服高临水日清。夜步从教行缓缓,
长如黑布殓东明。

自罚人

我今欲挞汝,实无所怨尤。譬若庖丁立,目中无全牛。哲王亦
挞石,甘泉遍荒洲。出汝眼中泪,纵我情欲浮。时时闻啜泣,泛泛载
远舟。谁谓其味苦?破浪声自道。惟我亦别调,不与天籁伴。欲杀
何尝悔?嘲谑适足优。谑即是我啸,此毒浸血流。高自悬凶镜,当
身观复仇。疮剑常为一,掌颊每相投。四肢等牢槛,刽子同死囚。
自吮腔中血,长贻天地羞。竟作滑稽辈,倘能开颜不?

无救人

无所形,如见形,瞥然有物坠青冥。谁使永沉铅水底,重重遥隔
一天星。调寄潇湘神

辜负逍遥世界,寻下路,觅相亲,谪仙人。　　恶梦浪惊涛骇,
漩流如卷云。一队貌狂歌怪,寇成氛。调寄定西番

罹蛊祸,蚀精魂,竟与虫蛇一世邻。长夜不明关键密,可怜求索
使谁闻?调寄捣练子

永劫孤魂,深渊直入潜光熄。峭阶空级,四面惟腥湿。　　滑

25

怪粘妖,瞠目成磷色。窥伺急,照空俱黑,上下茫无极。<small>调寄点绛唇</small>

水晶重网冲不出,北极冰立。峡千重,船一只,命由谁役?冷牢寒狱自寻来,不能回。<small>调寄蕃女怨</small>

命运付之谁手?无救,是皆然。寓言明直画图绝,应说,鬼工先。<small>调寄荷叶杯、</small>

返观如以诚,心镜一时明。星动空摇白,井澄谁谓清?鬼灯如见讽,磷火岂为荣。漫用相宽慰,荧荧是恶名。

钟表 **调寄念奴娇**

表惟凶煞,把指针挥舞,若来相吓。乐事如烟吞噬尽,苦事忧心丛集。去日空多,当前漫少,莫忘成抛掷。宛然长鼻,此生余命都吸。　　劝汝秉烛遨游,春宵一刻,应是千金值。休共光阴轻赌取,过了堂堂皆失。漏箭频催,沉渊每竭,盈缩终无极。与谁乘化,那时言悔何及?

巴黎相

风景　调寄夜半乐

牧歌唱到闾阖,沉沉一梦,还傍钟楼去。正阿母云谣,九天吹度。凝神细听,支颐漫眺,不知谁问灵氛,那传人语,见点点、桅樯是何处?　　笑从雾霭下视,斗曜穿窿,月明窗户。看市井、空余煤烟轻举。四时流易,寒冬皓洁,待将幻出重重,玉楼琼宇。放帘幕、从教夜深仁。　　莫管春晓,地暖园青,鸟啼泉注。只此曲长留向仙府。倩麻姑、田壤海水都休顾。情似火、赤日胸中吐,我生堪使芳华护。

日

旧家坊曲暗藏春,毒暑骄阳苦迫身。莫笑蹇驴空觅句,不妨彩笔自亲人。唤醒郊野俱生物,驱散烦愁独任真。谁信妖娆尝废疾,好知蕃熟遍甘醇。恒心长看繁华在,微命暂伤时运屯。一旦无声来市井,秕糠都似藐姑神。

巴伦西亚之罗拉　题马奈画

美人随处逢,我辈肯情钟?　意外见罗拉,珍珠墨色浓。

为干犯之月神

碧天高处耀寒宫,星拥人尊势所同。欢合谁窥两情密,苦吟空剩一灯红。虚传心炽古难见,真是思悲今已翁。末世穷儿所含乳,尚怜傅粉镜光中。

赠红发女丐

红发白皙女,衣衫颇褴褛。同是出寒微,相逢怜媚妩。莫嫌病多斑,常喜娇可睹。漫靯双木屐,珠履焉足数?若除短后衣,盛着宫装舞。斜佩金错刀,浪子尽为蛊。偶松鸳鸯纽,如眸明两乳。罗襦未半解，拒之不得抚。乃有珠玉辞，纷似颂明主。诗客甘卑身，深阶先自俯。亦有众王公，皎皎美童竖。幽居合欢床，擅能令喜怒。今在天街前，羹炙随乞取。虽知腕铜钿，政自哀穷苦。细腰固可怜，麾之去踽踽。不能饰汝身，沦落本同伍。

黄鹄 赠雨果 二章

黄鹄恋故乡，哀哀若孀妇。远在天一方，溪头影独顾。我来旧京华，所遇尽非故。人心虽易迁，世运尤难固。版筑半已颓，泉石全失趣。骨董想斑斓，徒过杂货铺。在昔歌舞场，今惟见佣雇。朝晖变喧哗，寒空起霾雾。黄鹄遥飞来，犹怀樊笼惧。彳亍两羽垂，渴似涸辙鲋。引项念故溪，乖蹇将谁诉？苦待霖雨甘，正期风雷怒。昂然仰青冥，深冷比嘲妒。长怀古诗人，高吟问天句。

京华无故物，我心仍如昔。触目动忧思，沉想重于石。宫前忆黄鹄，何处问踪迹？远托异国去，苦伤形影只。譬彼失家妇，荒冢葬甲革。虽云痛仇雠，翻为侍枕席。有女亦不幸，故园天海隔。浓雾深墙边，椰林望脉脉。若风逝难追，若花萎难摘。若饮牝狼乳，血泪作膏泽。魂来枫林青，角声在咫尺。忽念孤岛间，多少思归客。

七怪叟 赠雨果

名都喧阗当白昼，游魂径攀行人袖。诡幻如脂凝未流，宛从街巷条条漏。一日侵晨薄雾升，暗陌屋脊势亦增。直若百川横两涘，长天尽被尘霾凌。景色偏宜甂瓿上，车水马龙犹在望。身作优伶惨不舒，众中独与吾心唱。忽然遥见一叟来，破衣色似天寒灰。使无凶芒在彼目，愿持金钱达矜哀。瞳子淬毒眼淬霜，须如戟指自开张。柱杖不能支磬折，跛行那曾掩恨长！身后一叟殊相似，更于百岁睹李子。来从地狱步履同，前路茫茫齐顾指。我今无地叹时乖，吁嗟安得有好怀。检点正逢七怪叟，虽云衰朽姿仍佳。若逢八叟命须夭，定知变化何枭鸟？逃归闭户坐室间，中心如醉神如杳。此时性在全无功，舵不堪持枉逐风。孤身全似桅帆折，苦海无极焉能穷？

诸老妪 赠雨果 四章

旧京若皱皱,丑恶足称奇。颇有好奇性,衰朽独相窥。孰云不可怜?仿佛古名姬。一旦伤佝偻,凄其北风悲。愁着裙裤冷,惊避车马驰。惟余绣囊小,翼翼与身随。促似弄傀儡,瘸如伤熊罴。又如索上铃,鬼后郎当垂。形老目犹朗,宛若夜中池。见光粲然喜,还同女儿痴。尝睹老妪棺,物理先已疑。宽狭比稚子,毋乃死神嬉?瞥然一衰灵,经过市熙熙。岂非初生者,潜向新世移?大匠诚难测,仍自计支离。其棺几更改,庶能藏四肢?彼目终为惑,艰命尤所知。丹炉余金烁,枯井多泪滋。

昔是多情女,曾为邯郸倡。流落章台街,名姓久已忘。荼苦以为饴,念之断我肠。愿使风为马,须臾造昊苍。或为家国悲,或为夫君伤。或为子穿臆,长哭泪浪浪。

日落天末赤,若见伤淋漓。一妪独愁坐,吾方踪迹之。园中陈军乐,先闻鼓角吹。声声入人耳,犹使壮心悲。妪亦直身起,目似愁鹰窥。昂昂额如玉,月桂正相宜。

过尽市喧嚣,泰然无所怨。莫问贞与淫,传名遍千万。娴雅与荣华,而今乃相远。既遭醉佣嘲,亦为顽童困。应惭佝偻生,自向墙角遁。不闻有招呼,时命待哀挽。瞩目遥相怜,步履伤踬顿。似衔父恩慈,颇存独乐愿。韶年盛如花,岁过无再健。汝恶以心承,汝德以魂献。哀哀伤老愚,夜夜生别恨。明日赴何方?帝使匪迟钝。

众瞽

滑稽如像设,惊怖若游魂。瞪视亡神采,遥瞻向帝阍。垂头终自梦,邻市固多喧。却问高天上,冥冥何物存?

赠行女

过却喧嚣巷陌前,长身缟素望如仙。芳菲自惜繁华饰,风雨空愁极乐天。一瞥无端迷此夜,重逢毕竟是何年?从今徒向茫茫问,终古相思只惘然。

骷髅耕者

清江侧，灰与乱书堆积。宛若僵尸寒恻恻，一图惟骨骼。
赖有深严学力，诡秘画来无极。谁使骷髅耕不息？看君擎巨笔。调
寄谒金门

田里先劳筋骨，室中谁享膏粱？已忍平生辛苦久，仍见骷髅刺
促忙。墓中无梦长。　　早用虚空赚了，也教生死欺将。乐土不知
何处是，铁锸空犁遍地荒。肯怜双足伤？调寄破阵子

黄昏　调寄宝鼎现

结朋偏孽，向晚仍媚，同谋潜至。连洞户、长空轻掩，中有烦忧
如兽馁。引领处、见辛勤终日，何限张怀掉臂。算几辈、劳心倦体，
待把疲魂重洗。　　乱拥疑作商家计，眼惺忪、多少魑魅。灯一点、
荒淫暗照，微迹蠕踪蛆与蚁。纵宴乐、便欢呼行博，输与狂徒艳妓。
剩付了、偷儿食色，都在笙歌影里。　　沉想夜色浓时，遮耳莫听嚣
声沸。正呻吟愁绝，无奈医人不起。问尚得、觅红炉味？枉是柔情
碎。也总要、辜负亲恩，忽又生平换世。

赌博　调寄宝鼎现

残脂零粉，向暗淡、高床闲踞。把盛日、风情消歇，耳畔丁东声
漫与。围棋局、看全无唇齿，几辈恓惶徒侣。算只有、空囊共悸，十
指掘挛难主。　　儋石休问惟呼赌，总人间、诗客虚负。将暗烛、昏
灯留取。一幅生绡终不曙，悬梦里、恰分明如睹。也见吾生栩栩。
冷穴边、谁相怜惜，剩得扶头怨慕。　　多少惨笑狂情，争料我、心
期竟许。眼前欢、容减名消，正交成尔汝。堕地底、沉渊最苦，转瞬
翻为惧。便拚了、身血先甘，还计来时又误？

骷髅舞　赠克里斯托夫　调寄莺啼序

花枝捻同素帕，宛风华正好。最消瘦、垂尽宽衣，恰露珠履枯
小。把心字、轻罗绣领，酥胸一抹溪泉绕。掩嵌？，全作娇慵，怕教
讥诮。　　黯眼成虚，脆脊又荡，漫头冠饰巧。莫空恋、凡色身躯，

入神谁识图稿？是严霜、长消欲焰，是情火、凉灰重燎？是徒然，歌席愁余，酒筵欢杳。　　愚深汲井，恼甚销炉，蝮蛇尚醉饱。恐不解、滑稽悲悯，世态偏庸，怪力常奇，大方多晓。先看目炯，须令魂眩，霓裳争肯随人愿，况逢来、早惧排牙笑。焉支罢点，明朝废冢骷髅，也应共我怀抱。　　香脂纵烈，死息终存，对九天枉祷。便舞破、青冥黄土，宋玉登徒，任付癫狂，总归荒藐。迤寒迤暑，相寻何处，都无仙使聊借问，但凄凄、遥去蓬莱岛。疑时休访扶桑，会遇潜窥，讶君暗老。

幻欲　　调寄扬州慢

歌绕梁飞，目随人过，怎留缓步慵情？怅煤灯一点，照冷额荧荧。被篝火、霞红淡染，映眸如漆，空叹娉婷。压芳怀，闲忆无端，都比愁城。　　赏心会解，赋桃夭、年盛羞轻。奈泪溅花篮，香存绣枕，辜负秋成。再莫问君痴伪，从今后、水碧天青。但春风标格，何妨长笑逢迎。

无题　　调寄喝火令

不觉青郊远，长思白屋闲。石膏双像望如仙。未许色身相示，丛薄掩娇妍。　　壮采昏时没，晶帘隔处看。宛然天眼碧空悬。照见明窗桌布蜡红鲜，照见素心人也，无语漫同餐。

无题　　调寄寿楼春

知秋花谁携？待相寻阿姆，坟草同悲。十月严霜凋树，劲风寒碑。今恨了，曾猜时。冷穴中、孤衾单衣。况旧骨都凉，新蛆正沸，沉黑彻前期。　　销冬雪，枯春枝。任亲朋不扫，光景空驰。万一青宵残腊，赤炉深帷。闲坐处，疑来归。注目间、犹怜佳儿。便能识慈魂，长辜眼衰双泪垂。

雾雨

昏乏秋冬湿困春，雾埋雨殢静心神。鸡声漫叫寒郊彻，鸦翅方驮暖梦欣。阿母瑶台休恨迥，霜娥明月最愁鞏。不如遮断惟长夜，付与合欢床上人。

巴黎梦　致康斯坦丁·吉斯

晨起难追幻影遹，昨宵惊怖世间无。水淳铁石全疑画，梦簸风光不见株。神塔极天梯一线，金盘承瀑沫千珠。云搴铜壁晶帘荡，柱绕沉塘仙子姝。青岸红堤通世外，眩波惑浪镜中区。太空翠泻恒河影，大隧玉流山海图。照夜岂分星日彩，烘霞但借蝮蜾朱。看尽奇观元寂寂，问谁招手可相呼？

正午钟来梦后闻，眼中忧火苦相焚。寒居长是凄凉况，看尽人间白日曛。

晨曦　调寄多丽

角声寒，和风吹入街灯。玷晨光、摇红若眼，怒欲与日相争。少年欢、偏逢梦恶，劳躯重、无奈魂轻。泪已轻弹，身犹乱曳，最难支拄是微明。早闲了、江郎词笔，慵了谢娘情。遥村外，炊烟袅袅，隐约含青。　　宿娼家、歌停酒冷，鼻息今已雷鸣。漫呻吟、苦贫产妇，正萧索、呵指鬈龄。暗雾千重，荒鸡一叫，哑如呜咽血先凝。早不辨、朱门白屋，游冶枉伶俜。京华老，惺忪自起，缓逐河行。

酒

酒魂

惟酒亦有魂，忽作中宵语。红蜡封平生，玻璃为囹圄。不辞为君歌，欢然遣愁去。丘原多辛苦，灼灼满骄阳。所以赋形魄，衔恩那敢忘？愿倾劳者喉，此乐未渠央。何况迁窖窖，卜居暖胸房。所愿鸣吾怀，相和帝曲扬。汝乃捋衣袖，颂我情高昂。汝妻笑眉眼，汝子焕容光。艰难与生竞，惟我令之强。我实帝子种，酿为葡萄浆。与汝结交谊，流爱成诗章。宛若奇花发，媚帝永无疆。

拾秽物者之酒

风摇光焰玻璃红，市郊常若飘摇中。有人拾秽颇自得，长饮踉跄如诗翁。指天梦梦如华盖，惩恶扶危言语大。谁知久为老贫愁，一生劳苦浑无奈。呼朋归来酒臭多，须如旗曳发尽幡。眼前枉被光荣赚，耳边谁唱凯旋歌？不如齐把酒德颂，浮觞即见黄金波。深感上帝垂怜悯，遣酒若子救蹉跎。

残妻者之酒

【般涉调】[哨遍] 从此开怀一醉，眼前儿妻死无拘系。往时饮罢怕囊空，怎禁他吵闹哭啼。今日里，若君王自在，对景致清和，当年也夏日里结情意。触起惊心似渴，酒淹坟土，岂餍吾怀？已将他推堕井栏中，更抛下栏前乱石堆。忘不了托话前盟，约会黄昏，路逢漆黑。

[耍孩儿] 世间多有愚痴辈，他竟自盈盈到矣。尘劳不改好容华，分明深处怜伊。怜伊偏道伊须死，谁料是杯酒无情成寿衣。愁空碎，酒徒心似铁，终岁念如灰。

[二煞] 情若网，恨先迷。阴森一路孤行队。相思已甚砒霜烈，泪点还同暴雨疾。休回避，枯骸支拄，铁索凌迟。

[一煞] 从闲了，到醉时。而今无惧仍无悔。鼾息似狗从教卧，

车马如龙一任驰。行危坠,横冲尘土,满负沙泥。

[尾声]颅颈折,胸腹析。此时醉魄将何寄,管是仙班是山鬼?

孤寂者之酒　调寄鹧鸪天

神女生涯似月凉,未妨惆怅是轻狂。枭卢好采如灯幻,哀乐浮生付曲茫。　　终不及,酒浓香,深瓶巨瓮为君藏。人间政有孤高在,好擅韶华到醉乡。

情人之酒

不须驰马去,一斗到青冥。晓色水晶碧,酒狂天梦馨。扶摇抟大翼,浩荡问诸灵。自挹情人袖,来寻乐国宁。

恶之华

禁书题辞

莫把园田趣,付之乖舛书。若非经诈恶,只是见狂且。世上难迷汝,诗中定爱予。诅怜辛苦事,乐土竟何如?

败

嚣而不见是为魔,灼肺吞时奈恶何? 常使美人香草怨,翻成连理合欢歌。性天遥遥空寻路,广漠虚无只负疴。乱眼已迷偏掷入,污衣血刃溃疮多。

杀身女　佚名宗匠之白描

错落香水瓶,斑斓织锦缎。芳留百褶裙,诗题青玉案。洞房室若蚕室温,晶棺涸尽花枝繁。一尸无首血如注,绣枕渴饮空渍痕。首似毛茛床头置,鬓发如云间珠翠。星盼犹能破浓黑,直作苍白惨人意。床上玉体恣横陈,而今不掩天然春。金花罗袜余一只,点缀视同宝石珍。千种娇慵画不出,恶欲邪欢漫相匹。娉婷应教鬼瞰窗,袅娜长疑蛇上膝。身冷何妨魂犹生,青春还许赚多情? 生前媚在君岂足,死后羞亡妾尤轻。尸仍魅,谁相拥;首已厉,谁再捧? 世浊俗薄法难凭,何不眠向此秘冢。夫君惊梦逐天涯,无端至死殷勤奉。

见诅之女　调寄兰陵王

望遥海,无语相偎沙濑。狸奴样,甘倦酸惊,纤足柔肢互钩带。知谁慕少艾,万木遍书名在? 又谁似,圣女庄严,碧落皇都任虚彩?

光怪,太初外。问冷窟残簪,谁把君待? 酒迷狂悔难消解。有暗夜幽阴,黑衣华盖,谁将肃穆掩鞭械,吞泪到欢爱?　　　惊骇,杂悲慨。正情殉极远,魄赴风快。人间冷笑扬眉黛。纵愁饥恨渴,心阔恩大。男儿怜惜,誓与汝、共俎醢。

35

二佳姊妹

姊妹欢娱死与淫,长教褴褛掩贞心。厌生厌世终虚孕,青冢青楼自好阴。浊气不分都未悔,中情流转最难禁。空将柏树枝持取,来向桃金花下寻。

血泉

无创血长注,呜咽似流泉。路石成孤屿,彤辉润大千。愁沽醇酒醉,忧伴妇人眠。不恨心肠毒,徒伤神志全。

寓意　调寄满庭芳

发靽深杯,容昭丽质,柳愁花病何关?雪肌冰骨,长想藐姑仙。多少淫欢死怨,向身外、枉自嚣喧。孤高处,人间极乐,好作静中观。

巫山,回一盼,清辉玉臂,香雾云鬟。纵无德生生,大运犹然。但为此生卓约,不须悔、廉耻相宽。明朝路,茫茫如夜,赤子等闲看。

贝阿特丽齐

焦土古不毛,茫茫独行游。苦心比砥砺,怨思如戈矛。白日多雨云,众魔相比周。酷毒而好奇,竟是侏儒俦。始则冷相视,以我疯癫流。继之竟调笑,长贻彼辈羞。谓我拟前人,滑稽同倡优。披发漫散乱,注目伤优柔。戏弄只堪悯,歌哭谁为酬。侪朋惯恶剧,汝何不自休!云乱与魔嘈,岂使日西投?我本能傲睨,蔑之等浮沤。若非睹佳丽,侧身与其谋。时时恣淫放,偿彼嘲诗囚。

游爱神岛歌

我心欢兮如飞鸟,翩翩自逐缆绳绕。一弄轻舟映天澄,若睹仙人拥日皎。诗中盛传黄金邦,爱神岛在烟波渺。如今无奈是荒贫,鳏夫望断愁未了。幽欢终起朝云疑,辽海空余清芬袅。桃金枝前众身倾,玫瑰园中心香缭。君来惟见乱石多,斑鸠啼破长天晓。神女不逢花草闲,漫想风裙哀窈窕。移舟近岸见高标,森森直入青冥表。

乌鸢一片正飞来,腐尸挂向高标杪。鲜血淋漓不止流,双瞳啄空肠衔掉。其下走兽竞逡巡,厥魁凶躁躯尤矫。岛人固是天之骄,何事凌辱竟成夭?四肢摇动吾人哀,无端忧集心悄悄。令人永忆吞噬时,鸦喙豹吻苦相扰。丽日和风天海间,顿将血污生烦愀。灵肉无辜只呼天,莫使爱神逢死兆。

小爱神坐骷髅上　古版花

小爱神坐骷髅上,觍颜嬉笑浑无状。众泡吹出莹如星,飘去九霄欲相傍。中道消散黄金魂,一生危脆空明亮。骷髅苦对众泡言,滑稽如此速令忘。答言我脑我血肉,全付汝唇吹万丧。

叛逆

圣彼得之不与

咒诅直涌天使间，上帝睡美如冥顽。人哭囚号只娱乐，血泣欢偿岂相关？橄榄山前枉拜祷，笑闻钉声天浩浩。庖厨兵卫唾圣身，荆冠棘刺锥仁脑。鳞伤体坠双臂长，人前汗血流如浆。后约叮咛可相忆？蹇驴花枝何辉煌。笞彼商贾勇可使，仗剑不生伏剑死。徒将吾肋付之矛，彼得不肯与人子。

亚当该隐　二章

亚当之裔，饮食之安。栖迟偃仰，帝心所欢。该隐之裔，俟命之殚。匍匐泥中，人生实难。亚当之裔，休气馨香。百植六畜，神俾尔昌。该隐之裔，勤苦无疆。羸若老犬，辘辘饥肠。亚当之裔，围炉坦腹。螽斯众多，黄金蕃熟。食鲜而挈，如虱在木。该隐之裔，伏匿蜷缩。豺心狼性，炽于多欲。日暮途穷，偕尔家族。

亚当之裔，血沃田畴。虽有戟铩，乃愧锄耰。该隐之裔，计尚未周。径登帝所，捉之下投。

祷撒旦辞

虽美且哲，神命不犹。祸败流放，励彼大酋。知遍冥界，长使疾瘳。废残顽贱，矜比天酬。于嗟乎撒旦，悯予多难！配妇曰亡，诞女曰望。遂令死囚，傲彼群妄。上帝善嫉，琳琅深葬。惟汝善察，彻见宝藏。于嗟乎撒旦，悯予多难！翼彼已醉，护彼临深。丹疗其忧，鉴昭其心。既哀窈窕，复作谏箴。触帝之怒，甘为永沉。于嗟乎撒旦，悯予多难！

辞曰：自惟上界，至于地狱。荣耀讴歌，尽以相属。清庙重光，哲树新绿。魂兮将来，遵汝高躅。

死

情侣之死

架上奇花天外寻,高床疑若墓门深。心投火里皆成炬,魂向镜中双映金。泪眼愁生孤电逝,紫宫风动万星临。云端使者排门入,唤起幽光不许沉。

贫者之死

酒力催人晚景行,差同一死慰劳生。看穿雨雪初曦动,记惜餐眠客舍迎。好梦乞教灵指点,暖床留与赤身横。已当民富神荣夕,天国途茫尚待征。

艺匠之死

额俗铃轻惨画描,囊中无矢射高标。匠心不畏基先坏,神品何难泪自浇?顿足捶胸空负辱,金身绛焰漫愁遥。幻来奇殿如新死,早化初阳上碧霄。

一日之终

昏昏灯火下,奔跃竞淫哇。快乐喧中夜,饥惭逝暮霞。劳身魂共憩,诗客梦多遐。仰面从高卧,新凉暗幕遮。

畸人梦　赠斐纳

从来哀感在畸人,多病多忧欲死身。苦望平情付移晷,闲心愁虑得超尘。戏场儿恨帷常落,实相谁知冷是真?一殁无奇朝日怖,向寒晖里跂阳春。

行游　赠马克西姆·迪康

画图赚儿童,世界才饱腹。灯前宇宙宽,回望天地局。朝发多高情,怨苦胸中逐。海穷思无垠,波涛共起伏。去国或逃羞,去乡或得福。或有占星士，幸未惑美目。长天如火明，免作女妖畜。冰炭置我肤，销尽幽欢馥。行行重行行，前途岂须卜？心轻如气球，足重不曾缩。多似新卒梦，炮车声辚辚。变幻每若云，谁解识其淑？一解

陀螺与球鞠，抛转若生涯。入梦心尚尔，如日为神答。遭遇无定所，赋命无常时。长怀虚妄想，求安徒驱驰。登舟寻乐土，心魂与世遗。谁谓挂帆日，即多伏礁危。舟人指点处，蓬岛到今疑。空认黄金彩，晴光在高崖。谰言毋乃醉，缚之投海湄。幻灭水亦苦，抱恨成伤悲。如行泥冷滑，苦仰天和熹。破屋见灯烛，便作长安思。二解

旅人眸似海，其中多奇闻。记忆若宝石，仍饰七星文。何当御云气，行游破囚氛。悬魂作画轴，绘写留待君。问君何所见？三解

星涛与沙岸。固多出不意，倦闷常浩叹。朝日明紫波，落日壮楼观。天影令心迷，搴裳投汗漫。风华拥高城，神光何灿灿。变幻云中君，忧心徒自乱。枝叶慕春阳，欲乐滋老干。峻茂过柏松，尚觅遐方粲。天竺有象神，玉座金珠璨。仙宫擅豪奢，钱商梦惊惮。齿白甲朱红，女衣眩明焕。弄蛇亦巧便。四解

此外更所见？五解

天真比赤子，恒蛰未应忘。虽言不相睹，命中多所当。匹妇卑且妄，尊爱每逾常。匹夫淫而虐，贱等渠中浆。善类吞声哭，凶者舔血尝。安刑群氓愚，擅力独夫强。圣教同所诲，来生期天堂。虽以肌肤苦，甘同轻暖偿。或逐无涯殆，烦言自圣狂。一怒诅上帝，愿与日偕亡。其次逃众庶，纵身壶中藏。世事尽如此，言之庸何伤？六解

行游万里途，到处潜悲苦。吾身若胡杨，瀚海时时睹。时兮孰能逃，去住终无补。飘摇困舟车，考槃守故土。一旦履尾来，前行犹鼓舞。如向东国航，风吹发如缕。今驶冥海中，心比青春煦。有声美且幽，邀共憩亭午。种果解忘忧，堪为汝摘取。去去遇多情，聆音熟似母。七解

死即古舟子，一棹去此邦。天海暗似墨，吾心明如釭。酒毒不可畏，励我能盈缸。所陷不知处，期闻歌新腔。八解

残骸集拾遗

莱波岛歌

古人乐在莱波岛,日烈瓜凉时时好。欢乐极兮哀情多,不辞尽兴开怀抱。岛上美人常同心,星羡神妒当夜深。自照白凝脂,谁衔红林檎,甘老温柔乡,那闻女史箴?彼实觊觎空愁绝,遥天隔断白云深。一泓清泪海中泻,纵有罪孽不忍写。处子钟情泣鬼神,正法枉律何用者?莱波使我歌如花,熟知笑啼多交加。琉卡高崖远纵目,直待帆影出云霞。崖前茫茫海波阔,萨福香骨何日达。英姿惨盼望如仙,早倾韶华酬碧沫。人间奉祀视同尘,祗荐牺牲惟色身。至今莱波夜夜哭,长怀浩荡泽无垠。

见诅之女　德菲娜与伊波利

薄焰稠香倚隐囊,伊波惆怅望搴裳。再寻离恨天空远,无奈迷情风更狂。倦色慵欢添泪眼,漫投玉臂偏娇软。德菲啮伺最娱心,正向膝前舒绻缱。起揽腰肢羞杀侬,一杯相属意尤浓。分明盼昐甘身许,叵耐愁哀誓死从。莫把蔷薇初放朵,等闲付与狂风堕。犁铧轮辙苦恣情,怜惜常同女子左。只若平湖向日昏,蜉蝣掠去竟无痕。才闻轻唤回花面,更把深帷护梦魂。愧汝恩多终不负,谁知苦极翻成怖。幽灵宴上夜归来,仿佛血涂天外树。何事长为咒诅惊,每忧昵语亵神明。已拚此后泥犁陷,勿用当前美目瞠。披发德菲三顿足,贞淫陋见皆凡俗。漫从无益起玄思,敢对多情论地狱。嗟彼中庸自命人,炽情不暖废残身。可怜生小千金体,轻付风流一段春。莫道倾心无再顾,茫茫仍坠深渊路。渊中烈火焚虚空,雠恨若擎神炬炷。从此深帷隔世间,酥胸栖冷碧云鬟。何时劫火成灰了,犹想天风吹泪潸。恶欲须愁最难止,今生已付欢情毁。洞房岂复见晴晖,瘅疬重重悲欲死。无实夭桃枉自红,容华转瞬殉情风。汝今好逐青狼去,但是人间咒诅同。

忘川　调寄汉宫春

态冷神慵,任多情抚遍,密发柔条。香裙牵了,枉愁雨洒花飘。欢踪爱迹,待重寻、梦外天遥。怜不尽、铜光凝体,那时谁恨魂销?

多少沉哀余泪,向双栖枕上,顷刻都抛。浑疑忘川只在,一抹唇娇。今生付与,莫推辞、心苦形劳。酬两脉、灵华甘乳,分明凉浸葡萄。

极乐女郎歌

女郎容止似风光,双脸笑时生微凉。玉臂辉清香肩白,愁人视之徒茫茫。彩线动如音袅袅,绣作百花舞衣裳。服之最与人相称,爱极而恨恨而狂。园中冷日若嘲谑,照我无力行徜徉。触目空伤春草色,无聊漫拈花枝扬。直待中宵漏声起,潜来玉体横陈旁。柔怀嫩肤都不顾,强挽腰肢恣荒唐。更向卿卿朱唇吻,那嫌苦毒变甘芳?

钗钏

但为知心现白身,留将钗钏媚生春。镜中一顾嫣然笑,如把奢华趁节辰。

钗钏丁东悦我心,翠为宝石灿为金。仙家声色谁闻见?喜渐如狂兴最深。

不辞绣榻半横陈,付与郎怜一笑嗔。直待郎情如海涌,遥来渐渐没侬身。

相对翻怜虎视温,高唐千古尽虚论。贞心岂为淫心碍?萦系檀郎一世魂。

纤如柔草馥如膏,肯使闺中四体劳?今日听郎怜惜尽,销魂多在紫葡萄。

美人今夜尽清狂,莫恨浓情恣似娼。为报郎心深寂寞,不辞同堕水晶床。

谁见春宫新画图？楚腰稳称少年躯。兴来不觉容光发，疑是胭脂在脸朱。

九华灯烛总成空，惆怅深房炉火红。时向床头明寸焰，肤光血色一时同。

噬血幻身

彼女弄腰肢，宛如炭上蛇。抚胸褒衣见，吐言芳麝奢。我唇湿枕畔，不教德行夸。我乳耸眼前，能收泪行斜。衰翁乃似孩，尽放笑声遐。见我白身者，惊若睹天华。颇精狐媚术，呼男以臂加。凝酥任之啮，娇羞偏多邪。天使远食色，当时意亦差。直待精髓尽，何处有欢爱？所拥惟革囊，其中盛众秽。闭目不能视，心胆掉欲碎。顷时目再张，日烈形徒昧。残骸自摇荡，北风空相对。想象夜中帜，凌寒愁一概。

脸之诺

美人惨白敛双蛾，目黑同涌夜之波。青丝柔密相谐和，我所思兮欢情多。眉目娇慵若可语，侬望尔诺堪相许。便把白身来示汝，肚脐臀脊尽付与。乳间双缀红铜章，腹下温滑凝脂香。蜷毛直发波同扬，浓如夜色无星光。

傧相 二章

传在人言者，色衰爱未弛。身老情更炽，仍将旧釜炊。樗蒲与饮食，多能添媚姿。一概为故物，所惑久长期。四十年未槁，秋实胜春时。玉体尚芬馥，骨相尤瑰奇。谁谓破瓜年，翻为魅术移。发若天蓝胄，掩额少愧思。目为粉颊映，如灯泥中窥。淫蒺在唇上，相挑心先驰。股作康康舞，舞上冰火危。若眼冷无泪，寒彻牝狼肌。

急赴魔鬼域，同奔无所惧。有腰不能折，有心不能慕。谁谓势位尊，叹息未相附。夜会亦不与，逐臭诚可恶。烛台亦不为，狱火别之去。久觅恶之华，爱汝今始悟。

阿米娜·波切蒂之首演

跳掷胡旋俗眼惊，只看仙子在神京。谁将巧笑轻身态，误认浮花浪蕊名？犀象攲斜能舞蹈，鹳枭俯仰作阴晴。人间长恨无风韵，空负樽中酒浊清。

名则其友实则其烦　致欧仁·弗罗芒坦

言富忧疾，言贫喜剧，有画忘游，无车能适。坊中有精工，饶砖木金石。资其重，艺乃积。运输向集市，冷眼观贸易。母妻常轻慢，反忧来世迫。声色多所好，尝于罗马遇妇人，使之病肺终不惜。聒噪二时辰，吾脑将欲擘。其烦不胜诉，小憩不得索。臬兀不安不能去，臀既蹭蹬椅恐坼。惟愿行路各东西，不然身甘逢水厄。今日京华独来归，犹怕逢之怀不释。

鬼魇之酒肆　当布鲁塞尔至于克勒途间

骷髅固所嗜，徽章亦所爱。即哜煎蛋时，欢乐犹谲态。忽见此招牌，知与墓园对。法老蒙思莱，不觉念之在。

佚稿

去去

去去失故蹊,远行越陵谷。反顾林草低,不见民人牧。一径幽湖开,四面雪峰矗。风籁萧然来,牛鸣隐若伏。冰川耀日明,高岩向昏穆。上下阒思逃,今古锢成局。澄泓泣遥苍,巍峨动神筑。流云写影过,仿佛拖裙幅。

予美

予美非狮王,光辉全我灵。人言不知畏,吾哀有其荣。卿名等敝屣,吾思矜独醒。毋言不屑髢,视斜额疮疔。眸固非善睐,眉睫修如翎。生年才二十,两乳垂伶仃。何妨恣狂兴,夜夜到忘形。贫使肌肤枯,吮之如芳馨。喘粗令我欢,其息杂膻腥。中宵每寒战,疑视深巷青。恐有返魂验,挑灯长荧荧。饥苦岂足忧,情仇阔沧溟。暗巷倘逢之,一为惜惺惺。脂粉剧可哀,饥寒无常经。慎勿责以淫,诗心庶得宁。

赠圣伯夫

当时齿稚容亦稚,端如木直如玉粹。两间局促年月荒,十年长大辛酸备。章句可鄙文徒为,滑稽笑傲极恣肆。冬日雪白夏天青,只似索寞闭萧寺。记得暑气蒸残阳,遥指高穹噪天狼。城堡沉沉人梦梦,鸽栖不定枭啼长。谁谓人喉舌已卷,万物如死诗灵狂。彼贞在眼淫在耳,情厌心忧形郎当。贪欢不育弥天恶,处子临镜溺其乐。肉身那避麝香浓,真言未比幻相薄。此时君诗润我心,无声令自深渊作。故能直入翰墨场,臭腐神奇纷错落。或俗或异将无同,云醉云明惟其丰。遍撷英华到古杰,聊托病恶为今雄。为君倾心握君手,取魅汲惑以相崇。不辞心比尝胆苦,歌咏弓矢归虚空。

夫人之贵

夫人之贵,不思善,不思恶,臂其玉,心其酌。飘飘乎霓裳,十年也悠长。汝之吻,令吾唇得女冠之芬芳。娱之姒,淫之娣,阴之宫,不畜男体。汝惟避辱,反为德戕。其耕其犁,致腹隆而创。

为爱弥儿·谢瓦莱夫人题册页　调寄忆江南

怜浪迹,旧事片心存。待把当时回响觅,一双鸽失暮林昏。相唤幸相闻。